国家出版基金项目
NATIONAL PUBLICATION FOUNDATION

湘绮楼日记 ㊄

〔清〕王闿运——著

王 勇——点校

岳麓书社·长沙

2021—2035年国家古籍工作规划重点出版项目

国家出版基金项目

湖南省社科基金基地委托项目《王闿运史部著作整理》（17JD17）成果

目 录

光绪三十三年丁未

正 月

丁未正月癸亥朔　雨。元旦在山，幸免往还，至巳乃起。莰女送茶，出堂受贺，旋入房掷骰。

二日　雨。族子、佃户来贺年。师子来，复病畏金鼓，议于下栋接待。余心烦，未理年事。作陈即墨诗序，不能赞一字。

三日　阴雨。三女移戏中栋。校牌、掷骰竟日。夜雪。

四日　雪深三寸，冰冻不开，行人踏雪来，张四、宝耶均来，许红桥来即去，留看雪。

五日　阴。朝食后姜女来送鸡。宝耶昇去，张亦步去，留姜吃饭不肯，亦去。掷骰、陪客，聊应年景。

六日　晨兴，看树上有雪，始知夜雨。乡人来贺年，小有应付。

人日　阴晴。令作饼应节，未得食。谭心兰儿来，云朱太史两子并夭，有财无丁。谭欲干张雨珊，告以无益，留宿客房。瑞妇去。

八日　晴。庚午。山中无历，云昨日雨水，因遣人下省。张携其甥来。朽人来。云孙来，云得盐局，便道上任。客房甚为热闹。夜月极佳。

九日　晴。二客并去。云孙早行，实过辰矣。午后许医又来，说讼事不了，许为问之。复陈毓崧书。夜梦作诗十二韵，韵用真、先，似是纪行。

十日　晴阴。刘诗人镇湘来。代元妇率新妇来。邻舍大娘来者三四。田团总来。朱倬夫专人来。赵梅卿之孙来认年谊，自出见之。王心培、周庶长、德姑耶继至。人夫喧阗，一饭斗米。留宿者四人，皆上客也。问赵何以见知，云出李亚元之教，许其代心培一席。

十一日　雨雪，午后阴。四客皆去。谷三率贺姓来诉许竹斋，各云柔懦被欺，非任三耶不能定之。郑福隆遣孙来拜年，乡中又有此一门亲，幹将军之赐也。今日陈氏外孙生日，为设汤饼，遂及郑孙，谦不多食，徒步告去，奖以饼饵。将夕闻呼门，无人应，自往开门，王凤喈、田雷子来拜年，不饭而去。夜月。

十二日　雨。午雪白地，旋消。庆生来，衣履尽濡，令烘煴同饭。夜雨甚畅。

十三日　雨竟日，积雪全消。张四哥来。龙灯来出行。庆子告去，尚能恤其烟兄，亦可取也。方僮、黄五来拜年。致黄柏爵书。

十四日　晴阴。复始起床。周梅生来。廖丁自城还。陈顺亦来拜年。

十五日　阴晴。初月甚明，子后昏。滋女出走月，丁氏第二女孙从去。昨论黄孙苦无安插，当令其自过活。龙、师竟日不绝，爆竹声喧，病女甚困，余讳疾，未止静也，子夜始宁。

十六日　雨，大风。遣昇送张医与陈顺俱去。郑福隆、田雷孙来。蔡侄孙印生来，云鄂信未得，仍从汉川空还。召入内室见之。

十七日　晴风。蔡孙去，吹壶觜一哥之孙也，令还待荐。携丁孙女欲看郭廿嫂，房妪不肯。因行后山，遇一人芒芒来，口称老伯，未知谁氏子，遣问之，云朽人之兄，大朽人也。初不忆识，后乃知之，曾宿于我，我误以朽人当之。朽人昨来，欲干陈伯屏，亦欲夺其席也。六耶又来，遂出坐，至初夜乃散，月明如昼，众已睡去。

十八日　大晴。今年好日子，六、朽均去，入看复女，始能起坐。携两女、女孙出行，从石井至云峰，兼至茶亭看地基，欲筑一别墅，还遇庸松，令即往省。夕登楼迟客，乃无来者。每日必有朽人，今倾心待之，又阒其无人，吾知所以待人矣。避客则苦其嚣，好客乃嫌其少，非客能扰人，吾自扰也。撄而后宁，所以消摇。晴二日，又欲雨，至夜果潇潇有声。

十九日　雨。一日清静。周庶长又来，云已移寓，不提郭廿嫂矣，留令支宾。

廿日　晴。与循来，携桐子字叔权。衣冠拜年，余仓忙便服出迎。莲弟亦携子来，别室款之。罗连生来。

廿一日　晴。权侄告去。刘南生来。又一陈生来谢，未见。与与循摸牌，移内斋。唤匠筑碓屋。

廿二日　阴晴。摸牌竟日。张四先生来。莲弟继子又来。致陈郎书，并词本。

廿三日　晴。乙酉，惊蛰。何镜海孙专足来，复片告以世情。与循小疾，牌局早散。盛佣来，致端书、王状。

廿四日　晴。放风鸢。送与循。见沈山人。食饼。左幹青来，未见。宗兄、岫生来。莲弟去。移木器用数人舁之，其不谙世情如此。夕与左、宗、岫泛谈。

廿五日　晴。左生欲干楚宝，与一片令得进身。岫生去，未告辞。风日颇佳，樱桃、野棠始花，偶出行春，至王凤嗜家，日炙似夏，因令从云峰还。以为必有客来，乃无足音，唯真女迎船已到，其侄孙女在船相待，令迎入涟。

廿六日　晴。辅庭来，言祠事，留点心去。滋言昨夜小雹，家人无知者，周生独证之。盖春暖致灾，雹后复暖，则不可解。看《逸周书》抄本。娄生光曜自县舁来，恶其无因干谒，辞未见。揩子代递诗本，诗不减刘诗人，乃令明日来见。甫发一标，几失一士，宜周公之吐哺也。

廿七日　晴。晨起盥于客厅，召见娄生，慰以入秦，饭后去。真船到告去，遣船送下县，自往对山送之，并作酪、发包子、办路菜。曹生夜来，僮妪辞不纳，闻其徒步，更遣招之，入宿客房。

廿八日　阴。晨出陪客，出门看柳条一夜绿矣，春风迅速可喜。曹生云昨暗行跌折二齿，子粹徒也。看二张学科，精神周洽，疑有蓝本。闻欧孙新屋又当出卖。丁孙专人来干李文石，云先自来，未见，问之，乃误以雪师为我，专人又往，始得知之。荒乎其唐，茫乎其昧，其果臣精明之报乎？戴明来，言省城近事。

廿九日　晦节。大风，不甚寒。报丁孙书，与循专信来，亦复一书。张四先生来诊复女，许以起床即为谋馆。夜令两女读《本草》。校牌。

二　月

二月壬辰朔　大风，复裘。赵年孙又来，刘晚学亦跪求说官事，俱不可理，令庶长谕之。

二日　雪风，愈寒。筑匠停工。史佣昨夜还，云真船已发，盘费未领，交银钱百六十枚。

三日　寒，有雪而风息。分花换泥，春兰抽箭。王仆不知进退，偶谕房妪，遽发泼不认。君无戏言，余之过矣，但戏不言，乃可养威。

四日　晴阴，仍寒。王胜养子妇来诉官事，盖五相公所使也，拒不与见。六房中唯二房堕家声，今已绝矣。刘少青自桂阳来，云将考优，又应明德之聘，留住楼房。运木船到。

五日　阴晴。遣工下县运屋材，并送刘行，忘未开锁，自起辟门。少青考优，喻生考杂职，廖生考保送，均先后奔赴。周生亦上省，午去，顷之复与廖倬夫同来。廖云奔驰苦矣，又不识道，得遇周，如空谷足音也。留宿一房，谈船山事，云搜集随笔，名曰《王志》，以拟《郑志》也。

六日　阴。遣船送廖生，亦忙终朝，未朝食而去。又去二力，但有坐食者矣。午闻足音跫然，呵问之，云自侯塘来，子赓儿也。与房妪为两世故人，亦为惘然。

七日　戊戌，社日。蔡孙去。微雨。湛童报马太耶来，以为马泰，出看乃马先生，特来拜年。顷之刘婿亦来，云自倭还度岁，复往倭学铁路也。夜与摸牌。

八日　阴雨。刘婿去，留马待客。未几陈郎完夫来，云未定入都，但料理弟官费耳，似仍有教员之意，正欲留之，乃不再问。送《王志》及仲景序文。

九日　阴晴。庚子，春分。正佳景物。晨起，家人犹眠，唯陈仆已候门，云舁夫未至，又还少寐，太晏乃起，招陈、马入室谈。陈去，乃抄张文入严集。严大搜古文，而遗此篇，可怪也。仲景，建安初守长沙几十年，皆刘表时，必表所置守也。韩玄盖在其后，张津在其先，且疑是津族人，与华佗同时。马生亦去。张四先生又来。周教员送春卷，早饭去。张借鞋去。午后稍闲。夕闻叩门声喧，船还客来。蒋树勋送盐，云已晚饭，小坐，即还寝。

十日　阴雨。朝食后遣舁送蒋。看校《王志》，亦成一种文字。校《诗》四卷。遣史佣送廖书。

十一日　阴雨。程孙自衡来考优，云可望得，留居一日。夜大雷雨。

十二日　雨阴。丁孙女为花朝，遍系红彩枝头，云以为庆。程孙朝食后去。夜有月影。校《诗》四卷。

十三日　阴。茷女生日，为设汤饼，午后始饭。外报两妇来省觐，云是三、四，及至乃长、四耳，盖来看妹。史佣还，得荪畡书。

十四日　阴。校《诗笺》二卷。《传》《笺》多误字，阮校勘未为善本，今但可意改，亦不足记矣。午看女妇摸牌，小睡，夜复一局，二更散。闻雨。

十五日　阴雨。与书秦臬使。看女妇摸牌，看才女诗。得孙侄婿书告保送，并求写字。

十六日　阴雨。晨写字。张四哥来诊病。周生还，议往衡。

十七日　雨。昨忘预饬厨中，未办素食，今补忌日，虽无礼，犹胜不补者，思愆竟日。

十八日　阴晴。校《诗》一卷。看牌，放鹅。复程孙书，言不可关节。改周生诗。

十九日　晴。家僮鸟啼犹眠，自起唤之。校《诗经》毕。喻生来。廖使送鸭，荪畡书云温泉坤亦有一种，今致八头，并草菰、火腿。宝老耶又来。喻生夜宿逆旅。复荪畡书。

廿日　大晴。早起召见廖使。宝官告去。七都董地师携子来，博涉古今，云特来见，子则蠢然，但知吃饭耳，亦令庶长陪之，夕去。看何贞翁杂文，感昔知赏，亦始知此公有学识，不易及也。夜月。

廿一日　朝辉夕阴。竟日无客。夜雨。看何文一过。作糇，无水苊。复女病起，始能出房。

廿二日　晨雨未歇，朽人来，方朝食，令知宾陪之，办饭，云已食矣。风寒凄凄，相对无言。看黄选试赋，看似繁丽，豪无气韵，墨卷体也。华一来。张四先生来诊脉。

廿三日　阴。张、华人谈，并华二子名佑来见，年十六，尚朴稳，朝食后并去。陈星生自味子塘来，云考优，便道，足跛甚，前此似未跛也。家作牢丸，赠以三枚。督工扫除前房，以待佳客。

廿四日　乙卯，清明。晴。清明当作"菁萌"，草初生萌也。洪秀全本作"菁"，是也。今日族食，以烟客多未往。叫化子乘舁往会焉，俄顷还，云族人打架。谭儿来，告以雨珊中风，不必往见，乃云已九见矣。懿妇晨去，长妇午后乃去。

廿五日　晴，夕雨。谭不能去，廖荪畡又来，仓卒，主人殊不能办。方僮始还，房姬暴疾。正纷纭间，李长生又来，未遑出接，知宾早去矣，听其与谭子周旋。荪畡便宿余床，余移横室，夜谈至子。

廿六日　晨雨未歇，朝食后霁。出见李侄，还其祖册。未午谭、李并去。与荪畡周历三斋，方出便旋，见三人步来，则谢、陆、喻三生，陆几忘其姓矣。顷之戴表侄复来，宾客顿有十六人，应接不暇，乃用平等法，尧峻对坐，管华共席，夕饮楼上者七人，饭客舍者十余人。

廿七日　未明，闻开门，荪畡已明镫坐待，余亦着衣起，出送登舁，辨色矣。大雾，往石井铺看三生，亦已先去。还朝食，王凤喈来，请禁公宰。

廿八日　晴。程九长专足来，云廖胖造假信干学司得保送，已不敢伪，欲得真书。批答云亦照样作假信可也，我则不可。张四哥来，言官事全输，余言幸中。方令仆从往衡。作轿门帘，房妪屡说不明，责之，乃涕泣哀痛，赖茂母女成之。王升又延不靳，余坐轿中督工，而遇张四，几同阮孚蜡屐矣。夜散遣佣工。沈山人亦来辞工。

廿九日　晴。牡丹始开一花，过午遂全发十二花。廖春渔自鄂来，问假信事，云周梅生送去。责数之，乃甚惭怖。不知世事而自谓巧便，可哀也已。史佣还，得俞樾辞行片、临终诗。撰述五百卷，值一死也。方、王、湛先发至衡，余定陆行。大风，恐有甚雨，且停一日，督工作花棚。

晦日　晴热，可不衣。晨剪一花与复女。夕，滋女复剪二花供母。流连赏玩竟日。廖生午去。岫孙又来。薄暮雷电，而未解热。烛下为王凤喈写对子。舆儿携子来，云遇大雨。

三 月

三月壬戌朔　晴。晨起待发，轿夫不来，已初乃得行。张、岫、舆、宜俱步送上轿，令暂居乡息静。周生从往衡。夫力千八百，不合例，余亦为所牵率，共发四名，并两轿夫。八人上道，小憩石潭，改装过岳坤，问易家垅周凤池家看花，凤喈亲家也。牡丹将百本，无高二尺者，紫花正开，余花皆未整理。留饭设酒，殷勤甚至，日斜而别。急行，欲宿花石，至回龙桥已昏暮，遂宿。

二日　晴，稍凉。晨行五里，从延化寺渡涓，寺为先贤裔孙所夺，云载县志，忘其颠末。宋儒害人，两朝重道之弊也。饭花石，午饭福田铺，夕宿岳市。小雨，掘笋茅棚，携来五十里矣。作俞荫甫挽联。

三日　晴凉。晨饭旷垅石门，未至九观桥，天阴微雨，已而淅沥，冒雨行至九渡铺，雨益沾濡，到樟寺则澍雨如注，为三日

2034

佳节所罕闻。遣庶长觅船，散放轿夫，待至初更乃发，兀兀竟夜。

四日　阴，雨止。篙行，自来雁塔边到北门，几一时许乃达。至岏樵家，主人方起。顷之霖生来，饭罢同至真家，呼门出见，云三姐亦痛甚，如张雨珊兄弟同戚也。小坐，雨行，昇至安记。庶长来，云先禀道台。去久之，天沉沉欲大雨，到道台处小坐而还。话不投机，情则甚挚。令庶长办坐垫未得，道台已来矣，将夕去。霖生、岏樵夜来，二更散。

五日　阴雨。霖生饭后来，庶长儿来，久坐。看报纸九十张。贺伯笏来。成就、向燊、夏扬、张、凤盖。冯燊五教员，好心，超海，胡玉山，朱捷臣，马太耶，卜三毛，沈阿鸿，彭给事，程季砍①，陶湘翰，黄蝉秋，谭仲明接连来，霖生、岏樵后至，同往道署夜饮，看牡丹，睢州汤通判弟同席，二更散。

六日　阴雨。答访霖生。廖淦富来见，云刚武弟也。告以算学教习未能定，且须暂还。朝食后昇至程家接对子，至陈家写俞联。文苑忝齐名，愧我不堪仙籍注；荐章同报罢，输君自有祖灯传。发樊信，仍昇还，从岏樵借棺材，附船送乡，价卅元，想系半买半送。李如松来，拜诉冤，拟药方。胡子阳送广西土产，旋来久谈。张衡阳亦来相访。张奎生、王之桢、程郎、霖生俱在内久候。遣田二解棺先发，余将还山一行，岏樵必留一饭。寄三、九女二十元。荐王、湛，俱不肯去。

七日　阴雨。待饭未来，且诣陈家，遇霖生，同过程家小坐。周生父子来。向、邹、谢来，久谈。王达鲁保出考优，亦奇闻也。真女家管庄人兴讼，严斥之，请常、程查办。刘衮来见，未遑坐谈。步至岏樵家会饮，彭给事、马明府、李崇明先到，霖生、子

① "砍"，应为"硕"之讹。下年十一月廿六日有"程季硕"。

阳继至，章师后来，多谈南洲水地，及衡阳仓谷。席散甚早，舁夫未至，客俱待送我，乃与霖生步至陈家，九郎、村儒俱未去，舁登煤船。初月微明，已而细雨，宿石鼓山下。

八日　上巳。北风细雨，崖树绿嫩，湘岸清蒙，学舍作洋装，亦有可观。待榜人不至，舟客杂坐，殆无卧处。遣廖佣送长物还城，换王仆来，已而四佣俱集，催船即发，时正午矣。小睡，梦到家，复已敛矣，痛哭而醒。六十后不能哭，梦中犹能哭，哀乐未全忘也。因为辍食，竟日惘惘。雨亦不止。重三上巳连朝雨，悄悄轻寒拂拂风。涨水黄添新绿晕，岩花红映远青蒙。春帆夜度寒林站，岳市烟笼紫盖宫。老去不须修禊事，近来觞咏有谁同？夜泊寒林站。

九日　雨。逆风吹浪，行廿里舣老牛仓。诏访埃埏出五臣，尚书文望冠群伦。结绳解辨摩崖字，束带争迎上国宾。箧有奇书能救世，囊无瑰宝自夸贫。嗟予久梦泠风御，不逐飙车碾海尘。端午桥索诗，一首必嫌少，再添一首调之。五洲归后领三江，海内同推富庶邦。今日嗷嗷对哀雁，更闻啧啧吠群龙。升堂纵有千珠履，蹇步难攀百尺幢。且欲待公新法定，白蘋风里咏兰茳。雷石看船，又舣久之。北风大作，强行过石湾，已无讥矣，回思前此争闹，哑然一笑。夜泊黄田上樟皮河。

十日　朝阴午晴。泊漉口，遂不行，云避北风，未知其意。云湖船不能出口，则非托词也。行或使之，即亦不问。陶斋尚书节下：长沙舍去，先竟不谋，躬涉鲸波，亦既劳止。两江自公家物，犹不及湖广之熟轻，徒令故民失所冯借。正深快望，猥奉惠存，不隔音容，长得瞻礼。慰问周至，逮及豚犬，其为欣感，岂比两麻。命赞诗歌，辄成二律，别纸录上，殊愧荒芜。孟浩然以浅率去官，秦中遂无生趣。升公封疆弟一，乃不能容一狂生，窃计两司并无其比。要当阔略小节，仍与周旋，解铃系铃，在乎反手。且胜之不武，人才实难。闿运妄欲上书，劝以弘恕，因未尝觌面，莫测可否。公既皆相交好，当与调停。察野人芹献之非私，知两贤相厄之无谓，十部从事，岂有意乎？三儿荒唐，敢窥华屋，公不依毓华之例，而令从文石以游，未知能否谨慎，以副培植。

阎运初无严教，但惧诒羞，训之拒之，则深感企。今年复有牵率，将复上衡。弟十小女年已过笄，尚无所适，公门三千珠履，有可平章否？前托樊山、心盦，皆久未报。禽尚五岳，坐此淹留，时无人材，亦其一也。春来晴雨相间，花事颇佳，湘中人虽嚣尘，地犹清绝，流连甚乐，惜公急去。前命作天心阁诗，去冬亦有二律，并呈求鉴。十日内由湘至衡，复由衡返湘，湘又至衡，道中作书，恭颂福安，不具。阎运再拜。　《十月九日天心阁宴集》：当年飞炮醴陵楼，高阁峥嵘倚素秋。月到天心四边静，霜吹晓角一生愁。溇阳开府招词客，湘上吟朋续胜游。五十年来燕巢幕，不劳王粲赋销忧。　　城下文昌旧院墙，曾桃屈贾祀朱张。即今游学趋东海，谁遣悲噫达未央。落木无边堪送远，黄花有约再传觞。凭君莫作新亭例，且学渊明望八荒。是夜三更即发，又何太早。

　　十一日　大晴。晨至一处，闻岸上爆竹，舟人云马家河，即起束装，乃上弯也。又久之始过洛口，坐船头看船，遇云湖拨子，呼令移载，云亦从渌口来，乃更早于我。坐至落笔渡，又换倒爬。饭于姜畚，到湖口晡矣。坐周屋，与村妇久谈待轿，云复已愈，喜可知也。到家尚未夕食，余遂不饭，摸牌甚倦，早眠。棺船未到，至夜始至。

　　十二日　晴。张四先生来，看选青药方似不以为可。张又服熟地，余亦不以为可，云舆儿方迎医省城，尤不谓然。平江多栾大、新垣平之流，亦土产也。

　　十三日　雨。张四哥饭后去。追送廿元，坚辞不受。复病大愈，余可出矣。竟日摸牌。

　　十四日　晴。方摸牌，功儿来，云王医已至，兄弟陪客，余亦出见。

　　十五日　晴。船人未集，先附小拨出涟，下行李，余留明发。张四又来，二医共谈，又论相墓，且及兵法，杂家学也。款以堆翅、谷酒，酒后张去。

　　十六日　阴。朝食后送王医去，马钱十元。往鱼山看地，已而密雨。

十七日　晨雨。船人方言行不得，天已开朗，遂携周氏弟子、妇仆以行，余亦携畴孙、文柄、轿夫，共九人。午发，饭于姜畬，暮至涟口，换坐衡船。谷三来办差，顾工二人未至。

十八日　晨移周母子过船照料，宜孙兼司雍饎，七人食于我，二人食于小拨。待补帆至午，大风起兮，久待弥狂，不能出口，遂泊。夜吼如潮，行卅里。

十九日　风止天晴，缆行一日。拨船从涓口先去，余船办索又延半日，夜泊朱洲，行五十里。

廿日　雨。仅至渌口，又泊半日。南风愈壮，遂宿焉，行卅里。

廿一日　晴。南风缆行，至空泠峡遇雨，早泊淦田，行卅五里。

廿二日　晴。南风吹船几覆，急令断缆，乃得顺流退至花石戍，拨船遣人来迎，泊朱亭。

廿三日　雨。拨船先行，船漏不可坐，令泊久之，王升躁急，冒雨行，泊黄田。

廿四日　阴。行数里，拨船反在后，云同泊黄田，对岸不相知也。同至雷石，帆行，泊萱洲。

廿五日　丙戌，立夏。晴。帆行一日，以为必至，至夕无风，泊何家套，夜黑遂不上岸。夜雨。

廿六日　雨。晨发，朝食后乃至，送宜孙至陈家，周庶长、常监学均来，留周食菌，迎畴孙上船，遣妪看女，即还船入院。余至程、陈两家小坐，即从陆先到，从者五陆三水，须臾均到，庶长亦到。鸟语花香，居然似家，未夜即寝。

廿七日　晴。送卷四百本来，以珰约纨同还山庄，留船待之，先遣水手去，即附洲笋廿斤，寺僧不受值，水手逗留不去，约待明日。霖生来，留饭。署衡守曾倬儒、清泉令朱絜臣来，杂人来甚多，令瑣门谢客。

廿八日　晴。看卷甚忙。张、卜太耶、周松桥来，久坐，吃熯饺，府县昨来未备也。

廿九日　晴。三日毕阅诸卷，多不加墨，即送道台。王升往零陵，湛儿跟班，至真女家借轿，诣道、府、两县。至谭训导处，叩门无人，知必迁移，询之乃往衡山。过程家待轿，阴热，似将反风，驰还。

四　月

四月辛卯朔　晴。安记人来，言二百金不可兑，令留票还。夏道台来，久谈，去遂夕矣。畴孙重理童业，令许女伴读。王升去。定视学礼。

二日　晴。午大风，遂阴，夜雨。霖生来。衡令张海楼来，问朝事，告以所见闻。马太耶来，陪客两点心，遂饱。李华庭、涂教授来，不能食矣，客亦不食而去。

三日　阴雨。考优两生来，言取优生草率。王达鲁复欲教习，以屡致人言喻之。呈所著《微积新理》。

四日　阴雨。晨起，夏己石来，久不见，出见之。改定视学礼，仍以道台为主人，学子皆为宾，近于制礼，惜无人能议之。留夏子作学生，且居新斋。霖生送《诗经》四部。

五日　晴。将开公饭，以随人太多，别令开火，亦依官价给之，先发万钱试办。夜遣湛僮入城。

六日　晴。石五嫂儿酒醉，遇醉尉，被捶四千，僮妪皆请保释。亦如小安被拘，物伤其类，法不胜情也。夕遣房妪迎三女，唯珰夜至。

七日　晴。道台送学，衡阳最先至，涂、郑、常继之。向、冯、张生来作僎，彭、程不至。朝食后道台来，府曾、清朱已先至，学生仅八人，礼成汗浃衣，解带点心，官去生留，须臾均散。余坐船入城，纨、真于行礼时亦来矣，未遑家叙，便与小庶及冯、杨、张生俱下，舣太史马头。步至府学，唱戏不得入，从潇湘门出，至漕仓，与马太耶略谈。日尚未夕，至府门，询知向生已到，入赴曾太尊席，待朱德臣、冯厘员、李华庭同饮，菜少而饱，盖天热也。夜舁至铁炉门，复步至太史马头，烟店妇见余暗行，遣儿再送镫，慨思陈八，复令召之。乘月还，与三女略谈即寝。

八日　晴热。晨起定讲课，日三出堂，讲《礼记》、文、史。邓生国璋问《春秋》例，世子杀君，例日，蔡般变例也，《笺》误从何说而误。夜摸牌，极热。

九日　晴。发文石书，多所关说。斋长不到，钟点无专司，招夏生代办。程十一亦来。致心盦书。今日已亥，小满。

十日　晴热。珰、纨还湘，遣船送之。余过午亦下湘，催两女登行舟即发，舣石鼓。余上岸待久之，尚须入城取路菜，乃遇轿夫，同至盐局。马少云请客，程、彭、罗已先在，其女婿汪献庭管账，亦出陪客，乃成牌局。热汗如浆，久之朱德臣来，牌散，无胜负，已夕，设食有燔豚。夜还至潇湘门，路泥乃知大雨，南门外又无雨。入城遣迎宜孙登舟同还。闻赵芷生褫职，以劾庆王父子。

十一日　晴热。霖生送《诗经》册部，纸价廿八元，折钱八百文一部，作读本犹嫌太贵，如论书价则极廉矣。九长来，致程生书，未及丞参之说。振子撤差，则程亦必撤。枇杷红熟，摘得五六百枚，不及往年甘酸，将专送诸女。贺子泌儿来，言父书尽付洪水。夜雨。

十二日　阴凉。极热，后得风，加衣少迟，遂已受寒，困卧半日，醒时见房妪，乃以为已过一夜，悟而自笑。

十三日　雨晴。早起出堂，声嘶不能多说。道台请看开学，勉往考棚，欲送霖生，已先到矣。城中文武皆至，绅有给事，商有朱嘉，衡令告病未会。未正起学，登台演说。闻杨八蹁家失火，先出渡湘唁之，便过少鹤家，尚未往吊。曾与匡庐作主人，忆官阁谈心，祖训勉为清白吏；重到湘东访耆旧，看穗帷留影，世交三吊北平家。问彭邵武疾，云已外出。从耕云家渡上船，已过晡食。猎人得鸠雉，分献，以与诸生，本欲捕雀，乃反伤生，非本旨也。看《法政新书》，言理可厌。

十四日　晴。晨摘枇杷得千枚，分六百送诸女。讲《曲礼》毕，亦补数处罅漏。遣彭佣还山。

十五日　晴。家忌，素食。云斋儿自江游鄂，赍宋芸子书来。李选青、彭邵武来。周生留邱甥堂食，告以不可，更设食待之，坐半日去。涂颖廉年侄送诗。

十六日　晴。晨讲未毕，邱甥已来送礼，留同下湘。余至涂教授处少坐，问王树文案原委，以昨得怪鸟书，言朱令持正，属作墓志云云。朱家催客，程、汪、马、张、尉。章湘亭。先在，给事旋至，饮于店后，未夜散，还有飞雨。曾太尊送诗。

十七日　晴。复宋生书，兼致复心书，昨龚师耶来，检上①膏案不全，聊一问之。发文案誊稿，乃误送城中，马太耶送盐来，始询知之。大雨，责奴往追还，云齐七已归矣。曾兵来送礼，已

———————————

① "上"，应为"土"之讹。土膏，鸦片也。

初更，秉烛出，答书。

十八日　晴。邱甥来，谋出处，告以投陈伯严。王化森来见，斥其不衣冠，又枪替，不许入学。

十九日　晴阴。午初与教员携畴孙往看洋房，龚、夏、程从登岸，与清泉令同入门，工料毛草，人徒散漫。延客上楼，曾太守、衡令、两学官同谈。久之道台无来信，乃至中学，先有二客在，未便问姓，惟识彭给事，又谈久之。从南学津梁还湘东岸，过吊杨少鹤，少琴、八踬均在位，孤子十许岁，甚韶秀。渡湘买米未得，先还，已夕食时。夕阳在地，颇生凄感。

廿日　阴凉。邱甥求荐府馆，盖不知世事艰难，以江西例湖南也，复书谕之。得曹东寅书，送杏仁。

廿一日　雨竟日。午讲毕，下湘看陈婿、程孙，遇斋长还职，云考职不得，喻生得第六矣。厘员冯同知公宴请陪，初未通拜，礼当先诣，舁往一谈。出城答郑亲家，云衡守已至，新学徒也，一见便知，知不可伪。新修衡阳城隍祠，可公会，往则诸绅皆集，半不相识，畴孙先在，樯樵承办，小房四人摸牌，给谏在焉。顷之客至，设三席，曾、衡、厘各四人陪之，两班合唱，殊无新曲，至十钟乃散。畴孙先睡，令送船上，乃云在城，并送轿人俱令城宿。三人榜船，到已三更，庶长迎门，乔耶笼灯，索食不得，小坐便睡。

廿二日　阴。城人过午乃还，畴孙逃学二日。作谭道台《荒政序》，复曹礼参书。谢斋长到任。

廿三日　晴。周协镇来。长郡首士来，言小票府禁，求弛禁生财，并云两县有陋规，曾府不收，以阿督意。顷之新衡守汪凤池来，字药房，由笔帖式送御史，自云曾劾袁督。其弟昵于张督，署首府，犹供巡捕之事，托父疾辞免。将留点心，未设而去。房妪入城。彭佣还。

廿四日　大雨竟日。下湘送曾守，已夜去矣。新守尚未入署，于旁馆见之。答拜协戎，辞以放饷。至屺樵家小坐，还舟，送点心者已在舟矣，还已夕食。

廿五日　晴。湘船还，得诸女书，俱言早热，寄蜜樱桃，比店市殊异，惜不多耳。并寄节物。

廿六日　晴。作粽赐诸女。复曹东寅书。拟题补考，并送桌凳。

廿七日　丁亥，芒种。晴。放竺来，言克臣长郎求见，不相闻者卅年，今复闻名，如隔世也。彭氏常女亦六十矣，人生倏忽，又复久长，为惘惘久之。湘涨平堤。

廿八日　晴。午后下湘，至安记小睡。遣约屺樵，步入道署，门遇彭给事，俱至张师耶处，朱德臣旋至，李师亦来，待道台同会饮，烧猪盛设，芝畇谦不为客，谈新除拜，及花药寺僧产，秀枝被押，朗月熬刑云云。亥散，还船，畴孙先同来，待于姑家，齐七入院，真亦出门，无主人也，到舟已睡矣。与夏、周同还，子正始至，小坐即寝。水退二丈。

廿九日　晴。看卷。得黄小鲁书，言雨珊病后事。久欲通问，匆匆未暇，观此终不能免也。湘人乘危挤人，又无能为，情状可哂。得完夫书。

晦日　晴热。看卷毕。三常从婿来。彭理安来。杨少臣来。真女亦来省觌，留饭去。匆匆定去取，遣送道台。

五　月

五月辛卯朔　晴。廖荪畡长子送礼，并致其父书。一日三堂，殊无暇作答，又当复书处尚多，且须看报，知新学之害事也。夜至三更乃寝。

二日　晴热。石五嫂新妇来搅局，不许入门以绝之。与书小鲁、笙畦。

三日　晴。晨起书啃雨珊。欲入城迎监学，监学先来，留饭去。

四日　晴。午后入城，两县约早饭，过程家略坐，至笛渔孙处。答霖生，遇陈婿、程孙、常婿均在。顷之彭理安衣冠来，久不去，询之，笛孙生日，点心两次，遂留打牌。久之不催客，未正乃往彭祠，马少云先在，岘樵旋至，霖生亦来，张、朱公请，酉初散。

五日节　避客闭门。霖生父子及两女婿、程两孙均入谈，留摸牌四圈而去。今日晴热，有雷无雨。

六日　晴。出讲《礼运》，文笔殊繁蔓，非翼经之作。诸生来者稍多。

七日　晴热。谭香阶来，言孔宪教逆子得优贡，科举扫地矣。始作夏墓志。体微不适。

八日　晴。两课后入城，答香阶，即同至子年家会饮，涂颖濂、郑六峰、李华卿及谭为主人，张硕士为客，子年主办，余疾不能多食，应景而已。邀章襄亭及谭、张摸牌二圈，酒罢上灯，又摸二圈乃还。周妪干儿求学艺，子年允荐洋货店，令同来见之。二更还。电云欲雨。

九日　雨。程、常两生来听讲，诸生续至者盈卅人矣。何无业之多。

十日　大雨，讲时尤甚。两堂两阵，几不闻人声。雨后泛舟至城，借轿至西禅寺，好心必欲一斋，程、朱、马太先在，张师后至，论役田本末，云道台颇窘。夕过衡阳，又至真女家一转。

十一日　湘涨。夏子昨归，龚师亦去，谭心兰儿复来相投，客舍已满，不能不留，且令楼居。

十二日　晴。寅正即兴，往泉溪看田，周生代中，齐、季从往。余从山道赴�湖，三生从正道来会，泥行颇困，平路来快，同至杨家当铺早饭。耽延一时许，至古城寺。山坡中一坤田，其家小康，夫有外室，不顾妻子，妻守屋啼泣，不可夺也，废然而还。到尚未夕，费去五六千，可笑也。向生来，言役田事发，欲余解之。今日壬寅，夏至。

十三日　阴凉。家忌，素食，不废讲，亦见一客，有三数人来闲嬲，则谢不见。

十四日　阴。与书衡令，言厨姻争产事。和尚做媒被押，许周儿廿元保出，周儿已去，索谢者众，湛儿尤皇皇，遂不与之。郑六峰来。程通判自蜀送①回来，言蜀事。曾四元来。廖子送煤，搜箧得卅元，借学费十五元给之。

十五日　阴，午后雨。得省报，瞿儿开缺，七年宰相，一朝屏斥，并有屡被参劾之词，知巧人亦徒巧也，又不如叔平怙权，一时恣肆。

十六日　晴。出学生公请，有卅二人，内有女婿、教员，尚有二人不记识，实廿六人耳，并及畴孙。午讲毕下湘，并遣方、彭送炭，陈八送船，同泊铁炉门。至安记、程、陈家，先至彭祠，问向生干求意，以便酢复。过常家，犬卧堂上，不敢入，至安记少睡。申已往彭祠，李为门生长，常、曾作陪，道台亦来，小班杂戏，聊演故事，亥正散。子正到院，乘月颇凉，畴孙睡着，周生亦磕睡，与余同还。作夏墓志成。

————————

① 此处当有脱漏。

十七日　晴。晨书与荪畡，言三事。廖佣母病告去，令送谭生干廖。遣船迎监学，至午乃到。

十八日　晴。陈婿甥皇皇求事，急欲余书，不能守百金之例，又不肯破例，与书午桥转致。道台夕来。与端午桥书，请庶长录为单行。陶斋宫保使公节下：轩然大波，林无静柯，颇思东游，又畏炸药。闻文石上谒，谈宴定欢，抱冰诗钟，无此高雅，遥望棨戟，但有瞻依。浩然将踵军门，前函求公平章，倘得韩詹，或因兹一会也。又往年与公言盐局当尽去夏、程之流，以便安插私人，大彰公道。文石之来，实获我心，未及晤谈，为公招去。今有复心甥彭生，前在敝县混饭，督销更易，求舅关说，不说犹可，说后被撤，天理何在，物论大哗。兹令该生亲至金陵，请文石另委，闿运不敢再说，求公转告。以后闿运请托，并求谆属，不准驳回，以符前议，如是则大庇寒士，广作福田，杨度、孙文皆消散矣。附呈新刻二种，聊伴荒函。盛暑南征，期以半月，还衡之后，再得奉筹。专颂道安，不具。闿运叩头叩头敢言之。　《奉和竺如大公祖见赠原韵即以送别》：郡县千城选吏才，几人能信漆雕开。嗷鸿正赖循良抚，骢马欢迎召杜来。戴笠私行周僻隐，褰裳远瞩振风裁。民兴经正从来易，春酒庠门得坐陪。

早年相见各朱颜，游宦匆匆岂暂闲。老我归云仍出岫，输君挂笏自看山。骊歌颂德嗟来暮，鸠语催耕且未还。东馆留题记棠帟，汉南移柳正堪攀。　《奉题湘江访旧图即用寄诗来韵》：曾共陈抟卧华山，久从学派辨王颜。即今道路多豺虎，犹自烟波逐鹭鹇。江汉愁思青玉案，姬姜憔悴白华菅。图成只许伤心看，世上浮云了不关。此答黄小鲁诗。

十九日　晴。诸生卅二人来照相，庶长设馔待之，午初始来，申初乃散。便与向生同至给事家会饮，余更约道台来闹席，夜分还犹热。

廿日　晴。雁峰僧设斋，约二彭摸雀，期午正去，未初乃往，顷之客至，有陈润甫、朱德臣，待屼樵至酉乃来，未一圈，道台来便散。暗行下山，两人引导，而反迷路，绕行里许乃得上船。

廿一日　晴。杨八踦片来，托荐人于汪衡州。石儿亦求荐，皆必不收，宜如其意。张衡阳来。夜雨。

廿二日　晴。为李华卿作字，并题一联赠之。午入城，与霖生同舟，从江西馆上岸分道，余至安记小睡。醒无一人，起，出门小步，遂入道署，至李斋小坐。芝畇来，请看画。兰花数百枝，全无一香。出示李营丘大幅，赵仲穆长卷，易元吉花卉，宋院画，苏、米书，兴庆小龙，忘画人名。以赵卷为佳，无款，唯有"中吴山人"印，翁覃溪云是仲穆。山石上有山谷名，云"石门精舍"，工细非近代所及，丘壑层次仓卒不能辨。霖生、给事、曾、向旋至，会食。大雨，昇出城，庶长先在，城门下钥，云清泉逃犯，故早闭也。到已三更。

廿三日　晴。检《图书集成》，寻"石门精舍"不得。为郑六峰作字。送时鱼与真女。诸生入城，甫登船，大风可覆舟，遣看已不见船，向生亦在船，恐又下水也。

廿四日　晴。卧①《图书》八本。邹韵深来相看。韩元吉送纺绸，意在端书，可谓豚蹄求篝车也，拒未之见。改代上醇王书。

廿五日　晴。遣问峆樵桂阳之行，云遣子代往，已代顾夫矣。讲《礼记》至《少仪》，未终篇，令诸生日点十页，作日课。

廿六日　晴。晨起欲召轿夫，云不由南路，当出西门，携畴孙同行。至程家闻峆妻疾，云痛痒游风，医不知证，故留审方。待饭至已初，与程生、陈婿、畴孙仍由书院对岸取车江道，投松杨。昇行甚疾，未暮渡湘，到圷局遂昏黑不辨门径，呼门排闾。司事梅、陈为主人，待饭已子初，宿紫宸宫寮。

廿七日　晴。晨起昇上水口山，过豹子岭，所谓久闻大名者。里许便至圷所，木城围之，见廖璧耘，设鱼翅席，已初乃行。北风甚热，昇夫亦懒，数里一息。五十里至秩田虚，不能再进，饭

①"卧"下疑脱"看"字。

店不可入，强至盐局宿焉。委员洪信臣，名淡，思贤商学举人，以附和开关劾免，文石首拔用之，周庶长曾为关说，余忘之矣。自行投到，又收一冤单，其随丁王姓甚警，余夜起，彼已起候，奖以一元。

廿八日　戊午，小暑。晏起，点心后乃行，十五里至衡头，问陈家行馆，得陈生设食。觅人引路，取十里洞，傍钟水行，过大坳，山水颇幽，到庙前，地势开敞。南行入山二里许，便见夏墓庐，葬在山顶，三陟乃登，藉草少坐，论虞祭不可在墓。将夕下，宿飨堂西楼，东楼有客，未往看。

廿九日　晴。夏生瑰青送《丧礼》来，犹是张蒿庵本，可谓桂阳藏书家。颇热，避东晒坐楼下，将午乃朝食，为定题主反哭仪，令陈婿抄虞祭仪，未甚简妥，夜为改删。

六　月

六月庚申朔　晨起上山送葬，卯正往，辰初窆，仍下待迎。本无迎礼，说再三不了，只得从主。乘舁上山，舁者生疏倾仄，幸未倾耳。巳正主人反哭，客饭毕，或从或归。余与陈婿、畴孙舁至夏生家，在庙前。西湖唐庙祀李旸天子，有塞会，迎送在此月，大要徭王也。见其五子及其姊夫杨生。顷之，益新来陪客。看汤寿潜《危言》，皆施行矣，亦策士千载之遇。夜分程生呼门来，余宿书室，夏兀惊起开门，客入竟不再出，主人亦不出，可怪也。

二日　晴。晨起，陈益新来送，云早尖半边街，更无他饭店。及出，舁人云正路较近有饭店，不知何故远绕十五里始至。饭后行卌里至常宁城，投宿北门土税局。马先生三兄弟查偷漏，云昨日打局，县令不理，李端甫把持也。夜设八碗，三更乃得食，宿西房。丁生来会，同行。

三日　晴热。常宁两生、郭、王。两棍张、李。来见。辰正得食即行，舁夫甚困，六十里到柏坊。船未至，自往湘岸觅船，益新云已看两只，午饭后可行。陈、丁、程从陆，余从船，俱会松柏。酉正到，换大船，遣迎陆舁，昏黑亦俱至。船内热不可坐，坐船头，至四更摸雀八圈，鸡再鸣矣，今年始听鸡鸣。益新宿舟中，其族人送鱼。

四日　晴。晨阴。促益新去，去而复来，丁生惊醒，遂病。程生屡唤不醒，客去余亦睡，微闻橹声，未知何时发也。帆行有风，背风即热，皆睡过午，唯畴孙不睡。申正过东洲，水涸不能舣岸，遣呼小船来迎，到院酉初，犹未饭。浴毕与霖生、谢、周生谈，闻安徽警兵击死巡抚，端斩一道员。又闻谭兵备送部。如武陵渔人出山，为之怅惋。

五日　晴。考验日课，看诸生所点书，分两堂乃毕。歇伏，减去午课，改"俎内祭"一条，郑注屡以柄尺分坐立祭，未知其义。夜风凉。

六日　阴。畴孙告病假。考验点书，论通经之用。入城问谭得省信未。

七日　晴，有微雨，甚凉。禾宜炎火，北风伤花，恐成歉岁。求报甚急，乃不能得。程生借来一看，云皖抚为匪党所戕，与皖报不符。皖云道员，此乃匪党，岂亦突遭兵燹之类耶？写瞿军机甚妙。

八日　晴凉。复讲《礼记》。为郑亲家作字。真女送瓜。

九日　晴凉。看报，因朝政变动，作报者亦皇惑矣。独醒政难，可为一笑。喻、谢请画像，对坐一日，甚困。

十日　晴凉。蔡人龙问大夫会例，前后说异，为通检定之。

初从日，后从时，以时会多也。《笺》又误书"莒"为"郯"。刘舍人、廖胖皆未校，不及蔡矣。畴孙问周王世系，书院中乃无《世表》。霖生出季鸿都尉书见示，书亦可刻，惜无资本。卫武公作《抑》二三章少押两韵，盖老去诗篇漫与耳。"告"则必不可通，《酒诰》可通，而亦疏阔。

十一日　庚午，初伏。食瓜、羊、鳖，并令厨办官羊，以饷诸生。夜小不适。阴凉。水小涨。

十二日　阴凉。腹泄未食，讲说气不足。赵年孙自衡山来求荐，张监院儿亦求道台调留，皆与片关说。霖生持墨索书。张、卜、麻三尉来。李华卿及涂、谭两教官继至，设杏酪待之。谭、张两生夜来，俱承我敝，力疾对之，疾乃小愈，遂写两联。

十三日　晴。始有炎景。张师侄来问信，且言当面谒巡抚，告以任师故事，且宜辞馆。说"弃杖"未知何时，余以为祔而弃之。喻生以为待练，康成注《礼》云"练，杖不入门"，似祥犹可杖，阎运以为误也。祔既吉祭，又蚤剪，礼不可杖，当于脱经带时弃之。夜雨，旋见星月。得廖笙畋书。

十四日　晴。校常《读史录》，脱北魏一帝，为补之。南北纪元，亦殊难抄并。

十五日　甲戌，大暑。晴热。廖世兄送墨，畴孙问墨何者为佳。取《集成·墨典》示之，又不能读，因撮录《辍耕录》墨工名者，首唐祖敏、奚鼏、子超、南唐赐姓李。超子廷珪、宋张遇、潘衡、蒲大韶、朱知常，元潘云谷、长沙胡文忠、朱万初。霖生暂归，斋长亦去。

十六日　晴热。衡山汪生来见，母丧未逾月，剃发出城，涉讼讹诈，上控批府提，来求救，付之不理。已而喻生来，言愿和，令庶长入府问之。廖世兄抄《梦中室铭》，末云天禧四年谦叟作延室。《铭》云："保此令名，以全其德。惟彼汶汶，不受污蔑。不丰不俭，此为先生之宅。噫！微斯人，孰居此室？"余以为延寇平仲之词也，寇谪道州，溯湘水，故于松柏作室要之，几神解也。抄常表纪元成。

十七日　晴。熊妪儿来，大要求荐衡守。马太耶来，诉卤水两年，遂开销万七十元，所谓壮哉雀鼠。复书廖生。唐乾一来见，称万岁万岁。

十八日　晴。道署来报，秦子质得提督，赵御史开复，县人复盛也，作诗庆焉。魏聂张瞿一扫空，闻君开府稍称雄。九头专奏光前典，五指巡边应凯风。薇省早年金凤诏，柳营还忆雪狮功。无文绛灌休相笑，露布亲题出岭东。陈郎自桂阳还，言子久劾庆有据，殊不似其为人，岂良心发现，以大臣自命耶？恐其自陷，思以书喻之，夜起属稿，亦自笑也。抄墨故事，皆宋以后事。

十九日　晴。观音生日，宜度苦难。欲与瞿书，又复辍笔。夜枕席如焚，起开门纳凉。

廿日　阴。刘优贡来，留早饭。杨生来索书《游仙词》，余云此已上古事矣。花木长新，日有可乐，鱼跃鸢飞，活泼泼地。枪伤皖抚，疏劾庆王，皆吾诗料也。因作寄瞿外部一律，书于扇头。温树无言过七年，忽闻鸣凤万人传。已知牛骥甘同皂，还与鸢鱼共乐天。羿彀屡游真得命，楚弓未失莫惊弦。从来山甫夸明哲，独咏槃阿一莞然。写条幅数副。

廿一日　庚辰，中伏。凉。抄三国纪元，五易纸未能合款。道台送瓜廿八枚。夕风雨。

廿二日　晴。云孙专使来，言永孙写票作弊被逮，求救，复书喻之。分瓜诸生，作诗谢道台，写对子。

廿三日　晴。道台和诗来。寄樊山书，并告程太守。霖生送葡萄。

廿四日　晴。写字半日无佳者。夕家中专信来送瓜，云工人多病，瓜太熟，已将烂矣。校新刻《诗》。

廿五日　晴。校《诗》毕。欲再和道台诗，以"夷"字难押而止。张子年、卜云哉来，一窝蜂来，欲接无房，均集梅树。与书程太守换银票。信未去，当催之。

廿六日　晴。写字墨尽。汪药阶来辞行，调补长沙，代者彭小香，故潭令也。真还，携子同来。张、喻来，将说媒，未言，但探意，余答词针锋，陈婿乃又有所说，遣真问之。

廿七日　晴。昨凉可出，今当送汪长沙。正午下湘，颇觉炎蒸，步至程家借轿，先诣章师略谈，送旧迎新，皆不相见。便至府经历署，云哉已具馔矣，章师、罗板、屺樵、子年、马太均在，又令姨侄谭延准陪坐，云若愚甥也，曾两见我，茫不忆矣。盖未提亲戚，故付不论。摸牌半日，夕过道署，看张师、李华庭，笼灯借报还。

廿八日　晴，稍热。彭太尊来久谈，颇颂岑抚。食瓜不美，又和前韵二首。得廖璧耘书。

廿九日　晴。午讲毕，至杨八踷家会食，八坐两局，角胜正酣，余戏代东，输出八元，还不肯受，甚歉然也。给事云凤冈妻生日，当往庆寿，热食烧猪，遂散。

晦日　晴。诸生瓜诗纷纷，美不胜收，然无纯粹者。霖生来，将遣往迎，俄云已至，夜入谈。

七　月

七月庚寅朔　立秋。晨讲《大学》，吃紧处在不聚财，知古今人心不相远也。曾署守以争钱记过，复书慰之，警□①云。虎竹再分诗定续，鹤粮频减甑愁空。

二日 晴。昨夕大风雨，今晨颇凉，午食瓜。章师来谈。夕复风雨。

三日 晴。讲《礼记》毕，且休息还山。罗正钧得提学，王子余补天津，排湘稍息矣。午讲。梁习孙、王姻子字澡真同来相看。客去，复大风恐人。霖生来交账，云当辞馆，庶长亦索八十元以去。

四日 晴。写字半日，作常寄鸿《史编》序，久不搭天桥矣，复一搭之。午后与霖生同至屺樵处看报，云九长坠马，至请法师。往真家一问讯。上镫后与常、程步至道署饮饯，道台和诗益佳。亥散，舁上船，与霖生同还。

五日 晴。发行李，午初卜船，霖生率诸生送至崖。余步至安记算账，便往屺樵城外菜园消夏，热炙殊甚，打牌八圈，还杨四元，夕散。登舟便发，泊樟寺。

六日 晴凉。行百卅五里泊石弯。

七日 晴热。行百六十里泊大鱼垸。水尽黄泥，风作稻蒸，夜甚不适，不遑看织女也。有天棓见于东南维，夜候已灭。

八日 晴热。晨至下溇司，舟行甚迟，入涟口已日斜，至沿湘遂暮，方僮、友孙附小船先去，泊杉弯宿。

九日 晴热。晨待拨船，方拟办饭，俄而舁船并至，先渡西岸，将行，舁人云小路不便上下，令待姜畲。余仍从小船俱上，来船亦去矣。至姜畲上岸，小愒二妹子店，送茶未吃。午初到家，诸女相待朝食。卯金女子来寻，斥令即去。狗孙、三满子均来。将夕微雨。

————————

① 疑应补一"句"字。

十日　晴。蚊扰日炙，不能一事，摸牌犹患热蒸。王凤子来，言讼事。珰女亦自省来，云瞿、张俱入京，功儿、存古去矣。

十一日　晴热。稍检书室，鼠蠹盈簏，令方僮扫除。张四先生来，言已顶得一布店，尚须觅馆，留宿西斋。

十二日　晴。遣方僮入城办新果蔬。张生午去。热甚，得小雨，更暑，已而大雨。阶上成渠，踏水上堂，诸女衣履尽濡，奇景也。俄复见月。

十三日　晴。晨不得饭，乃遂朝歌，四圈毕始得食，因候市买，久不回也。戴弯送鱼。文吃送日本信，临水读，被风吹去，大索不得。月出始荐新，单衫犹汗浃。方僮回。移席阶上，饮半杯，吃一盂饭，热甚遽起。藩司内用，廖子不来，县令又易，杜公与任伯仲矣。左季高云湘潭例无好官，此语不虚也。

十四日　晴，仍热。写屏对六纸。命舟入城，农祀并忙，无人应命，方僮自任能桨，家人皆忧危险，余以波平可泛，待月而行。三更至湘，水漫不流，到马头已四更矣，遂泊沙弯，谷、周俱起相迎。

十五日　晴。晨起不知方僮所在，昨夜乃独守空船，可笑也。谷三送糕，周三送水，盥沫毕，令移至荛船傍，遂上翔鸥。午后到长沙，坐车到家。陈鸿甥架床门堂，妇、孙并来问讯。三妇初立家计，即居西宫，余遂食于其家。长妇、儿女皆各有房室，位置颇合。云功儿、存古尚未有定，张督入京大议，裴回不敢去。胡子夷、瞿起郎、云孙、胡女婿均来。尹和伯夜来，云抚屋被炸，虚惊已甚。藩授正卿，乃进贤，非退不肖也。

十六日　处暑。晴热。晨出谒抚、藩、学、臬、首府、叔鸿，在抚门候帖太久，日色颇街①，遂即驰还，唯见汪、徐耳。徐又取

---

① "街"，疑为"佳"之误。

妇过礼，云斐泉女也。还家朝食。长妇进酱鲫甚佳，久公送和诗，夕往看之，便候余参还吃饭，健孙生日也。廿四矣。庶长来。瞿、余来谈。

十七日　晴。与书首府、县，安插方、戴。廖道州来。宥芳每日来摸牌，暑甚，辄不终局。会元来久谈，还其行状。房妪告病，夕往看之，便登舟开行，两了、两孙、一甥、二僮送至岸边，夜泊昭山。

十八日　晴。午至县，入城看赣妇，辛夷先出，赣妇强出磕头，谢教子不豫，云学界中唯胡澹明相关切。余意可保出，约至船谋之。下船便移杉弯，遣迎书版。与书诸女，问玱行否。仲叔、季弟、幼子、童孙相继来，娄、陈两生来，谷三亲族均来求事。

十九日　晴热。朝食后移涟口，风炎日炙，殆不可安，无可奈何，岸上童男女环绕观讯，半日始散，皆渔户也。夜卧船头遂寐，闻人言睡着矣。问之，陈鸿子小船追来，报李督销改鄂岸，所识穷乏者皆失望。鸿仍求书，允为作一函，舟中无坐处，仍令即去。又寐，顷之闻呼放柁，乡船来，玱应声至，已四更矣。遣送船下县，约明晨来作柁工。

廿日　晴。晨起甚晏，陈甥已专人来取信，留饭乃去。便移洛口，买米三元一石，又买豆脑作点心，待作豆乳。久之桨行，望马颊不得到，如神山也。夜至白石港，横泊港口，大为估客所笑。夜月，复行，竭蹶篙撑，玱女、房妪俱不得眠，余冷而诸人言热，遂独掩夹被。

廿一日　阴凉。计十五日受热四天，今酷吏去，故人来，喜可知矣。午至晚洲，逆风拉弯，卅里宿油麻田。

廿二日　阴。过雷卡，缆帆并济，夜泊七里站。

廿三日　阴晴。稍热，竭蹶一日，仅行卅五里，夕至城下，遣送珰行李寄陈家。齐七来，报彭邵武之丧，迎珰上岸，余遂还院。本欲唱戏请客，因求雨不可。

廿四日　阴。赵年孙追逐来见，告以无事且归。向、杨两生来，送道台诗片。周生父子来。真女携儿来。

廿五日　阴。晨阅课文，批答亦费一朝之力。道台来谈，云枢廷主笔无人，学部推广保举，小大臣工皆得荐士。

廿六日　阴，夕小雨。开讲《论语》，亦颇有凡近语，尚宜精选。

廿七日　阴晴。谭生来，示张孝达立学奏议，全无精神，不及学部驳议也。乘危进言，冀其不驳，批云"学部知道"，是不驳矣，何以对王、孔诸人。午讲《诗》三篇。入城看女，先至程家，设两牌局，未久坐，至陈家，两女均出，又去至道署李师斋，张去梁来，主人亦出，设杏酪、月饼，夕还乃得食。

廿八日　晴。看学部奏举耆儒折子，未令人举而道台欲通饬通举，误矣。房妪入城，余少睡。客来，家僮不报，遂至慢客。

廿九日　微雨，阴。桂阳夏昭，字南舫，率其子同来，竹轩从子也，为蜀令。与烟贩陈姓俱来，欲谋炼沙，告以廖姓私产，未必公诸同好，且待见时问之。

晦日　晨遣视珰女，殊无还期。讲《论语》，未知"微生乞醯"何以见论，颜、季言志语亦惝恍，诸生莫有答者。写字数幅。李师、谭教、张尉来，适午讲，放堂陪客。

八　月

八月庚申朔　大晴。讲《论语》"雍使南面"为谋乡饮宾。"可也简"为不用子桑。孔子"射矍相"是五物。"询众庶"，其所选乡宾未知为谁耳。遣送珰女使还，云不须送。

二日　晴。先祖父生日，具汤饼羹，未饪。常霖生来，更作杏浆待之。午食于外斋。

三日　晨点，未朝食，写字一日。程生送诗稿来，校一日，讹谬不胜数，尤奇者重刻两首而刷百部，害人终害己，可谓猛鬼。

四日　晴。校诗毕，更作五首补空。程通判来，言蜀事，颇称许藩，而云冯煦道学，未之闻也。冯骕复擢浙抚，吴引不至湖南，谁其嗣之？夕至城答常不遇，过谭香陔小坐，邀涂来谈。自诣药店，店人不识也，犹可以隐。

五日　大晴。讲《论语》上篇毕，上篇即内篇也，以雌雉终，即获麟之义。子路不能色斯翔集，故及于难。《丁未八月督抚歌》：疆吏裁三更增四（东二省奉、吉、黑），八旗蔽日（江端、闽松、甘升、滇锡、蜀赵、晋恩、洪瑞、新联）直仍三（湖张、粤张、东徐、苏张）。二东（秦曹、桂张）苏（黔庞、皖冯）皖（东吴）排湘尽，蜀（黑桎）粤（奉唐）滇（吉朱）闽（豫林）桂（湘岑）豫（浙冯）参。

六日　大晴，更热。午至文庙看舞乐，纯用绛衣，似非定制。陪彭太尊立阶上，前日后人，衣冠蒸炙，不能久立，旋即退出。解衣，舁至程家看报，岵樵亦还家，云常九耶即来。久之不至，余假寐客坐，寂无人至。将夕乃往道署，亦陪太尊，朱、萧、曾、彭同坐，萧云富商，曾委员也。省报袁、张内召，杨、陈作督，新拔冯、吴，改赵于鄂，昨日歌诀又成陈方矣。红羊劫到换张袁，峻擢陈杨比赵端。三直二苏闽桂粤，曹张松锡瑞恩联。还已子正，二长、一陈同船。

七日　阴，午雨。熊儿来求食，且令庶长食之内堂。两头飘雨，不可暂坐，后窗复闭，无容膝处，且喜夜霁，不妨官祭。

八日　晴。静待燔肉，仅谭训导一处，肉贵钱贱，门斗不至，非季桓之列也。看《小五义》，有伯寅题语，前《七侠》，荫甫题签，其时犹以翰林为重。方僮来送酱卿。

九日　晴凉，夕雨。常婿来，代其叔父收租。写对子二副。

十日　晴阴。讲《论语》多不可通，"小不忍则乱大谋"，似商臣、孟德口气，非垂训之道。又"仁甚水火"，亦自难谓避仁甚避水火，不至如此之甚。谓用仁甚用水火，民初不用仁，又不应蹈死，蹈仁而死，是杀身成仁，则避仁作何避法？诸生默然。打一圈下堂。彭公孙今日成服。遣问道台，归晚未去。

十一日　阴。家中为半山设荐，余亦作汤饼，不出堂餐。午出，寻便处不得，还至门口，遇霖生父子、陈婿，同人，谈时事，云已立储矣。设点心，送客去无船，欲自往验之，又云有船，裴回遂暮。

十二日　阴，有雨。午讲《春秋》，记王葬有过时、不及时、我往三例。他葬亦有慢渴之分，则卒葬当先见一时例，三月五月，经不自注，非例不显，岂公葬有明例耶？向未致思，正当考之。鲁既托王，则公葬即葬王也。公皆五月，王有过不及，列国亦不限五月，夫人犹不限，皆无讥文，明不治他人葬期也。《公羊传》频发例，传师说耳，非经意。若如所传，则小国无君臣父子耶？午后真来，与同下湘，至柴步，见廖道州寒来，与谈。小雨，真遣舁迎至家。送常九先生，便过月樵，言敦竹事，责其反复，坚不肯承。陪霖生摸牌四圈，舁上太史马头，还正初更。

十三日　阴。蔡生问《春秋例表》歧误处，未遑修改。零有时有月，亦未思其由。不得于言，弗求诸心，七十以后养身之方也。促庶长收支结账。方僮来投宿。

十四日　晴阴。本约廖道州一饭，迟久乃至，已饭后矣，为设午馔，谈时事。余云安史之乱，元次山尚作"三吾①"，道州何

───────────────

① "三吾"，指元结所居浯溪及所建峿台、唐亭。

患朝政。送廖去。午讲毕，放假一日。夜月极明。看延安地图，未知所谓北山者何指，图中全无山也，在汉为上郡。

十五日　晴。晏起，谢、喻、陈、常、周、夏并入贺节，告以居丧，不宜干涉吉事，今儒者未知也。廖保贡自京还，匆匆即去。夕邀二长及附学两生、两女婿听雨，乃得大晴。次谷亦来贺节，旋去。廖尚在外斋，往问京事。梁、戌生。王澡真。两师来谈，留饭不住，申正设食，乃有八坐，菜少客多，犹用三庖人，可笑也。夜下船看月，午诒适来，便要同行，东上西下，过白沙入木卡，答访黄镜澄。大令，秉烛夜谈，亲扶我下船，与午诒未相见。还，月甚明，又与午诒共饭，小坐至子，倦卧，至月斜乃寝。扬休来乞食。

十六日　晴。开讲《诗经》，作泛月诗，记中秋月也。辛丑联句至今又七年，旧恨新愁，故成此篇。《中秋泛月适夏午诒来访同舟溯湘绕洲还院对烛作》：明月犹未升，佳客来我舟。开襟对清光，拥楫溯湘流。凉期不易逢，圆景忽已收。浮云蔽长帷，众星环四周。真明固不亏，冰镜朗清秋。昔我与子期，秦楚路阻修。宁轸千里叹，欢此一夕游。惊沙复涌浪，碧树常围洲。自我见此月，欢怨亮有由。还舟感余心，对烛怀百忧。

十七日　丙申，秋分。晴热，复纻衫。午诒昨去，夜月仍佳。扬姓自衡山来学讼，挟有倬夫书，盖与彭交涉有年，故遥庄也，亦允询之，而不得其门。涂颖郎来，正上午堂，遣庶长陪客。夜半雨，桂花。作《湘绮楼记》。

十八日　雨阴。得茇女书，言山中桂花未发，自有桂树来，恒早于湘，今乃迟于衡，何也，亦作一诗讯之，将专信去。念廖荪畡处当有吊唁，遣觅白绸。

十九日　阴。觅白绸者竟日未得，写字数十幅，濡笔待之。至夜乃得洋白纱，写"珠泉寒侧"四字，又作书致荪畡，待明发而行。

廿日　阴。遣扬休送信。朝食得芦菔菹，始复常膳，一月未加餐矣。岘樵夜来，回看敦竹也。写字下款，半日尽了，墨亦罄矣。

廿一日　阴。诸生论《春秋》例者，言笺表差互，各拟表稿呈正，一望茫然，阿利子的耶，不如自作一表，检经条列之。廖生领凭回籍，将欲缴凭，遣问道署例案，复云不可。涂颍廉再请饭，欲催墓庐记也，为作百余字。令陈、夏看古文，送入选定，又增日课矣，庶几不素餐。

廿二日　阴晴。教员咄咄逼人，令代两讲，唯自出晨讲。午后下湘，见炮船接差。作彭邵武挽联。聪马继家声，犹有棠阴留邵武；鹦洲非旅殡，得归船厂溯前勋。陈、王来投，荐陈留王，客中不饬厨传，省无数冗食，不劳唐子明也。谭芝畇请赏桂，陪百川号客，涂教授闻而早设，未正齐集，梁孙、罗闿、章师、李师、谭导、张尉同坐，席未散，道台已催客矣，与李师步往，岘樵亦在，给事后至，试新庖，甚不佳，还始二更。

廿三日　晴凉。遣送杏仁至四同馆，并发四帖请印官。抄《春秋表》，看古文。

廿四日　阴晴。看《通志》，欲求息机园主人姓名，不知查何处。诸公无著书条理，尚不及旧志门目可寻，姑取杂志翻之，乃得衡州灰土巷，字作䨤图，又可怪也。夕至府署会饮，彭小香请彭、朱、程三绅，吴、卜、李三官饮于螺园。教士戒严，召防营来，戒饬学堂斗气，为监督作调停，皆新政也。戌散，还舟始及二更。

廿五日　微雨。看《通志》，多采时人著述，全无去取，裴樾岑殊不省览，任卞宝第为之，又不如王赓虞。小有寒热，多卧少事。

廿六日　阴晴。晨讲毕，即料理下湘。以今日请客，托张尉代办，须自往待事，因令两婿同往。过给事门，遣约上船，乃云已渡湘矣。往泥弯长郡馆，卜允哉、张奎生、李斐章、黄蝉秋均为子年所拉，众擎易举，戏台已铺设矣，客犹未早饭。顷之梁戍生、谭香皆、李华庭、章湘亭、涂颍廉皆不待催请。程月樵、彭向青、罗心田别作牌局，亦不待催。朱得臣、二扬、四官以客礼待之，申初催请。午正开戏，又开赌，余陪摸二圈，令齐七自代。酉初客齐，酉正入坐，牌局乃散，戏无新曲，然甚精神。设三筵，中五、东七、西六，亥初散，到院子初矣。小雨。

廿七日　晨大雨。程孙送赵氏男庚来，文恪曾孙，伯臧之弟仁和令庶子也。两姊不嫁，抚养成立，年未弱冠，亦无官位，似是佳婿。复女择对已久，虽非杨华，已过桃实时矣，得此甚喜。即回女庚送去，请程二嫂作媒。

廿八日　晴。朝讲毕，退食，作书报诸女。午下湘，至花药寺斋集，光孝寺也，以丛林作私庵，构讼十余年，始断归公。阶下囚请堂上人，约余作陪。请帖多迟发，客皆不至，唯有云儿先在。余步上，遇雨，小睡片时。道台来已将夕，培元孙翱羽。程催客，未能往也。朱二大人荐厨，菜久不上，头道点心，已换二回烛，草草兴辞。至段家，宾客满堂，漏九下矣，冒雨还。客彭给事、王郎中、符铁年、陈润甫皆先到后散，庶长尤早至，步从同还。

廿九日　阴。议船山生日祭，当令其族孙典祀，余不主之，遣斋长代行礼。每岁支十二千，今费不足，以豚代豕。夜看肆仪，祭器服皆假办，宜自备也。

九 月

九月己丑朔　大雨。早起催办，喻生赞仪，斋长初献，收支亚献，齐七为宾长，余于入门时亦先行香，在室为赞，未遍旅而先退。向、谭两生午来，示我道台举耆儒文书。于道台有光，于我名有损，属其婉辞焉。

二日　晨当入城，再辍讲一日。看时报。至程家贺生辰，两世再逢八十矣，特设西房款我，朱、郭相陪，子年后至，两碗面兴辞至陈家。遣人还乡报喜，兼与内外孙女做媒，三书并发。陈八来。昇登舟，湘涨一丈，溯流还，始巳正耳。夕食蒸豚。与书于晦若，谏其出洋。

三日　阴，有雨。曾泗源请饭，未去，又遣送肴点，以新刷诗集报之。屺樵来谢寿。

四日　雨晴。写字二张，对二联。看赵文恪省志传，与杨、彭、曾皆武陵一品官，大约罗、李之流。云第宅壮丽，埒于清泉杨健，武陵亦有杨健，则不如也。嘉、道时吏治如此。庶长告去。夜月。

五日　晴。讲《诗》，毕一本。王克家来，问演说，告以不去。

六日　雨。彭公孙柩入家门，往会其奠，午初往，待久之始至，给事越绂来，招同入旁门，灵设正厅。屺樵先在，魏耐农来谈挽联，兼及祠联。知宾一日，有识有不识。待至日夕，道、府、两县乃至，谈时政。督抚又迁移，湘人复持节矣，盖张、袁所以示大公。匆匆散，还已夜。

七日　阴。湘上二陈来，求干官事，善遣之。与张先生书，愿捐百金，免荐馆。

八日　阴。孺人生日，设汤饼太晏，两婿已饭矣。正写字，真来。

九日　晴。放假一日。朝食后携常婿、周儿下湘，至西禅寺斋集，为化盆米。岘樵早来，待向青摸牌，向青以非赌局，不愿也。勉邀马少云入局。未久，清泉、衡令继至，彭府亦来，清话久之。诸僧围绕，言事者纷纷。道台来，又起局摸两牌，给事复推牌而起。酉初上食，散已月上，笼灯甚盛，纷然各还。登高有春景，失本义矣。

十日　晴。朝食后入城遇雨，久泊潇湘门。步至清泉署，章师及梁孙招饮，谭老师已先到，郑六峰、涂颖廉、罗心田、李华庭同集。郑往府署陪袁管带，行炙时乃再来。夜雨昇还。刘三阳来见。真女送菌。

十一日　阴。衡民以百钱杀三人。兄弟也，五从相与斗，二吃三，遂并命焉。学堂毕业，县令下乡，遂不能行礼。袁管带来见，王升辞以午睡，奇闻也。申饬家丁，犹敢如此，故知积习难悟。洲民送笋。

十二日　阴。刘升来送功儿书，有意郴牧，知我仅识谭承元，不知谭承元不识我也，小人无聊如此。改余肇康母寿文。夜雨雷。

十三日　大雨竟日，雷电如春。船夫献菌，待油煎，至夕乃得。李佣还，得儿、女、女婿书。衡阳汤童呈其父璞诗，沈山人之亚，以正途，故不及沈。《九日邀衡府诸公陪谭兵备斋集西禅寺》：秋望喜寥栗，兹辰更暄妍。既无送远悲，佳赏寄林泉。南中菊晚花，独有贞桂专。环林碧成帷，远岸暖晴烟。郊游屏车骑，方外谢拘缠。明镫月中行，余兴共翩翩。顾笑陶彭泽，东篱无往还。

十四日　雨。谭兵备送晒肉。珰女送菌油，已霉，煎未得法也。敦竹入城不还。

十五日　雨。夏郎告归作阴生。两县小学毕业，请证明，教员俱去。写字数幅。

十六日　雨。韩元瑞以百金求书干江督，告以无益，而不肯止。招牌挂六年，始有上门生意，即以寄家，托月樵致之。夏、陈、常俱拟刘峙衡碑，未成章，为改作，复不似古，且成篇再看，未半，才尽矣，姑已之。夜月。

十七日　晴。湘水复涨。买菊甚劣，云今年无佳者。改刘碑成，不入格，本朝文也。支邢人还，赴瑞生丧，念其以康、梁破家，与书讽之。得廖荪陔书。看报纸。

十八日　晴。抄文稿竟日。与书端宫保，荐韩生。写屏对，作瑞生挽联。庭诰重儒修，破产延师终有报；湘营无暮气，县军待饷最劳心。瑞生家租三百石，以百石延师，姻友中所稀有也。今日丙午，霜降。

十九日　阴。午舁至防营及刘六大处答拜，均未遇。见李崇明新宅，与六大相形，贫富殊矣。入城问屺樵湘信，言及舌痛，赠我洋参，从来不知此味，非参类也，近年价极昂，以出洋故。

廿日　阴。复书李伯强，送刘碑去，又写屏对数幅。设汤饼招两婿，使知先孺人生日。真亦还家。

廿一日　阴。发端午桥、李伯强、余尧衢书，皆还账。杨汉枢来，执贽。名不从五行，而兼水木，亦非礼也。上世既相生，子孙便当避之，汉枢曾祖江，祖木，父火，己当土德。作廖妻挽诗不成。

廿二日　雨。送纸人骆驿，余亦随到随写，不能奈何我矣。看课本，点晋、宋文者，皆不能钩考文理，余亦无本可雠，徒费日力耳。

廿三日　昨夜雨竟夜，至明未止。讲《斯干》，旧以干为涧，王室不得有涧，盖新制也，故颂其秩秩。闻衡府、县皆当交替。遣问西禅盆米。苏畎索和悼亡诗，韵太难押，勉作二首。庶长代教员往晋缴凭，便附之去，并令送余序、刘碑、乡信。归老珠泉乐唱酬，遽闻凉吹动槐楸。早知高节同莱妇，更有诸郎侍太丘。尘外骖鸾无病苦，花前看镜谶仙游。年年节日中元近，定有孤鸿过小楼。　不劳庭诰苦磨镌，佳妇佳儿满膝前。偕隐未荒三径菊，独游迟泛上湘船。寻知此恨怜同病，各有哀词慰九泉。每过西州倍惆怅，内羞供客记当年。门人求书者骆驿，送墨即书，亦同蕉叶。

廿四日　仍雨未歇，天极沉阴，朝食时甚似昼晦，俄而开霁。教员皆往陈家赞礼，余亦下船至柴步，舁往锦元会饮，彭给事、章师、马令、卜照磨、张尉、屼樵同集，摸牌，夜饭鱼翅甚佳，二更还。见星。

廿五日　晴。晨出讲书，教员多未还，午未均辍讲。作段培元碑。

廿六日　晴。陆巡检来听讲，生员作卑官，意自得也，作一联赠之。一命有心能济物；卅年勤业许通经。杨生楷法尚佳，令抄段碑，看其小字。

廿七日　晴煊。马太耶来。谭道台送五言诗，斐然成章，殊不易得，可与怀庭抗行，尚在王子常、樊云门之上，初不意其能如此也。夜雨。

廿八日　雨竟日。赵年孙又来相投，未能挥斥，令移来暂居，待阙。看《通鉴》，寻十六国本末。

廿九日　晴。白菊盛开，亦有可观。赵孙来，舍之外室。见一船，以为夏生来，往看，非也。久约不来，殊为可讶。

晦日　晴。朝食后出看世界，至道署尚未早饭，便约晚饭。

因至程家小坐，无留客意，便至清泉寻牌局，至章师斋，适已陈列，谭、卜在焉，即摸五圈。与朱絜卿、彭小香话别，已日落矣。借轿至道署小酌，名为便饭，宾主皆不饭，不知主人遂不饭耶，抑尚有夜饭也。梁、李同坐，说抚台不安其位之意。二炮还。杨生告归。

十 月

十月己未朔 晴。杨仲阁、刘煌然、少湖来。写字半日。常次谷告去。得曾竺如书，托其为四儿干桂抚藩，曾不相识，告谭道台转托。

二日 晴，雾。得洋僧书，告续价五百金，复书允之，并荐陈顺往芷江。求字者纷纷。僮喜妪憎，非奸即盗，吾为傀儡，俯仰其间，亦一乐也。然不能不责斥之，又一台戏矣。

三日 晴。写字一日。教员旷馆，余又摄之。清泉廪生荣说"狄邢"胜余远甚，奖以二元。行动三分财，此之谓矣。依其说改正旧笺。程生致李梅痴书，求《尔雅》《公羊》。端午桥寄二图来求题，摹片精绝。鹤春妻送黄甘，复悟得一字，仆妇或称干子，六朝所谓尼姑也。

四日 晴。问《春秋》例者纷纷，颇难立应。又翻经核对，不作他事。廖子来，得其父书。

五日 晴。午讲毕，入城看程生，因至布政街公会，饯彭守、朱令，主人尚未集，唯王、朱、杨、彭、程、罗、陈、卢分内外局戏，袁、戴、尚亦与，戴病先去。日夕尚未催客，上灯未送酒，甚迟慢矣。余与二杨、袁同坐，陪太尊，子初散，还半夜矣。

六日 晴。程生来，言江事，甚诋蒯光典而右程仪洛。午讲前去。

七日　晴煊。入城说官事不行，外言道台受贿，道台言言者索贿。祁民以谋地涉讼，讼费巨万金不得直，京控复不得直，余亦疑道台受贿，不敢问也。至梁、李斋小坐，遇教师来，邀华卿同过学署小坐，投暮还。

八日　晴，仍煊。看报一日。真还，彭小香来辞行。夕去，遂无所事。刘骑兵儿专人来送礼，欲求调优缺，麾而谢之。周儿自乡来，云功又往鄂。

九日　晨未袜，报夏生来，携弟及从甥账房，馆之内斋。

十日　晴。夏郎借古韵来，议作一韵书，令喻、陈、杨创稿。

优贡两令来，刘得广西，何得贵州，各送冠靴，云张打铁不还国矣。房姬云：缱，小也。晦若仁兄侍郎节下：别后两寄诗启，俱置不报，盖有难为言者。伏承提学岭南，入跻卿贰，方之梁心海，则为超迁；比于陈小石，已为沉滞。山中人无可言议，想知心必照之也。比乃特蒙诏选，再涉鲸波，专以考察为名，将为立宪之计，斯则心知其不可，而正职之所可言，久托推崇，宜有献替。往者叔平、少荃皆不思鄙言，自诒悔吝，君既亲闻见之矣。《易》曰：俭德辟难，不可营禄。人生名位，自是倘来，不疾于心，无须自异，居百僚之末，为腹背之毛，缄默不言，固其所也。若名有专属，责有攸归，位不加崇，禄不加厚，而仆仆为无谓之举，以来旁观之诮，亦何取焉。宪法备于本朝，何容求之海外；清议近在辇毂，但恐不合圣心。五大臣虎头于前，三钦使何必蛇足于后？且立宪救亡之说，满汉分党之疑，平地生波，漫天作瘴，张孝达旋惑其议，康有为早烛其机。吾兄近荷特恩，必当面对，一言悟主，回天不难。既破积疑，亟求内治，郭筠仙所谓四方上书，一切报罢者，王子明之所以报国，亦即鄙人之所以报君也。静念三十年周旋恩纪，不禁为强聒之谈，唯留神省察，不具焉。马先生苦求神对，作一函与总督贺仕。次山先生使公节下：前岁高迁，尚阙笺颂，旋闻东镇，企望鸿谟。劳勋万端，谤书三箧，永惟臣辱之义，不灰任事之心。重莅荆州，复蒙宏覆，幸甚幸甚。阊运缘女嫁未毕，莫遂远游，登华而还，闭门枯坐，明岁料量葳事，即当放浪潇湘。兹因马巡检赴辕，辄附一启。马生名父之子，世守其贫，时好变迁，无从觅食。公继孝达恢闳之后，想能驱策群力，俾效铅刀也。近议立宪，乃欲民等钳制明公，事必不行，亦礼所不许。满汉畛域，无故生分，想都中或有一二满员言之，士民殆无知者。不但当究心民瘼，整饬官方，务外之言，愿聪勿听，此则十年仰托，区区芹献耳。夜雨。

十一日　阴。晨起送刘、何去。看《春秋表》，当增补分别者甚多，还当作之，此时未暇也。

十二日　阴，午后雨。朝食毕，即船送彭守，至未正乃来，揖别还院。水师船官送茶，遇下游一舟，舟中多人呼我，移近，乃见一人素衣素冠，以为苻儿，竟是杨子略。与问讯，周防已甚，但知胡子靖成学魁矣，有志竟成，应运而兴，又一曾文正也。雨，竟夜潇潇。

十三日　阴，始寒。始裘。晨讲《云汉》"靡爱斯牲"，屡说不安，后以《无羊》证之，知为告病之词。盖牲人尽空索以供事，故烦王言也。即"涤涤山川"之意。午讲后下船，遇向观察，交二条，云当回县。九长送家信、菌油。昇至朱家，八蹄先在，给事后至，岘樵亦来，道台上灯时来，云岑不病矣。夜还正亥正，与午诒谈至子。

十四日　雨寒。午诒举吕生言，欲分乐府、古诗为二。看曹、陆诗，乐府即诗体也，恐不可分。夜寒早眠，遂魇，甚困，强起殊不适，仆妪皆睡，求火不得，颇有宝相之感。

十五日　阴寒。王庚明送橙，周王寿送面，皆违例，苞苴未能峻绝。王澧道台来相看。

十六日　雨寒。婆生。出讲，看课本，汲汲终日，犹惧不给。作碓久不能舂，公事废弛如此。又作门帘亦不能成。

十七日　雨。讲"在彼无恶，在此无斁"，"恶"谓恶殷叛，"斁"度继绝之典，出望外也。振鹭自西来，则微子先在镐，后有客，则在雒也。

十八日　雨。检邾、娄会盟，疑会盟亦有书例，以聘知之也。《春秋》信难通，浩如烟海，无以测之。杨仲阁来辞行。

十九日　阴。鲁清泉来，江西进士也，未问其字，名藩，字达生。麻璋来，云新守将至。顷之禄荷荣太守来，云起于章京，自理藩郎外放。小坐而去，遂夕矣。看课本，犹甚竭蹶。夜冷，脚冻矣。

廿日　雨。讲《鲁颂·駉》专颂马，不合颂体，亦不合风体。孔子专为思无余①一言录之，未达其旨，或者删《诗》所存旧篇，初无去取耶？此义尚未致思。午诒生日，以丧不提及其妻、祖、母，为设粉。道台来访，不值。夜冷，然火自暖。

廿一日　雨竟日。讲《诗经》毕。门人来问者尚如无所闻见，悔其无益，设法改章，仍用昭潭旧法，派四分教先于廿五日普试文理。午将入城，先循东岸回看杨、王两家。王家遇蒋养吾孙，未往来也。陈婿、程孙同来，先渡湘，舟还，余适从王家觅渡相遇。至潇湘门，答访府、县，过章师，遇郑亲家。杨少臣来催客，又过东岸至杨家，客未至，久之程、彭、朱均来，候道台看花园，至清白堂设酒，火盆暖杯均备矣。夜还，常婿云早，众皆言晏。

廿二日　阴。廖璧耘送羊笋、鸭饧，告以丧不遗人。廖复书来引咎，又告以受谏当令谏者怡悦，不可令惶恐。此皆老年阅历所得。

廿三日　晴。昨雨意甚浓，不料竟霁。又写对子数幅，频出，临流看霜晴野色。题端寄两卷。夏己石有稿。

---

① 按《駉》篇无"思无余"之句，但有"思无疆""思无期""思无斁""思无邪"四语，疑"余"为"邪"之误。

廿四日　晴。改段碑，增入霆营叛事，自录稿。催午诒看客。廖教习还。午诒注《史赞》，问余爽遻何人，乃知误以王凌、贾逵为一事，亟改之。已行世四十年矣，可笑也。

廿五日　晴。晨未起，闻呼门声，知午诒婴人来，出门果然。早饭独晏，至巳正始出堂监试，诸生申初退，尚有未交卷者三十余人，教员亦半散，唯廖、谢监之。此次校试宗旨是欲劝学，办法似为收费。省城有僧来，云新亭被风吹倒。得廖家父子书。与书李瑞清。

廿六日　阴。与教员四人共看试卷，分四科：一教育成材，一激厉学人，一优游不能，一来者不拒。凡五十余人，不列等者十余人。

廿七日　晴。冗食宜急散，求书宜早完，料理一日。夜作夏祠联不成。

廿八日　晴。晨起忽成一联，沫讫疾书。锡祚自玄珪，门列双旌，更有五云扶栋宇；发祥依白阜，枝分百世，定荣丹桂报馨香。自此不濡笔矣。要午诒入城赴鲁，谭给事来送，余先至程家问钱，已欲晚矣。至清泉，先送旧令，旋赴新令初宴，客多不至，唯有黄孝廉，云其乡亲。朱德臣、卜允哉烧方后已初更，辞出至道署，先约午诒同步去，夜不可行，停舁街口，湛童坚云已去，余知必妄，自往问之，果待余未行，亦令舁往。给事、通守、王伯约、李崇明同会，吃蟹，二更还，三更至。

廿九日　雨。发行李，散遣客工五人，携僮、妪、厨人同行。旧弟子廿四人，为余预祝，程家占其五，商霖、选青、屼樵、倬夫，招道台为宾，坐中席，余四席。萧鹤祥来见，马带貂褂，老大精神，自云袁慰帅、杨晢子徒党。席散回船，因在长馆集，即泊长馆岸。夜雨尤甚。

十一月

十有一月戊子朔　阴。渡人云迎《藏经》故得晴。遣妪入城买布，坐待至夕乃来，舁至罗汉厂，陪文武贺赞官，已不辨色矣。与道府杨、朱同席，成就作主僧，夜还舟宿。

二日　阴。张尉、卜照磨、罗心田、陶湘翰、黄蝉秋、彭给事、郑亲家、监院儿复为预祝，为留一日。家中遣人来，得滋、茷书，报生曾孙，而无日子，适遇盛会，必有福也。午至会馆打牌，上船，送行送礼不记。袁管带、国成。章师耶同坐，给事、心田同摸牌。程孙来送樊银，便留打牌，初更入坐，章师先去，余与袁弁留至子初乃行，摸雀犹未散也。丁婿书来迎妇。

三日　大雾。张、卜来送，并求书与秦提，送酒二甍。黄、张来，言彩票。喻生来，言饭钱。常、彭来交账，退票银五百与之，兼为清理田税。齐七来送，午初开行乃去。晴暖无风，行七十五里泊杜公浦。午诒女佣附舟同下。

四日　辛卯，大雪节。晴阴。行四十五里舣石弯，取姜。向生送姜、笋、橙。夜泊黄田。大风。

五日　阴。行七十五泊漉口。

六日　晴。大风，行十五里避风沱心寺，至夕乃行，又廿余里泊白石港。黄昏激浪，颇有戒心。

七日　晴。早醒晏起，已过易俗场。先孺人忌日，素食，例到家饭，因于姜畬买豆乳两片。饭毕，入湖口，夜月昏黄，牵羊担鸭先上，拟留船宿。久之家舁来迎，乘月还，诸女及外孙等均候前厅。

八日　晴。丁家迎仆杜升来见，告以十二日准行，派男女仆及黄孙送之。三屠来求路差，告以凡王氏族戚无业者皆可安置，许女亦如之。午与茂母女步至周山，小坐藤阴，遇村妇来攀谈，因从小道还，塍侧几不能步，茂乃能飞行。刘孙踏泥污裤，佣妪不能抱，呼救，抱还。将夕，房妪携王妪来，被囊俱未上。

九日　大晴。文大来见，言狗孙被押，萧荣猖獗之状，任三老爷之力也。莲弟父子来见。

十日　晴。写对子两幅，赠茂夫妇。狗孙来见，闰保保出，新衣快靴还乡。送莲弟百元，其子先去。

十一日　晴。诸女生母忌日，设奠。余先上船料理。辅廷父子来，诉月生等寻闹。令曙生料理算账。张四哥来送礼，云未得见洋人。田雨春来。夕步还家，诸女已荐，撷孙携房妪守船，茂女携淑孙上船，余仍舁登舟，夜月开行。三更后到县，泊沙弯，人无知者。

十二日　阴。行廿五里阻风泊鹞崖。夜月。

十三日　阴晴。行五里泊易家弯，守风。夜月，大风。

十四日　阴。大风，有飞雪一二小片，旋止。仍泊易弯，校牌，二更风止开行。

十五日　黎明到城，舣朝宗门，大雾。舟中人皆早起，余卧，待茂女先上，至辰正未能行，乃起促之。撷孙先上，家中更遣舁来，茂母女去。顷之舁复来，衣冠将上，乃误携白风毛褂，更令在家取之，过午乃得。入西门，访苏畯，便答吴子修，谒吴福苿，访庄心安、余尧衢，日已暮矣。到家少坐，窊女亦来觐。饭后出城，宿船中。

十六日　晏起。余尧衢来。两妪夹床梳头，不能延客，约会瞿家。舁入城访子玖，坐新堂，便留便饭。出访王心田，误至汪颂年家，未入，还家少愒，张、杨、李生均坐待相见。胡婿先来，懿夫妇子女均来见。久谈国会，欲余冠冕群英，总以忧国为主，非野人所愿闻也。出访心田、谭会元、王祭酒、唐蓬洲，王防中风，不肯出矣，而贪居议长，不以让余，令人怏怏。日落，城将下钥，遂直还船。看报，全无新事，赖有争路得敷衍耳。

十七日　饭后入城。谭会元来。顷之杨生兄弟、龙验郎、周堃辉俱来谈国会，至申乃散。三日未摸牌，甫入局，唐蓬洲、王心田来。桌台催客，往则吴学司、孔孝廉、廖笙畡先在，朱益斋盐巡、黄觐虞榜眼后至，设馔，有鸦儿梨、新会橙、沙田柚，橙非真品也。感寒咳嗽，未能醉饱。从小西门出城，宿船中。

十八日　晴。早起，朝食后入城，遇笠云彳亍市行，下舁携手同步至家，邓婿先在客次。胡子夷来，唁其兄丧。何纬来。汪颂年来。客去已过午，摸牌未两圈，三孙女生日，设卷酪、小食。李生旋来，遂留夕食。早入早出，小睡未着，起写日记。代茮女作二诗，检之未得。汪颂年神似郭意城。

十九日　丙午，冬至。晴。王心田约早饭。朝食后入城，至席祠，桐轩云昨日开会，到者五六百人，仍如无一人也。公举会长，即今两学监督。廖笙阶、刘智泉先在，刘入绅会，余固不识，颇有武元衡何来之叹。赖恭、杨度来寻，余先出，到家摸牌，未得一局，度复来寻，云须先生领袖群英，请开国会，作呈词。一味取闹，余为改定。

廿日　晴。苏畡必欲一集，先诺尧衢，乃令改早。余复来请午刻，乃更早。诣卅局，见沈道台，心田旋至，登楼看山，惟见败菊，未初散。至余家，协捄、会元先在，镜清亦与，亦登楼看夕照，坐散，还家摸牌。问茮行日，云在明晨，遂通夜不寐。懿夫妇俱来送。度不以开会为然，但欲取闹，至此乃知新生之用心矣，不值刘岘庄一笑也。

廿一日　晴。晨起剃发，登舟，发茨行李，旋升还家。茨母女亦还，拜寿辞行，三妇舟送，余遂不出。李生来，言开会事。告以不须劝阻，此辈但欲博横议名耳，尚不若张正旸之巧。赵孙、谢子来枭，余起而出。至曾祠，约笠僧早设，乃云夕食，方外聋老，但恨已误，复步而还。又遇余儿同谈，到门，船人来，云轮船已行矣。又误传余旨，召女妇还城，一谬百谬，真不可诘也。复遣宿出城。吴提学、瞿协揆、谭会元、余参议均送食用物。笠僧来催，再往则四查并集，马、胡、杨、夏。胡即衡府委员也，马新得巡差，代某委员。以记过、偷烛二事服毒自尽，城中皆云巡抚骂死，四查则云臬台札致，其上手亦系吞烟，必有妖也。袁守愚兄树堂后至，已将散矣。笠云请局绅，明果请局员，假余为名，余为苟敬，夜散出城。曾竺如送伏苓，以寿尧母，郭炎生所谓太许者。船移小西门，夜黑往来觅舟，久乃得之，从起凤荩船上，宿芳犹未去，令我升人送之。茨母女已上轮船。

廿二日　晴。昨夜风雨，移泊水麓洲，至晓风息，又移轮等茨率两女来舟，早饭已辰末矣，久之未行，余不能待。湛儿买山药至午未至，周妪惧风先下，余亦解维。道逢黄孙，云避母逃出，或云奉母命出，未能呼问也。但闻少山怪腔啾啾耳。夕风息，泊朝霞铺对岸断峡洲，云有天子气，故凿断地脉。

廿三日　晴。和吴子修赠诗。不随縣朗腹群疑，但恐義之有俗姿。一见真教拨云雾，九流同喜得宗师。清门海内公卿长，宦迹湘中巧拙迟。今日人心息邪诐，禹谟应是怨柯思。　　未敢忧时且论文，虚怀犹憾过中人。诗赓祖集光龙凤，书护乡邦敌汇津。已见芸香能继美，不妨花样更翻新。小山桂树孤芳远，径欲来扶大雅轮。但取押韵，试帖派也。竟日篙行，仅六十里，至沿湘已暮，泊粉楼下，忆与梦缇宿此，忽忽隔世。看丁氏书目，记庚子年在杭，曾为题跋，当检日记查之。

廿四日　晴。月出促行，至湖口已欲午，小步上莲花山，待轿还家，遣散衡人，与书程、夏，并寄蟹真女。校牌至亥正，睡西房，夜闻门响，起看，残月，有风不寒。

廿五日　阴晴，午后欲雨。张金荣来，姜女来，俱言讼事。摸牌校牌为功课。夜检己亥日记，所题乃《武林丛书》，未存稿，又得灵隐一诗，亦尚可存。湛、王僮仆俱还，黄孙从省夜归，归后微雪。

廿六日　晴。宗兄、七子来，言祠事。张一哥儿来，云自应山还，欲谋朱家黑茶坐庄。夜雨。七子先去，张、宗留宿。田团总来，求了官事，未见。官捕土匪，三屠劫去，面诘不承，加差责成，团保欲为消弭，无此理也。乡间乃以吾族人概不可捕为公理，俗论难悟至此。

廿七日　风雨竟日。士仁来，诉雅南管庄事，以其外家庄屋卖与其伯父，五十年矣，昨卖地得百余金，遂来诘问，云是假契。乡农非能造假者，然不能自明，族人皆以为假，吾独知其真也，且俟六爷来问之。健孙夜来，冒风暗行，亦尚可取。夜酿雪未成。

廿八日　阴，风稍息。珮女携所生四女来，并知三妇、胡孙女亦将至，遣人迎候。族子孙又来馂祝，应接不暇。夜偶出堂，乃见谭叟拜贺，老年夜行，留之，径去。

廿九日　晴。房姁早至，诸女亦早起，至晨出堂，乃见马太耶，尤为稀客。乡城来者初不能辨谁某，唯见人答拜而已。胡外孙女及三妇子女午来，邓婿、永孙、陈秋生、苏三、杨都司、龙号房、张先生兄弟、周庶长、韩元瑞陆续来，内外百余人，乞儿二百余人，喧闹一日。

卅日　晴。族人算账，诸客皆去。滋女忽病，不能兴，又一忧也。

十二月

十二月戊午朔　晴。外孙女出游，余亦闲行壕边，异访谭叟。还韩元瑞廿元。与书吴学司、补松先生宗师函丈：得觐清仪，猥蒙延纳，还舟匆促，未展私忱。复承赐诗，奖许逾分，捧持欢喜，荷悚交并。先集恭读，知渊源有自，洪钟春容，继响难矣。未献束脩，蒙颁肴核，含咀知德，乡里夸荣。于舟中和作两章，聊志钦仰。丁氏《武林丛书》前在杭曾为题跋，见示书目，中多珍本，既身自怡悦，如百城不必世封也。收藏家各有所乐，未知公以何为娱？闿运但求眼福，他日相从，一烧烛耳。旧书僵方桂，相随十余年，粗知名义，因母病求留长沙，可否收录侍几？特令投见。并上新刻诗集及所注《墨子》，傥蒙鉴正，庶有所悟。专肃申谢，即颂道安，敬贺腊福。闿运再拜。端制台、陶斋先生尚书使公节下：得长笺，洋洋千言，难逃一"新"字，然于前所启孟浩然一事，不置可否，盖不为转达之。闻已入长安，咏"主弃故疏"之句，可胜怅惘，荐贤之责不在处士明矣。公振百万饥民，不若拔一干吏，此段殊可惜也。闿运百金卖一函，七年无过问者。昨乃有韩元瑞，以索债之余，求书干公。察其志愿不奢，以为一本万利，乃蒙明公赏而罢之，衡鉴之明，实深钦服。韩生又鸡去米，闻者笑其徒劳。今又有左幹青，不名一钱，求为介绍，思荣文忠管家之说，借此表廉，明公吐哺白屋，龙目观看如何。又有船山庶务长周世麟，慕左全孝之风，来趋铃下。闿运不胜其扰，但立一界限，荐馆不荐官，而天下寒士皆不愿封万户侯矣。此实乡居一乐，贤于日上讲堂，朝对百客也。总之王介甫非庸人，不是生员多事。年近岁毕，公负千万之债，我无丝毫之献，谨因便人上新刻《诗经》一函。书虽新刻，其诗维旧，不识又赏题一"新"字否？五大洲只此一本，则无愧耳。年和起居万福为颂。民闿运拜。继方伯。莲溪先生大公祖节下：日传公来抚湘，使王一梧惊疑，闿运欢喜，则公之去思比汤文正可知矣。久典大藩，静以镇物，固非群道所测也。午帅恢闳，正少持择，较专阃所济尤多，幸甚佩甚。姻家子清泉杨榘，试令分宁，无才无财，求公振拂。又有门生周世麟来干端公，闿运恐其流落，特令诣见，伏乞进而闵之。一指挥间济一寒士不难，端公爱博不专，害人不少，愿鉴区区。专此，敬颂冬福，无任钦企。闰运再拜。散遣求福人去。

二日 阴。滋女头痛，忧疑竟日，老年唯此累心，夜不解衣，防其变证也。留张四先生及周庶长宿外斋，宗兄去，不知所往。

三日 阴雨，旋止。滋疾不妨，但外感耳，仍复常戏。辅庭来，诉月生借贷事，近无耻也。闻祠公有余，因欲通有无，又是常理，由我处拨廿金借之。杉塘子孙来者五人，曙月、实孙仍还，并张四先生，九人而已，已为多客，不及待食，去者二，留食者七，借被待之。今晨遣周生去，周请领薪水，令自往道台谋之。既去，念一恩再恩之义，又唤回，与书谭道台，颇有德色。

四日 辛酉，小寒。晴，大风。晨起将移祠屋，领匠估工，先看杉塘老屋，行半里吹落轿顶，至七都义仓求草索绚之。渡史坳，看瓦下塘古树依然，屋又易主矣。过炭圢，便至杉塘，不能廿里也。庸松、崔甥出迎，四老少徐出，二女、五妇均过六十，亦出问讯。正屋三栋，无斋宿所，亦未甚便。匠估八十千，恐尚不敷，且令绂子估之。此去祠尚十二里，便可不往，吃粉卷三枚而还。泛桥市停舁，飞步到家，川原甚敞。

五日 晴。娒孙、三妇儿女均还城，房妪送之。与书陈海鹏，托刘田事，无以为由，送书二册。陈顺妻子来投。

六日 晴雾。晨起看鹅鸭，日暖水昏，山径微湿。朝食后四老少携泥匠来估祠工。以前木匠包工，未便换人，仍令木匠包做，然未妥也，人地生疏，又拂四老少之意，必生口舌矣。夕得陈小南书，云去年送信者陈时才也，又送百元，未知何意。盖人财真有因缘，无因而至，必夙因也。又问角山诗，日记未载，已忘之矣。黄孙去又来。

七日 晴，夜有雨。滋病夹杂，以意投药探之，亦无增损。陈妻告去。

八日　晴。晨起召匠往杉塘，修饰门庭，片与四老少，使具酒脯告庙。午初杏林族父弟四女来，前要我于城宅者，正同高祖，而全不相闻，以其溸来怪之，徐言其理，乃亦可恕。彼依女婿生活，急而求我，固胜于涂儒庭之女，为片告邬师谋之。自言知医，令诊滋女，亦能开方。

九日　晴阴，时雨。南风蒸暖，地湿如春。陈妹告去。补作角山开元寺诗。古寺敞松关，晴烟一角山。昔游曾未到，长夏且消闲。茗话林中静，尘心物外删。登临不辞险，苔磴印弓弯。　醒酒宜三洞，泉声似玉琴。鹊华飞黛色，鲑菜话乡心。我马劳如昨，烽尘感自今。浮云双阙险，谁听五噫吟。

二田生来。周庶长又来，言官事，恋恋不去，将以我为摇钱树也。与其蚍蜉撼，不若胡孙散，唯自悔为羊肉耳。田生求作凤喈挽联，思未得闲。

十日　阴煊。晨醒忽得一联，为田吊凤。每随杖履坐春风，乡人皆好之，公论选贤推祭酒；莫更锱铢计生产，为仁不富矣，令名贻子胜籯金。恰如题分，真合作也。甚望周生搜文稿来，乃只搜官事，亦为可笑。抄《华山记》未毕，纸尽，又为即墨令书坐右铭。夕阳蕃送银来。

十一日　阴。复欧阳片，却其金，匏叟又当起却金亭矣。张四先生方欲借钱，此银不可受也。陈秋嵩更不足以知之。午间并去，宗兄亦去。喻教员、蒋督销夜来。

十二日　雨。喻、蒋来言官事，与张金荣意同。又有玄狐耳茸褂，索四百元，亦守旧价钱，维新后无此值也，因不果取，冒雨去。夜乃大月，光明清寒，步廊赏之。

十三日　阴。黄孙尚不能写片子，读书与治事分途，由此也。检王对已失去，盖宗兄盗以易鸦片也，千奇百怪事皆出我家，特赏进士，宜哉。四老少书来，言旧门不可用，且促木工。滋女欲看医书，家乃无有，借得景岳书，言汉学者所攻也。狗妇来讼父冤。

十四日　大晴。遣人船迎房姬，居然有客太太声势。倭僧来访，迎入留谈，照相，看山，披榛而还。得茂书。

十五日　晴。遣船送梅晓师，迎船追不上，另派号房具食宿具送之，待宾旅之礼也。族妹又携女来。得邬师复书，云抚台发押，未能请释。包塘叔携代顺来，云六耶已告状，状上有我名，避去，又遇一狂人跪递冤单，意殊不怿，反瘵。久之召见族女。

十六日　晴，大煊。回潮如二三月，起着小毛衣，求貂褂，已为僮藏去，遂春服。客言官事，纠缠不休，至午乃去。王达鲁又来，请作《算书》叙。我安排过年，人皆不过年，无奈何也。晴冬三夜月如银，桃树红尖已报春。地湿似沾梅雨润，衣轻重换杏衫新。愆阳但恐招风雹，残岁仍惊走电轮。归老不知休咎事，步檐扶杖赏松筠。夜大风。

十七日　晴，风未止。看《春秋》一本。郭七女来，不识之矣，云卅余年未相见，刘南生之母也。其母今年八十一，近闻病笃，故往郭春元家看之。武冈万生来见，芳琛从子，云保之甥则未详，当云弥之甥，而专言保之何耶？昇来而云步行，亦诞。

十八日　乙亥，大寒。晴，仍有风。余儿、周生同来，以王、潘状交之，饭后步去，云船在文滩相待。午初万德玠亦去，郭女旋来，真喧阗可畏。王升自衡来，得午诒书，岷樵、叔从书，陕信尚是八月发，可怪也。

十九日　阴雨。郭女晨去时有稷雪。一日无客，犹有送僧船还，得僧书。校《春秋》。

廿日　阴，有风。步至三塘。校《春秋》，说"取根牟"，为贺济珍所惑，以为齐取，迟回久之，忘检其例，所谓老至而耄及也。田佣送郭还，得郭淦仪之书，久未与春原家通问矣。

廿一日　阴。校《春秋》。郭遂平来，近乡门徒皆食于学堂矣。留宿，辞去。四老少来，与木匠言粉饰事，云舆儿又归，庸松索账去矣。又强我写信与朱太史求保崔五，云李石贞诬之。又云石贞已大有所得，富至巨万。谩言也，然苏畎此事颇与人口实。

廿二日　雨。省船未还，作糕当买糖，遣人下县，即问娄诗人家，当小阚之。贫生亦有分润人时，大得志也。检旧笺，已明言外取邑不书，大祛所惑，迷人方寸，贺之妄也。明德学生以鄙语斥学务长，监督反斥学长，适有此四字可引用，亦行文之乐事。

廿三日　阴。省船还，出门迎候，四五返未见人来，乃入朝食。又久之，方摸牌，房妪入，致余、瞿、健孙书，并有陈小石回信，云毓华伪造我信，荐之入蜀，恐事发，因自首也。荒唐胆大，不知其无益，愚而已矣。功儿送粤柚，余送荆段。夜作糕送灶，雨潇潇似常年送灶时。

廿四日　遣送钱与岫孙，吾家唯有此童种，故当恤之。内外均赐酒肉。送信人不还，待之至夜。竟日小雨。

廿五日　仍雨。与书与循，送干薪与内侄。还得与循书，甚恶其长子，云已分家矣。多财之害乃有此，穷窘如我，三儿不劳分也。郭小庭专人来，竟欲与我认亲，亦奇。

廿六日　阴晴。庸松来，言三叔未归，省城无事。其父子觊觎祠谷，欲取给于我，以十金助修坟围。夜见星，旋风。

廿七日　雨阴。校《春秋》毕，亦今年一巨功也。邓婿专人来告贷，方送娄诗人钱，亦宜应之。夜令诸女议，俱不可否。复令房妪议，亦不敢置词。《增广》曰"钱财如粪土"，何独踌躇于一浪子，乃敛钱与之。

廿八日　雨。送钱人还，借钱人去，庶可安息。岫孙又来续价，正告以不可，乃云四伯已私得五十元矣。谕以汝家前辈八弟兄，皆友睦，今则互相攻击，先泽斩矣。麾之令去。

廿九日　小尽。阴雨。正朝食，功儿率良孙来，讶其冲寒，云须侍奉，乃除对房居之。长子不居城中，便以高庙为祢，夜率行礼，团年饭菜甚美，祭诗肴酒亦精，毕事云已子初，余亦甚倦，遂睡。

光绪三十四年戊申

正 月

戊申正月丁亥朔　晏起，功尚未醒，滋往呼之。谒高庙毕，受贺。戴弯子孙皆来。掷骰夺状元，常四孙女得全五，诸人皆无下手处。改摸牌，至子。

二日　阴雨，欲雪。竟日未见客，率儿女外孙撩零摸雀。

三日　风寒。蔡表侄来，云学锯匠，在厂度岁，拜年始放假。

四日　庚寅，立春。晴。房妪云辰时，先闻是午时，卯初遣问，云午时也。至巳尚未朝食，乃先迎春，儿孙贺喜。张正旸、田雨春、冯甲、播子、七子均来吃饼，饼多菜少，未得尽饱，然未午食，至夜乃饭。大霜。

五日　大晴。杉塘子孙均来，许孙亦至，不似早年亲昵，未知其因。盖以甥舅参差，并疏外家也。幹将军自陕归，云以钱少故辞馆。朽人来。刘孟墀儿、江生来，匆匆去。诸人皆散。陈秋嵩来。

六日　阴。戴弯诸妇来。陈、刘俱去，朽人亦不朽矣。

七日　阴。作春卷。客来俱未出。张四先生来，特出见之，并分春盘款之。张一哥儿肇龄来，留宿客房。

八日　晴，旋阴。张起英去，谭心南儿来，已有缎马褂矣，小坐去。卯金之子突入，云狗孙引进。昔闻狗仗人势，今见人仗"狗"势，呼狗已去。

九日　阴。儿孙将回城宅，令呼船，云无下水。自往水边看之，即得一船，云尚在桥边，雨已蒙蒙，乃还。顷之风起雨来，不可行矣。王心培、娄星瑞、宇清均来。王、娄留宿，宇清自去。六耶来，宿内房。

十日　雨。两客冒雨去。衡人来，赴岘樵之丧，为之辍食，闷睡久之。自到衡，倚为主人，家事悉咨焉，今骤失此，如失左右手。舆儿率宜孙来。

十一日　雨。从女郭氏来，仍言官事也。岑抚无故系人，使三元不得宁家，不知于官事何益，盖乱世妄谬，不可理解如此。顺孙女婿来，许笃哉来，均宿客房。舆儿宿内房。

十二日　雨。男女客均去。夜雨雪如雹，雷殷殷。

十三日　阴。云峰、云湖龙灯来，正在摸牌。吴少芝专人来送诗，告以方夺状元，未暇论文也。夜闻陈孙来，久不见通报，乃云已饭矣。家政无纲至此，通饬申警。谷三送花爆来。得何孙书。

十四日　阴，见日。鳌石、银田、灵官三市约以灯来庆，拒之则陋，接之则汰，斟酌乡情，宁滥无隘，大具酒食待之，为二百人之馈。道光中约三百钱一席，今约千钱一席，比之乾、嘉时已为缩矣。谚以不出众为"缩"，读"送"平声，今用此字。喧闹竟日，鳌石人未来。懿妇率女来看灯。夜月。

十五日　有雨，旋霁。邓婿来，云周庶长亦至，待至暮未到。鳌石送灯来，至夜月明，好上元也。独步闲阶，两甥不能自存，使我不欢。内外喧阗，繁华富贵，而亲昵等于乞儿，非我致之，使我见之，所谓"卿等兴亦易败"，赖戏场时有此。夜至丑始寝，家人犹未散也。

十六日　晴，有风。儿孙四人均去，邓婿先去矣。陈甥恋恋求荐，目营四海，实无以位之。周庶长来，致衡道信物，云将往江南，仍令知宾。许钧团总来，言其家五世同堂，六十年中门内无哭泣声，求书一联颂之。<small>五世繁昌承鞠膡；一家安乐住桃源。</small>寻《篇》《韵》初无"膡"字，不知自何时始也。夏弼廷来，未见。懿妇亦率女去。黄孙久闲在家，令其出居，月以十千给之，明日定行。

十七日　晴。朝食后遣丁送陈、黄、周俱去。杨生来看楼，便留设宴。张四哥来作陪，至暮不去，又言官事，颇厌苦之。房妪云医活一人，但言官事，何报之薄而望之不奢也，余乃莞然。夜月逾佳，诗思郁而不发。

十八日　晴。张四早去，方泼墨作书，蔡权侄及国安孙来。国安裴回欲言，逡巡遂去。权侄亦辞去看姊，李氏妇也，嫁而夫死，明日生日，故以茶叶、荔枝饷之。写对楄十余纸，墨尽而罢。刘南生来，夜对坐，不觉酣睡，似张香涛见袁世凯。刘诗人亦来，小坐而去。六爷专人来。七子来辨耻，检日记看之，非我言，乃辅庭言也。作词一首，赠陈甥、邓婿。<small>镫喧月静，好元宵景色，绿梅香透。玉镜银阶千万影，箫管曲长催酒。夜已三更，花迷五色，换烛添香又。记曾寻句，六街春景如绣。　恰是月转回廊，照星星华发，年光非旧。旧日儿童今老大，憔悴青衫短袖。斫地休歌，恼人无寐，此夜真孤负。忘情一笑，依然傍花随柳。</small>

十九日　晴。乙巳，雨水。刘南生留一日，余仍作字，时至前山看种树。莲耶来。

廿日　晴。刘去。周生辉堃来，放言高论，颇有学派。有狂人来，言吃斋诵经，正言喻之，使去。

廿一日　晴。晨起往石塘送杨瑞生窆夅，巳初到，皆从姜畲正路，迂回甚远，巳正下窆，即还，送者寥寥。仍从旧路至七里铺，饭于刘家，当垆妇殷殷相接，过客属目，不顾也。请题一联，留连甚久。出街西行，至王家弯吊凤喈，见其次子，未坐即行，至家未夕食。夜闻呼问，黄孙又还。

廿二日　晴。作程挽联，与书其子，问讯程嫂。又书与真女，送花爆。乡人禁戊，而佣工种树亦无阻止者，农工不饬故也。文柄还，与庆生俱来。向生来，旋去。

廿三日　晴。史佣告假省亲，与廖力同发，莲、黄亦从俱去。李长生夜来。幹将军来。文吃来。夜雨。

廿四日　雨。李长生冲泥去。庆生为其店主言讼事。乡豪欺懦，贪吏昧良，吏治之坏，可危也。

廿五日　晴。纯一来，房姬误以为六铁，与谈知非也，盖为包塘探事，而佯云未闻，留饭去。

廿六日　大晴。庆生去。与诸女至云峰探春，夹衣犹汗，已往未还，已消一日。

廿七日　阴。书屏幅四，与窳女，三女皆欲得之。吾书至多，且易得，亦见贵如此。夜雨。

廿八日　雨。得茷女到羊桃局书，知丁婿已补龙安，世臣犹有余荫，虽美事，亦为诸从宦者叹沉滞也，与书训之。六休来索银，当即付去。丁子孚来求馆，俟到省谋之。戴文润又来告急，亦当应付。黄孙从其季父，滋不欲也。

廿九日　风寒而雪。滋女一子不可教训，余故逐之，而滋颇忧虑。其实与以薄产，使之取妇，亦可混数年，以毕我生，不必令去也，当再谋之。

晦日　蒙雨。出看新柳，寒不可步。周佃求荐书与朱翰林，依而与之。房姬甚喜，谢我以酒。盖求之甚力，不知其易得也。宦寺之擅威福，大抵如此。

二　月

二月丁巳朔　雷雨，寒雪。樱桃已花，山樱盛开，唐人诗云

"欲然"者，盖别一种。山樱皆淡红，不欲然者。将校地图，手冷未宜，遂终日闲戏。

二日　阴。房妪上学，史佣与张佃结婚，亦彭女意也。检唐诗，刘、牛赠答"三日拂尘"本作"三人"，且有自注，与小说引故事不合，若依原稿，即无深意，岂刘后讳改之耶？凡此等正难与考据家言。

三日　阴寒。检尘篚得欧阳述诗，率和一首，题其漫楼。不到君家六十春，旧时门第有朱轮。扬州久客应留鹤，湘上闲居暂避人。心似漫郎兼仕隐，句从庚信斗清新。万楼觭月图今在，指点房栊隔世尘。

四日　阴。庚申，惊蛰。方令拍爆竹，忽来四人，直欲上堂，挥使下阶，引至中堂，问其来历，云为团总所使，用费无着，来求计也。谕以事不干己，听后来团总自了。张四哥来。

五日　晴。庸松与崔甥来。葛遂平来，云铜元局已开，由京派员，朱其姓，三年专利，俟铁路成停止。刘少田来，得省信，袁树勋已侍郎矣。陈完夫来信，云立宪已作罢论，遗三使罢之也，恐非事实，欲盖弥彰，欲取姑与，亦何苦乃尔。功儿归咋，永孙与其姨戴先后来。涂女又来，已昏暮矣，云求遣人往十七都平其墓讼，令史佣往。九弟碧琳妻胡病故，先恤十金，其女又来告贷，益以三金，既于谱作生旌之，复以公谷恤之，哀苦节也。因此又搜得公租着落，盖为诸儿隐没廿年矣。

六日　阴。樱桃半开，柳丝已线，春寒未减也。三裁儿二裁来拜年，言墓地事，留一日。

七日　晴。二裁去。庸松来，请写字。为宓女书屏幅。

八日　晴。七子、庆生同来，言琳妻欲葬后山，因与诸女往看垦土，朝食后小步还，已日斜，所谓"玉女来看玉蕊花"，亦春景也。

九日　阴晴。衡足还，得陈甥书，云梁芳欲移相伴，复书许之。写对子四副。十七都团总来，言罗秀才季南无赖之状，及涂女游祸无聊。

十日　晴。具舟出山，女、孙俱送至庄屋，上船时正午矣。桨行甚迟，将夕始至九总，遣唤七子，告以节妇必合葬。乃云琳本借地，今已易主，不能往也。陈秋嵩来见，云仁裕往鄂，请在局中小住，即移往宿。弁丁纷纷来见，不胜其扰。

十一日　晴。六耶来，告以游祸无理，且可少取，遂异而出。谒县令杜蓉湖，似曾相识。过六十年不到之家，主人留饭，扫榻，登其曼楼。出访倬夫、少芝，至宾兴堂，访旧居，改换门庭，有三五少年，不分宾主，亦不通名姓，但觉洋气逼人耳。至韺子处看辛夷，韺妇出见，弱不胜衣。杜明府约晚饭，朱、吴、欧同坐，五厌与焉。夜还欧家，云伯元明日生，乃忆百花生日。夜谈至丑，闻王中丞出身及扬州诸商前倨后恭之状，王还以施之欧，欧因陈姓识王，振其困乏，王后更不见陈，如读《儒林外史》。

十二日　小雨，旋晴。衣冠贺花生，吃面。水师营弁请饭，不知来因，往则自言曾执鞭侍于凤台，忽忽卅余年，今犹相念，亦请留寓。劝学员又来请，可比罗顺生矣。李雨人来见。刘诗人再来谈。步过翁道台。今日再集洪处陪县令，朱、欧、匡同坐。欧处生日饭，朱、匡、刘、吴、翁、马、孙悔翁孙也。同坐。伯元畅谈，听者多倦，各散，余犹愿闻，席已散矣。

十三日　阴晴。述堂坚留一饭，午改辰刻，至未犹未催客。万大娘子来见，云其父至交，告以至交自有人。欧家生日戏改至今日，为我正酒，自与我步往翁家，朱、匡继至，又一客，云唐蒉阶之子，茫然不知渊源也。散还欧家，寝门闭矣，遂往看戏，朱、匡、沈同坐。沈诉胡月生零陵亏空，驮害其子，冤死不得申，其状甚确，欧亦言枉，俟到省问之。救生局具船相送，二更酒阑而往，登舟，舁夫俱睡，不可久劳船丁，亦令早睡，行廿余里耳。看官报，大有迁移，无小关系。

十四日　阴雨。晨至探塘过煤，运拖轮亦系其后，到城过午，因雨未出，片告笠云，令梅晓来取钱。宵芳、兆仙均来觐。笠云来。杨仲、马太来。

十五日　雨。晨出城看陈程初，二小儿登其肩，乃知罗什语验。至开福寺，后厅门闭矣，绕至园中，园洲已无湖水，从陆至新亭，工料固不足观，地形亦无可取。倭僧外出，有钱亦无人领，怏怏而还。饭后子瑞来，小坐去。出诣庄、吴、廖、马、席、朱，廖处遇蒋少穆，席处遇苟棠儿，还过徐、唐，雨湿舁人衣，乃还。叔鸿甚怪拟旨章京，盖自诩其票拟之能也。又访余参议，问铁路。会元来。邓婿夜来。

十六日　雨。忌日，素食谢客。寄禅、明果来，例可见僧，故得入谈。

十七日　雨寒。沙、赵年孙均来。邓柟子竹来求书。苏畡招饮，午后舁往，云贺弼绍亮、罗小苏、孙次农副贡生。借此一见。贺以过交被劾，今分陕西，曹状元门生也。罗不多言。黄觐虞同坐。见沈翼孙而归。尹和伯来。邓郎率罗东旸夜来。东旸谈一等生今日亦无矣，由学使无凭故也。庶长自江南回。夜月。

十八日　晴。余参议早来，留饭。子玖来，久谈。殷邦懋、龙八郎、黄燕生、杨舜民、龙八、周林生、会元相续来，舌战群儒，甚为得意。笙畡来，约赴上林寺，未往。申散，写字十余纸。王、席约饮，苏畡促去，至则主人未至，唯伯约先在，德律风催之。星田朱八旋至，少穆亦来，散已戌初。宵芳犹未去，摸牌未终局，已鸡鸣矣，遂不能睡。

十九日　乙未，春分。晴。晨作书与藩臬邹元卜荐邓琅，端制台荐黄、钟，朱菊生荐殷、戴。子玖招饮，已再来催，辞家径去。余参议先在，饭罢登舟。是日在家，客皆不见，上船者有庆生，旋去。沙孙、黄孙、庶长追来，皆趁船同行。功儿、健孙来送不及，舁夫酣睡如故，舟人行亦懒，泊诞登渡，上买食物。

廿日　晴。晨行，午至城，令船先去。余步至欧家，伯元外出，见其子，略谈旋出。遇朽人同行，腰痛不能步，喜舁来，迎至八总，坐至九总，救生局陈嵩出迎，庶长、沙、黄皆至矣。廖丁未来，添换一夫，未正行，令周生率黄、沙从船。舁至姜畬已夕，夜投七里铺，刘妇留饭，未饭，烛行至郭妇店又尽，仅买一枝。到家房妪出迎，相唤上堂，始午食，小坐还寝。

廿一日　阴。频偕诸女出门望船来，竟日不至，入夜乃来。程孙专使来。

廿二日　戊戌，社日。晴。桃花四开，满目春色，然煊气太盛，非好春也。改程行状，并复程生书。夜微雨。

廿三日　晨有雨，稍寒。往杉塘验工，五女、五妇及宝妇均出见，三、四老少，庸松，崔甥杂谈，顷之还，至天鹅觜晚饭。田二寡妇得彩，其子殷殷为儿求事。乡人惊其暴富，烹一老鸭相款，或云做酒当六十桌，贺者至数百家，亦奇闻也，张孝达未料至此。

廿四日　晴。庶长告去，还衡，云旬日仍来。庆孙来求救，疑有贿托，未必尽心旧主如此，姑留待命。

廿五日　大晴，甚暖。看叶麻《丛书》，亦有可观。晚过谭洪斋春酌，以醴为菜，又一奇也。曾涤生以挂面当汤点，想潭、涟间风俗朴简，与调羹充馈同。

廿六日　晴。庸松来，写字二副，皆其妻家寿联也。看《南岳总胜集》，宋人所撰，云阆中陈田夫，盖避地寓衡者。庆生持信干杜令去。

廿七日　晴。幹将军、张四哥来。永孙送春卷来，求信，皆以我为公仆，所谓王也。春煊颇烈，仅可夹衣。

廿八日　晴。牡丹始开。岫孙来，旋去。冯甲来，言涂女讼事，遣湛童往案之。黄叫鸡儿来，云九少耶，盖乡间已渐改称矣。暮雨。

廿九日　阴晴。衡船来迎，尚不能去，得夏、谢、喻书，廖胖独无。陈婿附书，常婿又无。写字半日。

三　月

三月丙戌朔　晴煊。看午诒诗，无秀发之致，与廖胖同耳，岂天分有定，申彼必绌此耶？王、朱才调不高，又无师，故然。有师有才，而又不能，则不知其由。牡丹全开，夕率诸女往看，出门遇刘南生，不减催租人，安置客房，乃后赏花。

二日　阴煊。人人以为有雨。葛邃平来，小坐去。正夕食，戴表侄突来，呵骂讥者，与子直入，留饭，云已食。际夜，张四哥来。戴示《谱序》，有沈归愚、赵扴、赵鼎、文天祥诸手笔，传模犹有形似，但不可读矣。其文拙率，非伪作也。夜雨。

三日　阴风。昨夜"闻猛雨"，今早不能"恋重衾"，方知诗人取属对非事实也。春有猛雨，必不能寒；春寒重衾，雨必不猛，二句相隔数十日。午出踏青，诸女亦游山。戴表侄来。

四日　晴。与诸女看花，方立门前，有舁来两客，则庶长与周凤枝同来。周约看牡丹，戴侄亦识之，留夕食。周去，戴、周留宿。夜大风，寒可重衾矣，亦有猛雨。华一率子侄来。

五日　庚寅，阴，清明节。华一往祠会食，余不能去。文柄乘舁往，戴倅亦去。

六日　晴。两女留船上衡，余步看船，即率外孙女先上，在山径待久之。刘店妇与其母女俱来，便送两女上船，未初船发，余舁还。六耶率卯金儿友德来。七子、宝官、庸松来。

七日　大风，遣人移花，至午大雨，遂至夜。刘妇、六耶俱冒雨去，舁花人昏黑乃还，得紫牡丹二盆。

八日　阴寒，风息。七、宝均去，山径可步矣。检日记抄诗。

九日　雨。作书复郭丙生。抄牡丹诗，已如前事。

十日　雨。辅廷及端倅均来。端倅求信，与书锡宸臣，即日辞去。

十一日　雨。两儿在书房，一无所事，令检《左传》读之。饬舁夫，巾车将出，家人群谏，以为不宜冒雨，迟回久之，犹未能定。

十二日　晨雨。早起，遣人报张、周，不能出游。朝食后偶见门开，往后山看春，下阶雨滑，仰跌磴上，不能起，遂勉入南厢。卧病至第六日始通大便，虽视听如常，行步须人。六女报信，长妇，四妇，二女，三、四儿并来看病，兼邀黎少谷来，浏阳末覆公也。连日敷狗头三七。至①

廿日②　谷雨。始得少愈。得余参议书，并寄复黄蕃周。方舟仁兄筹席：乙年一晤，未展清襟。珍药远诒，知蒙瑶眷。新诗重寄，一笑相知。老不藏名，更承描画，此五洲一话柄也。所幸近已偏枯，不能捷足，浮云富贵，隐几曲肱。诸君勉放光明，照我岩壑，犹堪坐成歌咏，卧看文书，时得佳音，以娱晚节，是所望也。小儿荒唐无成，又不耐坐，近承雅教，冀相檗括为叩。专此奉

————————

① 下文缺。
② 十三日至十九日日记缺。

复，即颂近安。　　尧衢仁兄道席：家人来，知有偏弦之戚，即拟奉问。春窗卧病，旋奉手书，雅意殷殷，唯有凄感。弟自丙戌春与潘伯寅彩楼结掌，誓不重入修门。己丑密迩京城，不为缁染，虽不敢如羲之誓墓，亦差同梁鸿变名。同学诸君营营辇毂，不知欲居我何地，用我何为，岂小叫天、汪大头之外，尚有名角耶？天亦怜才，于本月十二日因失足伤腰，不能移步。中丞奏保，求附言业已中风，免至如吴挚甫骗一京衔，为世口实，则爱我者之赐多矣。专此奉复，即慰慈闵，不具。周庶长来，言得两差，便有筌蹄之意。陈秋嵩、四老少亦俱来，于客座见之。

廿一日　晴。三儿昨送医去，大风恐不能出口，今乃可行耳。李、刘佣俱送女回，销差。

廿二日　晴。李砥卿、娄星瑞俱来看，本不见娄，因见李，并召之入。县船还，载芍药来。看《维摩经》。

廿三日　晴。李、娄俱去，刘丁请假迎妇，与以五元，不受。与书茂女，两女俱有寄书。至夜大风。

廿四日　雨竟日。写字一纸。宝官来看戏，不能还，遂留宿客房。

廿五日　雨。看京报，陕藩仍还许度，未知升能容否。董福祥家资八千万，枪炮无数，仲颖太师以后又一富家翁也。袁、柯继出，两湖遂有三节。直杨（皖）、东袁（湘）、晋宝（旗）、甘升（旗）、陕恩（旗）、蜀赵（旗）、滇锡（旗）、黔庞（苏）、鄂陈（黔）、湘岑（桂）、广张（直）、桂张（东）、江端（旗）、苏陈（湘）、□①冯（豫）、皖冯（苏）、新□②（旗）、闽松（旗）、浙柯（鄂）、豫林（闽）。　八旗依旧扬春风，湘鄂新升鼎足雄。闽豫皖黔东直桂，二苏文酒话庞冯。姑妈又来作闹。

廿六日　晴。风雨无凭。命子、妇及女各还其职。懿儿先去，

① 据《清史稿·疆臣年表八》，此年冯汝骙为江西巡抚，缺字当为"洪"，下皖"冯"指冯煦。
② 据《清史稿·疆臣年表八》，此年新疆巡抚为联魁，缺字当为"联"。

未十里遇雨，送者归言已昇去矣。四老少来。萧氏从女来，求恤其子荣生，少瑚姊也。娄诗人送诗。

廿七日　雨少止，遣船送宨女及长、四妇回省，上船后小雨，想不妨船行也。

廿八日　雨。腰背渐可转侧，想不中风痿痹也。沙孙寒疾，移之上房。

廿九日　雨。得王镜芙书。许虹桥来言官事，云杜调浏阳，方桂云无此事。

四　月

四月乙卯朔　雨。已见荷钱，春寒愈重，午卧覆衾避冷，亦一奇也。无事唯摸牌遣日。夜雨。

二日　雨。覆土镜芙书。作[①]端督电讯问疾，专使索钱八百，例不电覆，与书一听其寄否。今又得武昌陈复心电报，又去八百，可谓极无谓也。以平等故，亦复一纸。张正旸来。

三日　晴。爆竹声喧，戴明来叩喜，县令得电报，授我检讨，从来不喜此名，今蒙恶谥矣。得吴补松、余参议书，笠云书，即复令去。

四日　晴。与两女步行，看郭廿嫂，湛童追来，送陈完夫、宋芸子书，云陆崑自京来，并送京物。循云峰还家，与陆略谈。富贵又来，致纨女、常婿书。常诉喻谦，又一周梅生也。梅晓来，言公议防乱。昨笠僧来书，乃先发制人也。与书唁杜令失位。又得荪畹书，送燕窝、火腿。夜复两纸。又与抚台书，言起亭原委。

---

① "作"，应为"昨"之讹。

馥庄使公节下：前诣铃辕，未得瞻对。伏居乡曲，恒仰仁风。顷日本僧梅晓来，言闿运于碧浪湖小洲上建一亭，有陈文玮、刘国泰向其询问。此亭建议卅余年，尚在未通日本之日，兴工三年有余，亦为通国所知，始末在亭记中，谨拓原本呈鉴。闿运向不与人争执，梅僧出家人，亦以悦众为先。既有异论，想彻钧听，伏乞饬核可否。如应停工，即传停止，其工费若干皆系闿运及梅晓私财，无需筹价。梅晓来湘原委，抚辕有案，闿运初不与闻，亦不与租界及领事相涉，实系一僧一俗私事，谨此呈明。永孙夕至，令陪梅师。

五日　阴晴。梅晓早起，余亦早起，永孙尚酣寝也，饭后俱去。送客还，周凤枝送芍药来，顿得十余窠，而香不甚发，未及石门一朵也，忆此卅余年矣。樱桃亦熟，味胜往岁。得八、九女书，均作复寄去。县令又送学报来。李佣还，得余参议书。将军来。

六日　晴。摘樱桃，作诗一首。红果甘香熟最先，摘看犹带露珠圆。蒲桃太俗难相比，芍药初开许并赛。曲宴已无唐故事，转蓬曾咏蜀诗篇。年来内热冰消久，不羡金盘荐玉筵。顷之叔止及邹台石同来。邹已十余年不见矣，得馆后，积累千金，尽化于卅，故来请办卅务，告以无事，留饭而去。宝老耶陪客。湛童送樱桃与城中诸妇女，并饷廖笙畖。

七日　辛酉，卯时立夏。依时起盥，晴日入窗，爆竹热闹，兼有九炮，云陈秋生来贺喜，顷之入拜床下，问其何意，不能言也。幸有此门婿，不然孤负天恩矣。不饭而去。湛童家遣觅新郎，云十四日合卺，五日为期，恐六日不詹耳。鼠窃穴，佃家亦窥山户，盖以做予。

八日　晴煊。题芍药，作一诗。玉盘犹似卅年香，一朵云英压众芳。晨露乍收莺未醒，微风才飐蝶先忙。三春冷淡留踪迹，小阁轻盈伴晓妆。谢朓只吟红药句，几曾月下赏清光。得欧子明书，小卯金又得荐矣。顷之戴表侄来，言三儿、纯孙、黄孙均到，兼有一彭姓，疑是次妇家人，及至乃陈甥甥耳。得会元书。三儿云真又生女。午诒当来。蓬洲先生大公祖道席：山居卧病，忽闻荣委，与苏畈同局，不胜欣喜。廿局窒碍颇多，得贤者主持，苏翁可以大展其才，某亦乐观其效，不仅湘省财政之旺也。然有一利必有一弊，其弊维何？则某借以安置闲人是也。从前苏翁专持用人之权，虽抚台不能过问，其后抚台稍稍荐人，而司道仍不能过问。某顽固，颇复效抚台所为，而患有总办可推。兹有先祖母侄曾孙戴立本，以停止世俸失业，觊觎局务久矣。督销一年一换，厘局不用武人，幸逢明公新临官局，铁面无私。又当抚台裁人之时，必定疏通，苏翁亦无所借口。伏乞破格录用，予供粗使。所谓未及下车，而辟荀慈明者，某即慈明也，其感与身受等。专请道安，不具。

九日　晴。戴表侄为黄孙作媒，去，与一荐书。夜雨。

十日　晨小雨。洪营官来，尚未盥，即延入室见之，小坐去。去而大雨，雨中欧阳伯元来。陈、彭占客房不让，宿之对房，自午谈至子。

十一日　阴。伯元正酒，兼召彭，陈、纯、黄两孙同坐楼上，午后客去。

十二日　晴。记瞿鲁翁像册，并为书之。幹将军、戴表侄、周凤池同来，周留饭去，将军未见，以其率熊姓同来也。召诲陈甥。朱太史来。将夕，刘端亮来，伯固叔子也，颇似其父，人敦笃不滑，云亦往干督销。夜入内小坐，出则客已睡去。月明夜佳，睡醒已曙。

十三日　大晴。晨起寻人，戴、陈、纯孙均不见，端正装回，其从人未醒，遣人觅得。朱起甚晏，早不吃烟，巳初已得食，款客于楼。尚有王、谢未见，谢上红禀，点句钩股，名梁涤，清泉人也。午初客去，舆亦告归，未去，顷王心培来，夕食乃相见，舆遂去。出看插秧。得顺孙婿书。

十四日　晴。心培朝食去，马太耶又来，云纯孙骗其四十金，自取之也。吾有此孙，可云显报，但可惧不可恨也。痴坐半日，留住客房。夜雨复冷。

十五日　雨。马太耶晨去，写字半日，应酬粗了。作书复吴学司，送瞿序、欧扇对、谭联、匡厌亲家对子，为丁郎看诗，一日之勤，行九滩也。

十六日　阴晴。本欲朝发，房妪尼之，饭后乃附舟上衡，携黄孙同往。午至姜畬，夕出涟口，遣刘丁送信，便上洛口，夜泊向家塘。

十七日　阴雨。午过株洲，得北风。将访七女不果。帆宿晚洲，行百廿五里，船人云一百六里。

十八日　晴。风未息，过黄石望，见一小舟来寻，云夏翰林来，似曾相识，乃午诒旧佣也。陈益新同过船相见，讶其何以在后，乃云真女已到家去，陈郎同访，路人皆云至当铺点主，因回舟耳。留谈竟日，为加一饭。夜泊羊角原。

十九日　晴。南风缆行，过雷卡，津吏索钱，令船户与之，余为之偿。昨猪捐去吾一片，再去一片，则猪价如人，故不可也。吏役亦满脸正气，不可干以私。为法自敝，一至于此，雷、郭争功，遂成往事，未知后人又何如耳。夜宿萱洲。

廿日　晴。晨过午诒船，仍要至我早饭。以为今日必不到，行久之竟过大步，趱行至夜，遂泊烝口。遣呼渡船，恐其不相值，又过午诒船，上湘，我船亦随来，暗无可投，试舣空当，则屼樵坐船也。与午诒过船小坐。万舵工报信，程家遣舁来迎，往临屼樵殡，唁其妻、子，商霖亦来相见，小坐还舟。陈八未至，月出乃到，移船，云三更矣。

廿一日　晴热。拜道台。喻谦来谢不敏，以教员无挂牌权力也。并告敦竹取婴姐，荒唐可恨。午诒及陈益新、廖、谢、周梅生均来。沈鸿来见。至程家少坐，屼妇送供给，辞之。程生来，久谈，催饭乃去。午送汤饼，以其母命，受之。常婿来，诘责数语，请入书院，告以不可。以午节送束脩，义不可受，又不可辞，故避之也。诸生来者有见有不见，故不备记。

廿二日　晴。张尉来，言女逝，并告病状，二百四十金不便问也。此来无钱，乃取去年存银用之。乡为身死而不受，今为所识穷乏而用之，此亦失其本心。午诒来，云船热，请移陈家。中丞弟方请族人居之，亦字、亦新自来相请，异往，则陈芝生、蒋霞舫先在，与午诒兄弟同摸牌，顷之谭老师、谭德峻同来，谭训导入局共戏。余往程家看吊客，还已散局。程生供食，不可下箸，还船夕食。今日丙子，戌时小满。甚热。

廿三日　晴热。陈家既烦供张，改至安记，设榻纵横，亦无坐处，稍喜清静耳。张监院子、长馆首事均来。麻年侄、张尉、午诒、李选青来。选青久谈，余倦听而睡。起过程家，定成主仪，以未葬，姑用朝庙之节。夜还船。陈芝生复来酌问。

廿四日　晴。移船近岸，周生来送油盐，胡春生送食物，诸家送食物者概谢不受。午初程家迎写主，背光，又为冠影所遮，不分笔画，挥汗如雨，仅而成事，为设豚鱼之奠。又留陪道台，乃出解衣。张尉、李令同至安记，午诒亦来，留吃点心。坐至夕，益新来，报夏子鼎至，又请选青为邓国璋治累历。余邀午诒至道署便酌，至则主人衣冠将出，云学生打官，并毁长沙馆神像。张师父子破额，女眷被围，文武官皆往弹压，初更始散，未敢拿人。与朱、段同席，二更还船。向燊送臭菜来，无从退还矣。

廿五日　晴。因循待饭，比上岸，程家已发引矣。至正街江南馆，待枢行出南门乃还船，选青、午诒、周少一同船，至大石渡，枢船亦来。余先舁行，五里至葬所，尚未开圹，拟葬斜坡，无此穴情也。俟枢至而还，夏、李亦至。周庶长来算账，又少算一元，亦未补足，然已费廿千，不为俭也。分手各行，如脱樊笼。

夕宿七里站。

廿六日　阴。晨发不早，午过雷卡，至衡山遇风遂泊，微雨小漏。

廿七日　晴。寒疾，少食多眠。夕泊三门，行百廿五里。

廿八日　晴。行卅里，欲泊凿石，遣访七女家女婿邓达夫，云是生员，陈八不识。凿石，余曾三宿，乃竟迷上下，至株洲乃云在沱心寺上。乃令刘丁陆行，舟便直下，夕抵杉湾，泊一夜。

廿九日　晴。晨上岸诣仁裕合，救生局、洪营官均来。盥颒至城，访欧阳伯元父子，均出小坐，云有公局相贺，官绅十人，克期明日。余至救生局，遣取饭菜来，早饭复出，过杜县翁、吴、朱厘局、官钱局而还。欧价人来，族戚来见者不备记，惟四女为异，引见其后子，云须觅生理。夜饭土局，大召土倡，吴少芝、伯元同坐，热不可耐，更召道士同坐，二更散。船移局岸下，宿船中。

晦日　晴热。洪营官来办差，除二坐船以容宾，从余设砚船上，写《舟园记》。紫谷道人来，同吃水果。朽人来。未正上岸，赴趣园公宴，杜、洪、文、二欧、沈、吴、朱为主人，翁、赵列名未到。二更后散，还船，黄孙已上矣。

五　月

五月乙酉朔　晴。北风甚壮，晨发，泊文昌阁，黄孙上岸去。夜雨，枕席尽湿。

二日　晨雨。未发，朝食后风息开行，过昭山，得小顺风，夕泊朝宗门，异至家。家人云明日祔祭，未改期，已斋宿矣，乃亦致斋。长孙在家，黄孙亦至。

三日　晴。丁亥，祫祭。礼单已失，更草其仪，未能整齐也。黄孙读祝，不能句读。午正馂。至碧浪湖一看日僧，未归，孙女从往，后至，余憩树阴待之，同还。杨卿弟来。

四日　晴。晨至卅局，从苏畹借号房拜客，见学、臬、抚、盐、长沙。席、余而还。还马太耶廿元。余云叶德辉痛诋朱八，朱已匿迹矣。谭三、龙大来。抚台、日僧、王镜芙、秦文珂、李砥卿来。至夜，尹和伯、张正旸来。

五日节　晨阴。吴学、庄藩来。邬小亭补服来。午正拜节，㝛女来，外孙男女均来，孙妇弟兄来。未正大雨，至申不止。异至卅局，唐、廖为主人，更招蒋少穆、王荩臣同集，月出乃还。房妪来城。

六日　晴。子玖、子夷、沉生来，同坐谈。子玖约余饭余家。女孙斗牌，余倦卧，房妪呼余，见尧衢。尧衢乃言其招权纳贿，声名狼籍，信为善之无报也。懿妇欲为张生别立一学堂，云有益王学，盖未知王学者。日本领事来，与苏畹同坐。

七日　晴。回拜新臬陆钟琦申甫，谈朱竹石。过心盒，答访日本两领事，惟见太助。午过余家，子玖、尧衢同款余，无他客。饭罢出城，至日僧楼房，脱屦袜行，设斋饭，月上乃归。杨儿求书，<small>其友罗冬旸为过交送银百两，三接而去。</small>循城上船，可五六里，黄孙先在，因无卧处，遣之还城。

八日　晴。壬辰，芒种。在船早饭，将午入城，邓婿同来，求干馆，许其从我读书，满廿日，与以十二元，叩谢而去。摸牌未一圈，李将军、张先生俱来。杨亲家母送熯饺。席沉生、莘田、曾熙、谭会元请饭，催客，过拜唐老守，至小瀛洲，廖苏畹、余尧衢、刘国泰先在，曾熙不见，代以胡子靖，水榭甚凉，客云日烈可畏，早晚不同也。纵谈不及新亭，彼此心照。学台催客，坐上有四人得夹差，已过饱矣。往则主人便衣，尚有京派。见云南昭通新出汉碑及红崖碑，有邹、刘二家释文，又赠其子纲斋所作《补晋经籍志》。《经籍》《艺文》，古今名异，此补宜名《艺文》，以多散篇，不成籍也。二更散，城门已闭，呼启关上船，已移泊大西门。

九日　晴。料理米菜，送信藩台，言磺矿。片与莘田，荐号房。房妪登岸，至午乃发，行半日尚在平塘，一夜橹帆，竟泊观湘门。余频起频坐，竟不成寐。

十日　晴。晨起舁入城，至欧阳伯元家，报明铁路瓦解。伯元请看定诗集，并欲为价三作中，送谢金，旋至救生局待之。杜明府来，言明日进省。洪营官引杨营官来见。二欧阳来，送四百金，比去年又加百金矣，直受之不辞，了此一案也。亦过午乃行。行半日，尚未入涟口，盖湘路如此阻艰，与衡、耒口同为延滞也。日斜上涟，将夜已入云湖，舁登岸，邓婿、黄孙均到矣。黄孙知记其母生辰，尚为不痴。珰、真均归，方摸牌未散，入局小戏，因倦早罢。濯足甘寝，不知曙。

十一日　大雨，云五更至晓。余起时已辰正，犹闻檐瀑，少止仍澍，遂连半日。作庄心盫寿联、孙竹管调延寿乐；红薇香似过庭时。唐穉云挽联。材行曾襄列郡，先看治谱流传，江右尚歌贤父德；服食无惭三世，长忆乌衣游宴，城中今鲜故家风。

十二日　晴。晨起料理，遣信下省，已派李心和，滋云当调剂刘丁，临时易使，小事亦有前定也。奖李不磕睡，赏以一元。朝食后报七女来，云女婿亦同至，初回门也，遣轿迎之。婿名邓达夫，白衣女婿也，字应龙，人尚明稳，陪坐自午至亥，犹时冷坐。始起功课，并抄书一页。

十三日　晴，夕有雨。忌日素食。内外俱有客，不可素菜。

陈益新自桂阳来，留居楼上，客房已满矣。女婿正酒，午乃得具，令畴孙深衣作主人，出看客皆衫服，遂未出为礼。日课如额。畴孙点唐诗，欲沙孙、黄孙并抄读，日一首，屡说不得明白，可笑也。

十四日　晴。邓婿夫妇及小女并告去，大有所费，犹嫌未称也。抄书加功，盖余有此癖，不觉疲耳。

十五日　晴。彭生又来，云复心已到长沙，不来相见何也？且留待之。

十六日　晴。吴福茨赴来已久，了不忆喑，心多事多，殊为可笑。闻丧即行，近今罕见，宜特奖之。单车就道怆星奔，此义几人知，素韠三年由母教；两子夹河荣禄养，食贫当日事，金扃五鼎报亲恩。

十七日　晴。赵年孙复来见，小坐去。刘丁还，云城中无事。夜闻前庭人喧，欲起问之，旋睡着，遂不复省。

十八日　午雨至傍。复心及其两甥米，云到城已七日，见贵人矣，求解抱冰。与书滋轩，因及云门。樊山仁兄先生道席：渭城答笺，至今未见。闻自宋人京，又随使节往返，友朋之乐，可补勤劳。但空复故官，难夸醉尉，乘时奋翅，诚不可迟。隐既无资，便须干进，不足复言盘涧也。公才自是救时之药，私欲使至吾湘，一振聋瞆。抱冰乃同午桥，傲不可使，又为当代一笑耳，新诗又增几许。陕事遂不堪回首，始知七日之聚，盛极必衰，山泽徜徉，又是一番事业。公亦不能由博反约，则才名误之也。我则异于是，无可无不可，只是轻于鸿毛，乃得重于泰山，知此者鲜矣。不作泛语，且须讲学，君请择于斯二者。午讪即当出山，暂时促令代馆，如坐针毡，然尚肯坐，亦难得也。因便辄问起居，千万珍重。夜雨登楼，风狂镫小，大似江船听雨也，成诗一首。雨急风狂夜似秋，喜君甥舅共登楼。鹓鸿几辈青云路，鹦鹉当年黄祖洲。直恐倚柯棋局换，且看摇烛酒光浮。山中长日清谈倦，又枕溪清梦远游。

十九日　晴。与书吴福茨。戴表侄、胡姻子来。胡与从弟姻连，向未相闻知，亦未通名字，云功儿习之，余则茫然，留宿款之。

至夕甚热，复心告去，三甥同行，遣船送之。令开四铺，刘、李丁皆云不能，自往料理。复心等亦从来，本欲待月上，乃以夕发。

廿日　晴。戴表侄做媒去，胡亦不辞而行。蔡印生又来，人客络绎，但恨床少。李佣送客还，云大水不能出口。至夜未出见蔡。

廿一日　晴。延见蔡侄孙。朽人又来，云姜畬已穿水至山塘矣。为朽人卜一课，云"蝇营狗苟"，牙牌亦能骂人也。其来不知所为，夜雨不宿去。

廿二日　晴。复女生朝。蒋生昨来，今晨方见之。刘丁附耳告密，蒋、邓遽起，爆竹声喧矣，放学一日。

廿三日　晴。珰女家遣轿来迎，留之一日。蒋云怯水，亦留一日。抄稿入集，得廿许页。周凤枝送茉莉。

廿四日　戊申，夏至。滋遣访事人还。珰午前便去。抄稿毕，作程月樵墓志。两女出看水，遣房妪迎之，还即气痛，请张四先生诊之。畴孙饱饭，腹痛作呕，内外呻吟，殊恼人也。得茇四月书。

廿五日　晴。戴表侄来，作程志未暇出见，晚乃立谈两三语。

廿六日　畴孙生日，正十岁矣。日月如流，殊令人惊。晴，有风，曝衣。

廿七日　晴。午睡得端午桥电，再问疾，感其意，手书报之。适复陈、丁二婿书，并遣刘丁送去。谷三要求包工，张四先生亦欲为引荐于萧怡丰，乡人不可喻，亦他人所不受之侮也。

廿八日　晴热。连日并闲，看小说，稍欲整理书籍，便觉烦热，作张恺陶《印谱序》，读卢浩然《嵩山十诗①》，聊以消夜。

_____

① 按下月八日及十日均作"十志"。

廿九日 晴。邓婿住满廿日，领一月干馆去。刘丁还，复得茇书，并钟氏外孙女书，已生二女矣。

晦日 晴。周裕苓来拜，求行善，欲每租十石留五，以作积谷，亦奇想也。告以不可，复拜而去。

六 月

六月乙卯朔 奖土工酒肉。作刘克庵碑，细看自记，亦奇人也。前以无能绌之，不知其能战在席研香之上，虽不知战状，要非子虚，愚人自异才人，未可以声名取士。

二日 晴。佐卿儿来，云笠云病死。周旋卅余年矣，近以逐日本僧，知其无理，遂至与绝。如瞿军大一语失旨，慈眷顿衰，由前本未结主知也。恩不甚者轻绝，又增一阅历。作刘碑，全不法古，亦不自知其可否。

三日 晴。饭后报长沙彭姓来，以畯五未能来，姑引入见之，乃畯五也。相见甚喜，泛谈竟日。无事不登三宝殿，亦是面糊百金者，又爽然矣。

四日 晴。彭妇之恩宜有一报，作书与刘体乾，为彭三关说。派人送畯五去。作刘碑粗成，似亦可观。

五日 晴，颇凉。将往祠堂，轿夫未还，抵暮乃至，邓婿同来，送月饼，十二元又去一元，不知其何意也。

六日 阴。饭后舁出，忘着绵布衣，又不识道，行田垅山阪，凉风飒然，再雨则不支矣。问程鹜进，俄已望见，管祠人外出，佃户初会，倏忽旋归。至杉塘半道遇雨，避于李家，即买祠谷者。雨似不住，冒雨至同怀堂，问四老少办法，云六百金可收谷四十石。无此办法，即不再问。借衣无有，宝老耶取墨衰代襄。行至瓦下塘，史佣来迎，如刘牧遇法孝直，飞轿还家。往返七十里，饥甚索食，饭罢小睡，遂酣，至子夜不觉。

七日　阴。昨夜夏、张待见，皆荒唐无聊人，今早问之，夏去张存，云荐木匠可得二百元。以其妄想，姑妄与之，作书抵萧怡丰。夜大雨。

八日　阴凉。读《嵩山十志》，十日不成诵。看任炳枝注《感应篇》，以俗文译古书，亦新学之类。

九日　阴。夏生又来，见之，问其来意，仍渺茫也。与书廖笙畡，交卷。笙畡仁兄先生道席：山中消夏，近伏乃凉，未识杖巾优游何处。

珠泉银局，心远自清，热客夏畦，城乡同病，亦不以归去为高也。承命撰刘碑，并示大意，遵即序次。并本店自造之文，非汉非唐，似传似论。后世有闿运其人者，毁誉正未可料，愿公无遽灌米汤耳。即求转发刘世兄为幸。今日癸亥，小暑。有雨。

十日　阴。岫孙来，干馆已挪用，姑与二元。《十志》不熟，取纸写一通。百花公主诗久在案头，每日为看十页。得衡书，知学案已结。

十一日　晴。张四先生来，云木匠荐妥，已得票银二百，但未兑耳。又欲黄孙为索猪，力斥之。请刘丁往办公。南风一朝。

十二日　晴。南风二朝。一日未事，《十志》写毕，跋三段。另抄。

十三日　晴。南风三朝。遣佣至城，发蜀书。月夜率三女出看荷花，采新菱、莲子。昨朱太史书介杨叙熙来，求荐学堂，云科举犹有暗摸，学堂无不条子。当与书吴公言之，不知此乃斫头罪也。如此维新，无殊革命矣。与书沈长沙。

十四日　阴。南风而非一朝，以无烈日故也。午睡颇久。

十五日　晴，无风。四妇专人送瓜。彭生送时鱼，不能鲜矣。

行五十里尚未败，不鲜，因过时也。得刘体乾复书，彭事不行。

十六日　庚午，初伏。阴凉。省城人回，看报食瓜。社出禾灯，并非草龙，照例混闹而已。至未微雨，亦非佳兆，似是节气差一月，喜得逃暑耳。璧池菡萏初成的，月里红香云幂幂。新菱帖镜散妣珠，摘出鲛房水仙惜。并刀剖玉肤脂凝，嫩碧清香寒簟冰。娇歌却忆若耶浦，柔丝牵桨拖裙绫。采菱月夜饶清课，凉衣拂露流萤过。谁家才女机杼忙，夜色蒙蒙背灯坐。

十七日　晴阴，颇蒸热，无风。将至石潭求田问舍，适于云湖桥遇文吃，以水程与之，遂议定团规而还。向夕颇凉，亦有好月。遣人入城送诗，兼问盈孙久病。

十八日　未明大雨雷风，天作赤昏色，照墙壁皆缫黄，经一时许。眠不得安，房中妇孺皆寐无觉，似王介甫也。再作冯氏百岁对。孙又生孙，共向萱闱瞻壶范；寿而益寿，重周花甲正筭年。佃户来请领车水费，告以从众。得此雨，想不必再动车也。水以三百六尺为一线，谓从下至高也。近则不计线，但计工，水到车头一转，率七钱一线，工费有加至十余钱者。功儿夕来，云雨时已上船矣。

十九日　凉，有雨。宜孙留辫，剃去一围发便改观，习惯致然，如见孺子入井，非性善也。

廿日　晴。陈益新闻云门藩宁，欣然愿往，与书迎之，便荐供收发文案。邓婿、黄孙欣然俱去。周天球来求关节，亦谢令去。湛僮省还。

廿一日　热晴。空过七朝，凯风不应。午后程九来，周梅儿旋至，俱留宿客房。

廿二日　晴。詹徒、周梅生来，饭于内斋，饭后俱去。黄孙行坐不安，已朝去矣。包塘老母来诉。

廿三日　晴。无事，偶作向碑，顺笔成之。七子复来诉，云讹局已成，为我所败，请设法救转，余云不足虑也。又言七都争水，众假我名，亦请别白之。皆如其意以去。

廿四日　晴。刘丁来诉乔耶，唤来，叩其胫，房妪纵之去。欲封烟馆，刘丁又自容留，亦听众议。乔耶最驯善，今乃桀骜，滋云本不驯也。人不易知，吾族固多厚貌深情之人。沙孙暴病求去，又云不能上道。

廿五日　晴，颇热。陈秋嵩来，求题阳联，言光化令掷其父所奉妖像，几酿市变。汤文正不易为也，但怪其迟。功儿率沙孙夜去。

廿六日　庚辰，中伏。晴。南风一朝。夕凉。见纨女书，余到衡尚未知深山别有天地，遣人看之。幹将军送瓜。

廿七日　晴。写对子，看《史记》。齐湣破燕，孟子误为宣王，盖其去齐复来，门人误合之也，或亦悔其事湣，而故为此，改二“宣”字，便合矣。夕坐门前，黄孙与蒋生同来，黄云蒋资其船钱，蒋云黄赖其护致，皆带厌也。

廿八日　晴。蒋厌无已，且与书谭兵备试之，此人遂如恶丐。周人彻田，非井制也。井制唯有助法，讲家云三代皆井，误矣。彻有易田，井无易法。芸子仁弟文席：前得手书，两心相照，不以远隔而暌也。师友中几人有此，千愁万恨皆可消矣。贤者究为名误，若使终老空山，与刘光谟、方守道比肩，不至与范玉宾、邹元辨并论，岂不独弦哀歌，消摇自得耶？尚何金币、铁路之足搅神明哉！人生要自有根源，苦者恒苦，乐者恒乐，要知苦乐皆假，唯灵明耿耿，敷衍过百年，便皆了矣。佛家所谓报身，非真身也。近状问二陈尽知，所喜一无牵绊，三子皆非我有，亦时与周旋如陆贾也。吾贤是京是外，当须一定，能否湖南一行，以图相见？因食瓜相忆，乘早凉辄书二纸奉问，起居珍重，毋相忘，幸甚幸甚。彻只为屯田垦荒设也。又与书二陈。

廿九日　凉。包塘老妪来，言官事全输。官不准开口，油祸成矣，令其长子出料理。曙孙来，言谷事。

七月

七月甲申朔　晴。竹林阿公来，令与陈家来投诉。曾竹林之子来送瓜，问实信，意以为丈人一函，如汤沃雪，天下贵人皆雪也。告以如石投石，彼似不信。得王生电报。

二日　晴热。曾孙晨去，陈信来，告以息讼和钱，陈云徐砚耕为之也。与书徐令，保出押人。

三日　晴热。戴表侄来，言其先从湖南往广西，到即发财，俱娶名族，生子登第，今又消歇矣。进士尚有子姓为广西人。梁璧垣则反自桂投湘，亦中举发财，唯余家守旧也。坐至二更不欲去，遣灯送之。热气未退，又小坐乃寝。

四日　昨南风一朝，今晨无风。起送戴侄。午间炙热。作书为王生说亏空。小睡。七子又来言讼事，为十余金奔忙烈日中，甚可闵也。夜坐田边，甚凉，入门便有热气，上堂食豆粥便睡。为凌李氏作八十寿联。八十竟无佳典可用。

五日　晴。遣人入城。涂女讹诈不遂，又遣其小女来诉，云亦长舌，六女、房妪皆惑之。罗正钺又来送瓜。揩子来，请讨上手。告以此事至丑，但可行不可言也。无钱摆供，自可就我借贷。留住不肯，至夕竟去。遣人勘灾。

六日　晴热。庚辰，三伏。方朝食张生来，云已移居，渐近城矣。嫂丧无服，全无戚容，亦似不合，宜后世之加期也。岫生来取干脩。王、周二教员来。对客一日。加以涂女事，令房妪往看，夜还，云乡愚震恐，可和矣。余佐卿儿使来求药。

七日　晴热。盛团总来，盛称冯抚，方欲托之，已闻开缺矣。此亦怪案，岂孔方兄作怪耶？继藩被指参，并及升督，而继反护抚，则或李莲英为之也。作诗寄沈子培。数别娱园又五年，离心来往皖江边。鹣鹣得侣霄分路，乌鹊横桥月正弦。瓜果空庭山悄悄，蘼芜千里思绵绵。遥知拄笏清吟罢，怅望银河定不眠。王、周来，又去。寄三联付救生局。夕办公人还，得廖书，看报。诸女乞巧。

八日　晴热。未朝食，四老少来，刘江生又至，应接不暇，俱同朝食。去衡使还，得纨女书。

九日　晴。抄谭碑，改定数十字。得庄心安书，县差飞送，颇为骇人，为王生解款也。

十日　晴。三伏。加热，做包者挥汗如雨。检蘽里，见功儿点《说文》未完，为补点，每日课四页，从明日起。

十一日　晴。点《说文》，讲《孟子》。枉尺直寻，即二八回堂。枉寻直尺，则倒二八，与以钩距为钩股，同一新确。

十二日　乙未，立秋。愈热，晨避外斋。有蜀人杨光垲自称小门生，径携网篮来投，真没奈何，实佳话也，而磨我甚矣。告以不必讲本领，但求吃饭可矣。彭孙奔驰为人求书，例送百金。与书陈伯平。伯平仁兄大中丞节下：前闻荣授，又读荐贤之疏，知襟期宏远，不同列镇。时有门人李金镗，材堪一将，即欲达之采听，为备指麾。适冯梦华亦亟亟求人，又以皖急于苏，欲令助之，因循峙崄，遂复经年。山中日长，世事多变，忽忽又忘之矣。顷有郴州何生，远来求书，正欲奉候起居，道达相念。立秋早凉，东望欣然，苏、宁分割，地小人繁，徐、扬旷达，自为风气，军兴以后，无能治者，公思自树立，未知从何下手？子异新到，想能相辅。牧令芜敝，吏治难澄，非一日矣。何令得差，皆以乡情致之。昨闻陈荪石为干辕下，朱竹石颇有微言。竹石精能，想不差谬。但江苏知县，人人有袁海观之心，调剂一二，亦未为过。幸转告竹石，加以训诲，或暇时一召见，策其所能，幸甚幸甚。近状何能面陈，故不多及。专颂道安，无任驰系。

十三日　晴。尝日也。晨入外斋，遣杨生寻功儿，便令送谭碑示会元。王、周复来，云提学不见，复欲求中学监督，皆热心人也，以瓜啖之。杨去雨来，热得小解。登新谷，舂二斗，本欲送城供祭，迫日不及，乃自享之。常年馁时多饱，今乃甘食，恨汗出如浆，不能醉饱，饭后急浴以解。雨再至，仍不凉。夜月。

十四日　晴。早起佣工殊未兴，唯中门为陈家佣所开，闻我起复关之。神帐为风吹落，疑有胗薶。周、王早来，彭孙去矣。张生、振湘相继来，振欲求事，不敢饭。余云不饭亦索债，饭亦不过索债，乃饭而去。写对子三幅。

十五日　小阴，犹热。点《说文》。宜孙小疾，放学一日。朽人、宝老均来。

十六日　晴，午后雨。涂女讹诈上手，王家必不肯和，出差押退，为我佣奴所阻，改出一票，云带讯。无以阻之，其实押退耳。余不谙官事，或押退票皆如此耶？或新意耶？要之甚巧，非经史所能辨，故是名法家独擅之技。包塘辰白来，正遇县差，足光蓬荜。杨度兄来。陈猪仔亦来诉讼，令寻和事人料理。

十七日　庚子。晨凉。欲秋，以为出伏矣，令办出伏酒，设汤饼热歊。涂女携女来投，留之，不令随差。看《说文》甚勤，已毕百页。振湘来，送注药。羊生一羔，文炳如得一女。

十八日　晴。看《说文》，日数十页，亦偶有董督。连日甚热，不复能消一局，更无事也。罗孙女去。

十九日　晴。《说文》点毕。看桂《疏证》，亦未子细，由学不及段、严，功不及苗，但征典耳。要之本朝只是字书世界，亦足雄视百代，青于蓝也。

廿日　晴，正热。唐鸿甫、孙从来，两秀才也。孙字□□，从子伯良。与都团萧父子同到，言树艺学堂事。留点去。

廿一日　晴热。王心培来，延入对之，更不着衫。顷之雨至。周孙来。下屋风雨飘摇，五间尽湿。张四先生来，已夕矣，楼上坐下不再出，心培颇恶无礼。周孙入内写字，余亦不起，昏昏遂睡。

廿二日　晨雨。早起陪客，俄烈日杲杲。周孙告去，张四谈官事，饭后俱去。晴雨无准，天气稍凉，摸牌四圈。早睡，夜大雨。

廿三日　阴。偶检丛纸，作谷谱序。谷姓为湘州旧族，《九真太守碑》叙其先世曾祖为豫章，而不引卫司马父子，则非子云一族可知。今谱以为子云亦来自末，盖传牒附合，谱例然也。湘潭之谷与余家代有往还。余旧宅谷湖塘，后归于谷族。弟家又与谷湖谷弟比屋，归里时时见之。及卜筑山塘，二谷皆衰落迁去。独领公船者亦谷姓，初未知即谷湖一家也。今春以其新修族谱示余，且请题焉。谱成已六年，不待赞颂。闲览其序，有龙吉皆、王子佩，皆六十年前故人，今名若存若亡矣。佩翁两子犹时过从。吉皆，余乡举同榜，其家久不相闻矣，赖此一见其遗墨。而余之老大，家门之盛衰，尤足感也。余族谱亦新修，然又廿年，家门之可纪者又积，则谷氏谱之可录者亦必不少。载笔之士倪因余言而考得义先之三世，补先贤耆旧之编，更因以求司农之苗裔，不愈为湘州氏族之光乎！送涂女对簿，与书县刑席，未知是贺孙否。

廿四日　晴，东风。内斋日照不可坐，上楼吹风，作并蒂兰莲诗。还内，看文、丁诗卷。丁皖杂流，诗有豪气，名健，字羽林，不虚也。余儿来告母病，似欲取办于我。

廿五日　晴。县中人还，得茇书，送鼓。夕坐门外，见一舁飞行到桥，视之则日本僧，延坐班荆，旋与登楼坐谈，至戌还寝。

廿六日　未明求衣出，看倭僧未起，乡人亦无行田者，久之乃有樵汲。僧行，已日晏矣。还寄茇书。天阴气蒸，汗后入浴，颇觉费力。庆孙夜来。

廿七日　阴。庚戌，处暑。宗兄、宗孙均来。张四耶来，两揖告去。陈八来，得谭道台书。昨夜风凉。芝公兵备先生节下：前笺未能宣意，旋荷专使，得手教殷拳，甚感甚感。奏派监督，私兼省学，事发，诘问提学，云奉抚谕，互相推诿，故不敢提，非责地方官不足敷衍。公固以世交代之受过，衡守则无妄矣。行人失牛，塞翁得马，今日事不论情理也。晦若外采鄙言，内探慈意，奏至，袁、张勃然，致有政闻社一奏，反坐褫职，国会嚣然，此事遂作罢论，惜其不面请反汗也。弟子一宪一否，皆倚贱名为重，适成骑墙，颇合时派，是以陪游玉堂，岂幸致哉？正愿公一诗奖之。酷热六旬，生平罕值，新凉苏息，当俟节后始能承教。提收学费，自是正办。敝县小旱，谷价当复日昂。但私家少收十斛谷，翰林果穷官也。适有请减租者来舍，书奉一笑。七子又来，言庆孙亦为包塘索钱事来探。但四次侦探，殊无益处，大概不欲到我处了结，亦何必察见渊鱼。

廿八日　阴。晨寄讯继莲溪，作一词，名《翠楼吟》，吟与端午桥争论事也。方拍案请参，乃特令署抚，一快意事。一角钟山，朝朝挂笏，官情不如归兴。君恩容卧治，且饶与皋兰轺乘。公才须称。更大旆红停，皖公青映。新开府，早秋衙鼓，雁声遥应。　还认，油幕看人，问故人别后，好风谁赠。白蘋江上句，料难共吴兴争胜。戟门香霭。有得意诗篇，赏心图帧，君知否，楚云楼阁，有人闲凭。余儿又来，云求得四十元，并棺衣，约值又数十千，加我廿元，百金立致，真金银世界也。尧衢母求一联，先已思及，枕上成之。晚岁极荣华，须知挽鹿丸熊，艰苦自然多福寿；湘州观礼法，更有齐讴赣曲，弦歌到处颂慈恩。

廿九日　阴，有雨。看旧作碑志，已茫然不记，信文章身外物也。一日清静，至夕，六耶来。

晦日　阴。四老少、竹林翁兄弟皆来，约陈姓面言墓讼，以百五十金还墓庐费，至夜始来。夕食不饱，精神疲倦，饭后即睡，甚矣惫矣。张兴、戴明均来。

八　月

八月甲寅朔　阴。早起遣诸客各去，唯留六耶待轿，过午尽散。送绂子二元，怜其老贫，以畀送之，又属令无饭①，所谓一寒至此也。

二日　阴，复热。晨寻《逸周书》，复勘一过，乃知为周公专集也，为作序目。黄穋云孙绍甲来，字颂芬，云穋云五子，今存三耳，共一孙，年荒无食，故来投，与张翁皆姻连也，留住客房。

三日　晴。疏释《世俘》篇，灭国五十得十三，不知陈之骃何处得四十九也。《世俘》云"憝九十九国，并商而百"，尤不可知矣。得杨叙熙书，文意捭阖，颇胜杨度。芳畹五弟大人近好：自二月见名片，云欲取钱，数日遂无消息。五月再打听，云住南门外，得草潮门差。兄船泊草潮门，日日往来，未见尊面，以为怪我不来往矣。私计不来往，可免借钱，亦好事也。考官、戒烟，皆非弟所能办，诚如来信，兄亦日日忧之。今云托业道可免，非我所能也。邬小亭先生独能关照，兄所识多人，除小亭先生外，无人不骂陈芳畹者，想弟尚不知除我外有此知己也，可持我信往求之。久未专足来借钱，何可不加奖励，今年虽失馆闲居，特将巢出新谷所得，分出十元，以供烟酒之费，赎衣尚早，俟兄得差后再打主意可也。今年三月几乎中风少陪矣，赖弟福气，得免大难，想亦不知也。前信未见，来省不知何日，俟凉冷后再看。适得陈芳畹书，因仿其体复之。黄孙去。陈甥送牛羊肉。

四日　晴热。韩石泉来，云程太守避恩入都矣。滋书《楼记》，裱成，张之素壁，大可赏玩，娥芳早逝，遂令独步也。

五日　晴。畴孙问"亡""无"之异，向未致思，因考诸言亡者，大约本有而亡；凡无则直无耳，故文从"霖"。亡言多亡也。先有"亡"，后有"无"，经典已分二用。宝官来自长沙。《易》有"无""亡"，《书》《礼》有"无"无"亡"，《诗》《论语》有"无""亡"，因此得寻诸经一过。

六日　晴。宝官去。和官事，写寿联，一陈一常。都总来，

---

① 此处疑有脱误。

请作树艺捐启。夕浴，夜热。王达鲁来。

七日　晴。早作捐局启。得城中书，请举孝子。尹、任似知其人，又似不知，大概朽人也。名既请开国会，自不能不举孝子。

八日　晴热。幹将军来。三屠来，言卖地基。告以先寻放钱处，方可得钱。适有余资，寻幹求田，余亦当自往问之。夜大雨。

九日　晴。仍无秋意。徐甥来。湛童云石甥，乃疑石闰生也，可笑极矣。云继莲畦化去，群疑众谤，自此消矣。挽联云。公才毕竟拥高牙，回思禁近回翔，犹惜粗官废吟啸；御史不须寻折料，且向皖公凭吊，定知高致在江湖。戴表侄复来言官事，吾门颇似有司衙门，原告诉呈均有。薄暮黄孙还，得茇女、秦提、功儿书。看报，又为浩然担心，以贻霭人，亦可惜也。吾大哥已外用矣。子质远送百金，词意肫挚。

十日　晴。午卧。将军来，云丙生到门。误以为学讼者，久乃悟焉，衣衫出见之，则不甚相识矣。坐至日斜，为画五策，送之出门。夜明镫庆祝，复女云前年有诗，又作一首。庭桂仙花总应期，二分明月向圆时。旧留妆镜封尘箧，每擘瑶笺咏紫芝。汤饼定劳巾拭粉，夜灯长照鬓如丝。年年此会成嘉会，更胜人间有别离。

十一日　晴热。看诸女上祭。吃点心，未饭，酣睡。过午放学，摸牌未一局，戴表侄来，云立谈即去，出则周凤枝在坐，至夕方去，甚费周旋。因其送夜香花来，未能谢绝，留面复留饭，余亦未食，夜啜粥。

十二日　晴。寻寄端诗，看去年日记，亦似异书。午热困卧。周生来，言树艺，召入内斋告晓之，点心后去。唐氏诸子复来，言树艺，大要借招牌弄钱之意，亦唯唯应之。

十三日　雨，始凉阴。岫孙来，默坐无言，取二元以去。从此算有指望，犹愈于四老少。舆儿夕至。得陈伯平、邓翼之书。

十四日　阴。房妪病已六日不食，扯纸无人，令舆儿服事。案上初了，复将出游矣。复秦提书。子质世仁兄节下：勤劳枹鼓，经岁平安，幸甚多福。昨乡人来，言见家书，云当请对省亲，计日可晤。又闻官场言，与安公不甚相合，故浩然有归志。方今万方一概，安公素有贤声，鄙论两贤然后相厄，然愈于贤不肖杂。君子方以类聚，若不能隐，即宜相忍图成，哲人料量去就，必不悻悻。旋得来笺，欣慰无似。军中远念，复赍兼金，手书殷拳，借知筹略。远望慷慨，不能奋飞，虽非老骥，岂甘伏枥，闻鸡起舞，神为一旺。今年酷热，三时惟自偃卧，儿子并能自食，晚年颇觉有余。鹤俸无多，损惠为愧，幸不继富，以重吾歉。葆生才气可爱，闻不能廉，渠曾巨资，愿无贪羡，或以尊意诱劝，是所望也。遇有龙涎沉香，为留少许，为山中焚修之用。专此奉复，即请勋安，不具。（"勋"字册年不用矣，期君中兴也。）中秋日。

十五日　阴，朝食后欲往石潭看田，云在柘木铺，遂自桥还，遣人知会将军。打掀摸雀竟日。至夜拜月，时月正圆明，前后俱隐云中，然不得言无月。

十六日　阴，有雨。庶长来，将军继至，言田事。六耶来，云月生反间，和息不成。陈儿来交银，不能收矣，且令嫗去。留六东房。

十七日　晴。六去，便令唤船，余亦将出游。曙生来，令急放砖，经始祠事。夜微雨。

十八日　阴。祖母生日，设汤饼。十儿招周生为客，房妪受赇事发，令退银自明，已而牵连多人，事不可究，乃知清官真难清也。洪管带送船来。

十九日　晴。遣发行李，携滋女、两孙下省，舆儿、周生坐船尾，过午乃行，二更到县。

廿日　晨起入城，谒县令，至欧家小坐，遇雨留饭，招翁、吴、匡同话。饭罢出访冯锡之、萧小泉、洪庆涵。至九总救生局，两欧、吴先在，设酒留饮。城中言官事者皆到，并见禽畜，几不识矣。召戴明和油祸，许以十元。夕还船早发。

廿一日　晴热。鹚崖遇零陵船，知是徐幼穆，过船相见。夕至省城，入城到家，滋女、畴孙亦上，黄孙先与周、舆由小轮入城。周生父子夜来，余方与房姬闭窗，不能见之，隔门相语而已。

廿二日　晴。本欲早入城拜客，湛童睡不醒，来已晏矣。功儿亦来，待余饭罢乃同入城。访宇恬久谈，神采更胜。遣问荪畦，乃不相值，便令舁夫投帖，亦京派也。过莘田、纯卿、心盒，吊尧衢，访一梧而还。看妪孙病，已有起色，略坐便出，到家已夕。复心、畯五、李生均相待，同饭而散。

廿三日　晴。国忌。司道均素服来访，唯见心盒。殷默存、张正旸、杨卿弟均来。莘田夕来。宨女夜觐。纯卿来送画。

廿四日　晴。晨过子玖，宾解元、易合种、胡于夷、张五铁并来。申过藩署赏桂，客有陆枲、两新道、任师耶，论水警察、陈芳畹。夜还，写梁寿对。

廿五日　晴。晨得叔鸿书，并送珠补。子玖来，约与同集徐处。接脚女来。云孙来。申集叔鸿家，觐虞、子玖、孔宪教同坐，主人陪客，已不支矣。小我十年，似长我数岁，可闵也。荪畦夜约相待。

廿六日　晴。晨待荪畦不至，乃上船，将发，房厨均未办，严请待片。良孙、李孙来送，荪畦亦来，将午乃发，唯畴孙从行，夜至湘潭。

廿七日　晨移杉湾，始由陆入城，因水营接差，不便久泊也。伯元便留便饭，复邀吴翁相见，论照会自治事。黄家倭儿来见，求释其父，为托价三关说。五厌亦来。洪营官缉凶上三门。过朱倬夫，夕至救生局，方议米行事，设二席，以余为客，见唐春海及客团各总，唐夜送席。

　　廿八日　晴。值年来，言马头水分。庆生来，求厘差，罗正铖亦袅之不已，片与洪锡之安插。午至伯元处会饮，朱、刘、欧、吴同坐。刘生更约一集，朱亦招饮，约于明日。向夕微雨，还船宿。宝官来。陈家姝子自乡来，附舟。

　　廿九日　小尽。晴。遣人往乡取油衣。晨起写日记，已半遗忘。六耶来，言月生仍往欧家会食。过仁裕合，言保黄事，更引一人居间，遂亦同集，余皆旧人也。酒罢各散，余还船局。洪营官还，来见。小憩，买演义、七字唱，便往容园，吴、欧已到，萧三后来，吃羊肉过饱，夜还。畴孙尚送局中，遣迎之还船。

九　月

　　九月癸未朔　晴。习乐所请饭，不知何事，似专为我设也。午往，见三首事胡、赵、刘及徐甥，初无所论，朱倬夫、李雨人、吴劭芝、傅兰生同坐，夕散，还船便发。田二自省来，李新和自崖返，均令还山。夜宿洛口。

　　二日　晴。缆帆并进，行七十五里泊渌口。看说部。

　　三日　晴。无风屡停，泊空泠峡下，仅行廿里。

　　四日　阴雨。无风缆行，行七十五里泊黄石望。

　　五日　偶有顺风，阴雨辄息，行卅里泊衡山县下。

　　六日　晴。买面雷石，朝设汤饼。作和谭芝畇诗。两相书来蓬荜光，使君佳咏感回肠。瀛洲有客能谈海，灵琐何人更倚闾？早羡泥金得衣钵，敢期丹箭贡荆扬。如今吉士师徐福，恨不相从谒宰桑。　御书差似录方干，报纸传看笑语欢。涕泪久枯知己尽，姓名蒙记礼罗宽。阿婆定许红绫乞，贫女犹怜翠袖寒。认启若容修故事，为言衰老折腰难。行九十里至七里滩，风息早泊。

　　七日　晴。四十五里帆行到东洲，监院、教员皆不在馆，诸生犹有廿人，常甥、彭冶青人为料理，公丁似甚得力。闻赵伯臧有书来，言十月成婚，喜事忙矣，此来不虚也。

八日　晴。始戴暖帽，尚衣纱袍。待畴孙写字毕乃携入城，房妪领之。余自太史马头上，过两学、张尉、道台、二程家。太守下乡，唯见观察，道中遇程十一郎，云其母祷岳神，故未往彼，唯见涂景濂、李华卿、谭兵备，从铁炉渡湘还。

九日　晴。晨晏起。史生执经，詹徒求荐，常生言田事，凑集一时，握发吐哺，真不给也。午下湘，道遇子年同船，遇彭理安、杨慕李。船径西渡，余从陆渡潇湘门，谒府县，便至石鼓登高，主客均未至，独坐浩然台。顷之三学、两师均至，道台来作主人，游合江亭，看秋光，设食台下，翅鳆均佳，鸭亦肥酢，夕散。至柴步下船，宜孙已还，两妪相待，戌乃还院。晚桂飘香，而未见花。

十日　晴，仍热。程生、张尉及其婿侄、衡清令、三学、李师、二向生、卜经历、杨慕李、常南泉、孙道台相继来。得程芳畹借钱、程叔揆报喜书。

十一日　晴。程太守来，新从浩然，颇有阔派，留饭去。郑亲家、两向生来。专信还山。

十二日　晴。彭芳、冯燊来见，彭已老矣。梁戍生来。得宋、陈京书，宋以顾问为有职，可笑也。真书来，言将入京，复书不以为然。向送润笔一礼全收，便宜发卖也。董佣还山，又附一信。

十三日　阴。畴孙问百里奚本末。据《史记》，虞亡奚年七十，殽之战犹哭师，过百岁矣。孟子言去虞，《史记》言为滕，则不相合。而羖㹮之歌，其妻计亦六十余，又可笑也。向森来，谋开复。常次谷自京，其从孙自乡，均来相看。禄荷荣太守来，言女疟。

十四日　阴。彭理安来。郑、谭来，言学界夺田，请书求抚、藩主持，为移书岑抚。馥庄侍郎使公节下：八月至城，未敢上谒。旋因衡学经费不足，谭兵备促令赴馆，瞻仰铃阁，暂违窥对。伏维政和民信，察吏归仁。敝县积谷，荷蒙全保，穷闾食德无量，非但一时之泽也，感谢感谢。衡城学生禀提印卷公谷，开广蒙学，此项久资教官贴补，为数无多。前曾经学司本道详存有案，不准移用。今复有此禀，不过与教官为难。不知大府不裁教官，即必不令其枵腹，印卷宜有公费。张香涛相国前为学使时，谆谆言之。艰苦而成，今复浪用，必非大君子统筹全局恤吏兴学之心。伏祈通饬全省，与积谷并存，不得议拨别用，则宏覆之惠当与骆中丞议驳州县考察生员之疏同为盛意美谈。方今学务并无起色，搜括殆已不堪，已兴各处均有不可终日之势，学部亦依违敷衍，延议又欲改章矣。明公权衡至当，可谕属吏戒告多士，毋庸仍持前日之腐议以为新说，则造福尤大也。衡禀列有曾士元监督衔名，想核禀时未便驳斥。特布私见，希为鉴察。但令州县留存印卷公谷，明示意指，俾无借名搜索，则寒士得庇矣。专肃，恭叩钧安。闿运再拜敢言之。不费百金，反求百石，亲家之力也。

十五日　阴。昨夜有雨，山色溟蒙，殊无秋意。旧学刘衮、王船斋、何中莹、萧侯鹄来访。作《戊申九月督抚歌》。排满翻成扬九旗（江端、滇锡、川赵、闽松、甘升五督，晋宝、浙增、陕恩、新联四抚），楚（东袁、苏陈）齐（豫吴、桂张）犹得领双麾。直（粤张）徽（直杨）苏（黔庞）豫（洪冯）滇（徽朱）黔（鄂东）桂（湘岑），分占东南一角棋。沈、詹来，探厘差。

十六日　阴。看课本，亦可温经，然荒疏甚矣。因讲李诗，翻永王璘传，璘受肃宗抚育，而狂昏自死，李反责帝，未为公允。

十七日　阴雨。看《旧唐书》。邓佣儿侄来请入学堂，真怪事也。

十八日　阴。遣问禄女疾，因遗京果。写对子数幅。夜梦携家江行，而余忽从陆车，先打尖，相去数步，从之已不见。俄入墙缺，甚窄，知非车道，退乃入人家庭院中，四围高门，殊无出路。因入主人坐室，一短衣人，自云姓贺，有两母柳氏，妻凌，子女四人。告以迷误，云当从内室出。而其女未起，请少待唤醒之，余欲暗过，云女未嫁不可。少顷引过，出一房，又一房，有一中年妇坐绣，不相关，既出，云可至大道矣。及寻出路，又在一院中，重门固扃，不可启，心甚悯闷，俄而寤觉。其人姓名历历，可异也。

十九日　阴雨。看报，写对子。寻《春秋》“公子杀君”，不去公子，公子即氏也。遣史生说之，又为改定，皆未确。

廿日　阴，晨见日。先孺人生辰。小程观察来，早饭。写扇对屏幅。邓新林、欧阳属说“齐仲孙”，以鲁后有仲孙书之，则是孔子作经径改史文，非通义也。齐仲孙自是当时有此人，但不可直言仲孙，疑是左氏所云仲孙湫，与庆父俱来，而去其名，又讳其纳庆父，乃云齐仲孙耳。

廿一日　阴。陈八告假，适欲往白沙，令谷丁摄事而出。大风不得下，泊梳妆台下，异访郑亲家，入城至两程家，云观察已上船，遇老相公丁次山。还船上湘，又不得上，始知水勇不如募丁，异夫惧溺，乃渡东岸，从陆还，顾视船丁，方在洲觜。

廿二日　阴。廖、陈自耒来，陆塈弟自蓝山来，陆来取信，为作一函，以周妪特请之，故不索百金也。七都聋叟来见，蒋振文。大声亦不闻。子质世仁兄节下：夏间寄复一函，谅达朗鉴。军事未已，筹笔为劳，朝局因仍，徒有鲁褒之叹。罗、杨后起，各取高官，新学无神，人心益陷，明者当亦盱衡耳。敝门生陆塈，以高才作卑官，又分发坑人之处，特令趋依铃下，冀得扬眉。沈子封初到学务，或须委员，幸一提携，俾不与冗阘为伍。或军门须草露布，可免亲题，亦所望也。若藩辕听鼓，地老天荒，又不假此“且夫”“尝谓”之流矣。专此奉托，即颂台安。清秋沉阴，南望增思，唯珍重幸甚。

廿三日　晨有雨，夕晴。令前庶长移入备顾问，妓女来投，云被驱逐。

廿四日　晴，复煊。张伯范率其子来，云往新田，已饭罢，复为具食乃去。向生来。子年、张凤盖、廖燮两生继至，过午乃散。与庶长、畴孙同船上白沙，答访黄芙初还。秋嵩来，云价三求救，留居前房。遣湛童慰问两妓。

廿五日　晨起甚早。潭令专差送书，言碧浪亭必须归公。与书洋和尚。六休师兄方丈：八月到省，杖锡西游，前需经费正拟专送。顷得方伯手书云云：中丞必欲收作公地，前此营造之费皆归官出，弟处六百金业已领回，尊处所募化亦欲偿还。若执意不收，似有占地之意，空劳经画，不得久长，又一番梦幻也。尊师既无人接待，可即收回用项，别作商量，应住何处，仍请中丞分付，以符抚辕前案。长沙人胆小，瞻顾又多，我辈当示以随缘，无令笠云地下惶恐。弟前书言应拆即拆，尚不放心，必欲出钱，落得发财，想公定笑纳也。专此奉告，即颂法喜，惟照不尽。闿运和南。九月廿四日。　心盒世先生使君

节下：庭桂晚花，正怀清宴，宾鸿晨渡，欣奉手书，碧浪正平，风潮未定，谨即遵谕致书倭僧，俾遵公议。但此僧奉抚示开学，今无经费，应如何留遣之处，实与鄙人无干。新亭归公之后，请中丞查案，斟酌安插，梅晓必有善处之法，则绅界、学界之所主持矣。闿运因筹经费，暂到衡阳，冬月嫁女，仍还城宅，借得复瞻雅范，以豁鄙忧。前言敝县水警察至今未换，想赖公祖又忘之矣，乞代促之为幸。又分衡从九张松筠，五十年下吏，江南世家，颇有操守，不肯求缺，欲得钱局一差，敢以附呈。即颂台安，不尽。民闿运顿首。九月二十五日。复庄方伯。致朱盐道、潭令。益斋先生大公祖节下：八月入城，因恐责红毡，未敢上谒。昨得方伯来函，云碧浪新亭定收作公地，是城北又增一游赏处矣。已函与倭僧，令其听公分示，当无烦言也。敝县亲友来书，言郑太史家溉呈递手折，言湘潭盐行上诉辕门及督销局，云中路铺子店将练饷三项经费加入牌价私收，想已委员查明，并无是事。唯子店较盐行增多运费，未便照盐行一律加价，若可无子店，即不必增骈枝，倘督销饬令遵章，子店必将歇业，于销数有碍，民食不便。尚求斟酌调剂，庶得公私两便。刘观察既未在局，附以上陈。清福多娱，无任企颂，闿运顿。校《春秋笺》。遣秋嵩、潭差并去。午后颇倦，假寐片刻。

廿六日　晴。写屏幅。王豫六、廖俊三、黄蓉洲来。湛嫂率

其子妇来见。寄书纨女，初不知其居处及亲家名字，可笑也。程生送墨，自磨试之。抄唐诗评语。廖生来。校《春秋》半卷。复闻蝉声。畤孙疾未愈，令入城散行。

廿七日　晴热。校《春秋》，改"众杀大夫"为"国杀大夫"。《传》贤曹羁，为李鸿章设法，一奇案也。《春秋》救乱用权，不依正礼，与国灭君死，并行不悖，乃能兼该后世之事。唐酌吾孙传薪来，字麓樵。捐兵部主事，年廿余，似是唐家发品，为魏少环女婿，俗厚极矣。陈复心来，坐半日。

廿八日　晴。南风薰兮，复有暑气，夹衣入城，挥汗如雨。过廖令、张尉、复心、戍生，答拜卿管带不遇，遇诸涂，未与言。复心为其七兄求寿对。

廿九日　晴。风息，热未解。作陈澍甘五十生日一联。五马一聪，弟兄衣绣；师鲸靖鳄，民物同春。澍甘好杀，而不能杀洋人，故令其师鲸以靖鳄，不可杀也。梅晓夜来，留宿也。六休上人以光绪甲辰来游长沙，挂锡紫微山。佛寺后故有圆渚，旧建流杯亭，不知何时倾圮。余久欲复之，估工索费甚巨，偶于南瓜和尚坐上谈及，上人欣然愿承修。经历三年，覆篑荷锄，皆躬亲其役，勤亦至矣。亭成，余为之记，肃亲王题其楄。江、湖二督皆愿助资，上人以余为主修，不取他人财，唯其国中名人助，则以充工料之费。既而大为湘人所猜，联名告巡抚，谋夺归公。官士汹汹，若惧不胜，而谋所以磋商者。嗟夫！磋商抵制之学误国久矣，乃今及于僧家乎？余既告上人亟去之，恐五洲问[1]者以湘人为笑也，因书去亭之由，以谢上人，并告诸檀越，非敢起灭自由也。佛家以悦众为先，亦使世人知天下尚有舍己从人之人。建亭之始，余既有记刻石矣，梦幻泡影，静思亦有可乐焉，而五洲人何笑乎？戊申十月癸丑朔王闿运书于东洲讲舍。又与书藩使论事。心盦使君世先生台席：昨奉复并梅晓一函计已达鉴。唯事理未尽，俗人难喻，惟明公可与尽言，辄再陈之。虽与亭事无干，而一省举动，中

①"问"，应为"闻"之讹。

外具瞻，不可不慎也。议者云还偿已为厚幸，不知修造经费退还乃其本钱，非公家所赐。闿运六百金退还，不过收回原资，并未得公家分毫。即梅晓数千金或数万金，亦系梅晓募化已得之财，公家亦未添分毫。即令开花账报虚数，公家总系照账退钱，不能云资助多少。此理至明，而出钱者未肯以为然也。本可不问之事，而必收入充公，果何理乎？至晓公之来，乃系朱叔彝逼死和尚，笠云谋保寺产，寄禅为之设策，适值梅晓好游，暗为所用。其到长沙时，（此稿未完）

晦日　壬子，霜降。阴晴。早起，陪僧斋，遣船送至城。湛童匆匆先去，盖为二妓营谋也。李华卿、谭香阶父子、谭仲明、张尉、梁戌生、沈孙先后来，设水饻饻，谈半日。客去僧还，廖生讲经无隙矣。

十　月

十月癸丑朔　晨起露重湿衣，热犹未解。（续前稿）赵次公问闿运，彼来何意。对云抵制。次公大怀干涉，不能驱逐，反欲牢笼，遂令学务处出示，特开僧学堂，然而已不敢再夺寺产矣。笠云见寺产已稳，即不再顾梅晓。此六年中僧学堂经费皆晓公自备，由湘僧资助供给者，每年不过数十百千。以故学堂无成，竟无从着手，闿运耻焉，亦抚台之耻也。何也？示开僧学而不过问，名实不符故也。今年八月到省，本欲向吴学台商量，敷衍门面，因考未见，遂至于今。今新亭化私为公，不准闿运容留梅晓，则梅晓必向巡抚求一挂锡之地，恐推不出门也。示开僧学，又必示罢僧学，岂可曰赵次山事我不管乎？凡此皆有关大局，愿明公熟筹之，无曰彼已领银，得大便宜，可无须再求。若不收作公，即日新亭有碍工作，庶即拆毁，反觉光明磊落，必不至成交涉。彼时梅晓来问，闿运只能自认晦气，而不能问公家何以要拆，岂不萧然事外乎？绅界、学界之议不可用也，如可用则不至纷纷多事矣。世人无可与言，公素明通，故书所见以告。并颂道安，不具。闿运顿首。九月晦日。　　陶斋尚书节下：前闻伯太夫人之丧，因诸侯绝期，未敢奉唁，伏承追爱增哀，行路归仁，慰问之疏自知浅矣。霜鸿告信，江介先寒，遥想兴居，仰惟珍重。浩然翩至，不疏故人，相得益彰，无任企羡。闿运暂寻旧院，旋返山庄，冬仲遣嫁第十女，向平愿毕，便当重觅赤脚，扁舟湘、沅，以副公天足之望，写我科举之忧。明年邮书，无处寻寄，临江迟客，或有音问，不能学曲园辞行，但当和简斋告存也。专此奉问，敬颂钧祺，惟鉴迟慢，幸甚幸甚。民阎运再拜。僧去，令庶长送之，又遣丁入城。罗心田来。李进士来，言妓捐。

二日　阴，颇冷。写字数纸，讲《春秋》，定课卷次第。与书端督，唁其世母丧。夜雨如钟，颇快清听。

三日　雨。常笛渔孙来见。霖生长子世琛健伯。午来，言珰女时有疾病。写字数纸。讲灭不言奔，为君死之正，何以至见世始发，《传》未得其解。

四日　阴雨。写字数幅，讲《春秋》。廖佣还，得六、八女书。赵年孙来。

五日　阴雨。写字、校《春秋》如额。桂东邓生来见，纯乎徭人，但未知其肚才耳。张佩仁送浙腿。

六日　阴，见日。朝食后见官船停中流，三版上岸，未知何官也。待久之，云廖璧耘来，致其父书，并刘部郎润笔。克庵子，名本铎，少庵。苏畋添装。顷之廖煟富来自凉州，正谈物产，廖俊三送挂面。陈日新又来送花边，寄十二太太，日进斗金，可喜也。房妪不领孙，仍还前房。

七日　阴。黄三元次孙持其父书来，与一乡人同至。分府通判吴姓来。胡植荣亦来见。因写字，未延人，久之乃与相问。乡人姓张，教书匠也。黄孙所言不可听，而年轻远来，留待同还。王芍师儿来，适作饼，便以啖之。

八日　阴。又作一联，题松柏楼。午出至城，访张尉，谋请客，遇夏生，云夷恂已到家矣。沈生亦适相遇。至道署，适将出辕，云曾监督开学。至李师斋，看报，昇还船。水陆迎接陆军统制张怀芝，从两广来，云余藩台亦将到矣。与书丁婿。

九日　阴，见日。晨晏起。畴孙言夏大伯来，急出看之，乃尚疏衰，非礼也。禫宜渐吉，今人省费不备五服。廖生来，言郊礼未中于是。刘子重来，乃去。夜谈稍久，僮仆皆睡去。

十日　大雨。将入城，竟不可行。唐生示我筠仙遗嘱，未述生平得意事，而犹恨去官，热心人也。冒雨入城，答吴通判、刘县丞，至子年处久坐，遣看复心，云已还城，顷之亦来。又待罗心田不至，往闽馆看之，又已先往。与复心同往，已有菊山，亦应霜景。戍生、俊三继至，摸牌，待道台，顷之亦来，入局。上灯入坐，未二更散，冒雨还。

十一日　仍雨。复与廖生笺郊礼，卜郊礼必欲以四月为正，终属牵强。樊非之来，说辞无所贬，用我旧说，以驳新说，下语纠缠，未能定之。

十二日　大雨。改《春秋表》。复心来，早饭已过，更饭之。廖璧耘送炭，遣叫鸡儿押船，予以十元，并炭价四十元。一岁炭费亦及百千，生员十馆之资，甚可惧也。

十三日　雨。改《春秋表》。入城，至闽馆，会饮罗处，三学、梁、张俱集，又一生客，云壬寅曾见，盖黎薇生也。徐与谈潭事，更招陈琪来会，云昭潭门生，亦一诗人。黎赴曾监督招，先去。

十四日　阴。午诣午还，云当还桂。留令同赴道署一集。城中顿有两进士、涂、李。四翰林，陈、黎、夏、谭。一时之盛也。涂、廖为苟敬，夜散，大雨。

十五日　丁卯，立冬。大雨。改写《春秋表》。午诣午去，有不得之色。孤身困穷，志气先衰，非伟人也。杨生父子来，夏门婿也，放艓来衡。余将求大木，故令相闻访之。诸生多来谈《春秋》。周武德放债，欲学杨性农，告以不可。

十六日　阴。诸生今日公请，午课毕而往，主人犹未齐集，陈复心径去矣，鹘突可怪。薄暮，道台来看戏，极无聊，李进士老年伯作陪，李语太多，似乎寻事觅缝。二更得浩然电报，似又得意，亦非知几者。湘水暴涨，还舟颇迟。杨都司得意，携僮相送，无耻人终有得力时，宜忘八之多。

十七日　雨。黎薇生来。梁镇中问礼，大有发明。作《春秋表》，动笔辄误。夜看报。

十八日　雨。写字数幅。余管带来。作《春秋表》，看《墨子》。夜作诗送涂年侄，未终篇，房妪促睡，灯亦将暗，乃寝。

十九日　晴。写诗稿亦颇有章法。黄厘员镜澄来辞行。闻王儿欲请看菊，当先答礼。从东岸循湘卜，全中丞第，未相值，渡湘绕魏家垣，寻黎薇生，云已归矣。乃至天后宫，主人犹未集，唯李华庭、余甞带、谭杳阶待客，客则陈、罗先到，涂、梁后至，张尉三请不来，摸牌二圈，入坐，上镫，初更还，始有霜气。今日乃知王通判为王老虎之子，吴委员云贵公子，谬矣。

廿日　晴。写字数幅。卅和来。作《表》数误，且停半日。看课本。

廿一日　晴。卿、秦管带来。周给逸新妇来谒。得媒人书，云有明年成婚之说，赵家不怕女老，遂卅矣。夜抄《表》二页。

廿二日　晴。抄《表》，始悟樊生移改，遂乱其例，辍不复看。卅和去。午至湘东答访秦凯三，喭杨少臣，皆不入。至王家看菊，秦、朱、蒋、丁继至，入容园待道台，旋来。出园看水，入看花，绚烂无秋容，隐士花成富贵花矣。

廿三日　晴。写字数幅，无合作。道台母生日，衡山令来祝寿，近今无此驯吏也。方诚自道州解饷来。陈琪来见。

廿四日　晴。沈士登来，留食饼，约明日会于衡阳署，且将荐王豫胪于禄太尊。抄诗一首。

廿五日　晴。晨得道台信，报国丧，云太后末命以醇王为摄政王。急往城中，送沈士登。至道署，见梁、李，云电报到日举哀。不俟诏到，城中又闭市，不还门厘，登时匆匆无太平景象矣。还院犹未晡。

廿六日　晴。得程信，云赵姊将来衡，定于衡娶。礼部文犹未到，不知停嫁娶何日期满，记是一年，或云百日，当俟文到方可择定。

廿七日　晴。至花药寺，适寺僧为大行荐福，请书神牌，不觉凄感，五十年威神，一旦如幻。邀李华庭来会，便至营房，访佘棣华，小坐还寺。宜孙、房妪俱留夕斋，还船已暮。李砥卿来，云廖荪畡亦来矣，便留李住夏斋待之。

廿八日　晴。看课本。又得程信，云即日当到。夕得荪畡诗函，欲往迎之，大风涌波，还作赞佛诗。

廿九日　晨未起，报荪畡已来，屣履迎之，早饭后去。至城求医，李选青告以单方，诊脉而还。周生还，看报，始至十日，便似古史矣。作书告两女，遣廖丁还乡。

晦日　晴。壬午，小雪。看课本。饭后程、向两道来，日昃始去。道台送蟹柚。左颊作痛，耳根肿起，似欲作恶，涂如意油而愈。

十一月

十一月癸未朔　晴。看课本。欲觅宅城中，安顿诸女，常、周云彭向青家可借。请理安借之，已定矣。颜晴村云彭妻重托不可，遂作罢论。

二日　晴。与书廖郎，遣船去。砥卿谋炼沙不成，转而谋盐，与书刘健之，想难谐也，赠以卅金即去。

三日　晴。程景送雉，周亩送鳜，残菊作汤，夕食得饱。见京报，不依摄政礼，仍用军机，皇太后犹吾大夫也。喻生送刷书十二函。

四日　晴。看《墨子》。陈典、袁骝来。纵女专使来，送薯粉，报以二蟹。

五日　晴。煤炭船还，得廖父子书，仍遣船下省，便候来船。

六日　晴。谭、张两生来。看报，无新政，云秋操马队反。端督留皖未去，御史亦谏秋操，渐有异议矣。练兵、兴学七年，始有敢言者，所谓凤鸣朝阳，群鸦亦不噪也。和廖荪畡诗，次韵一首。佳客远来劳久迟，碧云暮色满疑衡。宾鸿沙暖秋痕在，画鹍朝寒锦浪生。茗话只增家国恨，叶飞疑杂雨风声。莫嫌浊酒枯鱼俭，百一诗成待证明。

七日　晴。讲《孟子》"既入其苙"，《墨子》"二步积苙，十步积樽"，苙大一围，长丈，苙即今杉条也，以为豚栅，故赵注云"栏"。写屏一幅。古寺松风卷蕙帏，只凭清呗驻慈晖。百年家国劳宸念，一夕烟霄委玉衣。文武道消天柱折，山河影缺月轮飞。凄凉回雁峰前路，曾送仙舆上帝畿。　先皇曾谶女英名，再奠鳌枢靖海鲸。四纪尊荣天下养，深宫祈祷圣人生。瑶池遽返三清驾，嵩谷犹闻万岁声。匝地繁霜催落木，空山野哭暮猿惊。杨云凡来报，改元宣统。复心送蟹。

八日　晴。看《墨子》，写屏对，送蟹道台。柏丞继子来，送遗稿。

九日　晴。作周谱序。看《墨子》一过，未能子细。学生来问零例，尚不画一，令与同学考定。

十日　晴。写屏对。清泉鲁令来。至城赴朱德臣家，畴孙请从，令往程家坐待，余独至朱处。郭连襟、程生、廖畯俱在，向道后至，初更散。畴已在船，云未诣程也。

十一日　晴煊。写字数幅。卜云斋、颜通判、仲齐。道台先后来。畴孙刺船，往呼之，乃从他道遁还，溺水事小，作伪事大，痛笞之。与书刘映藜。牌禁剃发。

十二日　大雾，晴。刷书将取版价，喻生专取于廖令，每部得十册。夜雨凄清。卅和又来。

十三日　晨雨，午后晴。作资氏谱叙，与柏丞后子酉生名国政，并赠四元，嘉资氏之能念名也。柏丞不合于其族，而文特谨厚，所谓行不顾言，狂之徒与？今有此报，亦可以劝。闻真女将北去，心甚悬悬。

2128

十四日　丙申，大雪节。晴。写字如扫叶，扫去复积，字亦无长进。《春秋笺》又多舛误，甚不自得。廖畯三来辞行。

十五日　阴。郑亲家麓峰来，留饭去。作书五厌、戴剃工，荐任和去。彭洪川长子启昆来求救，已忘其字矣，姑以星伯称之。

十六日　阴。与书陈少石夔麟，索《墨子》版，并为彭令道地。题王生算书。幹将军来送糯米、潭柑，慷他慨也，引一团总来求信。

十七日　阴。幹宿船中，遣邀朝食，云已天亮饭矣。邓翼之送苹果、螃蟹，求书干张、端，与书告以宜干桂抚。得舆儿书，云即当来。与书黄令，言加酒税事，交幹、杨两团总，即令还县。鲁令送菜。

十八日　早起，八踬来，言赎田事，即与书郑麓峰亲家问之。送云塘柑与道台，即条陈甄别事。顷之信来，言不可寄题，盖不肯破例也。邓婿又来衡抽丰，曾泗源率子婿来，木卡委员钟芙生亦率司事来，并集黄昏，应接不暇。杨振清来送寿礼。

十九日　阴。改之例表无可发挥，亦不能不备一例。富贵来，云三女未来，当候喜信。道台又送关书，且留备用。邓婿来，责而去之，众皆以我为伪，俗人难悟如此。

廿日　阴。廖荪畡来，少子从行，字幼陶。船不能拢，令迎候，久之不至，自出岸边迎之。云已朝食，坐看余饭罢，乃入室久谈，定明日早饭，仍从船去。未几程生来，告以廖到，因约一饭，均于明日。

廿一日　晨起下湘，至长馆，携孙同往荪畡寓，见其二子。客中无设，赠以四蟹。饭罢出过卜经历，遂至岏樵家。陈芝生出陪，两子旋出，送周植谦书，已忘其字矣。季硕送余至商霖家，丁生、张尉先在，顷之荪畡来，周生复来混饭，正与张尉同席，为之匿笑。食颇饱，已不能饭矣。还未夕食，上镫后乃餐。

廿二日　阴，有雨。张尉来。作《出入表》，犹未明朗。詹和尚来。

廿三日　晴。兴宁训导戴瞽心葵千里赠诗，韵笨意庸，不能属和，乃知巴人下里难于白雪阳春也。

廿四日　阴。闻湘船到，将自往候之，大风不得下，至夜半，宜孙起见烛，云廖丁还矣。

廿五日　阴。晨啜粥，携湘泛舟，至耒口，舣候来船，须臾均到。先上儿船，旋上女船，还泊柴步。遣女妪入城，问赵家婚期，定于二月。滋女欲留衡度岁，乃复回船。两儿、三女及长妇、外孙俱归院舍。移行李时大雨，役夫悆矣。苏三来，史佣亦来。

廿六日　阴晴。妇女入城，夕偕真女、儿女同来，余移精舍。房妪闭门，其甥闯入，未遑诘问也。程季硕来报日，请媒。

廿七日　晴。阁拟庙号德宗，谥景。慈禧孝圣，上同纯母，恐非也。午至木卡访宗潏蓉生，未详其家世，或云裕时卿孙，询问非是。入城至道署，专设饯我，看苏竹、王册、冷图。从陆还，至白鹭桥上船。

廿八日　阴晴。作书寄茇女、端、樊，报景韩次子佩和书，并及杨儿。

生日　冬至。儿女、孙甥来者庆祝。诸生来见者卅余人。贵者程、曾、梁、李，谭师晚来，自出陪面，未半，曾至，连吃数碗，犹未觉饱，席散已急。纨女携外孙晚来。陈鹤郎妻魏昨夜留此餪祝，今午始去。今日辛亥，小尽。得成赞君书。

十二月

十二月壬子朔　晴。命妇女、懿儿先还，余暴寒疾，房妪不肯同行，畴孙不告而去。程、曾送菜还。黄孙往江南。

二日　阴。遣李新和下乡。复成顾问书。程旭送双雉，以一送谭兵备，縢以核桃。张尉来。与书朱嘉瑞，托荐秦蓉孙。昨日撤厨，今犹未散。

三日　阴。团总专书来，请拦河劫商，告以不可，与书张生谋之。

四日　阴。房妪买炭，利少害多，喻之不悟也。郑麓峰来。程丞堂携通判来问疾。得珰女及其叔琛书。霖生送酒饼。夜雨。又遣人下乡迎陈女。

五日　雨。常满爹来测脉，字少庚，名炳。开一方去。喻生又请李生开一方来。乡医、官医皆有派，其不除疾一也，姑服一瓯。夜雨。恒儿入城不还。

六日　雨。作包子，待媒人，午正来。送复女庚书。廖、喻两生书帖，无订盟人家姓名，盖衡派也。作诗四律，寄樊云门索和。周妪还乡，辎重累累，似有深谋而秘不言，阴人固难测也。遣舆儿就船去。媒去天霁，仍摸牌四圈。移宿内斋。

　　七日　大雾。闻恒子声，乃知昨夜未上船，诲以世情，彼昏不知也。慧父有此痴儿，亦是罕事。安排作粥，忽王元涣投刺请见，左季高所谓冤魂不散也。周生空作知宾，宾来了不知，自出见之，问以所欲，则为方瑾事。方瑾，秋瑾类也，皆在湘潭厘局，亟与书冯同知救方。方作一行，蒋、谢、陈、程来言事，俱吃包子而去。夜遂不出矣，初月照窗，念湘人舟行，冬景甚佳，亦作一首。假寐遂着，起已无诗情矣。

　　八日　晴，大雾。晨食粥，午食饼，晚晴欲出，夫力不足而止。五相公来。

　　九日　阴晴，有风。真女还城，率儿女均去。道台送诗来，夜和二首，寄樊云门索和。五相公去。

　　十日　晴。作《出入表》，粗有眉目。余表未看，怕费神也。夕坐内堂，二黄孙闯入。姻族以衡州为大路，往来如织，五十年前无此事也。

　　十一日　晴阴。入城谢客五家，至道署久坐。遣接真女，云尚未饭，由陆还。李新和接衣来，询苓事，皆云不知。幹将军又来，言酒税。瓷业学生亦有普通专科，可笑也。抄李诗三行。

　　十二日　阴。晨未盥，幹将军来，告以不应来。杨怀德又费去万金矣，与书陈秋嵩问之，并问二黄生，饭后皆去。遣李新和还乡，驱逐刘南亭。

　　十三日　阴。颜双表来，挈其继母侄袁颐萱，云往广西调查新政，各省皆奏请翰林主之，云是宪政分局，盖学政之变态也。问其父，犹在道口，著有政书。留宿内斋，夜作一诗赠之，打油腔也。

十四日　阴。颜留一日，泛谈京事，问蜀故人。晚饭后送至船，又送程叔挨至岸，与喻、常、周返棹而还，已上镫矣。

十五日　阴。看王先谦《续录》，不完不备，未知所以补抄之意。摄政王欲居开平，亦未知其意，盖不惯城市也。当时仍称朝旨行事，则今亦宜之。今日丙寅，小寒。

十六日　阴。写字数纸。张凤盖来，言曾俟园。

十七日　阴。遣迎陈氏外孙女来。刘家遣迎纨女，令以舁来。岁暮团聚，各有家庭，不欲令女随我，此家教也。

十八日　阴。写字数纸，无墨而止。看乾隆朝报，未能详悉。

2132

十九日　阴，有雨。彭守谦来，见之便有钻营干求之惧。胡礼部来，稍为安定。马先生又来，无地自容矣。

廿日　雨。常婿告辞还家。喻教习昨来买书，令点数依价与之。夜出巡门，周生儿暗中游行，其父不爱护，令彼独居，无此教育法也。此儿大胆可取。

廿一日　雨。得廖苏畡书，报袁世凯回籍。黎薇生专人来，送谭郎诗篇，并索刻书，以四经《笺》与之。张尉、向道来。王生自省夜还。复廖、黎书。

廿二日　雨中见雪。谭、朱馈岁，已办过年矣。

廿三日　雨。作糕送灶，无复中馈莅之，厨人行事，客中景也。料理甫毕，张正旸来，不免又作饭煮菜，此则官派。

廿四日　雨。刘家来迎妇，约明日去。张凤盖引刘儿来送礼，以义却之。谭兵备来。周生与其同事互讦，劝其隐忍。

廿五日　阴。晨起见雪。张告去，自送下湘。周儿自省来，送酥糖。饭后同舟至城，欲发差船未果。张往程家，余仍还院。四女作饼团送道台。夕作对雪诗。鸳瓦无声玉屑凝，绣衾犹拥晓寒增。窗明喜见松枝碧，檐响轻敲竹叶棱。半夜犬惊同越吠，他年鹤语记尧崩。班骓独去应惆怅，冻合关河更踏冰。上湘时见桂藩余寿平诚格还徽船，连樯甚盛。

廿六日　晨未起，报余藩台来，披衣出迎，已入坐矣。倪豹岑之甥也，甚似其舅，云受业云门，言其交代尚余五百万，他省无此富也。不留度岁，明日即行。纨女将去，遇雨遂止。摸牌吃饭，不觉已晚，投袂而起，棹舟潇湘门，谒余封翁，辞不见。还船，欲为喻生税契，乃无契纸，以为不合式，遂舁至道署，寿平已先在，更有王季棠，可谓善于搜客。

廿七日　雨。道台送诗来，请停战，又叠韵调之。莫笑羲之逞俗姿，空教楚客赋江离。屠苏绿酒人皆醉，书味青镫我独知。几树官梅依画阁，五更残雪洒缃帷。知君不让樊山子，衙鼓声中和九诗。

廿八日　雨雪。阶砌已积素。报省船还，自往迎之。房妪在船叫唤，不听下，仍还内堂。顷之来见，云三少耶未来，舟行甚险。送云门、曹叔虎书。

廿九日　雨。晨作两书送诗。考荔挺，即今水仙，余所谓山蒜，郑注以为马薤者也。积年蓄疑，一旦豁然。

除日　阴。遣觅凫雉，还云无有。年饭无异味，唯作韭合包子。喻、周生来吃包子去。至初更乃得饭，三更祭诗，遂倦寝矣。

宣统元年己酉

正 月

宣统元年正月壬午朔　阴。国丧不贺年。晏起。滋女送莲元，云女代妇职。房妪送酒。资氏两子入贺年，劳以年糕。诸女掷骰夺状元。余倦早寝，始亥初耳。程、喻、周生入见。夕见日。

二日　阴。晨起颇早，佣工未兴，房妪未盥栉，惟周生披衣来问讯。谭道台来送诗。

三日　雨。潭令专差来送庄藩台书，并炭金百两。写对子误七为八，又无墨，今年字不利市。夜掷投。复庄书，并复黄令一片。

四日　阴。晨作两诗。谭以"压祟"钱为"压岁"，随而正之。绿酒红灯夜向阑，华堂儿女有余欢。一厘旧识升平制，百岁同增福寿完。喜共椒盘闻吉语，巧翻花样异铜官。世间压力应无比，只为钱钱得最难。　招要衡俗重年更，里巷安和遂物情。廉似刘公劳手选，贫如赵壹已囊倾。青丝百万谁赍嫁，赤仄频烦且罢征。莫道腰缠伤鹤背，铜圆渐比五铢轻。携女、孙、房妪坐小船下湘，途遇秦管带、谭老师，招呼令还，谭船同泊铁炉门，梁、李两师在焉，俱过船谈，同至道署，谒居停，约人日之饮。出诣二程、张尉、郑教官、蒋厘员。遣问真女，不来。还船迎妪，缆行到院，正上镫矣。

五日　阴。刘孙生日来拜，乃悟焉，例给一元，催整内斋里间地版，亦发四元。周生儿来，张尉率其女婿来。方僮误以"石"为"十"，乃云麻十。顾典史来。

六日　阴。掷投，不问余事，颇亦费日。将和谭诗，苦官韵难押。鲁太耶来，便索其和，因以诗便交送城。长郡馆首士三人来。

七日　阴，见日。答谢秦丞，因诣杨、彭、洪、杨，从潇湘渡湘，诣府、县、罗、朱、陶、黄、吴、谭，便同谭至道署，正晡时耳。主人旋出，邀看新园，欣然得句。叠石玲珑过曲阑，扫花开径主宾欢。新园拓地池亭好，文阵交绥壁垒完。人日寻梅春有信，新诗属草韵愁官。卢郎思发吟情胜，应为良辰得四难。（谓张味庐）　　纨鼓回船欲二更，轻波微月漾春情。苔梅预约须晴折，家酿还应待客倾。首岁开元回北斗，羽书传捷报南征。不妨共向江城老，已觉东风拂柳轻。谭复遣送京果。

八日　雨。昨月隐云，复成阴雾，至夜遂潇潇矣。朱、蒋、彭、杨来答拜。夜云中有月，地上无影。

九日　雨。诗思甚涩，谭兵备复送诗来。郑广文父子来见，子名家霁，文笔苍莽，草字甚似郭筠仙，诗亦尚气，未能入格。

十日　雨。看《东华录》销日。感诸臣贪庸，似今日犹胜。盖天气上腾，自然成否，圣王莫如何也。十室忠信，何其寥落，念此怃如。

十一日　雨。连日寻查纪昀遣戍之由，阅报十余万字，始于乾隆卅一年戊子岁检得，系查抄卢见曾时漏泄寄顿，以读学革职，发乌鲁木齐。昀于嘉庆十年年八十，此时年四十矣。同时有王昶、徐步云、赵文哲等俱得罪，俱刘统勋查办。周庶长下省辩冤去。陈琪秀才来。

十二日　雨。滋女入城，梁师奶来，陈倬女也，称我"世叔"，不知夫家亲派，以曾见我与其父叔往还故然。自至厨中招呼，夕滋还始饭。

十三日　阴。朝食后下湘，逢来船相呼，云岘樵妻携中子来商议喜事。请其上岸，余至程家，客尚未到，程生邀郑、谭广文，蒋厘员、朱、张相陪，本欲早散，客来不早，还已上镫。闻谭言道署新轩墙倒，客散明日事也，幸不压死。涂中作一诗。传花饮散暮光凝，诗胆惺松酒胆增。瓦未打人先破碎，楊曾延客共模棱。敢言知命能墙立，为兆封侯已岸崩。步向鳌峰寻故址，桂宫前殿月如冰。

十四日　雨寒。喻教员来作伴，方夺状元，未暇与谈。夏午诒甥杨生来见。禄衡州来。

十五日　寒雨。沉冥，惟花爆可散阴气，衡州殊无新制，令人思日本。史湘云夜亦放数百筒，飞火甚盛。

十六日　阴。真女家去，将办嫁事。昨夜从侧室寝，不安，今夜早眠，时闻开门声，女、妪均觉，云是夜风。怯寒懒起，俄而天曙。道台又送诗来，未暇和之。

十七日　阴，有雪。黄琴翁曾孙来，载彤次子也，与论盛时京官交情，告以旧家风范。午下湘，遇道使，又送诗，检前稿不得，归补录之。旧路栌林近可探，更诒珍品自宣南。果宗竞欲将梨比，花谱从教让杜甘。糕制徐扬嫌软美，种分棠奈费详参。只怜燕市移根烬，不及丛兰伴阿含。（山查）　　秋宴薇垣咏点酥，也同苞贡致遥途。苹婆一种分甘酢，杏嫁他年验有无。帖仿来禽摹硬纸，帘窥新燕隔真珠。昌州香国曾亲到，只惜郫筒酒未沾。至真女家看屋，旋入府署会饮，申提、王道先在，周牧、朱商后至，初更散，还摸牌。

十八日　雨。立春。元夕未有诗，补作二首，叠前韵。处处江梅信可探，春光先已到湘南。料无火凤喧箫鼓，只听流莺办酒甘。白战联吟还待雪，青阳应候早横参。输君官阁饶诗兴，薄醉拈毫未肯含。　　小雨连宵润似酥，迎春舆从惹泥涂。应知地暖春牛喜，莫讶天街火树无。佳节良宵珍尺璧，新诗好语串珍珠。回思二纪京华梦，愁傍夷船泊大沽。

十九日　晴。庭梅始开。滋女入城办嫁装，得黄孙书。

廿日　晴。滋女移入城宅，遣仆、妪往侍，余亦往看。

廿一日　晴，甚煊。登楼看梅，真如雪海，乃知梅以繁密为胜，枝横花绕，体物甚精。

廿二日　阴，有雨。倡女来，诉庶长讹诈有据，令急退赃自了。叠"梅"字韵记事。三九梅连六九梅，三旬空向雨中开。一年好月新晴色，万朵繁花密雪堆。缟袂定须才女咏，黄昏谁共美人来？独怜何逊劳搜索，却对横枝自绕台。

廿三日　晴。遣迎两女看梅，滋辞不至。治具请道台，作六九之会。张味庐、黄义甫、梁戍生、郑亲家、谭老师同集。倡女来呼冤，令以琵琶侑酒。国丧听曲，不顾宪章。三女携两外孙来，纷纭竟日，二更散。

廿四日　晴。晨未起，报道台小姐来，其两子先到，送诗。顷之女客至，适将移城，内外匆匆，余竟不能待客。朝食后亟上船，客犹在家也。面城一宅，故姚家屋，今归孙氏，一宅分三院，余赁其中栋，有房四间。

廿五日　阴。赵家纳徵，陪媒人不到，余便衣出见，竟未得送，简略至矣。遣召庶长来。

廿六日　阴。始立账房号簿，仍令周生知宾。午过张、黄，张犹未起，黄处见陈三元一联，不及吴瀹斋远矣，官亦不及，不知何以做成"三元"也。还家午餐，旋至朱嘉瑞会饮，程生、张尉、王少、蒋厘同席。还寓，功儿亦到，云长妇患疥，不能来。

廿七日　雨。邓师禹罢永明令，过衡来见，云一见即去，何为恭也，即往回看，已解缆矣。渡湘，答访申军台，至丁家马头，看道台过渡，久待不至，乃入王季堂家待之，丁次山、朱得臣先在。上镫，道台乃来，酒食俱不醉饱，二更始散。

廿八日　阴。送装廿四合，杂器皿甚多，徒费铺饰，无实用也。道台来送诗，即帖书箱以张之。《十三经》压箱，今不为异矣。风气不同，自趋于文，亦与洋货无殊也。

廿九日　雨。与张子年论请客事。入内摸牌。将夕，云厘局来请，舁往，张、朱先在，秦孙与坐。廖春渔送柏栽。

二　月

二月辛亥朔　复女加笄，请郑、梁执礼，谭恭人加笄，设席三桌，余避至船卧病，客散乃还。定醴女礼，郑注在房，余改在堂，考之醴子亦在房，郑注精也。父在阼，母在房外，妇人执其礼，因命真女礼之。

二日　壬子。复女昏日，贺客先至，有见有不见，程生主之。余时至客坐一周旋。申时婿赵谨瑗来亲迎，道台来观礼，四女送亲，初更俱还。是日有微雨。

三日　阴。出谢客，从北门至南门，唯入道署，遂至婿家看女，三茶礼成而还。

四日　阴，有雨。命功儿谢门生，余在寓看送三朝茶，分针线。滋女小晕，幸未卧床。作答谢谭、张叠韵诗。棣萼秾华十四枝，春来嫁杏不嫌迟。寻家喜得仙源近，换世先教弄玉知。雏凤九成劳卵翼，向禽五岳遂心期。翰林佳句仙郎和，定胜妆台彩笔持。　　小鬟酒罢玳筝停，嬴女箫声且共听。愧我无才逐仙隐，敢言不嫁惜娉婷。山居久已门无盗，海禁长愁户未扃。企望中兴宏汉业，倪宽博士再传经。

五日　阴。回门会亲，内外设五席，俱用燕窝，十三婚娶所无也。客来者十余人，亦有女客。程生来知宾，李、向二道均来，道台不至，唯一捕厅耳，在乡间已为荣宠。得戴表侄书。二更客散。看《云麾碑》。

六日　阴。渡湘谢客，王道台论分家事，出《祝嘏图》属题。

闻道台兄丧，往唁之，已摘缨矣，云昨午病故武昌，子幼无妻。夜召倡女还，讹诈百元遂大合唱，子初散。常九耶来。

七日　阴。题三王《祝嘏图》，颇窘于下笔。尧母康强过七旬，每逢庆节倍忧勤。即看周甲焉蓬岁，同诵由庚薄海春。兄弟追陪百人会，阙庭行列两朱轮。如今一卧沧江畔，犹梦祥烟捧玉晨。

八日　阴。昨夜诸女约程、赵姊妹看烟火，各处差勇均未照护，初更俱还。今晨乃闻挤踏死七人，由弹压吆喝，故愈忙乱，不如听其拥挤，必不死人也。余在此经卅年，竟未一往，亦为阙事。

九日　阴晴。衡阳令必约一饭，三辞不得，往赴之。王季堂、常霖生同集，郑、谭两学，朱德臣作陪，夕散。

十日　晴。梁戌生、郑、谭、张弟同载酒补消寒会，张尉、陈生琪。及余父子同饮，亥散。诸女连日宴集，大要迭为宾主。

十一日　阴。城中赛会。功儿还湘。自辰至午往来金银、江南之间，馆中几无人守，前后门均呼不应。至夜陈鹤春妻来，诸女未归，立谈而去。常婿来诉廖胖，遣问之。

十二日　晨雨，旋晴。纨女将还乡，值雨改期。余往书院查办，是非纷纭，见睨聿消。令彭、常查点器皿。道台又考甄别。谢生纳妾，急欲开火，故令斋夫、考生俱先入馆，一念之私，生无穷口舌，亦可笑也。凡事未有不误于私，因而掩之亦无误矣。夜月甚明，好良宵也。

十三日　晴。纨女午发，作诗送之。嫩绿初黄杏萼丹，花朝犹自怯春寒。来贪下九同嬉戏，归去重安路远漫。无力只应愁汲瓮，有亲犹及荐辛盘。田家迎女须秋获，好办新衣待菊餐。诗未成三字，轿夫催去矣，遣两丁护送，为发七力，亦费万钱。喻生妻来，燕诸女。

十四日　有雨，旋晴。甄别船山书院诸生，未集，仅六十余人送卷来，便令谢、喻生分阅。廖生亦来。袁、张来言贺、杨债事，道台追令缴照，又恐涂销，欲余居间。余云非吾职也。房妪私发多人往闹倡，初不知之，已睡，乃闻呼出，以为女暴病也，自出询之，乃知怪事发，已不能约束矣。赵高望夷积威之渐，不意网漏吞舟，亦复有此，女、小难养，敝在养之。

十五日　晨阅教员分卷，为改定评语，取录十五人，外新拔两人附课，因并旧人亦附入焉，又得十卷。赵婿来省。张尉来诉昨事，云知府大申饬，余陷之也。卜经历昨来，言周生荒谬，大为我累。人焉能累我，我累人耳。"万方有罪，罪在朕躬"，此语亲切有味。送卷道台，因即告行，树倒胡孙散，一妙法也。房妪汹汹，势不可止，余默坐而已。珰女出拜年，顿觉寥寂。谭生再来，言考拔事。牌示书院诸生。船山旧例，监生得正课，不领膏火。前取程鹏，业已照扣。今闻报名时，房吏不收童卷，以致童生皆冒注监生，人数甚多，若照例扣，似非本童之过，已移文道台，饬房改例。科举既停，童生难得，不必冒监为荣也。所有今年正课监生，均即改填童生，以符彭刚直自念孤寒，诱掖贫生之意。寒窗镫火，读史研经，想见太平风景焉。

十六日　忌日素食。晨兴甚早，宗厘员来送，及出，坐客已满，则常、喻、彭、廖皆在，杨江沐、冯乐旋至，坐至三时之久，惫矣。忌日本不见客，客乃愈多。张尉亦来，俱吃饼去，而张独不待。滋出，留常孙女独居，夜待至初更，清寂可怜，乃令房妪与共撩零，滋还始散。

十七日　有雨。喻谦来，诉廖昺文知殷安清枪替，为之容隐，宜究治。胡继祖、安清何人，乃能取正课，往道署取卷核之。因知引《檀弓》，为我特拔，不知堕廖术也。然廖、喻实未取，不能任咎，牌令覆试。常霖生、程生来夜谈，客去即睡。滋留船宿，珰女夜还，房妪不起迎，余久之乃出问，夜已深矣。

十八日　有雨。本约至船朝食，因珰母女俱在宅，常婿又来，令同饭乃发。过别霖生，送文柄寄程生处待阙，午后上船。珰、滋坐顾船，余坐己船，复、真均来。谭芝耘约同行，泊柴步宿。夜雷雨。

十九日　晴。泊柴步。岸上客来相续，黄沄臬司借口夺田，程生引梁姓来诉，遣问衡令，乃为所绐，诡云道府禁其投税，信公门之难入也。行同市侩，而打官话，将何以待之。

廿日　阴晴。诸女游石鼓，赵家姊妹同往，余为办差竟日。舍船从陆还，误入许姓船，婢妪欢迎，竟莫测其由，急还登岸，乃得己船。

廿一日　雨。侵晨道台来，报巳初登舟。得铸奶书。又报道台改未正乃来，以为必待昏暮，竟依期至。秦管带来送，请宿河套，行未五里竟泊焉。过船谈，见其次男。

廿二日　阴。早发，有北风，频舣频泛，仅至寒林站，饭于道船。夜雨。

廿三日　晴。午至衡山，沈士登来送菜，夜泊朱亭，仍饭道船。芝公父子均过小船相看。夜雨。

廿四日　雨寒。睡半日。滋女欲舣凿石看七女，因雨不去。夜泊向家塘。

廿五日　雨。北风吹船，欲行不得。芝耘泊易俗场对岸，余过女船，泊在上，小船已先行，在谭船下，更还相迎，竟不能下。真已欧逆卧矣。俟夕稍移船下，又移小船稍上，竟不能就谭船也。

廿六日　仍风雨，船俱移入涓口内。过船少谈还。欲稍憩，谭船忽发，见其被风吹转，知不能行，仍泊原处。王心培来相访。

廿七日　小雨。风稍止，呼拨船来，遣房妪、厨佣均随六女下乡，行李尽去，送至涟口。芝耘遣炮船相待，到县未舣。洪管带、救生局员上船来见，至诞登已暮矣。护船赶道台护围先去，小船载乳妪、孩幼亦前行，夜遂相失。船人诡云小船未至，泊平塘下，待一夜，六船遂分四处。燎火取温，烛尽始眠。

廿八日　阴。巳初到城，见小船已泊牛头洲，会合同行。问芝耘，已入城，别其幼子，乘人车到家。功儿鄂馆已撤，舆儿、纯孙先去宜昌，余俱出觐，窅芳亦来。蔡六弟亦来相寻，略问与循后事，云因田讼投诉。留其同宿。摸牌四圈。真来，夜上船宿。

廿九日　晴。宝耶、张四先生、胡婿、李生、洋和尚、杨仲子来。陈八来。叔止去。真女出辞行，还已夕。余先上船看房仓，芝耘父子正食，辍箸相迎。外孙女及婢妪均挤一仓，令移官仓待真。问知汪颂年妻亦上京，甚喜有伴，更得芝公相照料，可无虑矣。坐待至二更竟，吃烧鸭、饦饦、绍酒而还。引真见谭，遂作别上轿。

晦日　阴。乡船人来，舆儿亦还，岫孙、正旸、赵芷孙、龙研仙、邓婿、胡婿、刘江生、瞿芑孙、李砥卿、廖荪畡、何镜孙来。夜摸牌四圈。女妇均来省觐。

闰二月

闰月辛巳初一日　早起将出，待饭遂至巳初，从西至南绕东半城，见子玖、岑抚、朱盐、刘体乾健之、荪畡、吴学、沅生、叔鸿、陆臬、尧衢，日云暮矣，雨又将至，乃还。邓翼之来，聋老龙钟，家业荡尽，欲求干馆，难矣。

二日　阴。出盥已，见组安，留饭，云已食矣。尧衢不待通报，径入卧室，子玖亦来，约为一集，邹师亦径入高谈。吴补松来，组安亦出同坐。问考拔，云捐贡不能考矣。叔鸿送菜，并遣其四郎来见，名博立，字达成，云有兄弟四人，分居两处。沅生旋来，要组安去，约其来晚饭，兼招龙郎。久待不至，乃与谭、席同食，饭罢龙来，又久坐而去，组安遂坐及五时。

三日　阴。庄心盦来。胡子夷来。谭五郎泽闿。与吕抚婿同至，小谢亦来。曾镜子来见，申前约，索厘馆。心盦早来谈财政，内设正副二监，亦古制也。一梧来。刘绂荣来，不似江西时形貌，几不识之矣。黄泽生来，小队传唤挡驾，湛童遵而挡焉，盖两失之，宾主殊不知也。夜看吴仲畇辑诗画卷。

四日　晴，仍寒。荪畈来。饭后访唐蓬洲、王逸梧、陆臬。申甫招饮，久待余不到，遣马来追，至则大人满坐，有汤穉安、黄泽生、曾霖生、龙顺孙、彭文明太守，唯彭初见，不知晓杭家何人也。未正散，仍还家，将愒，龙郎米催客，复从东长街上，过消防所，未知字义。访谭璞吾，正值其孙女开容，文曲到宫，必有佳儿，询知嫁尹榜眼儿，佺从姑也。璞吾执子佺礼甚恭，姝为存古。验郎、会元亦固其所，杨仲子、胡郎均先到，泽生、二梁后来，张先生不至，云因陆四骂人，恨终不释。二更散。还欲填词，已鸡鸣矣。房妪遣甥来续假。夜微雨。

五日　晴。路潃可行，欲步访吕生，误从大门出，值尹和伯移家，见一熟人，心以为和伯，谈久之，乃悟为王心培，心能造像，真在牝牡骊黄外也。还见红伞，乃劝业道，入门迓之，璞吾亦来同坐，久不去，乃再请茶，无效力，将午始得送客。从后门出潮音里，轿来，异至荷池东橘隐园，吕副贡恕子清，官知州。出谈，与循同榜客也，不能烟视媚行，犹能存古，连姻巨族，正同弟弟。谈久之，出至祭酒家，沅生、觊虞、揳阶同为主人，觊手痛不来，荪畈为客，未正散。方欲归愒，瞿家催客，尧衢已久待，顷之一梧、组安俱至，看樱花，纵谈枢事，廎仙仓差，未知林肇延下落。以破题为酒令，俱不能分截上截下也。然入直则止盒喜，抚豫则项城危，作文自有着眼处。初更散。

六日　晴。题吴花宜辑诗图。步至邬小亭家，陈芳畹来，云烟已戒矣。黎、吕郎舅、谭三来，吕翁亦至，徐甥、匡厌同来。盐局催客乃出，藩、学先到，清谈甚快，未夕散。夜雨。

七日　阴。未朝食，舁出城，自小吴门外问梁矿局住处，颇有知者。顾一舁夫，前进三里许，至青郊墅，璧园出迎，已不似前貌，其弟更不似西湖相见时。杨报、苏畹、莘田先在，朱菊生后来，学台遣马来追，未毕业而还。周儿舁行甚竭蹶，又顾一夫，至学署，觐虞已去矣。孙擂阶、叶麻、沅生、金殿臣先在，到即入坐，席散未夜。

八日　阴。德化王咫荪子庚。来相访。殿臣来，执贽，好名人也，辞不可当。谈久之，出示《潜书》及诗本，诗胜于文。三报来，题《神忏碑》还卷。刘健之、张子持、周翼云来。

九日　晴。休息一日。谭四郎来谈诗。盈孙晨往祭祠。余拥被酣眠，殊未觉其来告出否，及醒，呼之不应，乃知去久矣。周梅生来。辰溪萧知县寿昌。来，执贽，谢却之。

十日　晴。晨兴将出，舁人未饭，至巳始出。答翼之、咫荪、殿臣，俱未见。见赖巡警、杨三报。杨处遇姚念慈太守，桂抚调员也。诣扑局剃发。唐蓬守来，言为政无过杀人，人来讼者，问汝敢反否，对曰敢，遂杀之。生平以此得意，但未知用何刀也。与此等人交，亦余之过。久之乃去。登楼，看风帆上下，湘水清浅。会元、三报、莘田继至。莘田亦为主人，至酉散。夜还有月。翼云来谢，未见。与书抚台，荐干馆。

十一日　晴。张生来。刘永濬通判来。王心培来。朱家来催客，往则苏畹已先至，颇怪余晚，三豹、觐虞继至，入与宇恬略谈，设坐横厅，未散。过心盦不遇。还与两孙女过睿芳家摸牌，夜还。

十二日　阴，有雨。女妇、孙女借船看新开船步，留待一日。吕蓬孙、张师耶来。荐二弁于黄总兵，托李童于王心田。童还，更索荐余肇康，张先生一流人也。两孙女托交名条，亦致之朗廷之孙。交条之风自毅皇始，醇妃、珍嫔至于赫德，请托遍五洲矣，奈何奈何。余则因以为利，又荐张子年。与书端午桥、岑抚台，荐四抚后裔及邓三弟。

十三日　晴。汤稑安来，辞以上船。宠女来送行。黎锡銮来见，云已三至矣，忘其何人，见乃知为奉节黎衡山儿也。饭后出城上冢，墟囷红桃，饶有春感。从小吴门出，过枚①场，已无马埒，墓上有人埽草，因令刈棘。城中子孙尚未挂青，荒郊无香烛，叩拜而还。至西湖桥，遇聱互，避入一门，墙刻廿厂。杨生弟出，来邀，梁四和甫亦至，留晚饭，因招客。前约沙厂一饭，因兹践诺，饮啄真前定也。自午坐至酉，苏畹、朱八均来，莘田来，为主人，黄镇诺而不至，待至戌乃散。余还船，王、梁、杨送上，不坐而去，遂泊廿厂前。又约明日看新开湘渠。

十四日　阴。拥衾未起，游船已来。至巳，杨三上船，谭三继至，心田、和甫、苏畹均集，泛舟入浏口，过碧浪亭，菊尊为主人，亦登舟。从湘入浏，上新马头，遇廖德生，知美人居不远，未遑问津。同上新亭，唯存两铁蕉，杂花木尽为泥沙掩矣。聂抚台斫大树种花草，余比之舍曾、胡用聂、沈。夜雨。

十五日　乙未，清明。阴雨。晨发，帆风过昭山，船夫见覆舟，有戒心，请停船，遂泊鹆崖。大风簸荡竟夜。甘寝。吟诗一

---

① "枚"，疑为"牧"或"坟"之讹。

首。良会偶成游，回舟泛春澜。湘浏漱新渠，船步喜和安。英耆创艰巨，良牧赞工官。遂弘百年谋，成此四利端。縶余昧远图，所乐在游观。亭彼流杯池，禊饮赏风湍。宁知芳春节，别有觞咏欢。既欣山川美，未觉成功难。晤言得所适，旷望令心宽。

十六日　晴。仍风，晨发。朝食后到湘潭，遣招陈秋嵩，托以二折。六耶来见。遽令开船入涟口，十里费两时工力。遣陈八还衡，令两佣拖纤，缆凡再断，夜始泊杉塘，船夫目眊，不能乘月。

十七日　晴。晨起问房妪，云未过姜畲，出望正到南柏塘矣，两时行十五里，一何迟也。巳正到家，昇已久候，滋犹未饭，遂同朝食。史生自永兴来已数日。德裁缝来，言官事。七相公来，言谷事。海棠始花，燕子已巢。

十八日　晴。南风动地，昨宿正室，未便接客，扫除西房，坐起作京书报真。代元妇来，狗妻亦至，又有一胖女，云卅和女也。韩石泉来。谭儿、杨火同至。夕食，堂餐。复女书来，告过县，遣船迎之。

十九日　晴。戴道生弟妇为其女翁求差，说不明白，姑且应之。并托寄书吴少芝。蒋继燊亦来求官，亦不明白，则漫应之。向夕往湖口看船，云坐船已到。待轿久之，以己昇让罗妪，徐步还，脚痛不良行，仍待昇还。十女与婿俱先到门，小坐即睡。

廿日　晴。戴妇去。与书陈伯弢，谢炭敬。岫孙及其女婿许姓来。海会否僧来，求书解于藩台，告以不能，送黄精、桂圆而去。催复早去，遣昇夫同到省。

廿一日　晴。朝食时忽小雨。午睡颇久。五相公来求书与梁、杨，依而与之。日长无事，仍当立功课。

廿二日　晴，有雨。罗濂生团总来，言讼事。萧、葛学生来，言抽捐办学。蔡六弟来，言讼田未了，允为代表。经此三接，遂竟一日。

廿三日　晴阴。未朝食，周庶长来，得黄孙书，顷之四老少来，午正皆去。寄钱陈芳畹。闻李梅痴得江西盐差，又增一窟矣。庶长去而复还，为王豫六请命。与片功儿，令荐赵芷生。

廿四日　晨兴，将往石潭，再值雷雨，乃辍行。报将军、苏三来。得景韩儿女书，求干张枢，谋开复，依而与之。并代滋女与书刘女。将军送菜。

廿五日　阴晴。朝食后舁至石潭，待渡未至，有过船辍纤渡我。将军言酒店已备饭，约以还途晚饭，遂行至岳坤周家看花。遇一刘姓，言词恍惚，又一周姓，举止偃蹇，然皆欣于见我。既仕矮檐，不能不与周旋。幹、杨后到，同看牡丹，千花万叶，紫者斗大。设席留饭，茶有怪味，不可啜也。刘上舍坚约过家，便许一往。刘名叙昆，字镜心，其兄叙钦，字劲松，云有画名。其妻李氏，兰士族女也，求书扇。邀幹、周作陪，夜宿其帐房。

廿六日　晨有大雨，旋见烈日，朝食后阴。约至周满家，应昆叔也。邀凤枝至刘家，饭后同去，幹亦同行。刘径先去，余等看地，别由山道。周氏发冢"金盆养鲤"，此亦"金盆养鲤"，颇有堂局。看毕，同至满别业，见黄册"安"字，甚似陈麓翁，款署澍恩，名□诒。周岳生季父，行辈颇长，屋亦新建。饭罢还石潭，将军乘舁，凤枝骑骡，瞬息而至。杨酒店设食，不能再进，趁日未落各还。幹、杨呼船相送，船迟遣还，从古城上岸，投湖口，昏黑矣。明镫还家，坐上客满。丁婿从兄体文，字子彬，捐知县，得萍乡煤差，特来相访。王元涣来求写字馆。俱与一见，即还内。

廿七日　晴。写字十余纸。心培告去，崔子先行，卯金刀来。

李佣还，云黄孙已归。午具馔请丁，陪客皆去。饭罢甚倦，酣寝六时，至半夜闻雨乃醒。

廿八日　阴。晨张四先生昨来未去，晨闻丁子彬已附船欲发，乃起送之，张与俱去。方僮偕王升来，得京书。

廿九日　雨竟日。安静一日。看《筠青馆消夏记》，庚子、辛丑，似是一书，然相去百廿年矣。写字数幅。竹林叔来送鸡，叔止复来，旋去。

三　月

三月庚戌朔　雨寒。写字十余幅。乡人来言讼事，大要争墓地，一切不听。冬女牵率其嫂与其表嫂同来，若遭人命，喻而遣之。宝老耶来。

二日　辛亥，谷雨。晴。江西拔贡朱棩楠字晓庵来，云曾于衡州往还，日记所未载，竟忘之矣。刘少田又来。戴表侄妇专人来，为其亲家求官。人上托人，瓜棚搭柳，此之谓矣。我仓既盈，做米煮饭待之。写字数幅。

三日　晴。黄稺云孙来。黄三元孙亦来。岫孙又来言讼墓。佳节俗缘，宜于水滨袯之。至夜黄孙回。

四日　阴。三和妇来，言周妪受赇。方僮告去，王升亦去。斫芥菜二千斤，佣工手脚忙乱。廖佣夜还，得樊云门书。

五日　晴。未朝食，刘武慎孙来，言名条未交，适刘少田还城，附片汤稺安托之。客去乃饭。写字数幅。

六日　阴。邓婿专人来求书，告以不可荐。衡州专足来送卷，卷不可阅，问事随答之。

七日　晨雷雨。复谕廖、喻等。陈、邓足俱去。

八日　阴。庶长复来。邓新林负笈来，以无住处辞之。陈翊钧复来受业，偕李生为介，仿佛识之，留饭而去。世事日新，诚不知当作何应付。至夜大风。

九日　阴风。为刘女书扇。问邓生贫富，云家贫读书何益。且留住斋。宗兄来，云佃地被占，人已收押，亦令暂去，当为访之。午后雨。

十日　晴。庶长告去，宗兄已先去矣。长沙学堂专徇情面，亦欲为黄孙谋一席，托周生转告罗生，试置之，已去复呼还，黄亦同去。郑福隆来相看。陈满妹亦来，云须久住。盖诡词也，至夕果出牒求帮讼。前已来干办公人，因索门包太多，又改计也，亦笑谢之。相度空地置厕坑，亦劳指画，犹未尽妥。

十一日　大晴。看《南岳总胜集》，殊无可采。陈妹去。办公人去。以李佣升补火头军。许虹桥来，留面去。

十二日　阴，有雨。蔡六弟来，与书樊云门，并作余寿平《谏垣集序》，交其转寄。写对数幅，几案肃清。黄孙发寒热，似疟非疟。房妪勒令荐王升，与书王莘田，兼寄龙安书。

十三日　阴。所写屏联悉清理，分别存寄。七相公来，求荐巡士，可谓奇想也。登楼赏蔷薇，玫瑰亦开，樱桃半熟。夜出看月，虫蛙聒耳，殊非静境。

十四日　晴阴。看杂书，始知何、李尚不及王阮亭，又增一识见。七相公去。乡人来诉讼，谢不敢问。吾门无日无讼者，拟之古人，则狱讼来归，"虞芮质成"，所当问也；巢父洗耳，伐国问仁，又当去也。其谁与正之？

十五日　阴晴。昨夜大雨，睡不甚酣，晨乃晏起，过辰正矣，不止三竿也。将军昨来。周凤枝送芍药，报以樱桃。菌值斤百钱，遣工寻之，赏以百钱，不使乡民得高价，又示不惜钱也。周亦送菌。夜得廖荪畡书。廖六子：基植、璧耘。基槭、次峰。基樾、季海。基楸、穉笙。基杰、叔怡。基栋，幼陶。其四子独取父字，盖爱子也。长者能诗，少者能画。夜有雨有月。

十六日　晴阴。翻日记。得唐诗抄本，唯绝句一本未见，乃在黄孙处，取来成完本矣。旧作序已不记，亦补录之。一日无客，摘樱桃，无可贻者，与书庄心安赏之，即夜发使。

十七日　丙寅，立夏。上湖南六生来受业，俱前年及门人，留住外斋，令其领费自爨，且以三日客饭待之。辅廷来送银账，冒雨而去，赠以杏仁、橘饼。未夜早眠。

十八日　阴雨。王升来送报。得朱八少耶书，文词颇工，未知何人捉刀。闻席沅生丧。席丰承藉不骄奢，江楚共推能，京国骅骝开道路；公献私酬多礼数，欢游未逾月，春风鹡鸰怆离忧。廖荪畡父子作新楼于松柏，余以金矿在彼，名曰仙云楼，并题两诗。昔年曾宿紫宸宫，暮色堤镫望杳蒙。百尺高楼对黄鹤，归帆远浦落飞鸿。排云夜识金银气，吹笛长招松柏风。津吏应知漫郎过，平阳桡唱月明中。　石鼓峿溪鼎足三，登临胜览冠湘南。已无迁客蘋花恨，遥见诗人金碧潭。五代银场劳榷税，三层丹阁倚趱趱。凭阑更酹陈公酒，后乐先忧且漫谈。薄暮出看蔷薇。刘丁暗入内室寻妻，其姊挞而出之，不能不整家规矣。刘佣自城还，来往迅速。得功儿书，见伯屏劾伯浩，居然一升、樊也。然升奏是樊曲，陈奏是蔡直，事正相反，孝达令端查办，与劲冯更教陈查办，同是一舞文弄法。得江南电报。

十九日　晴。遣刘丁夫妻并出。附经笺五种与冯抚兄，并还字债。将军来。

廿日　晴。晨起得蜀书，初以为龙安信，发视乃帽顶儿鸿学，字百川，亦以道员留蜀，颇知文字。寄年谱、丛书，求作碑志，嘉其志识，当为表之。凤喈儿偕岫孙来，留饭遽去。顷之二周来，舁马盈门，并送萱草，夕食为之加餐。寄联幛与席家，交史佣去。

廿一日　晴。寅初闻人语，黄孙襆被将往盐局，坐以待旦，余亦起。花香鸟语，俄而已曙，复眠遂寐。黄孙已去，红日照窗，不复成梦矣。昨日又得江南电，告以人去不收，省译费信力银一两，犹穷外公家风也。

廿二日　晴。晨起闻书院两生来，出见之，乃李池莲、欧阳属。李生前有物议，午诒为之宛转，想尚留正课也。余叔廉、崔丁生来。一女引一妇人来，亦云族女，问其父母名姓，查无此人，譬遣而去。崔去余留，夕寐遂酣，醒已夜阑矣，闻雨。得茇闰月书，因病无书已两月矣。又得电局函，以不收电报为患，始复看之，大要以公钱为儿戏耳。金殿臣书来，呈近作，贯通经论，深入佛海，近今无此学业。

廿三日　晴。写字半日。马先棻来，意在陈小帅，以前书示之，默然无言。又费去茶叶、橙饧矣，留住对房。又得县报。夜雨。

廿四日　雨竟日。马、刘、卯金俱于雨缝去。作书复唐儿。得叔止书。

廿五日　阴，有雨。余生午去。复还内食，以堂餐诸生多拘谨故。

廿六日　晴阴。检《水经》首卷，大索不得，补点《河水》十页。电报又来，已逾两日，未为捷也。衡阳吕生持喻教习书来，留受业，虚中栋东房居之。许生来，请作五世寿颂，留饭去。朽人又来。

廿七日　阴，有雨。学生来者已十二人，晨出堂餐，午未出矣。作许生母挽联，点《水经注》，看《后聊斋》。聊斋，蒲氏斋名，以异姓后之，法曹代刘也，与《姑苏志》无异。

廿八日　大晴。新绿浓翠，颜色奇丽，分秧功毕，正须煊日。点《水经注》。闲坐无事，案头有《鹖冠子》，试抄一页，久无字课矣。寄许家挽联。

廿九日　阴。刘丁逃去，其姊遣儿蹑之。抄《鹖冠》一页。蔡叔止率舁夫来请出县，即从往城，过戚里，红粉列坐，皆闻刘二嫂之风者。刘则朱楣白壁，宛然华好矣，相呼未下。到县已夕，径至九总，局改警察，闯入杂居，甘委员及郑倩士、陈巡官并来见，秋少耶为主人，价三亦来。徐甥儿声大而宏，初甚讶之，盖与其祖父语惯，忘我不聋也。

四　月

四月己卯朔　随丁未随，且住一日。欧侩宴我于局，请吴少芝、匡五厌作陪。吴、匡皆早来。黄孙自长沙来。水营陈千总、陆营叶教员来见。叶即赵调留湘未去者，青田人，服膺孙琴西，颇喜称道其事。久谈密室。客来无记，密切者云孙，留陪夕宴，黄孙亦与。与沈国仁谈寅谊甚亲。述唐辞不至，更有甘委员、徐财政，酉集戌散。

二日　晨雨。待舁夫不至，朝食后乃出，又误带伏冠，不能对客，已衣复解。便服出门，吊许、过欧、访翁、谒令、看朱、视妇，小坐姨家。王润卿、叔止、慈妹均留点心，不甚认亲。至欧、陈门不入，与叶亭珠密谈，夕饮舟园，杜鹃盛开，乞一盆还。曾孙来求警员，夜为关说，云须用学生。娄、尹二生求馆。六耶、宇清、庆孙均谈办公。黄云孙来报抢案。懿儿欲入翰林。无名妇人来攀亲。诸求说官事者不记。李雨人来言节孝田，已忘之矣。

三日　晨起束装，廖佣徘徊不欲去，乃自先行。陈门生来请饭，已不记识，久乃悟焉。挥袂出门，舁夫不识路，置我泥淖，船户相识，乃得呼救。谷、周均来助舁上船，廖佣乃来，黄孙继至，久待将雨，姑令开船。办公人煮饭，廖佣遂不相闻，一时许始入涟。过袁河，雨甚至，泊久之，冒雨行，风寒无衣，引被僵眠。至戌初到山塘，仅能辨路，家人已来迎。明镫上堂，索食不甘，黄孙早睡，余亦上床。

四日　大晴。今日壬午，小满。懿儿来，得杨儿、任学、江书，并送土宜，盖谋差缺也。抄书点书如程。复杨六书。

五日　晴，始煊。抄点书至午。懿去，附衣与酒家胡，并书城中三联，改陈生文一篇，遣办公人送去。日夕石珊白辫来，云刘岳生已断绝，子得警察，以债务来相诉，姑漫听之。早眠，帐开聚蚊百数，皆饱吾血，曾不觉也。

六日　大晴。白辫去。幹、杨来，与论都总事，当和平了结。闻卓夫丧，即于相见次日永诀。称心科第早登瀛，依然卅载田园，共惜大才无小用；满眼儿孙俱是幻，喜见两房嗣续，霎时脱屣便褰裳。嘉女来，罗女亦来见。夕得程孙书，即门限上作片复之。约与午诒同下。程言午诒久待，则谬也。本欲遣人看复女，因此同去，兼寄接礼。《水经》点毕，检少二本，未知何往。儿子书残篇断简，不寿之征与？

七日　晴凉。写对子多出一格，出联十六，对十七，可笑也。得黎俅书，降一级为友，林世侄在彼，已降而又降矣。幔亭曾孙，自笑阅世之久，随而复之。

八日　晴，风凉。卯金父子来，已失魂矣，少时偷牛精神安在？又增一感慨。念王耕虞交情，挽联颇难着笔，偶得两句，用藤黄写之。五游羿縠不能伤，八十悬车，垂死尚余攀剑恨；四纪甄陶无一面，相公厚我，他生愿作扫门人。

九日　晴。正写对子，舆儿携赣孙来。王心培来，未欲出，且看洪文卿传。夕食乃会，略问来意，大要告穷耳。

十日　晴。令舆儿还王十金，欣然而去。成姓来，议挑塘。黄姓来，谢保护，送赢鲲。白辫又来呈契。

十一日　晴。庶长来，云所谋皆虚，令检消寒诗，亦不全备，且抄数首。宗兄偕崔甥来。许外孙之甥又来穿房寻人，状似风魔，召见，谕遣之。

十二日　晴。正在摸牌，一少年直入内室，蒲秀呼端弟，与循少子也，余不甚相识。叔止专人来，言匿厌荒唐，未云有人来，此来盖闻余欲送葬，自来赴告葬日耳，可云知礼。夜得将军书，云谭都总将甘心于我。乡曲殊不易武断，朱老前辈能压伏众邪，我不及远矣。夜报运木沉舟，又费人力。

十三日　晴。谷三来，附朱挽联去。学生觅课本，已包置客床，大索不得。庶长不安于室，移出外榻。

十四日　晴。舆儿将往投票，令其同船去，嫌失官体，不愿也。诡云须趁明日会期，乃听其行。要滋女往舅家，请嘉女守舍，亦云不可。用人之难如此，唯有自用耳。赣孙夕从父去。

十五日　阴，有雨。将遣船送郭女，便同往姜畬，方戒行而雨至，待之，已而又雨，已过午矣。女客不可船宿，遂定从陆，赴蔡家会葬。黄孙又欲往城，余许船送，又欲同行，久之不发，乃先舁出，过戚里、姜畬均小住。至杨家问途，笃吾出问讯，许还途过之。遂行，从石门塘渡一岭，似是蔡岭，见山道左迤，乃知非也。石门塘可半顷，尽种芙蕖，吾县罕得此景。夕至蔡家，与循枢早出矣。堂已设主，六弟及诸内侄迎于门，哀子亦杂其班，入临吊，甚热，小坐出。见棣生妻，内侄女妇、侄孙男女均来问讯，大半不相识，十七年未来耳，已多半未曾见者。客房亦分与三房，夜宿西四层房之第二层，云与循诸子之公屋也。今日忌日，不当出门，以吊丧日迫，不能不来，蔡家特为具菜食，反非所安矣。

十六日　昨夜有雨，睡着未知也。闻炮声知已发引，即起，乃知路泥不可行，舁到圹前，晓色未分，不能辨山势。送丧者唯三子、一弟、两从子，亦太简矣。待其下圹乃还屋，待早饭。至午雨犹未止，主人无意相留，已亦不欲留，遂舁而行。至杨家待饭，过申，雨亦未止，又冒雨行至刘店，姑嫂强留晚饭，饱不能食，麻缠久之，已暮矣。雨竟不止，急行到家，始饭。刘妇云外孙已去，船人亦陆行，甚讶之。询知乃公船夫，非坐船夫也。

十七日　阴。竟不雨，天之厄我也。常宁杨生、安仁段生从书院生事，来诉教员。教员固无礼，杨、段闯入闹之，尤出理外，竟来投我，可谓懵懂，姑容之，再与理论。抄书二页。幹、杨来，为团总顾面子，留面而去。郑福隆送豚蹄。未昏便息，至寅始觉，偿昨日之睡也。镇湘来。

十八日　大晴。镇湘遍诊诸生，皆是弱证。欧阳生无病而呻，正宜针之。遣夫送郭女还城，便添桌子。抄书二页，移居书房。正午睡，戴道生来，久之不出，已乃责其不守职，逡巡而去，周生送之俱去。夜出巡门，知大门不能讥禁，收钥纵之。

十九日　丁酉，芒种。晴热。杨、段去。代元妇率冬女来，亦好言讼事。镇湘去。写对子七联。崔、丁生来。李生问《本草》定本，即留写字。向夕，段培元孙及蒋生来。刷书人亦来，得两儿书，看报。马仰人翻，门庭辐辏，几无住处。

廿日　雨阴。段、蒋告去，遣人往衡取书版。抄书二页。周生亦还衡，水陆并发，乡中闹热如此。

廿一日　大晴，南风。写对子十余幅，汗出蒸衣。院生唐、樊来，吕生去。张四先生来，与黄孙同船夜至。

廿二日　阴煊。午饭谭团总家，还见彭福，不识之矣。棣生妻送菜，检对子交带去，并答以杏仁、蘑姑。

廿三日　凉雨。刘生下省，周、蔡均从，盖探考拔消息也。抄《鹖冠》又毕业。张四先生舁去。王升下省，复吴学书。

廿四日　晴。得廖教习书，诉杨、段，语不中肯，断断与辨，小矣。写字三纸。邓生告去。夜出看水。

廿五日　晴热，南风。梁生来，问天子父在母丧。子尊不加父母，盖亦期也。又问高祖以上服。想亦无贵贱之分。然则天子绝期之说不确。夜张恺陶遣送印章七方，盖用意之作，嫌太混茫，云来相访。夜宿张佃家，其族人也，乃知细满本为名族。

廿六日　晴。招恺陶来早饭，未至，正饭时来，云已饭矣。镇湘、岫孙均来，竟日陪坐。正夕食，突一老翁入拜，自称周九，盖宁田乡人也，颇通文理，亦乡中难得者。谷三送桌子来，人客拥挤。两族孙去。送恺陶看桥，俄而大雨，客还，分宿对房，多谈卅局事。

廿七日　阴，有雨。朝食后客去，正欲休息，闻滋问船，已云书版全来，周生解送，书院出船钱，未宜也，亦带桌子来。作帽顶碑成。

廿八日　大雨半日。作西宁张氏传略，张氏所行殊有孺人之风，奇女子也。诉讼、讲学人来，皆守半日，未见。夕食不能食，啜蓼羹半碗。

廿九日　晴热。周、蔡游还，云麓山大风潮，学使将换教员。周生欣然有开复庶长之望，孜起入城矣。遣韩满换纸刷书。邓婿专人来。

晦日　阴燠。刘生亦还。王升自城来。写字五纸。夜雨。

五　月

五月己酉朔　雨。写扇面五幅。寻得题彭梅词，跋其故事。韩佣换纸回，夜镫担运，颇为烦扰。得茇书。刘提督孙来，遣耒阳梁生接待。

二日　阴晴。复茇书，遣人送去。将军来，言盐店，又言赛会，并云团总羞忿，欲自尽。断事之难也，本扶贫独而结怨豪强，反以为豪强欺贫独也。庄生所谓彼亦一是非，知言哉，知言哉！

三日　晴。宗兄来，丁生先到，余不知其昨夜已到，可谓糊涂矣。得复书。新拔滇朱配贵龙，两徽显赫傲湘东。九旗牛骥无分别，岑桂难攀黔粤洪。《己酉春督抚歌》。得复书①。

四日　阴。午初三儿并来，云与庶长并舁行，带有《通典》《列女传》。列女分七门，母仪、贤明、仁智、贞顺、节义、辩通、嬖孽。余误记以为八门，故特查考。张氏女归夫友枢，宜在《仁智篇》也。衡山成生来。

五日　癸丑，夏至。昨夜睡较晚，醒时已卯正矣。入书房，将军已在。因诸生早来贺，滋女起又特晏，先吃角黍、盐卵。黄孙问盐卵起□□□□□□相见伊已退院，具面留客，余适在饭堂，与诸僧同坐，粝饭一碗，白菜豆腐一碗，尚有一盘，食两口亦可饱。见坐位帖人名，恐妨来者，遂起。心念僧食亦不恶。而寺中云和尚退院，不住寮房，卧一木柜中，称其勤俭。待面未来而醒。

九日　阴。作恩泽《午山集叙》，发明排满之说，窃笑争满、

---

① "得复书"三字重出。

汉者，去年哄而今已忘，犹不及缠足之常惺惺也。送轿人还。端侄来，言墓志，亦忘之矣。

十日　晴热。作与循墓志。曾省吾儿来，字杏仁，侯伯族弟也，举动有侯家气派。对客挥毫，未尝辍笔，写屏联数幅。华一领一童子来，云姓萧，军官子，有三母为族人欺陵，欲来以从学为名，为护符也。留宿一夜，俱去。丁小四专人来送对。蔡家专人来取志。彭十复还，致廖荪畡复书，云陈伯屏气死，瑞澂得苏抚。夜早眠。

十一日　寅初起，步庭除，作墓铭，尚未辨色，仍还少睡。闻磬声，起开门，天暗风起，又睡少时，大雨至矣。复两书，遣两使去，皆不能行。朝食已至巳。曾子告去。

十二日　阴。与循墓志，端侄专人来领，以忘其何司，未能书成，以稿付之。写字觉手颤，勉书数幅。

十三日　家忌，当素食，忘告厨人，遂亦忘之，至夜乃悟焉。周天球送行作诗，为改定数句，居然名篇也。既作仇人志，不可不作友人志，又为皞臣创稿。霖生遣儿来。

十四日　晴。朝食后又得电报，端移北洋，约往送行，作书告茂。叔止来送人参。端侄来看写墓志。蜀故将李姓儿来见，初以为和合儿也，见乃知非，亦漫与焉。日暮客散，复作龙志，成。

十五日　晴。滋女朝还，云张人骏移江督，樊护印，袁移粤，孙得东抚，又庆亲家也。即日戒行，将军、黄子来，均不暇接。又作刘景韩墓志，未及作铭，即坐滋船下湘。云孙谋黎教员，亦不暇复矣。湘水外涨，涟为让流，行一夜乃至县。泊九总，邀张恺陶同行，葛遂平、崔、丁生从行，将附轮船不得。

十六日　晴。晨见陈秋嵩，云昨候一夜，怪其不见，候船已后期矣。乃坐己船下省，未初至。先遣黄、许孙往定湘潭船，到岸有人言三老耶即来，误以为三儿也，及来乃杨三。始遣人告家中，三儿、两孙陆续来，窊女、两妇亦来船省觐，坐至昏暮乃去。令黄孙、常、崔、葛先移轮船，余待杨子，约饭，至初更不至，乃还轮船。遇杨使，云待久矣。功儿因孙女疾还城。懿儿、周生随往炼局。王心田、张恺陶早到，龙郎约来未赴，草草杯盘，二更后散，城门已闭。恒子不来，令懿儿宿湘船，余与功儿上轮船，张四先生请从，与常、崔、葛共四客，并黄孙、从人廖、许、周妪合九人东行，未携一钱，唯取史东茂廿元，借陈秋嵩四元，已用罄矣。戌初发，夜热。

十七日　有雨，行半夜到汉口，夜凉。今日乙丑，小暑。

十八日　阴。晨有雨，午后霁。云武昌方求晴，已廿日雨矣。功儿请少待，携廖过江。常健伯来诉被催，且移跫船。黄孙又言跫船亦不可久，且移轮船。高升栈伙乃得售其愿焉，移数丈地，去挑钱八百，房仓去十二元，半日不得食。未初廖佣还，云督辕派小轮来迎一会，陈八大人即至矣。顷之功儿偕复心来，即同乘轮过江。入文昌门，至督署，入花厅，见一红顶官，未相问讯，迎入签押房，小石便衣迎候，入则易实甫在焉，颜色均敷腴。遣呼功儿来见。洋人又来，余与易对食，主人还坐便辞去，仍乘前船上鄱阳船，下江南，八点钟开。

十九日　阴。晨至九江舣半日。朝饥正甚，遇曾岳松、金鹤生久谈，过午始食。晚饭差早，酣卧两时许，至夜又早眠。

廿日　阴。金教员赠书二种，待饭不来。已见钟山，午初舣岸，同来客行李颇多，余不暇顾，自上移下，复自船移跫。得东洋车，率廖佣往投藩署。自下关入城，均行平隙，十余里不见人，又拨他车，乃渐见熟食小店。至藩署绮袜均湿，幸云未出门，入谈久之。陈益新、杨少麓均出见，樊招二陈来陪，仲恂先至，伯严后来。坐待功儿来信，渺无下落，遣两探往寻之。雨又大至，坐池边飞溜溅衣。沈淇泉来，郭葆生仇家也，人亦浙派。黄孙来，因有客，未入询其住处，云已入城。樊将馆我袁居，袁辞不可，伯严馆我俞园，遂定移居。早饭藩署，樊亦未朝食，实过午矣。夕与伯严过访梦湘，为晚饭计，遣唤功儿来同吃洋菜。伯严、仲恂仍送余至寓。俞寿臣道台为主人。胡子靖来寻，言借钱事。亥正客去。

廿一日　阴。仲恂来，云端公即来，已往万福楼先欢迎矣。曾静怡出见，云天津一别，至今十年，似误记也。晨见书房一客，审知子靖早来，即留早饭。俞泰，兴都悫士族弟，以舁假我，先往督署。赵伯藏来见，李绍生儿、陈伯严、易实甫均来，乌烟涨气半日。湖南公钱，招我陪客，往督署辞公会约，密谈三数语即出。孟湘来，适睡未晤。淇泉来。瞿海虞来。藩遣车来迎，与陈、易、陈同往，李、夏先在，王、沈后至，午桥失约。送樏李十二枚，坐客分九余三，亥正散。还寓众皆睡去，小坐即寝。

廿二日　晴。午初尚未得食。益新、瞿荺侯、何诗孙、李艺渊、夏彝恂、杨少麓父子、郑又惺、舆儿、周生、刘申甫、稷初、左全孝、王克家俱来见，张子持亦同来。申初赵家遣船来迎，率两儿、周妪同泛清溪，下秦淮，步从福辰桥上，至升平园登舟，张庚三、王梦湘、又惺、海渔、岳松俱在，赵伯臧为主人，诗孙、程雏庵、陈子元后至，设嫖赌二局。报藩台来，众皆仓皇，乃李梅痴也。云藩台未便上船，一呼两唤始来。留李送樊，热不可解，费六十元，二更散。中间仲驯率黄孙来，留之不可，旋去。招伯严、实甫不至。

廿三日　阴。始得自爨一人之食，辰正得饱，足敷一日。学司陈伯陶来，兰浦私淑人也，谈往事。稷初儿来。吴广霈、金永森来，俱啖名者。吴字剑华。出洋老辈曾岳松招饮，列仲驯名，坐车往忠襄祠，岳松云甲午曾到，不忆之矣。艺渊、伯严、实甫、静诒、寿臣俱熟人，一少年姓刘，余误以为幼丹儿，询实甫，乃瑞芬儿，云大名士也，字蓬六。申正散。欲雨，乘岳松马车至督署，实甫同行。先至仲驯室少坐，左、夏两生来见。主人速客，舁行廊庑甚窄，至一楼，人声嚣杂，俨然举场，亦不能辨谁某。室中甚热，长廊初漆，午桥邀至一凉处，设十坐，令余择客，用笔点左子翼、余寿平、程雏安、何诗孙、王孟湘、易实甫、赵伯臧、李文石八人来坐。任秉枝徘徊偃蹇，自在他处。蔡伯浩闻言陈伯屏，逡巡逃去，张次山补其阙，月卿子也。子初散。大雨骤至，两仆不预备，乃至无车，与实甫同坐，送我还寓，车夫迷道，遣人呼舁，实甫独坐以待，生平未经此孤凄也，乃雨为之。

廿四日　晴。几辈清流，选谏草，更将谏垣甄别。此牛亲见，三庭杨花榆荚。那禁得宫树流莺，有百般巧语，暗唤鹔鹴。不如早去，一任寄巢啼血。　江湖未须回首，向故山隐处，自寻薇蕨。渔阳鼓鼙，入破烟尘宫阙。问东风，那时帐饮，空帐望、斜阳柳隙。一掬离恨，都付与铜琶铁笛。　《梦芙蓉·题王太守戴笠图》：看谁持玉杖。是匡庐旧日，主人无恙。峡泉三叠，琴调破云浪。浩歌声自放，天风吹做凄荡。不尽吟情，有吴烟几点，摇曳白波上。　戴笠寻诗有样。瘦损何妨，呼吸通天响。牯牛平望，夷语乱樵唱。洗空山水瘴，飞流溅瀑千丈。更莫闲游，只冯阑把酒，一醉吐空旷。　《题张笠臣絜园修禊图》：春游宜园林，良气外形骸。感彼俯仰情，图此风日佳。余非濠上人，物论理无乖。鱼鸟乐仁智，琴尊寄所怀。　此卷余未题跋，以别纸录小诗，因禊饮时未预也。笠臣隆盛时，广致宾客，所不能致者唯李篁仙耳。篁仙非清流，而独矫矫，其故两人自知之，余但笑，不赞词也。及今未四十年，前局尽翻，旧人皆死。翊钧世兄为张门婿，得而藏之，中有汉奸销英翁及匏叟书，至为难得，余皆一时之彦。余大女娥芳为弥之儿妇，代笔篆书一诗，未题己名，篆不能佳，亦罕笔也。唯无我亲笔，因补记于后。彭稷初来，意欲安顿一家，为尽吾职。夏彝恂、瞿海渔、郑幼惺设宴，镫船热不可坐。樊云门先约一聚，午帅作陪，更有李文石、陈子砺、程雏安、王、易、杨江宁、余寿平，打诗钟，无佳联。戌散，始赴秦淮，更有李艺渊、赵、张、易、王、郑幼惺，子初还寓。

廿五日　晴。县人刘执东昨以文干，请来一见，志在教员，题不称文也。匡册吾、郑又惺来，云左、蔡均往上海，楼上俞、曾亦去，胡子靖从匡亦去矣。向闻车载斗量，今乃见之。斗则云霄金斗，削弟子三花者也。会馆来传，议铁路，众皆不往，余为议长，看投票，闻拍掌而还。彭稷初来。今日谢客，不宴会。端送杨梅。

廿六日　晴。江南文士开欢迎会，设宴胡园。发起人李世由，臣典子爵之孙；刘世瑗，芝田巡抚之子。代表为缪小山，昨于云门处见，不识之矣。照片摄影，初定茶会，今乃翅席。会散赴镫船，李艺渊、翟茀侯_{衡玑}。为主人，秦子和、王汉鹏、张庚三、何诗孙、易、陈、陈子元。先在。陈伯弢自苏来，闯席，相见甚欢。各挟一妓，惟我独无。有荐宝卿于梦湘者，伯严以为秦淮第一，余未与语，而来挑余，故为慧黠，惜无以酬之。傅苕生来。

廿七日　晴。彭稷初必欲宴客，携酒过我，沈小南、陶棨林为客。赵伯臧、张庚三再设，照相，午初舁往，王、易、陈、陈均在，待傅不至，将散乃来，还寓少愒。夕至藩署饯端，王仲孺儿在坐，福建陈、子砺伯陶。安徽余寿平、王、易均集。出署，云舁夫被打，宾主皆惊，坐客俱立待。余去唤轿竟不至，樊命己车送归，已子正矣。今日府、县公钱督帅，请余为客，至火车站，久待不至，将夕乃还，夜又无轿，殊可笑也，易云退车之报。

廿八日　晴。俞厨早具，以为我必去，乃不能发。晨写字谢客。李梅庵、李艺渊均直入，久坐。沈子培遣石生来迎，并致怀人诗。令觅小船待轮，先发行李。杨儿送衣料六卷，门包十元。稷初久坐不去，待车甚久。江西公饯制台，以我为客，设帐下关三宿崖，云虞允文采石战处也。期二点钟，未初驰往，过师范学堂，车马拥挤，车夫呼让，余告以少待，诸车感而开，我乃得径过。见程雏安、陈伯严、李梅庵、梅世兄，主人承办者张春发，革将流寓者，余皆未遑问讯。斜日入楼，逃席先行。至学堂，监督未还，功儿先在庶长张通模处，伯严、云门踵至。过六朝松院小饮，设坐露庭，遣招伯弢、仲驯来坐，三儿亦与谈。端、樊馈贶，辞受之。宜由甫兄弟并在。夜凉人爽，宴会第一。学台当谢恩，须六十金，余云可不必。李犹疑畏，樊则赞成，老懒之分也。

廿九日　晴。写扇幅数十分，初不抬头，亦已悉了。梅、艺来送。朱乔孙设饯扫叶楼，在旱西门旁，即随园南角，小车驰往，久待艺渊，本约摸牌，已无日矣。瞿海渔先至后散，余又东驰，赴半山寺之饯，道遇伯臧，云樊山已至。伯严遣舁迎于山径，易、陈、王、李先在，子靖、功儿亦与，将夕乃散。又至三元巷袁海观新屋，秦子和、唐子中、陈子元为主人，子元不至，二陈、易、王、功儿皆在，添请张庚三。九钟关城，至时驰往，又出旱西门，城尚未掩，已奔驰三十余里。得船而息。热不可坐，令开行，不肯，及三儿来，欲往下关，又云即开，船户之狡也。子正出江，黎明舣凫船边。

六　月

六月戊寅朔　李艺渊、陶榘林、傅苕生来送。杨仲阁昨来坐拚，今早又来，云李仲仙亦在酒楼待发。卯正，江裕到，船人拥挤，石郎为写房舱，云已人满，苕生亦无坐处，俱坐会客仓，旋得官仓，可偃息矣。买办特别招待，不到此船已廿一年，日月如流，时事万变，颇增感触。滇督到芜湖便去，不欲见我，绕从旁上，未知其用意也。

二日　卯初至安庆，未别苕生而行。子培遣舁夫来迎，上岸小雨，迎仆识我，傍轿攀谈。同行诸人张四铁、崔、丁生留宁，张恺陶、常健伯、葛遂平交石郎料理，仲驯、黄孙及两儿均入藩署。早备点心，午食均去。黄蕃周同舟来此，与王子裳同来相看，夜宴东楼，自觉气力不支，始知老矣。宿藩署西园。

三日　庚辰，初伏。晴热，不能支，卧廊下半日，犹觉恍惚。洪晴舫、周郢生、郭穀诒来谈，与藩台皆似至熟，小省亦自有联属之谊。强出访子裳，看卜女。将访王怀宁，帖包在后，遂入藩署。夜宴法政学堂，热不可坐，□□毕事早眠。

四日　晴。定移出城。同乡公请，辞谢，以照相代之。子培送赆，却之，引樊为例，仍送来，不能辞也。此行遂破费逾千，亦浪用三四百矣。写礼岳楼扁，题仇十洲《桃源图》《陈抟像》，写二条幅，照相二片。欲待晚饭，无消息，乃出至南门驿亭，闻首县供张，藩设两席于此，若不出城，真蔽误也。子培自出饯，王新城亦至。尹杏农儿昨来见，今又来送。郑法政德谦、同乡张贡五、李文阶、蒋汉农、郭穀诒、周郢生、冯翼升均来送，亥散。

五日　晴。王怀宁来，请题阮亭文诗游稿，自还取画，又误持陆治画轴来，竟不知欲题何画也。李仲仙本不来，而电报朱抚云今日到。城官出迎，子培亦至，余移至等船。申初，江孚船到，子培复遣石生送盛庚唐，亦同还湘，周梅生先在船。先同船顾翁，携少妻、外孙复同舟，令妻见礼。夜半开行。

六日　晴。过九江少泊即行，夜至汉口，正四更矣，遂不睡。

七日　晨起，步上岸，待从者不至，乃误下行。久之试上，即遇仲驯，云石生已看吉安船仓，呼小车送余上船，车夫又误前行。余知其误，自还寻得，遂坐官仓。顷之两儿、张、常、黄孙均至，男女从者共十二人，买饭而食。午后喜仲荃道台_源来。子声老矣，携子同来。陈督部遣船来迎，以诗代面。与书谢樊、沈，遣两送吏去。顷之大谢来，言其舅欲遣子毓英从学，谊无可辞，即令从去。并周生共十五人，竟日无所得食，喜仲荃送瓜。顾翁同舟旋去。西晒如烘，湘阴游丐左右相嬲，欲避无所，至子正船开乃静。

八日　晴。南风甚壮，但睡不事。湘乡王生及潭王生来见。仓中摸牌，亦摸二圈。夜眠，风吹衣，梦在家引被扇风，屡止不听，醒乃自笑。入仓少睡，因热屡起，已过岳州，停轮片刻，又开行矣。

九日　晴。晨至磊石，未初泊西门未上。张恺陶及两儿均发行李去。懿来食瓜。三妇、两孙女来，两孙旋来，懿妇、窊女、长妇同来，杨仲子来，将夕并去。梁焕均和甫来。夜热稍减。

十日　晴。彭孙、谭生、麦。周生父子、王、蒋、胡婿、唐牧六、常婿、王明望、两孙、三儿均来早饭，或吃或去，家中送菜又送粥糜。午初开行，申初至县，已先具舟相待，便移杉弯。黄、陈请由陆行，常郎独坐一船。待房妪来乃饭，日落始发，四更到姜畬，稍愒。

十一日　晴热。未明便发，到湖口卯正矣。步上断道待舁，到家，滋女已起，黄、陈未醒，令移榻南房，大睡一日。

十二日　晴热。作书寄茷，遣名静去。彭笛孙来。

十三日　庚寅，二伏。冀望有雨，至午后大风，暑气虽解，凉雨未润。方僮夕来。岫生来，旋去。

十四日　作东游宴集诗，格律不高，颇云从心，杜所云熟精

《选》理，疑同此境界。未正得雨，夜凉。

十五日　晴。滋女忽发黄沙，疑是南海斑证，既无医药，只得听之。韩、杨来，言刘讼。振湘来，雨后去。

十六日　晴。滋疾未愈，遣寻振湘，云已下县。东游诗成十首，与余、樊、沈寄去。未正亦雨。方僮告去。

十七日　晴。作景韩志铭，前月已当成，因热遂迟一月，可笑也。遣人往城寻医，并寻名静，出门遇静。

十八日　晴。懿与周、王、蒋三生来。黄稺孙复来，云得双生儿。适摸牌有钱，便以一元贺之。蒋好行医，令拟一方治滋，乡中无药，亦不知效否。

十九日　晴。抄诗稿成。颇热，大睡半日。黄孙昨来旋去。彭孙约昨去，不去。周生为陈孙所窘，亦不得意，维口启羞，不可不戒。三生方安居乐业，又可怪也。滋姊弟看田，田主初无脱业之说，冒昧上门，中谬人也。刘佃还借银，让半岁息以劝之。

廿日　晴热。晨起，看彭、蒋去未，门尚未启，辟阖由下门还内。作檇李诗。李佣还，得功儿书，并留诗稿，别录来还。陈芳畹书来取银，以十元与之，快便可喜。作陈伯屏挽联。抗疏劾三公，晚伤鼷鼠千钧弩；治生付诸弟，归剩鹅羊二顷田。

廿一日　热。周生欲干黎薇生，劝之不止，触热而去。佃户来报旱，遣懿往勘。蔡表侄昨来，留三日去。

廿二日　晴。晨起，家人犹未兴，顷之懿乃往祠，夕待其还始饭。懿已三饭矣，至夜又饭，可谓善饭者。至丑正将去又饭，盖六饭矣。

廿三日　庚子，三伏，立秋。晴热。作豆粥未食，盛暑不宜劳人，无可应节。周生夜还，得见薇生，达其目的矣。

廿四日　晴。张生来，问《易》筮法，已忘之矣。自言欲出求官，有志上进，未夕食去。周生亦告去。午后有雨，热殊未减。

廿五日　阴。昨雨之效也，亦未甚凉。岫孙引其表兄宋姓来见，云住等子桥，似是生意人。麻叔来送豆。郭五女来借钱。

廿六日　阴。炎威衰矣，但有蒸暑。竹林叔来。黄元孙引子趣儿来见，字黄生，不甚忆之。云坐船来遇雨，又坐船去。常婿自省来，云已得厘差，以官钱还之。附书廖璧耘，托买煤。夜雨。学生醵饮。

廿七日　晨雨未止，至午始歇。常婿去，为蔡生看唐诗，随笔批示。陈生来取《夏小正》，检已失矣。刘江生来。

廿八日　晴。已秋光矣。抄诗寄李雨农，兼问名肃消息。镇湘来诊疾，遣人买药下县，便发邮信。

廿九日　晴。晨得茂、复书，即作书复复。午后为乡愚作疏祷大王。罗妪妇患虮瘤，昔闻今见，奇疾即常疾也。

卅日　晴。得邓翼之专信，指索樊书，依而与之，更不与论百金一函之例。五妇率侄女来，正逢大雨，久之始去。家中送蒲桃来。常家人来，未闻消息。

七　月

七月戊申朔　阴。为陈生解《春秋》，阅王生文，至午毕。有雨。叔止遣使来探。

二日　雨。看《庾信集》。五相公来换佃。今年纸钱价倍，祠例中元用七千，仅能买百斤纸，意欲省之。

三日　庚戌，出伏。晴。诸生请照像。朝食后登舟，照二片，热甚还卧。将浴，懒未及具。看庾文。

四日　晴。房妪与女妪大闹，皆不可禁止者，竟不能整家规，坐听其喧。宝孙来。邓孙榴生名良材来见，意在优拔，亦所当致力者。陈孙不告而去，亦宜任之。王生告而后去，不能止也，何独止陈。

五日　晴。晨起甚早，邓轿夫唤起，又不即去，饭后乃行。宝孙去。看庚诗。廖德生来议弟婚。

六日　晴。廖佣还，得两女书，即日请媒纳采。不独四川多女，湘潭亦多女，吾佣工取五女去矣。陈孙自还。许笃斋来谢吊。两冯来议买废地基。

七日　晴。诸女皆嫁，无人乞巧，亦不曝衣。考七夕典故起自安公，盖秦人旧俗，至成武丁乃有牛女之说，后遂成故事也。热甚，避内室，看弹词。杨振清、卯金刀均来相搅。

八日　晴。照相人复来重照，前照遂成花脸，光不定也。看旧作诗。思周荇农前后交情，颇有感叹。赠周诗叙述甚超逸，亦兴到合作。

九日　丙辰，处暑。晴。照相未毕，忽雨，遂至夕。常子告去。与书复心。

十日　晴。王兆涵专方桂来借钱，与书邬师谋之，即去。将军酒保引刘生来学讼，遂缠一日。常子、唐、曾、梁生并去。看《画录》。

十一日　晴。昨夜湛童从后园门入，值雨不知也。正呼廖丁，乃同聋聩，岂真老耶？华一引萧生来上学，年十五矣，尚须点读，留住上房，冀与黄孙切磋。已睡，舆儿来，复起，入内小坐。

十二日　晴，风凉。华一去，求信与干将军和官事。料理尝新，分五席，用肉十斤，他物称是。杨笃子来，旋去，云京师召才女教女学，亦召京卿妻，则非取才，取名耳。

十三日　晴热。未长衣，不与荐，看人奔走，犹以为热，烧包时月出矣。晨写条幅二纸。

十四日　晴。邓婿晨来，午后接脚女亦至，问其来意，茫然也。即遣令还，留邓暂住。看报。夜热。

十五日　晴。陈、萧二生上学，陈讲《论语》，萧点《左传》"无终子"篇。靡乃后羿臣也，灭浇豷，而有穷亡，又似非羿臣，而何以羿杀即奔，叙次殊不明析。《夏训》"有穷后羿"亦无下文，未知张之洞何以说之。说"巧言令色"为今外部，颇足砭专心外交者。讲《论语》三页，便须上下五千年，纵横六万里，殊非易事。

十六日　晴热。方逃暑，已受凉矣。点讲书传。马先生又来。王心培来。

十七日　晴。王心培去。邹元辩荐敝同乡来，李姓，名培先，太守也，未能长衣，谢未相见。滋疾，我亦疾，困卧竟日。

十八日　晴。晨见李姓，扶山从子也，云是营混，欲求书往蜀。今日小疾，得复武陵书。

十九日　晴。晨得杨笃吾书，求信，因及马生，并干李藩。舆儿将往考拔，周生又来怂之。夜出纳凉，遇斡、杨从省城来，小坐去。

廿日　晴热。唐春湖之子来见，云作教官，久未归，欲整顿宾兴田，继其先志。舆儿复还城，未行间正摸牌，吴蚣咬房妪头，飞行桌上，甚似丘蚓，遂骇散，舆亦旱去。萧儿复腹痛，告病。

廿一日　晴。邓婿晨行，马、李继去，张芝又来。周生得省信，急去。暮往茶亭看地基，宗兄、曙生及组云儿来，言退莲花塘田事。杨瑞生儿来，从译学毕业，得举人出身者。问湘孙婿，云可得最优，有直牧、主事之望。

廿二日　晴。看诸生诗论，无甚成章者，独刘生抄唐诗，颇有师法，为评阅二卷。

廿三日　晴热。团总、岫孙来。宗兄引其族外孙唐姓来见，言举报节孝，名鐇外孙也。团议遏枭，又议存谷，皆各有私心，吾无可否。夜转北风，始欲去暑。

廿四日　辛未，白露节。阴，始凉。写扇一柄。考拔四生告去。周应昆送曹梅舫书来，并寄鹿筋。

廿五日　阴凉。看陈生所校《春秋》，于内伐及执君，皆改为时例，似无区别。懒于再考，姑仍其旧。余多改时例，以省繁碎。

廿六日　晴。欧阳伯元来访，乡中好客，留住正房。朝食后

刘兰生、宇清、曹侄婿、将军相继来，唯刘得陪贵客，余皆自去。

廿七日　晴。客起甚早，饭亦较早。阙。伯元约同至县，前后争一日，俟日斜乃行。店妇劫留小坐，黄孙随行，至立马已夜，借镫到街。伯元先发，余至警局，正二更矣。

廿八日　阴。有雨，旋晴。晨至伯元家早饭，饭后至习乐所缴帖，见徐甥。至宾兴堂访旧，见肥刘、瘦郭，问算账事，云不知也。还至救生局，价人设酒舟园，先往绿竹街答访张元缙伯荫，曼生儿也。访旧絮谈，到园已暮，劭芝、伯元、王纯甫、翁树堂俱先在，小观察、二知县同坐，夕散还局。

廿九日　晴。唐屏臣来，言学务，以宪政京卿在省，未可专断，与书告之。乡人来者相继，皆为请托。避至城中，待饭乃行，已将午初。入书院待顾问习乐，诸公无至者，惟徐甥来，立谈。至欧家尚早，入客房稍睡，闻价人、树堂均至，出坐则有刘姜生，云欧姻家也。言周翼九中书气死，讼事未已。余欲为鲁仲连，二家皆不欲。价人早去，劭芝不能来，均老矣。留宿欧斋。石曼卿读书处云"云台摩崖"，未知何人书。

八　月

八月丁丑朔　晴。李雨人、唐屏臣来寓相邀，朝食后至宾兴堂，前二人已不见，黄云生为主人，学界、外人均至，啧有烦言，黄亦口众我寡。出簿请看，《廿二史》从何处说起，余乃议领簿清算，遂起先出。至局料理卖地事，亦无头绪。吴、唐仍留我一日，复还伯元家宿。

二日　晴，大风。留待杨度，不来，招张恺陶、刘姜生与小观察同摸牌，未七圈，唐屏臣来，示学用。即留同出商量，辞东而行，张、刘送至城门外。余告唐，俟定议后为告学司，唐欲告县。小哉，无益也。大要在县言县，县人见耳。遂换车至杉弯，大风，夕发，到袁河风益壮，乃停。有雨，不沾衣。

三日　晴。午至南北塘，骤雨旋止，异还家。黄孙、廖佣俱不从来，至夜乃至。午出会食，去五人矣，仍有两生告归，唯留七人。夜雨。

四日　阴凉。看陈乐光诗，未悉其人，亦好弄笔者。卜女结纳周妪，为作复书。讲"於、余、与"，未知词意。陈芳畹来索钱，以四元应之。

五日　晴。晨患气坠，遂频如厕，顷刻四五遍。杨晳子来，云前得片，合种人妄言请假即行，实未见信也。潭人无用如此，欲为谋主，难矣哉！正密谈，诸子姓来言卖地基事，令待明日。继而思之，不如速了，遂令书契。交价三百千，本买四百千，大相应也。闹至日夕始去，又三遗矢矣。夜早眠，复三起。

六日　晴热。朝食，堂餐。饭后客去。李梅痴专信来，送鸭梨、文稿。书云乘便，使云专信，未之详也。章巡捕家来，言讼事。讼棍强刁，反怨我干预拖累，文笔颇曲，与书首县讯之。杨生送洋药丸，未服。

七日　雨。陈八送《春秋表》来，蔡厨亦至。留李使一日。遣人下省，复书李，致书王镜芙，言章讼事。杨休来乞食，未能留之。

八日　晴。下血五日未愈，绝粒亦五日，昨夜吃油炒饭半瓯，反觉小愈，食忌不可信也。衡足去。黄绍甲来求信。

九日　晴。滋又发黄，唯疾之忧。绍甲欲借信骗钱。与书秦子，便问傅道台《墨子》版。连日下利，未能他事。将军来。

十日　阴。周庶长复来，云学务不委。余参议云是服勤弟子。二字甚雅，营求无成，必是命矣。留吃祭面而后去。至夜丁子彬来。纯孙夜至。

十一日　丁亥，秋分。晴。诸女当祭半山，唯滋独当其事，晨面至午，午饭改申。客来颇盛，设二席，女客则无至者，荒客亦不至。周、丁俱暮去。

十二日　晨有微雨。午后懿妇率縠孙来，云舆妇从船将至，自往山边候之，竟不见异。还家，踵至，俱安置书房，其住室改学堂矣。

十三日　晴。大愈。周生武德来访。写扇三柄，对二副，横幅一张。

十四日　晴。得陈完夫、复女书。周凤枝来，议分花，再砌一台种芍药。送节礼者纷纷，何乡间有此繁文？或受或否，皆足相扰。韩、杨夜来。

十五日　阴。侵晨午诒来，屣履出迎，乃与其仲弟俱具衣冠。程十一亦来，佳节佳客，又乡中所少也。杂人来者不记。摸牌半日，至夜无月有雨。萧生夜来。

十六日　阴。张生晨来，颇欲留午诒办学，亦《鹿鸣》之义也。留谈半日，遂同船去。余病未能行，纯孙亦还城。补点《史记》一本。始放砖起公屋。

十七日　阴。郑妇来诉佃租，须臾即去。作彭仁斋墓志，得银钱二百枚，以助工作。周生送牡丹。

十八日　阴。先祖母生辰，设汤饼。讲"闻韶""肉味"二事相妨，不食肉则不可听乐，岂有感而后用丧礼乎？君亡在外，非从臣不必用丧礼，此乃伤感致然，非正礼也，故不图至斯。

十九日　阴。遣人唤船下省。复遣匠估祠工木料。与书三、九两女。写对子六联。

廿日　阴。待船不至。韩将军来诉刘坝。冯甲等来诉凌、沈坟山。陈孙告去。

廿一日　阴。衡州炭船到，坐船犹未至，检点行李。六耶率女婿来见，胡姓，字石甫，乡人也，留宿内斋。

廿二日　阴晴。设席款新亲，请萧孙作陪，饭后客去。陈育才又来，又铭从孙也，久在水口卅厂。云廖公七十，厂员公送寿序，欲余为之。留宿内斋。

廿三日　晴。煤船回，定留一下湘，坐船以与儿妇，余与陈生同船先下，初更到城，即宿船中。

廿四日　阴。晨送陈上小轮，移船救生局马头。招陈甥料理木料事。上岸写对子，送欧阳森。适值三朝，遣舁来迎，便往看戏。见新妇，众客皆赞，颇无潭派。将夕妇船到，未请示，欲坐轮船，听其自便。是夕凡设五筵，以县令为首，至亥散。余留宿旧榻。

廿五日　阴。待饭至午，乃辞登舟。逆风懒行，泊东岳港。黄孙亦先去，独与妪居外，随两佣耳。

廿六日　壬寅，寒露。晴。未明开行，到省已午初矣。步入朝宗门，访瞿相不遇，遂至家，黄孙、周生已先待，两儿亦来候问。陈生领其从兄栯来见。午诒及其四弟、廖胖、周生、书院四生来见。尹和伯、王心培来。余参议夕来。闻孝达之丧。王赓虞长孙钰生字绳伯来求作碑，云即日东下。黄孙亦附船去。

廿七日　阴。周菱生来看病。杨京卿、二夏、谭会元、瞿协办、马太耶、陈芳畹、殷默存、书院诸生、丁性泉、郑从筠翰林、丁五、蔗泉来。周梅生不复支宾，仍来直日。夜雨。陈育才来送礼。

廿八日　雨。廖荪畡来久谈。杨重子、曾重伯、六耶率超八兄子来求帮讼。子瑞来相看。闻朱京卿往蜀。写信茇女，并回复女书。邓婿来报其叔父丧。夜数起，甚不快。

廿九日　雨。看曾胈庵诗，浸淫六朝，格调甚雅，湘中又一家也。胡子靖，王心田，吕、谭两生来。两儿延柳姓来诊疾，服黄耆。子玖送蟹翅，以贻四夏，午诒来，晚饭未得尝也。周妪来。

晦日　阴雨。懿昨坐守，断客，因留侍疾，今日小愈乃去。刘妇告归，求钱学织，许为备办。龙郎来，送於术，因言孝达死状，因婢推伤胁，遂患咯血，疑诬之也。人死不可不慎，故圣必寝疾。

九　月

九月丁未朔　晴阴。朱八少耶及其弟来，弟字枚勋，有似放勋，亦僻字，可配劼刚也。吕蓬孙、谭祖同来求书。作《求阙日记序》，未成。舆儿考毕，不送场稿，自唐以来所未有，诃索之，仍不送来。未正舁往尧衢家会饮，朱枚僧及从子同至。刘健之来高谈，大不以张文襄为然，而欲以我受三拳为"武襄"，则失实矣。张乃竞争，我则和平，何文武之相反？又言宜作一词，则益证我之文也。菊尊、午诒继至。今日城中开谘议局，会元投票独后，谈笑甚欢。服二朱药一帖。家人以改服生地未服，仍进前方，亦赵高子之类也。病已大愈，夜食饼二枚。闻雨。

二日　雨。晨起写刘定夫挽联。二品服，卅年官，一第只虚荣，甘让赖唐先受禄；骈散文，古今体，遗编重披读，正逢风雨更悲秋。作曾日记题跋。将出无舁夫。朱纯卿来，言摄政事，云不宜还府，为张相所误。六耶、将军、冯屠俱来，依然乡景。待桂寀来摸牌。

三日　阴。出拜客。马太早来，未饭。午出访子玖、震伯、荪畡、午诒兄弟。朱庆威来，岳舲孙也，云红湖绉帐中人尚在，七十四矣。金妪来，亦老丑怕人，为之怅然。

四日　雨。曾祖忌日。两儿、四妇来，玄孙不皆至，以俱幼也。合家素食，则仍向例。枭台来谢，未见。

五日　雨。出东路访一梧、四谭、心田、叔鸿，还过唐蓬洲、朱纯卿。

六日　雨。庄心安来久谈。将访刘健之，盐道催客，遂往。健之、张编修启后、朱纯卿、孙仲璋先在，戌散。

七日　雨。衣冠出答周镜渔，因过健之，见其三弟，字述之，新改湖南道员。周云南北洋改湖南，人弃我取之意也。至荪畡处会饮，午诒、震伯先在，殿香昨来求文，今亦在坐，又有梁和甫，至戌散。黎六郎薇生来。

八日　雨。孺人生日。午诒、梅生均来，留面。谭五郎、邬小亭、吕蓬孙来。本欲招客，因夏子鼎已去，暂缓办具。

九日　阴。蓬洲、荪畡来，问何处登高，俱云高人宅即登高矣。午出城渡湘，炮船相候，嫌三版不稳，派六勇丁为驾渡船。

从大西门渡水麓洲，再渡湘水，俱汹涌。循山径至茶店小憩，云开见日，买橘。又数里过屈祠，今改景贤堂矣。书院亦离奇光怪，但工作颇壮，云油饼者冤也。入东斋至监督室，连房五六，于中坐客。曾四元、彭肃斋、谭组安先在，何璞元后至。循厨径上山，何不能步，乃呼舁还，唯至爱晚亭一坐。周儿来见。令留勇饭。二马招明午便饭，则不能留。一马云在胡文忠家曾相见，未之省也。将夕，何先告去，余与曾、谭皆留宿，张生亦至。和陶韵为一诗。秋霖忽逾旬，风起湘波高。轻舫渡麓洲，缘径蹑烟霄。枫林有余青，芳桂犹未凋。礼殿启宏规，改作亦已劳。弦歌非昔年，文宴复今朝。渊明爱九日，时菊契贫交。余怀在涧阿，游赏倦金焦。晤言且永夕，谁能空郁陶。皆促余早睡，遂踞黎床。

十日　阴晴，见日。晨起，会元已先去。饭后写字一张，通身汗下，如何蝯叟也。令从南门渡，勇丁引从西门，余亦惘惘从之，见渡亭乃悟，无可奈何。仍令还家小坐，见客数班，俄忘其人矣。舁至华昌，心恬、梁、杨为主人，廖荪畡、夏午诒、曾重伯、蒋少穆同集，谈笑甚欢。久待组安不至。夕入西门，复睹升平景气，垂垂六十年矣。夜月。

十一日　丁巳，霜降。阴晴。午诒晨来，云昨夜宿城外。王心培来候事，无以应之，李培先亦然。梁璧园来，陈程初继至，均久坐。桂阳邓生候见尤久，幸不带铺盖耳。子瑞夜来，云拔案已发，舆儿取录。寻人不得，乃与午诒兄弟同宴樊西，更招其弟，不避亲嫌，又与程孙俱夺情，可怪也。宜丞参之恶之。周生夜来。胡氏两外孙亦来相看。

十二日　阴。振湘来，得茂蜀书。蒋少穆、黎薇生来。黄秉湘儿廿五岁来作知县。尹和伯来，言王心培事。

十三日　阴。答访吴道台文虎，未见。又答孙传械，至藩署，径入寻邬师，更衣。主人俄出，邀行内堂，规制甚壮，至楼上小坐。健卿兄弟来。胡厘道出谈，不忆之矣。曾议员后至，邬师陪客，初更散。

十四日　雨。石巡捕来催信，依而与之。便催子培和诗。李馥先生来。

十五日　阴。李知府来贺望，为房妪所诃。午诒、程生、马太耶来。

十六日　阴。杨季子来，云已充教员，月得百元矣。出城答访陈提督，还过三妇家，携赣孙来。晡后至唐蓬洲劝业署会饮，水轩甚明朗，苏畋、少穆先在，邬师、赵御史旋至。赵字竹园，名炳麟，名御史也，请假省祖母，赵柳溪大令之子。得功儿京书，言京事，即有赵所不知者。邬云拔贡案发，遣问未发，全夜乃出案。爆竹声喧，三郎得隽，门人得者五人。

十七日　阴。贺客盈门，入者均接谈。遣房妪迎女，送螃蟹，四更起，五更去，独宿久之，四壁萧然，盈孙亦去矣。

十八日　阴。曾竺如晨来。赵御史、李次儿、黎监督、罗伯宜、孙英卓字钦来。易兴生、扬锟、清涟之子均来谈。易困于家，与书朱雨田谋之。今无知清涟者矣。晚忽胸肋不适，久之乃愈。

十九日　晴。晨与刘妇私语，陈孙突入，云八叔有信。就床坼视，乃遣颜子送银票，云喜安求谀墓文，即片复。陈例不收现钱，当仍还之。安子庚芳又送鼺鼠褂材。饭后出南城扫墓。滋女已从乡来，未遑语也，朽人亦不遑语。还过碧湘宫，见亲家母及其二子，子妇未出，不便传见红香也。三吉斋作房，佃钱卅千亦不为贵。入城过苏畋，云奉差往鄂，明日即行。答访赵御史，未入，驰还。

廿日　晴。曾祖及先妣生日，设汤饼，未饭。改黎九郎论文。

午诒来，告以暂不东行，惘惘而去。至夜风雨。

廿一日　雨。吴学使书来，送王礼千金，暂存未复。为四妇织局求官费，附呈呈之。周生求关说，告以不能。周大烈来，论自治局。

廿二日　阴。孺人忌日。杨生来，亦论自治，许为调和讼者。叔鸿送贺仪廿元。

廿三日　雨。周大烈复来，问还县期，期以天晴。

廿四日　阴。步至荷花池，访吕副贡，畀出，久谈还。余佐卿三儿来。岫孙、宗兄均来。

廿五日　阴雨。写对子条幅。周子来送黎诗，并促写诗，随草与之。连日看王文浩《苏诗注》，以其似文韶兄弟，而初未闻有此人。知世间书痴不少，又非科举学堂所可尽。

廿六日　壬申，立冬。晴。抄《孙子》，失靪一页，取《通典》补之。谭、吕来谈诗。

廿七日　阴。拔贡生泸溪王、安仁侯均来见。周妪下乡，约必相待，未知何所顾也。丁性泉为兄先达求书，干尚藩，托彭向青转致。与书向青致之。得曾岳松书。

廿八日　阴。抄《孙子》十三篇毕。黎薇生送诗来。程九郎来，得复女书。见客无数，不能悉记。金妪来上工。

廿九日　阴晴。瞿中堂来久谈。向生来送字帖，求题签。二周生来求谱序。作廖荪畡寿文，了丁家寿礼。周妪还城。午至王心田家会饮，陪周印昆，印昆已赴潭会，招二梁、二杨同集。桐轩亦从鄂还，言曾、常事。夜散。

晦日　晴。滋女欲还山庄，自往船步看船，便至卅局还煤钱，送廖序，交高荷生转致。船人未起，复还朝食。懿及其妇来送，窕女亦来，饭后与三大娘坐东洋车出城。胡、杨先在，滋女继至，坐湘潭轮船上湘潭。遇谭提子从富，又呈新诗。午正开行，到县日斜矣。人船来接，陈、任备轿，令晳子乘去。自至湘岸看滋过船，乃舁至救生局吃午饭，见甘思禽，小坐。与张恺陶、云孙父子步至宾兴堂，已改洋装，宿朱太史轿夫房。黄云生为主人，印昆先在，不到此堂，忽六年矣。两欧阳来。

十 月

十月丁丑朔　晴。自治局开议，到者数十人，知名者李雨人、秦子和，不入新党者。唐信臣兄弟，龂龂劝学者。议论俱未畅达。晨已正酒，午留便饭。伯元招夜饮，要胡、杨同往。夏子乘间来见，廿一年不面，不识之矣。恺陶亦与小道，不入坐。亥初始还。夜谈湘军起事时，五十年前旧史也。诸子弟俱来见。

二日　晴热。始换绵衣，已束装矣，晳子言宜留一日，余亦恐来和事而更生事，遂令解装。与印昆诸人步至丽泽堂，新开教育门，立教育会，到者百余人。坐久之始发包子，又久之乃摇铃开会，讲说理由，多新名词。坐至两时许，印昆、易甹皆欲闻余演说。余见会员无异议，遂言自治治人之理，不可有人之见存。以二会作截搭题，又入考棚过县试一回，正六十年，谓之重游泮水。入夜将睡，李雨人、唐屏臣、李子修、宝老耶、张雨宜、尹应銮、陈朽兄联芳。相继来。

三日　晴。襆被将行，又被秦子刚留待决议，凡再留，已过午矣。子刚来，仍是用钱之说，非筹款也。周、杨遂欲通算公费，以报各堂。余意皆不谓然，且归刷书。同族孙、刘江生步从瞻岳门过烟柳堤，还至九总，仆佣已先到，遂乘车到杉弯，上船。饭后泛入涟口，至沿湘已暮，篙桨不停，子正到家，小坐便寝。

四日　晴。感寒不能饭。午间周、胡来，未料其两中书也，令诸生款接，徐步出房，则大人物来矣。云欲索两书与藩、学，借张正旸，依而与之。廖生引刻工来，刻唐诗。庸松又来。七、五相公同至，顷之皆去。昏昏睡久之，似已稍愈。

五日　晴。晨已思食，待饭乃起。改冬祭，待新屋成，未知能如期否。周生引周武德来，意在教员，谢以不能，夕去。新月依星，光影娟丽。

六日　晴。作安副统墓志铭，以了羁鼠、兼金之请。作樊、陈二书，寄安志去，交欧阳生带至汉江。程孙来书谋事，喻以不能。

七日　晴煊。写字四幅，休息半日。刘妇遣女来看，刘丁发狂，乡人来诉。步至茶亭，看筑墙基。

八日　晴。作恩尺平碑文。将军乘舁来，与张生皆绅士矣。许女求屋，召匠与二万钱，作三间，兼筑后园二间，沈山人志也，题曰"樊榭"。遣人收租。

九日　晴煊。写字六幅，墨尽而止。作恩仁山墓碑，前作诗序无稿，不甚忆其事矣。

十日　晴。刘丁发风，众议送官，余以为不可，更约法，令住土工厂，令其妻侍之。妻伪号泣藏匿，乃夜相见，穷日之力，办此一事耳。

十一日　丁亥，小雪。晴，午后大风。写字一日，尽了俗债。夜风愈狂，排门冲户。

十二日　晴，风仍未息。周生天球考优还，云无知名者。夜月甚明，滋云宜夜行舟。余欲出，而又谏霜寒。顷之黄孙及刘婿来，张妪亦还，王、廖俱至，至子乃寝。有霜。

十三日　晴。晨起催师亭急还，云当留一日。蔡可亭孙铎来见，云孺人侄孙也。问蔡家事，皆不知。留住一夜。月明。

十四日　晴。二客治装，余亦早起，至午乃得行。遣人送刘。写字三幅。遣文柄至祠，议修建事。

十五日　晴。周、王二生来，求书与颜拔，即日便去。常孙书来，告喻谦。郑福隆来。

十六日　晴。作王文韶碑，亦颇有声色。三屠议加佃规修祠，告以不可。修樊榭复不成，且令停工。

十七日　晴。作王碑成。先府君生日，未尝称祝，与先姚有逾前之感。写字半日。

十八日　晴。将遣姬往常德，料理行装。夜闻宝老来，吾亦从此去矣。

十九日　晴。朝食后宝哥及谭生米，求书求字，为破半日工了之，并了诸字债。黄三元儿来，求阁书，天下奇想也。郭甬安子妇求诗序。觅船下湘，日午得行，以为必早到，及至已初更矣。从人从陆俱未到，遂泊杉弯。

廿日　晴。晨醒命开船，乃云借船昨夜已到，陈生亦曾来，殊未觉也。即移九总，任七来迎，云甘州同又下省，局中可去，陈生又迎我去矣，坐久之乃回。曾孙求书，船上书三联。午初开行，周生附船，两丁未来，半日乃过昭山，五里行两时许。抄文一篇，遂暮，泊朝霞司。

廿一日　晴。未明开行，将晓小停，待曙复发，到城已将午矣，饭后乃上。周生先去报果庵，久之乃来，四妇亦至，云二杨均上县矣。遣问常德船，云须待数日。周姬亦上岸，宿前房。船山诸生来见。

廿二日　晴。休息一日，懿儿同事诸员均来见，茫不知其所以酬对。喻生晨来，云欠款已缴，且呈收支收条，笃仙所云诪张为幻者也。王镜芙来，言川路开工。与书李参议，荐纯孙学习，因荐李培先，资以十金令去，殊无行意。

廿三日　晴。往瞿相家闲谈，见其新楼，平临湘川，颇胜曾楼，因约为刘健之作生日。还送房妪上船，至马头打两架：其一不许车碾箩索，似乎有理；其一打醮不许猫过，则闻所未闻，八十老翁新增识见也。眼看行李上船，还家晚餐，又俱回矣，云船不能容，并未上也。

廿四日　雾阴。城中开戏，官收八音税，尧后又一奇也。会元来，邓婿先去。出从东路，答兵备二员，兼访杨，报曾竺如、冯星槎，过懿家，看女工厂还。午食未久，已夕。

廿五日　晴。周大烈来，瞿相、殷判、易子、谭五同来，皆世交也，新生则未令见。招心田、晳吾、乐谷来，久待汤饼不至。今日舆及孙妇生日，故为特设午面。

廿六日　晴。拔贡誊红，云须三日，未记前己酉有此否。小轮搁浅，改议由陆赴朗，请陈芳畹顾夫，因拜东路客。

廿七日　阴，寒风甚厉。藩台来。遇沈国仁，谈五十年前事。梁和甫来，常德轿定行。夜寒不寐。

廿八日　雨寒。房妪晨兴，未得起送。刘生世嚚来言旧事，云靖州冷官，十七年矣，吾回忆似昨日耳。曾竺如来。瞿家约会，欲去未能。荪畡又至，不能不见，因约同至瞿家，廖复不肯。与片子久，更请之，驰往，客已集矣。庄、冯、刘先在，登楼廖至，看《庆寿图》，云张文敏所献也。内庭受赐，又命讳之。未集酉散。

廿九日　寒雨，有雪意。刘健之来求文。谭、吕、杨重来闲谈。尹和伯夜至。为周生包石灰，亦可笑也。

卅日　雨阴，仍寒。明日烝祭，斋宿，不见客。朽人、卯女闯入，郑亲家母子亦闯入，则更奇也。瞿相来，代送千金，坐谈颇久。得吴学司书，言孙氏关节，词雅意深，才子才子。

十一月

十一月丁未朔　晴。昨夜视涤濯，寒不可立，今乃得晴，颇有吉祥止止之象。本烝祭而改为祫，兼及祔食，共十位，躬执献事，尚能成礼，惟跪起似稍难矣，盖厚底靴不便起立也。巳初行事，午正始竣。便贺拔贡，招亲族，杨、郑均到，邓、黄婿亦至，惟胡家以女忌不至。女亦有忌，前所未载，又补《檀弓》一条。李生自郴回，喻生亦来，谢来旋去，周则固坐家也。十人共五俎，未饱而食已罄，亦可谓不尽欢。六铁新得经管，与文柄偕来。苏畋来，送京物，自云针抵、眉镊，并送蓬老。往唐处问之，未有，见蒋龙安而还。遣迎滋女，盈孙意也。

二日　晴。朝食后访尹和伯，周庶长从，即至又一村眺望，同访常汉筠，见其子。坐人车至卄局，访廖苏畋，设点心，日已斜矣。步访夏己石，未遇。欲作午诒书，未暇也。寄恩碑与复心，还遇汉筠，下车同至家。吕家送润笔、酒馔、杂物。议约客，未敢，家人云可吃，遂约明日。周荐三客，皆不用，唯荐给谏，补约之。夜微雨，旋止。

三日　阴。看执叔《丛书》，其说梦未知何意。黎薇生来，云啎吕家，约其来饮，未至。更闻谭芝昀来，遣约亦未至。午苏畋、心田、梁和甫、冯星槎、谭会元陆续来，方食，皙子亦来，遂成大会。差亦可吃，未暮即散。卯金、三屠均来，各有以遣之。

四日　阴。陈妹、陈女均来相见。诸生来及新拔来，皆不备记。午至盐局会饮，苏畋又先在，曾、冯继至，健之已将代矣，与其弟俱作主人，戌散。

五日　阴。刘去，当饯之，乡中适送果菜来，与诸妇谋办具。郑先薪妻率其长子来见，送参桂，请题像。夜方摸牌，外报邻火，乃杨厚庵家楼火，相去虽近，砖墙封火，不能及也。促窊女早归，立门外看水龙。顷之彭受可、夏己石、杨生、邓婿均来。

六日　阴。谭祖同、邹师来看。瞿相送狐羔二裘。朱雨恬送易郎四万钱。写字三幅。永孙来。作送刘诗一篇。汤稺安来，荐木匠。

七日　阴。忌日深居。写字十余纸。

八日　晴。朝食后往盐道，未遇即还。将待午饭，便出拜客，轿夫久不来。莘田来催，公寿荪畡七十，即过藩署，未入，至瀛洲，客已并集。夜乘月还，复过藩署，寂静无人，到家。心盦欲改一日，势不能矣。

九日　晴。闻谭芝公来，遣要一叙。顷之来谈，又与荪畡言殊，官绅之异如此。四妇来执爨，襆被留宿，勤于事也。

十日　丙辰，冬至。不朝贺客，仍素服，似亦非典，以郊日不可素也。芝畇早到，朱益斋、刘健之旋至，未初集，申正散，仅历三时，便似一日。朽人又来相矙。

十一日　阴。曾倬如、廖荪畡并约午饭，朝食后，便出唁吕子清，孝帷无人，入与杖期生相慰，庶婿谭生陪客。出过一梧，索观墓志，则曾太守已在坐待宾，云准午刻，无须先往廖处。久待两时许，芝畇、袁幼安乃来，汤稺安不至，寻五六次，已过晡矣。吃小吃三品，不辞而出，主人觉，送出，已欲暮。本约未正，甚以为负，轿夫又故迟，青石桥又断道，到廿局诸客毕集，然皆初到，有刘健之、王心田、梁、冯、杨、谭，入坐，均次第引去，唯余我及梁耳，菜亦糊涂。乘月还。闻岳常道放人，电线忽断，不得其名。

　　十二日　阴。一日清静，诸生来谈者相继。袁道台送其妻集，曾彦女兄也。有作糟蛋法，似是假里手，然福过其妹，有子登科矣。

　　十三日　晴。张生来，余犹未起，彼已饭后又行数里矣。谭道台送贺礼、京物。朝食后出，诣谭，送刘，过梁、杨均不遇。答访张师，入城过学台，试一诣之，先有客在门，请入，复有客出，似是抚台，先客则朱九少耶也，未审何以与翰林通来往。午后亦来诣我。夜遣送谭菜把，闻其已调省道，无须路菜矣。会食王家，三更散。

　　十四日　晴。昨约酿贺芝畇生日，晨作一诗。诗人长寿月长圆，袖里余香徇案烟。芽绣更移风俗使，鹤琴初返洞庭船。喜陪仙侣谈瀛岛，待续消寒擘彩笺。莫羡朱颜两开府，知非论学不论年。山庄诸生散学来拜生，亦且听之。独行至抚署，坐人车出城。舍车而徒至张师处，同步至灵官渡，问九皋公司，胡姓，广东人也，在楼居，遣其妻出避客，询知与廖荪畡相识，并邀荪畡来作客。顷之王、朱、胡徒皆至，芝公来，公贺设汤饼，并设摸雀开弦之会，作一日欢。群妓生硬，芝殊不满意，又但能唱二黄，初更各散。昇至城，逢迎者，改坐车还。

　　十五日　晴。休息一日，崔、丁生送傅书墨版。江少耶来，刺刺不休，周自治来乃免。廖生送百千刻诗，常婿百千。包木器云滋今日当发。得复女书。吴学台来。

　　十六日　晴。遣候滋，云未附小轮。至午乃至，云坐船橹被厘卡劫去，靳口卡殊生事。与书复女。谢兰陔送诗，随手和韵，才子也。作周氏谱序，写对四联。唐蓬守来。

　　十七日　晴。周生下乡，处分钱财。得云门书。黄孙来，晡食后乘人车至懿寓，将请客，便轿入门故也。李兆蕡出见，庄外兄也。周翼云本在馆，略谈。招周妪弟妇来侍，三辞，扭捏有似商人妇。夜雨。

十八日　阴。寿孙生日，自家来拜，滋亦移来，命烧鸭庆之，且包厢看戏，挥霍之间，费万钱矣。與夫妇均来，遣召功妇、慧孙、宓女，均往同春园。萧文昭太守送茶香、火腿。喻生来，问郭先本。四相公来诉三屠。曾太尊来夜谈。與献烧鸭。刘妇索喜钱，初未提议及此，当问拔贡。偶曳长裙①拜戟门，故山秋草怨王孙。弹来栗里琴三叠，闲却瞻园酒一尊。料得治安询贾谊，也应冷稳学刘坤。白蘋江上风波定，唯有飞鸿爪印存。　　青溪东畔谢墩前，数别金陵又十年。紫气销残神识②石，红尘空③老地行仙。松间鹤影清炎暑，竹里蝉声咽暮天。莫笑鸣驺过樵径，淮王能赋小山篇。　　文人自古喜相轻，忘势忘年折辈行。肯向红毡论故事，每遗缟纻见交情。官衫北面曾相笑，礼数南皮且莫争。手版一时参护帅，知君到处有逢迎。

十九日　晴。发江宁诗筒。得茇十月书，健孙宜昌书，亦尚有文理。开菜单。寿孙来吃面。织女散工。湘潭二朽来求汲引。江少耶又来早饭。永孙来，托求张彩道。待慧孙不来。夜吃饼甚佳。闻雨梦不成，卧看天明，不觉夜长。

廿日　阴雨，大风。竟日无客。至夜有人来，云蔡六老耶之妹。余意六弟无妹，姑令延入，则携一子同来，滋云四姨也。先见其子，年十五矣，云一日未饭，具馔，不肉食，饭毕入见。四姨乃云间关千里，盘费百千，来求周生盐馆，允为极力。留令久住，不可，母子均暂住一夜。

────────

① "裙"，应为"裾"之讹。

② "识"，《湘绮楼说诗》作"谶"。

③ "空"，据《湘绮楼说诗》补。

廿一日　晴。未明遣送邹侄往求福栈，久之不去，朝食时乃起送姨。舆妇、功妇、窊女均来办具，滋、庄已忙半夜矣。未午，吴补松来，云恐迟到，未早饭即来也。遣速心安，亦云待久。顷之周镜如亦至，看机房，乃过厨房，见女妇盈厨，甚为赞叹，谈饮一日。乃闻学界绳轿声，甚讶其来，俄见房姬，云十小姐已生一子，三小姐亦来矣。喜不自胜，匆匆送客，乃云不育。入见珰女，敦竹亦来见，妇女陆续回。忽已二更，吃汤圆，小坐即寝。

廿二日　雨。与书复女。珰携小女来见，慧孙亦来。方留摸牌，报云邓婿在外，出看乃有多客，一一应酬，逾时俱散，夜半乃寝。

廿三日　雨。吴道台跃金字文甫来见，懿同事，颇以知兵自负。周讲《君奭》。

廿四日　阴。往功家看珰女，窅芳亦还。寿孙出示皮袄，初不知为新制，问裘材乃知之。本欲以奖房姬，漫言留用，孙女乃分制也。昨令姬自看衣，价值五万，嫌不称，当予以银钱耳。与常婿摸牌四圈，还，大雷雨。

廿五日　辛未，小雪。阴。得云门十日书，寄示诗词。珰来，留饭摸牌。慧孙亦来。遣廖佣还北宅。滋出访曾彦姊及瞿九嫂，晡还，云未遇廖二。暮还，乃云见大少耶。因留珰摸牌，待兄。初更后功来，言道路险屯，小轮船几沉没，又遇南风数日，故迟至七日始到。舁夫久待，并催令去。

廿六日　晴。益吾招饮玉楼，云有冯星、王心，至则一人独坐，云冯疾，王吊吕去未来。忽悟失忘，还急送二元，交舆代往。吃八菜颇饱。常孙女生日，设面。还京寓，功儿亦至。

廿七日　晴。移住内房，饭后出答吴文甫，贺心安得曾孙，均未入。至北宅看铺陈。周生来见，小坐。舁至报子家，潭人酿贺生日，莘田、荪畦均与，龙、郭列名，星垞亦附，更有刘国泰，则生客也。曾泗源率李馥先生亦来。同县三杨、二梁、一张、二周、大烈、大椿。一黎，到者五人。外县廖、刘、谭、龙、郭、王、佩初、曾，到者四人。谭、曾、冯三议长，冯疾未至，增入一李外省。莘田办酒，报子为地主，设三筵，召十妓，子初始散。

廿八日　晴。欧阳伯元来，作会办，絮谈张督，中堂来乃已，同坐久之。子玖先去。送礼者两宅纷纭，小生大做，亦可笑也。翁树堂特来，尤为可怪。族弟子孙来者十余人，夜馔祝，不辨谁某。大风至晓。

廿九日　风寒不雪。晨起待房妪妆竟始出，子女、妇孙已毕妆矣。拜贺毕，舁至北宅，功衣冠待事，妇犹未妆也。砥帅、议长、商总均入吃面，余人络绎，唯记周、朱耳，内设一席未坐。舁夫待面已久，仍至南宅。面客未散，翁来，当款之，并约蔡六弟、欧阳子、徐、孙、二周同宴，翁云已去。宓女来，云姑生日，故来晏也。夜大雨，功儿去时余已睡矣。

十二月

十二月丙子朔　阴雨。李道士来，送蟠桃、寿石。诸生公宴我于陈园，共廿二人。秀才好胜，动费十万钱，殊为多事。

二日　雨。答拜胡道台德立，还经贡院，遇小雹数点，旋止，过臬辕尚早，即至欧阳寓，居停余介卿出谈，秦子刚旋至，设菌面，说盐事。三司催客，即至臬署，为程生关节，廖、曾作客，饱食而还。夜雪。

三日　墙阴见雪。出答瞿协办，因答道士、刘伯卿。刘家遇谢诗人，托送名条，兼为刘婿探铁路差。余参议甚诋学生，事不谐也。过北宅，王女尚在余家，摸牌二圈而还。告常婿，以书院经费支发事不必再管。复与女妇摸牌四圈。

四日　晴。袁照藜仲卿道台来，初以为袁幼安，出见乃知误也。周自治来谋盐款，云易合种之计，新学家非钱不行，殊使日本减色。张子年来谋差。步过曾竺如。

五日　晴。夏己石昨夜来。致陈复心书。为陈小石送别敬，小石谨嗇，乃于我大费，诗亦似樊云门，即以十金送夏，为饮红之资。王心培、韩元瑞、李砥卿皆皇皇有志于盐局。谭聘臣与宝老耶告行，又为刘江生请一函，如此则百函不足了请托，且皆置之。李生干馆被裁，则宜道地。训以不可再取妾，自销英气。

六日　晴。李生来，更与小石书，令带去，谢别敬，无他事。夕赴杨家饮，汤穉安同为主人，更招胡同人滇道、孔揩阶、刘穉泉、冯辛垞。夜还，微雨甚寒。

七日　阴。女妇皆赴宕新宅，独坐凄清。写扇一柄。胡子清来，误以为胡道，未见。夜检《全唐诗》，寻《花烛词》。

八日　阴。写金屏二幅。纯孙自宜昌还，云路差已派巫小路，并致橘柚。满姑娘、六老耶均来相搅。懿妇作腊粥，功妇亦送粥来。张生来订行期。胡子阳来送名条。唐诗《花烛词》仅五首，自作五首足之。橙香春旖旎，梅影月横斜。已有金闺彦，亲迎玉钿车。画眉传彩笔，系臂解宫纱。五日东风早，先开并蒂花。　　画戟名门贵，鸣环习礼来。韩车金作厄，温镜玉为台。回雪迎春早，仙云待晓开。共持椒颂句，同献碧螺杯。

又七绝三首。春气先回第一宫，荷池冰镜月明中。新居正近湘春馆，墙外星河有路通。　　何须问卜应鸣凰，旧族崔卢姓字香。齐子王姬同自出，一时唐棣有辉光。　　锦障羊车双玉人，香风满路识新春。三朝厨下镫花喜，糕嫩饧香酒曲尘。

九日　阴，欲雪。周生次子又服毒，专人来追，异事也。其兄死未数年，又及其弟，似祟似冤，非狂非逼，不能断斯狱矣。

六铁来，言祠事，大扰，用人不当至此。

十日　阴。晨起，珰女已来，顷之小雪。任弁放船来迎，云大风不可行，遂留一日。两孙来，言《湘军志》写刻缘起，全非事实。张生失约不至。日本领事又约明日来见，告以当行，令明日相候。过午忽晴，遂见青天。与书枭台，言二奇案。曾竺如过谈。夜月。

十一日　丙戌，大寒。晴。与书复谭芝耘、谢生，告以不可再至船山之理。午至黎坡，携縠孙女见倭领事，并见倭医。至卅局，苏畹已归矣，何其太早。出城过杨家，送縠孙省外婆，余不更入。外间皆言杨、梁人京运动，何鬼祟如此。上船即发，初更到九总，陈生来见，欧迎未去。夜月。

十二日　晨起见雪，乃以为霜。昨夜和衣睡，四更起解衣，犹有月光，忽见积雪可三寸，奇景也。两舁来迎，上岸坐欧舁，答述堂，乃至伯元家，见其族弟及少大人言盐事，踊跃移场，大有陶守之意。朝食乃出，云今午有集，价三承办，往问无之。遇价于途，同至警局，甘判未起，与价三同坐，待送燕窝，乃上船即发。夜泊姜畲。

十三日　阴。晨待两桂，至辰乃发。朝食时至南北塘入口，待轿，到家已将午。廖生迎门，金妪铺房已毕，云盼望正切。以刘丁将死，不知办法，余告以此皆守屋人责任。专足上省，作二书寄茇、真。

十四日　晴。长日如年，午睡甚久。许女、乔子均来见。振湘来，云乡人闻当借钱，争求放利，一呼可数千金，乃知谷贵之利。责其加佃，令速已之。零用须钱，向廖生假得一万，亦多钱之证。

十五日　晴。张生来，与同至新祠验工，亦尚坚壮。崔孙来，与书傅茗生，送书十五种，晡食后去。寄真、茙书。

十六日　晴。春风扇和，大有生意。发钱廿万与三屠。得茙蜀书。看《逸周书》抄本。书廖五郎册页八幅，论交友之道。岫孙来。夜闻獐鸣。乡人云哑獐不鸣，鸣则山神乘之。

十七日　晴。韩将军、刘江生来，留面去。肅侄来，云到省即还，特来求事。方作刘碑未成，辍笔待之。二更刘丁死于下室。夜梦李家请客，舁往，欲入大门，正厅方有衣冠之会。稺琴迎于便门，引入别室，内一客云朱姓，甚似俞鹤皋。余三代同在坐，功儿及宜孙也。室中墙上嵌一联，分四段，三字一段，高下不相接，上云“芙蓉彙，曾共脍”，旁稍下云“芝兰室，有余馨”。心以为梧笙联吟处，已而传帖来，云魏允恭，衣冠在外坐，出见甚瘦，非魏状也。向我展拜，仓卒还礼，未上席而醒。思此对皆鱼事，但不知朱、魏何来。稺琴又云外宴客者听泉，亦不知何许人。肅宿右厢房。

十八日　阴，有雨。肅去。作刘秉璋碑成，翻书倒箧，丛不可理。

十九日　阴。写扇一柄。宇清夜来，扯皮气盛则言短声高，不可喻止。曙生则轻言细语，劳叨不休。大风吹窗，二更始去。

廿日　阴。史佣来请上船。振湘来看地址。宇清来，欲亟去，止之不可，无所用勘矣。三屠来交代账目，令廖生发挥往取。余遂步上，诉冤人相随，云人负七十金。语以立折，岁于我取，十年而毕。彼之受累甚矣，而我初不累，犹非申冤者也。周妪步来，遂同登舟。夜至九总。呼秋嵩来问钱，怪怪奇奇，总付一笑。夜晴。

廿一日　阴。时有雾雨，拗霜不转，风亦无定。午初始发，夕至朝宗门，登岸入城，乃知珰疾，郑妇亦病，又闷人也，且至荷池看胡孙新妇。子正妻出见，老矣，子靖妻又太少。小坐，舆还、功、舆始相见，懿妇亦来。早眠。

廿二日　阴。抄刘碑，送瞿转寄。懿、舆均来省问，送妪，问郑氏妇。至唐蓬守门外，问谭芝畇。午后子玖来。胡家送席，滋来相侑。芝畇暮来。饭后即寝。

廿三日　阴。作糕送灶。作诗赠瞿。周生、马泰来。夜待爆竹声乃寝。

廿四日　阴。晨起甚晏，朝食后携妪步行至文运街，送金信至，京腔流。看滋女，昨发血疾，今又愈矣。遣问欧阳生，云已上湘。待昇至，往学院，遇会元，亦便衣，言国会事已荷谕旨，王聘三擢京尹，余寿平移陕藩。吃酱粽而还，至心安署，已暮矣。借镫至落星田，访芝畇，值其宴客，便入坐吃菜，二更还。

廿五日　晴。晨至瞿家，约廿七日之集，还便发知单。齐大圣儿送藏香、朱炭。接脚女来，言女婿落井，携三孙往看，便至胡家，更携慈孙、窊女同步还摸牌。夜待迎春，至亥正。

廿六日　辛丑，立春。晴阴。廖生专人送六雉，即分三妇，更以一遗芝畇，滕以燕窝、榛子、熊掌。仿樊山体，赋一诗。何用山梁咏色斯，德晖翔集及春时。舍鱼从欲真良贵，客燕浮家选一枝。七子平均能正国，三元晴旭喜薰旗。去年梅蕊今犹盛，应托东洲共酒卮。又与书萧叔衡谢香茶。滋回摸牌，二更仍去。龙璋送润笔。宗兄来，夕去，以无宿处，令至京腔宅也。

廿七日　晴。房妪昨归，今遂早起，闲坐无事，吟诗一首。《芝畇前辈约续消寒之咏和诗未至叠前韵催之》：十载劳君说项斯，今来重值咏梅时。青油幕下看人面，乌夜村边借我枝。击钵定须烦腊鼓，劝农何处蠢春旗。闲忙那用生分别，且向平泉斗玉卮。袁仲卿来，谈督销。子店寿喜两酒尚未扫数，召滋谋之，更办一席，请城中土老。宗兄来，言昨投京腔不容，仍旅宿也。贤人遂至为盗，可胜慨然。夜微雨。

廿八日　阴。谭、杨馈岁。滋往京腔，余亦异往，儿妇皆出，遂遣滋铺排。益吾、穋安均辞不暇，更约曾守、马令、张从九为明夕之集。诗与仲方索酒。东阁尊寒梦早醒，城中爆竹又同听。定知屋角梅花老，且醉泥头竹叶青。钱岁未妨银烛短，引杯常恐玳筝停。余杭旧是君家地，试酌流霞乞蔡经。又记瞿楼之集。晴光淑气暗相催，岁晚湘滨约探梅。天上玉堂容我到，城中芝盖共春来。南厨蔬笋论乡味，北极觚棱望斗魁。更乞余杭酒千斛，屠苏后饮不辞杯。子玖送鞋，心安送银。懿妇还，言臬讼二事有边，遣召房姒具保。仆姒匆匆。宗兄复来。京卿又来送贺礼。夜宿南宅。

廿九日　晴。胡子威儿来借钱。与书长沙令，保鹓妇出监过年。书到即出，一快事也。鹓家无籍没之条，沈令未免偏断，疑有嫌也。马少云送糕团。未晡自来，嫌太早，请子年来摸牌。晳子来辞年，留饭不吃而去。报子、穋泉相继来，遣邀竺如，申正入席。李华卿两局先去。竺如健饮啖，酒散，犹能吃大肉三块，亦人瑞也。未二更客去，滋欲还北宅，余亦率姒车还，料理年事。心盦夜来索诗。瞿相诗来，交华卿带示谭兵备矣。

除日　晴阴。晨作谢银诗，送藩台。冬冬腊鼓不须催，有客孤山伴老梅。自喜身无多口累，居然春自两头来。从来炭敬成佳话，共说冰花占百魁。只恐俸分仙鹤瘦，劝君留取马蹄杯。沈士登来诉冤。送陈、邓各五金，胡威儿廿金。谭道台送诗。待宷家，无人至。申正团年，懿儿未到，共十九人。珩出，亦未入坐，舆妇小愈，能出行矣。夜分压祟钱廿二千，佣工内外将及十千，大场面也。正辞年时，小雨，二更后祭诗，复吃面，旋睡。

宣统二年庚戌

正　月

庚戌正月丙午朔　微雨。晏起，三妇各送莲茶，孙妇亦送，又吃年糕，以二碗赏两女。辰正出受贺。作诗调芝耘。除夕诗成不待催，巧将佳句敌欧梅。落星楼远飘镫去，细雨花开送酒来。会府免朝闲枥马，文昌新入验杓魁。七年酃渌容同醉，更到长沙劝一杯。并抄六诗送学台索和。傍晚吴诗来，云先遣送后到也。又和吴韵送去。弄斧般门要斧斯，不妨隔岁和新诗。翰林鸷集惭先辈，除夕鸡鸣未后时。险韵难工同赎帖，偏师易近早搴旗。知公不似芝田客，太史篇中问茜卮。赣孙从妪眠，二更先寝。常女回门，诸亲均集。

二日　阴晴。杨卿、邬师均入久谈。芝畇夕来，诗战宜停，且空一日。

三日　阴晴。邓婿晨来，实朝食后也，其子亦来相见。李师来，衣冠步行，犹有古风。吴、庄、谭又送诗来，且有诸以仁、吴道晋之作。诸，拔贡；吴，举人。押"魁"字均稳，不可示弱，又和二首。庄、谭俱送诗来，打油甚盛，亦消年好景也，当寻曾重伯和之。夜饮愔愔咏露斯，新年刚是燕闲时。盍簪晓见林鸦散，刻烛春题火凤诗。群彦略同丞相府，离亭预认酒家旗。郎君禁近承恩渥，应挹尧尊奉寿卮。（和吴）　　莫叹卑居似鸴斯，惜花人起对花时。一年自共飞蓬转，三日新题报柳诗。暂向东城听鼓角，好从南浦望船旗。寄声濠上观鱼者，可笑吾言日出卮。龙郎夕来。胡子正儿亦来拜年。窊还回龙。

四日　雨。本欲出行，房妪请假，遂留守房。功儿亦步出，但未衣冠，不及李耳。黄孙引陈师曾孙来见，定生孙也。

五日　阴雨。令房姬作饼，孙妇助之，家中亦具馔庆节。芝耘又送诗来，倚马和之。南山归息又违斯，正是衡人卧辙时。公望尽容分一席，侯封元不抵千诗。桃根渡口春圆月，薇省垣边雨洒旗。更与文翁修石室，定看时哲献兰卮。震伯送文正日记及和韵诗来。

六日　阴。未正出行，依元旦喜方向正南行，唯见莘田、李师。闻广东兵变，攻省城，新学之效也。看曾日记。《华山碑》三本，长垣本归刘燕庭，四明本归阮云台，华阴本归梁茝林。刘孟瞻又得扬州市肆本，李约农得南昌本，李山农本整裱归张樵野，此为后三本，余皆未见。

人日　阴。看曾日记竟日。夜吃伊面、肉胜，食既，不能饱也。黄潜甫来。子寿第五儿。

八日　阴。出拜客。自西路出城，至杨家，适值亲家母生日，长子衣冠迎客，设汤饼。终席，梁和甫来，余乃先出。入南门，驰十余里，不见一人而还。将夕，陈老张次子来，言其父十月病故，与余所闻不合，今枢还当入城治丧，正年节未便料理，将腾旁屋与居。又有机匠，且姑徐徐。

九日　阴。见电报，言广州事，其词支吾，盖非实也。谭芝昀片言无吟兴，及晚又送诗来，再和一首嘲之。直愿将身作锦鞋，闲情赋就句尤佳。楼台弹指金为屋，镫火笼春月上阶。那自焚香空怅望，不妨泥饮就朋侪。南疆烽候非吾事，且免催人驿马排。

十日　阴。滋还黄家。功出门，滋女亦出行，无人摸牌，静坐一日。雅南女婿来求书，写二联。健孙往湖北去。

十一日　阴。良孙治拐带事，送三人至警局。梁璧元来。吴学台送诗。陈仲甫来，言衡州事。

十二日　雪。藩台来，召功儿出见。作和二吴诗。寻春已办踏春鞋，却喜吟春句更佳。雅共金茎论格调，欣看玉树出庭阶。闲情肯让陶彭泽，好士还同乔鹤侪。且欲从君歌白雪，晨游新咏马蹄排。　　仓鼠从来笑李斯，雕虫何技可匡时。宁知刻画无盐句，竟得赓歌白雪诗。盛业一门家有集，高科两浙旧张旗。应言未面虚襟久，待扫蓬门奉酒卮。

十三日　雪晴。出访谭、庄，过懿寓一看。彭寿可偕二陈来，言赎屋事。子玖来谈。夜摸牌，邓婿闯入，驱之去。

十四日　晴。会元来，胡婿父子均来。允夜来摸牌，珰发病遂散。

十五日　阴。芝畇早来。常孙女来省亲。以珰病反复焦心，遂无欢情，夜复无月，仅真人一龙来，应景而已。陈孙女、懿妇子女均来。

十六日　雨阴。请客，多不至。胡子清两来，不能待饭，趋公去矣。胡婿早来。张尉闯至。王迪庵来，颓然老矣。申集戌散，已疲于接对。夜摸牌，寿孙大负至七底，早散，遂无继者，盖皆倦矣。看苗王《说文》，浅学谩骂，非端士也。

十七日　阴。看钱塘梁履绳《左通》，张孝达所师也，凡不通可笑之说皆引为典据矣。尤异者不祧朱子，信乎中堂家法也。

十八日　阴，有雪。晨出答访甘思禽，便过瀛洲。司道均集席祠，绅士无显达者，入相问讯，顷之皆散，不知此集本何为也。还家少休，又至王迪庵处，杨芸轩、春山儿、何朴园、邬师、周麟生、朱稌泉皆旧识，摸牌未一圈，入坐杂谈，戌散。还，霜风颇厉。

十九日　阴。晨不欲食，至午乃饭。闻有催客者，忘其先约矣。舁出西门，至灵官渡九皋公司胡南翁家，吴少板借屋请客，三张、两广、二倭、一□同集，召妓五人，各唱一曲，其声聒耳，不知何所取也。三更先还，门半掩矣。女妇听戏亦先还。

廿日　阴。刘世嚚来，云推升知县，指湖北，即将入京。戴倎妇来，为亲家求差，责其抛头露面，无此办法，即与书欧阳浦告之。杨价人已死。得茇书，云丁慎五亦逝矣。财主避国债，知幾之士也。

廿一日　阴。张尉来未见，邹台石来亦不能见矣。参议来，乃见之。杨三闯入，段沅在外坐，待余、杨去乃见之。送客还，又见颜通判、李华卿、唐蓬洲，颜谋科员，唐言关聘，即与唐书，令荐颜乃受聘。世之以红书定人去就者多矣，此印花税所由兴也。夕待催客，催乃无轿，甚窘，立门外待之，两轿俱至，急往葵园，苏灵均亦在，芝昀待久矣。张、朱为主人，入坐，与广老言商务。昨日闻戴鸿慈死，今日闻吴彧生进，又闻唐守言岑抚以我比葵，皆异事也。镜初儿来未见，以其求馆甚急，无门达之。

廿二日　晴。黄生来，误以为均隆，见之则荒唐人也。甫送去，曾孙来见，亦荒唐人，遂未之接。写册页数开，才女携去。唐蓬守送关来。

廿三日　晴。子玖来谈，张生直入同坐，言排饭事。写字两张。傍晚张又来，未及出谈。颜仲齐来谋科员。

廿四日　晴。蔡六弟及虔生来，字仲来。便留一饭。仲妇忌辰，兄嫂为设荐。云孙来，旋去，云欲求科员，令先见谭公。午食夕散，已倦矣。

廿五日　庚午，惊蛰。晴。晨出送蓬州，言书院事。朝食后出城，上冢，从南出从东还。少息，瞿夫人来，避出，即往其家，与子玖谈久之。视周家客到，乃至菱生自治局，宪方与京卿摸牌。余待心田来，亦摸半圈，入席，饮散便还。

廿六日　晴。邹台石昨见督销，未见，今又往谒，云得周世麟遗缺矣。狮孙引一周姓来，求土工棚头。张生来，言学务。李、谭师来，言云孙科员。子玖问祭礼，检《家仪》已刻版者，未知谁失之，将重写付刊。甫作二页，宓还摸牌遂罢。陈益新来，言午诒已去，云门不乐，江南颇肃清矣。

廿七日　阴。严受庵孙来见，名湛，年卅矣。云被举多税来省，首府不见，为书议长问之。黎薇生来。午出城至五里牌梁家看梅，重伯、周印昆已先到矣，莘田、杨生旋至，会元亦来，赶城入犹早。

廿八日　晴。写定家祭礼节。和伯来求书。梁戌生来谈衡事。村山正隆来谈倭事。张生亦来。竹林翁来，请写祠楄，留宿前房。

廿九日　晴。家礼写毕。倭僧引一倭生来受业，名鹤雄，不通汉语，亦不甚似学子，年卅八矣。云欲授《尚书》，取笺本示之。何镜海孙来。受庵孙亦来。重伯来，送其母诗本请序。房姁暂来复去，殊劳往返。

二 月

二月乙亥朔　阴。蜀客来见，纯乎鼠派，令人匿笑。宗兄与宗叔、宗女俱去。彭鼎珊来。珰女来坐。郑短辫字农伯。闯入，叩见，云宜孙表兄也，请与字一张，为书二赵诗。黎薇生荐门生，有大欲存，鱼熊可兼得耶？亦妄而已矣。因此又提起丁治棠、戴子和，云子和居京师，有商业。

二日　阴。祠祭，斋戒不见客。看艺芳诗一过，初以为其子伪为，今知非也。才女来问礼单，乃知滋未读《仪礼》。夜视涤濯，俎豆未陈，陈几筵而已。

三日　丁丑。雨。晨起待事，舆、懿及三孙均朝食时乃来，所谓羹定也，亦大晏矣，巳正行事。宗兄复来，谭五、杨三来。

胡贾来求印。慧孙生日来拜。杨晢子来，辞行入京。夕访荪畡，殊失所望。还夕食，已二更。

四日 阴，欲晴。将出拜客，闻房姬当还，留待之。作栗诚妻诗序。重伯编修当成童时，始自京师归长沙，左季丈、郭筠兄与语，皆惊为天才，茫然不知所酬答，一时声名满湘中。数数过余，每谈辄移晷，或至夜分，必有一老仆随之，不暂离，余心知其母夫人督教之严也。既入书塾，见其两弟，则衣履朴陋，恂恂如村童，益叹母教之贤。又闻其女子皆能书画，工诗文，益心羡之。曾氏自文正公以儒臣立大功，兄弟子侄云起龙骧，并有异才，而重伯独秀逸有名士之风。余尝论之，一姓之兴，自其积累，若其脱离乡俗，苕发颖茂，超然群萃之外，必婚姻之助也。重伯母夫人，薪水名家，幼侍宦游，以文儒之训渐，奉英杰之宏谟。夫君既以算学冠中西，诸子复以材彦继勋阀，乃其家法，无异寒素，能陶成美材，使就范围，其用心尤难于养不材。既庆文正之有佳妇，又伤郎中之以诸孤累未亡，而不及见其盛也。今夫人已逾六旬，诸子奉诲，幸诒令名。思使当世传其徽音，乃最录所作诗篇，自癸酉迄今卅八年，皆纪事书怀之作，既不求工，而自然见其性真，非有学识，莫能为也。用以余所钦钦者，述于简端。二月戊寅叙。午出诣抚署邓炬、梁戍生处，唯梁得见。便过莘田，遇票道略谈。妇女宴女宾谭、袁、瞿。坐楼上竟日，初更乃饭，暖甚，解衣甘寝。

五日 晴。晨起甚早，和陈小石四诗。天津桥上总师干，曾语元戎虑变端。一自北门开锁钥，几人西誓斩楼阑。老谋平远曾深计，儿戏浈阳莫例看。燕雀堂前须唤起，知君元不倚穹官。　锦城风月早相知，粉署从容接燕私。一蹴青云真自致，五旬华衮尚嫌迟。如今科第须高阁，莫道张王有去思。恩重身轻难报答，正扶羸病许驱驰。　珍重容刀佩玉瑶，远从湘汉望星轺。儒臣都统高骈笑，御史弹章李定骄。曾坐鹤楼看骇浪，不妨蜃市听奔潮。当年崇李非先见[1]，岂独袁杨是续貂。　朝廷新数中兴年，那许西涯听杜鹃。当道獾黑难预料，清晨猫鼠莫同眠。从来名节如林木，定有讦谟在简编。寄语海防非战事，应知修政

---

① "见"，据《湘绮楼说诗》补。

胜修船。陈龙昌五次来谒，勉见之，乃知为笠唐胞弟，借差回籍也。今日更热，夜得大风。

六日　阴。公请学台，两湘潭人作陪。午至瀛洲，教员四十人均到，云设茶点，实洋菜派耳，未夕散。

七日　阴，有雨。杨生来，复寒。常婿来书，言廖胖被捶甚苦，为争公费也。写对子数幅。

八日　阴，仍寒。周大烈、曾广钧公请名士，实则矿痞耳。照像二次，未夕散。与苏畯约公请学台。钱葆青来。

九日　晴。钱仲仙约会徐氏酒楼，有吴、苏、□三客，长沙人，约议减粜。先往一看，余、刘、孔、郑诸人诋訾张、朱侵挪公款，余未赞一词而出。至青石街，诸客并集，更有叶麻，看熹平镜，午后散。至卅局尚早，与苏畯各睡一觉。看袁爽秋诗、《茶花女遗事》。将夕，子修、芝畇来，宴楼上，菜殊不旨，费十金矣。夜还，女妇亦宴还。四妇候一日，为题诗文本，词旨甚超。夜作诗，房妪促睡，强坐一刻，诗未成而寝。

十日　阴晴。樱桃盛开矣，子玖约倭客赏之。四倭、四湘，吃燕窝、熊掌，俗厨熊掌如猪肉，全无香味，亦吾、觐虞、尧衢均后至。酒罢待昇不至，凭丞相车茵出城，雾露神麕集，皆有求于平原君，平原君又转求赵王，可笑也。芝畇亲送千元与玱女，命退衡人。待滋来即发，盈孙送开船。送子修一诗，并寄书午桥。

良朋乐嘉游，吉行亦伤离。矧兹善诱怀，群彦久依依。述职遵皇路，扬龄及春期。昔来秉龙节，今往旆鸾旗。国典初改官，湘州旧所司。斯民未劝功，兴学固非时。道胜息群淆，虚衷理棼丝。方陈造膝谟，不使民听疑。倭迟原隰长，四牡悦周咨。虽无清风赠，临歧咏遄归。从者六人，并陈孙女，分两船，夕发，乘风，三更到九总泊。

十一日　乙酉，春分。阴。滋女先发，令王、罗二佣从去。

晨召陈甥备轿，饭后往舟园，吊欧阳二子，徐孙支宾。略坐还舟，
闭仓谢客，来者皆不见。欧阳述再遣来迎，俱谢不往。得茇蜀书。
夜雨湿裘。张恺陶来。

十二日 雨。伯元再来迎，知其生日，不可不往，未饭去，
翁、吴诸人皆至，三道点心，乃得汤饼，清汤无油，亦尽一碗。
留看戏，正无如何，家中送邹生信来，复舁登舟。为干袁督销，
寻周印昆名纸，许为叙记，约十四日专足来接也。写欧阳挽联，
并写对子十余幅。还看戏，遇欧阳浦、沈士登、余介卿、张德瀛，
张旋从登舟相谒。恺陶送橙、梨、苹果。

十三日 晴。尹生赠诗，刘生赠画，又送玉佩。六耶亦来相
看。宇清来，一言不发。待至未正，欧家始遣来迎，未备绿轿，
依本品大装题主，礼尚简易。礼毕设酒，翁、吴、小欧、徐甥相
陪。韩守备来见，广东人，能说京话。烧猪后散，还船。与书龙
安。夜写《郭园宴集照相记》。王、罗仍自乡来迎。

十四日 戊子，社。阴，有雨。申命早行。陈嵩相欺，欲邀
我作招牌，疑其授意船人，故意不发，严饬令开船。房妪被欺，
反为关说，岂其度量不如村妪，乃命移至十三总，再停一日。筊
仙所云诗张为幻，幻亦甚矣。夕赴十三总天生福，庆牌抱财，十
元俱进。内外二席，防营魏、陈、烟膏文、铁路徐、救生任，俱
为客，官局萧、沈不到，盐局秦先在船相看，至是又来，留谈，
二更散。梁哨官亦在坐。冒雨还船，有人呼舟子，云九姑太太送
书版来。版在十一总，人在湘河口，两头不能相顾，余令姑去。

十五日 船仍不发，遣王大看涟口船，周妪唯恐过船，令其
先发，余令待我，至夕不闻消息，仅行卅里泊姜畬，自行船来未
之有也。

十六日 阴。晨复不发，因忌日未便促之。十里到家，遂行

半日，行李料检，便日夕矣。船丁惰蠢如此，乃索米一斗而去。刘二嫂、萧儿均来，趁火打劫，亦自可乐。施五嫂携男女、息妇五人来吃饭，卯金刀亦还乡。纨夫妇已先到，居正室，余仍西轩安床。刘孙一年未见，稍觉老成。夕闻诟谇，房姬竟敢与小主反唇，无纲极矣。不早用六耶之言，至于如此，立遣之。

十七日　阴。唤船，诡云未有，改唤轿夫，又云有船，罗三十亦俖张耶？纷纭人来，皆谢不理。作岑春暄尚书寿序一篇，下笔付纨誊清，写者犹迟于作者，文殊有欧、王之胜，付周姬寄去，并赠以钏梨，以志别念。刘婿明日下湘。萧儿来上学。

十八日　阴。祠工遣人来迎，舁往，夕至，谷仓已定，无可商办。宿西房，与镇湘对眠。

十九日　阴。早饭后仍还家，午后至，见男女行行，知为观音生日。斡、刘来访，周武德亦来求信，听其寄居。夜与两女打牌。

廿日　阴风，甚寒。六休、鹤熊来，求作《云鹤记》《藏经记》，久诺遂忘，夜分走笔成之。

廿一日　雷雹并作，寒逾腊冬。留僧住一日，写字数幅。夜仍大风。

廿二日　阴。僧去，周留，诲以本业，令还应课。周不以为然，遂去。寻梅生，夕寻学徒，均出。滋又感冒。刘敬池来寻。

廿三日　阴寒。写字十余幅，落款加印，遂至半日。讲《左传》"叔孙氏使尽为臣，不然不舍"，是舍为舍臣也。季以役邑俱入己，叔以私人俱入公，季倍征勒令入私，叔不舍，勒令入官。

廿四日　雨。刘叔昆引其老姊来，求芘护，云吴鹤年之妻。夫妻反目，一索聘物，一索奁资，儿童语也。横来相干，无计避之，亦令款接，各宿客房。盈孙来。叔止来，说盐事。

廿五日　阴雨。朝食后刘家姊妹去，纳贿十金，当与其夫家人，不直向之说，礼也。写字数纸。

廿六日　阴。上冢人今日当止。乡人云寒食不上冢，嫌不及事也。蔡侄女修幼今日十岁来拜生，小名杏儿。刘孙移就我读，野不可禁。

廿七日　辛丑，清明。雨。金妪告假看戏，亦一奇也。再觅轿夫，俱不在家，各往祠堂吃酒矣。今日宜作杏酪、苣卷，已预设，故不再设。写字数纸。周武德来，又去。盈孙上冢夜归，天黑如磐。

廿八日　晴。王凤儿来，未见，误以为雪师孙也。写字数幅。作书与复女、婿，告以将游五湖。

廿九日　晴。滋吊谕妇，午初去，未正雷雨，恐其困滞，竟无人可迎视，乡人艰贵如此。理安妻蔡携孙来，名镇藩，学南货，求盐局差，小坐去。

晦日　雷雨。涟水大涨，往来断道。懿送周妪来，似不留六姐余地。岑三亡儿，不做寿矣。

三　月

三月乙巳朔　晴。两女放纸鸢。罗小敷来看，在后山颇久。夜复摸牌，至夜睡不安，展转百起，几不支矣。天不肯明，无奈何也。

二日　晴。卧疾不出。周梅生崖船来。王心培来，上客几成冤魂矣，至夜请入房一见，并招周生，廖、萧亦入。

三日　晴。出见崖船，告以先生无引进弟子之道。心培痴坐不去。振湘、岫孙、国安俱来。

四日　晴。始出堂餐。雾露神俱去。新晴不得一游，又为怅怅。携妓①登楼，聊为应景。

五日　晴。课刘孙毕，携女看公祠，行数步觉倦，乃命舁迎。步至茶亭看碑，云本王碑岭，旧苦道险泉涸，先人乃开径施茶，云湖更捐田十亩，成公即今六房公也，殊与第六房无与。滋云宜为一碑。

六日　晴。晨出外斋，夏十儿来见，昨遣送礼，今又自送银，还半山金钗也，受以与六女充公。谈一日去，亦无甚长进。周儿来，报省城大乱，已焚抚署，打巡局，常备军入城矣。盈孙送老圃来。

七日　晴。牡丹尽开，杜鹃亦花，山中春色已盛。嘉女来求书，以抚子涂赓臣可胜管账之任，许为问之。蔡六弟书报民变，并送米十五石，欲就来船下县，便令办行。

八日　晴煊。遣发行李。至午浓云如伏日，须臾大风。郭女欲从行，已先上船，余继往，船人云不能下，又舁还。作一诗。

九日　雨风。不可行，看牡丹已尽敛避雨，物性之灵如此。独坐高堂，啸歌自得，思城中人真如隔仙源也。至夜刘婿书来告难。

十日　阴。晨起登舟，往观世变，舟行甚迟，午后始至，呼舁送郭女到家，移舣九总，改坐己船。田二来告变，送功书，并得纯孙宜昌信。召陈秋嵩来换银。夜早眠，醒闻吹号，乃始初更，已如过一夜也。又数起数溲，始得酣眠，醒仍止三更耳。情非屈生，夜同若岁，又诗中一景也。"欢娱夜短"语亦不确，真欢夜反长耳，亦有老少之异。唐业准来送礼。

十一日　雨寒。仍是恻恻单衣之景。盐船又来求放，与片秦

---

① "妓"，疑为"女"之讹。

刚请之。正在扰乱，乃有此黑天之事，亦可笑也。待船篷，当留半日，入城至史佣家晚饭，陪欧、沈、张恺陶、周代令。惟蓉遣信相闻，夜与欧同往一见。还船，街有月光春景。周旋来答拜。涂孙、萧咏恩来。周翼云来，云衣被已被掠矣。

十二日　丙辰，谷雨。晴。辰发，未到长沙，入城熙熙，如未乱。功儿出议团，妇女出诉乱状，刘婿尚居东床。舁出看芝畇、心安，庄处遇参议，小坐还家。芝畇生孙，逢生吉祥。宓女还，留宿旧榻。与功略谈防后之方。参议夜来。

十三日　晴。两孙女游桑局，四妇留船未去，谈其兄被围之事，颇怨会元。午后雨，孙女几不得回船，北风作浪，因泊新河。呼舁来迎，三人两轿，因留寿孙在船。

十四日　晨雨，旋霁。移至朝宗门旧泊处。朝食时功来省觐。作说帖送抚、藩，引咎自责。陈芳畹来求金。周生、廖、萧均来问讯。入城看瞿军大。旋至家摸牌。至抚辕一吊故牙，还船。

十五日　晴。北风甚壮。入城宅，樊、史两生来，皆欲求馆，陈尧翁所谓颠倒奇想也。周、廖复至船，索说帖看，本欲留稿，因令取还。新抚午至湘阴，期以申到。接两孙女来看兵轮。酉初入城，良孙来送潭电，云七都已乱。妄言也，告刘婿，宜往护妻子。

十六日　阴。刘婿告去，家人无来者，入城视之。周大烈来。迎宓女来摸牌，懿妇亦至，在家夕食。往看新抚动静，寂然无所见，云带饷百万，随员甚多，卫队亦从，盖新募也。夜雨。

十七日　雨阴，晨雷。送人参还参议，遣看日本领事及廖荪畡。入城摸牌，宓、庄均来，夕食后仍上船。

十八日　雨。从者俱无行意，己亦不欲渡湖，因功妇设饼，入城与宓议，且暂留城。添烧一鸭，宓又送汤圆，未夕食，留城宿。夜雷电。

十九日　晴。悉召仆从入城，遣船还湘，已费百千矣，作为避兵耗费可也。张生、吕蓬孙、会元、彭孙、李孙均来。夜星忽雨，中宵照闪不安。

廿日　雨。得夏午诒京书，蓬洲衡书。戴炳孙来见，酒保外孙也，乘乱求差，欲代狗儿。杨三来。

廿一日　阴。陈八去，复唐衡书，约枇杷熟时当往。复夏书，略言鹿事。梁和甫来。谭五来。

廿二日　阴。看王注苏诗，殊为可笑。书局多得翰林，吴子修亦与其列，则可怪也。遣使往武陵。

廿三日　未起，藩台来，大雨如注，坐良久去，言我宜往喭岑。余尧衢、谭大武来。张生来，言送洋人事。遣送书与日竹添。刘述之自江宁来。欧阳伯元自湘潭来，秦子刚亦来，言盐船。

廿四日　阴。陈芳畹来求金。朱盐撤任，芝昀署理。与书陈秋生，言船户脱逃事。

廿五日　阴。午出诣盐署，喭朱，云谭已受印。遂往谭处，遇吴关道肇邦，河南知府来鄂者。出城访钱平江，入南门，答刘述之。其寓宅，唐画郊旧宅也，小时熟游，今尚记识，欲寻篁仙书房，无门可入矣。道过余家，便看欧道，至岑抚寓送行，辞以头痛。谚云见则头痛，非佳语也，亦是实情。过参议、祭酒，均谈乱事。官绅龃龉，亦不知所由，总归数定而已。还家夕食。属周生送刘书，刘又申言竹石墓志，许为作之。

廿六日　阴。王心田来，言电报事。两儿往看伯弢，午后雨至，遣人迎之。宦芳来，舆儿来，言真女已到湖北。子玖来谈。

廿七日　辛未，立夏。晨晴午雨，旋霁。张、李生来，久坐。秦子刚来。岑抚辞行，有送至岳州者，亦尚非市道交。而一舁出小吴门，甚为仓皇，则太无学识，可怜笑也。

廿八日 晨雨，旋晴。梁戌生来。午过懿家，步至东长街，车至小瀛洲，看莘田，旋至懿处，妇庄讲《周南》一什，日犹未晴，舁还北宅。待昏复至苏家巷，余太华设酒相邀，客有萧漱云、夏子振、莘田、伯元，戌集亥散。夏己石来。

廿九日 晴。昨闻湘藩开缺，晨步至邬师家访之，遇赖家祥，江南令也，言其父被辱事。昨见纪乱诗，乃邬所作，令送一张。闻魏督、朱道俱在城，未来相看何也？邬师夜来。

四 月

四月甲戌朔 晴。钱清泉来见新抚，半月乃得见，门包太少之故。船山童生来见，告以存古不贵童经矣。殷默存、谭象坤、杨子杏、余尧衢均来久谈。得复女书，云当还家，期此月初。留罗佣不遣，盖留作厮养也。余欲还山，而房妪不欲行，借此为辞，亦姑待之。刘婿、黄孙均来城，亦当令还山庄。以百金与舁儿入都，以十金与孙妇入蜀，盈孙送之。今日上船，妇、孙出入，流涕被面，初别小姑，离情甚挚。

二日 晴。盈孙早归，船尚未达。懿妇送黄诗来。窊女亦还。

三日 晴。午后云雷小雨。黄伯雨署学使来访，未相面，谢不敢见。将往答拜，轿仆俱无，又无衣袍。李师、曾守、朱乔孙来，刘婿来，夏己石来，客去已晡矣。坐手车出行，出街口，雨至又还。

四日 阴。晨至学院，黄伯雨尚居公所，入谈久之。言湖北并不亏空，为闻所未闻。将往藩署，且还吃饭，黄送至仪门外，亦新样也。晡后复至心安处，荐刘婿，遇薛叔苹，车入舁出，省费二倍。为陈伯弢书扇对，组安来，久坐，带去。芝畇夜来，言绅事甚亟，意畏瑞澂，不知其行尸走肉，不日将败也，芝畇于世故殊浅。

五日　雨。写张孝达挽联，与百金舆儿，令入京朝考。将往魏督处，无舁无从，又因雨阻而止。

六日　阴。晨过魏午庄，闻名卅年始相见，乃昔从曾沅浦攻吉安，亦老营务也，朴厚有湘将之风，但无可谈。滋女送樱桃来，分一盘送曾懿。又至舆儿家一看，云尚无船。张生来请书扇，因并箴杨度诸生。朱乔生来。曾甥儿来。

七日　阴。魏督又来，盖谦谨殊甚。欧阳子亦来，申约陪客。看《四六丛话》，阮云台之师孙姓所作，初不知名，许心台重刻之，其中误以筨记为记，可笑也。舆夕食后上船，功往送之，待其还乃寝。

八日　阴。补写日记，误重一日，亦殷纣之流也。昨日是前日事。昨往李朝斌祠陪魏，客有袁仲青、朱乔生、余介卿，魏不能谈，菜不可吃，徒有罢官之感。龙郎来未遇。今日开展览会，又为谣言作乱之日，闭门深居，静以待之。得蔡天民讣，二月死矣，年八十七。

九日　雨。刘婿、廖生、张生均来久坐。方僮来，言叔鸿昨日未刻病故，其家未报丧，自往看之。并过孔、朱，未遇。至瞿相处，遇余参议。

十日　阴雨。孔、欧来谈。向道台来。丁性泉来，言农民颇有逃亡。湛僮送衣来，滋不入城。狗姑来求事。

十一日　阴。为向生写扇，送陆凤石，云其父为校官，以庠庭有石如凤，因取名字，其后汪又继之子皆取凤为名，即药阶兄弟是也，盖丹徒学舍矣。夜念叔鸿，为作一联。四愁曾向桂林吟，又十载江南，饱看山色怀青琐；大梦早随仙蝶化，待重陪乡饮，无复文场照白莲。

十二日　晴。饭后昇至徐家陪客，与陈抚儿、孔、黄同知宾，见李提儿，从广东还。又一李大人，则不知谁氏子。坐一时许还家休息，道过盐署、瞿军机家，俱小坐。夜摸牌。

十三日　晴。陶榘林、徐定生、子玖来。傅姓因黄孙来拜门，年四十矣，欲做官先求信也。写字半日。

十四日　晴。晨未起，罗儿来叩门，云十女已到，与婿偕来，遣迎未久，余又还寝。已闻复问讯，顷之赵婿亦入见，程孙适来，遂同朝食。懿儿、舆妇均相遇。余出答陶、徐，均未遇。过心安、芝畇，芝尚未饭，留点心，谈闲事。还家，询知纨女今日生，为设汤饼，招刘婿，夜饮无酒。曾重伯亦约来谈，生日有客矣。二更散，倦坐遂眠，未下帐帷。

十五日　晴。忌日谢客。未饭，仅吃豆腐拖面。一日无事。

十六日　晴。作余妾墓铭。鸿甥荒率，索稿来已费两日，又不可用，故自作之。马、杨、袁生来。刘述之来。

十七日　晴。晨报船来，笔墨缠未得去，乃令女、婿先发，遣男女三佣从去。送余志与瞿相，托其预辞发棠。曾重伯以母命送滋百金，未知何意，亦代受之。刘、胡两婿均来。刘述之送《朱竹石行状》，并以千金求文。

十八日　晴。朝食后答访邓师禹，便过伯元、印昆，不遇，至李佛翼米局小坐而还。尧衢来。夜看彗星，刘婿云近女宿，功言出太微垣，指摄提。夜月。傅梅根来。

十九日　晴。张伯圆孙依仁来见，云年四十，历当新差，求干吴文甫，又云胡道台当往辰沅。午间曾竺如来，问之则衡永，非辰沅也。云瑞督有坐省委员，随时禀撤道、府，故老蓬以聋废，并及潘清矣。夜二更，骆状元叩门来见，自桂林路过，唯见瞿相及余，申师弟之义。

廿日　晴。遣送酱油与状元，答其来意。印昆送照相片来。遣房妪问讯亲家母。蔡六弟来，言讼事。频频干官，殊非其姊之意。写字落款，费半日功。舆妇及其从母来，请看戏，云诸少耶演《红楼梦》于左文襄祠。余以为未满三年，不宜于官祠演戏，辞不往看。易世兄来。

廿一日　晴。竟日无客，唯闻邓婿来，未见。书债粗了，更题周韩臣像。廖苏畦夕来久坐。

廿二日　晴。周翼云来。张生、葛遂平来。葛云郭毂诒被撤，己亦撤矣。尚有一人未暇审之，匆匆便出。坐车至盐署，大兴工作，见梁师，设君山茶。周少一从人，又从至苏畦处，亦设君山茶，并点心。坐车至四妇处，周乃未从。问曾太尊，云不在家。步访心田，始知关道已放吴生，芝畇盖为人作嫁衣矣。复步至藩署探信，云不甚佳，见朱月汀，甚讳岑事，舁还。房妪往椠梨看屋。宨来摸牌，热甚早散。

廿三日　晴。黄岐农孙来见，云出洋，得进士，用中书，欲干学司，求馆地。徐幼穆来畅谈。鸿甥来。房妪还，船亦到。苏畦来久谈。

廿四日　晴。晨起访徐幼穆不遇，所居新宅云是李提儿屋。还家早饭，京报到，庄藩开缺，王、孔、叶、杨革降，皆不用吾言至此，会元则尤不可解耳。午吊汤稊安妻丧，陪客皆不相识，今日题主，热甚早回。房妪又假归。蔡六弟来。

廿五日　晴热。吕、谭来。黄岐农孙来，亦新学之徒，说旧腐之语，云岑抚委至调查局，局宪甚妒之，不安其位而去，欲干提学云云。周达武儿来，请题《苏小妹图》，又为周韩孙题韩翁像。得王、梁书。

廿六日　晴热。书扇一柄，即写新诗。良缙千家有律诗，苏家小妹又新词。稗官元是不刊典，画手能生绝代姿。莫把史篇勤考校，好教学士得便宜。请看展卷沉吟处，黄四娘家花满枝。（石涛画苏小妹）　　庄岳岑楼一瞬间，芳洲鹦鹉又藏船。叶家仁与王家义，并入当年翼教编。（感事）子玖来。莘田来，言钱庄本约领衔，碍于王、孔，乃欲与苏畹同钱，又碍官派。子玖约在超览楼，致为妥当。梁和甫来。衡州专人来迎，事已变矣。

廿七日　晴热。晨见数客，甚倦，解衣谢客。又报梁、李两师来，延入设茶，微言芝畇不可署藩。两妇来觐，子瑞亦来，取银九百两，以一百与舆妇，八百践官钱局之约。

廿八日　昨夜大雨，晨止，登舟，王明望来叩送。解缆帆风，申初到县，泊九总，唤陈秋嵩来料理诸事。两欧阳来访。小桂送菜，梁、任俱送菜。得茂三日书。与书廖世兄，荐蔡生。

廿九日　壬寅，芒种。阴。风息舟迟，辰正开行，戌初仅至。赵婿、廖生已候于南北塘，小雨密蒙，邀之上船，趁未昏先去。已而舁担来迎，匆匆上岸，三女候门，三外孙问讯，尚未夕食，遂吃枇杷，待妪来已亥正，行李半湿矣。子初移南轩宿。

五　月

五月癸卯朔　晨呼佣人上船送菜，遂不成寐。朝食后复茂女书。陈佩秋妻来求救，盛生云教书与东家涉讼，其辞闪烁，必丑事也。追寻半月，与书王莘田问之。善化令送书九部与庄心安，兼问行期。振湘来索钱。萧子来诉讼。

二日　雨。竟日无事，扫除前轩，登楼看雨，川溪并涨，绿阴蒙茸，不知积雨之苦也，乡农亦正望泽。萧子去。

三日　雨，午后霁。写字数幅。欧阳浦专足来诉讼，笑而置之。

四日　晴。桂儿晨来，言省船已到，唯懿妇一人来，云四孙点豆，慧孙等并留过节也。至夜捶门甚急，满屋惊醒，乃是萧子夜来，其童駴如此。

五日节　晨日甚朗，待午分粽，上下廿许人。晡时闷热，至夜遂雨。刘女来拜节，年半长，将为替人矣。卅和送苦瓜，夕食殊不旨，未饭。

六日　阴，夜雨。饭量始复常，二百七十日矣。为赵婿书册，录女事诗，作一律殿之。辛年联句梦京都，十载重惊一哄呼。各有彩丝长命缕，不劳丹篆辟兵符。桃源久住陶元亮，艾户空怀楚大夫。莫向粽中求益智，世人皆醉且阳愚。笔墨债稍清。

七日　阴晴。斡将军来，方校《八代诗》及《后汉书》，未暇陪客。顷之蔡六弟亦至，又送纸数束，颇倦于书。宗兄女云来诉父苦，令依我以终。刷书人又来，内外辐凑。奶娘涕泣求去，更不知何因也，皆与之为无町畦。待夕食甚久，饭后韩去蔡留。

八日　雨未止。蔡、云均去。讲书校史一日，颇觉劳神，至夜早寝。雨潇潇终夜。

九日　阴。讲《湘军志》毕，于营制已不甚了了矣。乡人请我平粜，无谷应之。滋女明日卌岁，夜馈饱未多食。

十日　晴。晨起待滋行礼。王妇来见，留饭去。朝吃面一碗。午饭未终席，先散。

十一日　阴。周凤枝来，言官事。廖孝廉告假和官事，真方正也。校《八代诗》一本。

十二日　晴。遣湛僮还衡，与书钱仲仙。佃户来诉再七。七相公来求片与匡五，依而与之。得陈小石书。

十三日　晴。忌日忘戒，遂未素食，饭后乃悟焉，吾衰甚矣，午饭又忘之，知神明之不照。

十四日　晴。许妻来求书荐其子，一日再来，便寄健孙一函。遣文柄借谷。廖佣送时鱼，已忘节物，又提起尝新心事。

十五日　晴。祠中来议平粜，已无存谷。得署衡道书。

十六日　晴。食蒸饼不适，遂成疾。今日戊午，夏至，以为应节气也，夕遂不食。

十七日　晴热。镇、岫两孙来，盖俱谋食者，以余未食，不得尽其词。岫有奥援，竟得二千以去。

十八日　晴热。晨疾甚困，至夕忽愈，但尚未食耳。客来俱不见，而一熊姓来，固请受业于门，无词拒之。

十九日　晴热。遣人入城取电合，觅米县城，预备减粜。

廿日　晴热。疾发甚困，二日不食矣，殊不能言其苦，但不能坐立，实为狼狈。夏夜苦长，一夕数起。陈秋生送米来。夜转风。

廿一日　顿凉如深秋，可夹衣。病小愈，犹未能食。廖荣去，附书攸局。

廿二日　晴。补芳生日，为设汤饼，王小敷适来，因留作客。至午乃吃面，又非卤汁，同坐皆已饭，唯余独尽一碗。摸牌亦未认真。

廿三日　晴。晨起写京书三封。作张叔平诗钞跋，云得自盼女，以诒曾重伯妻唐氏者。滋云二人初未相见，曾伪言也。要之来历新奇，无妨附会，即以曾母赠滋银百两作石印资。庄取电合来，已不传电。张生暑假来省觐。刘江生送茉莉。戴明来，言送庄藩爆竹甚盛。与书苏畡问讯。遣船送四妇还城。

廿四日　阴。午初庄行。旋雨，召振湘来，发减粜。至夜大雨至曙。

廿五日　雨。颇寒，仍夹衣。萧儿复来。重点《周官》。

廿六日　晴。城中专人来，言公事。告以制台恨我，不可出名。未几秦子和来见，言见都事，又云杨已补实，王聘三得其遗缺，丁乃扬尹京矣。留宿不可，坚辞去，出门见虹，暮雨潇潇，无由问其去向。

廿七日　晴。许孙来，云子和留刘二嫂家，过午未起也。为写楼记，遂停诸事。祠堂发米去，减粜。

廿八日　晴。邹姨侄来，欲换一差。纨女家来接，送粽，因以款之，令去衡州送谷来。三儿京信来，得喻谦书，又得聋信。懿妇今日始行，盖留城五日。

廿九日　晴。发减粜，了无头绪，皆饱团甲而已。写字数幅。镇湘皇皇求去，留京无益，纵令远去。

晦日　晴。南风已应，尚不甚热。邻妇闻谷到，争来求粜，各有以应之。珰女信还。榜眼送杏仁。

六　月

六月癸酉朔　晴。木匠来领工价，为卯金所阻，亦姑听之。梅宇携儿妇来，诉偷树事。萧子亦诉人命事。代理将替，寻事觅缝，正差役得意时也。刘婿书来，诉不得志。廖子书来，言不及卅，想无翻覆耳。为赵婿圈点赋本。

二日　晨雨。小暑。当晴，乃可收盐，雨非所宜也。午后蒸热。

三日　晴。六耶来，言唐、龚云已电巡抚，复书谩骂之。又与书周铭三代令，言再七讹诈事，兼为萧子道地。夜忽患痛如痔，甚困。

四日　晴阴，暑热。得廖荪畡书，即复一函。作竹石碑成，并托转致。

五日　阴，欲雨不雨，闷热不适。支祠未完工，往看装修，唯后房与佃户居不能洁清，别作屋三间与之。再二妻来，旋去。午浴。

六日　阴，有风。周生来，值雨，坐廊下见之。遣人下县割羊。方诚自邵阳来见。振湘妻来作说客。

七日　阴，有雨。晨作书告子玖，当正绅纲，毋令鬼怪辈坏事。周生留一日不去。

八日　庚辰，初伏。史佣送羊先来，遣人竟不及事。晨晴日烈，过午乃凉如秋。看《明史》一本。

九日　阴。唐业准书来求干说，正言谢之。振湘子复来，引砌工索债。颜姓来，诉王族横强，遣湛童视之，反引卯金同去索钱，真可骇也。

十日　阴凉。以廿元遣砌工暂去。湛童还，自云不要钱，岫孙得十元矣，更怪事也。功儿来进瓜，长妇献鱼饼。谢妪得孙，送红卵。鳌石欧阳家来诉冤。

十一日　晴，仍凉。看《明史》数本。写字数幅，积压始清。遣湛童下县。

十二日　阴凉。榦、杨来送瓜。乡人出龙襄虫。尝瓜数片。戴妇又来请托亲家，斥之甚苦。看《明史》。卯金妇子来宿，令去。代元妇与夫弟口角，盖索诈未遂也。

十三日　阴凉，殊无夏气。设素筵四席，飨乡人卅六人，皆饱而去。丐者踵至，则未满其望也。看《明史》，无可訾议，大要皆可不载之人事，改看书目三种。

十四日　阴晴，有雨。看《明史》已点三卷，有功儿批语，未知所自来。夜偶思石泥塘诗，取出于月下看之，笔颇跳脱。

十五日　晴，南风。遣车至刘坤运石灰，常佣病甚，遣人代之。湛童还，得匿名书数帖，皆不与我干者。

十六日　晴。始有伏日光景，犹可绵衫。书诗册一页。看《书经》。

十七日　晴，有风。才女来，送电合、纱幅，安幖半日，亦为废事，未写字。杨钧请题张柬之墓志，未知其字，检唐诗乃得之。张志四石，其父玄弼，字神匡。内"壴"字不可识。云"缄簧秘文，委壴前记"。妻丘氏。葬安养县相城里，李行廉铭之。景之二，字仲阳。庆之三，字仲远。敬之五，字叔謇。晦之当是四，尚有弟，或晦之第六耳。柬字孟将，必庶出，而文中不见，盖不知伯孟之分耶？

十八日　庚寅，大暑。中伏。遣送茉莉三枝与三孙女，并各与书。周梅生来，议看陶斋。喻生复来送瓜、油，留住北房。

十九日　晨起与书端午桥。应秦子和请，以二百金寄之。舆儿要钱，且俟案发。写字二幅，与日本领事。群妪烧香求签而还。喻、周同船去。午桥五十，索赠，寄一联颂之。强仕十年名位极；平泉三月管弦清。两妇各遣使进瓜。廖佣求苹果不得，苹果须初秋始熟也。

廿日　晴。朝食时彭寿可来求书，不惮触暑，亦不惜资本，云汪九叔之意也。竹添井井书来，言经济，云与曹东寅论时政。复书赞之。城中两人告去。

廿一日　晴。晨作书与谭芝畇，论胡子清，即交彭孙带去。许外孙闹倡成狱，并令关说，廖佣同往。午初蔡六弟来，留摸牌四圈，言陈佩秋妻侄钱债事，未午食去。颇热。

廿二日　晴。萧儿来在此两年，未读半部《论语》，可谓

"化"老耶也。

廿三日　晴。与书茂女。颜通判来求书，复一片去。

廿四日　晴。看汉文，《汉书》多可不存者，知当时亦以名取，无鉴别也。"做人门生"告去，已销去四千矣。

廿五日　晴。马先粲来送羊，羊正所须，送者所需则未能副也。未申间大雨，雷电激烈，壮人神志，亦颇扰人也。刘佃吹折一树，传云雷击，往看则非。南瓜棚亦俱倾倒，瓜蔓尽折，不复可理。

廿六日　晨仍阴雨，日色甚微。马先生仿皇两湖，无地容身，吾亦莫能振之，为不夕食。

廿七日　晴。朝食后马去，崔、丁生又来，云在煤局写票，未饭而去。精神困惫，似是感寒，服肉桂稍和。

廿八日　三伏。凉。今年幸不漏伏，然秋气太早，亦反常也。

廿九日　欲雨未成，暑针退至八十度矣。初未料此月小尽，方欲逃暑，又少一日也。

七　月

七月壬寅朔　方改月，便成秋。遣人姜畬买菜，便求芦菔。陈秋嵩来言官事，告以不能。喻昧皆来，云道台严拿，则离奇矣，末世真不可涉世。陈去喻留，且令避差。

二日　阴凉。梦乘舟渡江，问名流万。鸣炮沧波外，天容水色清。悠悠千浪积，侧侧片帆轻。梦里舟人喜，鸥边夕照横。微风元气转，心赏寄行程。昨夜风凉，起令闭窗，今夜仍开窗纳风。

三日　凉。与书胡滋圃，说船山分校，交喻专人去，因雨未去。

四日　乙巳，立秋。得樊山及陈仲恂寄诗。荷花盛开，恰合诗景，新秋凉早，又嫌太早也。秋光已到野人家，而小京官尚未报，又甚迟迟。

五日　凉。晨复樊诗。老懒还山百不如，转因逃暑得闲居。芰荷早已传秋信，鱼鸟真疑畏简书。直恐西尘劳庾扇，敢开三径引陶车。侯门近日存仁义，且觅蓬庐作寓庐。杨季子、黄穉云、两孙、宗兄均来，宗兄留我处，已苍健不得死矣。

六日　凉。岫孙来，严饬之，令往取票。包塘叔来送豆。团总来请示，送盗目。

七日　阴凉。与余明府并遣人下省，探拔贡朝考信。剖瓜二枚，夜设露盘，作一诗。

八日　雨。瓜皆败矣，不可复食。续遣廖佣送苹果往长沙。求新米未得。大雨竟夜。

九日　庚戌，出伏。服药二剂，亦果子方也。雨势未已。

十日　晴。四老少来。岫孙送票来。宋姓来受业，问大意，云铁路亏折，欲翻本也。送门敬十三千，其朽可知。

十一日　晴。久未写字，试作数幅。比日昏睡而已，殊无精神。

十二日　晴。思《礼记》文甚纵横，取读一过。长日如年，半睡半坐，犹觉悠曼。

十三日　晴。诸女自治具荐新，刀砧盈耳，过午尚未炊熟，自往催之，将夕始食，已不欲食矣。邀喻生、宗兄一饭，饭罢久之始烧包。廖生、谭教习来，谈至子初，夜犹再起。

十四日　晴。周妪正欲受用，适得横财，大喜如意。作书拨二百元刻诗。示诸生，升降课徒。谭仲铭云芝畇已交卸藩篆，乡居劝业矣。检九经笺本交廖生，示大学诸生。午初两生俱去，余亦欲行，惮秋炎未敢也。省信还，知舆儿未取，夏子得一等，卷折犹有效也。四老少、竹林叔来，旋去。得午诒廿九日书，并功儿两信。女佣均告假去。

十五日　晴，有雨。晨至湘绮楼，乃似荒园废屋，自居楼上督理之。今年初不闻蝉，登楼乃闻之。坐至午初，遂饭楼上。王理安嗣子来，以意与语，幸而不误，无产为后，隳其家声，又吾累也。萧儿来，云失去一皮箱。夜早眠。

十六日　阴。仍饭于楼。午看何贞翁文集，乃甚自信其诗，亦如曾侯自信其书，不足为外人道也。

十七日　晴。未出饭。晚饭已夜。洋和尚来，云军机又换人，不知何因由，留宿东房。钱店马伙来，诉史佣。

十八日　晨起，洋僧未起也，令湛童送之，便觅偷儿、买节物，至午乃去。谭象坤来，言谭仍卦局。喻牛六月领四百津贴，有万金矣。刘江生来，言十七都盗案，我遣人查问，告以豪无影响，留吃拌面而去。夜月甚清，裴回不寐。

十九日　晴。宇清来，求作科员，意甚快快，似有痰气，缠绕一日始去。夕出门纳凉。庆孙来，言铁路。

廿日　辛酉，处暑。复热至八十六度。久未作督抚歌，聊次第之。直陈（黔）、江张（直）、鄂瑞（旗）、浙闽增（旗）、越袁（湘）、甘长（旗）、蜀赵（旗）、东锡（旗）、滇李（徽）、东孙（浙）、晋宝（旗）、苏程（川）、徽朱（滇）、洪冯（豫）、湘杨（滇）、桂张（东）、黔庞（苏）、浙恩（旗）、陕恩（旗）。已不能举其籍矣。初更已关门，忽闻人来，云刘姑耶至，便起见之，云来候疾。

廿一日　晴热。始开扮桶。庆孙去。得端午桥、金殿臣书。金诋良知，殊为多事，云我不知佛则信然。

廿二日　晴。唐生瀛自安仁来，云印《诗经》作课本。作书复金殿臣。六耶、永生专信来。夜出纳凉。

廿三日　晴。晨闻呼门，起看门已辟矣，盖宗兄所为也。刘婿早去。滋与痴儿斗气，更痴于儿也。秋光照烁，令人不安，蝉移入内庭，盖所谓蜓蚨、蜈蟆，非蜩也。看唐诗。午热夕凉，夜眠甚早。

廿四日　阴。赵婿将往九江，邀唐生同去，将夕乃行。唐生请题父像，援彭刚直为例，似非伦也，此等又须有势利之见。

廿五日　阴凉。想不再热矣。看唐诗。得陈完夫书，知周生已到京，尚无来信。唐养吾从子来，言减槀事。蔡二嫂遣来问讯。

廿六日　晴。查检刷书事，先付卅元，印六部备用。看谱亦有脱页。"做人生"复来，云学堂可入矣。

廿七日　晴。树生妇来，诉加佃令，告新佃不认。秋炎颇烁，纳凉陇畔。县遣捕快来，查萧子失衣，俞僮亦请乩明心。两学徒不告而去，无学规故也。

廿八日　晴。病在不欲食，颇可忧，而未知其由。喻生亦还，未得一钱，亦将去矣。王氏诸子多来相搅。

廿九日　晴凉，多阴。耒阳资生来请业，谢未能见。纨女小疾，未能摸牌，余亦沉顿无好兴，闲眠而已。喻生去。

晦日　阴。写字三纸，使笔尚健。纨小愈。都人来诉讼，未见。作梅传竟成。从谭芝畇索宣威腿，仍用"斯"字韵。有酒年年吟兔斯，今来寂寞到秋时。知君已饫滇乡味，招隐仍怀楚桂枝。但乞宣威分臑个，绝胜普洱辨茶旗。景东旧制吾能记，取伴枯鱼侑瓦卮。

八　月

八月壬申朔　晴。晨不出食。作书与廖笙陔。俞三十家来求情，令责不合闭门，甘结，许不问窃事。王心培来烧香，未见，便留乞梦，亦姑听之，取其能送鸭也。写秦寿对。

二日　晴。偶思熊掌，滋烹二日已熟，日久毛蠹，精华既竭，不能芳鲜矣。三女均不下箸，余亦未饱啖，掌皮未肥腴也。遣人下县取药。

三日　晴。正在闭门，闻外喧哗，乃是张二哥闯入相争，开户延之，与凤喈子同来诉讼，为片致局团劝和，留饭而去，遂消一日。又算八字作媒。喻生又来。

四日　晴。陈秋生又偕任七来诉讼，告以不理。亦留半日乃去，送牛羊肉。

五日　丙子，白露。作胡麻酪，偕诸女出门采菱，又登楼久坐。李太守来，未见。抄书一页，补《礼记》版，整理两版。紫藤满花，临阑赏之。

六日　晴。复热，纻衣。滋令金姁看亲，饭后便去，长工作舁人。周童又出守夜，遂无一男工。夕出门，装回亦无人问。还，唐生来，岐农孙来，均未饭，令群姁办具款之，极匆匆矣。看《仪礼》二本。

七日　晴热。晨登楼见唐、黄，询知吴学已还，任鹿军大病，故仍用"斯"字韵寄吴一诗。帐饮依依咏柳斯，归来城郭异前时。不惊寒食分槐火，得向明湖听竹枝。节署已看更赵帜，船关仍恐插洋旗。祇应樊素重相慰，东阁门开捧玉卮。黄送字去。

八日　晴热。一日未食，救生局三员来问病。陈送肉桂，殷殷劝服，为进二杯。湛童还，得芝昀书，言项城再起。

九日　晴。湛童重还，迎船物，唯恐天热，肉不可宿也。

十日　阴，骤凉。滋女暴疾，不能兴。纨复办具，余未过问。夜寐不稳，作诗一首。夜近秋分觉漏长，独眠人守合欢床。凉风入户疑花影，珪月窥庭减桂香。也料镜中生白发，偶吟诗句想霓裳。陈王情尽才难尽，不道吟成鬓已霜。

十一日　阴凉。诸女办祭，吃面两碗。内外两席，兼有男女杂客。晚亦两席，余未食。

十二日　阴。滋小愈。向燊自京来，不可不见，延见之，并见唐瀛，未宿去。

十三日　晴。看黄小鲁《渊源录》毕。夜正摸牌，功儿来，便宿碧纱幮。

十四日　晴热。乡中全无节物，月饼亦不似前制，不可吃也。四妇来。夜小发疟。廖笙陔来送礼。

十五日　晴。张伯圆、孙依仁专信来送礼，忘问其字，遣功儿复之。夜登堂受贺。诸生复入室。月色极明，不能坐赏。

十六日　阴，顿凉。病未能眠食，一夜屡起，甚困。夜雨。

十七日　雨。病卧无所事，唯忆李伯元诗。刘二嫂来看病。

十八日　阴。祖妣生日，未设汤饼，卧病故也。比日殊不欲食。懿来，到房犹未知。

十九日　阴。张生来看，言学堂改发官费数十万。

廿日　阴。周生来送牛肉，甚美。数日未食，未能食也。

廿一日　晴凉，可绵。喻生告去，又自省来一回，可谓不惮烦。病困殊甚，自不觉耳，小愈乃知之。作诗二首。今日壬辰，秋分。大风。

廿二日　阴。始能食粥，并作糜试之，恃牛粉敷演二日矣。心中无事，觉释家言搅扰殊甚。出看扫除客坐，以待委员。

廿三日　阴晴。仍食粥，本疾大愈，痢亦稍止。校唐七律一本。

廿四日　阴晴。晏起，懿出城迎委员。黄孙从往湖北，云盐员更换矣。

廿五日　得城中信，送吴子修诗函，并慧孙信。始食荬瓜，为之加餐。得茇贺节信，此次稍迟。看报。

廿六日　晴。精神稍振，一日未卧床。夜作书复茇。将送懿妇还城。

廿七日　晴。懿妇往财女处，未遣人送。懿送蔬果来。谭兵备专人来看病。

廿八日　阴晴。作书谢芝畇送参苓，便服半枝，不甚适。功催不去，只得任之。公蘧夜归。

廿九日　小尽。阴晴。功饭后去。与书吴学使，救喻谦。

九　月

九月辛丑朔　晴。昨困卧一日，今稍愈。蒸羊殊不鲜，未可食也。

二日　晴，稍热。杨江沐自都来，特来见，又致完夫书，送参，小坐便去，云去仍往长沙不归也。今日一日夜未上床，至子始寝。看蒲《志》七八本。

三日　晴。得新《缙绅》，全非旧式。复陈完夫一函。又看蒲《志》。王子妇来，留饭去。花匠来，令理诸花树。东（旗）、吉（苏）、黑（鄂）、直（黔）、苏（直）、川（滇）、西（豫）、粤（湘）、桂（东）、福（旗）、浙（旗）、鄂（旗）、湘（滇）、川（旗）、陕（旗）、甘（旗）、豫（旗）、晋（苏）、东（浙）、滇（徽）、黔（苏）、新（苏）。　苏一难容益一苏，直黔能配八旗无。蜀滇越鄂河东浙，不比湘徽富有余。

四日　晨有雨。得一菌。偶忆《乐记》，全无条理，取温寻之。复完夫一书。

五日　晴。出看山桂，已过花矣。乡中备味为难，颇思入城就养。

六日　晴。祠佃送租来，未能自往，请四老少代料理。九弟女蔡氏来省觐，留住上房。

七日　丁未，寒露。阴晴。两儿送食物，始得冬笋，病亦大愈，颇能进食。空灵岸求书扁联，尚未能也。

八日　孺人生辰，设汤饼，顿食两碗。六女又进蒸鸽，食而旨之。四女去，遣送之，并赐三妇芋子。四老少来，留食。午后有海参、鲦鱼、牛羊肉。竟日回龙。

九日　晴。光甚朗，重阳不凄怆，但不宜游。四老少去。振湘来，偶与造族人黑籍，得男女二十二人，计族人不满百三分之一也，王氏败如灰矣。吃桂花糕。

十日　晴。赵婿告去，云将看船还武陵。召子女清书，看船送女。

十一日　晴。船人晨至，午犹未发，步出促之乃行，复颇惜别。送租人拥至，顿形忙冗，仆从尽行，几不能办饭。蔡倅仲莱、岫孙又来，以牛肉面饷之。客去摸牌，至亥正散。黄稑孙来，未见。

十二日　晴阴。定冬祭礼节，公祠扁额。四老少来，黄绍甲亦入，痴坐。懿妇送烧鸭、新蟹，为之加餐。书鹿滋轩挽联。入辅拄艰危，议绌论都，空洒老臣忧国泪；披襟见肝胆，例严取友，料无同调称心人。（鹿重然诺，故云。）

十三日　阴。写字数幅，尚未颓唐。代元妇引刘江生来说官事，赒银，斥驳令去。四老少来，偷糖去，可谓犹有童心，卯金之流也。作新词①记。检茶亭十亩租，不知所自来，退圃碑云曲尺

---

① "词"，应为 "祠" 之讹。

塘五房所捐，则非四房所得擅也。余自童时已见四房两家分钱数百，则必无十亩，而今有之。

十四日　晴阴。作祠记未毕，急须考据，遣宗兄诣茶亭抄碑，已亦率两女外孙步往。出门见昇，云将军来。人之无耻，乃至如此。至茶亭遣招之，则又去矣。还令作饼，仆妪无能作者，仍待两女还自作自食。作记粗成，叙述明白而已，不足言文也。夜小雨，余聋不闻矣。

十五日　阴，有雨。欧阳桂秋偕徐甥来，送节略，并送食物，留吃面去。湛童自县还。茶亭庄屋完工，工费繁巨，且暂停之。史东茂来，诉马火计，告徐甥转告陈秋嵩。罗卅还，云黄孙已还，报陈亦渔之丧。陈氏顿丧二人，盖衰气也，余皆未吊问，亦为疏阙。夜雨达旦。写字二幅。

十六日　偶作阳三志文，遂成二行。

十七日　雨。竟日喜无客至。遣人下县，略办食物。

十八日　雨。有客叩门，以为吴道台来，出迎则黄道台之孙，前曾在四川一见，年卅矣，考职乃选潮州尉，盖有别径，非喻谦所知，留住内斋。兵备处员弁陆续来。四儿先报胡宛生、陈觉先、潘先至，延坐外斋。吴文甫旋至，云已饭矣。其侄婿宋康恒，钺卿从子也。又彭器之族子钟吾、余联辉续来。余系正印，余皆佐杂，设食中堂，高朋满坐，饭不能饱，初更后散。胡、陈、黄留宿，懿寝纱幮，夜蚤眠。

十九日　雨。晨起将送吴道，因雨不往，欲留胡、陈朝食，亦不能办，久无茶至，默伤中馈之虚也，辰正客去。作书交黄孙带度岭，托秦子质，兼为绍甲、诵芬先容，皆黄兆白孙行也，黄亦昇去。玉丰馆又送羊，不知何意。绍甲夜来，未见。

廿日　雨。先孺人生日，设汤饼。将午颇有晴意。夜半不寐，

作书与余铁路，荐四工人。路工需人甚多，余专其事以示惠，我
觊其权以市恩，皆可耻也。元妇携银来。

廿一日　雨。晨得蟹，不知其味。起作欧阳墓志成。写余书。
遣送元妇，并遣桂儿同去。令两女作羊肉馅儿饼，居然京味，为
之一饱。登楼看水，前庭积潦不消，督工通沟。甚热，减衣，还
乃摸牌。黄孙夜还。

廿二日　壬戌，霜降。孺人忌日，两女素食。作谭四少耶挽
联。綦屡习长征，独侍锋车行万里；锦囊多秀句，忍令慈母录遗篇。报添箱故
意也。《搢绅》刻巡抚十八缺，殊为荒谬。吉、黑、苏、徽、东、西、
豫、陕、新、浙、江、湘、桂、黔、直、宁、甘、建、鄂、川、广、滇、东。督
九则不谬，抚只十四耳。

廿三日　晴阴。遣湛童下县送信。看唐诗，诵《月食诗》，多
错误。王大自省来，送蒸羊、报纸。

廿四日　雨。遣看下屋，不似有人居者，当自扫除，苦无使
令。七相公来，镇湘所使也。夜诵《月蚀诗》，颇能暗记，惟脱一
两处，欲呼镫检本，房妪沉睡，未便呼之。忽见镫光，则宗兄尚
未睡，时夜分矣。启户点镫，乃得"弧矢"二句，接上起下，此
诗一气挥洒而成，奇才也。何以有马异劣笨之作。房妪退谷，以
十二元抵之。

廿五日　晴。朝始有霜气。七子午去。校唐诗三本。四老少
荐人来。

廿六日　晨雾，大晴。马伧来求金，面斥之。湛童还，始食
双柑。佃户殊无出庄意。滋又催移高主，余遂决迁，明日扫除。

廿七日　大晴。将军指官撞骗，得三百金，代元妻发其事，
追回原赃。其夫弟欲得之，横出索金，元妇来诉，杨怀德亦来诉，
各谕以正，令去。乡间离奇万怪，迥异城邑，非情理所有也。遣

人扫舍宇，犹未能清理，移木器两三件而已。

廿八日　晴。始得食菌。得余尧衢书、茇家书。余再送参。率一之妹来问病，留令过冬祭，五服内兄妹也。四老少来。

廿九日　晴。陈秋嵩来，意欲混账，喋喋不休，喻止之。于内室摸牌，殊不清心，留陈且住。夜雨。

晦日　雨。马先生来。常吉人孙子耕来见，过五十矣。云久在齐、晋就馆，今为抚员所招，而无枝栖。陈生又引任儿来见，与书李勉林从子正则，为马、任觅厘差，李管小泠峡局，鄂中大差也。得刘婿书，求系援。与书于晦若，转致盛康儿。又与书功儿。送陈芳畹五金。陈生夕去，令马从去，不肯，强留一宿。写对子六联。雨闷不能行事，移主当改俟晴明，乃合礼意。

十　月

十月辛未朔　晨雨未止，朝食后似霁。客去。本定今日移主，因雨待晴，虽见微日，已晏矣。校唐诗毕，分六册，与两女照改。长妇送牛羹至。

二日　阴，午见日。衣冠奉高主入新庙，令滋送之，本滋等地主也。余先以配飨七叔父主，往恭待。旋还家，清理无后诸主及当埋者，皆焚之。虔侄来，旋去。

三日　阴晴。晨起清柬诸主，多无字辨识，分四代藏之夹室。刘江生送猪羊表礼，以供冬祭。省城又送酒来。

四日　晴。舁至新祠，料理祭事，设榻斋宿。四老少携孙来，代玫又来，六耶及云孙舁来，斋房不容多人，仍还家让床。夕视涤濯，未视杀而还。

五日　晴阴。晨仍至祠看挂扁。陈玉丰、杨都司送扁来，直八横四，堂前已满。两女亦来看祭，午正羹饪，自为主人，云孙新贡亚献，六耶三献，宗兄为祝，岫孙佐食，亦勉强成礼。乞食妇孺过三百，避嚣先还。城人饯毕自去，唯四老少来宿。夜雨。

六日　雨。议修刘坤祖庙前栋，发银廿两起手，卯金营营，云镇湘油饼，同至木厂质之。周生自京还，得京物、京书，茯苓饼亦改良，两女均不赏鉴，唯余犹有余味也。

七日　丁丑，立冬。霜晴。卯金来，言振湘偏手，往质得情。振湘又自来诉，斥不与言，且邀曙生来，嘻，其愚也。

八日　晴。黄孙定萧女，约明日纳吉，媒人今日来，仓卒铺陈，令周生知宾，余避未出。

九日　晴。滋女晨起来请书庚，衣冠上堂，与萧孙对写，并见媒人。周生及华一设食款媒，将午乃得送喜果。写王聘三信，遣湛童下县看船，检衣箱带去。

十日　晴。张子持兄弟来，求铁路，痴坐不去，点心款之。振湘、秀孙均来，留周生待媒。七相公来谋钱店，华一来送庚。

十一日　晴。晨发行李，七、周同船下县。华一求书，因写祠记一幅。午初下船，留纨陆行，携申孙先去，分二船，夕至河口无船，遂泊九总。欧阳桂秋、娄诗人、陈秋嵩皆来见。张恺陶来已睡，未见。懿来即去。

十二日　晴阴。欧阳伯元来。周昌岐来呈诗。曾省吾来求馆。朝食后独坐，小舟还杉弯，待纨女，自巳至申，裁卅二刻，已似小年。周七来，言史佣意甚不惬，因令同往新酒楼吃羊肉面。周生因请招秦子和，因并约伯元来谈，已而舟园使至，云移尊就教，主客皆来，黄孙亦来闯席，合坐十人，饱啖而散。昇还船，纨女亦移船来，同泊九总。子和、恺陶、朽人、黄稗孙均来。

十三日　阴。朝食前开船，夕食时到城。昇至家，长妇已除正房居我，房姬未上楼。𡎰来觐。

十四日　晴。胡婿来，懿及三、四两妇，毂孙均来见。杨重子来。午出谢余、谭馈药，兼访心田，遇蒋少穆及桐轩，云苏畹狂喜，因还家待之。湛童先至彼处待我，遂相左矣。尧衢夜来。

十五日　晴。谭祖同、苏畹来，谈半日。彭受可、周教员、周生均来。夕诣子玖。陈鸿子送其叔诗，亦自成章。

十六日　晴寒。瞿军大来，约游麓山。马继援来诉冤，值颂年，欲谈不得开口而去，卜云斋继之，可谓"虞芮质成"矣。李经诒宝淥来，武进诗人也。陈芳畹、陈叔畴、黎寿臣、周少一、梁和甫、王心田均来，应对竟日。

十七日　晴。先考生辰，忆小时初未拜庆，盖在家日甚少，即年节亦罕归也。止设荐时，会元米，即留汤饼。蒋少穆来，乃去。蒋云唐蓬老弟四儿病故，方往唁之，孙男女均来行礼。黄、李二通家来，均辞未见。周生见抚藩来，云相公厚我，已入马厩中矣。房姬携孙来，因未出游，妇、孙均往听戏，三孙女未去。作芝麻酪。待过二更乃寝。

十八日　阴晴。廖苏畹约游麓山，巳初朝食毕，即舁出南门，至灵官渡，廿局船炮迎，苏畹、罗提学、蒋龙安、李经诒先在，重伯、心田后至。午后开船，绕牛头洲舣岸，至书院访黎监督，少穆同入，诸生旋至，已日斜矣。舁上爱晚亭，误循左径荒山中，至山顶乃知已至云麓宫。余先入茶坐，李、廖诸客继至。又从左下，过万寿寺，亦未见爱晚亭，山径阴幽，顷之豁朗，遂至湘岸。归舟设饮，酒肴杂陈，夜初更乃舁还。禄、毂两孙，𡎰女均在家相待，去已二更。缓步寻枫林，回途入西嵲。昔陟喜攀跻，今来见重掩。登峰岚气尽，倚槛晴光潋。密林疑春烟，平沙朗晴焰。竹树密冥蒙，亭馆纷飞闪。循径屡临歧，入舟惊忽黯。良朋欢合坐，嘉肴慰疲歉。宦游倦尘事，山隐忘拘检。

且取一日闲，无为世情染。

十九日　晴。朝食张生来，尹和伯继至。王理安孙来求路工，即与片令去。写诗毕，出答颂年、李经诒、廖荪畡，李出廖在，留吃点心，待至一时三刻之久。李还蒋来，已过晡矣。至吴学台处一谈。至四妇家，禄孙候门，入见其师陈副榜，字莱仙，朽人也，吃羊肉面。过吴文甫道台，言遣散防营事。出已日夕，即还夕食。

廿日　阴。晨似有雨，起盥沐，见日光矣。谭象鹍来，未见。彼倚廖老师衣食数年，廖今将退，而反求进，可叹也。周生又骂张生，与骂周秉璋同，贫贱而敢咄嗟，吾见亦罕。王理安妻来送条子。张伯圆孙、叔平儿均来。李经畦送诗来，即和一首。湘川水涸漫扬舲，却绕重洲破雾屏。鹤涧云低常漏白，枫林霜浅有余青。闲谈世事如观弈，返棹寒江欲钓星。杜沈前游诗壁坏，好题新句问苍冥。李华卿、杨江沐、常子耕、周生父子来。廖荣、树生、陈鸿子均守候相见。卜云斋来，送陈叔畴诗函。谭祖同、杨重子来。谭芝畇来，乃散。作书与樊云门索诗集，谭五郎云樊全集又重刻矣。夜咽干，似感寒，将作寒热，老病久未发，今又萌芽也。宜孙病疟始愈，来见。

廿一日　晴。黄年孙来，留同朝食。午舁出，访一梧，吊蓬洲还。廖荪畡来。吴文甫、梁璧园来。

廿二日　晴。女妇并游麓山去。周生，永、云两生来，同夕食。程生从淮上专人送礼，复书受物退银，告以常文节寿业师不过钱八千。写字数幅。今日壬辰，小雪。蔡虔侄来。

廿三日　晴。珰次女今日廿岁，遣人来看女，因送我食物。梁戌生、丁国兰、国桢、谭祖同、吕蓬孙来。写冯锡仁挽联。谭云有刘姓收袁枚墨迹，书我《元宵词》并跋，真佳话也，宋板《康熙字典》同此前后。才识冠同侪，方期直上青云，遽辍谏官随幕府；欢游续京国，正拟重开白社，忽惊西路失耆英。又为周生寿袁仲青六十一联。三台公望朋三寿；九府宾歌历九秋。《历九秋篇》有称寿语，令盈孙检之，乃茫然无处觅，金银车不乏人也。胡道台夜来，秉烛见之。《历九秋篇》有进爵献寿语。

廿四日　阴。晨起办轿出城，梁家约饭尚未来催，乃朝食。李知府来见，坐轿中对之，亦太亵名器矣。从小吴门出，至五里牌，休于逆旅，苏畹轿过，呼令少停，不应，乃随至青郊墅，见菜担在路，知为客设也。璧园出谈，和甫旋到，心田亦来，云两学台不至，谓汪、罗也。谭会元入议场，不能来。久待震伯，已日斜矣。云开戏园，与警察绊筋。楚固失之，齐亦未得，戏园岂文正之心哉！薄暮急还，曾、王尚留，入城已上镫矣。功儿方上课还，亦戏园类也，可胜慨然。

廿五日　雨。晨看飞雨，颇有诗思。已而经畹催客，至浩园，从郑家门人，已换陈家门矣，云展堂儿居此，枕边金条已用尽耶？屋湿防跌，入北轩，吴、王、廖已先在，经畹为主人，刘、蒋后至，刘亦廿员，初未闻也，重伯继至，未夕散。舁夫未来，主人当人幕，偕游长廊，坐曾轿回。

廿六日　雨。梁戌生来，未见，亦未知其住处。得彭仲远书，子茂儿也，荐其外甥李桂林。周生夕来。为接脚女赎当。

廿七日　雨。晨起作字，待周生不来，已朝食，遣人探之，云不知处。已而来，遂连书联幅，至晡乃息。重伯夜来。谭祖同来，言督销更替，叶东卿之曾孙，润臣之孙，以《华碑》得差者。

廿八日　雨。梅英杰来。嘉姑子来。出吊吕子清之丧，尚未敛，已帻面矣。大雨忽至，令舁人暂还。七相公、黎薇生来。晡仍出，答访梁师及刘道台启翰。刘处遇一胖后生，云曾相见，陈伯严党类也，不便问姓名，略谈而出。至小瀛洲吴文甫处，心田已在坐，梁和甫、汪颂年、刘绂荣、沈子登续来，待会元至初更，乃入坐，散已三更。马滑霜浓，殊有冬景。四老少昨来言祠工，取五十元而去。蔡侄虔晋来辞行。

廿九日　阴雨。梁璧园来，言请宴，呈稿，词太繁多，似保折也。彭子茂次子仲远来，言湘潭水警冤屈事，刺刺不休，梁去独留，几及一时许，甚倦对之。写联幅数纸。

晦日　阴寒。始生火。马太耶来。写诗二篇，入少愒。周生来回话，久坐不去，复入少愒。出吃饭，梁和甫又来，遂同晡食。张仲旸来，周生避去。张云有荐周之功，学台不肯；周云为张所挤，此仇必报，未知谁是也。上镫后尧衢来，议消寒会，凑九人未满，瞿、廖、二王、吴、谭、余、曾、谭、李、黎，未定。廖不能终局，尚须预备替人也。自申至戌，鏖战三时之久，亦甚惫矣。吴锡侯、道晋来。

十一月

十一月辛丑朔　阴晴。甚寒，至夜小雪，未盈寸。芸孙生日，设饼糕。

二日　晴。张生来。邬师来。四妇来讲书，其弟亦来，久坐。夕至长沙县会饮，仍前廿八日诸客，但以谭易蒋耳，二更散。夜雨。

三日　晴。午舁至廿局，寻李、廖闲谈，还已晡矣。短景匆匆，在城市乃知不暇，舁行拥挤，又讶人多。夜星甚明，忽然而雨。

四日　阴。房姬送孙还家，余亦出城，至开福寺，陪陈程初，至则诸僧法衣候门，问知迎《藏经》，方丈能悟已出，明果代东，法会甚盛。客有杨、欧、陈、王、梅晓，欧尚无须，几不相识。程初亦聋甚，云犹能步上麓山，我不如也。设食甚晏，散已傍晚。与梅晓同至云鹤轩少坐，上胜湖亭，乘夕亟还。

五日　阴。朝食时曹子、谭生、朱穉泉来。至外斋写字。廖生、周生、郑麓生来看字。李经畦来谈鄂事。夕至邬师家，平姑子出见，已生孙矣，设果酒，登楼小坐还。

六日　阴。日本领事大藏来见，谈中国不能学外国，以民智故，盛称瞿中堂。廖苏畡来久坐。窊女、懿妇均来。寄龙安书。

七日　晴。丁未，大雪。当烝祭，以先孺人忌日，改用己酉。本日谢客素食，无事。为陈芳畹父女赎皮衣。

八日　阴晴。因祭馔，议请客，当请袁仲青，尚未往晤，宜先候之，遂及金甸丞，答曾竺如。至心田宅会饮，粟谷青为主人，吴文甫暴疾不至，沈长沙、刘监督、颂年、会元、心田同隼，各饮廿杯，散已三更矣。懿家遇亲家母，言买屋事。有屋有花木，但无田租，余颇欲置之。夜雨。与庄心盦书，通候。

九日　雨阴。晨起待事，巳初妇女诸孙并集，午初行事，烝祭三献，亦尚成礼，犹未闲习也。以至简之仪行之，廿年满百回矣，犹觉生疏，何其难习。留馔未饯。廖苏畡来，言子妇病，将归。请五客而三辞，改约杨子、谭祖同以充五数。得刘晓沧儿襄阳来书，送银耳。

十日　阴。懿来视。夏管带书来，言钱债事，为复一函。七相公来，与盈孙俱至，旋去。二周生、能悟僧、金甸丞、周昌岐、黄年孙均来，以谭、杨为客，不能避客，并延接之。吴文甫、心田、苏畡、李经畦续至，促坐话言。余客并先去，待甸丞不至[1]，

――――――――――

[1] 上文"金甸丞"来，恐误。

饮啖甚饱，谭、王犹有一集，殆犹未饱也。未二更遂睡。娄生送诗。马先生送鸭、蟹。

十一日　雪势甚浓。向、崔来，适朝食，留向共饭。半山忌日，清坐竟日。孙女皆知不可摸牌，亦难得也。遣视荪畡去未，因作一诗，亦在礼法之外。《初二日长沙县集喜雪》：霜阴五日冻云遮，散作飞英片片斜。洛社偶同良夜饮，河阳应讶满园花。红泥火暖新醅熟，绛蜡烟轻玉漏赊。明日快晴诗兴好，更看眉月映窗纱。　　《十日小集客散看雪仍用遮字韵》：风紧难凭绣幕遮，夜深仍讶月光斜。起看密雪迷鸳瓦，更爇余香剪蜡花。二白已知田父笑，滴红应就酒船赊。行人不怨关河冻，且免飞尘扑面纱。至夜仍局戏。周生、岫孙来。竟日雪。

十二日　晴。未朝食。沈士登来。船山弟子七人来，皆自鄂赴考还者，云朱二爹为代表，请衡道回任。安徽人乃干预宪政，亦可怪也。得李昌洵、正则书。

十三日　晴。昨夜冰，今晨大霜。盛烈县丞来。午出访叶，交地云已移寓。过蒋南卝，亦未相值，遇于卝局。李经畦已去，廖犹在局，设汤饼、卷子。答访吉原鹤水，有二倭人办公，不能通词，小坐便还。

十四日　晴。题空灵杜祠一联。舟楫眇然，怀古共随颠米拜；经过偶尔，寻幽如到浣花居。为倭领事书横幅。赵敬初知府偕周生来。功儿昨往麓山未回，欲出无舁夫。向生及戴文韵来。

十五日　晴。晨未朝食。袁督销来，言购书及问舍事。出城至毛桥僧楼，见列轿数乘，入见梅晓，脱屦登梯，则皆倭人也，一三井，一日清，二领事，席地坐。瞿相不到，王、黄继至。久之不得食，云借陶厨。未正入坐，申正散，携南宁柚子还。汪颂年催客，本约半园，又改枣园，以曾皙嗜羊枣名之，武城祠园也。汪、谭为主人，王心田、沈长沙、刘绂荣、梁和甫、吴文甫、谭弟同集，二更散。谈廖荪畡不解酒，犹存先正典型也。得茂书。

十六日　晴。甫起滋女已入，云昨夜乘月来也。不欲居兄嫂处，将自赁宅。刘绂荣来。胡婿、女均来。午访三革绅，仅见杨巩。过杨亲家母小坐，言贤母不可为，徒令儿女妻离子散而已，吃卵而还。倭僧偕三倭人来，其一小平总治，欲治《元史》，余茫然于蒙古言，告以宜访沈子培、曾重伯。坐次又一湘潭李生来，诗人也，文笔尚畅。夜摸牌，殊未得一翻。

十七日　阴。早起待饭颇晏。谭祖同来。饭后率女妇步从贡院墙后至广场看女会，道遇周生，旋自去。李生又来送诗，坐门房候见，延入，与史生、二周生同坐久之。段沅亦来相看。马小先生自鄂还，诘其送鸭，适史生送鸡，可谓鸡鹜争食，为束脩之耻也。滋移宬家，宜孙来犹见之，四妇、毂孙来则已去矣，令往宬处看之。

十八日　阴雨。写字半幅。寿孙生日，往姑家，家人遂忘其生辰，晚乃悟焉，例支一元作饼。

十九日　阴，欲雪不雪。颜双表自桂林来。王镜芙亦来，蜀士相见，几不相识。曾太尊来。房妪假归，独坐外斋久之。请女客吃野鸡、汤饼，未夕食。两妇、两女均来。得纯孙书。

廿日　阴。周生来送朝珠，未为珍品。颜侍讲来请书。王铁珊、庄思缄皆知名，未相见。汪泉孙儿，彭四少耶孙，则久无消息者。写字五六幅。出访粟揆孝廉，未知其住处，至流水沟，则在牢巷，非意中流水沟也。刘绂荣招饮，谭会元兄弟先在，王心田、汪颂年、梁和甫继至，待沈士登，云不来，乃入席。食两菜，沈来，满廿杯乃散，已三更矣。路石欲冰，还小坐即寝。

廿一日　晨晴，旋阴。写字六纸。廖生来，言怀璧之罪，欲余直之，谢不能也，乱世富人，唯深藏可免。梁咏谐来，已忘之矣，延入乃悟，云丁忧还里，新从家中来。夕诣瞿家，已张镫结彩，将办喜事，其弟三子文笔雅畅，年始十七，忘问其字，作喜联送之。一品门楣，侯相外孙枢相子；交柯玉树，云中初月雪中梅。又。咏凤早传丹陛笔；作羹新得相门甥。长沙约吃铁火锅，畀往，于门外登厕，轿夫与否棍大闹，县丁役来救乃入。客已毕集，仍昨旧人也，三更散。

廿二日　冬至。晴。昨伤食患泄，三遗矢矣。与书健孙戒之。黄孙忽欲窜钦州，求书干郭葆生，奇想也，既不足教，因而与之。曹子亦求馆，则无怪矣，镜初交谊，不可拒之。夕至心田处会饮，宾主皆病，坐客亦不高兴，终席而已。

廿三日　阴晴。晨兴尚腹泄，未朝食。滋女亦久未来，疑其发疾，遣视之。永孙送纸一捆请书，方欲肃清，颂年已到，一联未毕而罢。绂荣继至，和甫、咏谐、双表续至，本约未刻，已过申矣。入席食燕翅鹅羊四品，会元乃至，饮啖又健，已忘腹疾，上野鸡锅时稍倦告退，遣功儿终席，客皆旋去。

廿四日　晴。朝食时齐木匠，王、颜两生，二周生来，久坐，余起入皆去。滋女来，令慰问曾懿，昨栋折，几压死才女也，吾家才女亦来。功谈家事，皆不似子弟语，盖其自大久矣，其母骄之至此，吾亦不屑与言。梁咏谐来，言官事。

廿五日　晴。写永孙求书数十纸。张海涛、颜双表来送寿联。抚辕来问团总。

廿六日　晴。晨悟吕家吊期将散，食毕而往。黎寿臣陪客，又有一相识，云新从乡中来，未忆姓字也。还即居内，不见客。得周昌岐问能所书，及卢象贤求救书。

廿七日　晴。颜通判、周崖船、周生、谢、谭、彭、常自衡来，云左全孝方留胡道，无求还谭道事也。子久来，言鹿滋轩事，云荣禄妻即灵桂女，师门交情也，为鹿求官，不关妻妹。房妪还。

廿八日　晴。家人张设，为余馂祝。张先生来，留居外斋。夜出受贺，来者数十人，但答拜，不辨谁某也。房妪送花爆，外厅甚窄，恐遗火星，止令一试而已。

廿九日　晴。晨起至外斋，笔墨全易位，日记簿亦被匿，不复能照常办事也。贺生者亦不记多少，唯偶出遇龙、梁，一出见杨亲家母，皆未及谈。

晦日　晴。两儿谢客，余未亲出，见族子孙数人，亦未多谈。以五十金交四老少建祠。欧阳、徐生又特来送四百金，留饭辞去。午召衡生六人便饭，仓卒主人，竟亦立办。谭五来。

十二月

十二月辛未朔　晴。与张生步访齐木匠，至汪学台家，旋至贡院访旧游，见刘绂荣及许算学，遇梁咏谐，同至教楼，有二妇人在门，疑台基也，未上楼而出。房媪酿金起屋，不以及我，自请输五十金，犹不敢受，欲取故与，甚得捭阖之术。张生议陕屯田，云须二千金。亦好大喜功，非得寸则寸之义，余将亲往观之。两女明日皆有交亲之请。

二日　晴。会元来。殷默存来，数十年不成一馆，殊为负之。周生欲以脩金与吾子。父所不受，子若受之，是教人不孝也。告常婿，力斥其非。常、周犹不悟，所谓晦盲否塞者与？午出贺瞿子婚，到门已进亲，坐客有张少溪、瞿镜蓉、余参议、媒人、曾霖生、朱乔生，主人衣带嗦貂三十八肚，与所见带嗦不同。留陪媒人，遂至夕散。陈海鹏、龙研仙、孔撂阶后至，不得送，拜见而去，余亦未入新房。

三日　晴。朝食时客来，至未乃散，已倦矣，不复记其名姓。功儿与张生出南门访朱菊泉，晡时与周坤偕来。

四日　阴。朝食时仍有客来，有杨寿春，湘阴人，欲求系援。李培先、马先桼皆无从安顿人也。午出特访刘国泰，答访叶督销，皆不遇，谒抚、藩还。过浩园，问公局人到否，云已有主人，遂入。十二人公请，补作生日，二谭、梁、杨、曾、王、刘稺泉、余尧衢、龙、汪先后到，沈士登、黎寿臣以事不会，点镫时散。得王聘三书。

五日　阴。改才女诗。写周女添装条幅，检陶集未得，从《赋汇》觅得《闲情赋》，以其十愿有伤大雅，不止微瑕，发明文词有体之义，录充四幅。欧伯元来，约夜集余家。夕往则汪、王、刘先在，吴文甫后至，二更散。

六日　阴。朝食时常婿、王生、镜芙、二周、谭、黎、尹来，咏谐旋至，论常宁财户被押湘潭，廖荣已苦求不允，乃令房姬请之，欲令人知女谒之盛。属王生书问余令。

七日　阴。朝食时客来，仍不得退，亦不记谁某矣。有丁国桢，逊卿孙也，诉贫甚切，刘瑄丞儿亦告苦，皆当有以恤之。湘潭四张来，送食物，求饭处，告以无钱不可送礼，殊不省悟。得完夫贺寿书，即复讯之。

八日　阴雨。例作果粥。滋女先送家中，过午乃熟，又不融洽，不及往年也。胡家不作粥，唯煮豆耳。同乡异俗，不能画一，所谓自为风气，亦势所必然。

九日　起看阶墀已湿，殊未闻夜雨声。朝食时例见来客，过午未食。曾重伯约与余参议听戏，前日未见客单，以为改日，乃又来催，昇至东长街南头燕云台戏馆，即巡警怄气处也。客皆不至，唯梁、刘先在，又一湘乡杨教员。入门已然镫，竟不知时，未食一菜，已费万钱，二更散。

十日　阴。熊秉三来。余叔廉、谭仲铭、周翼云、梅生俱散去，约夜集瀛洲，肥白稳重，知非祭酒所能杀也。写字一幅。将夕乃出，至心田家，云未还。至吴文甫公馆，王、李二道台先在。李葆初与完夫同司，王议偿洋费，与谭芝畇反对，一减一增，乃见夷情，谭殊不了事也。欧阳伯元、熊秉三、心田、余价卿继至，散已三更。熊明日即乘轮还沅矣。

十一日　阴。梁咏谐来。待周梅生不至，写字数幅。尹和伯来，言傅梅羹取保事。李华卿、杨云舫来，言谭道台事。夜月清寒，颇思山野之游。

十二日　大晴。李佛翼、屈樵孙、唐蓬老来。任七来送炭。遣盈孙往湘潭料理钱店。二周生来夜谈。

十三日　阴。晨出外斋，遇张伯舆。胡少卿、郭门孙、王镜芙来。沈幼岚桂抚来，诸客皆散。桂抚颜色敷腴，似胜王、聂。尹和伯来。

十四日　阴。沈居甚近，既劳先访，宜有以答之，晨往不晤。余叔廉来，不肯去，梁和甫来乃去。言荐馆事，寝食俱废。余云孔子犹皇皇求馆，宜也。杨重来，唤功儿凑成牌局。李佛翼来，乃得三人，四圈未毕已暮。颂年、心田旋来会饮，吃熊掌，胜衡不如蜀，已费经营矣。沈士登送雪花，无甚味，亦湖南新品耳。客去，又与孙女斗牌，三更睡。欧阳述送酒，沈云乞之彼，欧又以为余乞诸财政局袁幼安，因谈袁十子俱有干才。尹和伯复来。

十五日　曾祖妣忌日，不见客。午后设奠。

十六日　晴。唐蓬洲来。答李佛翼、李起荣道台，过卅局，答胡少卿学台，封门不得入。访黄伯雨于又一村，便过袁幼安、余尧帅而还。

十七日　晴。晨写刘道台挽联。丹桂袭庭芬，海内共知循吏子；青骢怆星驾，滇民愁送使君车。朱雨田送酒肉。彭石如自浔送松珠、柚实。

十八日　晴。干儿求书干宁藩，遣罗某致百金，与书云门，并信寄去。写字数幅，无墨而罢。赵氏女来报喜。

十九日　晴。晨答访唐蓬洲。曾竹如、李华卿来。夕过宓女。

廿日　晴。写字数纸。文擅湖来辞行。余尧衢来夕谈。佐卿儿来求馆。

廿一日　晴。晨出吊刘道台，遇况颜山、左卅办。还，刘江生来。出城从北门至司马坤朱家，陪叶督销，杨彦圭、王心田同集，九少耶为主人。雨田更肥白腴嫩，亦一奇也，聋则更甚，不能谈。还已向暮。宗兄来。

廿二日　晴。唤常孙女来，地炮未一两桩，子玖来，谈及两时，周生出见，俄亦告去。夕至容园江家，答访袁仲青，便留会饮。孔擂阶，长、善两令，郑传之、展某先在，周生亦与，二更散。

廿三日　晴。作糕送灶，本宜今日，长妇于昨已作成，正欲尝粉叶，孟纪来，吐哺延之。甫去，袁又安来，遂不朝食。会元、马生来，乃设灶巴，入内饭半碗，又未午饭。夕至黎坡，倭领事埒与三请客，王、黄先至，登楼设酒，四种菜，肉十余楪，先汤后果，主意颇殷勤，副领事对坐，又有三倭人，梅、鹤及三井也。电报张爕钧卒。昨又得黄小鲁讣闻、彭稷初丧，何岁暮之逼人也。挽小鲁云，经世即名儒，百卷书成明道统；乘轩非素志，一麾归卧乐余年。稷初云，孤直未伸眉，一瞑重泉恩怨了；文章无达命，荒园衰草鹡鸰寒。前后家亦各死一人。

廿四日　晴。会元、马质来，久坐，吃糕糍。工佣过小年，设两席。滋来拜客，遂独看戏，还斗牌。得茂书。

廿五日　阴。写字落款，遂费半日。送年礼者十余家，答礼者三家。

廿六日　雨。李经畦来，言傅梅羹事。尹和伯奔走六七转矣，傅能为人，尹亦为人，皆今之学者。王心田来，云明德学堂有求于桂抚，往居间也。

廿七日　雨。瞿相来送寿联，以太早辞之。周生来诉其子。写郑家绢幅。蔡六弟退米票，专人旋去。

廿八日　阴，有雨。出答善化何令应云，遂过子修，言开复祭酒事，巡抚不敢改建存古学堂，则可奏也。还过卅局、瞿家，已过晡矣，未夕食。

除日　阴。长雷周庭，甚骇听闻。送接脚女、陈鸿子、陈芳畹各八元，余佐卿儿四元。彭受可米。作记异诗一首。已岁冬雷天听高，红镫过处盗如毛。十年危苦支残局，三月烽烟落节旄。除日幸无台避债，长雷惊似鼓鸣皋。天心人事俱难测，且酌屠苏学铺糟。己亥冬腊日，衡州震雷，其日杨叔文电达慈禧，谏立阿哥；丙子冬雷，西洋游人不许登岸；今皆成盛时事矣。朱雨田送梅花。写字全完。子妇、女孙均来辞年，设二席，共十六人，有外孙女二人与焉。夜与两孙言祭诗来由。滋女留楼未去，禄、宜伴我宿，子正皆寝。

宣统三年辛亥

正 月

辛亥正月庚子朔　晴。比昨日有泰来之喜。晨出行礼，萧子犹未去，因设两席。三妇早来，四妇亦至。行礼毕，朝食。宥芳亦归。掷骰夺状元，得五红。出见杨仲子，适胡婿亦来，言昨雷击电话柱，又正当臬接印时，此鼓妖也。周生二次来，亦出见之。余俱谢未出。夜巡抚送京报来。

二日　阴。抚、藩、臬、学以乡举周甲加侍讲衔，俱来贺喜，均谢未见，仍与儿女孙辈掷骰夺状元。与书彭石如，谢朝珠，交郭生幼农便带。幼农来辞行，余出送沈幼岚，亦不相值而还。

三日　阴。沈抚来辞行，入谈颇久。写字一张。

四日　阴。朝食未毕，子玖来，衣冠致贺，吐哺迎之。吴文甫来，言将有公局相贺，因忆左季高换顶时丑态，赖我一洗之。午出谢抚、藩、臬，均未见。唯见吴盐道，谈陈小石可谓大臣。又访瞿、汤，不入，还将夕矣。子玖送顶珠绣补，云其自用，经廿三年不迁，以祝我久用也。

五日　大晴。会元来，研仙亦来，云当往攸。作诗谢子玖。喜闻元日降恩纶，旧笥重开拜赐新。玫石青于瑶圃玉，绣花红染御香尘。头衔远胜三年学，顶带荣加百岁人。敢道传衣得仙诀，炼丹应许廿三春。夜掷状元，遂无所得。滋女约来，二更后乃至，不成局矣。

六日　晴。与书廖璧耘谢煤炭，与陈完夫问请封，与杨晳子笑新学。马先生、李太守、邓学界、赵太守、杨仲子、汪提学、长善两令、吴提学来。女妇来觐者久不得见，逡巡已暮，乃入掷骰。吴清卿族弟大蕴来，言保折出其手书，并朱雨田折，皆应重谢。子玖送诗来，并以送吴子修。功儿报卯初立春。

人日 丙午，立春。晴。杨叙熙来诉事，云沅江人打湘潭人，当为报仇。又龙郎生波也，以送议长决之。参议夜来，客去吃饼。张生来。

八日 晴。女妇出拜年，因未出门。吴提学送诗来，又和三首。县人来拜年，唯见树生。老归湘浦学垂纶，不道年来宠命新。许向阁师称后辈，久从文苑挹清尘。冰条近染蓝云色，琴酒容陪绿野人。输与金鱼便三品，莫言铅汞几经春。 每笑桐城吴汝纶，老年渡海学维新。如今侍讲多前辈，还与京卿接后尘。羊爱礼存天复旦，雁归花发日逢人。消寒待续寻梅咏，已是青阳六九春。 传闻急檄召谭纶，衙鼓声中岁又新。宦拙自寻潘岳赋，楼高难望庾公尘。纵教玉案吟如昨，未免青油面向人。南馆宾僚应怅忆，临江迟客似迎春。夜雨。

九日 阴。丁子彬来，言差事。冬伡女来。仆妪均出，独留守屋，子妇亦皆出拜年。瞿公子来见。

十日 阴。将出，值客至，遂尽一日。崔孙、余儿均未暇谈，尹蓝翎亦无一语，李佛翼、谭祖同得久谈，周、张两生，七相公则尽一日，晚饭设酒待之。陈秋嵩幸先去，不然狭路相逢矣。夜掷骰，复大负。

十一日 阴。号簿不记客，余亦忘之，因国忌不便衣冠。晚过余参议，贺其妻左生日。佐卿子欲余荐馆，参议令余荐往桂林。余子实不堪吏，往徒冗食，亦与片稗安言之。又访榜眼不遇，至小瀛会饮，主客均集矣，吴、王、胡、沈为主人，二谭、汪、刘、杨为客，余送熊掌，心田加豆花，共十二品。赌酒过量，幸未傲傲，二更还。

十二日 阴。陈鸿子来，言警局。午出答袁、朱、汪、曾、刘、述之。李、经畦。胡、杨、彦规。刘、国泰。李、启琛。曾、余，便至工厂，儿妇均出，唯见两孙。诸家亦惟李道台处得入，坐客有张道，未通字号也。又过臬署，复不遇，还已向夕。

十三日　阴寒。汪又安、冯永桂、称年侄。李起荣道台来。出贺沈长沙儿昏，宾客甚盛，至新房一看，不于堂上拜客，免拜见礼物也。遇邬小亭，同出，亦向夕矣。"匆匆驹隙影，滚滚马头尘"，甚催人也。

十四日　雨。汤稺安、李次琴来久谈，不见李数年矣。妇女游西园，余为作一诗。冬侄女来，留宿。

十五日　寒雨竟日。滋疾未起，以为不能来，过午乃俱至，唯少舆儿耳。孙男女绕庭，二更乃贺元宵，三更月出。今日以为必无客，乃有两客来；以为必无月，乃又见月。瞿、朱俱送汤丸。汤丸谓牢丸，着汤者始见《随园诗话》，最近典也。

十六日　晴。将出拜客，李佛翼催客，仅过邬师、甘判，便到洪井曾侯故第，心田、姚寿慈已先在，觐虞旋至，待尧衢，至夕乃来，散尚未上镫。滋女来，云有事，乃武陵电报复病，欲相见，当往看之。

十七日　晴。宗、滋均来，言且待再报，懿妇亦来。余意必再有报，乃得赵家报喜蛋，以为或有转机，至酉竟报丧矣。便可不去，欲遣其侄及姨侄赴之。功儿自请行，乃掮当吊奠仪。

十八日　阴。大功丧，实期降也，当三不食，未能依礼，但不食肉减饭以哀之。看船一日，申正功行。谢客九日，亦欲还山。

十九日　雨。懿妇来相慰，子瑞亦来。独居无憀，春寒弥盛。

廿日　雪。张生来，言钱店事，同坐一日。周庶长襆被来。得彭稷初赴书。

廿一日　雨水。雨。周生来，与张、周同坐一日。庸松来。

宓、滋来，宜孙讲诗。参议夜来。

廿二日　阴。写祭轴、挽联、黄对，作谭文卿像赞。得李艺渊贺信。夜雪。

廿三日　雪。两妇、两女并来省视，终日围炉。

廿四日　雨。会元来。曾彦姊来，因有男客未见。三屠父子、杨季了来。作诗答谢艺渊。张生告去，懿来旋去。

廿五日　阴。周生滑跌街砌，几至折肱，劝其休息，亦襆被去，此可为奔走之戒。黄生乘舁而亦伤跌，又为好舆辇之戒也。

廿六日　晴阴。梁和甫、周季子来。黄孙请圈汉诗，未数页，复携之去。余朱笔无用，因作彭稷初祭文，援笔而成，词不加点。

廿七日　大晴。谭祖同送《宋稗》来。出诣聂家，吊仲芳，云不能成服，病未起也。俊威已还，人客已散，瞿锐之出陪，小坐还。看懿疾，已能起坐。至杨家，亲家母亦病，小坐即出。张生复来，竹林兄弟、周生杂谈。两女亦来。作雨田百岁诗。

廿八日　晴。盈孙往彭家，张生亦出。徐甥、瞿相、余子来。甘直判来，久谈。丁国桢来，果臣孙也，云兄弟三人仅收谷数石。方作朱雨田寿诗，未遑他及。

廿九日　晴。常子耕来，与张、周同坐，半日朱诗竟成，杨仲子欲为书之，请梅生画格。房姁假归，罗儿夜归，云功已在熊秉三船上，明日可至。已而功还，二更矣。

晦节　大晴。晨闻客待甚久，问知为戴道生，出见之，则刘少青子送书来，并炭敬百元。戴率儿来，张生领周、何学界来，孙妇弟侄来，周生送纸来，余儿来，应接不暇，已朝食矣。往昔荷衣岁，陪游又一新。肩随十年长，诗咏两家春。君以文中伯，方为席上珍。学参周教谕，论服李诗人。未角名场艺，惊逢沴气臻。千钱谷四担，一月雨三旬。堤溃嗟鸿雁，官贪刺特鹑。自然生事废，始患富翁贫。籴粜精筹算，赢余致襥缊。

乍看云栋起，倏报土城闉。从此俱投笔，传烽尽鼓鼙。关河经契阔，郊垒又嶙峋。
瓦解东南郡，丸催日月轮。千金烦转饷，四海遂扬尘。我亦参军画，归来息甸畇。
湘州繁货殖，江介辟荆榛。国计资禹策，淮商久困迍。改弦先用俭，为富必依仁。
酬酢金刚四，招要玉馔频。牡丹从客赏，雌白守吾真。已见钱流地，还闻粟指囷。
南陵垦荒亩，东作买耕犉。时议关中策，初通绝域宾。湘茶香焙火，沙碛币增银。
航驳笼全利，程陶扼要津。盛名虽赫赫，儒服只逡逡。室本无倾视，星恒聚八荀。
过庭诗礼教，执业子孙循。谨笃经生训，弦歌沫水滨。至今称晋梓，只益颂灵椿。
定协鳣呈瑞，同欢鹿食蘋。开颜看报录，磨砚话艰辛。松树年俱老，桑田变有因。
莠言重乱政，邪说敢诬民。陈赵俄持节，翁张迭秉钧。公如不闻见，世岂竟芬氤。
十载藜床坐，千钟菊酿醇。傅岩迟作楫，涝水早垂纶。伊古长沙志，曾将四利询。
湖堨连碧浪，船步舣朱轮。估客眠安稳，汀鸥性扰驯。雍乾工屡辍，行旅到俱颦。
虚牝金徒掷，豪雄气不申。幸逢来舶棹，再得静涟沦。百万私家费，涝浏二水漘。
奏功如瓠子，旌善迓枫宸。正值春华茂，将陈六豆莘。彩云卿月拥，黄阁上台邻。
同辈今存几，平生迹最亲。引年叨共赐，比德未堪伦。喜见童颜少，知由内养纯。
未须钟乳服，宁觉玉肤皴。医理研岐伯，园林乐郤诜。仙源谁问晋，春酒共吹豳。
忆昨论移粟，居人惧毁薪。雍舟浮绛邑，郑里拜黄巾。博辨臧三耳，重逢亥六身。
依然归野鹤，休更骇山麇。除夕梅花赠，清樽竹叶巡。雅宜诗答谢，何假序铺陈。
令子皆贤达，庠门列介傲。惟祺颂骈背，斯羽庆螽诜。楼迥心仍远，琼①筵舞共
樽。东风日和美，燕喜及良辰。

二　月

　　二月庚午朔　大晴。熊庶常早来，昨与功儿同发武陵，将赴
辽东豁使任也。衡生莫、刘来，言试馆经费。郑孙来，言学馆。
懿来就医。得茇、舆书。出城上冢，瞬息而还。王元涣来，求书
与叶督销，并达卜、刘、陈甥于叶听。汤陆仙来。周儿与刘楚英

---

① "琼"，据《湘绮楼说诗》补。

之子同坐。宜昌仆妪还，云行半月始达。

　　二日　大晴。写朱叔彝挽联，并赙九元。马生率欧阳泠来见。郑优贡用县丞，分本省来见，名业琨，云去年八月已回，今乃到省耳。周生委管烟票，来谢委。撰一联赠桂学李守一。菁莪得士如朱郑；桂管看山想岱衡。常子耕、李姻侄来。

　　三日　晴煊。写朱诗轴。苏靖州来，以为许笃斋弟子也，见乃大人，忘其所自。今日孙女三十岁，两姑、两姊均来吃面、打牌。

　　四日　晴煊。始绵。书复刘少青，并寄李、欧二联。郑竹嵩来。程商霖自淮告归。周生后来。夜改瞿郎文。大雨雷。

　　五日　阴雨。国安、岫生来。曾光曦进士署安福，来见。谭祖同、二周、张生来谈。因雨未出，至夜见星。萧生表兄来。

　　六日　晴，后煊。晨出答"十八破"，因过姚家，已度岭矣。过芋园，有华屋之感。与穋琴久谈，还朝食。周儿来求书名片，送名条。刘二嫂夫妻来，言官事。过瞿家久谈。臬台来。瞿四公子旋来，与陈甥坐甚久。房妪假还。滋来，言当往鄂送姨侄。昨程生言陈复心中风，程子大云不知其病。盖今日不知明日事，真有如时事也。吴秀才妻刘来，求作女以敌其夫，云捶辱不可堪，当觅县人一问之。俱宿外房。夜雷雨。子初惊蛰。

　　七日　雨寒。女客俱去，斋居静坐。盆梅已有落瓣，犹盛开也。寓书谭芝畇。夜视涤濯，功夫妻均办，遂寝。

　　八日　丁丑，祠祭。本疑功服，欲不祭，嫌今不讲已久，仍旧行事。但常服不珠，似乎进退失据，老当传室，不为主耳。晨起衣冠待事，遇朱穋泉来送媒帖，罗伯宜孙女，年廿四矣，长于其姑，夫何家，与良孙相当，既纳采，此当问名之节也。巳正行事，两妇、两孙女、懿儿、禄孙、赣孙均会，午馂毕。三妇均往胡家赘酒。周生来，讲《书经》。朱菊生、杨芸舫来久谈，遂至晡时，日晷颇长。

九日　阴。王镜芙当朝食时来。曾竺如旋至，言王令麻阳，杀无辜数十人，必不善终，不可令湘潭也。张生兄来诉余令，告以不必管闲事。易年侄来，言龙令已还，遣问画像。因昨馈约陈华甫、邬、王、胡、吴五师会饮，仰煦先到，陈、胡、邬继至，待迪安颇久，申初入坐，散未夕。

十日　阴雨。将往山庄，恐楼琐未往，改遣湛童持书去。周生来。袁仲清来辞行赴江，云张督当同赵督往北洋，同入觐，久无此特召矣。吴光耀送书文。唐鄂生子坚送年谱，求作碑。

十一日　晴，又雨。看唐自作年谱，殊不详核。写屏一幅，无墨而止。得胡御史书。

十二日　花朝。晴。两僧、一殷来，均未见。黄年孙来，自看写屏而去，字黼馨，盖以对蓝缕也。朱送女庚，功以路人一言而云不合，既不可以正训，姑令再问于盲。夕过十发斋，遇粟谷青，见子大兄弟父子，云震伯即来，可留谈，遂待至三更。又见其姊子，不便问姓，诗画均可观。

十三日　晨晴午雨。方起盥颒，尹和伯、田静、杨都司均在庭房候见，已头晕矣。朝食后谭祖同、齐濒生来，李华卿、杨芸舫、李砥卿继至，段玉成、周崖樵来。常遣一妪迎女，为车夫拉去，不知下落，后得警兵送来，知新政之有益。

十四日　阴。晨至天然台赴益吾招，陪戴展弟、陈毅儿、萧漱云、程石巢即十发。饮。还过袁仲青，值姜丧未入。

十五日　阴。程氏二士来。午至小瀛洲王心田家会饮，杨钧、汪、刘、梁、谭五主人，二王、吴、沈、胡五客，设酒甚佳。

十六日　大雨。家忌，素食，谢客。谭、吕、黎皆径入。夏生时济临荐时来，皤然老矣，云当往邬家夕食。"天下俭"亦有请客时，未知何意也。尧衢夜来。

十七日　阴。晨小雪。周生来。与书藩台，论房捐事，并荐达赵敬初，周生意也。邓氏外孙来，忘之矣，当令夏生为之位置。萧生鹤祥自京来，往桂过湘，居关道处。云已入宪政非杨度之力，杨度乃拜袁门之力，又闻所不闻也。卜、陈来探消息。二丁孙来。李生、张、周来。

十八日　晴。瞿子玖来。王心培在内斋坐待甚久。欧阳述、瞿四郎来。

十九日　晴阴。戊子，春社。治具招客，程子大、龙研仙、夏彝恂、欧阳伯元、王镜芙、朱菊生均早来，粟谷青后至，谈笑竟日，颇有聚会之乐，坐散未夜。才女来，讲《左传》。

廿日　阴。湘潭余许曾来，皇皇求而弗得，易宗夔之对也。廖春如来。彭鼎珊来，言乡居费不能节，一丧动须千金。因念邓孙，与书夏生委之。

廿一日　阴。王心培来，嗒然若丧，余亦不能为谋也。饭后出答梁、李，探芝畇消息，过廿局访李、廖，云皆在局，入谈久之。出，误循城根至乾升栈，看雨恬，九郎出陪，同入小坐，看折禀还。陈甥来，亦与心培同病，此则余能疗之而不疗也。心田来。周生来，言周武德。

廿二日　阴。辛卯，春分。晨起写字。张叔平儿来，求哨官。金妪姨侄求司事，与书足甘①。李生来。丁子彬来。廖荪畹来。杨重子来。

廿三日　阴。将出未果，客来亦未记，大要混日而已。遣周

2249

①"足甘"，未详，疑为某人绰号。

生觅船，遂无回信。

廿四日　阴。晨往朱栈看客，乔生已能拜跪，与朱、吴同吃面，小坐即还。曾岳松、廖荪畡来。

廿五日　晴。卜女自怀宁来。陈甥妇亦携女来见。王心培来。出访祭酒、邬师，过子玖，谈庆邸。赵武陵函荐一买办，盛姓，云当来见。罗顺循来。

廿六日　晴。始出盥颒，内外宾客已满坐，未朝食。齐濒生来求文。盛钱塘来，言买沙。李米捐催客，往则甚早，云欲久谈。资州人也，与佛翼同事，又善子大。张庶常燕昌旋至，又一委员龙姓，百川通阎姓，程最后来，坐散已夕。轿夫未至，步还。

廿七日　晴。曹、殷早来。心培又至。写字数纸。梁璧垣、张正旸来。与邓子秋谋筑室。才女来问《左传》。张生请评点《湘军志》。桂尣来摸牌，二更散。闻妈妈还，不知何人也，启门乃黄孙、滋女夜归。杨生顷来，报谭还，已知武昌消息矣。滋又云瑞必移去，不知何所取也。与书陶斋。夜雨。

廿八日　晴阴。桃花盛开。才女生日，卜女往贺，三孙女同去，滋亦从其寓去。刘二嫂携女来，旋亦同去。段孙来，言家事。倭领事来告行，送照片。写字数幅。谭、黎、齐同步来，尚泥湿不可行。甘思禽来告去，明亦当送之。刘妇母女仍还，寄宿。

廿九日　晴。晨出答堺东溪，并送土仪。过荪畡处坐待，余催请，值其朝食，因留点心。胡蕃周、湘乡冯来。十二钟至尧衢家，遇朱荷生，不识之矣。荪畡旋来。待黄、瞿至半日，黄近瞿亲，乃似贵客，瞿一不举箸，尤可异也。天气骤煊，南风大作，换绵衣犹热，未夕散。过芝昀少坐，还犹未夜。夜雨。

三 月

三月己亥朔　又寒。二周坐待已久，乃起出塾，讲《微子》。午睡起，至小瀛洲，朱家借地唱戏，设廿一席，所不能致者仁、义二家耳。与廖、刘、曾同坐，头汤出席，已微雨矣。邸抄芝畇送部。

二日　阴。谭幕友李、杨来。张、李生来。江南来报，庄姓掘湘军坟至千余，实业学堂又请解散，此皆从来未有之事。

三日　阴寒。晨客来三四，曹子求科员，又送《黄山谷全集》，入内翻阅，瞿已两催，未知也。方遣湛童送族食费往湘，金妪又假去，内外无人，以舁夫作傔从。往则众宾皆集，黄、余、龙、曾、程、瞿、廖、谭、汪，唯朱非科甲家耳。看樱桃花一种，即棠梨一种，樱桃、海棠之间，梨花盛开。

四日　雨。出城至二学园，雷雨稍至，至梁家，苏畹已到矣。又有王佩初，与璧垣谈工厂，甚愤愤。和甫后来。

五日　雨。谭教员来，齐山人、王心培俱来。邓婿自江、鄂还，唯见长头，少坐而去。

六日　阴。刘氏母女来，求衣、书。为写对一副，周妪藏去，遂至猜妒，余一不敢问也。作万变，图先生一笑，亦正有乐趣。看《湘军志》一篇。晡至乾升栈，特设请我，入与雨恬谈，觐虞、心田、李幼梅儿、会元同集，荷生亦在主坐。门前拥挤，丐妇无数，颇有不①装洁净者。至夜未散，余从人丛中出，还家少坐。西门外失火，家人纷扰，余酣眠矣。谢生自衡致道台书。

---

① "不"，应为 "衣" 之讹。

七日　阴。晨出城答金殿臣，云尚未起。扁舟将还浙，不登岸也。还朝食，李犹龙来，遣知宾谢之。谢生、王心培、张、周俱来，苏畹来，久坐，去后谢、周犹在内斋，更耐久矣。留周、谢、廖荣食，张、周、王未食，云已饭过。当喑芝畇，忽忽七日，遂舍客而往，至则已夕，又匆匆还。

八日　丙午，清明节。遣罗佣上冢，因寻水苍。大雨竟日。刘妇因周匿其堂联，纠缠不休，令觅纸还之。

九日　阴。当招齐木匠一饭，因令陪军大，兼约金、谭、吴，皆开缺人也。吴辞不至，更约余、汪，皆已下乡。为程子大看诗。日本四人来，一偕周大椿来，问诗。

十日　晴。午初过子玖，同请金、谭、齐看樱花、海棠。子玖作《樱花歌》，波澜壮阔，颇有湘绮笔仗。余不敢和，以四律了之。坐客皆和，犹未尽见。谈宴一日始散。又雨。

十一日　阴。濒生、祖同、周生来。为张生看《湘军志》，又看程诗，限日一本，便不胜其劳。夜过芝畇，值摸雀，真所谓门可罗雀也。高寿农自鄂来上冢，袁仲青、戚耀山、蒋生颎青同集。蒋，杨幕客，未问其字。

十二日　晴。始检行李还山。看《军志》、程诗。作魁按察《守宝录》叙。子玖、尧衢来，谈尧衢亦和长歌，余必不能免，乃夜作之，援笔而成，辞不加点。高寿农送诗来，依韵和之。落拓黄州守，重逢鬓已星。君山乱后赭，春树雨中青。未劝飞光酒，方扬极浦灵。江湘一家地，不用叹飘萍。为才女改诗。

十三日　晴。郑、李来，已办严矣。朝食后上船。金甸丞、谭芝畇、高寿农来久谈。瞿四郎来送。砥卿复至，两妇、孙女俱来，留饭而去。甸丞夜又来谈。泊朝宗门。

十四日　大晴。始换夹衣。樱桃海棠花貌殊，两美并见倾城姝。东瀛别种花不实，彼土矜夸天下无。水野释子持赠我，插伴五柳渊明庐。亦知平泉喜异植，超览楼前栽两株。城中土肥早作花，已见蓓蕾含丹珠。一株繁素欺棠梨，一株红艳黏蜂须。春云烘香夜始发，朝雨压叶风难扶。其时墙角双海棠，云自早岁来京都。百年远共乔木寿，一春得免缁尘污。自然妍媚斗桃李，不用着色施粉朱。世人好新多异心，如重箶笛轻笙竽。宁知《尔雅》棣栘棠，乃别赤白分唐夫。昔年汉宫已并植，草木多识称通儒。樱花无实名未改，含桃非棣先当区。此如食瓜古所重，谬说张骞西入湖①。又如烟草真芸香，又如菌芝号摸菇。方言未辨南朔异，譬彼周朴先郑瑜。固知琼花非玉蕊，莫将贡橘疑秦庐。曾闻牡丹移杜兰，便似槎石随海桴。凭阑一笑且浮白，主宾正可倾千觚。但令岁岁得吟赏，陆玑笺释宁非迂。我逢大敌不得逋，自惭俭腹非书厨。还山樱桃定未落，一枝寄赠看何如。考樱桃即栘樱花，即棣栘，名常棣，又名夫棣、棠梂，皆以蓴名。唐者空也，空花不实，故以花名。棠即杜也，杜，今海棠，有无数种，棠即白海棠。今苹果、花红、沙果花皆白而香，亦有无数种。含桃以荐麦，今夏至桃。樱桃，四月熟，实小似桃而名之。三代不以为桃也。连日南风，大水，滋忽欲行，停一日待之。芝畇约摸牌，云晨遣相迎，过午不至，自上岸。欲入城，待轿不至，稍近城，坐官厅，与陈芳畹略谈。见回空车，坐以入城，迎轿已来，令从行。至谭寓，高寿农出城未还，芝畇出陪，对坐一时，朱菊生来，又谈一刻许去。寿农未回，更招蒋频青，待高同入局。一圈未毕，金甸臣来，代主人，乃设饮。余胜半底，金胜底半，犹欲再接，已三更矣。乘月从驿步门出，滋已上船，黄孙未从。

　　十五日　晴煊天，衣可单。朝食，滋犹未起，令移船傍岸。船人云可行，适有小北风，帆缆并进。午发，酉泊昭山对岸板石。

　　十六日　晴。得北风，午至观湘门，遣问长沙客，伯元遣舁来迎。往则有戏局，设三席，余价藩为主人，请余首坐。以不僭

---

① "湖"，应为"胡"之讹。

客，故自请为主，请刘稦泉、心田、颂年、祖安、菊生、余价卿、欧伯元父子、翁树堂、匡省吾、萧小泉、王警察、夏管带，午集戌散。夜雨。

十七日　雨。泊九总。蔡氏侄女来。张恺陶、陈秋嵩昨到阳家相见。上岸吊欧桂秋，遇之于门。还船，欧送菜来。徐甥来见，请饭未去。舣一日无事。

十八日　昨夜雨通宵。晨未发，六爷来。午发，甚寒，入涟竟晴，夕至湖口。

十九日　晴。昨复感寒，甚困，强起，舁至山庄，樱花盛开，海棠已落矣，牡丹唯留一蕊，燕子已来。困卧半日，未饭。

廿日　晴阴。过午始起。写倭绫二幅，并作书寄荪畡。三屠来。

廿一日　晴。发省信，写条幅。将军、通公、张船子、刘南生来。文吃送鸡。

廿二日　晴。文柄六十生日，求钱四百。发衡信三封，位置陈伯魁。啳程生。写墓志。往公屋一看，湫秽不洁，当扫除之。周、史送牡丹、皮卵。遣人下县。

廿三日　辛酉，谷雨。得刘健之书，不忘祭酒，自致泽公，来谋开淮岸也。写字数幅。

廿四日　晴。清去年所刷书，始知靪工鲁莽，为改装《墨子》二册。夏十子来送钱，坐半日去，云有沉香珠，可备用。

廿五日　晴。当啳蔡六弟，罗佣告假，改呼王佃舁去。谷二复昼眠，常佣愿往，即午便行。刘妇拦舁，轿夫留饭。夕至司马塘，叔止父子皆出见。李氏六嫂云王姬生日，因至浮塘，颇有贺客。夕宿蓉室。

廿六日　晴热。鼐侄晨馔，端侄夕宴。往坝子塘李家一看，长生已不能举火，堂中男妇杂坐，不可驻立，即还浮塘。与王姨倕、子庚儿、二嫂摸牌，晚更与相孙女、叔彝妾同局，误以彝妾为寡居，幸未明问耳。初更叔止自省城还，便留宿不去。

廿七日　晴热。棣生妻请饭，与叔止、萧、砥、端、彝、七、十同往，东晒不能久坐，未饭遽散，仍摸牌四圈。稍睡，彝倕夕具，三房四宴矣。夜异往叔止家，棣妻、三倕亦往，夜令作粥。大风。

廿八日　风霾，稍解温。昨家中遣人来，云吴与三妻坐待余归，有事面禀。晨饭后戒行，因风少留，午发，添一夫，从棋头弯小道过冈合西道，不过七里铺矣。晡至家，吴妻诉家事。元妇、卅和、卯金、许女率新妇均来见。看夏珠，吃新蚕豆，早眠。

廿九日　晴凉。五十来交祠账，二王来言退佃，萍乡首事来言劝捐，告令寻蔡师爷。写字数幅，又管讼事二件矣。湛童下省保倡，亦一讼事也。滋摘蚕豆寄姊，大好词料，为作一阕《玉漏迟》。好春蚕事早，竹边篱外，豆花香了。自挈筥笼，摘得绿珠圆小。城里新开菜市，应不比、家园风调。樱笋较。甘芳略胜，点盐刚好。　曾闻峡口逢仙，说姊妹相携，世尘难到。近日相煎，怕被豆根诗恼。寄与尝新一笑，想念我、晨妆眉扫。风露晓。园中芥苏将老。

晦日　晴。吴刘招其兄来，昨夜已到，未知也，晨乃见之。饭后田雨春来。写字数纸。得瞿协办诗函。长妇送卤肉。茂报起程。

四　月

四月己巳朔　刘生兄妹均去。朽人来，未见之。为百花生作《趣园记》。写字数纸。和瞿郎《樱花诗》。春气溟蒙岛屿空，好花开日趁东风。平泉得伴玲珑石，群玉曾吟缥缈峰。唐棣禳华分赤白，海棠微雨妒香红。牡丹无子添妖艳，不用祯盘出上宫。　　胡僧亲为剧苍苔，分得灵根两处栽。玉蕊开时仙女至，碧桃看罢省郎回。芳菲近欲移兰杜，枝叶谁能认杏梅。野外棠梨应自笑，不曾东渡海波来。

二日　昨夜风寒，今日寒雨，遂重绵矣。玫瑰盛开，亲摘插瓶。宗兄昇还，盖包官事人送之来也。写字数纸。

三日　仍寒阴。出见朽人，因与同饭。写字数幅。作诗酬子玖，平平无奇。

四日　晨见日。催朽人去，饭后乃行。午后又雨。吴妇来。作齐木匠祖母墓志。看唐诗。

五日　雨。翻日记，抄挽联，未暇余事。六耶继妻来。代元妻请女客，家中主仆均往。

六日　雨寒。抄挽联，作齐志，移茉莉。检《尔雅笺》，以毛柔英为枇杷，因思果中似枇杷核者无有，盖所见不广也。前得汪德溥书，属夏子问其爵里，云广西监财官，实缺朔平府，因复二纸。汪字泽仁，自云年侄，曾索书，由拔儿寄去。夜雨。

七日　阴雨，仍寒。遣罗僮迎候茇女。摘樱桃仅得四斤。作齐志成。

八日　雨。湘中今夜立夏，历在明日也，吃立夏糕。抄挽联，兼温日记，集外诗亦有可抄者。

九日　晴，见日。出看秧。长日无作，欲抄书，无宋本，闲散已甚。值雨至，又借以销日，亦自笑也。

十日　昨夜有月，今又见日，以为必晴，乃午后有雨，夜遂通宵。写字一幅。

十一日　阴晴。看《丧服》稿，似胜刻本，《周官笺》则似无可增。王夫之史论似甚可厌，不知近人何以赏之。写字三幅。

夜月。

十二日　午前晴，旋雨，又晴。湛童还，始知枭、学皆易人，黄伯雨又至矣。得廖、瞿书。看报。

十三日　晨雷，大雨。往，将送吴子修，复不果行矣。看唐诗。五妹女朱张来。

十四日　阴雨。朱张来言官事，与书其表妹夫料理，即携女去。

十五日　阴。忌日素食。田生来言官事，应每日一事之例。看唐诗毕。得郑妇弟书，求作碑志；完夫书，欲干余藩。看报。夜风。

十六日　阴，大风。张正旸来，尚欲开钱铺，留谈一日。待二儿不至，夕去。

十七日　阴晴。始作唐拚命墓碑，殊不简质。写字数纸。

十八日　阴晴，有雨。作唐碑。周庶长来，言茇女已至，并致陶斋书。

十九日　晴。晨起甚早，宗兄已摸掌矣。出坐门外，看新秧，浅绿盈望，一佳景也。看《道统录》，见江汉先生，不知何人，检书乃是赵复，生平未识也。遣僮入城办菜待客。

廿日　晨晴，午后雨。朝食后茇还，至门前候之。已而棣生妻及与循子妇侍其皇姑来，人客盈门，急催办饭。客冒雨去，至夜雨益甚。

廿一日　早起，舆从天津来省。朝食后雨，起行李，并沾湿矣。端午桥送新刻《苏集石记》。

廿二日　廖生昨夜来，晨始见之。看《苏集》竟日，雨意未止。

廿三日　晴。谭心儿来，云十一日已还乡，不知省城近事也。

叫鸡来，求疏禳狐，云已见脚迹，此亦乡人正事。

廿四日　壬辰，小满。晨起将作唐铭，见黄纸，悟求疏甚急，因遂未伏案，已将朝食矣。廖生饭后去。丁子彬专信来，云端督主铁路矖活矣。因作唐铭成，摸牌八圈，以庆路政。至夜热甚，反风而凉。

廿五日　雨。竟日闲游。晨见杨芷生第三儿，以诗为贽，书法胜其父，诗则出韵，未讲究也。杨重子介之来，求书干樊云门，不知樊已将去也。摸牌时忽然睡去，从来所无，大似郭意城闻添票叹气时。

廿六日　阴。晨兴寄杨儿书，便加一片，为昭儁进身。又见两朽人，求差委者。写扇二柄。将还叔止米石，寻水礼送两舅嫂，并寄三妇生日食物。

廿七日　晴。舆起不盥遽去，连日正闹鬼，以为鬼呼去也，黄孙云三舅自来如此。四老少来，云搢生已去，顷之与田、王同来，讲官事，意在省钱，始知乡愚之狡。老少意在索债，许以往祠算账。夕率两女出游后山。

廿八日　晴。始食黄瓜。写扇一柄，前七十为茙书折扇，许以八十更书，竟践前言，亦可喜也。黄孙来问“孜”字，检《尔雅》无之，仅于“哉”下旁注“孳”字，其义训始治，当补“仔”“孜”二字于下。《说文》引《周书》“孜孜不怠”，又“孳”云汲汲生也。《诗》“佛时仔肩”，刘向引作“孜”。《孟子》书“孳孳为善”，《诗传》：“仔肩，克也。”《说文》：“仔，克也。”用毛传未谛，“子”无克意。“孜肩”当为“始肩”。

廿九日　晴热。萧团总来，论田麓生窝盗。余昔以彼已诉诬良矣，大要皆争闲气，亦殊可乐。蔡六弟与端侄率其本家侄孙来，诉黎、刘争妓事，云黎子自愿退人，不要钱。薇生尚为能教，其弟亦能率取，皆有可取。惜我不为县令，不能重惩刘也。"美人遗我茉莉花，何以报之一马挝，手无斧柯奈龟何。"为之一笑。茇骤发□。夜早眠，铺前右房，以避潮湿。

五　月

五月戊戌朔　昨夕雷雨，旋霁，夜又萧萧，晨乃沉阴。起还字债。发廿金了祠账，令值年算数。午后雨止。遣罗儿去。晡时乃晴。

二日　晴。晨起日朗，旋又云阴。看古文误字甚多，未能意校。刘生率其子来。李长生又夜至，接脚女专人来，无如此黄篓快子何，且藏内室。

三日　晴。晨发五金交接脚女。为李佺写字换羊，庞姓果送羊来。滋来问"凯"字，初未留心，检之，乃悟无部可入，而《诗》《雅》并未说及，疏忽难辞咎也。八十之年，不知字书无"凯"字，实为可笑。既而思之，"凯"即"豈"也，俗省"幾"为"几"，故遂成"凯"，此盖隶书改之。夜摸牌至亥。盈孙来，云三叔即至。

四日　阴晴。晨起唤人，舆儿趋至，云行李尚在后。得樊云门书。将遣人送四老少，并无人力，家中办节事亦无闲工，遂留过节，问摸牌，云不谙。卅和送鱼。杨都司又来送礼，摽之门外。

五日节　晴。将军来，羞鳖，尚未午也。正午拜贺者外来女多于男。粽不能佳，向来中馈不至此，亦八十年所无。刘女来诉官事，因遣迎郭妇，乃遇周生，大似黎满少爷所为，儿孙均自皇皇。至夜与周生谈，倦遂寝。

六日　阴。得院生送枇杷，多枝头干，想无人料理也。闻庞蘧开缺。作五月督抚歌诀：九旗东赵、蜀赵、甘长、闽祥、湖瑞、新联、豫宝、陕恩、浙增。十省徽李漠①、直张江、东张广、黔陈直、苏丁晋、豫冯洪、粤陈吉、蜀程苏、鄂周黑、闽沈黔、湘沈桂。各分疆，二赵还应胜二张。二沈双滇徽朱、湘杨。差足慰，不如三女嫁亲王。得常婿书，送煤炭九十石。乡挑长价七倍，遂不起坡，自送省城，约周生同去。遣寻盈孙，云往萧家做媒去。至午半道还，云途遇女媒，无须去也。

七日　晴。晨起，家人无觉者，自出呼昇上船，乃系小拨，非红船也，已上亦遂入船。儿孙踵至，八钟遂发，午正到县，办饭。申正到小西门，问懿儿处无轿，坐人车到家。功儿亦出，女妇夜来小坐，旋各还其家。

八日　晴热。李生、杨三子、梁四哥、胡婿、周生父子均来，云尧帅遣呼周生，信升沉之反覆，可乐也。夕访芝昀，云已卖卅沙，可无官矣，小坐急还。戌亥时大风顿凉，思睡遂寝。

九日　阴。复唐、真书，交胡婿寄去。又复康侯一书，告以太守之尊，不可干求。船人来报，昨风沉船，使我悔来，不得已恤赏万钱。与书常婿令去。彭肃六、谭大五来，言组安留京不还，以避争路风潮。邓婿来。晡后过子玖谈。验郎送抄本来，俱已装贮，当以《鹖冠》酬之。谭生夜送梨汁、参苗。

十日　阴雨。周、唐二生从法政学来，告以执鞭无益之义。因作送吴子修诗，招谭议长诗，并合作也。陈澍甘儿从钱业学堂来见。子玖、芝昀来久谈，验仙、尧衢继至。邓婿父子来。接脚女来，未见。待功还夕食。永孙来。夜凉早眠。

十一日　戊申，芒种。阴雨，甚凉。上楼扫除，初祭斋戒未见客，唯写扇二柄。参议云力辞路政，政府坚留。

———————————

①"漠"，应为"滇"之讹。

十二日　己酉，祫祭祖庙，晨起待事。毅孙已从母来，懿、舆亦至，三孙均会，寊芳亦回，巳初行事，午馂。邓婿来行礼，功儿答之，不以风狂废正礼，礼也。周生父子来。谭、吕、杨俱入内谈。甚凉，着夹绵。

十三日　家忌。子玖送时鱼，即以荐寝。张、李二生遂坐竟日。书六峰夫人挽幛，春甫夫人挽联。封鲊训廉勤，垂老江淮劳顾复；乘鸾归寂静，通家女妇失仪型。

十四日　雨阴。尹和伯、唐曾孙、李太守、周庶长、唐凤楼、杨仲子偕方表师耶相继来。杨、方坐半日，颇疲于对。写孙女两扇，刘生一联，欲出已疲矣，少寐以休。出答参议不遇，过吴文甫，问心田亦不得值，便至芝畇处会饮，子大先在。看明、清人字卷，汪由敦《孝经》白折颇工。乔孙、尧衢、心田继至，朱儿最后，周生仇家也。设酒甚佳，馔亦精洁，唯燕菜未得法耳。明日无船开。心田又约十六一集，云陪程、朱生辰之宴，遂改归期。

十五日　阴。昨托胡子阳放出周姬侄婿，胡约今日来见，晨起待之，逾时不至，乃有刘痴父子、史佣来干非分，极可怪也。无故纠缠，不殊横逆，不待三自反，无如禽兽何，佛说此因缘风生所招而已，然亦奇也。邓婿亦来凑数，说乞丐状，眉飞色舞，正色责之，乃去。谭、周、吕、唐瀛。来，蔡、端、毛二侄来。陈甥宇清来，周云欧阳森来，纷纷皆为端公。心田请客改期，正迫钦限，因此定辞。芝畇又来，请明日，难于反覆，不能挽回矣。因三遣人往探沙市，云明午定行。写扇二柄。

十六日　晴。晨起，懿妇携女已来，颇能早起，幸我亦起，不然是笑柄也。舆妇、宨女旋至，俱未朝食。周生及舆、懿均来候行，饭后即发，已来催矣。午正发，申初至舟，送者两儿、一孙及周庶长，均谢令去。到县舣十三总，坐人车至杉弯，唤船即发，到袁河夜矣，至姜畬密雨，遂泊。

十七日　晨大雨冒进，遣罗儿陆行先还，船人亦不复避雨，单衣尽湿。辰初到家，茇已移我房矣，仍居西室。吴妻已去。未夕便睡，闻雨竟夜。

十八日　雨。竟日无事，微觉受凉，至夜便发热。陈生送鲥鱼来。

十九日　阴。一日减食，小咳微汗，不至大困。

廿日　晴。衡州二程来，留住内斋。作谢鲥鱼二律。

廿一日　大雨，有雷。杨孙冒雨来，未能接对，午饭而去，大约干求无理，不知世故耳。夜卧甚困。

廿二日　晴。两程去。罗小敷来，自云欲嫁抚台，不择人才貌，而但问食，不知抚台中有极不可嫁者，留饭而去。余不待夕已睡矣。蔡表侄来索钱。

廿三日　晴。看唐诗犹未霍然。卯金儿来，大约有饭吃，则须招惹此等无聊人，亦不同他斗气。华一亦于昨夜来，今始知之。闻杨儿又同周生来，亦未见。

廿四日　晴。晨起待周生不来，久之乃至，云二程生俱未见。留住一日，复隔纱帱，坐至夜乃去。

廿五日　阴。周生复饮。杨孙来求信，告以不能。衡僧行贿求田，宗兄为之介绍；恒耶以四百元买一信，由刘佃引进。宗、恒不足责，佃户有身家人，乃为此无聊，所宜整顿也，遣金妪往诘责，乃始知非。游学生伏育英献诗求馆，问其所欲，乃干端路，俟端来时谋之。感寒久不瘳，眠食颇困。

廿六日　癸亥，夏至。阴。卧读《月令》，论萤、蠲之分。萤，春分即有之。蠲，伏暑乃生，不能飞也。

廿七日　晴。卧病已久，殊不能食。刘生送茄莚，又值断屠，厨中全无料理，偶作煠面饺，又不欲食。

廿八日 大晴。杨梅生妻直入，两女迎之，殊不愿延入，卧对之，告以不可为孙子作马牛，与我姻亲，不能普及其姻亲，匆匆便去。年七十三矣，忆其十年前似老于我。

廿九日 阴。岫生、崔英孙来。懿专人来，送《玉台诗》，无眉，不可抄也。赵渭卿竟为杨抚挤去，令人不测。赵、杨本无优劣，去留乃分等级也。班孟坚《人表》以被弑者下一等，余以弑君者终下一等，盖不畏之即不弑之，操、献是也。夜雨竟夜。

六 月

六月丁卯朔 圳水盖田，平桥满塘，庄前顿浩渺矣。陈甥来，晡前略谈，饭后梗①睡，至亥乃起。

二日 雨。下四都傅生来谢，未见。黎拔贡书荐陈龙光来学讼，昨问陈甥，不安分人也。晨起坐外斋待之，至午乃来，又不欲去。亦因邝凤冈与为敌，假大理院反其狱，又更谬矣。

三日 阴。水仍未退，金妪请观涨，病懒未应也。滋乃舁去舟回，率王氏妇女五六人同来一饭。闺保姑妈专人来求救，当干涉邻县，令其到省谋之。程季硕专人来求信，告以不能。生员事多，镜疲于照。

四日 晴。入季夏尚无夏意。久病连月不愈，亦一奇也。蔡二嫂送蒸豚，已败，不可食。

五日 阴。端侄来看，云豫藩已放粤臬，聘三留郑州未行。鸿甥求书与杨抚，亦病急乱投医之意，困卧正酣，尚未理之。

---

① "梗"，应为"便"之讹。

六日　阴雨。鸿甥草稿不可用，自作之，并书唁赵藩。唐凤楼来求书。茂女卧病一日。郭五侄女来。

七日　阴。陈、唐去，郭留。咳久未愈，并不能坐。

八日　阴。蔡六弟来相看，作饽饽待之，摸牌四圈去。夜月。

九日　晴。岫孙来，云已断炊数日矣。乡居无钱，不能振之。张生来相看，因留讲学。常婿亦来。借千钱与岫孙令去。得小石、仲驯诗。

十日　晴。始纻衣。戏作一诗寄端。与张、常谈，未遑余事。

十一日　晴。常婿告去，云至省有事，晨起送之。张亦午去。

十二日　晴。朝食后云客到门，遣看已从厨门入，江南生及其表弟杨仲子也，云特来销夏。留谈一日，说晋抚已放陈伯潜，二闽人作抚矣。新袁（徽）大化、奉赵、吉（粤）陈、黑（鄂）周、直（黔）陈、东（浙）孙、西陈、豫宝、鄂瑞、川赵、滇（徽）李、甘长、陕恩、黔沈、桂（湘）沈、粤（东）张、闽祥、浙增、洪（豫）冯、苏（川）程、徽朱、湘杨、江张。声名二建胜双滇，二徽。五督三巡八满联。粤鄂川湘黔浙豫，兼圻难比直东黔。

十三日　己卯，小暑。晨晴，旋雨。周生来，言刘健之，并促作记，似无记不能见端者，初甚哂之，晚乃幡然，即命笔为一篇。

十四日　晴，亦有雨。作陶斋记成，呼周生领去。又为朗贝勒、肃王作字，更有不知姓字三人，想亦要人也。字行于京，所谓自北而南，亦天津闻杜鹃之兆。咳嗽一月，今始稍振，又得多金，甚喜。

十五日　晴，风凉。盈孙来送钱。田雨春母生日，送羊，作牢丸。夜雨。

十六日　遣盈孙往田家，答送银卅四两还叔止谷价。夜僮佣均出看花鼓。萧子来，责其荒唐，亦不敢留宿，止于公屋。两孙皆夜半始回。

十七日　雨凉。蔡二嫂又遣人来，送雌雉。片复叔止，与论台石，人人意中有一端午帅，可叹可笑。欧阳属来求书，令书所愿，文理可笑，经生不必通也。游又值雨，境亦不通。

十八日　雨。周儿来，亦以我为逋逃主，云谭教员与其父皆先来矣。与欧生论世事，彼皆懵然。谭、周果至，令设榻款之，彼来送脩金，乃我客也。为李生作书，抄稿示周。

十九日　晴。为周生作书辞差，亦以教刘健之。作示告船山诸生，申明生、监之分。谭即日去，送三百元，未便携带，即令留乡。

廿日　晴。晨书《归来庵记》，不足六幅，别作诗配之，又尽了笔债，交盈孙带去。蔡六弟复来，为土客求情，告以不能，留面而去。羊肉过五日犹鲜，亦一奇也。欧生去。詹生又来求荐，不食我粟，但求糊口，亦一奇也。令周生谕之去，又留连不去。

廿一日　晴。始有暑意，而无南风。遣盈孙送嘉女还城，周生同去。送嘉四元，附汉口买布十二元，入城买羊肉四元，盈孙路用一元。发还宓女处百六十九两票银，仍令盈孙送去。张子年衣冠来，不能接对，令便服短衣，出见之，近于野矣，亦精神不充之故。送野鸡。葛求调差，书与沈士登，云沈有首府之望，李茂斋后一人也。留饭，去已夕矣，于是雾露神稍散。刘七嫂又来，报病重求恤典，信生员之事多。

廿二日　晴。晨起求茶不得，遂不复睡。蚊子□飞。补写六日日记。六日内未读书，但看《尚书》《军志》，亦非荒怠。周儿告去，竟不肯步行也。

廿三日　晴。得真女书，谭五郎书，寄诗来。盛女柩来，与刘丁合葬，亦业缘也。其主家乃费百金，又足愧我。看《湘军志》，先复江南，必须备载封赏诏旨，前殊草草，失此一段。

廿四日　庚寅，初伏。晨晴，俄雨，遂成滂沱。久望伏热，乃更渌冷，避暑反思避寒，亦可怪矣。终日困卧，不知何以多渴睡。

廿五日　晴。为谭郎看诗。得周生邮片，云衡道又另调林姓。午后雷雨。

廿六日　晴。张生来谈文，又言开钱店事，坐半日去。至夜无雨。乡人禾镫，设四桌待之，亦费半万钱。

廿七日　晴。始有夏意，人亦始销夏。摸牌睡觉，竟日不事。始闻稻香。

廿八日　晴。热至八十六度。得陈芳畹四月书。才女专人送碧纱幮，并仿宋《玉台诗》，颇似元本，但字体似小。又新词四首，亦尚入格。

廿九日　晴。晨起较早，饭后张生引陈其计来，言钱店定开，留半日去，以睿芳小菜待之。至夕与两女坐幮中，健孙来，里衣汗湿，云步至也。云午诒果至汉，咄咄怪事。又云舆儿流落不能还，昨与俱归。今日晴热加二度。

晦日　晴。看《玉台诗》，校补数处。摸牌八圈。

闰六月

闰月丁酉一日　晴，有风。夕凉，坐阶前闲谈，觉倦乃睡。写对子一幅，挥汗成之。摸牌不热，亦可异也。我视写字、摸牌无异，而实有异，此开境不开心，宋儒言诚正者，未体帖到此。

二日　晴。健孙去，与孙妇路用十元，未行时大雨，雨止乃行。作《食瓜诗序》，蚊扰而罢。

三日　晴。风颇凉，至夕将雨，雷殷殷似昼晦，出门外看雨，雨不来矣。马先生送羊肉、自炒海参，未若陆申甫。得周生邮片，旋覆一片。

四日　庚子，中伏。黄三元儿昨来，未见。戴孙女又来求信，加二纸，并寄《食瓜诗》与陶斋。昨夜闻狗吠甚急，佣人悉起，乃有三人来诉盗窝，麾令且去。晨起遣人问原委，乡人不知事如此。

五日　晴热。食瓜。周姬客来不知招待，为摆楪子款之。团总、甲总又来诉事，正摸牌，辍戏见之。常婿又来求信，亦无以应。暑度不及廿八，而上床甚热，知度表不与人应也。谭祖同来书，已云极热矣。

六日　晴。始有温风。常婿冒暑去。摸牌未满八圈，夜于外纱幮足之，还内即寝。

七日　晨阴午晴。试抄书，笔墨均不合式，遂辍不写。城中送瓜来。

八日　晴热。日正照灼，闻朱稺泉同周生来，短衣出谈。菱生弟也，托干廖笙陔，正欲遣使，便留食瓜而去。周生自省城来，问其何故触热，云张生家作媒。留宿纱幮。

九日　晴。热至八十九度。周生饭后去，复与二田来言讼事，昨陈佃妻亦来诉讼，一拐一盗，皆不可理，谢之去。伏游学生来，坐一日，未见。

十日　晴。张、周两生来。伏游复来求见，告以游学正业，不可求馆。坐中堂久之，自云不食三日矣，与食不食。顷之东风雨来，兼有雷电，三人俱待霁而去，唯留蔡生抄书。

十一日　晴凉。热度缩至八二。看《史记》，文多未检，为批出示学子。前遣书与笙畡，夕得还书。又得陈婿书，真生一子。

十二日　晴。段孙来，亦欲干端，告以待时，旋去。看《史记》未终卷。雨至风凉，夜无暑气。

十三日　晴。写扇对，看小说，夜看月。

十四日　庚戌，中伏。滋女入城，携蜀婢同去，黄孙亦随去。夜雨。

十五日　辛亥，立秋。凉。陈甥及朱甥来，为官事。宗兄女来，亦为官事。皆不可应，俱谢令去。

十六日　阴凉。周生自武昌来，致端书及瓜，并云陈婿将到任矣，又言郑苏盦复召入都。官场汶乱，未有如今日者。郑福隆来求退佃，余非保正，乃请余随丁去。

十七日　晴。周生又还省去。检端信，送瓜意在索诗，仍和"迟""夸"二诗韵报之。前五叠亦久忘矣，又温一过。临江避暑客来迟，多谢甘瓜自远贻。三日色香胜荔子，双轮驰送棹辛夷。冰园旧路霞如锦，玉井新泉雪上匙。正对北窗吟短句，思量犹似在京时。　青门休更故侯夸，已是鸣驺竞鼓笳。夜坐早安留客簟，秋光回到野人家。抱冰堂冷谁看竹，环海兵争不乱华。忆否前年吟檽李，好来重注越瓯茶。夜坐外幪。

十八日　晴。晨起发二邮片，寄诗端、谭，谭原和诗人，故必及之。团丁查夜，仍有鼠窃，去条约警饬之。寄端片时本拟寄陈婿百金，临发忽忘之。

十九日　晴。汤丁来，致欧阳浦信，湘潭人可贱厌者，以类聚矣，尚有杨振清一流，非杀不可治也。寄诗欧阳述，稍胜一筹，亦其流与？宜陈恪勤之恨湘潭而喜尹老耶。余与尹县人交，而知常宁之更劣于吾县也，又兼怕尹老耶矣。写字五纸。出看迟荷，放两雉后山，皆入草去。

廿日　晴。卜允斋来，求张信，依而与之。张还五十元，一片价也，故片致沈士登。又书李道士扁额一纸。留宿内房。亥正黄孙还。

廿一日　晴。晨起候送允斋。朝食后小睡，午后雨。闻寿平来抚，杨移陕抚。

廿二日　晴。作《放鷫雉诗》，前无此题也。雉耿介，不笼畜，今乃驯扰，较斗鸡为雅。晨坐纱幮，点《史记》一本。

廿三日　晴。城信还，寄芦菔菹，奖从姆一瓜。周生来报事，仍居局巷，无来意也。午后雨凉。看《史记》一本。

廿四日　阴凉。末伏。写字一纸。盈孙求婚蔡氏，六弟遣人来而未言成媒，不便问之。午雨，遂至夜。未看《史记》。玉簪盛开，未知《尔雅》何种。

廿五日　阴凉，遂秋矣。看《史记》。写字七幅。珰女遣人下省，道过此，因属令还来。

廿六日　阴。每至过午，雨自然潺潺，殊令农愁。晨看《史记》，昼摸牌，夜地炮，定为工课。闲看《尔雅》。

廿七日　晴。晚雨。看《史》如额。黄孙颇来问文义，亦闲应之。

廿八日　阴。晚雨夜晴，星光甚艳。朽人来，云绝粮，留令且住。

廿九日　大晴。晨看《史》，颇有所疑，疑《说难》之不必全载，穰苴、孙武事皆无稽，白公之不足为报仇，而子长书之，为无史法。向夕，王心培来。周生来。

七　月

七月丙寅朔　晴。始获。朝食后王培去。欧阳小道来，送夜来香、紫微花各二本，旋去。衡足来，寄食物与纨。邓婿来报子丧，求赙补，以廿元与之。今日处暑，稍热。

二日　阴。樊非之寄梧来。昨看《史记》太迟，今晨复常课。胡婿寄学抄来，有假我名电考孝廉者，与书令查究之。电报淆乱，为害不小。广东乱党已炸死水提督矣。得瞿相寄书，贤儿寄信，言杨儿已改委善地矣。将与书云门，索和瓜诗。

三日　晴。蔡六弟送女庚来，即邮寄功儿。周佃归，言滋女未到，明日当至省城迎候矣。

四日　晴。周武德来送油，盖欲合十五元之价也，方困卧，未能接之。适张生来，言其兄被打，欲告樊藩，因并于上房见之。书致胡滋圃，送樊非之去，并预属周生明年补课。又复张金蔡一片，言打由自取。至夜未出。

五日　晴。晨晏起，一本《史记》未毕。欲作悼复女诗，未能援笔。至夜闻外有人声，周妪云六小姐还，顷之果来呼门，茇女亦起，坐谈顷之。余还寝睡去，俄寤，两女均去矣。

六日　晴。补足昨点《史记》。樊、周去，丁子彬来。凡来者皆欲求信，不待问也。正欲与陈婿问说，因与书午桥。丁宿陈榻，余夜未出。

七日　晴。无人乞巧，瓜果遂罢。子彬去。周生又欲干樊，斯为躁矣。蔡生抄《玉台》十卷毕。

八日　晴。看《史记》。作哀诗成，依韵铺叙，竟有不能增损之妙。与书云门，索其次韵。

九日　刘家惠自衡来。遣人入城送新米，甫去，遇雨。

十日　阴，大风。周生来，言开钱铺。和葛、朱。得省信，回草庚，顷之功儿自来。罗步青自耒阳来，送《罗含祠碑》。

十一日　阴风。遣送祠堂钱纸，旧例钱数百，今十倍矣。

夜雨。

十二日　阴。看《史记》毕。遣人至蔡家送庚帖。李长生来领钱，以两月付之。滋大以养烟为不然，然则当听其饿死乃明好恶，恐亦非法也。

十三日　滋晨起办具，至晡未了。张生偕程石工来，求书薛道，留共吃新，并刘、蔡、朽而五。余久待未见馈具，出见张、程。日斜乃设荐，增复一坐，奠酒而退，烧包已月出矣，余困未出也。张、程、刘饭毕去。

十四日　晴。日本二人来，以为来宿，未出见之，乃云当去，亦未出也。

十五日　晨起出见二倭客，不饭而出，云往照桥。还请照像，坐楼上照一片，令设饭，午后去。童、丁二生来，又久坐，还内已晡矣。

十六日　晴。陈小岚来，故即墨令也，云告假两月，公款未了，已解四千矣。衡州专陈八来，送唐诗样本，陈未宿去。

十七日　壬午，白露。校唐诗，并抄补毕一卷。端侄来议盈孙昏事，追论其姑来时全未办装，亦不知道光时何俭觳如彼，今乃隆隆矣。金姝亦往萧家请期，媒人华一同来。八女一日未出，端侄饭后去。

十八日　晴。校唐诗，补七页，令朽人抄之，余亦自写两页。夜大雷雨。

十九日　晴。校唐诗。敖佣发风求去，且姑许之，令茂更顾一佣。

廿日　晴。校唐诗毕，更阅五十前年抄本，尚有两卷未圈，亦为毕之。写册页二纸。与书教习，论船山经费，既石①船山，即当归王氏，亦如曲阜钱粮也。王镜芙长子来，未见。

廿一日　雨。见王少芙，问其所欲。当遣陈八，留之般仓。至午雨止。

廿二日　晴。王生留一日。长生来拜娘生，并偕一王姓，未饭去。寓书严雁峰。永孙来送饼卷。

廿三日　晴。王、长、黄并去。蔡六弟来，回草庚，姻议成矣。不意又成重媾，亦足慰孺人意。

廿四日　晴。寒疾始愈，天又寒矣。出外登楼，便似数月未理家事。

廿五日　晴凉。得张生急难书，告以周梅生去矣。张金萦总记得樊方伯，而不自诉，可怜亦可厌，大概樊方伯、端午帅、陈小帅为我害不少。

廿六日　晴。夜有雨。写字数张。看《痰气集》，语言不伦，似真痰也。

廿七日　阴。功儿回城，写字将附去，未暇检交也。看汉碑，因欲知前后抄元年及改元年数。鸿甥哀求五书，皆不可行，仍为与书黄道谋之。

廿八日　晴。城中人回，云蜀已焚督署，杀议员，将因路生乱，□庸人不解事至此。寄《玉台新咏》交四儿还谭家。始食茭笋。

廿九日　晴。写字数幅。遣工重筑祠墙，发银钱廿枚，又助佃户五枚。卯金来乞食，任其坐拚。

---

① "石"，应为 "名" 之讹。

八　月

八月乙未朔　晴。偶思三川形势，取地图校韩地，知晋蚕食之广，卒以有郑，楚不能争也。将夜云女客来，呼轿往接，明镫待之。四侄女携其女彩霞同来，为邀会事也。甫饭，又有女客步行来，误陷田泥，易衣乃入，云是侄女，问之乃戴姓，李女尺五嫂之侄也，言语支离，亦留住宿。

二日　晴。戴妇携其子来，分内外二席客饭。彩霞能摸牌，六女小疾，代之成局。唐团总遣卯金来致书。

三日　丁酉，秋分。竹林阿公来，言未能出祠，前言谬也。叔虞侄来，言罗正谟、泽渠兄弟成讼，许为解之。设伊面款之而去。

四日　戊戌，秋社。热过八十度。四妇来送果笋、桶鸡。戴妇母子去。四侄女亦将告去。看《水经注》。野桂已芳，庭桂未花，盖为虫伤也。遣放米船。

五日　晴。四女携女去。遣周儿下省换钱，备祭节馔品。佃户送租，内外俱忙。

六日　晴。五十孙送租十七石，用七车，来诉再七凶横，其父亦诉之，余令沉塘，又不肯，无可奈何也。夜热不得睡，为今年第一暑，而表止八十六，不足凭也。米船送饼脯来谢。

七日　晴。作马悔初诗序，看桂注《说文》。遣仆佣往刘冲收租，公屋又请小工，颇有人少之患。夜早眠。

八日　晴。城中人还。逃荒人又来乞食，送钱不可，令郭饭店食之，一顿费二千钱。作徐子筠墓志成。夜雨。

九日　阴，风凉。田团总引一狂人来，云有鬼祟，欲求禳之。

坐次殊躁动，急遣之，已发狂打人卧地矣。云系薄其前妻，死又悔之，致成疾也。窦连波亦不易为，许为作文告山神土地，乃去。

十日　阴凉。晨起作文，书侄、女妇五联。看《说文》，已不识"頛"字矣。羊从艸肉①，训为"持弩弣"，必非古字，亦未见用处。

十一日　莫姬生日，两女办祭，并设汤饼，午正始得已事，吃面四碗。明孙为客，侄、女妇皆来，夜摸牌。岫孙、华子均来。岫旋去。大风。

十二日　晴。华子请写对子，又补题款乃去。写《四岳诗》一卷，并跋云："狮子搏象用全力，必异于搏兔子力，凡登岳望海诗，必气足盖之，以不用力为力也。杜子美语必惊人，即其不及古人处。余廿时与邓弥之游祝融，邓诗语雄奇，余心愧之，怀之卅年乃得登岱诗，压倒《白香亭》矣。古今华山诗推魏默深，余诗较从容，亦稍胜也。本朝湘中两诗雄皆出邵阳，亦一奇云。"至夜亡羊，僮仆皆出追之。

十三日　晴。午时羊还，云在彭姓家，且免诃责。巡丁又白日获盗囊，令送团总。衡州遣人来，得胡道台及教员书。唐生又欲谋分一席，俟问斋长可否。

十四日　晴。王绍先来，船山后裔，从我廿年，入学老矣，耻事谢、谭，亦求教员，与书斋长论之，并唐事均阁起矣。昨夜舆儿来，今晨始知之。欧阳宇祥来诉霖六耶，拒虎进狼，乡人可闵。

十五日　晴。辰溪萧地师来，呈书求序，不远千里，孔子所

---

① 此句原文作"羊从艸勹"，据大徐本《说文》改。段注《说文》作"从艸，肉声"。

谓可乐，今日则可笑也，笑亦乐也，或孔子亦笑之乎？儿女摸牌。戌初拜月。谚云男不拜月，余为子时，母命拜月。乙卯岁正拜伏，后有来拊背者，则彭雪琴也。彼时两少年，今回忆犹如昨日，月亦如昨日也，久不拜月矣。受贺正堂，来者族邻佃佣数十人，亦甚盛也。登楼看月，旋下摸牌，茇犹高兴，余觉倦，先寝，已亥正矣。

十六日　晴。张生来，言天生福又将无福，因包路无效故也。城中遣船来，张乃先去。

十七日　风凉。蔡、陈均去。发行李，摸牌竟日。

十八日　雨。壬子，寒露。茇携一蜀妇甚费，蜀语以淘气为"费"。令随入城。文柄亦费，亦令入城，遣房姁督之先去。余待雨止，雨竟日不止，又铺新被蓐，留宿一夜。

十九日　晨起，船人已来，乃乘辐车以行，到南北塘马头下船便开，大风寒噤，水手冻颤，又逆风浅水，至夕乃泊九总，雨密江昏，闭仓不出。岸上四家来问讯，兼迎上岸，并谢不去。

廿日　雨。欧小道又来迎，约其上船。朝食时来，云其父为朱八约去，改盐政，一梧已蒙瑞督开复，余参议亦蒙王心田开复，刘健之被劾察看，岑猛旧疾复发，定不去矣。马孙来谢序。欧三老来谒，并送菜。程天生来，言马东阳、戴、蔡女并未来。王心培早来，未见。昨夜梦朱倬夫来，心知已死，甚惊惧，问负命耶，答云求赏饭吃。因问何罪被遣，云以坏衣骗钱，未毕词而癌。今夜又梦一少妇，避姑逃依我，携一古瓦瓶，云其从嫁物也。纨女甚惧，余许芘之，令往上房。其姑已迹至，余携此女同上，拊其背，着单纱衫，女手卷然甚细软。后又来一小女，可十二三，云其妹也。云外人犹见怜，姊妹宜相顾，故来耳。仿佛而醒。连夜梦阴彪，事甚支离，故记之。直陈黔、徽朱滇、江张直、东赵疆、豫宝、晋陆直、蜀岑、桂新徽、滇李徽、湘余徽、陕杨滇、甘长、闽祥、浙增、鄂瑞、洪冯豫、苏程川、东孙浙、粤张东、桂沈、黔沈闽。

廿一日　晴阴。逆风橹行，小泊鸡崖。任开甲来见。饭后复行，向夕始至朝宗门，入城径至舆寓小坐，步还家，妇、孙均见。顷之舆来，言湖北兵乱。遣招功、懿来问，云非虚也。夜宿舆家。行李未至。

廿二日　晴。晨起避喧，出游门巷。行李至数十挑，房姬之侈也。黎锡銮，蔡人龙，梁韵谐，胡子瑞，江南生，卜、张二尉，盐谷温来，赠古匕首，云五百年前铸也。张松本戎服来。陈鸿子、邓幼弥均来。大、四儿均来见，报鄂革命党事。杨卿弟来。

廿三日　晴。朝食后看子玖，苏畹遣相闻，遂至黎坡，驰还，午炊。子、妇均来觐。子玖夕来，久坐，看吃饭乃去。余、郑已坐内房待久矣。懿来报鄂乱，已载黄兴先断河桥，颇有布置，胜乔耶也。陈芳畹、周少一、蔡朽均来。发信寄银，交张寄衡。

廿四日　大晴。晨出访参议、心田，驰车来往甚快。还朝食，三妇已出交灯矣。廖村愚、李华卿、陈诗人琪、杨年侄、毓衡、尧衢、戴表侄均来，晚饭颇早。异访祭酒，遇叶麻乱谈，夕还。程子大来。懿夫妇均至。庄问团长复仇，引"九世犹可"为证。余云易代时当杀戮，非不受诛也，此不过匪徒托名耳，非君子所道。得青山古文书。

廿五日　晴。为杨盗子题美不老室，引《庄子》以证《荀子》，发明"无欲速"之义，搭天桥骂倭学，颇有发挥。刘沧子来。蜀女已老死矣。王开文来见，托为揄扬。吕蓬孙、梁戍生来。复青山书。叶麻、梁和尚、心田均来，言鄂事。两孙女来摸牌。接脚女来。

廿六日　晴。王兆涵晨来。会元来，约同往抚署，因时尚早，又先去。刘昌彝大令来。午至又一村，官绅数十人，殊无秩序，大致言鄂变已全安堵无惊耳，吃莲子而散。还东宅，荪畦、袁守愚踵至，张先生、周少一亦来，同吃饼而出。仍还北宅，遇张、杨二厌，闭门少息。迎宓女、慧孙来摸牌，两孙亦至，懿又来吃蟹面，颇有酒肉滂沛之概，功来已半散矣。周姬酣卧不起，自往唤之，亦不醒，如慈禧遇李莲英，无可如何也。

廿七日　晴。朝食后还东宅，步往，道遇功儿，余仍携舆至家，看两孙女房。北宅遣舁来，令还，不可，必欲送余，遂乘至云泉里，看杨亲家母，少子方疾，亦强起相见，晳子妇亦出见，留点心。因其困顿，未久坐，令送其女处。至懿处小坐，果送汤饺。又见孙师、张生。还北宅，幸无人裒。甘妪来求寄居，以旧佣，许之。

廿八日　晴。将买烧鸭，钱已用尽，官票不行使，且姑待之。检旧书，得《翠楼吟》词，久失其稿，因录存之。继莲畦为江藩，与端督龃龉，朝命移甘肃，于道令权皖抚，故为此词。一角钟山，朝朝拄笏，官情不如归兴。君恩容卧治，且饶与皋兰轺乘。公才须称。喜六旂红停，皖山青映。新开府，早秋衙鼓，雁声遥应。　还认，油幕看人，问故人别后，好风谁赠。白蘋江上句，料难共吴兴争胜。戟门香凝。有得意诗篇，赏心图帧。君知否，楚云楼阁，有人闲凭。今端督又蹈死地矣，令人惘惘。彭畯五、梁韵谐、邓婿均来久坐。四妇来，言和尚传洋话，明日有变。其母将去，来问行止，告以不可下乡，令归止之。遣舁迎禄、縠两孙来吃蟹、鸭，长妇、宓女亦来，功、懿及两孙亦来会，甚盛集也。乡中遣佣来。召缝工作新蟒。

廿九日　晴。讹言今日有乱，晨往本宅探之，因过宓家，叔鸿子妇已戒严，往乡避兵矣。轿夫塞门，小坐而出。遇卜云哉。循城复至北宅，又步至东宅，尹和伯闯入，久坐。彭畯五又来，求荐农务，未能应也。胡婿来，送抚台假电报，殊为可笑。宨来摸牌，初更异还。

晦日　晴。街市清静，步出北门，访盐谷子，云外国人已半走矣。薛副统到，未降未走未战，俱保青山也。校经堂派巡警四人守门，盖恐效去年焚校故事，不知彼仇学生，此是学生仇满人，大不同也。康、梁保皇以革命，其计甚狡，惜乎不自量也。狐媚可取天下，鼠窃岂可取耶？

九　月

九月乙丑朔　阴。日食不见，午后见月。晨见邓婿、杨都司、朽人，皆背时人，此月必不利。朝食后立门前，武夫传呵，云已围抚署，未猛攻唾手而得。须臾满城白旗，商民案堵，颇有市不易肆之概，余亦为俘矣。功儿往来踱蹀，请余移居，文襄祠已屯马兵，乃异至本宅。尹和伯来。陈鸿子来求金，无以应之，假周妪七千应焉。初更即寝。

二日　阴。舆儿早来，云两县已被害，横尸谘议局。诚不料大兴土木，发此利市也。在城终为陷贼，乃命治行，至西门不得出，至南门已闭，循城看杨亲家，妇、孙均在，方早饭，小坐还。复步至北宅，屯兵已去，仍还本宅。子大夜遣相闻，来谈颇久。懿亦来宿。云门孙宝珩字楚材来，求寄寓。

三日　雨。晨起，樊孙来见，云随余抚来，甫数日，主人遁去，一无所依。许为料理，令依舆儿以居。胡婿来，告以雨不能行，当待晴也。李砥卿来。梁韵谐亦至。两将军均在，而无斧柯。张生来，欲还办团，又欲经商，皆可行也。功访心田，云江宁亦不守。又闻京中有变怪。周生自县来，云前日易俗仓已被封矣。

顾夫不得，呼僮又不至，颇困踬也。懿儿游移不肯下乡，余甚危之。㝎女又来觐，促其早归。

四日　阴雨。郭炎生来看，劝以出城。郭云谭朴吾发狂，犹有人心，余则不狂而真狂也。曾祖忌日，未出拜荐。

五日　阴。晏起。李砥卿、马太爷、樊楚材来。佣童出城，均无还者，但闻邓婿已为科员，酬其平生之志，陈甥则不知下落也。报尚未断，送来，前月廿五六王人文撤去侍郎衔矣。彭晙五、彭受可、周生来，至暮方去。遣探雨田。与书陈完夫、樊云门。樊山仁兄道席：前者方言进退之难，未一月而生变矣。归迹纵横，无可究诘。寿平儒缓，绝少风闻，有一范增而不能用，自误以误其师，虽曰天意，实人事也。遥想瞻园，未知经画，朝服微服，均未所安。贤孙飘萍，未能留隐，兹已附舟东下，暂令还乡，福门无灾，当可团聚。□□① 到城之日，即闻鄂事，曾未十日，已作舐羊，且复归山，以待其定。欲附一诗相质，自嫌太迂，唯得一联，云"阴谋坠文武；邦谍满东南"，当满城风雨之时，作考兴而止之句，犹可笑也。专此，敬问起居，无忧为幸。

六日　阴。乡间人来，迎我还山，遂定出城，舁至朝宗马头久之。王佣必欲顾船，得白沙倒扒，索钱二千。因欲携孙女入乡，遣问须待一日，又入城宿本宅。

七日　晴。晨步至胡家，又循城至北宅，敉妇已与灶养大闹，令待船来仍回乡居。又步还早饭，催发行李，又步出城。今日蹀躞衢巷，不止三四里。王佣云城中消息不佳，早去为是。长妇、宜孙、两孙女均来。㝎女、懿妇在城相送，未夕即发，至猴石夜矣，泊平塘。

八日　朝晴午雨。孺人生日，无汤饼，云孙妇在城设荐也。缆行一日，仅至杉湾泊焉。闻昨县中土棍巷战，伤我一哨官，旋

———

① 原文如此，信函中缺字为"闿运"自名。

被击毙，市中大扰。

九日　朝晴，午后雨至夜。竭蹶一日，仅得达湖口。待昇上岸，一行十一众，俱拖泥带水。到家欢迎，明灯摸牌，居然太平景象。

十日　阴。以元宝换滋洋元，遣船力迎周、罗二妪，便接舆妇、宷女，或云宷不愿出城，吾未闻也。携来名健《国策》，抄评语多讹，为点一过。衡州信来。珰已来，复留待信。纨则未得婿音，甚悬悬也。丁子彬来问去就。

十一日　阴，有飞雨。衡足还。与书常婿。盐、煤均竭，遣人下县办当。看《国策》半本。崔孙、岫孙均来问讯，小坐去，未茶也。此时尚修聘礼，亦云整暇，所以待之者觳矣。

十二日　晴。晨未起，金报周来，云三妇、孙男女均至矣，起候之，至午乃至。与两孙女步前山迎之，三妇携子女及婢妪来，许孙昇来，未余见也。还夕食而周至，甚怨余弃之，拳拳之意，不能见谅，信未孚也。夜月。

十三日　阴。杉塘二子来，携族曾孙曰仲辛，皆云消息不佳，长沙杀贼首矣。黄孙生日，设汤饼，又为作酪。喧传有兵过境，房妪忧惧。

十四日　雨。贼军朝过，有闻无声，贤于官军也。得纨女翁刘书及纨书。华一昨夜来，朝食后去。看《国策》四卷。

十五日　晴。四老少昇迎去，宗兄徒步不能从，午后去，小孙亦步去，衡使亦去。宇清、月庆三子来，云将避兵，告以省费，不能从也。与宗兄俱往杉塘相宅去。看《国策》。

十六日　晴。晨未起，闻二小姐来，宵芳携少子、婢仆坐我坐船来，并无辎重，云箱担不能出城，夫力极贵，且来避喧也。房妪正欲下省，便令坐来船去，迎三子。

十七日　晴。周妪携子去。四妇来觐。振汉族孙被劫，来问报官。余云今无官，不可报贼也。功来探报，亦似余抚探报，尽齎言耳。《国策》点毕。得尹澍书，不解其词意，以其从翁道台处，未知为县人。

十八日　壬午，立冬。晴，大雾。周梅生还，自江南得云门书及诗，言江汉事，又致现银钱三百元。方患无钱，得此如鱼得水，以百元赏之，辞而不受，留饭而去。乃料理刷书事。湛童亦空手还。

十九日　晴。周佃下省，与书舆儿。索礼单，备冬祭。待庶长不至。振湘来，顷之周生、刘痴人同来。发卅元换铜元。留刘晚饭去。

廿日　晴。先孺人生日，未设汤饼。宜孙争钱而泣，年十三矣，犹似三岁孩也。甘思禽自榷局逃还，欲余与书谭会元，告以不与贼通，犹未悟也。科名中人如此，殊可太息，出独立表示之。夜大风雨。

廿一日　雨阴。午衡船到，珰女率其三女来，唯长女留侍其姑，云衡城亦空矣，船无下水，皆畏避也。开前房居之，亲为摒挡，但未糊窗。

廿二日　阴，有雨。将摸牌，闻窊女言是母忌日而止。蔡六弟遣人来问，报书告之。罗妪还，未问复女死状，不忍问也。马先生来，勉出一谈。

廿三日　晴。育芳明日五十生辰，命作包子、薄饼馈之。宜孙始点《礼记》。赣孙读书声尚似能读者，差胜其四兄也。夜食饼颇佳。

廿四日　风雨顿寒，遂着繭裘。窊女拜生，设汤饼。马先生阻雨不能去，亦作客也。夜周佃还，见贼电报，云摄王已遁。四妇来，云无京信，未知外事如何。但闻周妪仍来，想安静也。

廿五日　雨，仍风寒。黄孙纳徵请媒，将夕乃至，云乡俗凡昏礼必待昏也。余未出陪，请马生、胡外孙送茶安席。夜看装台合。

廿六日　雨。遣望来船，久之不至，人还旋到，周妪仍率其子来，四妇仍去。朝命已更鄂督，使魏代袁，袁代庆，两儿犹未知也。乡中传云魏不敢去。

廿七日　雨。周儿来呼门，自起开门，云将迎妇，仍还所居。令留周孙在乡。与书任七，令备船。

2282

廿八日　阴。欲晴未霁，寒可向火。看《国策》校本，讲《礼记》，补注数条，皆不可略者。"十三舞勺"，未知其义，"勺"亦不知是"酌"否。勺、象俱如武舞，何以分其难易。

廿九日　阴，又欲雨。看报始知摄王枪法乱矣，起魏自是转机，然魏惧，均非其人，又不可用我，孔子所以叹斧柯也。

晦日　阴雨。校《国策》。摸牌。许女来求书。写倭楄，并送盐谷温一序。

十 月

十月乙未朔　阴寒。长妇来问船，始知窅芳欲还城，初以为须初六七，故令稍待，及询其由，均云无此说，岂余误听耶？

二日　阴。船来，云乱未已也，然可游行，乃令窅芳先去，定明日行。看《国策》。

三日　丁酉，小雪。晴。送窊姑妇往城，与书纳女。补《礼记笺》二条，校《国策》毕。

四日　晴。晨起料理烝祭，待舅夫，至夕乃来。往子碑岭宗祠斋宿，城乡人无一至者，惟戴弯诸子孙及宜孙侍祠，以乱未特杀，不视濯。

五日　晴。晨起濯概，羹定行事，觞酒陈，以次展拜，未馂即还。

六日　晴。谷二来报军情，云懿儿已到县觅宅，奇想也。实亦无安居之处，自来乱未若此，不乱之乱，乃大乱也。玉石俱焚，牛骥同皂，可怪也已。邓南湘夜来，致声魏督。

七日　晨起送黄孙入赘，至巳乃行，功、舆俱来，长妇、三女送亲，婢仆二人从，伴婆昨已去矣。

八日　晴。懿亦来觐，三子均集，烝鸡饷之。萧家送席来，夜宴，饮百年酒，微醉。摸牌至亥正。

九日　晴。送亲人还，又议取孙妇，功往蔡家请之。

十日　雨。功行已定，冒雨去，约即日还，留船待之，至暮不至，懿亦阻雨不能去，皆未事。与书朱雨田，问讯八郎。

十一日　阴。懿去功还。与书谭芝畇，问讯踪迹。

十二日　雨。功夫妇率两女还城，舆亦同去料理船夫，送至大门，待昇，往还送船，遂至晡矣。谢教习自衡来，送千金。一勺廉泉，化为知时好雨，不可辞也。芝畇信来相迎，云月初已到湘东。探听不确，竟不知也。又送茶油、沙橙，亦副所须。

十三日　雨。谢生冒雨去，云往长沙卖海菜，亦可怪也。作包子未发起，食之太多，遂不夕食。复书复谭。

十四日　阴，欲晴。蜀书来，知龙安尚未乱，见丁太守《竹枝词》，大要咎赵督也。

十五日　雨。常汉筼子来，已剃发，未见。玿问其来意，云欲往湖北投效。世职从逆，知恤赏全无报也。旋去。

十六日　雨。刷工刷《礼记》，脱二页，检数本皆然，知去年所刷书全无用，幸家本无多耳，然误人甚矣。

十七日　雨。舆儿及谢生乘船来，先府君生日，未设面。滋女议迎妇，以雨不能远行，令改俟晴日。

十八日　壬子，大雪。雨。遣迎縠孙，房妪请便往谢四妇，附舁以往。至夜大雨，冒雨笼灯还，云孙女不能来。蜀使专信来；八月杪自龙安附船至湘，云尚平安。

十九日　寒阴。船来已久，留舆在山庄过生日。刘生谋产来自首，未见也。刘婿兄晴岚来，勉出见之，云下省探信。留令同船下湘，将行被留。

廿日　阴寒。晨发行李，饭后摸牌四圈乃行。携文柄、周孙、黄海琴与刘晴岚同下湘，登舟即发。酉正至九总，先送刘兄上岸，柳树精不知神仙到也。岸上反冷于舟行，知旅行未为劳苦。

廿一日　阴。晏起，朝食后尚无人到，午初陈生来。遣问秦宅，兼告伯元。俄遣轿来迎入城，张海陶先在，留午饭，更招谢、罗、吴、翁吃汤圆。汉令来，云鄂匪已败退。余问君将何计，乃云为一县生灵被污伪官，今将高迁也。须臾罗学台来，言不可少此令。余问究竟，天遂封于此。观其言论，不复有理路，遂吃羊肉火锅而散。还至船已三更，大风。

廿二日　阴，有晴色。周生晨来，云省城万不可去。留共早饭。三族痖均来，伯元、谢涤泉、顺孙继至。

廿三日　寒雨。遣书与秦子和借屋。张海涛来，夜即还。秦宅不借。懿自城来，辫发重剪，甚有愧色。

廿四日　仍寒，作雪不成。懿船先发，今日从陵去，余令往拜兄生日，未知能去否。敔步云自省来，辫亦被剪。得功书，云盈孙病不能婚，改明年矣。今日陈、周、张经营一日，借得萧宅，方拟大办，旋作罢论。与书吴文甫喭之。

廿五日　阴，夕晴。始欲还乡，张海涛来。贺姓来送鱼，谢不能烹，则以送船人。看《樊山集》，念其文才而逢厄运，与书慰之。张正旸夜来。

廿六日　雨。办菜果还乡，留待一日。芑堂、月生来看。芑堂流落为丐，今衣履完具，居然绅士。欲为卯金游说，未得尽词而去。

廿七日　晴。泛舟意行，颇有乐趣，乘风张帆，午至姜畲，取张兄所送两石桌，夕入湖口，便异还家。黄孙新妇已来，纨亦还矣。

廿八日　晴。滋女治具请我，兼及房妪，遣罗妪代守船，召周妪来，匆匆复去。

廿九日　晴，风颇寒。尧衢专使送礼，并饷百金。召见来使，询其踪迹，不告，云王祭酒亦至上海，未被劫也。三妇回省检点，遣周妪同去。

十一月

十一月甲子朔　晨起至船上，旋雨，遣告妇、子可无行。已而四妇来，云俱办装，不改期。乃还山庄，道遇轿夫，云舆儿又还到家，则三妇亦去，夕俱发矣。小倦睡，上灯乃起饭。

二日　雨。复余书。廿五日院署大集，未接清尘。至九月朔，躬见寇入，旋即披靡，城中遍立白旗，幸未及门，旋亦逋逃入乡。一时才彦皆无所措手，故家子弟半陷逆党。去岁之乱，自谓不能补救，今则真无能矣。恨愧惭沮，无所遁逃，尚敢靦颜称寿乎？因次孙昏期前定，欲迎来同患难，恐乡人犹往昔常例，责我酒肉，故往县城借屋避之，非做酒也。昨得家信，孙病改期，遂复还山，闭门待雪。风寒连日，忽承专使，贶以吉语，赠以脯脂，媵以百金，万响之声，何其暇也，岂桃源人惯于暴秦衰晋时杀鸡延客耶？虽欲礼辞，无由达意，谨即拜受，以作乱典。但百金之重，当以周衰海观、萧小泉之急，□□①栖迟衡泌，无所用之。尊使善词，恐怀宝为累，封留箧笥，俟便检还。承示近状，盖劳焦所致，委怀乐天，自然康健。摄王被斥，想亦民吪。朝政已淆，无从补苴。我等以专制受累，复以共和被困，其不自由，由不能自立也。瞿相、王阁皆依租界，又足告矣。独立不惧，乃真独立。立则难言，不惧其庶几乎？午桥来为我做生，今无消息，又不及公远矣。手此申谢，即颂冬福。至夕船人又来，云仍还入湖口，甚可怪也。顷之三妇来，云才女道陆还母家，舆从陆至县，余皆还也。夜雪。

三日　风寒。踏雪成泥，舁行甚困，勉至船问还意，云从人多惧费也，亦可笑矣。问可不去否，又云不能。乃还看樊诗，无新作。始课两孙书。

四日　大风。刘孙读书甚难，竭蹶竟日。今日丁卯，冬至。武冈万生来。

五日　雪。雷，大雨倾盆，八十年所未见也，骇怪久之。湛童屡戒不悛，令其离乡。

六日　晴。三妇携一子去，留一子一女未从，婢媪均从去，至午乃发。

七日　阴。先孺人忌日，素食。无事。夜雨。

八日　又雨。课读毕已夕，犹未晡食，晏起故也。

九日　雨。召匠漆桌子，令靠木匠必退光，其愚顽不可用如此。卅和生子求饭，以仓谷振之。

十日　阴。看樊山批判，求高抟九事不得。

十一日　晴。未起，周生来，云功已剪发矣。近报在长子，此多行无礼之咎。顷之张生亦来，言开钱店事，又货悖而入之报耶？半山忌日，三女素食。闻刘婿几死炸弹，又为一惊。

---

① 缺字为"闿运"自名。

十二日　阴煊。课读毕，遂夕，不能他事也。舆送蟹四十螯，今年稀物也。大理丛书，分其部分。

十三日　阴。城人来言，舆亦剪发矣。看陶子珍词，以清空质实为极，未为善论词也。衡生专信来，云革党欲提书院经费，问所以应，复书告以不可与贼盗论理。黄孙与闰保大闹，遂至捶壁叫呼，自出责之。

十四日　晴。又逢四日，又不久晴也。夜开门见月，以为积雪，惜不得樊山赋之。

十五日　大晴。欲访荪畡，兼毕祠工，试命呼舁，轿工踊跃，本欲少待，竟不能矣。饭后即行，晡时至刘家坤，闲民毕集，纷纭半日，夜月出乃散。五十曾孙为主人，不烦佃户。

十六日　阴。晨起以四十千买谷二十石，即用推糠泥壁，余米供食。命向三仙坳往荪畡家，初以为甚近，及行殊漫。过袋子山，雨，望见垣墙廖家，雨大至矣，幸不透湿，然已失容。入门，其五子叔怡相迎，四子稛荪旋出，荪畡出见甚欢。登楼看田，剪烛具食，入暖密然榍柟，谈至子初乃睡。

十七日　昨雨未散，晨气浩弥，留一日，待晴。欲遣舁夫还，意又不愿，且姑任之。写字十幅。夕往廖太翁新端墓上一看，郁郁佳城也。旋还，坐荪畡书室，谈至亥正。

十八日　大晴。加夫二名，星驰还庄，改从长田坳渡岭，至朱石桥合路，昨饭处也。至三仙坳未晡，始朝食。宁乡店顿饭，潭店伴儿饭，宁廉于潭，人顿七十。小憩史家坳，未夜到家。闻船到，自往看之，饭后笼灯而往，旋还地炮。

十九日　阴。壬午，小寒。复阴，晨起落联款，盖图章。附书荪畡，示以小诗。乱后重相见，寒灯语倍亲。仙家乐鸡犬，儿辈失冠巾。老去好奇计，闲中惜此身。斧柯犹在手，谁识两樵人。并馈江蟹、潭油。

夜雨。

廿日　雨。晏起，苓芳率两女昨日上船，势不可止，船人促发，不饭而行，至即开泛。雨竟日不歇。申初到城，苓芳先上，已又来迎，遂至十一总后，借萧怡丰大宅以居，爆竹欢迎，三儿夫妇及弟与纯孙俱在宅矣。周生亦居于此。径入相见，张灯夜饭，更召庶长来，问刷唐诗事，至亥乃寝。

廿一日　晴。足冻难行，勉巡宅垣一周。苓芳得黄梅、山茶、红梅，移至客坐厅前。刘江生亦来助办。四、七两子，陈秋生均来相看。团丁助起行李，赏以一元。纯孙误以与听差人，乃更以一元补之。

廿二日　晴。足更尰，不出房。伯元来，正朝食，即就坐久谈。遣船迎女。

廿三日　阴。欧小道来，谈保安剪辫，无异明劫。六耶，永、云孙来。杞堂来，欲伴食，以义不可，以情宜许之。

廿四日　阴，又欲雨矣。坐房摸牌至夜。有雪。

廿五日　雨雪。汪朔平泽仁来自桂林，云起①石如已交兵还湘，已亦小住此间，不能还南昌。至夕船还，三女俱来，并携新妇兄妹。衡州三生昨来，未留。

廿六日　阴，有雪。伯元来。廖春如来。遣人下乡。午见日，旋阴。得郭述皋书。

廿七日　阴。省城船还，宷女、功儿、两孙女、孙妇、曾孙女皆至。盈孙病甚，不能来。懿妇亦率女来。

廿八日　阴。馈客纷至，不但不胜书，亦不能遍观尽识，足痛坐房中，夜勉一出，受拜，谢客。常、刘二婿均入。

---

① "起"，应为"彭"之讹。

廿九日　阴。晨起，伯元入房，坐待心田、子大至午，未食索面、点心。余价藩及谢统带均入谈。罗学台来，正设汤饼。萧小泉来，入谈，匆匆去。会散，竟不得食。至夕，留王、程、彭畯五、胡子靖、蔡六弟、杨仲子饭于内堂，陈鸿子适来，遂令隅坐。一饭再起，以徐松甫、功儿迭陪客，更召八妓女侑觞，至酉即散，邓婿始来。

晦日　阴。令功还城看盈孙，舆出谢客。午出看畯五，正逢陈与初大令之子元祥来，冶秋女婿，今寓电局，久谈不得起，呼舆来陪，乃入更衣。邓婿送诗联。畯五送寿文。方桂来。子年、卜允斋均为风阻，今日始至。船山来送聘。周武德送通书。

十二月

十二月甲午朔　大晴。饬具宴客，来者寥寥，唯张、卜二尉，水师陈开云，管带翁守谦，水警廖叔怡来，见略谈。朱雨田手书来送寿礼，金酒、蜡烛、灯下作书复之，并托其退余百金。孙妇男女均回省。夜有雨。

二日　阴。再宴酬客，多辞不来。张、周两生，刘兰生均来饮，余陪坐半席，揖退。宥芳还省，借船送之。诸女复召妓听歌，余睡未闻，及醒均散。今日写对子九联，与诸女及孙女。

三日　大晴。入城谢客，循雨湖堤至燮湖头。莲耶嫁女，本欲往看，恐劳酬对，遣送四元，四女各一元。至匡家，见崔、丁生，云夏十郎已还攸，留师课子。于匡小坐即还城，至欧家吃汤圆而还。

四日　阴雨。伯元片告请唐子中，依而请之。子靖来，仍言教育，可谓不知时也。才女自瑞生家来，言其家难。

五日　阴。《唐诗选》刻版未全，再从家中觅得之。周生又不屑校对，改委三儿经理。

六日　晴。治具要客，本约未刻，方午欧、唐已到，县令谢涤泉旋至，匡省吾未坐先去，翁述唐最后来。程子大来闯席，合坐甚欢，散未上灯，已倦稍睡，仍起地炮。

七日　复阴，甚寒。复四十度。出吊张恺陶，答唐子中，已去。与伯元父子周旋，复遇省吾，出城过萧小泉，将夕亟还。舆儿取银滥用，其妇甚焦急，遣人觅之，还乃发狂妄言，不欲正其罪，且姑置之。懿儿夫妇往杨家理财产，遂留不还。

八日　雪。作粥应腊。黄孙携妇还山庄。常婿、喻生均来食粥，遂留摸牌，陈甥与焉。舆亦自还，懿、庄并来。纨女齿痛呻吟，以为急证，令觅洋医视之，一夜未至，痛亦旋止。申孙守母不出，颇有成人之性。

九日　晴。常、喻未朝食去。何佣来，发行李。纨疾已起，云服蒺藜而愈。苓芳携女上船即发。齐滨生来。

十日　阴。倭医来诊，云牙痛有虫。未必然也，恰去马钱一元矣。懿妇女并去。

十一日　阴。出访濒生，并过翁、杨、罗、汪、年侄。谢，还已将夕。

十二日　阴。李和生偕戴渔父来访，顺循亦来。得蜀书，言乱事，又云孙帝已欲逊位矣。许生率其子来。

十三日　阴。紫谷道士来，为杨延闿求书，即书一联应之。看欧阳度遗集，与汤衣谷、戴子高往还，亦短命人也。其兄述旋来。齐濒生与陈甥同来，吃汤丸。欧阳翥、陈云鷈来。鷈，梅生子也。退唐百金。

十四日　晴。将出未果。作欧阳仲荣集序，亦未成。宓女生孙女，送红卵。

十五日　晴。朝食后将出，汪泽仁来久谈。客去，出访陈、欧不遇，至仁裕合，与吴少芝略谈，颓然老矣。入城答访李和生，挡驾而还。夜续成欧序。与书齐濒生，约其来饭。

十六日　阴。遣人请唐春海及濒生，云濒生已还乡矣。许生复来，言刻校《唐诗选》，今年不能开刷。刘婿夜来。

十七日　阴。程十一郎来，云仲子已至，避风潮也。写字十余幅。仲子来，云奉都督命避地入乡。请题秦刻石，发明圆长之谊，以二李初体正圆，后乃渐长，为不及前书，盖圆体为难也。得鄂西书。今年无人迎春。

十八日　辛亥，午初立春。阴。纵女告归，留其婿饭乃去。朝食后汪泽仁偕小道来，太早，且与摸牌，过三圈，唐春海亦至。请五客来三客，申初入坐，酉初散。刘婿亦下船。夜月。

十九日　大晴。李雨人来，写字一幅。复真女书，训以大义。为胡子靖题楄，亦训以大义。与曾涤公家书相类矣。

廿日　晴。妇女出游，余亦异往四面佛，一看迥异，前游初无，仿佛当日庵额似是墨字横楄，今乃金字直额也。有无数人入庵，不见何存。又有三四少妇继至，未便伺之，即登轿而还。

廿一日　晴。遣人下省。杨季子来。郭葆生遣宋孙来相看，与张、周两生同来。翁树堂来，云又停战。与书招葆生还。

廿二日　晴。雪师孙来。陈、任来，言救生局搜床下柜，得经书史诗，登之几席，亦亵尊甚矣。

廿三日　晴。作年糕。张、周两生，蔡端俘、齐濒生、陈兰徵来，俱在客坐。余入房写字，王心培闯入惊人，亟率与出。朽人又至，余无地自容矣，即入闭门，不问其去留也。

廿四日　大晴。急欲出游，适伯元来索钱，令房姬持票往钱店，试随之去。市中泥滑不可行，乃乘车还，将至湖堤，遇危石车翻，身落粪坑，如唐伯虎。

廿五日　晨雨，旋晴。朝食时外报陈五太耶家人来，乃干女也，断来往卅年矣，不知何以惠然。省城人还，报盈孙丧，年廿五，犹未授室，可伤也。宜如何成服，且从减省，但换一裘，遣舆儿赴之，并议葬事。王心培复送唐银来，欲余受之而分润彼，无此理，有此情也。因交伯元廿金，以偿其愿，而余适得八十金，又从胡婿取百金，以备年用。夜雷。

廿六日　阴。舆待懿至午不至，先去。午后懿来，旋去。伯元来报和局，袁定送清停战。又闻易仙童仍在岭南求效用，不谈忠孝矣。

廿七日　阴晴。写对二联，看樊诗过日。夜雨。黄定坚来求见，云雨农儿也。

廿八日　雨阴。刻书人来索钱，未见一页，而云欠账，令刷钉一本来再说。斟酌菜单，今年求远物不可得，亦无土物。陈梅生儿来，字继庄，言漳州事，云彭传胪已死。得陈完夫、宋芸子书，并郿西贺生日电。

廿九日　雨。才女携儿女冒雨来。顷之两儿归，衣履尽湿，云从火车来也。欧、吴送诗，不免和韵一首。

除日　阴。仙丹来见。出访欧阳生，云请年饭，约以三点钟，如期而往，述唐先在，殊无饭意事务。仙丹旋来，谢、罗继至，以舁迎吴少芝来，初更后犹未半，余乃起还。家人相待团年，饭罢领孙摸牌。亥初祭诗毕，饮屠苏。两小孙已睡去，子正乃寝。

民国元年壬子

正 月

壬子正月甲子朔　不受贺，仍送莲子，吃年糕。欧阳伯元送诗，又取还改定，知亦费推敲也。衡船还，得刘婿书，廿六到家矣。

二日　晴。见电报清帝逊位，袁世凯为总统，不肯来南，定为共和民国，以免立宪无程度也。清廷遂以儿戏自亡，殊为可骇，又补《廿四史》所未及防之事变，以天下为神器者可以爽然。萧鹤祥来，极颂袁公，亦船山史论外别有见解者。杂客数人来，俱未见。

三日　雨，又晴。领孙摸牌一日，掷骰得幺全色。夜雨。今日丙寅，雨水，中。

四日　雨。北望邮尘千里昏，杜陵忧国但声吞。并无竖子能成事，坐见群儿妄自尊。元纪沐猴妖谶伏，楼烧黄鹤旧基存。请君莫洒新亭泪，且复清春指杏村。　家家守岁岁仍迁，愁对清尊画烛然。大壑藏舟惊半夜，六龙回日更何年。宪期缩短难如愿，游宦思乡且未旋。若补帝京除夕记，料无珂蠡咏朝天。欧小道来，谈袁世凯，云得之罗正钧。皆张皇之词，真所谓时无英雄也。改前诗云："竖子无成更堪叹，群儿自贵有谁尊。"领孙摸牌，宜孙大胜，毅孙大负，殊不相下。陈秋嵩继妻来见。

五日　晴。欲下船，适懿妇欲还母家，因令送去，懿与儿女均去。

六日　晴。无所事，偶见啸云所刻部首，为董正之。自曾涤公挑我董字，今始得董也。许生来，言刻唐诗。黄雨农儿来见。戴家女妇来见，留其午饭。真真殊不恶，黄妇嫌贫，其命又不寡，故破此婚，与罗女同无业缘也。许玉甥、周桂儿盗鱼翅，婢妪大闹，不能诃止，又思功儿家规。

人日　晴。时作微雨，似春天矣。此间羊豪绝似当年白湖、红湖，价高二十倍，亦诗料也。趣园又送诗来，兼遣浦公来，言劝捐，可谓多事也。邓婿来索钱。听赣孙读《论语》，贫与贱不去，为不以其道，言无道则终贫贱，不能去所恶也。旧解云不以道则终贫贱，是贫贱终身，岂圣人而终贫贱乎？可谓大谬，而相承不悟，可笑也。伯元夕来。

八日　雨。伯元又送诗来，诗自忠节，行自叛逆，诗言涕泪，而方庆贺新国，乃知读书人之伪，由文与行分二事也。子以四教，亦专取文，殆为此乎？桂秋来，以此语之。

九日　雨。船还，始有去意。六耶来。廖叟来，言钱店事。张海陶来谢吊。滋女将还乡，久留不发，促之使去，夜堂遂空。不知何人开门，茇女房灯灭，家人大索空屋，余遂未解衣寝，至丑正乃睡。

十日　晨大雨，俄又见日。卯金刀来求事。谭乙舟孙来见，亦意在都督。刘人熙可哀也，令其同年生见之。夜早眠，有月。

十一日　大晴。船回，始定行日。刘南生来，对摇半时许。卯金幼子名回来，留送行李。夜月。

十二日　晴。晨起将登舟，轿夫在船，因令茇先行，促发行李，坐前厅两时许。饭后茇去，余仍闭户。偶出遇宇清、陈秋嵩。令裱地图，取端对，畴孙索裱价，余亦大索畴孙不得，野心不驯也。送房租，还木器。至夜张恺陶来，退佃约押金，云萧家不取房租，仍退还二十四元，小坐而去。偶坐取笔题二诗哀陶斋，请伯元寄去。遂看近十年诗，至戌初就寝。小雨。

十三日　阴雨。有叛军将来看屋，而仍用手本求见，可怜也。整军兴学，遂令人不知顺逆，何邪教之迷人如此，惜不令孟子拒之。余方溺于周婆，亦未暇喻之。周生来，云张生已下省，昨遇我舟，在姜畬宿也。夜雷。

十四日　雨。新柳微绿，春意蒙蒙。船还，言山中牡丹、樱桃并开，应二月节也，异于常年元夕，宜水仙之早萎。

上元节　雨。发行李。徐甥、蔡侄及子庚儿并来。周生亦率廖叟来，未知诉何事也。不分春来，柳条无敕，蓦地报人春信。新年才几日，便打探花期远近。窗梅遥问。料青苔点点，落英盈寸。谁知道，碧桃开了，刘郎未省。　长恨，花事匆匆，怕红无三日，绿阴成阵。海棠娇小惯，且先趋东风赌俊。好春无尽。总不似今年，暗催离怨。沙泉畔，踏青行处，夜雷惊笋。《翠楼吟·春信》。三妇请斗牌，为携孙赌八圈。

十六日　雨。未能上船，且留朝食。过午竟无大雨，明轿登舟，坐候仆妪，至夕乃齐，即泊广东马头，听更鼓，未酣睡。新椿始芽，斤四百六十，高力士所谓论秤买者。又思唐荫云元旦有椿芽，亦非烘出，今不过迟十日耳。

十七日　雨。晨整家规，戒饬从人，冒雨开行。任开甲送椿芽。至涟口缆行，卅里过姜畬，无风仍缆行，投暮入湖口，遂宿船中。雷雨竟夜。

十八日　阴。辛巳，惊蛰。待轿过辰乃上岸，入家门，两女迎候，黄孙已往妇家。祠中族人来接，廿二日公贺八十，并接诸女，约以无雨必到。朽人来见，三屠亦来，金妪上岸来照料，夜宿正室。

十九日　雨。竟日寻日记，已如往事，殊不忆元年在何处。

廿日　阴。晨起戒行，舁至祠屋，族人公设卅余席，男女至者百余人，有似郭令公，颔之而已。催饭，先设二席，穿长衣者入宴。更添一夫舁还，幸不遇雨，到家甚早，饭后上船即还。夜雨独眠，写诗一幅。

廿一日　阴，有雨。朝食后登舟，八女来看，旋去。戴弯三子来，言还粮，告以不可预闻。任仆、周姓来求荐，亦告以不可预闻。夜雨忽至，彼无宿处，遂留船上，此外从人俱先往衡矣。

廿二日　雨。晨遣人迎行李，因便至家，滋犹未盥，船已朝食矣。小坐，携周孙来，先去，余亦登舟即行，顷刻过姜畲，遂泊易俗场，久不至此矣。

廿三日　阴。缆行六十里，至株洲泊。哨官欧阳富庭来见，云昨日衡州银船被劫二万元，已获盗，正往踪迹。一夜听更鼓，未甚安眠。

廿四日　雨风。舟帆欲倾，强泊漉口。谭生仲铭自衡来迎，从山庄踪至此，入舟久谈，云谭芝畇往鄂矣，约同行，遂去。

廿五日　风雪。谭生一日不相闻，遣探已去。携仆妪犯寒，皆有慢容，仍泊漉口。

廿六日　雪未甚，风仍壮，始定回船。夜作诗二篇，欲题《七哀》，无可哀，题为《感遇》，又不甚似，改题为《悲愤》。

廿七日　有晴色，北风仍壮。回舟泛湘，行百里泊袁河，遣足上衡，船户居奇而止。作书寄诸生，附诗尾告之，并处分前置五人。

廿八日　晴。缆行上涟，姜畲早饭，午正到家，幸得平安，杏花尽开矣。半日移行李已毕，夜摸牌四圈。

廿九日　晴。发谷二上衡。看《易说》。治门外泥路。挂通山人来，未出款接。

晦节　晴。埽除前房，铺陈桌椅，看《易说》。两女俱感寒，未朝食。得龙安书，云无行资，仍寓江泊也。

二 月

二月甲午朔　晴。昨夜偶思"厨人语夜阑"之句，未得其意，取杜诗看之，以"语夜"对"吹灯"，知夜阑字不相连，乃语夜已阑，夜深意也。盖州县亦为幕府办差故，有厨人而懒于供应，故不寐，而已闻语阑，遂促其去矣，结以世乱为解，知不安也，念此可为一笑。得三儿书，报李生死，从我将廿年，望其大成，而竟以女惑早夭，亦可惜也。夏午诒又寻妾去矣。方撩零，因遂罢戏。将军来。

二日　晴色甚佳，桃李杏梅俱花，牡丹则无消息。与书丁婿。又得衡信，云陈婿亦去官矣。懿儿来，尚不知余出游又回也，未饭旋去。

三日　丙申，春分。阴。占书言不宜晴，亦未出游。但换小毛，犹有寒气，夜大风。

四日　阴。复寒，仍羊裘。看《荔枝谱》，因昨梦与闽、广人言荔枝非佳果，其闽人似是黄伯雨，因忆蔡君谟推陈紫，吴荷屋夸挂绿也。夜雷雨。

五日　戊午，社日。雨。起甚早，看桃花，与两女言家事，始知嫌隙甚多，非意所料也。聊与书功儿戒饬之。

六日　阴。莪遣护兵夫妇去，滋遣周佃送之。午后谢生来迎，聂丁、蔡厨均至，周儿亦还，云萧鹤祥被撤。

七日　阴。朽人、闰保均来。刘荫渠孙永清同叔来，桂林守也，云并未为匪，传者误也。又云汤稣安已还长沙，邓良材为求缓颊，不知汉贼不两立也。写条幅五纸。夜雨。

八日　阴。看杜诗，诗题《暮雨》。黄孙问周穆王子，竟忘其名谥，可笑也。因检《周纪》，考世系，传世三十二，立王卅七。武、成、康、昭、穆、共、懿、考①、夷、厉、宣、幽、平、桓、庄、釐、惠、襄、顷、匡、定、简、灵、景、（悼、敬、元）、贞定、（哀、思、孝②）、安、（烈、显③）、椒。朽人妻来，晚饭去。

九日　雨。检衣箱亦费半日。看杜诗，踪迹可寻。唯仆射委员不书姓，而以梁仆射官系刘则罕见耳。买马委员何用才略，买马长沙，想是收黔、桂小马也。

十日　阴雨。修柜，得残破书，系复女所阅《广记》，蜀中旧收残本，纸腐不可上手，令滋重靪，以存遗籍。看李花全落，负此玉树也。夜大风。

十一日　阴。遣僮上县，又与片祠堂值年，料理春祭。元妇送蒸鸡。

十二日　阴。昨夜周佃还，得两儿书，无异事。金妪姨侄来，云业儒未成，求升斗养母，且令抄书。唐诗刻未成，取原本来。黄孙问"陈锡哉周"。向未释"陈"字义，"陈锡"，盖陈九锡之仪，言为西伯始造周，故孙子皆为君也。王季受秬鬯，而文王赐弓矢，是九锡之典。必陈之者，盛其礼以示西戎。

十三日　晴。棣芳生日。检日记，失此年五月前一本，已忘当时情事矣。因其归家，破家为设汤饼，所谓不幸之幸也。王族妇女来者九人，外客亦有三人，早面午饭，欢会一日。

十四日　阴雨。发行李，岫生来，取钱一枚作水茈团。送祭费往祠堂。

―――――――

① "考"，《史记·周本纪》作"孝"。
② "孝"，《史记·周本纪》作"考"，并下漏"威烈"。
③ 据《史记·周本纪》，"显"下漏"慎靓"。

十五日　阴晴，有雨。午初登舟，留金、罗于家，携周家三代以行，谢生列坐一船，夕泊洛口。夜看月食，不见。

十六日　阴，见日。家忌，素食。缆行七十里，泊大石圩凿石浦上，小套也，有炮船。夜雨。

十七日　雨。帆上山门，起看滩，细雨空蒙，春色暖然。七十里泊晚洲。

十八日　阴晴。帆缆兼行，二更始泊寒林站，百卅五里。

十九日　观音生日。行七十五里过樟寺，三里泊红港铺。雨意甚浓，密云未澍。港有明山东布政赵公神道，不知何许人。

廿日　雨竟日。晨发甚早，朝食已过巳正，至卡口稍前，见书院船，云报已被寇毁。谢生皇遽上岸，复还船，又上岸，或云专与我为难，故秘之也。周儿叱驭而进，至则寓人我室，知足斋已圻壁开窗，云为实业分校所占，开农业、蚕业、林业三科。教员见我即移避。彭冶清桂阳生来。程通判、完夫旋至，谈上海避地事，云易魂亦游租界矣。留程、陈午饭乃去。

廿一日　晴。朝食后出看，已改门，题"南路农业"矣，见四农人皆土人。叔文、完夫、二程生均来。农监督来，云彝恤族子也。书告两女。夜雷雨。

廿二日　阴。客来者张尉、石金、卜女前子。廖俊三、段翱、周宗潢，衡阳人，贵州贡、广西判。诸生喻谦、贺锡、蔡人龙、张凤、冯燊、廖元翱，盖清来四生，去年三课生，至夕乃散。看《礼笺·丧服》，盖周公定订礼所本，刊所生也，不必有其服，示其义耳。

廿三日　阴。戟传来，云复心已到。顷之完夫来，复心不能来也。喻生亦来。程谈陕乱事，云未携姥乞食，有小拨船拯其家属，在宜城巧相值，可作一出《舟会》也。陈伯葵送鼓子。程家送铳菜。

廿四日　阴。农人坐门不去，诸生焚其招牌，讲堂大哄。程七来往城中告急，团局派卅人来，农人破门入室，道署亦派人来。至夜完夫及其从子偕伯琇次子、程十一均来看闹。甫去，程九又偕蔡家儿来看，纷扰至半夜乃寝。

廿五日　大雾，已犹未散，已而大晴。余凤笙署永府，俞卓吾署衡府，均闻闹来看。曾卓如亦来久谈。黄国蕃又来排难，驱去农人。卜女携从子告去，余送之入城，便看朱德臣，云中风未起。便至岘樵家。七郎招饮，同过复心，云已至完夫家，乃还程家。须臾二陈亦来，张尉、廖俊三、彭理安、戴传继至，入坐将散，叔文乃来，已将散矣。今日自午坐至戌，舁还船，到院已二更。农人声言将攻东洲，团局增派卅人来防堵，极可笑也。然鄂、湘若能如此，竟可弭变。

廿六日　晴热。换春衣夹衫。胡滋圃赒于相见，拉完夫同来。完夫先携其从子来。梁镇国武举来见，团防管带也。滋圃来话旧，问外事不知，但云官不可为。程七通判来看，将夕乃散。湛僮母、妇来。

廿七日　晴。晡后阴，风更热。杨叔文、廖梓材来，廖言龙验仙杀忠臣无愧色，皞臣假道学之报也。廖荣来见。彭静卿来。

廿八日　昨夜微雨，晨晴。廖倬夫、陈芝生、二贺来见。杨鼎新来见，云曾在长沙相访，今忘之矣。程生自乡来。喻生言杨六嫂生日，遣帖往贺。

廿九日　晴。看《玉海》，知科举用功不易，颇有抄书意。刘生来，方倦未见。廖生来，谈京中学堂。

三　月

三月癸亥朔　晴。朝食后出吊彭传胪，便从杨家循湘下，至王家，访芝昀，见八踦、谭子、王儿。渡湘至故府县署，又从衡阳仍还清泉，过罗心田、冯星儿。至故道署，见胡巡使。至朱嘉瑞，遇曾太尊，德臣抱出相见。张尉居其婿家，从清泉县署又还协署后访之。城中绕倦矣，过贺踦门，不能入，又将大风，亟还。周孙暴病，甚危，余亦早睡。

二日 晴。牡丹已残，竟未一见。昨日一弇来寻，云知盈孙葬地，特来告知，今日又来，盖欲骗钱也。廖生来。程生父子均来。昨萧生来，言农人欲焚屋相胁，余将散遣戍兵，程请留之。八踦、冯孙均来答拜。姜维亦来。

三日 晴阴。曾太尊来。真婿自郎西归，与其十一兄及喻生同来。王慧堂来，遂不得去，过午始散。杨生来，已闭门。遣房妪看女去，独坐抄《急就篇》。旧以"奇觚"为写书简，文句不通，奇觚即奇零也，单字集合，故曰奇觚。昨夜热不可被，今乃转风，有雨，殷雷。

四日 丙寅，谷雨。大风，仍热。真来觐。得茇书及午诒书。陆生来，谈广东事，张督殊不能廉，陈藩亦不能贞也。真又起用溜子奶娘，云三嫂亦用张贼婆矣。晡食后去。夜闻炮声，以为农兵来，顷之寂然。

五日 晴。晨起见彭生，知昨炮乃鱼子簰庆贺，几炸庙矣。罗心田来。廖村渔来，云屯营已到，正值大元帅出师，巧相值也。与书王莘田，为曾太尊拨烂账，复茇一书，并去。

六日 晴热。未朝食。谭世兄来，云芝公十日内外可还。张尉及会馆首士盛、黄、胡、刘婿弟焕寅、厘局冯荃、张蟹庐、陈琪来，对客竟日。夜雨。

七日 晴。朝食后至城答访曾太尊、王京卿，俱不遇。至陈婿家，遇廖村如，同至复心处，不能坐谈，出看《目连变》。复昪至张尉处，不遇。至张蟹庐处，谈段祺瑞电报有似唱戏贾充，盖袁氏之耻也。同至锦源，陈仲甫、张尉先在，廖俊三、完夫、叔文、程七旋至，同入麻雀，兼议请客，未夜散。

八日　雨。偶忆甲申春归，连日国忌，不可以忌日宴客，与片张尉告之，使人知有礼义，然已大请群贤，几为葆芝岑所笑矣。竟日无客，早眠。

九日　雨。朱德臣送参翅。王生豫六自广西归，送荔枝半担，自来未见此累累也。

十日　雨。看《玉海》。廖生来，议农业改占公屋。余云完夫主调停，故又别生枝节，又欲别起学堂拒之，亦书生经济也。招抚使、水师营皆来访，水师林姓，云林果臣之从子。

十一日　阴晴。看《诗笺》。刘家惠自江南还，议昌明正学。方知处士横议，无义不搜，百家簧鼓，同归于乱。午后渡湘，答访林生，因问芝公未还，便至杨家晚饭，见郴陈生及三陈，设食仍精洁，云其从子复能讲究也。吃樱桃，颇忆去年宴游。平地起风波，共叹湘东文武尽；停云昏海峤，回伤京邸酒棋欢。夜从鱼子簰攀缆还。

十二日　朝食后雨。胡纸店来送枣。午初携房妪出城，过柴步，迎震孙、四娃同至会馆看戏。会馆请我，我复请首事。梁武举请我，我亦请梁。宾主纠纷，共设七席，客亦以我为主。我又招诸生廿人，及会馆请来曹委员，林、张管带，曾火计，谭师子唱戏，自午至亥。罗心田未去，余已先归，泛月行，三更始至。

十三日　阴晴。诸生来议主权。程生送鸭汤丸，即分与四教员尝之。周生自祁阳来，三月不见矣。午后入城，将答访衡山唐维藩，至南门外遇雨，乃入贺家。贺主事模及廖俊三为主人，招同冯药阶、周镜湖、杨叔文、二陈兄弟、程七同集，更有一人似曾相识，终席不发一言，无以测之，云春生钱号黄生也。完夫云由四哥来。揣知为文育，遣看之，令夜同舟还，至舟未见，遣异迎之，待至初更乃上。到院，喻、彭诸生复来看，余倦先眠。

十四日　阴。朝食后懿去，一日无事。邹僧送笋。晚晴。

十五日　晨雾，晴。书院起学，无人作主，派程戟传、彭理安为主人，我自为师，团练、二总、廖俊三、杨叔文、贺主事模、李主事煦东、程通判景、周庶长世麟、胡道台德立皆至，派陈琭为庶长，首事释奠，余帅教员谒先圣，亦无礼之礼也。退坐内堂，胡道台见王生论法政，仓皇走出，遂去不反。午出堂餐，唯二程在，余皆去矣。

十六日　晴。昨发家信，送笋两女，并与书六耶，问祠田，令足力速去，乃延至今日始去。出无轿夫，借练丁昇焉，答访安抚使，遂看电报局收支王生，至懿室相见，又闻书声。衡城而有三百元房租，所未闻也。酉初至道署，与二陈、廖、杨、俞、余会饮，设馔亦精致，初未料也。

十七日　晨阴，云重昏，似将大雨，已而开散，至申遂雾。昇至闽馆会饮，安抚使为主人，即万岁唐生兄也。胡、俞、余均至，廖、杨、二陈同集，亥初散。乘月山行，至百搭桥渡湘还。

十八日　阴雨。俞卓吾约照像，以商霖、八儿为大人，期未初至，依期而往，乃又外出。过余凤笙不遇，至陈家，真女出见，云七哥枢至。复心父子亦来，待催客而往，仍昨会饮人，增二程耳。本欲从陆还，雨至水深，仍从南门还。

十九日　晴。周历卯初立夏，民历明日立夏，竟未知何日之卯。贺子泌长子来，颓然老矣，云与功儿同岁。赵婿来，无感情。周云己历误也，正廿日卯。

廿日　壬午，立夏。作羹团。懿来午饭。陈氏外孙来，就外傅。写字数幅。忽发痔，未知是否，百疾将遍尝矣。

廿一日　晴。朝食后萧、邹、夏生均来。午后陈婿偕两从子来。仲驯久不见，亦令人喜，与震伯皆隽才也，郭葆生差近之，非易魂所能及，易多假正经，不及真荒唐也。谭芝公新从上海还，亦欲求洋人保护，何息恶木阴者之多。五陈皆余客，为设一席于内斋。

廿二日　晴。午泛湘，访谭芝昀，遇彭理安久谈，待点心，同出看绳技，日烈不可待。渡湘答曾子槐，过曹尉，便至马趾口段宅会饮。诸客毕集，仅识八蹄。更有一晋斋儿，不知其姓，云曾知府子也。后询得唐小宋、段家谦云，王船山尝至其家。又有仪仲儿，因八蹄知之。

廿三日　晴。常婿来，正谈次，闻呼门声，真女还，留同午食。未出堂餐，嫌太早也。酉初真去，得茂书。

廿四日　晴热。朝食后率仆妪入城，余过曾竺如，因看法政科员，至旧船山书院，张闻悍所创建者，地颇幽静，邻福音堂、怡园，对仁济院，楼窗绣娘识余相呼，云嫁女伴娘也。睡久之，至柴步门，尚未过午，复至程家看赵婿。又至陈婿家，复心诸子甥均在外厅，真女出见。申初过王慧堂，陪芝昀，朱、罗均在，散犹未昏，到门雨至。

廿五日　晴。午初出访王季棠，未起，即至容园待客，王、梁方搭戏台，芝昀出见。顷之季堂来，欲摸牌，无赌友，唯有八蹄，遣招罗心田，久不至。朱三来作主人，曹法官来，起戏起牌，已过申矣。伯约殊不能办，初更尚未上席，两知事、两团练、一水营均来，会饯谭道台。余俟出菜，即与曹同出，至院已子初。

廿六日　晴。得新宁亲仁巷刘永瀸书，求奉祀生，叔文云不由司委，盖各县异章，亦当询之。写字数幅。

廿七日　阴。常佣四率罗儿、六十儿同来。得两女书，一云平安，一云危疑，所见不同如此。刘儿云卅和多事，请书解之冯伯藩。

廿八日　阴，有雨，有日。晨饭特早，云试验，须办事也。学堂既立，游惰者妄称立学，索膳学费，人数十金至数金，学徒亦利毕业可索公奖，私赠至百倍之利。此风南路最盛，一招考动千数百人。今日已有二百五十，千金一日集矣，所谓发洋财者此亦其一。余则利其包子，他无利也。

廿九日　阴。曾生荣楚自黔瓮安回，云船初到此，当往白沙送茶叶、如意。昨日富贵去，今日如意来，吉兆也。曾昭吉来开盐井，亦来相见。

卅日　晴。夏子鼎兄弟、懿偕戟传来，留夏对房，未展被帐，即俱入城去。

四　月

四月癸巳朔　大风，雾雨。堤桑枝舞如松。常婿来，欲求曾铜匠，可笑也。邓议员来鸣不平，云谭议长欲专制，故授意兵弁，有此横暴。冯条华、何、廖、一行政员来。

二日　大晴。摘枇杷得百余颗，不足分尝，见意而已。二夏还，完夫同来。夕坐院中纳凉。

三日　晴热。晨遣人摘邻寺枇杷，实小，不及院中者。写家书，寄四诗去。诸生公宴我于江南馆，又有廖、罗、二贺、二夏，复心亦至，并召懿儿、赵婿。汗出如雨，更延我别室，诸客亦入，不复成戏酒矣。云弟兄门来，故避之也。初更散，风凉。

四日　阴凉。晨起料理，遣人还乡。昨日曾竺如来送诗，亦自苦心耽吟，老病茕茕，步行下磴，殊可悯也，为细阅一过。

五日　晴。写字数幅。买冷布、茶油，油价倍昔，云去年无茶子，尚当长价。看报，如游异国闻怪论，世人恬不知耻，故忽然而亡也。今日多睡少事。

六日　晴。邓在书仲子来，名克全，两年曾相见。谢龙伯弟端人来，盖辛年曾数见，已不识矣。

七日　阴凉。樊生送所抄陶诗来看，云陶澍本也，所谓"愍侯"，竟未数见。联句云"思绝庆未看，徒使生迷惑"，亦不能改其误字。二师书记官来，似识其名，入见乃勉林从子，长谈时事，云是京曹外调广西员，颇拳拳有故意。

八日　雨。晨起昼晦，竟未辨色，竟日潇潇。看昭梿《杂录》。

九日　阴。戬传来，吃饼。二夏已去，犹嫌饼少。

十日　晴。王豫六请开科，辞以不往，但求包子耳。凡上学必有包、粽，取"包中"之义，科举虽废，此不可废也。写字无墨，因停一日。行斋院，昼长人静，颇有林黛玉之感。

十一日　晴。写字四幅，墨尽而止。思金壶汁不得，因思老聃之流沙。又云老聃死，岂从流沙还耶？常婿来，请陪二县，而以余为首，亦颠倒之至，同于郎拜年矣。法政送包子七枚。

十二日　晴热。渔人送鲥，盖知县不送上司，而以属我，赏钱一千。周妪以为少，亦行家也，无加重之理，故未增益。蒸分四桌同之，未得饱啖。见常宁生一人，向来畏见常宁人。遂下湘，至八蹒处午饭，客久不集，邀彭理安摸牌，常婿、蒋孙同局，散已上镫。二王叔侄、二蒋兄弟皆相亲敬。到院大热，三更电雨。

十三日　雨未止，不甚凉。见宜章生二人。蔡人龙拟学报序文，亦放胆。告以立言之体，令其更作。写《鲥鱼诗》示诸生。江网头鱼直百金，空洲对案独沉吟。官厨已罢芳新供，时物徒伤岁月骎。多刺未输银脄美，随波何用钓钩沉。一年隽味休嫌短，貀国鲜来报好音。谚云"来时去鲞"，鲞即"鲜"字，《说文》："出貀国。"申初至钱铺陪客，常婿与其表兄李生作主人，邀龚官钱、余凤笙、彭二公子、戢传同宴，本以余为客，以翁婿，故为主也。未昏散，乘月还，甚凉。亦设烧猪，未知其意。

十四日　阴。晨起见帐顶落下，竟未知其由，呼房妪挂起，辞以不能。欲开门则太早，乃起不睡。看梁启超诳语。

十五日　晴。湘川暴涨，出看水。廖生招中学生，得百余人，来院请试，以古今学说试之。唐训程、俞琢吾及三程生来，今日忌日遂被冲破，至晡始散。写字数幅。

十六日　晴热。罗佣还，得两女及日本人书。黄孙来问孔学。写字数幅。

十七日　频得杨八踽觅干馆书，期以七月，未知何处打洞也。戢传大请亲友及官场，待至午后入城，答访李竹筜不遇，遂至程家，张尉先在，三陈、丁、唐、杨、王继至，胡道台来，俞、余两知事俱至，未上镫散。至南门，乃知有雨。溯湘还，电云阴明，幸未澍雨，得上岸。

十八日　阴晴。写字，竟日看洋书消闲。

十九日　阴燠，有雨。李馥先生来，戢传亦至，久坐。入内乃知真还，无可密谈，饭后催令去。早眠。

廿日　阴。写对扇条幅，看玉山诗集。邓沅来求书，云去年书为吉林大火所焚。吉林灰乃有湘潭字，亦奇缘也。

廿一日　晴。癸丑，芒种。写字数幅。陈完夫来，言诰轴已请得，交周汉生带回。周亦潭人，尚未知其行踪。发电问夏午诒，生平第一次电费也，十字去银元一元二角。

廿二日　晴。写字数幅。昨夜作饼，欲要陈、程，皆不辞而去，改要二廖，饼甚不佳。李子政移入院斋，法政科起风潮，余以开学四日，两起风潮，办理甚为得法，传语嘉奖。张尉来。

廿三日　晴。曾太守来，取诗去。为陈、程批诗。看喻生诗，尚无章法。常少门来，仿佛识之，不发一言而去。发家书，言节后方归。

廿四日　晴。廿四元开张，群贤毕至，日中出堂，告以无钟点，不上堂，勉自勤学，吃包子而散。八蹄来片告辞，云将往衡山。夏南舫长子来觅二夏，留令同住。

廿五日　晴。写字数幅。段、冯二孙来，冯急谋食，当须略报之。子泌儿来，引一老生，云欲入院。

廿六日　晴。喻生开校，大请官师，余以总理当往，午正入城，过九角巷，至梓潼庙陪客，赵统制、胡道台、余知事来，设食时已夕，热甚，各散，还正亥夜。三儿来，言刘佃。

廿七日　晴，有风。陈仲驯、程戟传、季石、赵婿同来，写字三纸。得午诒覆电，云有详函，想难达也。

廿八日　晴。房妪入城买衣，僮仆同去，余遂独坐。子鼎亦告归，以廿元寄午诒家人。

廿九日　晴燠，有雨。写字十余纸。胡宛生偕懿儿同来，旧同事也，前年冬一见，今年未访之。慈圃胞弟，貌殊不似，诉鄂围之苦，又言久在灵宝。留饭夕去。

五　月

五月壬戌朔　未辨色即起，看字不明。微雨，顷之澍雨如注，历三时始止。未昏便息，一夜三起。

二日　晴。看旧批唐诗，写字数幅。午后雨。

三日　晴，午雨。写字数幅。陈芝生送鳗。看报颇带厌矣。

四日　晴。入城答胡宛生不遇，至懿处取银钱十枚，开销节账，所少至微，乃甚窘也。得茇朔日书，颇为迅速。又得纨婿书。

五日　晴。晨未起，闻爆竹声，即出盥漱，牌示不拜节。甫出会食，张尉及曾竺如孙来，遂不朝食，陪客吃粽，已而外学诸生皆来，数十人。王法政送百千，以还前借。两程孙及懿儿、陈婿、杨叔文、杨七孙婿陆续来去。李竹筠最后来，留午饭去，遂夕。渔船竞渡，爆竹时发。考五日始自衰周，至唐遂为佳节，早于中秋也。夜坐与廖胖闲谈。

六日　晴燠。复心晨来同早饭。完夫云当开会，待一日不来。诸生议一日，唯约廖胖，不得用公款耳。复心先去，桂阳五生夕来，余已睡矣。

七日　昨夕转风雷雨，始凉，今日仍阴。颠婆晨上楼高唱，翻墙复下，余起看，门未辟也。船亦未来。得滋书，与茇各有一佳句。为贺锡麟主事论刚，兼驳裴行俭器识之说。李馥先生去已七日，今始忆之。买帐与夏伯辰，为房妪易去，夏遂退还，所谓抹相也。午后船到，始发行李。刘传新来访，十年不见矣。

八日　己巳，夏至。晨起待发，至午始登舟，诸生既送于岸，又追送于城坡。余独乘渡舟至珠琳巷，赴曾竺如之招，有廖隐士，朱三板，张、刘二尉，曾家三代，酉初散。三陈、蒋、廖生来谈，真亦舟送，夜泊福记公司。

九日　晴。水长，周妪不欲行，又闻衡山劫掠，懿亦请停，诸生皆欲留行，余亦将还舟矣，忽卜女欲从行，告以船小，不由分说，径与三毛妇上船，乃命更觅一船。喻生又为借三版护送，林生亦自来送，遂连三舟，午正开行，日落始泊油麻田，行百八十里矣。

十日　晴热。晨发，午停株洲避暑，至申正始行，到涟口昏暮矣。解维遣两船去，独泊沙洲，以十元赠小元。

十一日　阴，有雨。时行时止，午正始入湖口，循小涧入，便至我墙边，望屋门对面耳，犹泥行里许方至，两女出迎，黄孙夫妇亦出见。久之午饭，发行李，雨中来去，惫矣，便居下栋。夏蕙盛开，无香，似广东雪兰。夜雨。

十二日　雨竟日，溪涧水溢，顿涨三四尺。船人过午不来，遣促之去，云尚须到县。许孙送鱼，麾之去。卅和又送鱼，已睡，乃受之。茂意欲吾居上头，令设一榻，夕仍早眠下床。

十三日　忌日，素食，独居，饭于外寝。复雨，水又涨二尺，再三尺便入门矣。三妇居南北塘，避水来居，余还内寝。

十四日　晴阴。昨雨一日未止，水反退落。黄孙请泛船，令往石潭、姜畬，皆不能去，绕屋一周而还。湛童自衡来，致王抚州一联。

十五日　阴晴。滋女出游南塘。周儿自长沙送卜女还，云已附汉口船去。看《民立报》。夜雨。金妪卧疾。

十六日　雨竟日。蜀书来，丁婿尚留江油。摸牌一日，报已再看矣。

十七日　雨。满屋湿漏，晨往楼上小坐。墨斗干脂，自添水调之，便致梦湘书。

十八日　雨。湛童求书去，与曾克仁转荐，因附王书与程家，交赵伯藏，未暇留稿。冯佣母丧，夜求烛去。

十九日　朝雨，旋晴。还山后全无暑气，但嫌湿耳，若在城中，殆不可过。三子来，言佃民及粮票事。

廿日　晴。晨起苦日照，余处又湿不可坐，遂坐日光中，殊不热。

廿一日　晴。罗儿送宜孙来，兼刷唐诗样本，谬误百出。宜孙暴疾，甚惫，不能饭，夜又数起。

廿二日　晴。萧子昨来，欲求父传，留住一日，乡俗以此为亲密也。校唐诗三卷。召匠开沟。

廿三日　晴。萧子去。得卜女书，云其婿已死，尚有官亏。校唐诗三卷。小暑，无官历，或以为廿二，或以为廿四，天主教以为廿三，吾从天主。今日甲申也。

廿四日　晴。校唐诗三卷。颇有暑气，浴后稍凉。将遣僮上县，夕雨而止。

廿五日　晴。周僮晨去，瓜菜无人灌锄，欲觅工人，遂无可用。校唐诗四卷毕，当改补者千计。

廿六日　晴。晨登楼，不凉，旋下盥靧。夕报三妇来觐，明灯迎之。

廿七日　晴。罗僮还，又送唐诗来，不可开看，但就许校改本对改。

廿八日　晴，有风。校唐诗。夕行后山，甚热，滋女垂钓，余先还。

廿九日　庚寅，初伏。有风。校唐诗。强宜孙读书一日，实一时耳。为督弟书扇，觅花果稿，竟未载日记。作粽代羊，与女妇、孙过节。为郑亲家作家传。舆遣送瓜。

六　月

六月辛卯朔　校唐诗又一过，检《类聚》，竟不载任詹钧事，所未解也。卌年旧书，重看一过。今日晴凉。

二日　晴凉。遣船送三妇母子去，待夕乃发，乘夜泛舟也，并送诗校本去。欲作书问讯避地诸子，似甚多而又嫌其少，且姑列之：樊云门、金殿臣、李梅安、沈子培、陈小石、瞿子玖、俞廙仙、余寿平、左子异、赵渭卿、秦子质、陈伯严、易石甫、曹东瀛、李仲仙、岑尧阶、袁海观、沈幼岚。

　　三日　晴。罗僮还，得纨女书，云其家公生日改期，已将遣人去，仍书一联送之。海外鸿文，新成寿颂；汉宗钟武，长乐仙乡。寿联忌"仙"，改为"家园"，切姓刘也。

　　四日　晴，欲雨不成。三妇送羊羹。伏羊不能美，聊应节耳。

　　五日　晴，亦时作雨不成。夕未食，夜方欲饭，云湖北客来。

遣看乃郴、桂、来①三令，过县来看耳。刘、曾皆曾至，何乃荥初至，适移纱幮，因令同宿，夜为送被。自起写字八幅。刘生等送瓜。

　　六日　晴阴。晨起送三生早去，作饼应节。四妇遣人送瓜。

　　七日　晴雷。佣晨去。将军肩舁来，点心去。

　　八日　晴。舆又送瓜。宲女送莲花白、柠檬糖，云省城颇不安静。夜月。

　　九日　晨起写册页一张。懿妇求教作文诗法，所谓轮扁不能喻子者，姑就可言者论之。

　　十日　庚子，中伏，大暑。颇欲风热。夜坐墓门看月。

　　十一日　晴。晨遣罗童上衡，三女各与一纸。又得丁氏外孙书。与一书康侯，令早去蜀。夜颇欲雨，至四更乃闻雨声，渐喧达晓。

　　十二日　雨阴。热减六度。陈鸿甥来，似有起色，且留过夏。

　　十三日　晴。夕风，有雨未成点。华一领一佣工周姓来，云

────────────

①"来"，应为"耒"之讹。

湘乡人，其先女婿也，曾请余助葬地，送鳖、鸡为挚，且留种菜。夕热早睡。

十四日　晴。夕亦风雷无雨。看《尔雅》蝉螖类，殊未分晰。夜梦请女客，无办，甚窘。

十五日　大晴。南风薰兮热人衣，暑度未八六也。

十六日　晴。连日为懿妇写册页，晨限一开，彼来问学，就可言者，不过数百言，可尽而散。关尹必欲五千言，又无金壶汁，大类应课文。

十七日　晴。功儿晨来，颓然老矣。得丁子彬书，欲谋湘差。方桂亦来。夜地炮，颇热。蔡二嫂送瓜，以茶叶报之。

十八日　大晴。晨起甚早，暑度午至八八，衣已如烘，功儿云省城至九十余度。与书丁子彬。得曾竺如书，亦复一纸。衡州送月课卷来。

十九日　晴。暮有雨意。看《尔雅》。夜作叶子戏，颇热。

廿日　庚戌，三伏。欲作饼无肉馅，以油饼代之。剖瓜皆不能佳，聊应伏节耳。夕风颇大，雨势亦猛，俄而寂然。

廿一日　晴。邓婿专人来索钱，五十九矣，全不知事，与书训饬之。

廿二日　阴晴。昨一日风，遂有秋意。七相公、张先生来，留点心去。大雨。七簏、五十同来，欲扰代耘，喻之不可。乡人眼浅，有民不聊生之叹，不待苛政也。此后世言政者之所不知，而实自尧启之。

廿三日　晴。蔡六弟遣人来看。张生正欲和官事，即复片告之。遣邓信去。余逸士来，要我作贼，谢未见。

廿四日　晴。宝老耶来，似较沉静。民变后，荒唐人皆有长进，以有袁、黎诸荒唐绝伦者，故下材皆成中驷也。

廿五日　晴。罗僮还，得衡州五书，闻常九弟之丧，作一联吊之。垂暮泣桑田，应忆孩提离虎口；弥留对瓜使，犹胜辍食荐灵筵。本往收账，常婿亏空，反以我血本充还，甚无赖也。

廿六日　丙辰，立秋。王名济来诉斫树，组云次子也。其弟名渭，盗树，今年廿六矣。令功儿见之。夕欲雨未雨，功去。得贤子书，即复一纸。

廿七日　晴。晨起闻舆儿语声，乃昨夜来，弟兄相左，即在一水间，异矣。午浴。夕小雨，旋止。乡人来求一饭，设五席待之。

廿八日　晴炎。懿妇遣送甘旨。写册已毕，珍重不寄。萧子来。

廿九日　晴。张生偕廖叟来，诉马东阳，令舆儿属郭葆生了之。留廖，不肯住，冒烈日而去。夕送舆往张家，家中阙工人，周佣病指。阅船山月课卷廿三本。

晦日　晴。三伏已过，夕雨报秋，夜始可被。夹竹桃盛开。

七　月

七月辛酉朔　晴。偶思世间闲事，宜有记录，试书一纸，将成一小说，名曰《所见录》，自道光始。

二日　晴。王友年来，言各处不靖，瓜已罢市。代元妇教子心切，亦贤母也，为照料之。师劳功倍，日不暇息，甚可笑也。

三日　晴。王升来求食，大叫化矣，令居饭店，而为偿饭钱，尚优于朽人之妻。朽妻又将生子，亦吾忧也。

四日　顿凉。岫孙来求食，亦取一元而去，其应如响，其效如神。一兜草，一兜露，言不虚也。未生岫，先生我，天之待岫，必优于我。有雨。

五日　晴。晨起作书与郭葆生，令其慈惠王升。检日记，失一日，有似商纣。

六日　阴。为代元儿理书，亦能识千余字矣。

七日　晴，稍热。黄孙来问中山。初不知所以封，检《史记》，但记中山武公之立于《六国表》赵事中。徐广云："定王孙，西周桓公子。"《纪》言"东、西周"在赧王时，而绝无东、西周君名谥，据《表》属赵，又不知赵何以封西周公子也。

八日　晴，有雨。洒泪，旧例也。房媪告归，殊不洒泪。

九日　晴。复热至八十度。曾泳舟来谈，误云姜畲来，后悟，乃出见之。问何以出，云劝重伯归乡。其聪明如此，留谈半日。谷大娘来诉叫鸡。

十日　阴，有雨。闻近处有劫案，遣人视之。三子来，论谷、黄事。作《所见录》成五千言，金壶墨未竭也。

十一日　阴。昨感寒，夜昏睡，辰正始起。得杨贤子及功儿书，云城中流血，杀劫贼也。一戮数十人，惧非定乱之法。叫鸡来，言吃谷甚夹箸，因来议和。张先生来，说钱店事，告以可罢论。又言作知事，告以可去。刷唐诗来，得卜女书。今日辛未，处暑。

十二日　阴晴。校唐诗。得典狱官岳障东赠诗四首，和韵四首，押韵稳妥之至，但不切题耳。岳诗亦妥。

十三日　晴。复热至八十度。得蜀书及房山丁、陈婿衡书。申初吃新。校唐诗。

十四日　晴热。与书丁子彬，托致小石书。遣人送常例纸钱往祠，云已焚化矣。猫儿弄蛇，蛇死猫伤，又出一蛇与斗，乃为解之。

十五日　有雨，旋晴复阴。与书瞿子玖。校唐诗粗毕，交舆儿。遣周儿去。

十六日　晴风。余盖南复来，并携一冤民胡光七来诉余、吴，云得贿骗账。未可信也，且令俱去。

十七日　晴。周儿晨还，云天下太平矣。舆往求财。采兰将嫁，求被面，遣彭十带去，并寄谭册。三妇寄小菜。夜大风，吹开房门，热气未减。

十八日　阴风。看金殿臣诗，亦自感人，作诗寄之，不古不唐不清，适成为自由诗耳。皇纲将弛维，异人泛其流。生世不见用，聊可比柏舟。委官苦求去，吴金见机由。矧余无斧柯，坐看浮云浮。一朝广厦倾，燕雀不啁啾。焦朋翔寥寥，下视亦烦忧。乃有秦中客，羁牵为楚囚。自誓不援手，甘死蒙国羞。谁知窃国人，征书到沧洲。独于岑李外，推贤先见优。三聘那能致，却与仙童游。余怀夜耿耿，夜夜东海头。朝读潜庐诗，翻羡长安秋。时有小朝廷，鲁连论齐柳①。如今一簸荡，茫如万蜉蝣。百年会有终，一日安可偷。近闻升吉甫，陇上把锄耰。虚蒙庆王卯，不报端方仇。舍此无可语，岂与张勋谋。因书咄咄词，临风吐伊幽。《隋唐演义》以不成反王者为烟尘，其名甚当，作《烟尘表》。

十九日　昨夜雨，至晓未止，不凉。晨校唐诗一本。四川马开泰来，云丁家亲戚也。见则不识，目动言肆，云从衡寻至此，送饭店款之。

廿日　晴热。朽人晨来，蜀人又至，皆辞而去。得丁子彬书，致小石问，即作一诗复之。校唐诗二本。

廿一日　晴热。才女送词，并致果菜。三妇亦送菜，云三儿将饮盗泉矣。连日诗兴大发，皆油腔也。

———————————

① "柳"，当为"聊"之误。燕将守齐聊城不去，鲁连移书晓谕，燕将遂罢兵去，见《战国策·齐策六》。

廿二日　晴。为杨三子书扇。典狱官岳障东来，快谈而去，云字蔗坡，己丑举人也。四妇送果人去。

廿三日　晴热。胡氏外孙偕舆儿来，初以为必往衡州，问云来省视也。陈甥家亦专人来，李长生亦来，应接不暇。金凤来。无雨而雷。

廿四日　晴热。有船下县，将往一看，待至夕不来，又留一日。闻王铁珊来作督，恐有变，当令外孙早还。

廿五日　晴。梁咏谐来，云已朝食。出前堂卧谈。王心培来索诗本，余无能为力，令寻廖荣；云理安女已死矣。夕船来，王先去，梁与舆儿、胡孙同舟去，余未能从也。校《湘军志》一过。

廿六日　晴热。检诸葛与关书，言孟起一世之杰，犹未若髯，其忌之甚矣，然则关乃不世之材耶？与书丁子彬，寄陈诗函。

廿七日　丁亥，民历白露。周武德云是明日，未能审也。暑度至九十，露不从今夜白明矣。摸牌一局，未能终，夜尚能睡。

廿八日　大风，晴热。过午阴凉，盖应节改候，疑今日是白露日。至夕遂夹衣可被。发衡州信。

廿九日　阴。顿凉，落廿度，可绵未绵也。杜诗"绣衣黄白郎"，注引北魏"怀黄绾白"太曲，盖"白面"之误。

八　月

八月庚寅朔　午正日食，晨起已晴。看唐诗。柳子厚叙韦道安，苦无章法，不知轻重故也，当以不从逆在先，后叙救女，则精采矣。至午云阴不散，然日光未减，想未食也。向夜方、周送周妪来。

二日　晴。朱通公及许生麒与副校来。得丁婿书，云节后当东。

三日　晴。方、周去，刘婿来。又校唐诗。佃户送租，少收十余石，未觉也。

四日　晴。复热，可单衣。校唐诗。

五日　晴。刘婿去，请做寿序。校唐诗未谛，匆匆交去。

六日　晴。检箧见端午桥所录《石文》，为校正两处，因取而点勘之。校书人有罗振司、龚锡龄，余皆未识也。

七日　晴。风夜愈怒，遂雨。遣王佣上省。

八日　雨，顿寒。校《石文》一本。又看《南子》。庭桂一夜尽花。

九日　雨风。校《石文》。待省人未至，风寒愈甚。

十日　雨。王佣还，得柯赴文。懿妇亦来。得黄小鲁诗集。谭仲明自衡来，云为谭芝畇所招，谭已丁忧卒哭矣。夜陈设祭器。

十一日　阴。半山生日，岁有一祭，当设汤饼，竟未办也。许女、元妇来与祭。谭饭后去。校《石文》未一本。

十二日　晴阴。才女讲《庄子》。得懿书，云已上省。谷二送报来。

十三日　阴晴。壬寅，秋分。讲《庄子》。夜讲唐诗。写字数幅。

十四日　晴。懿来。舆书来，索刷价，既屡不交书，亦未便悬账，且与十元。周庶长昨来，未饭，炒面待之，令且先去。

十五日　秋节。送扁人俱来贺节，厨中无办，草草款之。族妇孙女皆来，遂有六席。萧、刘均留宿。

十六日　晴。欲下县，以月食日未去。令懿舟行，与陈甥同去，乃竟即橇，盖避之也。周生云亥初月食，未戌已食甚微，稍见黑影而已。刘某求书，为作五联乃去。萧早饭后去矣。

十七日　大晴。祠佃来催纳租。庭桂左树续开，香较清远，但太瘦生。管船人来问行期，令方僮先去。

十八日　晴。五十来送租。先祖妣生日，未设汤饼。舆送诗版来。庸松父死，来求赙，与以十元。三日未校《石文》，今看一本。

十九日　晴。未起，闻窗外有人语，询云无人。讲《庄子》粗毕，未能贯串，暇当条理之。清书版。

廿日　晴。看《石记》半本。端午桥不知东武戴侯，乃言考据，可怪也。写字数幅，笔已败矣。计此管已写二万余字，诚为佳制。

廿一日　晴。看《石记》半本，已将毕业，因舆妇在城留待，唤船出涟，携食客俱行，稍省女食。怯日未发，仍摸牌四圈，日落泛舟。三更到杉弯，月出已久，将中天矣，不克登岸。

廿二日　晴，复热。晨发甚晏，辰正始舣观湘门，入城看伯元父子，遇少大人，方短衣洗涤。至园见胡地仙、马某，与伯元略谈，即至龚宅。舆儿已往衡州，宜孙从去，三妇云当入乡，劝其往衡。钰丰馆主来。陈甥、黄孙、卅和、闰保、两桂生、侄孙女婿、陈甥账主，俱有宽闲寂寞区以可饱饭。遣告岳典狱，须臾岳来，马开泰踵至，留点心去。湘上渔人来，言黄诚斋。周生从省，问"温树不言"。庭桂送香，兼有雁来红之忆。居停主人父子来，非真主，族主也，字幼安，广东通判，与姜逃回，云姜几被掠。薄暮伯元、海陶、胡、马来。大经老班偕周生来。周生送鱼，自携以来。欧云子质未避。岑三猛来，招往闽，已辞却矣。近似心风，与平姑同病。

廿三日　晴。晨访岳蔗坡，先至龚家一谈，步往捕厅，还坐人车，谭象坤、陈兆銮已坐待。饭后余价藩来，言马象乾姜保节事。马子又来，意在借钱。张疍五、谢涤泉、杨桂秋来。误以杨为葆生，说梦话数百句。尹帮审来，乃散。月生、道生来。伯元与策吾同来，正在畅谈，周生送苏席、沪报来。催饭，客去。

廿四日　晴热。永孙来，问雅南生日办法，云送钱为敬。莲弟来相看，言平银四百不可往取。周生来，同至恺陶处略谈，旋至文庙，新开文明女子学，与邑子九人同宴，见郭葆生。至午始朝食。紫谷来，云吴后学病甚，萧小泉亦刻苦戒烟。真真来，未发一言而去，遣轿送之。女学饭罢，过行政厅，又见邑子数人，皆不识也。还家稍惕，欧家催客，往则张觟五、翁树棠先在，余价藩、匡策吾、谢涤泉继至，父子两道作主人，云策安学台吐血不来。席散已暮，留晤李雨人，即同匡、谢摸牌四圈而散，将二更矣，舁还，未饱。芸孙暴疾。

廿五日　晴阴。晨起至雅南家，贺其八十生辰。子姓尚无至者，其妻女出见，亲家亦来，香铺宇清旋至，设面内堂，亦有数十人之馔。余久坐徒赘，舁人已去，步访匡四举人，还犹未朝食。午刻翁树棠、吴次侯、朱菊泉来。吴乃桦湖从曾孙也，令人有缦亭之感。马开泰复来，直言绝之。申至趣园会饮，匡为主人，小道父子、翁、谢恺雨、王心培同坐，云心培已七十六矣，亦可骇也。还有小雨。

廿六日　雨阴，颇寒。唐春明长子、任、陈同来，唐亦欲谋事，可讶可叹。徐金事、郭都督、龚吉生来。六耶、道士送菜。钰丰馆设醴。感事和百花韵。把酒刚①逢九日前，亲朋情话各欣然。说诗正喜来匡鼎，修史应难觅马迁。无蟹路愁新战舰，催租船似旧丰年。指挥刀佩知无益，细雨还如放榜天。　　烈女空随东逝波，西湖改殡意云何。曾闻葛毕能倾浙，近说孙黄共馆那。秋影练江看去雁，寒霜金拆②送明驼。知君谈笑成诗史，文武衣

---

① "刚"，据《湘绮楼说诗》补。
② "拆"，应为"柝"之讹。

冠感慨多。会元恭送秋瑾尸棺还浙，故专咏之。

廿七日　雨，不妨步，晨起看报。秋生、月生来，未遑与言。戴明来催租，云徐幼穆在此，亟往寻之，去久矣。午过吉生谈，旋过杨敞，便至趣园，翁、谢、张为主人，招同匡、欧、岳典狱、郭都督同集。匡已先至，主人未来，云有公事，将夕乃入席，郭来半酣矣。郭又与徐佥事同设花酒，仍约坐客皆往，翁独不去，余等至武壮祠，登新楼，招四技，唱五曲，弹四弦，未三更俱散。得柯巽庵赴，复唁其子。

廿八日　丁巳，寒露。雨，微寒。晨写字十余幅，纸墨俱尽乃饭。王心培来。芸孙小愈，似伤寒也，脚肿壮热，服热药。竟日唯一客，颇为寂静。

廿九日　阴。正朝食，小道来，心培继至。谭乙孙、伯元携外孙何子来，云赵侍御家被劫。朽人来索钱。与书廖荣，索王抄古诗。午晴，滋舁来看会，正欲还山，留夫便去。

九　月

九月己未朔　晴。写字五纸，洋墨不可用，如不书耳。懿妇来，船亦来。龙海清来，求荐徐甥。余与之赌，以洋伞为质，遂乘路橇而行。至学坪遇葆生，至戚里遇杨女，至姜畲遇许香、张铁，皆相慰问，到家未夕食。地炮至初更。房妪睡去，余独坐，少时即寝，起不暇衣。

二日　晴。出看木器，殊无端倪，便看作坝。地炮三局，犹未尽日。桂娃来。

三日　晴。看《石记》十二本，皆已点讫。得小石郎舅书。滋言夕还，待至子夜。

四日　大晴。滋还，言省城复有劫乱，又停国庆矣。衡使陈八来。

五日　晴。赵氏来，诘刘佃事。夜大风。

六日　雨。大风，午后止。将寄真女唐诗，为校一本。滋又小疾。

七日　晴。舆妇携子女来。校唐诗。房妪诉委曲，余待之自谓极优，乃曾未少如意，乃知近不孙远怨，犹未足形容女德也。此后当务饰于外，盖此辈不足以德感，求虚礼而已，又与刘霞仙所谓积诚者正相背也。

八日　晴。孺人生日，令作汤饼。三妇已作炊饼，甚佳，未饱食，已不须饭矣。遣陈八去，寄常幛、对去。赣孙作字，尚未及荣孙，殊可怪叹。

九日　晴。无力登高，且赏初月。自来咏九日者殊不及夜，亦诗家一别径也。得功儿书，未言乱事。

十日　晴。为代元妇写挽联，此女殊欲驱使我，亦无词拒之。刘二嫂来。朽人妻先至，诉将分娩，无容身地。昔有借门楼与丐妇生子者，聊复效之，令寄我庑下，并携子来。夜月。

十一日　晴。校唐诗一本。柴门犬吠，未问谁某，房妪已闭户睡去。

十二日　晴。苏金自衡来。周儿致岳书，云珠泉当携文银来，求黄墓碑。珰女送窝丝糖。

十三日　阴。昨夜有雨。黄孙生日，起来甚早。庶长来还钱，遂留吃面，送蟹十枚皆毙。才女又送蟹饼、菜芴来。夜雨。

十四日　雨。庶长来晚饭，蟹羹殊不鲜美。夜雨再起。

十五日　癸酉，霜降。庶长告去，便寄人参酒与朱德成，报其频年鱼翅之惠。写对屏八纸。夜月。船人来问行期。

十六日　晴。庶长仍未去，再遣令还。作牢丸，又甚似市制，殊未得其所以。岫孙、五十均来，旋去。夜与两女出门看月。

十七日　阴晴。岳蔗坡来，本言苏畟当至，乡间不靖，彼乃代之来。为黄芍岩求作传，送千元为挚，及行述、功状数万言，并自作诗八首，长歌一篇。留宿东斋。

十八日　晨懒晏起，客已早去，留诗一首，即和韵谢之。看黄战绩，殊无伟功。

十九日　晴。晨起见持香烛入内，乃知茇女亦礼观音也。蜀书来，丁婿尚无行意。

廿日　晴。朽妻寄婏，亥正得一女。正值先孺人生日，设蟹饼。夜未安寝。

廿一日　有雨。才女专信来，告将北行。得小石和诗，及民国赴文。杨劭钦参将子传孔来，即龙璋所杀忠臣之子也，一年犹能哭泣，亦孝子也。奉状求传，亟嘉许之，不饭而去。湛童亦告去。夜坐脚冷，甚不适，真老矣。

廿二日　晨复大风，有雨。作杨传。将摸牌，茇云母忌日也，清坐夜长。

廿三日　晴。初见日，以为太早，乃竟大晴。作杨传成。昨加绵袜，乃得通畅。

廿四日　晴。读《周官·司兵》，分授兵、用兵为二，授兵谓出军，用兵盖守城，注云"守卫"是也，以不吉浑言耳。

廿五日　晴热。暖气薰窗，颇似夏景。岫孙来，议嫁女，以八元资之。乡俗所谓圆卺大善事，有百功者也。得涂胖赴文，亦七十矣。

廿六日　晴阴，热。黄清蕙求诗，甚窘于思，姑取诗笺题句，乃竟成章，不唤我作才子不得也。仙媛清芬蕙不如，偶来尘世驻云车。两家甲第荣霜戟，一夜庚邮黯素书。箭总执笄犹俟见，瓜年多发未容梳。即今女史无彤管，刘传重坡①倍感余。

廿七日　晴。黄少春求传，亦无头绪。偶得《项羽传》，记初起年廿四，因仿之，乃得下笔。其记战事无地名，令人无从下手，则无如何也。

廿八日　晴热。衡电来，书日为"静"，无此马，盖"径"误也。附二诗与典狱。

廿九日　阴，有雨。作黄传。遍查地图，亦寻得岩寺战地地图，已无用矣。夜大风。蔡徒弟来接周妪，送新橙，甚佳。

卅日　立冬，顿寒，戊子。重裘不温，乃命生火，亦奇寒也，夜不成眠。

十　月

十月己丑朔　大风寒。邱云斋小儿来投，设榻居之，许为谋生计，盖以李石梧例待之，视之比齰堂尤亲也。

二日　阴，有雪。遣夫力往杉塘。岫孙女许配金妪姨侄，亦传庚下聘，起媒备礼。至暮族曾女二人随其父来，人夫闃溢，亦张灯待之。夜宿后房，寂静无声。

三日　晴雨无定。房妪送亲告去，至朝食时纷然散去，至夜更无人声，酣寝至晓。

四日　阴。斋戒，当祠高庙，以老不宿斋室，在家致斋。朝食后即往视涤濯，尚无人来，乃还。夜半见窗色，以为将明，展转不能寐，乃起盥栉，久之益暗，假寐至卯初，稍觉欲寐，知黎

---

① "坡"，应为"披"之讹。

明矣。

　　五日　晓色蒙溟，知有雾当晴。昇至宗庙，戴弯子孙、华一、叔从、闰保、赣孙才八人耳。以名佑为亚献，名茂三献，名章为祝。晏朝而退，家犹未馏，顷之饭熟，陪丘甥一饭，丘遂告去。华一、叔从来宿。

　　六日　大晴。华一去。步至早禾塘。仅可一绵，还，夕愒已暮。

　　七日　晴。国安来。与书三儿，告戒用人荒唐，因以荒唐周桂生与之。周之荒唐在不知世事，不能误人事也。盛传黄兴来，有督抚巡边气派。

　　八日　晴。作黄传，殊无兴致。刘生夜来送钱，拒不受。黄孙旁攫而去，辞、送者皆一场空，亦可乐也，然于世法不得不诘责。

　　九日　阴煊。刘生又来，未见。刘缝人来诉许孙抢猪，遣人往诘问，已遁。

　　十日　欲雨复晴。舆儿夜来，未入见，云宜孙亦同来矣。宗兄复来。

　　十一日　晴。刘婿遣人来取寿序，并送菘、蟹。船山收支来送钱，正需用，又留百元。留陈、周两生，不肯，送橙、笋而去。

　　十二日　晴。三子来诉催租，将军来请保哥匪，皆为关说。送亲人还，送烧猪。陈去周留，令抄黄传。

　　十三日　晴。看报，作黄传成。舆儿上省。夜作传赞。

　　十四日　晴。孟子言仕乃猎较，则以猎禽多少相较为助祭之差等。若孔子不献禽，似违制也；与纯冕代麻，更与时忤。

　　十五日　壬寅，小雪。晴。清乡员陈、盛来，不饭而去，送牢丸、橙子，款之。庆生来。夜月。

十六日　晴。周抄黄传来。正需现钱，得消现货，乃自入城谋之。令周唤船同去。

十七日　晴。晨点书、写对屏，饭后上船，到县未夕。黄、宜两孙侍行，庶长办差，泊十三总趸船旁。诸人皆上岸去，独宿船中。夜月。

十八日　早饭甚晏。遣周生寻岳典狱还，便告雾露神，须臾俱至。与岳蔗坡登岸，招郭葆生，欲有所商，云方欢迎总司令，未暇也。招伯元、余价藩，陪蔗坡，因留七相公、陈秋嵩同吃蟹、翅，午集戌散，费万钱。求轿不得，步还船，甚不欲，然无如何。夜月。

十九日　晴。定计求财，岳生亦计求财，两计相对，财斯贵矣。萧、徐、月秋皆来。见百花生，百花生甚诋葆生，余未知其来由，大约不同道耳。夕泊杉弯。

廿日　晨发颇早，到处辄止，早饭涟口，午饭姜畲，夕泊湖口，至家，家犹未饭也。岳已遣妾坐待三日矣，女云疑是小叫天，舁夫云小姐为太太也。不相回避，余以门生妇礼见之。岳信云千元由其运动，为己谋也。

廿一日　雨。岳妾辞去，复岳书。朽妻出窝，升炮礼之，两女各贺百钱。城宅送蒸羊。得谭芝畇讣书。

廿二日　雨寒。周生来取票去，以九元与之，乃失二元，询之金毛不误。周妪亦还。咏"今日大风寒"之句，又可乐也。谭芝畇赴母丧，作一联唁之。因母著芳型，来往板舆尊禄养；华宗钦自出，瞻依萱背感春晖。舆儿自省城还。

廿三日　阴晴。连得邱甥两信，迫欲谋事，不知其何所见也。周三云朱雨田病终，亦当吊之，作一联。同保百年身，再阅沧桑厌尘世；独成三徙业，谁知端木是耆儒。

廿四日　晴。金毛入城去，朽妻子女皆同行。寄窊女廿元，以备陈粮。夜分周生送银来，须臾便去。

廿五日　阴晴。晨起分金，指挥而尽。蔡惟宝留此三日，未遇此盛，信有命也。

廿六日　晴阴。岳典狱求分润，与以二百元，并赠狐裘。遣周僮去。看《管子》。

廿七日　大晴。宗兄去。有假余名撞骗者，受害人来诉冤，派二周生往询之。周𪸩适自临湘还，送银鱼，故以此委之。

廿八日　晴。晨集人夫，分投异出，二周往文洲，滋女往乌石，饭后俱发。至夜文洲人还，云文吃作孽甚矣。杨传孔来取父传，送四十金，三辞，固请，以还蔡木器。

廿九日　晴。庆生来。看《史记》。丁子彬复来求荐。今日丁巳，大雪。夜风。与书叔止，并送新橙。

晦日　阴寒。表至四十五度。黄孙自乌石还，问作祭文。

十一月

十一月己未朔　阴。舆率妇子上衡。得蜀书，邱专使书，纨书。复遣使入城，买挽绸。未正三妇及孙儿女均去。黄孙引闲人来宿，众皆疑为赌友。恶居下流，不虚也。截发者何人，非赌友之类与？二周告去。夜风。

二日　阴，有雪。彭生苦求从学，告以非时，与以《诗经》一部而去。萧有葬期，赠以一联。樱木颂绥成，委佩庭前冬日煦；葛覃勤浣濯，捣衣砧畔晓霜寒。周一日不还，卅和遂怀书驰示石家，冀泄机密，其愚而胆大，非意料所及。子玖专书来，送百金，即复书谢之。

三日　阴。写挽联、小屏，先寄谭芝畇，后寄一书唁之。瞿使不宿去，送以二元。

四日　阴。黄孙游荡不家，以为我必管束，不知我正欲其流落也。阴谋三世，道家所忌，邓婿则不知其何报耳。滋夕还。

五日　阴。遣周儿吊朱家，不记乔生存没，故未便作唁。便探盐船，将附至汉口。

六日　早雨辰晴。寒光静艳，后山裴回久之。作字二纸。

七日　先孺人忌日，素食，改服，静居屏事。

八日　阴。看程允升《幼学珠玑》，今改曰《故事琼林》，当日天下通行，今不甚读矣。音"鰔"作"浅"，未得所由。

九日　阴。写对三副。夜睡后闻小儿声，周孙来，正遇雨，黄孙亦作中未归，遂展转不寐，闻雨声淅沥，子夜始睡去。

十日　阴雨。诏子年八十，寿终，往还最亲，作一联挽之。千金致小康，槐秀族中称巨富；百年期上寿，竹林游处咽寒风。黄孙问丧哭，乃知其无七情，真浑沌也。

十一日　阴雨。两女生母忌日，俱素食设奠，余亦清坐。橘松叔退银来，云其兄不肯借，盖欲送耳，余许送十金。彭万和来，云庶长已至县。至夜闻犬吠，云周儿来，以为刘母有故，询之，乃求扛帮，告以不可，仍为写信，托岳典狱官关说，并遣人去。

十二日　阴雨。《周官》"仇""雠"异字同意。凡雠敌为"雠"，仇匹为"仇"。君父之仇皆作"雠"。而又有"仇雠"，盖敌者乃相雠，君父仇不得为雠，后乃通名，故必云"仇雠"以关上下，而雠恨只可云"雠"也。《说文》则专以"仇"为雠恨字，而"雠"字用售，无恨敌义矣。近以《关雎》"好仇"为匹，以"雠"为敌，以"售"为应，又与《说文》正反。《秋官·司民》，孟冬祭，司民之日，注未言何日，疏引天祭祈年，《月令》亦未言日，盖亦卜日。

十三日　阴。周长生引尹姓来，求帮讼。此真扛帮也，事不干己，任如何冤枉，不能直之，姑与一书与岳法官，以是其职事，又已受我贿，宜干预也。庆生来。

十四日　壬申，冬至。作杏酪春卷，以应节景。得学场社欢迎电信，云"拒一"，不知何字误也。

十五日　阴。金妪来，问省城事犹无消息。庆生昨抄报，云已派秘书官来迎，亦未至也。至夜周少一来，云借船即至。

十六日　阴，见日。邓沅来，云将作议员，例不当差，故先来见。作蔡氏谱序。至夜秘书官黎承福来，送其都督公文，云袁世凯遭调。正欲送女往北，怯于盘缠，即欣然应之。俟周庶长至而行，设榻东轩，留四客宿。

十七日　阴。写字数幅。应黎、邓、周请也，杀鸡为饳款之，至午乃去。周生来，已无及矣。吴司法索和诗，走笔次韵。空言执法惠文冠，削迹还应避宋桓。处士议横公论少，展禽道直去邦难。即令苏峻为①廷尉，未必皋陶在理官。且喜量移得邻县，明年重听宓琴弹。　桦湖佳处起渔歌，孤坞川原自踌跎。孔李通家经屡世，沧桑人事问如何。凫飞百里行踪近，雁叫清霜别恨多。莫怪临歧无饯送，清洲携酒更经过。闻谭朴吾之丧。

十八日　阴雨。小船来，始检行装，因雨未发。周儿来，得朱纪卿赴，其母二月丧，十月后始达，亦奇事也。作一联挽之。三子同时作考官，盛事耀儒林，棣鄂光荣传桂籍；一柱南天如敌国，教忠承母训，板舆安稳到莲花。夜不成眠，又作谭朴吾一联。京辇忆联镳，女贵儿佳输晚福；夷门承执辔，破秦存赵愧奇谋。夜风雪。

十九日　大雪。坐明轿出看，至石井铺，风雪扑面，不可行，

---

① "为"，据《湘绮楼说诗》补。

见郭廿嫂而还。朝食已过午。周绍一又来宿。

廿日　大晴，有冰。早起发行李，午正登舟，出门遇将军，同至船上小坐。分二船，女坐自船，余坐红船，携一婢、一妪、一僮、两丁、一养及周生，并雇工同行，亦一把黄篾筷矣。下水迅速，未夜泊袁河。

廿一日　阴，见日。午至十三总，欧阳伯①元上船，迎至其家。先访桂秋，迷道不得门，乃入城。秋嵩讯问，小道先在，余价藩旋至，更招匡、翁来，吃羊肉面。移船观湘门，二更上船。

廿二日　阴。晨起，伯元来，约同看晏学弟雅南，携云孙步行来。王心培来，桂秋特设，邀翁、匡、余、欧、周、张同集。饭后暗行，饭伯元家，摸牌四圈，二更散，还船。

廿三日　阴。欧迎吃面，往则无设，仍早饭例菜，云包火食厨馈也。好客正自不易，孟尝持饭，终是寒俭。午初开戏，还船点心，值周孙烧指娇啼，仍还欧宅。主人十人，以李雨人为客，菜不可吃，二更散。还舟，朽人来。

廿四日　晴。欧伯②元父子、桂秋、曹福生、王心培、匡策吾、余价藩来送。午初开行，小轮拖带甚稳，申初到大西门。庶长上岸问消息，遣报功儿，须臾来，云有人欲尼我行，新有炸弹事，城中甚惧，不敢迎我也，不如黄兴远矣，岂非弟子之耻乎！庶长三更上船，不及面叙。

廿五日　晴。刘少青、何辉庭、邓子赤来，言我势甚屈，大有《伐檀》之意。周庶长、黎秘书则云无惧，已求仇鳌保护矣。入城宅，妇女均诣船矣，唯见两孙女，久之，窅芳来，子瑞亦至。

---

① "伯"，原作"百"，据上下文改。
② "伯"，原作"百"，据上下文改。

廿六日　晴。将欲长行，而为生日逗留，须四五日，留船无谓，乃移行李入城。迎候官不理事，仍自发挑夫也，办差人本领可知矣，惜不得常九骂之。客来相续。出临谭朴吾丧，遇匪小厌。夜作喧朱纯卿书。房妪入城宅，宿后房，殊不得相闻。茂女亦至夕乃得见也，可谓忙矣。我固有忙时乎，夜复摸牌以示暇。

廿七日　晴。出城临朱雨田丧，飞轿往来，未饮一杯水，三孝子均略问讯，承重孙已病归矣。入城已将夕，祖同取诗文本去。应来候者皆至。

廿八日　晴。铺陈馂寿，客来相继，不复记也。自潭来者有刘叙昆及江生、云孙、七相公。自衡来者多已发，复返，唯陈甥及收支、廖村愚送寿屏来。

廿九日　晴。晨起，家人贺生日，设汤饼，亲友五十余人，为余置酒孙都督空宅。会元复自来贺生。约九点钟集，以太早改午初，又稍愒片时，未初往。设十席，轮流来谈，凡接对谈话无虚晷，亥初乃还。宋教仁复来谈，似讲史学家，沈子培之流也，岂亦闻松筠十友之风者与？夜筹行止，南北未决。

十二月

十二月戊子朔　晴。晨起定行计。陈婿、陈、廖、胡婿父子、瞿郎均来谈。送席无客请，夜要刘婿、二胡外孙同饮，陈婿、廖生均至，遂成一集。

二日　阴。得丁子彬书，又将改计，且姑待之。刘生言受委护送，恐又成望梅也。写字一张，云刘雨人所托。衡、桂诸生载酒吃教门一席，夜有华筵，未出坐。

三日　阴。黎秘官送电稿来，要求优待，未知何等优也。有人投诗，以莽大夫相规，诚为爱我。陈芳畹来看，云大病初起。

四日　阴，有雨。闭门谢客，写字评文，闲坐则杂客满堂，大要欲谋枝栖。邱甥每日必来，请以卅千捐免交条，渠尚踌躇，遂入避之。邓甥恃酒发风，亦严饬之。刘甥告归。

五日　阴晴。晨告茷女，不可逗留。至午丁子彬来，遂定东行。舟人告水浅胶舟，又当改计。谭五、瞿四郎夜来久谈。今日笔墨应酬粗毕。功儿暴咯血，盖吾子女皆有此根，未知谁遗种也。吾实无此病，岂墓祟与？

六日　晴阴。将下船，子彬复来，云当借浅水轮拖，再告刘从九请之。衡生复来，论去留事。及杂客数班，颇烦，避入摸牌。

七日　阴，有雨。陈主事士苣翼谋来访，云新从京城回。东邻刘鬐招饮，前曾与汪颂年、吴雁舟约会，今复来集，摸牌，午往戌散。颂年先去，更有袁守愚、胡棣华、朱稗泉，设馔颇精。宓女尚在房未去，又留摸牌，今日共十圈矣。衡电来，不能译。

八日　阴。临桂张子武来，即用知县分湖南，今为军官。聂仲芳女婿与僚婿瞿兑之同来，亦谭祖同酒友也。叔平儿松本亦来见，求保险。衡电来，与陈婿，讹不能译。午熬粥，待宓女未归。

九日　雨，旋止。茷女登舟。黎秘书复送千元来，以北行改东，义不可收，姑留之。祖同复来。陈婿定同行。收支、村渔均还衡。宓女及外孙来送。写字数纸，为瞿郎看诗。谭象坤来。附书廖荪畡、马太耶，送凫、鸡各一双。

十日　阴。晨起襆被将登舟，待饭而行。会元来。送二客，便乘舁。瞿郎来，未及下。出大西门，登官舫，纯孙已先在，陈秋嵩、刘镜池、周少一、七相公均先在，小轮护送，刘、周早相候矣。茷女及子彬则先在坐船，待房姬来即发。陈婿亦来，外董厚斋长女、厘卡委员之母，工佣金、罗，二周儿、卅和，并丁婢来喜，一行十九人，合囊锥之数，并我廿人，又舜功数也，有妇人焉。至青泥望停轮。

十一日　晴。晨起不甚晏，才辰初耳。已过湘阴，申过岳州，董女自去。晚泊城陵矶。轮船藏逃女，喧闹，并送警察。周屏侯来，请留一日，游君山。

十二日　晴。晨闻水声，及问船行，乃云已发，复回接周生。午过宝塔洲，附客登岸，竟不知何人也。夜月泛江，颇有月明星稀之感，但无树可绕矣。夜泊蛤蟆脑，云下有滩，在金口上卅里。

十三日　晴。巳正至汉口，申初换坐瑞和轮船。夜谭芝畇来久谈，至亥去。闻有呼王先生者，似是恶客，徘徊往来三四，未知其由，以其言"放"曰"摆"，知为江南人。

十四日　晴。晨起欲饭，房姬云丁、谭必能料理。待至过午，遂不食。午后开行，酉初乃得食。煤灯终夜不息，睡不得安，比醒已大明矣，云至九江。今日小寒。

十五日　雨。泊九江半日，不得出望，午后乃发。看小说终日。夜寝颇晏，犹觉夜长，泊芜湖乃起。

十六日　晴。至下关未舣，旋至金山，舟行未停，而程甚遥，焱驰终夜，犹未出海。

十七日　阴。巳正至上海。趸船有船未开，泊傍木桥，云一刻即开至江中，故未上岸，后竟泊半日。及移浦东拨货，竟夜喧扰，天明未止。又闻船行声，起看，来往马头旁，不知何所作也。樊山坐小艇上船，庶长导之，谈至夜半，云已丑初乃寝，实未丑也。同船金邦平、伯平来谈。

十八日　阴。樊山早去，约我一饭。因商令知会诸亲友酒楼话别。丁宅遣人来，云无住处，请住客店。余谓不可，遂欲仍还。顷之佩瑜来，云其母已至，其三兄亦来，乃送茂女率婢登岸，周妪孙病不能送，遂留船上。樊山及硕甫、伯严来。溯根及一少年来，以为丁氏子也，貌甚相似，从人云陈少耶，乃知小石子。均请登岸，余固辞之。与樊、易、陈同登岸，访亨社，裴回往来，行数里未得，后乃得之。小食粥酪，同至酌雅楼，请子玖、子培、子修、小石，小石不至，更约重伯、李梅痴九人同集。皆言宜留此度岁，遂定起行李。硕甫往来奔驰，竟未遑食。余与子玖同车，宿其寓。傅夫人□□马亦在此。小石送诗。

十九日　晴，旋阴，有微雪。刘健之来，便约同至愚园访小石，车夫不识道，问数处乃得之。寿苏、子培来，同丞相车至静安寺，子修、易、陈、李、樊同集。仙童急欲联句，竟无人附和。章一山、张让三来访，留坐不肯，上灯便散，仍还瞿寓。夜复有雪，北风颇厉。

廿日　阴，雪竟不成。刘健之、聂云台来，仲芳三子。聂同早饭。丁溯根、子彬、夏生父子、程海年、杨贤子、樊、易、李来久谈，袁海观来，乃去。遣问杨少六，少六来，云未还长沙，仍留金陵，即日仍还省也。周妪抱孙来，大有怨言，云弃之不顾。余云便可先归。刘叔昆亦将同还，庶长已至新寓料理矣。齐七及少逸同来，同晚饭。仆从俱来投宿。发家信。

廿一日　阴。许少卿、袁海观、陈小石、丁子彬来，正写和韵诗，未能毕业。王绳生来，不意于此得见，真可谓不忘师谱也。夏伏雏来，言洋人欢迎。丁子彬甚惧，海观亦劝勿应，不知外交者也。写和韵诗毕。仙童送水，复送小说。始知南皮入相乃其所荐，与余分误国罪也。至夜岳凤梧来久谈，云宋芸子穷甚。余欲招来一见。张让三送诗，又和一首。

廿二日　阴。早露报雨，仅有飞点。点心后与子玖同车至辛园，始有归意。周生兢兢自明不经手银钱，不知何意。南昌近事足嗟吁，幕府于今改秘书。独有冥鸿在寥廓，不同归鹤吊丘墟。遗民感慨兵戈后，经国文章忧患余。闻道鄮中能避世，欲从闲写礼堂疏。煮芦菔根早饭，便访云门，正在对门，时午正，方起，小坐即还。遣迎茂女来。宝子申来，改名李孺，云招远人。初不知，以为其子，自称世侄子申，初称再侄，故未倒屣，姑令齐七见之，及午饭毕上楼，乃知之，邀入客坐。云门、硕甫来，同坐谈。袁海观复来。美人李州珀，因小湘绮来见，邀入会。子彬夜来，劝其早还。戌正茂去即寝。

廿三日　大晴。辰正早饭，与陈婿、周生同步访袁海观、许少卿。见袁六子及幼子。坐袁车至瞿宅大睡。子培来，乃出谈。健之、诗孙、硕甫、伯严、重伯、子修、梅庵继至，云门最后，酉正入坐，亥散。坐车还。夜胁痛不能睡，甚惫。送灶爆竹惟一家。

廿四日　晴。茂移来。余疾甚未食。适得桂浩亭儿诗，昨来未见。又和樊山"茗"字韵，出自写之。村山、节南来，不能不见。金殿臣自嘉兴只身来，真我客也。曹东寅来。硕甫又来。东寅见我病，率客俱去。夜睡稍安。

廿五日　晴。犹未能食。桂南屏早来，起即见客，云甲午翰林，截即浙守八年。询湘人数家。诗孙来，亦与相识。茂亦感寒，未朝食。松崎、柔甫来问讯，硕甫与刘五麻、陈笑三同来，李瑶琴亦来，真奇缘也。岳凤吾与二川人来，一王秉懃，一徐道恭，徐与我言，似是胡樏兄弟，而自书徐姓，则所未审。健之遣车来迎，往则诸客未至。看《蜀石经》四册，并为题字。瞿、吴、何、陈、李、樊、易续至，子培不来，此来正为问金寓，殊失所望。席散还，正亥。刘弟慧之来，入坐。

廿六日　阴。犹不能食，但催早饭，亦不能早出。写和诗，无墨，片告子玖，并借光洋。顷之子玖自来交银，坐谈久之去。

丁溯根来请，东寅来视疾，海观复来。吴炯斋来，访殿臣、硕甫，皆相识，同坐甚久。会客几三时，尚不思食，夜倦早眠。聂仲芳儿送菜。

廿七日　阴晴。犹未能食。借袁车来拜客，因晨起甚早，久之未至午，以为将夕矣。与庶长同车访樊山，眠未起，待久之，小坐出。过子培，坐客已满，云皆赴思贤会者，又不能谈。过子修父子，均出。至丁家，见佩瑜，入与通判妻相见，溯根、子彬皆在。以为将申正，驰往尚贤堂，会人已集，讲时犹早。来者一一相见，不胜其应接，亦不能记也。李佳白意极殷殷，延上坐演说，略说数句，即请英人代讲。又一江南教员续讲，金殿臣亦讲。立告辞而出，反能吃饭半瓯，夜似稍愈。

廿八日　朝阴已晴。李少笙儿莘兰来，自云在江南曾相见，仿佛忆之。云尚在杭州，其家均还衡山矣，闻余来，特自杭来看，即乘火车还。留其早饭，亦胜芜蒌豆粥也。鹤雄与其国二士来，一为领事，谆谆以联美为惧，久坐不欲去，亦好谈者。小石来，袁车待客，乃同出，驰至马场，海观一人独坐，密谈一时。瞿、李同来，易、何、陈、樊继至，戌散。车还，重伯坐待，云明日归省母。

廿九日　丙辰，立春。晴。道士蒋国榜来，年始廿，云江宁大富人也，欲买我经注书。海观、王采臣人文来，王送诗。李伟、黎炳南、何亲义三人来谋钱，在子培处见之，以为佳客，乃流氓也，起而避之。云门来，留吃饼。石甫、伯严继至，谈至日夕乃去。宝子申、李瑶琴来，不能出矣。子培与余抚台同来，亦未出也。四人自谈，久之而去。二丁来晚饭。夜和小石诗。修蛇赴壑岁将尽，乾鹊报晴春又生。椒明正当添玉斝，柳条先已映青旌。辞官便似离笼鹳，求友仍呼在谷莺。预祝明年共强健，江南花事共量评。星光甚灿。

除日　晨雾。许生及其弟子袁六来。子玖、王芝圃、吴子修、岳凤吾、尹仲材、丁溯根及其从父子彬来。留丁摸牌四圈，又与茇地炮二局。年饭后二丁去租界，恶爆竹无及万响者，然亦终夜有声。夜仍祭诗，诗本不在家，已祭六十一年，当如郊祀停止矣。

民国二年癸丑

正 月

癸丑正月戊午朔　晴。辰初起。宝子申、丁佩瑜来，未去。李瑶琴、桂南屏携子，袁海观携子孙，易石甫、夏生父子、李世由、王知府、樊云门、许少卿来，遂终日。晡食客去，又来三人，仁和王晋孙、益阳汤、善化何。告以客满，未人。睡后又来一人。陈国权，江苏人。

二日　晴。晨食甚饱。饭后梁风子来，久谈，李晓暾问其截辫，梁不欲答。子玖来。申过四马路醉沤斋，蜀生九人设宴请我，内有蓝先策未到。宝子申，蜀官子而冒蜀人。岳、李、二王、徐、王、蒋雨霖后至。食馔过多。

三日　晴。遂不思食。题《枕雷图》十余次，皆遇客来，午乃成词一阕，并题冬心梅花。濮一乘来请客。卧看仙童诗四本。

四日　晴。卧一日。曹东寅来诊脉，岳凤梧复来议方，大要皆果子药也。

五日　晴。袁海观来问疾。樊山招饮，分题，客有一生人，是林天霖之子。亥散。坐子培车还，疾尚未愈。报馆欢迎于爱俪园，并乃从来玉人照相。

六日　晴。未食。赴小石请，与三丁午饭，早散，而主人云夜款宾。有诗和之。老去偷闲乞病身，暂将闲处作闲人。客无可语忘酬酢，老幸相逢得主宾。斗室偶为亲戚话，天涯同看岁华新。羁游定胜羁簪绂，谁识津桥去国臣。李传胪回汉口去。

七日　晴。未食，欲去访客，茙女止之。遂费我二元，往樊园一集，申正往，戌正还。伯严为主人，客皆前人也。中坐吴骗闯席，云门径入，乃失意而去，善哉善哉。袁大帅来，久坐。

八日　晴。起较早，吃饭半碗。见二丁、三曹，少虎老矣。作七日探梅诗十三韵。樊山来谈。宋生适移来，并邀齐七夜谈，自戌初至亥，正两时耳。客兴未已，余入帻乃去，殊负其意。文小坡来，坐半日而去。

九日　阴。颇欲食，食而不健咚，勉写条幅数纸。李恩生兄来，不识之也。梁孔教来送启，欲吾废君臣，似不可画诺。子玖来看，吃晚饭而去。小石来，点镫去。岳生来告去，云当入京。夜撩零，小负。欲和樊"芹"韵，检稿未得。

十日　未起。外报有红顶朝珠客来，即梁风子也，云昨自焦山归。因闻前年我顶珠待客，客皆无顶珠者，故特来补一客。急起宾之，留面，不食而去。饭后晴，写字数幅。林开暮学台来送诗，认真大做，亦殊可敬。芸子来陪坐。夏绍笙来。得孔孟会证书，推我品行，告以不端。又欲要樊、瞿，告以无用。遣周生往谢之。小石送七十二册请题，皆一一看过，又看《交翠轩笔记》。干子来，为写四纸。松崎来约饭，为村山送坐蓐。

十一日　晴。贤子有《谷朗碑》，书体与今碑绝异，为释数字，唯"如舳"，"舳"字难释。又题小石《宦迹图》，成一篇，亦无格律。午往京教会应点，与宋生同车往。宋生讲过万句，甚倦于听，一僧嗣讲更多，则未听一句也。设面，与梅广同吃一碗，借车还，甚倦暂惕。云门、伯严来，小坐去。

十二日　晴。借袁车遍答客，凡入九家，唯子修处犹有年景。至曹东寅处，小雨，驰还暂惕。往云门处，赴吴招，亥散。

十三日　雨。作，看写经诗。饭后出见周生弟。王芝圃旋入，卧惕，遣伺梁客来否。凡再往还，道水湿不可行，比邻借车往，云王子展家，其父与左孟辛熟识，余不忆也。宝子申、樊、陈、易、一汪聋，未接谈，并梁父子、周庶长十人，照一相片，酉坐戌散。坐王车还，即睡。

十四日　阴。余寿平来。干子送茄。写字数幅，作诗三首。海观来。陈国权来，言林文忠，安徽人，为东装，坐久之乃去。王芝圃来。今日写字题图，竟日无招寻，最为闲静，犹有杂宾也。

十五日　阴。以午有二处应酬，改于早饭过节。令炒海参，遍觅不得，盖已化矣。撩零一局。子玖、彝恂俱送汤丸。曹东瀛父子来。彝恂父子、云门、石甫俱来。写对子不记数。宋生送罗葡饼、鳆鱼，设以款客。坐待车迎，竟无一至，已到申正，雇车驰往宸虹园，日本客六人村鹤、长尾、宗方小太、筱崎、郁香佐、平冈小太。设席专请，子玖陪我，又有一博士佐原马介。为客，燕菜烧烤，不知何所取也。戌初散。借子玖车同至戈登路刘家，子玖未入，葱石为主人，客则樊、易、李、陈、吴、绚斋。沈、爱苍。傅苕生。七人。苕生邀赵伯藏，亦来相见。正待伯藏，喜其已至。亥初散，仍坐瞿车还寓。许生坐待，致袁送三百元，受之即去。月明灯光，夜景甚清。

十六日　晴。宝子申、袁海观、子玖、六休、柔甫、子修、沈爱苍、丁满、刘伯远、少六来，酬答竟日，欲罢不能。申正袁遣车来迎，便饭，诗孙、李幼梅先在，子玖后至，颇能多食，但嫌菜咸，戌散。胧月不光，知当作雨。仙童送程仪。

十七日　雨。写字还笔债。六休来，始朝食。题倭藏汉砖。汉皇海上求仙阙，那知自有苍龙碣。铜盘不肯出宫门，渭城露冷千年月。神鱼却渡沧溟波，魏宫唐殿空嵯峨。土烧作瓦砖作砚，鸳鸯化作双苍鹅。此砖无翼来天上，徐福成文劳想像。万里蓬莱海气青，排云直入青绫障。苔文驳剥花文古，且向银台避风雨。若值神蛟破壁来，还君一片长安土。子彬、刘述之来。海观、云门、李佳白来，石甫继至，遂与芸子、齐七同午饭。云门、子培送二百元，讶其无因，又自送来，留受其半，且宜诘问子培。至酉客去，少愒。

十八日　阴。贤子、子柔、节南来，云已定岳阳船，廿一日子时开。明日买票。海观、子培来，坐一时许。有一不相识人，亦陪坐一时。又一骗子，自云长沙都督，来办案，问我借钱。《上元夜归和樊山步月一首》：繁灯远近光，广场夜逾空。虽非九衢游，嘉此清境同。良宴盛文娱，归途骋华骢。平途散马蹄，毂击迅飞鸿。列树未垂阴，交枝月明中。流云影霭霭，引望春胧胧。幽人喜宵步，地寂意弥冲。迎门儿女嬉，始悟佳节逢。夏彝恂父子、李世由、赵伯藏父子、李梅盦偕二陈生、傅苕生、陈伯严、云门、实甫、子申、小石、子玖均来，定饯局。子申并送印章。梅广送牛肉。丁子彬晚来，苕生偕邻人同来。节广送诗扇。

十九日　阴。章一山、傅竹湘来。章请题图，极无聊诗册也。茂女去，徐妇来，周侍八小姐出游。多卧少客，方喜休息，刘生竟病死，名三日不汗之说。遣唤其族人，未来，忽闻暴惊，云死人叹气。幸徐妇知不妨，五男儿不及一妇人，可叹也。干子来，又送礼。赵伯藏请花酒，未去。

廿日　阴。昨夜未睡，饭后刘姓舁棺来，以四十元资之，令舁至会馆治丧。茂还，与同车上船。松崎为我选一仓，云公司送票，直廿元。六休亦来。徐敏丞、李恩生兄来。李世由、夏生父子、樊、易、陈、伯严。袁、赵、吴剑华、郭意孙、干子、杨贤子来。六休为余办饭，李佳白、长尾、日本副领事、村山、节南来同饭。云门遣车来迎，云醉沤饯不可罢。驰往，王元常、宝子申、易、陈、袁、赵皆在，李梅广、俞恪士亦预，待傅苕生，戌正人坐，寻齐七不得，以周绍逸代之。亥散上船，二丁、小石子、宋芸子、六休、松崎均坐待，梅广亦上船送。子初乃散，关门安睡。

廿一日　晴。寅初开行，从来者犹十七人，子彬亦来。船主、大户、买办均来见。夜过镇江。

廿二日　晴。为船人作字数幅。舣下关颇久。暮至芜湖，夜船胶沙。

廿三日　晴。作字数幅。衡山王香倬字兰馨来谈，云昨来，为从者所阻。因四川会理州逃至云南，由越南绕香港至上海，回汉口，旅费亦不过千金。夜至黄州。

廿四日　晴。巳初至汉口，泊逭船，云湘轮已通，湘江丸于明日开，即令移行李，仍饭于岳阳船。松崎有信与冈幸七，冈遣人来问，夏午诒亦遣人来问，各令招呼。顷之午诒至，冈亦引公司数人至，为我写船。约午诒回湖南，不可；欲说我北行，我亦不可。复书袁慰庭。夏必欲我遣人报聘，乃问齐七去否，云愿往，即令同夏去。谭芝公来访，约晚饭，待周生同去，夕不见来，乃独往。上岸，周来，余仍独往。至蚕头尖，丁子彬先在，程子大亦相待，周生旋至，坐散已三更。程、谭、丁均送余上船，夏午诒亦在船相待，小坐各散。学生喧哗半夜，坐客仓满，掩门自睡。

廿五日　晴。天暖，借芝畇绨袍。船主、大户、买办均来。学生曹、张来谈。卯正开行，酉至宝塔洲，未泊。写字数幅。

廿六日　晴。过岳州，至靖港已夜，舟行甚迟，半夜始至长沙。学生入城去。

廿七日　晴。遣人入城，招呼儿女。功儿来。胡氏外孙来，云其母小疾。刘晓子来。大五来。胡婿来，与以百元。未初开行，申正到县，待红船一时许，云上水难行，秉烛移行李。雾露神散去，惟周少一求书，告以不可。伯元夜来迎，未去。

廿八日　大雾。伯元又遣舁来，船饭甚晏，乃往早饭。王心培、张海陶同饭，因成戏局，更招余价藩、周铭三、陈培心、翁树堂、王心培、曹某、郭葆生、周某、匡册吾、欧阳桂秋，起戏甚晚，二更犹未入席，乃召外班男女三人唱二出，已三更矣。河街栅闭，停舁久之，烛尽雨至，意兴顿窘，到船正子初。

廿九日　惊蛰节。停船不发，细雨湿衣。张恺陶来，言昨夜葆生遇炸弹，正我到船时也。李道士、欧润生、桂秋、余价藩、六耶、徐甥、岫孙、崔孙、周生、谷三、夏子、复甥舅、伯元、葆生来，自朝至夕，应接终日。葆生云刺客已获，共和党主使，已释之矣。又言获盗状，颇为迅密。

晦节　风雨不已。冒风张帆，甚不稳快，乃命舣舟杨梅夹中。为陈玉丰关说二事。

二　月

二月戊子朔　昨夜大冰雪，舣船不发。佣工皆由陆去，幸免雪行。

二日　雨。敲冰。帆风，未初乃发，葆生遣人来迎，送沉香，不佳。夜舣袁河。

三日　阴。缆行。朝食后至姜畬买面，泊一时许，至南北塘雨至，入湖，泊炭塘待舁，到家，雨大至湿衣，便卧不问事。

四日　雨。作书寄茇女，便讯子玖。周妪来摸牌。刘七老耶孝子来，幼弱不能迎丧，令去。专人寻萧儿，取王诗，并请萧儿问刘族取钱。又为欧儿作书致刘部长。周去金来。许女来借谷。

五日　雨。朝食后阴。至船发箱担，遣散从人，令由陆去。水涨，周妪怯行，复停一日。

六日　雨。船人怯涨，再停一日。昨滋至船送，今归视之，则疾发不能兴。欲作书，无纸笔，清坐一日。理《礼记》版，将携至衡，印廿部，船不能容，命再顾一船，夕仍上船。

七日　阴晴。晨发，俄顷至姜畲，午出涟口，过易俗场，上水行迟，一时许乃至下潆，渡船甚多，旧驿步也。夜宿马家河。闻雷。

八日　雨。缆行，频舣，仅卅里，宿凿石浦，杜宿处也。杜盖自湘潭至此，一日之程，明日便宿琴洲，不能卅里矣。

九日　阴。帆行，午过空舲峡，晚宿花石，行百余里，水程最多，得风力也。

十日　雨，旋阴。缆上黄石望，泊黄田，惫矣。夜雷电，不甚炫耀。

十一日　戊戌，社日。晴。行四十五里泊雷石。南风上水，缆行甚艰。晚泊杜公浦，亦子美所宿也，自此发病，不甚有诗矣。或云即寒林站，误以为在萱洲上，船人不熟衡路，衡人今亦多知寒林，少言杜浦也。

十二日　晨雾晏发，行四十五里。

十三日　阴。得顺风，早发，至大步风息，缆行，亦时可帆。至来雁塔，逆流极迟，欲舣柴步，恐夜，便至东洲。舆儿已去矣，收支亦不在院，王、傅诸人相迎，小坐已夜，求点心不得。陈、谢、蒋、彭来见，云金姬亦至，方往迎之，将二更乃来。又陪周姬久坐。

十四日　辛丑，春分。微雨。晨起遣人入城，发上海六信，樊、松、陈、瞿、袁、杨。并告儿女。饭后城中人来，王豫六先至，真女、程三子、赵婿、常次谷、懿儿、丁眛如、李选青继至，常婿二妾率外孙同来，留饭摸牌，至夕并去。得功儿书言杨氏婚期，夏、陈京书言袁事。喻生夜来，言书院分钱，宜定章程。

十五日　阴雨。见老生三人。周庶长来，犹不知我到，亦反常也。杨伯琇、余凤笙来久谈。

十六日　家忌。陈复心来，少坐便去。廖拔贡开学堂，欲求利，反生害，为撤散之。诸生颇因复心招惹，盖欲领教员薪水也，郭筠仙所谓俦张者矣。

十七日　阴。养静，看报。王校长来，请开学。三学独王获利，云今年必无利矣。

十八日　阴晴。始出拜客，闻胡滋圃病甚，不敢去。从伯琇、彭理安、林管带、王容园渡湘，送余凤笙，答廖俊三，俱不遇。至程家，过真女，答复心。过懿局，遣问朱德臣，便至老书院，与萧少玉、理安、蒋蒋山、王弟、谢生同席，酉初散。过新安馆访张子年而还，已穷日力矣。诸生来论存古。狗孙自云湖逃来，并挈带屠儿，言因赌被名捕，故逃至此。暮过南郊，桃花盛开，路已无泥。

十九日　阴晴。观音生日。云峰有面，余亦作水苟糕。邹生、贺蹲、王伯约来，留食青粑。

廿日　晴。三屠亦逃来。周佃还乡，发家信，寄牵牛花子。商霖、夏松霖、周耀奎来，坐半日。清刘《丛书》。

廿一日　晴煊。麻十、子璋来，段孙亦来。杨八蹲书来诘责，云有门生汤姓求荐，告以无此门人。牌示学生自由来去。真来，与鹤春妻同来省问，作糙款之，不待而去。与真同至杨家吃熊掌，复心、商霖、公蘧先在，蒋三水后至。将席时微雨，席散雨更大，须臾止。

廿二日　晴。张子年来。玉丰馆来，求帮讼。周妪受其事，作书与余知事干之。

廿三日　雨。朝食前阴云甚暗，意欲辍食，以小儿并急欲饭，饭后乃开朗。看《丛书》。

廿四日　雨。桃花半落，梅叶已将成阴。院生纷纷攻讦，亦有春深之感，未遑理事，且咬菜根，惜不香耳。

廿五日　阴。常婿来。今日戏局，幸得赶上，匆匆去。午出访王季棠、杨慕李，渡湘访罗心田、朱德臣，便至江南馆看戏。诸生公请，又有绅士、钱伙，复心亦到，便去。女倡登场，大干理法，昨属勿招，令不行也，亦无清议矣。戌还。

廿六日　阴。王季棠来。夏生大儿来。王伯约、冯絜孙、邹生、周庶长同来。

廿七日　晴。喻、陈各言经费，殊无长策，信得人之难也。杨慕李来，言门生求厘局，云门生管厘局也。郡馆团拜，携周孙同往，借花边十元以备戏赏，数十人有三四识者。曹卓如杏庄之孙来，为法官，云法服金边，法深衣，无人肯衣，盖犹有耻。戌初告归，亥初始到。珰女携女来，候门相见，少语即寝，居之对房。

廿八日　阴晴。顿煊，裁可单衣。珰出拜杨六嫂七十生辰。懿儿来，云贺客甚多。陈子声亦还，未见完夫。须臾完夫来，言宋教仁被枪死，湘教育开会，云袁世凯所为。并得教育部征诗启，戴子和劝进笺，茇上海书。午饭后去。胡观察病故后移文来。

廿九日　丙辰，清明。晴煊。待珰还乃有轿，午间真先来，珰携妾、女旋至，姨姐好牌，令设一局。余下湘吊胡弟，遇周、冯二教员，旋至浮桥下看周生新祠，见其弟及王伯约、二蒋、懿儿、完夫、理安继至。饭罢，日未落，舁至丁马头上船，还已昏夜，摸牌四圈乃寝。夜凡三起。

卅日　晴煊。答茇书。摸牌消日。史冬茂亦来，应两把籖筹之数。

三 月

三月戊午朔　晴煊。绤衣犹汗。今日起学，彭公孙作主人，廖俊三来会，外无至者。王慧堂、胡红纸来。午初彭、陈释奠，衣冠出堂，诸生列拜，主人不拜，所谓王父有礼，道台无礼者矣。喻、谢论院事，俱有意见，牌示以刘衮管收支，不用学堂规则。将夕天阴，须臾暴风雨。

二日　寒雨。重裘向火，寒煊未有若是之异者。闭门摸牌。夜有窃盗脩脯者，曾莫之觉。

三日　阴寒。悬赏格缉盗，乃富家子所为，云其人好吃，尚携脩脯盈筐，惜不以问师耳。罗心田还存银六百，本利不欠毫分，果如吾所料，贤于程七多矣。午至王季棠处摸牌。夏生大儿、陈复心及主人起一局，待伯琇来，水师管带林生早到观局，陈出局去，共摸八圈，杨、陈各得三翻，余输一底。看牡丹，为雹伤，无精采。夜还复摸牌，至亥寝。

四日　晴。收支刘生辞职，改令蒋霞初。彭二公孙招饮，催客甚早，余知其尚未，方拟少待，乃又来催，因携松孙入舟，温《周官》未十页，船已到门，令从陆还。余至彭家，程七、杨八蹳先在。待两时许，廖俊三乃来。二陈有从子丧不至。杨伯琇亦不来，云子病甚，又生日前一夕也。席散，因往餪之，坐有两医生，少坐即还。珰家来迎，云其娣死，迎归治丧也。

五日　晴。片与道幕，论浮桥捐原委。常婿携子来，云亦将归。午前珰行，送外孙女添箱七十元，并令往杨家送酒雉，寄火腿、南鸭与亲家母，及宜萱家果合、包子。陈四郎偕赵婿来，陈云六姑到省城分家。夕阴，雷雨。

六日　雨。唐仲铭自省来，言书院宜加膏火，空为前住院生常额，仍分县每收一人，似不可行也。为水野僧写诗一幅。唐又云盐务已归淮运司矣。算火食账，此月内冗食者五十三人。

七日　雨。七相公专人来，言开煤廿事，复书令往杉塘关之。来足即王队官，又不肯去，亦欲坐食也。

八日　雨寒。复向火。何𫚉庭管耒卡，闻其耒者，人人有拿签子之想。留宿外斋。

九日　雨。招何生同早饭，饭后去。洪落陈生来见，谈旧邻居。

十日　雨。李子政、懿儿来。懿将北行，并率子往青岛依杨度，大有桓禽之意。喻昧皆来请饭，许以陪审判。诸生以碎牌事，纷纷来议，大约指目谢生，皆廖胖春秋之祸也。

十一日　阴。出看湘涨，遇陈完夫及其五兄同来，并率外孙子声，未六十，居然老矣，与收支同入坐。子声颇疽，炸蕨粉饴之，甚芳甘，致饱乃散。冯小华亦来。胡道台之弟来，诉姨姐，留饭而去。谢教员来告假。

十二日　晴。本欲入城，因晒菜未去，乃无锅煮，空闲一日。周庶长偕王伯约及贺生来，为王送礼，未解其意，以桂阳粽款之。夕巡两斋，东斋塞门未去，云居者皆出游矣。夜雨，半夜雷。

十三日　雨。为诸生作字，看上海报，作貂袄。因思胡雪岩貂女裤四十，亦足传也。

十四日　阴。仓庚来巢，蚕已长矣，桑犹未可把，采蘩时也。与诸生闲谈。

十五日　晴。携周孙入城，先过新安馆，子年云恒子榷税益阳，得同年之力，已亦将往，许遣人同去。答访子声，云在完夫处，入则复心亦在，又见霖生女婿。过汤叔昆不遇，至梓潼祠，喻生令学生出见，审判曹、孟衡昭、韩知事先后来，设二席，将夜散。还到院，大风雨。今日壬申，谷雨，宜雨。月出赤如日。

十六日　有雨，实晴。戏园请客，荣孙请往，令倍书乃去，后又不去。余待人还，探城中人去否，过午不来，王道台催请，乃泛舟往。花园中设一牌局，二伧人在，初不相识，云衡山李、清泉杨也。杨是伯琇儿，举止颇似。季棠、周生皆先在，午集戌散。月仍黄赤。

十七日　晴煊。女学监督康生偕夏生来访，衡山人，名和声，云自省派来，拨经费五千金，设此南路，其中、西又各五千金，谭会元新政也。邹生来，寻纸未得而去。为程生书金绢一幅。夜雨。

十八日　雨。午前大注，待歇下湘，至杨家问客来未，则已集待，分二席，一为陈昆弟请我，一为我请客。陈请者更有杨、何、王，余请子声，更有罗、朱、林。摸牌八人，何生不与，王季棠大胜，亦无钱也。设坐余滋山房，看梧桐，戌初散。夜大雷雨。

十九日　雨。女学校长康和声凤琴请客，未午来催，问何太早，云水涨改午刻。往则无客至，夏生出陪，借容园设席，遂消一日。客则王季堂、复心、宾视学、郴教员，坐散未夜，水已平堤。

廿日　丁丑。雨。写字数幅。唤船备水，时出看涨。院生皆出，无问事者，唯谭生往来数四，其所居亦将浸矣。

廿一日　水遂至前门，不可步，呼船舣后门，移行李，欲借此大去，以学生坐食，冗人亦坐食，将散之也。仍舁出前门，坐小舫至百塔桥，渡夫前年踊跃，今年畏避，盖已有身家，不可用矣。强行舣僻处，待过船，诸生多来看，请入城，辞以不便，外孙亦来请，亦令还城。子声复来迎，皆固辞，以为定不去矣。旋见船敞漏，恐雨至无滮处，陈家又遣舁来，乃入城，居其客房。俄报船漏，请唤船，或登岸，皆隔水不便，乃令暂待。至夜闻雨，为之不安。

廿二日　雨不止，水不退。早起欲自看船，轿夫不来，乃令移行李。初欲往电报局，云无空房，又欲移城外船山书院，亦多牵绊，乃悉至完夫家。

廿三日　雨。与陈兄弟及夏子鼎摸牌消日。诸生纷纷来，皆指目谢生，然无以难之。得茇、滋书，即复茇一纸。程颂旭请一饭。

廿四日　晴。完夫生日，子声具馔，请余午饭，肉胜食既，遂未夕飧。张蟹庐、陈仲甫来谈。

廿五日　雨。午过蟹庐未入，遂至李选青家，与杨金城前尹及复心兄弟摸牌一局，吃饼并烧豚。未上镫归，未久即睡。

廿六日　雨。院生数人来，又增一争竞，为发文凭也。昨令闭门清宫，犹未能净。杨金城来。午至旧院，段生为收支，王生请客，余往作陪，无一至者，以省城新有文书，不许起法政学，甚张皇也，小坐仍还。送席来，与真及外孙同消夜。

廿七日　雨。邀复心、子鼎摸牌，卜女来，留饭，并摸牌一局。罗心田请法官追账，检察官又来问文凭，告以取消，不必深问。

廿八日　雨。胡宛生来诉家事，并送新印道、咸后大官手书信笺，大半故人，亦可消日，看十余本，至夜分。

廿九日　晴。写字数幅。珰女来告炎，其夫及从弟亦来，又有邹、王两生同入，以为一党，问乃不识，云从小学堂来也。冯小华来。絜翁孙亦来，坐久之。闻赵婿麻疹，往视之，戒以勿药。率两女地炮半日。胡宛生送烧鸭、荷叶饼。

四　月

　　四月丁亥朔　立夏。晴。房妪晏起，自出开门。写对子数联，墨尽而止。程丞参来，旋去。喻生来请，不衣冠，又阻止往胡道处题主，因发危言，告以当告胡家，胡乃不信，遂成空话。检察刘爽夫、审判曹卓夫同来，云已到书院，王、周二生适去，未得对审也。夜复撩零。

　　二日　晴。路漈可行。书胡挽联。邂逅托知心，礼殿重开仍讲肄；桂零歌按堵，使君三岁只清贫。尽署对款。张尉、罗心田来，留与摸牌，遂废正事。伯琇亦来，子鼎让位，复心又代杨位。四圈罢，王慧堂催客，出答刘检察，不值，遂至王家，主人病不能兴，此集殊可不必。其弟子三人陪客，客即伯琇、完夫、周生，更有衡山李子，未夕散。初夜即睡。

　　三日　晨晴。初起，复心已来，贺幼邻亦坐待，欲为其子谋食，不然不来也。饭后玚已渡湘还。胡备小队来迎，衣冠乘舁，无绿轿矣。往则鸣炮相迎，复心、俊三、完夫、少至、颂旭、选青皆在，衣单衣犹热。午初写主，奉至几前，内陷松脱，仆于坐上，殆不祥也。设三席款宾，余与林水弇、完夫、少至、选青、伯琇同坐中厅，未夕散。

　　四日　晴。朝食后院生来迎，出答曹、孙，挡驾，遂上船还东洲，留冗食七人与老船山仓丁，率二妪、三孙、两工还院，食毕已夕。在斋住者犹有谭、谢、蒋、王，入内相看。发滋书。为复心书扇。

五日　晴，有雨。完夫、商霖来坐，久乃去。作亭秋诗序。陈八来，报真又生一子。老年闻生子则喜，与少年迥异，不知其所以然。君子三戒，随年而异，有旨也。

六日　阴晴。殷邦懋自常宁来，又欲谋馆，不知亡国恨之商女也。坐待饭不去，幸谭生有饭，乃与同食。遣房妪看女，周固不肯，乃遣金行。《礼记》陵乱，自检不清，书僮云少数卷。寄诗序与小石。欲作一纸与茷，未暇也。唐生凤庭来。周生云当来居庵。

七日　晴。为真女书扇。李馥先生来。周入城看洗儿。段怀堂子妇来，其夫髯也。毛娃云此大娘要得狗老耶来辨冤。秦桧妇翁王仲山知饶州，屈膝金人。其孙熺之孙钜，曾孙浚、濬，并死节蕲州。

八日　晴。朝食后送芸孙入城，附船还乡，遣周儿送之，舣厘牛①边待船，一时许乃得去。便昇至陈家，送会银与珨。邀子鼎、子声、常婿摸牌四圈，乃与子声、完夫步至江南馆看戏，杨、朱为主人，大会机关，热汗不止，乃还午饭。夜看报，与茷女书。

九日　晴。诸生固请甄别，乃定于十五日扃试。李子馥问李密、王世充兵机，不能记忆，取《唐书》看之。密以失食而溃，非兵弱也。世充仗顺讨逆，理宜克捷，欲以比今袁、谭，殊非其伦。陈兰徵来。写扇四柄。

十日　晴，稍凉。段妇又来，周生姨也，云事急求救，为设法，复不用。

十一日　晴。杨四子来，珨来，卜女亦来，令同小住。

十二日　晴。完夫、敦竹俱来。

①"厘牛"，应为"厘卡"之讹。

十三日　晴。看报遣日。看《唐书·官志》。

十四日　雨。考课报名诸人，皆冒充监生，有百余人之卷，实为多士。

十五日　阴。晨起衣冠点名，久不见此矣。出数题，兼考试帖、八股。

十六日　晴。敦竹迎珰去，卜女亦请还，自送之到城，仍坐船还。

十七日　癸卯，小满。阴晴。珰来午饭，云明日当归，仍入城住真家。遣问杨四子，云已还湘。颠婆夜闹。

十八日　阴。看甄别卷，一望黄茅白苇，殊不必考。夜雨。

十九日　阴。阅卷毕，新取廿五卷附课，想无可造者，盖文教将晦，非人力可挽也。

廿日　阴。写条幅未毕，人来而罢。人去，看唐律一卷。

廿一日　晴。湘水复涨，携周童坐渡船往来，亦有渺茫之兴。看报。寻周生，云已去矣。

廿二日　晴阴。小凉。不思食。看唐律二本。摘枇杷，不及昨摘甘冷。

廿三日　阴。陈完夫携其弟子来。写蘋姑折扇，遂费半日工力，并唐诗一部，与完夫带去。

廿四日　阴。得纯孙书。乔木匠来。周仲元来，言孔教事，云府学宫被占去。与书革绅言之。仲元特来，留宿外斋。夜雨。

廿五日　阴。周儿还，得茂、滋两女书，并节物。写对三副。作《胡国瑞投井记》，以表忠节。纨还。

廿六日　晴。赵婿来，告去，留居楼上写《胡井记》与周神童，且为作铭，铭文跌宕，颇为得意。

廿七日　晴。湘水复涨，送纨入城看妹，并遣周妪寻医，得例包封而还。赵、周皆去。纨夕还。

廿八日　晴。昨蒸热，今凉。复茇书。贺子泌大儿来，云已移居台源寺乡。夜复燠。

廿九日　晴。周逸复来，云无轮船，故还，又云来往划船已去数百钱，新学滥费如此。夜雨。

晦日　晴。与纨女叶戏。湛妇来送节礼，云郭郎又下省，其子亦追郭至省矣。

五　月

五月丁巳朔　晴。今日复斋夫旧规，外客来者十日①，周生演说孔教，诸生列席者数十人，附课来者甚少。写字数纸。

二日　晴热。写对三付。看报。程生送节礼，即复一片。夜纻衣犹汗。

三日　雨。看陈小石近诗，其七律亦自使笔如古，盖所谓险韵能稳，难对能易者，与樊山同开和韵一派也，因为作序。

四日　雨。办节事，欲助喻生百千，竟不可得，搜集余廿元以与之。王检察送节礼，与胡纸店，皆出望外。

五日　晴。男女来拜节者数十人，已疲于接对矣。真携八子来，遂充闾满堂，各啖枇杷而去。摸牌四圈，午饭后散。传云三猛来镇抚湖南，并有兵卫。

六日　晴。邻僧报丧，当送一联。结芳邻廿四年，蔬笋同尝，每听钟声发深省；后圭峰十八世，枇杷先折，空余石路济行人。遣觅褾联书之。竟日清睡。见一童生。

---

① "日"，应为"人"之讹。

七日　晴热。见一老生。得滋、茇书及胡婿告行书，云京师方大集名流，文致太平，可谓奇想也。写字数纸，汗滴纸上乃罢。滋得抱孙，又不知似父祖无。小石书来，力辨与庆邱①无往来。市虎相传，竟不知何因，此语流闻卅年矣，乃有此辨，益成疑案也。纨归，遣金姬送之。僧送席。

八日　阴风，仍热。诸生多留行者，告以且归再来，真来留亦不留也，盖自由之流弊。程孙云都督已易，小生更当还看之。

九日　晴。料量行计。得滋、茇书。寄蔡、陈书，即复小石一函，寄序去。"水流云在"，竟不知所题为何，老年健忘，亦可云健矣。金送纨还。夕甚热。

十日　阴。陈生遣船去，收支又呼船来，乃留周携金及清孙暂归。入城答王检察，并见曹、刘，过王慧堂告行。法官俱来送，完夫携外孙来，陈四少、蒋、彭、二程、谭生均来，陈仲甫、程功八于津步相值。午发，夜行未舣。

十一日　阴晴。晨待查船甚久，至黄石，又守风望上半日，日仄始行。一夜未息，至上弯已明发矣。

十二日　晴。东南风甚壮。午正至湖口，罗僮来迎，宜孙亦来，舁还家，妇女出迎，见滋孙，贺以十元。舆妇云二姐思归，遣船往迎之。宿中斋。

十三日　晴。忌日。元妇送蒸鸡，未以侑食，午作点心。遣金姬送妇迎女，日晡始发。

十四日　晴热。舟中偶忆东坡常州除夜诗，取苏七集检之未得。卧看《礼记》。

十五日　晴热。将军来。戴弯子孙均归。将军送生雉，留点

———————

① "庆邱"，应为"庆邸"，指庆亲王。

心而去。检苏集。

十六日　阴晴，夜雨凉。昨作外舅家传，遣送叔止，即日还。今待妇女船回，未到，想为胡婿北行耽阁，余亦不能行也。王罗紃来，云其女已嫁江西邱议员衡钱商光耀之子，女婿早入中央矣。

十七日　大雨，朝食时止。寻苏诗，得之于坡集五卷。行歌野哭两堪悲，远火低星渐内①微。病眼不眠非守岁，乡音无伴苦思归。重衾脚冷知霜重，新沐头轻感发稀。多谢残灯不嫌客，孤舟一夜许相依。　南来三见岁云徂，直恐终年走道涂。老去怕看新历日，退归拟学旧桃符。烟花已作青春意，霜雪偏寻病客须。但把穷愁博长健，不辞最后饮屠苏。此二诗丁果臣喜颂之，不闻土音已六十年矣。端午桥翻刻成化本七集，于坡集得之，在癸丑年后，是甲寅年作也。坡年卅九耳，而自云老，其时自杭州迁密州。坡年六十六，赖后能老，不然此诗真笑话也。

十八日　甲戌，夏至。省船归，云窓婿病不能来，木器先来；又云功新归，功妇亦不能来。《题陈小石水流云在图》：小石仁兄以幼时至五十外所历山川，画为《水流云在图》，凡七十二幅，绢素精美，情事宛然，洵可玩也。自蜀别至今卅余年，凡三见，每见必论诗，不及时事。乱后相访沪上，情话益亲，出图索题，且征歌行。老废格律，不复能工，览者知君诗进而我诗退，即君得意事矣。　人生功绩不自见，却论贤愚托史传。看君每岁画作图，即事非真亦非幻。自从万里观国光，锋车驰驿同腰章。中间蜀游最清壮，双飞始得排天閽。此时老臣尽凋谢，朝廷噂沓忘风雅。二张讲学引康梁，六部分曹招响马。六贵三臣无罪尸，始闻飞火射罘罳。君时省禁佐留守，鸣桴摄尹亲艰危。酬庸开府持龙节，南北十年随宦辙。锦衣一品被松楸，故乡春有儿时月。北洋移镇江汉波，兵符手握斧无柯。空张三百六十钓，宁知四十九年过。舟壑潜移鹏运息，布衣甘作咸阳客。犹从碣石望沧溟，海门日射金鳌赤。辰龙关接夔江门，中有沅湘芳草魂。不知共人秦人洞，画作神仙长子孙。　此诗茫不记忆，故从报纸抄存。周仲元、马太耶、张少龄、欧阳伯元同来。陈秋生以船来迎，因

----

① "内"，应为"向"之讹。

夜未上。

十九日　大雨半日不止，客不能去，杀鸭款之，午饭后乃行，到船夕矣。即发甚快，未二更至县。纯孙来迎，宜孙欲看欢迎，亦令同来。乘欧轿，宿欧室，至子乃得食。

廿日　晴。人客来者纷纷，以翁、吴、马、余为最熟，居停开饭五六次，傅、胡、龚三堂首士别送席，移尊设两席，朱知事亦来。

廿一日　晴。周仲元及同来人公请开会，借大娘儿工会招客，来者亦十许人，殊无效果，惟屈朱知事旁听而已。郭印生后至，颇以行走自任。夜上红船，蚊扰不得睡，四更移轮船，小睡，已天明。

廿二日　晴。辰初到省，待轿一时许，乃与周仲元及宜孙上望岳楼吃茶并包子，轿至始入府学宫，寻旧居已无爪迹。周居我桂轩，并见同社诸君及浏阳邱君，送觳□书曰《律音汇考》，小时曾熟览之，聆其音未知其和美也，今久不闻矣。夕往胡家看病，小坐还宅，遂留宿。

廿三日　晴。朝食后仍至府学，客来多不识，亦未遑问讯，随宜答之。程十一自衡来，云看开会乃去。请李佛翼问府学田屋。陈梅生、彭鼎珊来访，二杨亦来。

廿四日　将出城，小雨遂止。又云彭理安当来，待之。衡抢江西卅余家，以廖俊三为首，程达康、李选青为从，生员得先进士，亦幸福也。议访内容，请首士小集，李德斋、周伟斋到，陈八太耶不到。

廿五日　阴雨。出城上冢，至醴陵坡迷路，不知已过矣，复还，遇周伟斋，邀入，未敢，寻得坟围。陈梅生、彭石如均来久谈，汤稑安亦来，均乱后相见，不知从何处说起。吴雁洲来。

廿六日　朝雨。巳正昇至贡院听差遣，来者约百人，曾慕陶、龙研郎、吴、汤、萧文昭、郭印生、马、刘两太耶最熟习者，午初开讲，未正摇铃，还家小坐。滋又入城，云乡中缺米。复至府学会饮，以我为客，李德斋为主人，二陈、任、曾、萧、袁同集，夕客去。遣人还乡送米。

廿七日　晴。晨起送长生去。萧儿又来，云今日不行，欲更遣人往告，已走空矣。杨贤子、常子耕、尹和伯、日本阿田秀太郎字云谷来求书，为书四幅。夜还家。周梅生附二书还衡。

廿八日　晴。朝食时谭五督来，留饭。午睡未醒，邬师来，谈黔事。催三妇行。滋看姊疾，送八元。夕还摸牌。余佐子来见，邓子竹亦来，往东园看子异，兼同至和伯房小坐，夜留家宿。

廿九日　晴。朝食后往府学，因周仲元已来两次，答其意也。昇夫每人索三百钱，大似苏杭派，实则不能从乡佣整顿，不能成风气也。晚饭甚晏，犹不能食，夜闻雨。

六　月

六月丙戌朔　闻吉祥客寓炸伤一人，遣访之。曾侄孙女婿自云亲见，言殊不确。与书棣芳。廖荪畦五儿朱朴、邓三弟儿珑子祥来。唐先生与杨仲子来。张生夜来。余尧衢连送三书，并馈食物。功儿来宿，谭新事。今午浴。周儿反命云已减粜矣，非我意也，减粜不能济贫，徒利猾侩。复尧衢书。

二日　阴，午晴。颇有热意。十七都杨生偕谭子来见，小坐即去，未知来意。写扇两柄。陈抚台族孙、张门生儿来。杨仲子请题蝘叟家书，欧阳属欲干司法，皆久坐，得请乃去。王达鲁则未言所事也。为组同书扇二柄。《重游泮水后四年再宿桂轩感事二首》：昔共劳公子，龙墀跻薄霜。文章楚不竞，宇宙道犹光。两继宣无望，终成梁自亡。于今文武坠，谁问两书房。　　再上熊湘阁，苍然楚望楼。声金四壁静，抛火北城愁。孔教真何益，杨玄已自羞。重来弦诵地，扬觯愧公裘。

三日　晴。晨还家，约谭祖同来，遣招王心田同往朱家，王辞不至。饭后少坐，陈芳畹来略谈，遂与谭同出城，驰五七里至朱家东轩，幼梅儿旋至，心田亦来，菊尊及弟设席相款，更有龙八郎，申散。还宿家中。

四日　晴。己丑，小暑。闻蝉。留家中看小说。酉初军装局火，遣看窊女，竟无人敢往。

五日　晴。窊女来，言火状，云子瑞不肯避，强之乃往子靖家，旋又还火宅也。收支蒋生来，行李不来，云欲迎我仍去，告以不能，乃出。朽人、张少龄皆来。夜热再起。林次煌来谈。

六日　阴凉。朝食后将出，遇汪颂年，复还小坐。同步至刘漱琴家待客，子异、雁洲、傅梅根、龙巽斋同集，未夕散。还大睡，夜起地炮，子正寝。

七日　阴。晨入府学，麻年侄、黎门生、谭伟人来见。又一革官自称门生，云浏阳王艾，高谈雄辩。一长沙谭生，云人凤本家，来谈议院。又两浏人来，请作文，送白术。尧衢初十日生日，寄诗二首。早折东堂桂一枝，青云直上未嫌迟。重开白鹿明先德，偶遇红羊换劫棋。执法翻逢时势法，息机还似早知幾。南陔归养同时少，更喜庭兰映绣衣。

岂知莞利胜金钱，百万金钱搏节存。手握智珠能照烛，蹄开轮铁早通辕。归寻松菊青山在，病却参苓绿酒温。莫谓千金久无报，田家鱼醴可重论。写字十余幅。

八日　晴。欧阳辅之因邓伯腾送文，且欲来谈，前已承送诗，正欲一见，即约来谈。又黄元吉同贤子亦来谈。舆儿从乡来。作意园诗序，长沙彭眉仙寿绥作，颎同年也。张海陶来，欲更知事，将夕去。

九日　晴。作字数幅。邓五郎来谈家事，劝其且寄居我家。彭理安来。天华公司请客，有谭人凤，正欲见之，往则不至。饶石顽为主人，客有戴凤翔、陈振鹏、余兆龙、仲元、杨世昌、世杰、郭瑞麟、刘松衡，听留音京二黄，夕散。过遏龄庵未入，仍还学宫。

十日　晴。周云当开讲，待至未无坐处，遂罢。客有二彭、少湘、群斋。刘锦裳、曾、任、萧，俱未见。黎寿承来久谈。还家，便过林次煌，见浙馆方兴工，少坐而出。夕浴。

十一日　阴，有雨。城中大索三日。摸牌，见客四五人。夜断行人。

十二日　阴。朝食还家，吃蒸羊。未几黎秘书催客，过访谭人凤，便至明德学堂，颇似两湖书院，胡子靖不减张香涛也。吕、黎、谭、刘渊默。为主人，更请林次煌、徐剑室、胡子靖，未上菜，龙八自乡来，设席楼上。申散，还学舍。功儿、纯孙均来。夜凉。

十三日　晴。黄如山增生送诗，并来谈，忠愤之气溢于词色。萧昌世字松乔亦送诗文。得茂书，并寄诗稿。纯孙来，云独立已签字，亦古今新文也。

十四日　晴。写字数纸，见客数人，看黄诗百首。

十五日　初伏，庚子。还家吃羊肉。朝食后报衡船来，自至城门候之，未到，须臾箱担累累，有十余挑之多。担夫索现钱，家中无有，令至城外换钱开发。午令治馔款仆妪，酒馆云无鸡买，亦一奇也。

十六日　晴。留家守行李，写扇两柄，摸牌。

十七日　晴。仍留家中，寻检字迹。陈小道来谈故事，如嚼蜡。遣人送宕女上湘。

十八日　晴。摸牌，寻赌友不得。

十九日　晴。观音成道日，村姬均出烧香，余亦还府学。

廿日　乙巳，大暑。城中汹汹欲动，封二报馆，走去都督家属，金价又贵矣。还家宿。金姬仍未还。邓子溪来送京书。

廿一日　晴。纯孙还，云昨夜甚热。舁夫来迎，遂还学舍，留周三抬轿，以备移家。将夕得雷电小雨，颇凉。发茇复书。

廿二日　晴。城中挂旗，都督称万岁，云将讨袁也。袁未称兵，不知何用讨，此与何进讨十常侍不同。进尚见十常侍，此并未见袁也，冒昧可知矣。夕雷，还家。觐虞来。夜起闻金鼓声，云救火。

廿三日　晴。丁孙苻泉来。朝食后至府学，议同泰赎身事，并议撤会，云须四百金，将于都督取之。留宿学舍。

廿四日　晨写字数幅。因约至左家，作荷花生日，还待至夜无消息，想因独立罢宴矣，遂不复出。夕雨雷。

廿五日　阴。庚戌，中伏。晨访邹师，还朝食。周少一来，强迫写字十幅，又写扇面。食瓜，看报。夕雨。

廿六日　遣桂生上湘唤船，乃请南谦拖来，并掳廿七号，午初即到。周仲元来取银四百，以光洋三百六十元与之，了会长义务。闻郭葆少抄家，我亦嫌疑，可以行矣。

廿七日　晴。周少一来请署款，未遑应之，遂挟书而去，又遣寻之。邓子竹来，请作墓志。午发行李，须关会门卒，乃能免查。夕上船，会友送者四人，乘北风行，泊包殿。

廿八日　阴。巳初到县，舣观湘门。入城访百花生，始闻袁海观吐血，俄招众宾，翁、余、张均至，朱、陈先在，先去，余亦还船。伯元及匡策吾、张恺陶步上船，邀上岸斗牌，更邀龚又孙来入局，榜眼儿也。至夜毕四圈，乃吃粉蒸肉而散。六耶来。

廿九日　羡妇丑时下船，葬长塘坤，晨起往送，昪至观湘马头，登舟视枢，余上船先行，细雨时至，到姜畲过午矣。枢船尚在后，遂不待而归，冒雨还家。子瑞又病痢，不能坐起，一见而出。与宪、珰两女，黄、胡外孙，宜、赣两孙，黄孙妇同饭。夜摸牌四圈。

七　月

七月乙卯朔　晴。起蟆学。看吴光耀华峰《宦学录》，大致讥切朱注四子书。

二日　晴。看吴书，写朱方成屏对。

三日　晴，午雨。雷、罗团总来，问孔会，告以不可放飘。复吴华峰书，并与书谭会元。次庆夫妇来，以书房居之。

四日　晴。书与谭会元、郭推事、丁龙安、袁粤督。夕有雨。

五日　晴。狗老耶、两姑来，并满太太、小姐五六人，留点心而去。狗姑适郑，又三妇族兄妻也，云嫁卅年未还。书屏四幅。

六日　庚申，三伏。晴。明孙盗佃户夏布，召问不服，令卅和治之。张正旸率贺寅午稻生、萧任兆梅来，云教育会惧湖南受兵，公议请我为鲁仲连，即日请至省。以避暑辞之。

七夕　辛巳，立秋。烈日可畏。陪张、贺、萧坐谈，允为作书致黎、袁解之，并与书荀文若。食瓜乃去，已过午矣，未皇问学课。夜滋设瓜果，令芸孙、两外孙妇乞巧。

八日　晴。过午阴，颇热。城中人还。明孙盗布。

九日　晴热。许孙亦盗，二盗闹事主，众议当隐忍不校，云王大人之孙行盗，不可执也，王大人亦遂不能问。

十日　晴。周儿急欲下省。城中人还，得朱状、丁书。丁四寄书，即当复之。

十一日　晴。遣罗童买瓜，发宋芸子书，又为与书谭会元。谭人凤专人来迎，盖欲倚我更易军事厅，会元得力人也，复书约以节后。夕大雨。十三外妇来，携一女。

十二日　阴晴。周儿来告假，盖长沙有谣惊。夕雨甚凉。十三有版筑劳，拨谷养其外妇，以续绝房。

十三日　晴。年例吃新，烧包，设四席，未能食，略坐而已。

十四日　晴。《七夕立秋作》：金井梧初落，银河浪正微。偶看凉月照，知共早秋归。笋簟消残暑，蓉池映夕晖。良宵倍堪惜，乌鹊莫惊飞。偶忆《国策》，取看数卷，错舛不堪读。

十五日　晴。日烈无风，炎炎可畏。张生来，云谭欲委罪于谭，故未去也。且已讲矣，当为之乞命，许与书解之。留饭毕，待贺，萧犹未到，将行而至。□周船亦到，梅少耶来矣。送客后圳边看月，久之乃寝。夜起月明，乃知重门不扃，可笑人也。

十六日　庚午，出伏。张生复来，晨起坐门外，待周姬，乃得男客，云步行来，已饭矣，商量袁书而去。周生复来，云从黄生，未知谁何人，自言居下四都，又似稗云孙也。四所推我充首士，此非常旷典，不求而得之，乃知僧口之霸，许为董之。陪客至日昃乃入，客俱去矣。遣逻人凤，云昨日已过去。朝食后船还，周、罗俱至，又添一长生。

十七日　晴。买瓜极劣，十枚无一可食者。夜半荷池边纳凉，三更后舆儿及胡茹侯来，竟未闻知。

十八日　晴。舆、胡来见，乃知国民党已瓦解矣。彦国欲去，又不果行。

十九日　晴。看吾炙诗，亦有隽句，其人则皆不识，帽顶儿所刻也，从破纸堆搜得之。张侄来，未见而去。将军来，求书与欧阳。

廿日　晴。秋炎甚烈。与书会元，论秋丁事，交彦孙带去。子瑞病愈，来谈。

廿一日　晴。将军还，云城中遣船来迎。畏日不能去，船又小，亦非我坐船也。子瑞又谈，今日云暑度至百。夜坐门外待月。

廿二日　阴。秋炎不复能烈。看小说竟日，夜至子乃寝。

廿三日　晴。金妪为周作生日，杀鸡煮肉，余忘之矣。或云非金所为，亦不复问。

廿四日　晴。孔教会尹生来，未忆其名，出则有二客，一为黄生，自云欲通中文，后乃归耕，今尚教蒙童也。尹则言论风生，告以丁祭，未宜干预孔会，但争产耳。坐久之去，黄待饭后日落乃去。

廿五日　晴。遣僮上衡。城人来，得小石、杨子、会元及八女书，即复寄邮局去。寄茇食物，不能达，即以与真。

廿六日　晴。胡誉侯告去，觅轿未得，改从夜船，与舆儿同行，二更乃发。

廿七日　晴热。过九十度，几席皆温，避暑未事。

廿八日　晴热。陈秋嵩来，云县人不欲我去，遣来探候。又得周庶长书，云当来迎。留陈小坐，未食去，告以八月朔必到。点《诗》至"哆兮侈兮"，《释文》云"《说文》引侈、哆"，检之未得。"哆"为"韠"音，向亦未理会。夜风振林，暑气全消。

廿九日　晴凉。北风吹雨，雨去犹燥元①也。周翼云晚来，正在后山，还始知之，言城中遣船来迎，告以已办。

晦日　晨起移床上船，天阴可行，因令检点。两孙淘气，皆

①　"元"，应为"亢"之讹。

令随行。卅和亦自随来，戴明、二周并从，待周妪去，已夕矣。申初开，酉正到，犹为迅速。移入九总船局料理，晚饭已子初矣。

八 月

八月乙酉朔　晨起拜客，多未起。道遇策吾，约同饭伯元家，诸客并集，惟树棠小病未来。曾伯在欧家办公司，旋来饭，便从此上小轮还长沙。杂谈至未散，还局。

二日　晴。昨日复烈，今犹未减，欲出被绊，不得出。遣周往吊三妇，慰问新姬，子姓闻者均来看。蔡四子、刘南生、端侄皆径入，余不暇记。唯周仲元亦来，饭去。

三日　丁亥，正祭孔庙，未得往。众以不拜为非，余云九叩首二百年，孔亦飨之；三鞠躬三百年，未足怪也。然道之坠地久矣，岂圣之无灵与？

四日　晴。开成立大会，上下十三席，来者四十三人，自巳至申始散，无所发明。

五日　阴晴。杨季子请饭，已辞，复改日，午后往，翁、黄不至，匡亦腹疾，唯百花生、孙彬、兰菊、江海同集，未上灯散。

六日　晴。得上海、长沙儿女书，云舆儿运动去矣。茇以凤为朽人，幸王昌国之未嫁，颇为莞尔。江西银行张石琴招饮，百花、傅兰、曹毅、胡壶山同集，登楼，设坐第二层，未夕散。梁和尚欲杀拐票人，商会请我保之，陈培心意也。

七日　阴。暑顿尽矣。庶长昨夜来，衡人来，言复心病甚，其子方谋道台，往北殆不谐矣。衡钱又空，囊无一文。

八日　壬辰，白露。复热。为宜孙书《九章》。省城人来，言城中兵变，攻都督。遣人往看，动须路用，乃请庶长往看，期搭早班船去。

九日　晴，仍热。抄《九章》，有宜释字义者，借《说文》注之。唯"奩、籆、菹"终说不了，宜释为淹菜方合。然"惩羹吹奩"，终心知而不能说也。闻散勇上窜，又议防堵。胡外孙、蔡内侄均来相看。得瞿、樊和诗，并词。

十日　晴。和樊山《七夕》。《拜星月慢》：绮思年年，离情处处，惯别浑成闲事。海上风波，惹新亭悲泪。料今岁，不似唐宫露盘花水，只是爆声传喜。那用乞灵，看群儿自贵。　叹山中、正有悲秋意。被词人、拉入愁城底。一曲新吟，在啼螀声里。如今好、久住神仙地。岂不肯、挽尽银河水。且付与、织剩余丝，织人间锦字。待周生不来，将自至省城一看。

十一日　晴。公所相留过节，郭葆少久不来，亦殊悬悬。还山看月，又月食，恐不须赏，仍定下省。卅和来送。昨夜月。

十二日缺。

十三日　晴。连日北风，船不能下。周生昨来。功儿报省兵乱由，云尚未靖。夕上船，邀二周、蔡生同行，两孙不可留，亦令随行。任弇为致两船，余与周姬遂占一船。夜行至晓，泊牛头洲。

十四日　阴，有小雨。晨舣西湖桥，待后舟，乃反在前，遣看，并呼之来，客已登岸矣。两孙上坐船，送周姬还家，巳初发，午正还，周坐草地待迎，余遂不顾，小睡。未初到城，见朝宗门新修马头甚壮阔，遣呼舁迎，不名一钱，城中无可谋者。夜宿城宅。邓沅来。

十五日　阴。昨遣问邓生，将索债，问陈骗子，已去矣。与书杨绅谋之，并发文书告宁乡弃从祀神牌事。周仲元来，言山东孔庙大祭，征湘教徒会议，将遣功往会，无礼冠，未敢往也。重子送五十金来，云其姊寄来，适济所用，真孝感也，当以诗奖之。

月食，亥初生光，阴雨不见。戌初明灯拜节，至亥乃令祀月。马太耶送乘禽。

十六日　阴。晨告会友，作文论宁乡弃从祀神牌事，又论学堂、孔庙之分。山东来征会，复电无处寄。会友杨友三及马少云久坐不去。恒子观察自北还，云张先生亦来矣。邓沅送册金，作往曲阜盘缠，无法消受。从姆论嫁女甚切，遣问伯琇，当与商定地点。寻照帖，得三种。张生来。

十七日　阴。伯琇、杨重子均来久坐。邓子西来，论往曲阜会诞祭，送盘缠，已不及事，又懒于行，因退银还之。重子送百元，云懿所寄也。遣觅朝靴，乃买尖靴来。

十八日　阴。龙生送四品冠来，云曾霖生处转借得之，以奉祀祖妣生辰，百四十九年矣。辰正始行礼。玄孙来，已得数人，玄孙妇发亦班白，唯云孙是一女。王心田来，言谭芝畇亦在城。黎尚雯自宛平来，议员，与易鼐齐名者，云北兵驻新堤，大有驻防之制。罗僮还，周生亦来。夜雨。

十九日　阴雨。北风凉，欲上船，云已去迎周姬。静坐看报百余纸，又买照帖数种，始得见《华山碑》三本，长垣本即商丘本，有题名华阴本，为郭宗昌妾所裱，谓之黟本，尤可爱玩，即山史本。胤伯何人，乃有多人诶之，唯王铎自居前辈耳。谭兵备来。

廿日　风凉。迎船还。午正出城，答访芝公不遇，即上船。夜，礼和买办来请饭，由芝公介绍，明日当往一叙。

廿一日　晴。周姬入城，独坐守船，移泊洋马头。申初礼和盛买办来催客，席设城中，舁往诸客已集，芝畇，心田，二郭，吕、黎两秘书，汪颂年，华昌买办并盛幼文与余九人，召三妓唱新曲，未夕散。还船，纯、宜两孙来，已将关城，赣孙同入城去，邻船飞翰哨官来见。

廿二日　晴。芝昀属待来谈，煮北山药待之，至巳不至，三孙亦无来者，遂令开行。无风无浪，夜泊鸥崖。

廿三日　晴。任弇留家，晏发，无风缆行，湘水暴涨。午至城，遣报伯元，并遣罗僮送鸭还乡。移船至九总，局中已相待，并遣舁迎。步至局中，朱知事、何哨官、傅、朱首事、伯元、吴少芝、陈培心、曾霖生均来。云卿子苣堂及其弟妇许氏来见。乔木匠、满老耶均来。与书余价藩，言萧磨婢事。

廿四日　阴。欧阳小道来，其父必欲招郭葆生，请电熊、黎，未知何意，亦如其意，出名电之。乃不肯出钱，以属当铺，当铺人来问，余告以已电矣。今日戊申，秋分，即社日。

廿五日　阴。罗学台来。欧道言有出山意，以每月可得冤枉薪水也。写字半日。

廿六日　晴。写字半日，抄《九章》两页。石潭张生来，送星盘书四本，云踵门七次矣。杨梅生子妇罗氏来，言家事，云有田百亩，拟抚子，与冢妇不和，求作主，并邀周妪至龚家诉苦，遣周生往省城谋之。午出拜客朱、余，余未见。至宾兴堂，重宴于堂，议长朱菊泉为主，请顺循，余与孙蔚林、张贡吾、匡策吾等同集，戌散。邓子石长子接脚外孙来，致接脚女书，求六百元，许之。程景还银票，骂绝之。

廿七日　晴。张恺陶、小道来，为恺陶又书扇面。午后摸牌，四人忘其一，可谓健忘矣。又遣周妪往萧家。席研香庶弟来，又一呼大哥人也。戴万侸妇来求事，万见其子，并送鸡。

廿八日　雨阴。请客饮万金，未设席，余邀翁、匡、张石琴摸牌，饭独后，备见里手情状，以晏十为最厌。写字半日。

廿九日　雨。写字一日。孙蔚林来，与同至谢涤泉家，谢招饮，未能待，即往朱行政，陪盐卡卡员，未至，尽以科员充之，未能问姓名。作唐子明母挽联。五世协昌符，数恩荣百岁光华，不比园葵伤漆室；安贞称富媪，看儿女两家勤俭，岂徒寸草报春晖。

卅日　阴。写字数纸。朝食后下船，开已巳正矣。行两时乃入涟口，到姜畬上，已昏黑，不见水，命泊岸边，遣佣工从陆还家。

九　月

九月乙卯朔　质明乃行，未数里已至南北塘。从陆还家，乃见昨佣未能行，云大雨，故舟宿，又无烛买也。问知警兵已去，贼系过路贼，未必熟路者。丹桂盛花。作孔静皆挽联、每持正论忤时贤，避俗山居，忍见侏儒登礼殿；幸有佳儿继科举，传家圣教，肯持彝器见陈王。曾慕陶一联。世禄不骄奢，依然儒素还乡井；高官历台省，遗恨衣冠毁昔时。夜雨。

二日　雨。晨遣寻张颠《斗数》，乃得孙彪《旁鸣集》，看一过，俱为题识还之。摸牌四圈。胡婿入燕，携子俱去，候送半日，申初始发。

三日　阴。华一耶来讨盐，问盐二包俱已分去，复至县取之，遣周僮去。摸牌消日。谭儿来，欲干莘田，已在数人后，恐不及事矣。廖荪畡送诗。

四日　晴。看《后汉书》，周纡"筑墼"，今曰放砖，湿泥入埴，当筑之也。刘攽不知，乃改为"筑堑"。又"陈元母诣览言元"，即谄元也，而以为多一"元"字。杨升庵则知"筑墼"矣。以此知看书不可易言。

五日　晴。摸牌两圈，已过午。舁往石潭，候衡人来，云珰昨从陆还湘，计程当到，故往迎之。至则尚早，过幹将军家少坐，见其妻子。又同至商会议所听议，皆言自治局之横蛮，乡人之驯懦，将夕乃还。急行到家，道逢周生持竹来迎，至家晚饭，周来略谈，乘夜色而去。又终两圈，倦矣，遂睡。

六日　阴。周生告去，周僮乘舆往县，乃云乘舆买盐，又为市井添一典故。巡丁发大急信来，亦一典故也。摸牌竟日。黄铁来。

七日　晨晏起，已报珰还，行卅里矣。始令买羊蟹，备明日汤饼，即令在山庄设奠，不往城宅为便，已备船又遣之，但留一船上衡。夜亦馔具而不奠，示意而已。

2370

八日　孺人八十生日也。逝十四年矣，日月如流，独余仍随流也。晨三女、一子并妇、三孙、两外孙分班行礼，设两种汤饼，内外二席。有萧姓客。黄氏十余年无人上门，昨始来一人，又去。陈水师遣二护勇来，云衡湘水路时有劫掠。

九日　晴。无风，可登高，然无所往，摸牌一日，亦可谓负此佳节矣。买菊蟹均未回。

十日　晴。长沙得蟹廿螯，剥三蟹，犹未盈一豆，颇似北方彭蜞。十七都乡人来诉自治局。

十一日　阴晴。乙丑，寒露。晨下船，周生同行，夜泊洛口，周生上岸去。

十二日　晨衣冠至唐子明家吊丧，见其二子，许、周生出陪客，子明亦出谈，老胖矣，留饭毕辞出。唐家来船谢吊，许生亦来。杨怀生儿送礼。已初开行，泊株洲。

十三日　晴。帆，东风，行至朱亭，夜月，晚宿。

十四日　晴。帆缆兼行，九十里至衡山泊。

十五日　晴热。单衣，行百廿里，宿樟寺。大风舟荡，不甚安，每日多睡。偶看石印帖，收藏家可笑，题跋家亦多可笑。石印则甚便，比椎拓更工也。

十六日　晴。晨发，久之，望新塔一时许始过，比至城，望北门，又不识矣，方以在何家套，乃已至大马头，可笑也。入书院，见数人皆不识，唯识谭、廖、王，云且可住月余，意亦欣然。待梁芳来一讯，未夕遣去，即宿内斋。今日一饭一面，便了日课。

十七日　起行李。与书子、婿，遣罗佣取钱与邓婿，因令功儿主之。完夫、选青、程仲旭来。看报半日。常子庚、王豫六来。

十八日　阴晴。看报半日，计字亦将数十万言，然不止一目十行也。唯龙□妹为所未闻。张子年来。

十九日　阴。写挽联交庶长寄省。得欧书，言语奇离，不意盐务有如此见识。陈推事来谈。一日未遑他事。王慧堂、廖俊三均来久谈。

廿日　阴晴。先孺人生辰，设汤饼、枣糕。欲出，忽泄十许次，遂不能去。一日未食，亦食糕数片，羊面一碗，两卧遂愈，移住前房。

廿一日　晴。真女、卜女均来。完夫咳血，当往看之。令真早还，卜女亦随去。

廿二日　晴。午出诣城，看皇会，无皇有会，尚专制制度也。至陈家，女未出见，便至程岏樵家。喻谦母丧，往吊之。过考棚，看会，赵弁留饮，招舒、何、廖及会员三人并集。出访张子年，又至皇殿看戏，提镫拥挤，已近二更，遂辞出还院，已子初矣。

廿三日　晴凉。已有霜意，秋日甚佳，尚无菊花，往湘东谋之。便看夏生病，云七日不食，非伤寒也。言袁世凯八字甚佳，尚有好运。江宁尚未血洗，不为多伤。又访彭、王未遇，还过王季棠，觅花匠，道遇罗心田、陈仲甫，未通语。甫还院，林水统及知事舒癸甲来。慈姑祖翁何教夫来。衡人喜事，枚夫初见，即言官事，余心甚愠，未夕食以消之。

廿四日　晴寒。遣人看纨女。马先生来，昨夜房媪惊蛇，并匿前房，云有碗粗，在皂荚上蟠。（陈复心）节钺启词臣，武达文通光列戟；坛山开世族，弟劝兄酬胜八龙。

廿五日　晴。贺年侄率其长子同来，请写自己寿对，为作一联。写字数纸。周老生来求事。今日己卯，霜降。

廿六日　晴。何亲家请饭，梓潼学堂亦请饭。朝食后往城，看完夫病，少坐即至梓潼庙，王慧堂为主人，并请知事，陪视学员，待至夕不到，乃入坐，三教员同坐。余与何并辞出赴何，何云夏彝恂来，恐其病不能久坐，及往则未来。何令其孙来见，外孙女婿也，年始成童。坐散还，恐闭城，取火牌以行，出城犹未闭。

廿七日　何孙约来，以诗帖、洋钱酬之，并作汤饼。夜微雨。

廿八日　阴。何生请客，午后往。舒知事、何镇守均在，未夕还。云谭生已得脱身。

廿九日　阴。舒知事请饭，待午而往。昨视学员杨生复在，紫卿先生孙也，六名士之一，曾见其子，久忘之矣，言之恍惚忆之。尊余与其大父同辈，实误也。紫翁余前辈，犹在曾、左之前，但未见面，不及何贞翁有交情也。诗孙乃以余为贞翁子姓行，则又误矣。何、赵、廖亦来，更有科员，未夕散。

十　月

十月癸未朔　晴。陈甥来求书，卜女亦来为父求信，皆王莘田之害，为与书王、汪。汪为陈生求馆，以关道可容人也。人来言有北书征程生、廖、易，大要四只脚所为，然不伦类。写字数纸。舒、何、杨、王夕来。

二日　阴晴。入城答访杨少云，不遇，何生要入小坐，谢、夏生出谈。还过银行，答访杨姓，已入省矣。即先舟还，留童送段碑。

三日　晴。借《北海碑》补阙字，王昶文反阙于我百许字，为之补入。真女送菊，始见新花。王慧堂因女婿吃烟求情，与书舒仙舟为缓之。

四日　晴。张子年、黄蝉秋来，意在莘田，不知其人众也。看唐碑，看报。

五日　阴。刮垢磨砖，嚣然终日。遣访螃蟹不得。卯金之子来求差。有雨。

六日　晴。王慧堂及其女婿二人来，言搜烟人同强盗，此亦会元之害也。暮夜忽传客来，云湘潭遣迎会长者，未能出见，草具待之。

七日　晴。晨出见来客王鑫，言不能即去之意，与书周生回复之。鑫字周南，莽人也，早饭后去。

八日　晴。闻齐七还，朝食后来，得两儿、一女书，云取银未得，言查办已换人，郭与谭同撤，谭即时出省矣，未知欲何为也。留饭去。

九日　大晴煊。久负文债，势当一了，适印格纸来，即作朱雨田碑数行。看未剪《华山碑》照本，未能辨其题字。夜风。

十日　雨。作朱碑半页。程生来请饭，以为有客，乃似为余特设，何生、张尉作陪，更有彭冶青、常少民及陈氏兄弟。二更始还，又坐至子初乃寝。竟日夜雨。

十一日　雨。癸巳，巳刻立冬。雨竟日不止。冒雨入城，至完夫家饭，杨八踦、黄校长、陈郴州同集。廷①程通判同集。陈生无师弟之敬，以余不识之矣。齐七明日行，未夕散。黄孙专人来。

十二日　雨。遣黄足去，与书莘田，并论杨贤子。甚寒，夜燎薪团坐，俨然一消寒会。

十三日　阴。作朱碑，预备请客。

十四日　晴。晨起铺陈，坐客厅。程生自乡来，久坐，夏生来乃去，留饭不肯来，盖耻为晋平公也。张尉同一人来，已不识之，久乃悟为左副贡，云自省城来，见易宗羲已枪毙，方捕党人也。既久不去，当请客，已七人，遂成十全大会也。张曾讥周生趁食，今乃自趁，益知不可妄议人。程生言刘生非好人，今问之，则云投神像湘流，故受沉湘之报，亦一因果。已而诸客次弟来，舒、何、杨、陈、何、王最后至，饭毕未昏，客陆续去，唯左生独留宿，云将谋食所。命院生分抄朱碑，书字佳者，当补正课。

十五日　晴。看抄文二人，字无中选者。遣人还乡，与书问滋病。夜乃大雨，已而狂风。

十六日　风雨未已，悔遣罗童，当令不去。左生求书与四脚，率书与之，词旨甚得，殊有陆宣公之风。罗童果还。周生夜来。

十七日　左生送寿礼、添装，以孙女未到，辞之。午后告去，亦索名片护身，与以十片，示不惜也。纨女还，申孙同来，遣报真。

十八日　晴阴。真来看姊，午饭后去。夜地炮，金妪忽发怒，以其无状，系自启悔，未能训之，默尔而已。左生亦无状。遣申孙看姨兄。

十九日　晴。遣觅盆菊，得五十余盆。纨入城，携四工人同

---

① "廷"，应为"延"之讹。

去。何生来约预祝。彭俊儿闯入，冒冒失失，颇有学生风潮。常吉儿夕来。写字数幅。

廿日　晴。未午王慧堂催客，其弟方有子丧，而出赴宴，同集者二程孙、两王婿及银行杨。摸牌未终局，入席，为王孙女开斋，谭芝公孙女也，外公方被押，女已生女矣。未夕散。

廿一日　晴。朝食后功儿来，云女船已到，珰亦同来矣。至马头望见来帆，须臾长妇同三女率孙妇、两女、曾孙女、三丫头俱到，便居楼房。杨备公馆未往，在此为便也，送到岸席。

廿二日　晴。得任福黎书，到任通致绅士，有曾侯、吴抚之风，即复一函，告以正名。真女还，旋去。

廿三日　晴。周生荐一写字人，鬼画桃符，不可用也。得周逸书，倡狂恣肆，不可致诘。谢姬子来，避之外斋午饭。

廿四日　晴。何知事、冯师耶来。何约会饮预祝，本设女戏，以观瞻不雅辞之。卜大毛来求书，与书王莘田，并荐陈甥，兼寄报任书与看，又请转送朱碑文。

廿五日　晴。孙妇丁卅岁，为设汤饼。迎常、慈孙来见母，并请看戏。樊、蒋送关聘。

廿六日　晴。戊申，小雪。彭祠乱民逃去，重理香灯，宴我于旧坐处，会者七十余人，妇女又十余人。午正舁往。本戒女戏，程景固欲为之，谕不能止，所费甚巨，然不为豪举也。二更散，还院已子初矣。

廿七日　晴。王季棠送菊，颇有佳者。写字数纸。真来，携被居楼上。

廿八日　晴。写字数纸。忆"压倒元白"，诗选本未录，寻《全唐诗》补录之，此等皆一代故事，不可阙者。

廿九日　阴。林水师送鸭、蟹、菜脯。午出私访唐璆，一无所遇，仍去船还送珰女到湘。

晦日　雨寒。魏生持杨敞书来求见，求荐，并有马太耶书，大要注意王莘田而托名求刘、任，告以皆不可，为干廖俊三。

十一月

十一月癸丑朔　阴。邹桂生避捕来，求住斋，云警兵侦探欲执之，仓皇求芘也，未待命已来住宿。

二日　阴。弟三孙女将嫁，姻家来请期。午后媒人陈完夫、常敦竺来，请廖泽生陪媒，旋延入内坐，自醴之，未夕媒去。天气颇寒，然火围坐。

三日　阴。王慧堂来，讶其犯寒，云访功儿也。杨少云亦来谈。谢、谭来，言唐璆将去，国民党宜公留。何辉廷请与书任福黎，许之，即令湛童求荐于唐璆。

四日　阴。功儿告当访商霖，即乘舁去。省城人还，健儿书言孔教已用周古人言，分移县学矣。作小石奏议序成，由丘三寄沪。

五日　阴，微雨。得何送任电，请即上省。前已有信正名，不以为迂，而犹待为政，是其迂也，许为一行。教育长李杰、二彭来。院中器具多散失，始令检点。摸牌赌东，为真女汤饼费。

六日　阴。写字数幅。摸牌竟日，负九千，恰敷一食万钱之用。待功儿不归，亥正乃归，已睡着矣。

忌日　晴。得省教言筹款事，即复书晓之。

八日　晴。摸牌至夜。为真女卅岁馂庆，作饼甚不佳，衡厨人不识薄饼，故令周妪杆饼，杂入不复能分，皆不可用矣，于此悟用人之方。

九日　设汤饼，致陈外孙男女来，兼为款女客。院生亦有送贺者，设汤饼款之，忙闹至夜。

十日　阴。寿孙女纳徵请期，设面待媒，并请伴娘来。山西女有江南风，亦阔人也。收发礼物甚忙，至夜乃先睡。有雨。

十一日　阴，见日。半山忌日，其所生两女在我处，为设素食。今日癸亥，大雪，中。

十二日　阴晴。寿春加笄，本选寅时，因太早，改于午时。何辉廷、许警察来，冯小香亦至。客尚未去，夏家催客。欲出无轿船，借得收支一破舫，令真女乘我舁，我率功坐蒋舫。往则二王、二陈已在久待，乃入坐，始昏便还。灯行湘岸甚危，到又摸牌，至亥寝。

十三日　寿孙昏期，来客颇多，百两迎者，皆是乞儿，殊多花费也。自送孙女上轿，已未初矣，妇女送亲，外孙男女亦往。

十四日　雨。未正渡浮桥至杨家会亲，设二席待我父子，陪客二王、陈、夏生。二更散，舟还，与珰女同船，余露坐，亦不觉寒。

十五日　晴。孙女回门，设二席，请常笛渔孙及外孙婿何陪女婿，何辞不到，余亦未坐，程七、八郎均来，夕散。

十六日　阴。观察使唐璆来，梁启超门人也，久坐听余纵谈，未多答。

十七日　阴。林水领来，云任福黎为顾问官，实夺其权，都督曹锟之说不确。

十八日　阴。子妇往杨家。孔教分会纷纷诉讼，周生、王、段争钱纠葛，皆不能理。张子年、黄蝉秋、胡春生来。

十九日　太阳生日。阴。北风颇壮。因携功儿坐船入城，答访唐观察，林次山先在，唐更请科员出陪，未识其意。纵谈而还，渡湘陆行，已暮矣。道遇何知事与杨视学，云从书院来，未知何事，立谈数语。还已上镫，得黄孙禀母书，知滋已来，计程必到。二更滋果来，云患头风尚未愈，携妇孙同行，安设对房。

廿日　阴，有雨欲雪。张、黄来，约会馆一集，定廿四，计日不能还家躲生日，当在衡不去矣。得京书及孔会书。周儿闯祸，请避仇先归。

廿一日　阴。汤银董来。卜乾来求荐赵统制。汤云铜元换银可占便宜。卜云鸿甥得耒阳征比。

廿二日　阴。周两儿去。七相子名枞，来见，王氏渐换世矣。作邓志成，令庶长录两分。

廿三日　阴。摸牌不问事，每至亥时啜粥乃罢。金姁作伴□还。

廿四日　举家均往会馆看戏，滋病不去，留周伴之，金仍伴往泥弯。林水营遣三版来迎，拖坐船同下，北风甚壮。长郡旅人设三席，主人一圆桌，余父子为客，并携周、萧同往，内媛别一席。演扮颇有精神，观之不倦，从来所未有也。戌散亥还，仍增一舟。

廿五日　子丑，冬至。有雨。午后议作生日，开菜单，定在城中设客，院内设面。

廿六日　雨阴。慈外孙生辰，为放喜爆，设午食，其祖、舅亦送蒸盆点心。设两牌局，聚戏竟日。写字十余纸。

廿七日　雪竟日，到地即消，檐滴未断也。为萧儿写墓志，就便改定。近日作文，殊不费思，所谓耳顺手顺者耶？王慧堂来，送舍利褂，以近人无服此，留之。令功儿诊其病，云服茸过多，良医也，于六疾外增一门矣。当云药淫脾疾，药淫亦食淫也。

廿八日　晴。铺设庭堂，张挂灯彩，至五十里借电灯，十里借戏台，亦奇闻也。我不能止二三子也，非我也夫。卜女来，占前房。夜放烟火，设酒。

廿九日　晴。生日受贺，设十余席，唱戏请客，城中有名人均至，出坐，竟日不饭，幸未倦困。

十二月

十二月壬午朔　晴。晨起视院中，已悉收卷，亦人多事办之效。遣功儿出谢客。自作黄新死事传，发誊。

二日　晴。治归装，写字数幅。得黎、秦书，均退还证书，不办孔教。王鑫先生又来。

三日　晴。摸牌至夜。作冤单，白表不拉人入会。

四日　晴。阳历卅日，而非除夕，明日乃除夕也，外间不行，唯王莽行之。袁世凯不知为此，乃倭生所教，袁不敢违耳。不值记载，记之草纸簿，所谓孔子先簿也。夜月甚丽。熟客来闲谈。

五日　晴。写字竟日，依常年除夕例也。周生求书甚迫，亦意外之横逆。遣人看船。

六日　晴。与书赵镇守，荐周生。定船下湘，并已船同行，以陈八父子主之。

七日　晴。萧兄①不知何处去，诸生来者纷纷。王慧堂欲为分校游说，辞未敢见。县牌辞馆，喻生抱分校牌来缴销，庶长求援甚迫，亦未有以应也。

八日　晴。朝食后下行李，自坐船上料理，午初开，至城岸兑银钱买菜果。观察使来送。陈、程孙俱来，两女先在真家相待，

---

① "兄"，应为"儿"之讹。

亦来船送。作粥饷之，完夫家亦送粥。林水师来送，诸生来送。未正功船先发，余留送三女上岸，将夕乃行。至初更未见前船，但有陈家佣追来，云史佣受赇，未为请托，事连周妪，为致书完夫了之。卅和大喜，上岸索谢去，遂不还。昏夜乃泊樟寺。胡春生代买油二石，不取钱，许以盐酬之。林竞西必欲派船护送，余亦欲借以壮行色，遂听随行，即前看戏船不受赏之王弁也，字镇南。更鼓敝破无声。

九日　晴。晨至七里站，乃见功船，云昨夜未得食，上船吃早饭。昼夜趱行，云畏风暴，遂行至晓。

十日　晴。辰初到湘潭，留一日。至慈善局，次长邀饮，见翁、匡、杜知事，留船一日，泊局岸。

十一日　晴。待明而起，犹未辨色，功船已于昧旦发矣。余过大船，命己船送周，遂异访陈开云，未起。便访桂猛，延入，话不投机。次长已遣异夫来。曾抑斋来，再请留一日，移尊就教。萧小泉来，其子妇死矣，案犹未了。朝食后写字数幅。曾抑斋面请早饭，杜云湖请晚饭，今日未便去。萧约一饭，则辞以明年。欧意殷殷，而馈草草，好客其天性也。闹一日，还宿局中。桂猛来，与论势利。吴少芝于坐上发疾，有危险象，遣问之。道遇警兵，有似寇至。

十二日　晴。晨上船遂开，滋坐红船，余坐拨子。至杉弯水浅再拨，余则由陆归。至家已夕，以为船不能早到，未几亦来，纷纷起行李，遂夜分矣。

十三日　晴。看报竟日。摸牌四圈。写日记误记一日，遂至参差，其实十二日尚留城中，吃两家饭，十三日乃还船开行也，记此因明白矣。

十四日　晴。滋买田未交价，卖主母子携一童子来。将军率王姓来，云欲随同修史，送驴肉为贿，以汤饼报之。

十五日　阴。尽头十五无牙祭，忆醴陵舟中事，犹昨日也。夜遂梦与慈禧论国事，与韦孟同，为之愉快。云有雨，未之觉也。

十六日　阴。余子入学，以毕岁事。作书与行政厅，论孔教。

十七日　晴。卜允斋来。检日记，抄集小词，适有长卷求书者，因录于上。欧阳述来，即去。

十八日　阴。呼船下湘，适值起风，留卜不及遣人，遂停。已而风息，又已约为滋兑田价，遂仍发，遣人去，并令舆监之。卜大毛来，问见父否，乃云未见。甚怪之，实则卜先到萧家，宜不相值也。

十九日　阴。周逸来，言孔教请款，监财官问何性质，余告以个人主义，为糊口计也。示以冤单，殊不耐看。抄词半日。

廿日　阴。抄词毕。复检日记七律抄集，以备闲看，并挽联抄集之。

廿一日　阴。湘船还。抄日记竟日。

廿二日　晴。将军来托官事，云警局押人，当为保释。

廿三日　作糕送灶。得茂女蜀书，报平安。颜仲齐为经略，比之龙璋巡按尤奇也，乃其聘书颇有文理。夜送灶，未作词。

廿四日　晴。佣工男、妇过小年，以二千钱与之。

廿五日　阴。罗童下省，寄压祟钱去，并买年货。大风忽起，恐船不可去。复茂书。

廿六日　抄七律毕，无多字，未能成集也，又检得二词。夜雨风。与王莘田索盐。

廿七日　雨止风停，天仍阴蒙。和瞿、樊诗各一首。晡后舆来，云廿五日船未到，周已来矣，遣迎未至。

廿八日　阴。晨闻周来，饭后纷纭，已不相认，终日未与谈也。许孙亦至。

廿九日　阴。罗僮还，功言无蟹无鱼，盖年债甚窘。

除日　阴。夜有星。得茇三次书，即复一纸。又得胡婿书，以饶孙列名士，盖时论如此，亦复一纸，并邮去。写对一副，了年债，墨浸不可书。发减巢一日，假充财主，费十二千。夜祭诗后，欲避人扰，先睡，正子初矣。家人至寅初乃静。

民国三年甲寅

正 月

甲寅正月壬子朔　晴。起已巳正，光景甚丽。忆丙辰在明冈时得晴游，风景不殊，弹指六十年矣。吃莲子、鸡卵、年糕，朝食时正午。掷状元筹，宜孙得双状元。又摸牌，未终局。夜又地炮，亦未久即散。今日爆竹甚佳，客来殊未接待。

二日　晴。曾抑斋自县来，吃年糕去。许虹桥来，言煤灶。摺子及镇南来。姜甥及邻人来。新佃来，未见。半夜有撬门入者，黄孙持灯来诉周儿。

三日　阴。治赌钱事，告周儿宜退万钱，方可见我。

四日　雨。周去卜留。拜年客来，多谢未见。

五日　晨大雨，无所事。宗兄、宗子均来，言挖煤事。邵阳地生杨旦来求序。

六日　阴。竹林之弟及组荣儿来。五侄妇来。常次谷及砥卿长子来。李奉汤铸新奉书来迎，并送参燕。

人日　阴晴。陈秋嵩、张凯陶来，留食饼去。复汤书，常、李先去。

八日　晴。女仆出游，独坐看屋。蔡六弟来，留饭去。

九日　阴。五嫂子又来，言官事。招摇撞骗，斥之不去。卜大毛求信与林水管，与之即去。夜俟迎春至子。周孙从罗妪去。

十日　壬戌，子初立春。雨。忆杜诗"好雨知时节"，检杜集再过不得，亦依韵作一篇云。时雨知春节，前溪夜浪生。楼中一灯影，窗外五更声。倚枕寒常在，披衣夜向明。深山独岑寂，无梦到辽城。

十一日　雨。摸牌一日。作李地生《地书》序，即寄新化去。石潭李姓来谢保释。

十二日　寒雨。夕欧阳生与严毅来，坐船夜到，明镫迎之，即入内谈，饭至夜分，乃寝。得戴表侄书。

十三日　雨。客早去不饭。今日出龙，方拟接待，遣人下县办菜，至夜始到。黄朽人来求信。萧、黄所组织，谚云牵猴子者，云各得数十金。为与书杨度销之，即去。

十四　两龙来本境，留饭八桌，亦费万钱。花爆颇可观，至亥方散。

十五日　阴。二龙来收水。至夜无月，贺节行礼，已将至亥，煮馄不能佳，旋寝。

十六日　晴。夜大月，惜迟一夜也。彭、李工来，言有船来迎。萧、黄咋去，未还。

十七日　晴。滋告往新屋。李姓来诉冤。幹将军来，为"吼师"所窘，甚愠，而无如何，坐久之去，庶可以惩招摇耶？幹、萧真不顾门面。

十八日　晴。船来迎，令待明日。写字数幅。刘少青来拜年，留同船不肯。

十九日　客去未送。欲上船，"吼师"不可，乃止，摸牌竟日。李黑狗儿来，言孔教，未见。

廿日　雨。李不肯去，我乃径登舟，至午开行，少泊九总，登岸乃饭，即宿所长室。

廿一日　百花生请早面，先往陈水师、曾盐员、萧怡丰、桂老耶、匡翁、六耶处拜年。六耶云将死，答以于我殡。旋至趣园，陪客踵至，面实未尝，饭亦不饱。还船暂愒，复遇杂客，闭仓小睡。与曾抑斋同上岸，复至趣园，吃扬州菜，菜实不佳，至夜乃散。

廿二日　朝食后开行，得南风，午后入城，城内回潮，颇似丙戌过天津时，又一朝矣。春寒恻恻，又似拿办沈鹏翰林时景物。邓、刘两生来，请吃烧鸭。夜宿城宅。

廿三日　阴。邬师来。将出拜客，李孙来，云须约日。重伯兄弟亦来。吴雁舟来，言今日投票，须明日去。朱九郎来。许用庚警察送全席。龙验郎继妻来。杨仲子来，送庄寄茶壶并书。

廿四日　阴。张、卜、欧父子来。汤颇公来迎，入又一村，见枪督置人自防，设卫颇严，小坐出。至徐长生待主客，李孙旋至，邓、刘、功、舆并携赣孙同来，先入席，待重伯来，又烧一鸭，乃散。

廿五日　阴雨。晨起，余佐卿儿在客坐待见，欲求一馆。刘少田女、接脚女均来见，接脚女婿已得馆矣，刘女不知亡国恨，犹以我为有声气也。午间汪颂年、谭芝畇两前辈来，始知汤请客，不能径入，又不再请，今日请我恐亦不得入。胡少卿来，约同往，其房师也。胡又师我，则汤为廖登廷矣。金年佺来求差，许与刘税厅言之。至又一村，重伯已至，与府寮同食，夜散，宾主未一语，唯胡醉话不休，甚无谓也。又属我为罗芝士作传。料峭春寒夜色瞢，灯昏雨细被如冰。廿年前向阊门宿，还忆东朝遇沈鹏。

廿六日　龙验郎继妻来，请领家具，许为告之主者。曾重伯从子均叔来。唐屏臣来。

廿七日　晴。莘田、林次皇来。

廿八日　晴。邓竹郎来。许警官送菜。欧阳述父子来，欲求保举，奇想也。松崎鹤雄送熊掌、《论语》古本。

廿九日　阴。出访刘税厅，重入藩署，便访欧阳父子，遇曾霖生，又一人，未甚忆识。至贺尚书故宅，访谭芝畇。刘申甫来，请题其祖父像。余尧衢送鹅、鸭，便复一片。夜饮心田局中。

卅日　雨。冯若皋请厘委，与刘少青同癖，姑许之，不能姑与之。黎九郎来。欧阳请客，无至者，余为客，仅致一刘艾唐。

二　月

二月壬午朔　阴。梁璧垣来，未见。和尚来，云廖荪畦有子丧。汪颂年、郭子秩、龙少舒公请，设席龙宅。芝生得此屋，余竟廿年未至，亦可讶也，入门颇似上海夷馆。

二日　雨。将出城，竟未得霁，遂终日未出。卜、张久居无差，惘惘而去。

三日　阴。出南门上冢，兼省陈母墓，便过周伟斋，与论刘子从我无益。黎九郎为黄瑛请释，众论大哗，不知其曲直也。至碧湘街，看梁新屋，可为香畹先生吐气。因与璧垣兄弟借青郊别墅以居芝畇，余亦欲往看花，雁舟、由甫同集，待重伯来已晚。李孙请吃狗肉，以非食犬，未敢尝。督府诸人同坐，戌散。

四日　阴。朱家兄弟来谢，先送润笔，又来看脉，为六女遥拟一方。

五日　晴。祠祭斋戒。张芝岑请饭，因屡改日，未可辞，夕往一坐。洪小帆子、罗寿孙同坐，功亦随往，戌散。还设牌局，则辞之矣。

六日　丁亥。晴。祠祭祢庙。换中毛衣，尚不觉热。已正行事。

七日　阴。写字数幅。招芝畇、松崎、由甫、赵婿馂饮，约杨钧为通事，并招村山、正农，未来，熊掌不甚香，盖鼎汁太多故。秘书、参谋等大设浩园，以余为客，子大、由甫亦与，三人同往，则来客寥寥，行径暗曲，未及待坐，兴辞而出。

八日　阴。周复庐招饮，约客甚殷。朝食后往，凌善子先在，黄麓泉、汪寿民同集，登楼待林次煌，更有彭煌，云笛仙从子，迷其族里，未便问之。任小棠来，云今日公祭蓬洲。周逸来催，云都督待我。吃翅鸭而往，道遇心田。都督不来，刘剑侯代表，程初先在，雁洲亦至，与董事论地点，不投机，草草而散。甚热。

九日　阴。东南风暖，湘船来迎，未能行也。刘南生来，正少一人，得之甚喜，彼则甚愁矣。庶长官事大输，亦足为戒。竹林妻来押租，告以须至湘潭。易寡妇求书与梁启超，因而与之。卓如仁兄先生道席：一别廿年，风云万变，荣辱誉毁，固不足累高怀。而岁月骎骎，未得商量旧学，故人星散，徒余熊掌，吁可悲矣。归国不得还山，神州陆沉，海水群飞，又当时所不料也。承掌明刑，袭司法独立之说，而各处法员毫无程度，恐高远未明覆盆，致多怨讟。□□①孑然一身，幸不速讼，而以所闻见，颠倒实多。狱者，天下之大命，未识造福者何以救之。兹有湘乡嫠妇，入都诉枉，因感鄙心，特附一函，求达冰案，庶通幽隐。闲人干涉法官，例有应得之咎，想非言论自由所可解免。惟多年暌隔，聊志勿谖，以示涧阿，尚念念硕人尔。夕至心远楼，与黄、龙、王会饮。

十日　晴。汪颂年约同船上湘，书来又不去。陈完夫及唐樊生来，请至衡甄别，未能往也。故定还山，并践百花生约。

十一日　晴热。可夹衣。乘舁出城，上船即开，已巳正矣。得北风，未夜已到县，泊观湘门，登岸至趣园，唱戏做生，甚为热闹，即宿后房。

十二日　阴。北风颇壮。与凌、雷、邱同席，吃堆翅。桂老耶特来访，昨夜一见，今致殷勤。徐甥儿亦来，殷殷致礼，谈京

① 缺字为"闿运"自名。

事。巳正登舟，乘风入涟，逆风不能行，缉私船弁萧仁贵鸣炮迎送。寒拥被眠，醒已上镫，云泊湖口矣。顷之昇至，到家门闭不得入，立待久之。

十三日　阴。看杏花色淡，不能闹春，木瓜又太红，李花乃成淡黄，映新叶故也，牡丹犹有一蕊，可谓长命。至船，云风不能出，又还，两女始起。饭后摸牌。夜分甫眠，雷周我庭，顷之炸炮一声，雨如筛，乃寐。

十四日　冻雨初歇，起视门阶有雷迹，门木碎落，门故未损，云昨电入房似火球，外孙妇及小婢皆惊，小儿女不知也，安眠无事，盖未凿浑沌耳。骇诧者不如孩童，知聪明之为累。登舟遂发，申正至城，入局小坐。即往欧家，遇伯元于城外，同入听戏。正约团拜，杜鼎元得家信告警，遂还船宿。欲明日早发，上船乃遇蔡儿，信背时也。夜雨雷。

十五日　船人不行，待巳乃发，逆风顺水，申正至城下。遣看城门未闭，昇入朝宗门，被搜检放入。家人云故无事，摸牌四圈而散。夜雷雨。

十六日　阴。忌日素食。晨出客坐，周生已坐待。午间杜蓉湖来。松崎送报。完夫、樊、唐来，请书与唐璆，言甄别事。夜雨，又有月。

十七日　阴。左干青两书求信干李经羲，因而与之，并复左长。料理请客。

十八日　阴。傅梅根来请饭。夏子复来，并招严受庵、孙楣桑及峻五、许绍獬、易大同、完夫会食，余未出坐，易少坐即去。

十九日　阴。观音生日。完夫请会酒，兼约伯琇、邓、刘生同会。余往稻田傅寓，登楼会食，芝畇、钱校长、由甫、尹昌龄、吴雁舟、重伯同集，子大后至，戌散。昇还家，客已散，便答警厅张竹桥。宗兄来。

廿日　雨寒。写字数幅。刘、周来，并有杂客。耒阳门下生来诉艰难。常宁谭生则不记识矣，托邓议长关说官事。胡外孙夜来。

廿一日　晴。陈完夫来谋校长，为与书汤颇公。其言办学，如不办，又与狄梁公反周为唐同意，非我所许也。

廿二日　阴。尹主事来，送曾伯隅诗文集。伯隅畸人，乃溺于文词，杨皙子应愧之也。夕至学署会饮，颇公不在，剑侯病去，重伯为主人，以我为客，同集者易、陈，熟人；南、陈，生人。二更还，雾散满街。

廿三日　晴。李孙来，致电报，覆以即行，因令告刘、陈，定行期。完夫叔侄夜来。

廿四日　晨起甚早，访刘漱琴、黄觐虞、邬师，皆不遇，还与张芝岑谈，已知电报矣。欧阳属来请从行。刘少青请吃烧鸭，费钱过万。

廿五日　阴。丙申，春分。周姬告归，金来替之。汤生大宴文士，为我饯行，设五席，集四十人，不识者皆秘书、参谋之士，唯屏客从，不听入。余从者亦无樊哙，则缺典耳。申散。还，重伯来。

廿六日　晴。周姬还。邱、欧夜来，谈至亥始去。

廿七日　晴。戊戌，社日。写字数幅。张贡五来。帅生取像片寄美国，欲余题字，前云美总统生辰纲者，谬传也。桂娃惹事，巡警欲因之，幸警长在坐得解。夜雷雨。

廿八日　阴。尹巴黎招饮曾祠，坐客初不甚相识，大要梅山人也，戌散。至盐局，莘田招饮，颂年、伯元诸君同集，亥散。

廿九日　雨。诗钟会友，约集挹爽楼，去余居一街隔，亦异而往。三房并占，集者十余人，取刘剑侯为状元，尚有二三不记名字者，戌散。

晦日　大雨。伯元招饮，先往，客多不至，来者左绳生、贺少元、余太华少老板，刘稗泉亦来作主人，凌盛熺后来，亥散。

三　月

三月壬子朔　雨。写对数幅。午后至日清公司考室，与松崎鹤雄先约定者，公司栗井为主。门户新油，误污我衣。设每人每燕菜席，甚为侈费。杨生亦在，亥散。

二日　雨。钟寄樵来，力阻北行，因送之出，便赴孔教会饯席，有照片记主客。

三日　晴。开佛住持海印招诸名士修禊。常静话卅年事，兼及寄禅，云在京示寂，海印亲敛，还柩天童，殊令人不乐。程初、子大、由六均在会，未及作诗。张警厅约游麓山，午前已去，芒芒然往，从百搭桥溯湘岸上至书院北，丛山平田，并无幽景。至万寿寺，未及入虎岑堂，已将夕矣。急上云麓宫，吃鲟鲊白鳝，子大、由甫亦至。匆匆下山，隔岸灯明，湘上雾起，主客各不相顾，入城已及二更。珰女自衡来，彭石如坐待一日。

四日　晴。石如昨力阻我行，欲罢不能，且复一往。谭芝昀专信来干皙子，不知非我类也，亦姑与一函言之。客来送者不计数。

五日　阴。解差来约四点钟上船，并云都督遣军乐候送。窊女船到，携子妇同来，孙女病，往子靖家就医，俄云疾发，窊自往视。长妇、孙女、两儿、宜孙并从行。送轿发行李，纷纭一日，余上船已夕矣，行李船犹未到。客舟送者纷纷，以百花生为招待员，余但送至舱门。已罢于行，又热，可单衣，至二更后稍静。冗食从行甚可厌，无法拒之。

六日　卯正发，风雨雷并作，不碍于行，但稍迟耳。夕至新堤，浪涌船簸，颇似黑水洋，停轮久之，夜黑如磐，了无春景。写对二幅。送者荆门陈白皆、崇阳刘剑侯、长沙王启湘、陈完夫、李伯仁、泾县朱铭敬、船政局长。曾重伯、刘养田、周梅生。令妇女邀曾妾来饭，以房仓甚暗不可坐也，余饭于房仓中以避之。

七日　雨风。乘涛急进，犹不能驶，过午始至汉口。一行五十余人均至大旅馆，新开店市也。云地皮大王刘祥本家所开，名之贵狗，兼充稽查，起造三万金，卅年归地主，无地税。五层楼居第三层，复降一等，程、郑所谓降阶者与？李伯仁专供应，不费我经理。谭芝公来谈。

八日　阴。葆生送菜。方表、叶麻、桂老耶俱来，县人麇至矣。日本中久喜冈、辛七郎来。常宁有何锡蕃，领全省水警，得伯爵，任中将，殷殷来见，约归途细谈。吴文甫昨来船上，今复居此照料，肥白胜前，云为段芝贵秘书，无权有钱，方快快也。谈及莘田不能自保，亦惜其多此一番运动。云报馆李振、王弢庵欢迎设宴。复至商会应点，邀谭、郭同看汉倡，丑陋不堪。

九日　晴。三日风止，本欲过江，段中丞云午来相访，留待之，写字数幅。未正，段芝贵香岩、吕调元燮甫、时象晋月皆、杜锡钧均来，所谓机关上者，小坐去。段送二席，合宴同来护送人，兼请谭、吴。召妓七八人唱汉调，未三曲，俱乐部弢庵、王运江招饮，即席赋诗，招完夫父子、曾重伯同作，均能急就，胜诸女也。

十日　壬戌，清明节。晴。颜伯琴弟二子栩字宪和自北来，云伴尹昌衡看管，今往湘阴上冢，致蜀锦二端。发汤、蜀二书，汤为黎桂生关说，蜀则报茂行踪。欲凭颜寄湘物，匆匆未暇也。
蔡四儿苦缠，告葆生邀四人，各出十元遣归，恋恋不肯去，戴三老耶则请安去矣。昨葆生言王金玉能烧鱼翅，今特设请我，果无馆派，殷殷自劝酒饭，为饮一杯、饭一瓯，以答其意，并写两联，又自写一扇与之。字债犹未毕，已半夜矣。

十一日　晨办装，见众女行李累累，大斥其谬，为悉发上火车，幸不过磅。余亦与葆生、宜孙同坐马车至大智门登卧车，容四十人，云费千金，电请总统饬交通部发来者，可谓劳动大神也。王慧堂、谭芝昀均来同行。

十二日　晴。昨夜过河桥，亦未见繁盛，云特为我发电。见河水粼粼，碧净无波，大异往时。晨至彰德，自此至琉璃河，前五日程，今一日至矣，但未见往日车道及行车耳。酉初至前门停车，见重伯下车，云当急下。迎者未来，发电话寻人。余出闲看，晳子来，又寻我，同车至武功卫，见门条署"王馆长宅"，入则有守屋二人，院落四处，分住同行人不够，仅可安顿亲子及刘、陈、周三私人，公人皆居客店去。晳子代东，葆生设食，午诒、戟传父子、廖倬夫均来。四川张生、衡唐生俱未面。连设四席，并杨生办送，亦太费也。子正即寝。

十三日　晴。方表电请救叶麻，既告段又告汤，犹恐无效也。午诒来，言明日有来迎者，约申初往。刘、胡二婿来见。蜀生张石卿来，言李瑶琴、岳凤梧均在此。唐乾一来，同早饭，饭罢已过午。金妪云有七八人未饭，将从夷、齐游矣。萧儿来，未交言去。刘惠农名异，旧名家惠，工商主事，曾、齐甥三人夜来。

十四日　谭芝公仲兄启绪号涤庵、宋芸子儿继彝、李瑶琴、曾岳松、丁佩瑜来。午睡甚酣，岳凤吾来未见也，未正乃起。申初杨生来迎，同至西苑，入新华门，坐船至长房小坐，午诒出陪，更有三秘书出见。用名片谒，袁世兄在客房外迎入洋坐，坐客位，谈久之，无要话，换茶乃出。坐小车行堤边出新华门，新开便门也。坐袁送车还寓。熊秉三来。张仲卣来见，已不识之矣。

十五日 晴。梁卓如率其子女来，面貌全改，亦不识矣，赠以《公羊笺》一部。晳子夜来，取《诗经》一部。凤吾来，云率印伯儿同来，余睡未见顾也。写对一幅送梁。夜与杨谈，云南北禅代，已有其功，盖与黄兴密约。夜有微雨。妇女今日出游公园，两妪均从，余独守屋。

十六日 阴。徐花农、饶石顽来，其余熟客不计。摸牌四圈。今日欲往午桥家作吊，逡巡未果。坐待至夕，与杨生同车至虎坊桥湖广馆，卓如为父祝寿，宾客甚盛，机关上皆至矣。见杨杏城、周自齐、罗惇曧、袁三少耶、侗五耶，至即草草设饭，八人一席，余皆照办，不同时，亦新样也。帖称"承庆子"，想系越俗。坐待侗厚斋出台，又见恽薇生串戏，至子初散。

十七日 阴晴。写扇一柄。惠师侨来，卅年不见，颓然老矣，被岑劾。陆孟孚来，亦老矣，均谈往事。洪翼昇自称门生，请游工场，字晴舫，未省记也。又见其妻，请妇女游览，亦俱登畅观楼，云孝钦尝居之。夜晳子请吃烧鸭。

十八日 晴。江瀚来见，又欲做藩台耶，然已老矣。廖、程、夏、唐坤一、王梅生请游法源寺，五十七年前所居，已闭门不可得见矣，并径路亦不似前。寻云麾碑石不见，其僧房则当年来一到，知尔日无他营也。并柳杀①溪住处迷失，辽东鹤去，城郭是何耶？叔平儿被拘，其妻啼哭求救，招令入居。为告熊秉三及葆生，葆生云易易。即令往救，果即释出，并招其妻去，此行第一快也。

———————————

① "杀"字似有误。

晳子又请至广和居，并携周姬同往，又招程、廖来吃南菜。

十九日　晴热。大风，欲步出，怯尘而返。朝食后至石虎胡同答访议长汤化龙聚五。午正至崇效寺，芝畇大设，招集同来诸人，其兄涤广亦在，又不识之矣，幸亿中也。外延杨、夏、郭，皆吾党也。看红杏青松长卷，国初诸人及近年故人均有题记。翁覃溪八十四岁题字，余八十三，欣然继之，字更小于覃溪，亦雅于覃溪也。未入坐，谭仆传来一条，云申初期见总统，促令亟去，完夫从之，午诒为介，亦亟去，可笑也，六十元不虚花耳。涤广为主人，更有大胆陈生，凡十六人同会。申散急还，未晡食已夜。陈元祥催客，与葆生同车，复出城至陕西庵中华饭店夜饭，八十老人跋涉登楼，彼费钱而我费日，足为戒也。贝允昕、张仲峀、王小宋、璟芳。沈冕士、陈葵生，王上席即去，刘幼丹、张子武不到，又一刘骧逵，则不知何人。夜二更还，摸牌三圈。

廿日　晴。朱启钤桂莘来。骆公肃状元来，言为蜀使，为议员，又改选官不扬例，陋矣。曾岳松设席观音寺街庆华春，杨、夏诸人同集，自来迎送，往大栅阑寻旧迹及皮小李店，皆迷方向矣。刘次源来，讲《大学》《中庸》。

廿一日　晴。今日有二处宴集，初亦未知何处，午间电话来唤，云孔社博览。顷误以为刘次源所约，携功同往，误北行，入西安门，至国务院，乃知其误。回车出宣武门，至北半截，见张设棚新，入一矮屋，而内甚曲邃，云有酉间，徐、饶为主任①，设流水席，见宋伯鲁、赵惟熙，推我主祭，博览而释奠，所未闻也。免冠常服，实为夷礼，既至当从主人，凡三跪九叩，半时许，奏军中洋操乐乃得免。出，仍入宣武门，过寓街，令功还寓。复至

---

① "任"，疑为"人"之讹。

国务院前内阁熊寓，主人出见，云摄政醇王府也。府未成而王失政，犹欠五十万金。顷之梁、陈、杨、郭来，云陈伯潜不至，郑叔进后来，散已将夕。还寓遗失①，舍车而舁至汤聚五议长处会饮，仍熊处诸人，多一刘幼丹。散已二更，复摸牌至子。

廿二日　晴。始换夹衣。刘仲鲁来，曾、郭借畿辅先贤祠请客，欲观藏帖，故请刘同集，待晢子同车俱往。门馆修整，字画精雅，看两池二旁棠杜、丁香，亦复有春景。设三席，多同来人，客唯熊、郑、谭耳。席散，复坐杨车至朱寓，熊、曾亦来，散犹未夕。夜请洪、陈女客，便招宵来。

廿三日　晴煊。曾传泗来，云自江西来投我。我衡无锱铢，亦有人投，可喜也。瑶林子来。湘孙夫妇来。题杨忠愍疏稿。

廿四日　晴。至下斜街畿辅祠照像。刘仲鲁、郑叔进、刘家惠、汀叔海、常怡宦、玉瓒为主人，又有　曹经沅，不知何因，想系报馆人，曾、夏、陈同集，早散。

廿五日　晴。杨亲家母到天津，懿妇从来，晢子往迎，云须住两日，不知何意。饶石女来见，曾妻赵氏同来。饮冰设饮，罗揆东先到，云介我见梅小旦，又召老小旦唐生弹琵琶，熊、夏、曾同集，至亥乃散。见其三女、四子。

廿六日　晴热。一日无宴集，写字数幅。朱德裳来送笔。夏粮储子敬观、芝生两儿、宋钺卿子字敦甫、黎秘书。叔平子妇均来见。张君立再来，令两儿均出见之。袁珏生侍讲来，幼安长子也，年四十余，直南斋，属题《焦山图》。焦山闲卧海天宽，近被轮船搅欲翻。唯有莲巢旧烟墨，盘空归鹤定知还。端梁争欲结茅居，若比华阳恐不如。何似南斋老供奉，闲来收作卧游图。

―――――――――

① "失"，应为"矢"之讹。

廿七日　晴。一日无宴集，写字数十纸。客来不备记。午至十刹海，旧西涯也，访香涛新居，旋集会贤酒楼，李、岳公请。

廿八日　晴。柯凤笙来，咎其不代递《谏兴学疏》，以至革命，渠犹不悟也。出其祖画像属题，画一像于镜中，吴挚甫女婿也，有吴女诗。余亦作一律。从来循吏与儒林，总是尘埃不染心。闻道至人有将迎，唯将方寸自搜寻。即今胶岛多风浪，忍见神州坐陆沉。大隐金门太平事，为君展卷一沉吟。

廿九日　晴。法源寺饯春，集者百廿人，未见者有严复、姜颖生，姜善画，好骂。余午初即往，酉正始照像而散。易仙童亦从太山还，介陈思来论诗，未论也。芝昀兄弟亦早来，余详图记。

四　月

四月辛巳朔　晴。蜀生再公请，廿六人为主，有岳、李、骆、罗，即西涯前集人。傅增湘有旧书，云当相示。席设南下洼东头张冶秋祠，名岳云别墅，未散。又闻夜有一集，亦是请我，欲留待，从仆云无此说，乃还寓。未久电话来催，乃知是张仲卣，又出顺承门，至原处，已上镫矣。坐客陈卓斋、章曼仙、郑蕉农、罗掞东先在，皙子后至，又一人云黄秋岳，未之前闻也。坐皙子车还，葆生先在。

二日　晴。章曼仙、袁幼安、柯凤笙来。郑叔进送其父书来请看，皆考证碑版者。午又至岳云处，叔进、曼仙等公请，又一陈士廉，不甚熟，未夕还。

三日　晴。午诒设酒其家，招同谭、郭同集，看抄本《史记》。皙子两弟昨到，云焕彬亦来，遣觅未得。午诒暂出，余留其家，待与同入禁城。黎副统元洪设宴瀛台，舒、汤、饶、刘心源、幼安。同坐。杨惺吾新从鄂来，老矣，夜上船颇不便于行，余尚能扶之。还寓已夜，晳子为我包一马车。

四日　晴。谭芝畇昨面约再集崇效寺看牡丹，便至广和居，补午诒前赴总统之欢，其兄亦来，客即昨集诸人。遣车迎女孙看花，待车还乃往。

五日　无宴集，见客六人，有焕彬。

六日　晴。禄荷卿来，言衡州逃兵事。王炽昌来，云其妻女亦当来。令储针线、花粉待之。护送四员请看花，三至崇效寺，谭、郭、程、曾同集，生客有王弢广兄弟，新自汉口来。作书荐刘寿琳于鄂段、吕。

七日　晴。徐花农请看花，唐生衢九请早去，便访柯、袁，俱小坐便去，主人皆至矣。唐无客而徐客未集，先至北屋小睡。唐便先设，既饱，至西房，客有毕斗山、李直绳、宋伯鲁、赵芝生，又吃，终席照相乃还寓。寿琳已去，细太太亦去矣。

八日　晴。县人公请，主客共廿三人，皆寻话讲者。周、张、杨、梁俱不至，三照相。

九日　晴。王文豹、郑、章公请至湖南会馆，集者卅余人。写对子无联语，甚窘，程议员乃集一联，葆生一联则犯二大快，不便用也。

十日　晴。任寿国、贝允昕同请，至畿辅祠，熊、蔡等同集，叶焕彬亦于此设宴。先催客，往则俱无主人，独坐。顷之任、贝先至，半饮，叶乃至，已饱矣。又至叶坐，终席，任等已去，乃还。葆生夜来，云酒醉未醒，至子去。

十一日　晴。诗钟会请入会，面约五点钟，午初已催客，盖仙童所为，余不能早去，恐违五钟约也。午诒来谈，未正同往，群贤吟哦，大似文场风景，知科举不易废也。上灯入席，亥正还。

十二日　壬辰，立夏。辛耀文、袁抱存与实甫公请，辛富袁贵，齐人所乞余者也。朝食后至西华门外西安旅馆，送刘、陈还湘，不遇，与曾、陈小坐而出。便至盆儿胡同，赴杨时白招，章、郑俱在，更有刘家惠、李尧琴。同李、郑同至崇效寺，再看绿牡丹，犹未放，已不绿矣。设五席，大会名人，与陈雨人、李仲仙同坐，未夕散。

十三日　一日无招要。朝食后特访谭涤广兄弟，出前门而还。作杨容城《琴记》，非椒山物也，而云容城修，岂不知杨尚未成童耶？夜朱姓来募捐。

十四日　晴。完夫得评事，戟传得肃政使，来议史馆。王慧堂来，向隅，约戟传作东道以慰之。夜往韩塘，设二席，皆衡、桂人也，以余为客，谭芝昀为宾。

十五日　晴。赵执叔儿及刘仲鲁来。更有金葆损索字而失其纸。明日翰林公宴，预作一诗。师吏感秦敝，文治监周衰。自无睢麟化，岂见鹴鷍苻。圣清备制作，鸣凤咏雍喈。翰苑储群英，流风治埏垓。教失贿多门，横流莫能为。群言又已啙，民吡遂成灾。礼佚道未坠，兰荪在蒿莱。日余后升堂，裴回怅无阶。邂近从群彦，悲歌望金台。西亭倚城隅，伊昔宴所谐。谁谓风景丽①，蒹葭溯可怀。各勉金玉音，空谷贵能来。赵芝山惟熙来，江西翰林。请题其妻遗像。今日忌日，未能谢客，幸未赴席耳。

十六日　晴。午至陶然亭公宴，见前辈四十五人，设七席，后照像。陈伯潜太保来，已将散，又留别设一席，散又将夕。

十七日　晴。直隶京官公请，宴于积水潭，设席高庙，云李西涯故宅也。王铁珊，刘仲鲁，李、张二公子，王，恽泽薇荪。树枏，余五人未记，共十一主人，七照像。

---

① "丽"，据《湘绮楼说诗》补。

十八日　晴。会客半日。午诒来，与仲驯同至铁路局看诗钟，子初散。

十九日　晴。赵芝山请饭，午初往。王铁珊、徐固卿、二齐。耀珊、耀琳。徐花农、饶石顽同坐，赌酒，固卿云昨饮十斤，与葆生同量也。同徐、珊出，还寓，云袁公子催客，往入禁门，已通籍矣。坐车至流水音仙童寓处，二袁为主人，客尽湘人也，梁卓如不到，粤人惟罗掞东，未夕散。今日珰生日，早设汤饼，吃三碗而饱，后又二餐，犹未饱，还复吃饼。

廿日　晴。写字数幅。客来不记，惟宁乡周家琳，似是震麟本家，神似雅南。谭聘臣来告穷。题《流水音修禊图》。流水音如天上琴，兰亭犹有管弦心。祗应内史多尘事，不及五云深处深。龚邵南来，言恒镇如从子欲觅食于我，许以主事，明日来见。

廿一日　晴。比日风凉，芍药未大开，云自来水不宜浇灌也。宝子武兄弟来见，适熟客继入，未得畅谈，问雨苍、裕庭子，均云不知。写字数幅。作包子甚佳。《法源寺留春会宴集序》：法源寺者，故唐闵忠寺也。余以己未赁庑过夏，居及两年。其时夷患初兴，朝议和战，尹杏农主战，郭筠仙主和，而俱为清流。肃裕庭依违和战之间，兼善尹、郭，而号为权臣。余为裕庭知赏，亦兼善尹、郭，而号为肃党。然清议权谋，皆必有集，则多以法源为归。长夏宴游，悲歌薄醉，虽不同荆卿之饮燕市，要不同魏其之腕两宫。盖其时湘军方盛，曾、胡掎角，天子忧勤，大臣补苴，犹喜金瓯之无缺也。俄而大沽失机，苏、杭并陷，余同郭还湘，肃从西幸。京师被寇，龙髯莫攀，顾命八臣俱从诛贬。自此东南渐定，号为中兴。余则息影山阿，不闻治乱，中间虽两至辇下，率无久留。垂暮之年，忽有游兴，越以甲寅三月重谒金台。京国同人既皆失职，其有事者又异昔时，怀刺不知所投，认启不知所问。乃访旧迹，犹识寺门，遂请导师，代通郦志，约以春尽之日，会于寺寮。丁香盛开，净筵斯启，群英登至，喜不遑遗。感往欣今，斐然有作，列其佳什，庶继《兰亭》，亦述所怀，以和友声云尔。诗曰："京国多良会，春游及盛时。宁知垂老日，重作五噫词。尊酒人心醉，繁花鸟语悲。且留残照影，同照鬓毛衰。""古寺称资福，唐宗为闵忠。于今忧国少，真觉世缘空。天地悲歌里，兴亡大梦中。杜鹃知客恨，不肯怨春风。"

廿二日　晴。叶焕彬送诗来，即和一首。岳云别业为张埜秋祠，因以为其故宅，频宴于此，其后为南横街，张孝达所居也。张侯昔寓南横街，我时布衣徒步来。风尘溷洞四十载，又见新张门馆开。两公儒官耻儒术，南海先生想蹋跻。改更祖法师吕王，误道读书先律律。六臣骈首九夷来，李相乘时然死灰。倭人和议重兴学，明诏始征天下才。先从首善立模楷，不比燕昭延郭隗。二张并命定学制，谁料求才空费财。改院为堂一反手，独饬船山可仍旧。不知新旧何异同，但怪严梁效奔走。我时作奏欲主事，请言倭利非吾利。赵公笑我同葵园，阻遏封章不邮递。二张同时得发舒，学费流沙取锱铢。舟车权算无不有，骚然烦费如军需。学子翻然思革命，一时鼎沸皆枭獍。廿二名城枯朽摧，系组无由依晋郑。两臣先死不从亡，翻得嘉名谥达襄。共欲铸金思范蠡，居然鸣玉步文昌。前时台榭皆依旧，今我重来酹杯酒。因君感慨一长吟，北江南海空回首。南洼芦获似前时，飞絮漫天春影稀。沉吟对此不能醉，华屋山丘多是非。

廿三日　晴。寻硕甫至果子巷，便访辛生，不遇还。懿妇来又去。

廿四日　小雨，始有凉意。至西华门访杨生，母弟均出，留面而出。至秉三处，误至徐相国政事堂，见卫兵多人，乃知其误。出过间壁，秉三招陪房师沈子丰，刘仲鲁、宝瑞臣、志琦、端仲纲同集，未夕散。懿自青岛来。

廿五日　晴。写字数幅，扇三柄，为四妇写条幅四纸。夏午诒夜来。

廿六日　晴。周子廙自齐嫁妹，往看新人，至金鱼胡同，四姑娘旧居也。那桐宅最有名，故欲一看，往则如戏场，主人不见客，客人坐乃出一见。罗揆东招呼周到，送登车而后别，未见熟人。

廿七日　晴。一日无事。女妇往天坛看技击。

廿八日　晴。陈副榜送茉莉。高丽人金雀来访。往法源寺寻故居，已迷其处，见两院略似，亦未审也。孙女同往看芍药，还大睡。

廿九日　晴。写字数幅。常熟孙同康送书，诗人也，有《同光诗史》之选。诗人无我名，亦足异矣。

晦日　晴。龙蛇、连横皆来，名字诡异至此，宜《春秋》讥之。又有福州李经文颇送食物，意在修史，亦心照不见。

五　月

五月辛亥朔　国务院送印，无人祇领，只得代马叙伦出四元受用。即荐任谭芝公为秘书，谭欲为长，改派重伯，亦翰林有文材者。请谭纂修，谭辞言去，遂不能留之。

二日　晴。遣招宝子观作主事，又一员则以郑蕉农充之。陈完未留与其弟，亦依而与之。欲作办事员者无数，皆不能用。哀珏生来，言赵次山将来，欲我荐人。余以修史当悉用翰林，方能截断众流，使廖经师、萧雷公无处安身也。

三日　晴。出送芝公，云尚未起，亦未拟行也。定期五日，约熟人过节，本请谭公，亦改重伯。

四日　晴。出访杨惺吾于砖塔巷龚宅，小坐而还，以老人不宜多谈，而自忘其老也。写字数幅。

五日　晴。出访叶焕彬于劈柴巷，主人蔡斗南出谈，设点心。还，待客吃粽子、盐卵则不能佳，又无蒲艾。客来者王慧、程戟、曾重、夏已、陈完、易硕、陈仲、王豫、胡玉、陈熊，胡、刘二女婿，子孙四人及杨弟仲子，凡十七人，号十八学士，以胡彦国外孙在内坐者充之，亦客中大会也。酒罢又摸牌，我均在内，三更散。财政局送开馆费五千元。亲家母、接脚孙女皆来，不饭去。

六日　晴。写字会客竟日。懿率妇去，还岛居①。附书组安。得汤督电，言何生事可了。何电亦云将赴史馆。宋芸子来信争聘委，将悉以委用穷之。此家夔公心法也，尤而效之，岂无罪耶？夜雨。

七日　雨。左台生来，言其父有寓宅在京，今将弃之。曾、左皆无故宅乔木，亦迅速也。章曼仙请功儿，因与同至瑞记，未开市，即至醒春居小酌而散。

八日　晴。出吊张国淦，初不相识，以来赴，不可不往，三点头而成礼，小坐即还。完夫来，与同访芝畇，遇慧堂，看女戏，停演，要同过寓。复还车告芝畇，遂与俱还寓，重伯亦在，摸牌四圈，烧鸭煮鱼，差胜酒楼。

九日　雨。功儿赁宅，云已定。汪大燮伯唐来访。达县吴御史之子来，忘其父名矣，四门亲家儿也，小坐去。又引一李姓来，云送茇入川者。正欲入蜀，而吴意难之，有老不入川之意。余云不足疑也，女知护女，余岂不护女，于此用得着一"痴"字，又借以为题，可舍去矣。本约明日上火车，因欲开馆而留，夜思不妥，又空行耳。夕再至瑞记，完夫牺牲四元，招午诒，刘、胡婿，并及来客朱生子佩。

十日　晴。晨见报，实甫补参事，作诗贺之，并眼镜送去。写字一日。贤子来。

十一日　晴。写字半日，笔单悉售矣。昨夜思赁馆修史，必为债主，与书袁统论之，众意似不以为然，未能洞照也。夕至灰厂陪朱、张川客饮，午诒有酬恩旧意，晳子亦至，乘月还。

十二日　晴。赵次珊来，颓然老矣。论补齿可卫生，又论修

2402

① 上月廿四日言"懿自青岛来"。

史人材，告以有马布衣。午至城隍庙一看，意可比南北之游，及至乃无所谓香车宝马者，逡巡而返。夜热。

十三日　癸亥，芒种。晴。忌日素食，不见客。夏御史同程生来，破例延之。

十四日　晴。晨至秦老巷访次珊，遇一袁姓，赵云东三省第一流也。小坐畅谈，还已午时，乃饭。

十五日　晴。晨访左台生于龙宅。周仲元病甚，有忧生之嗟，还令陈孙诊之。周不信医，改服谭进士方。旋至程生处，同吃大梁春而还。

十六日　晴。谭芝公来，言道尹事。易年侄穉清扬铸来，令馆于我。曾、程、汤、陈纷纷诉史馆人。

十七日　晴。一日未出，熟客来坐不去，颇疲于接对。易侄移来。

十八日　阴。左、龙来，言周病，请移潭馆。遣舁往，料理如法。胡杏江子求委办事，依而与之。完夫为廖生求一委，吝而不与，与萧儿同妄作，不可令如意也。

十九日　晴。写扇三柄，看小说一日。汤议长率王鼎臣儿来，亦欲食于史馆。曾秘书已吃开办饭矣。

廿日　晴。功儿生日，设汤饼，客有曾、陈。食毕摸牌，至夜散。

廿一日　晴燠。财政会请讲《大学》，与刘次源、完夫同往，讲后至观音寺酒楼小饮。未半席，孔教会来请，驱车入城，至衍圣公府，见李佳白，又引见一洋教习，未讲，摇铃散会。复入城至酒楼，高丽崔书菴请客，客犹未至，已申正矣。江叔海招饮福兴居，来催客，驰往南半截胡同，已散去。又驰还大栅阑，客犹未至，顷之二夏来，功儿亦到，散犹未夜。驰入城，急矣，仍摸牌。宋生午来，已去。

廿二日　晴。午睡身如火，所谓全体热也。宋生云任命不可辄离，当改为聘请。迂哉，天下岂有掌印师耶耶？

廿三日　晴。袁大公子请入谈，令董生来迎，同至新华门，坐船至内斋，饭罢乃出。问《鸿范》，检书将赠之，自看一篇。

廿四日　晴。史馆来迎，往后王恭厂看新寓，云尚可喜裔孙其亨字惠臣新宅也。宋生不至，阔礼侍、许、邓编纂、景阁学均先到，曾重伯为主人，设三席，女妇亦有庶羞，未夕还。

廿五日　晴。欧阳属来，云从道香假资，始得至此，同寓法源寺，责食于我，盖索还前火食也。告以廖经师未去，乃云已行，幸有脱壳计，不然殆矣。

廿六日　晴。蒋胖来，云自衡四日至此，可云迅速。得茇端午书，反言蜀人畏兵，真姜维胆也。

廿七日　晴。赴象坊桥，入参议院，听读颂答词，到者不及半，惟荫午楼红绿缠身，颇为标致。见马良，或云眉叔，或云眉叔已死，此其兄也。无童年者，亦是一缺典。申散。照像，飞雨洒面，露坐听载。俗以沾雨为溃雨，读如"在"雨，今改作"载"，为将来一故实。未上席，与卓如同出，驰往十汊海会贤楼，李巡江燮和招饮，叶麻先在，晳子后至，柯凤孙不来，散犹未夕。

廿八日　晴。当邀赵次珊一饭，因约刘仲鲁、赵芝珊、熊秉三、杨晳子，杨云不来，忽又自至，刘来最早。余出城至馆，自谓太早，幸已先来，不然慢矣。余亦早降，不待催，散犹未晡也。鲁詹妇自湘来，昨至馆，今请客，妇女、女孙俱来饭，饭毕犹未夕，余先还。宋敦复来夜谈，去已将亥初。又摸牌，凉倦乃寝。

廿九日　己卯，夏至。晨书四诗，题《忆焦山》二诗见前，又二诗新作补空者。曾借兵船系寺门，被人看作故将军。乌珠当日输红玉，擂鼓台边枉乞恩。　从来仕隐不相关，闹处如何愿乞闲。可笑金焦双岛寺①，不如湿豫②一堆寒。

闰五月

闰月庚辰朔　晨起甚早，看家人发行李，两时犹未发。陈、夏俱来，乃与同至史馆早饭。儿女、妇孙俱上火车，未往送也。易年侄亦同来。陈儿油饼挨打，伤不能起，云何、金拖打唾之。欲究治，而新例须质对，遂无以罪。舆儿仍还侍，宜孙亦未去。夜雨。

二日　雨未止，院中成池。谭、许、曾、岳、陈、宋并来，云到馆点卯，设酒款之，当定三日一小宴。看谤诗，有"义袍"字，未知出典，曾、宋亦不知。为金、何大生诉讼。

三日　阴。晨起甚早，与书茇女。曾、左夜来，言办铁路。寻刘婿，已出游去。始浴。

四日　晴。高丽人送诗文集，翻阅一过。有金世铎，自荐誊录，告以无事。老大章夜来。

五日　阴热。发家书。出访江翰叔海，迷道而还。欲过杨生，怯日不往。胡婿来，遣看窊女，即从之去，至夜不来，寅初雷雨，已明日矣。夜宜系日，当亦以寅正为合，盖子丑浑沌时也。看汤颇公小说。易年侄贫病，赠以廿元，报枝江赆也。

六日　晨雨，书案漂湿不可坐，移于东窗。完夫借车，命驾往，复云不要。嫌反复欺御者，乃自出访二杨，皆外出，因见晳子，吃面。复过仲鲁，略谈而别。

---

① "寺"，《大中华杂志》第一卷第十期作"峙"。
② "湿豫"，《大中华杂志》第一卷第十期作"滟滪"。

七日　雨凉。馆员见总统，俱洋装往，非雅服，未能止之。见巧言舜、禹事，惜未同往，乃令张元奇带领，云内史俱侍班，朝仪甚盛。骆状元来。

八日　阴凉。参政开议，未知会，故未往。夕至十刹海，黄巡江请看荷花，无所见，折二白荷还。芸子移入馆。

九日　阴晴，甚凉。阆安甫①、景、谭均到馆。夕至东厂，漆育文设宴荣相故第，请讲经。未及往，而实甫、叔进俱来，惠堂亦至。方谈话，世珙来见，无一语，亦不知何意来，又未曾识，匆匆去。与刘婿同往，见程生季硕在庭中，略谈而出。夜散，闻陈甥来，在梅生儿处，梅生得奉祀官，月支五万，可不来矣。明镫行禁城旁，颇为凄怆。

十日　阴。杨叔文来，谈热河风景。鸿甥来见，派办事员，不再求信矣。作荣文忠故宅诗。荣居一品五十年，真贵人也。晚好士，能荐达，不及曾侯者，士之咎耳，有一孟浩然而不能用，曰文忠未为忠乎？丞相新居近御垣，当年枥马夜常喧。宫衣一品三朝贵，门客长裾四海尊。调护无惭狄仁杰，池亭今似奉诚园。只应遣恨持节使，重对茶瓜感梦痕。岳、骆来谈。出访蔡松坡、罗揆东，俱不遇。

十一日　晴。宋吉抚小濂铁梅、龚藏足镜清来访，均通材也。言东三省事尚可为，欲早整顿之。陈、夏、杨均来相看，言郭葆生事，云李宝翠来。十余年同患难，一旦弃之非义。李昨来，余许携之归湘，而意不欲，是有外心，不必管他，但亦不必极其所往。宓女来，胡婿亦至。留夏、陈、曾摸牌四圈，仅成一牌，而反大胜，二更散。

十二日　晴。功儿来书，云陈芳畹病重。昨夜又得张子年书。

_____

① "阆安甫"，原作"门安甫"，据本年七月二日日记改。

二尉均当以百金了之。

十三日　雨。王慧堂来，以路折押钱，适无钱，借廿元应之，还其折。杨、郭二家妾来见，云郭妾欲来相依，作护符。写册页半本。

十四日　阴凉。送参政月费，辞不受。来人云须告院长，片与黎宋卿言之。黄汉湘来，本拟往访，而完夫借车去，故未出游。将还湘，闻路阻不果。贤子来，云云门有行日，彼已辞聂馆矣。写字数幅，笔硬不如意，乃看《新评红楼梦》两本，大要学悟真评《西游记》者。葆生妾求去，托芘于我，令移来暂居。

十五日　晴凉。宓女来，令为李主，杨家又迎李去。看《红楼梦》。贤子来送诗。周梅生夜来，令居茅屋。电召谭都督、协撰伯严，不来，电云"刻不能来"，误作"万不能来"，一字出入甚大。

十六日　乙未，小暑。雨。将夕，张正旸来，旋去。取行李。李女客游不还，余误以为张生不还，遂早眠。

十七日　晴。宓女偕胡婿暂还。黎宋卿又送薪水来，受之。遣还杨生租马钱百六十元，杨生不受，仍留公用。租马称病，令去，不再来。程愧生往湘，参谋来问情形。

十八日　阴。谭进士来，托程参谋以湘潭盐局待之，宝老耶亦可撞骗也。曹典蒲来。

十九日　晴。至象坊桥，听未闻其说，随众举手而已，欲条陈，周婆尼之而止。杨贤子移来同住。周梅生昨来，云潭人将麇至，幸有脱壳计待之。

廿日　晴燠。写字十余纸。宓女复来，留与李女同居。余治装且还，以散胡孙。

廿一日　庚子，初伏。晨起上车，至车站。初令周庶务备驾，众阻不令预备，乃自顾定一敞车、一人车、一马车，馆员均送至站。陈、夏、杨叔文、岳生、邓炬犹为西山之说，赖周婆坚持而定。辰正开行，至顺德已夕，夜渡河桥，竟未觉也，终夜行。

廿二日　晴。朝食后过信阳，感旧游口号一绝。马头又见汝南山，春早还应胜夏残。谁道朱冯空富贵，不如陈蔡及门班。酉初至大智门。易年侄从行，请除馆，余未欲住，询得武陵丸明日往湘，即上行李。夜作书与吕燮甫，托易于鄂乃别。夜颇热，然尚能醋睡。

廿三日　卯初开行，申初得雨，已至新堤矣。湖水浅，不得夜行，泊舩山湖口。

廿四日　阴。过铜官大雨，申正泊小西门。遣告家中，纯、赣两孙来，功儿继至，云三妇欲归，待之不至，云又改计。

廿五日　雨。日本人请大餐，写字，午初上席，船亦开行。写字两时许，正过昭山，申正泊十三总上。王升已备船迎，周、陈、任俱来迎，云欧、陈在局相候。移船至九总，欧病足未至，往看之，兼为周梅生复命，遂留石曼卿处。晚饭已过，陈培心又设酒。

廿六日　晴。罗敬则设酒，伯元亦设酒，分早晚，消一日，议振灾事。又云有狂人缢于火官殿屋顶火珠上，人迹难到处，不知何祥也。东南纷纷报水，云共出六蛟。

廿七日　晴。匡泽吾、翁树堂设酒，郭养原晚宴，又留一日。多为张海涛写字。

廿八日　晴，稍热。三堂公请早饭，徐孙又请午饭，再留一日。日必写字。至夜席未散而客皆起，余还船早眠。

廿九日　晴。红日映船，幸有凉风，缆上东岸，还船入涟口，已将午矣。缆行卅里，小睡觉热。至湖口，罗僮上岸，舁未来，黄孙来迎，待舁同还，设纱幮而寝。

晦日　晴。张金华、斡石泉来，坐半日。罗小舅亦来，夕俱去。

六　月

六月庚戌朔　中伏。颇热。炰鳖烹羊，以应节景。看沪上小说，聊消长日。

二日　晴。澂子晨来，为禁烟人求援。乡人清算积谷，将讼叫鸡，告以中立。

三日　晴。颇有薰气，但觉日长。林妇来见，盖烟人之外室，不似正妻也，为片告六一遣之。胡画师来，忘之矣，令坐书房待饭。黄家两妇来，滋嫁廿年，今始有妯娌来看，未能长衣见之。

四日　晴。日烈可畏。曾抑斋、陈继庄、陈秋生、张启英均来，南北五千里，总集一堂。得刘、宋、功、舆书。至夜周儿偕仲驯来。干女专使报芳畹丧，云二日死矣，即复书唁之。又为黄彤阶作书与汤将军说情。陪陈、周夜饭，作粥极劣。宗兄来。曾、陈辞去。

五日　晴热。写字半日。李长生来，言蔡倥去三人，闻我到家又回矣。唐凤庭夜来。葛获农来，午饭去。谭进士及宝官来，不饭去。

六日　晴。写手卷二轴，扇三柄，对四幅，屏四幅，均顷刻而毕。唐、李不辞而去。方桂弟兄来，欲遣船迎周，南风上水，为难而止。陈、周告去。桂儿迎母去。夜风凉，还上房。

七日　晴。方起，外报欧阳小道来，短衣延入，云欲修史，可谓奇想也，不能与论，盖求财耳。看报，言周妈事殊有意味。王特生亦求周妈，则无影响矣，然亦裴回与亲戚同。知疲民心想之奇，何事不可为，他日定当以圜土杀之，此等人不杀，无可位置也。不知佛出何以度此，又非立达所可及。

八日　晴。与书会计，收留小道。珰专人来说积谷，其想与欧、王同，此则有法制之，而非我所及。张、韩来求书放刘盗，以二百钱牛肉欲抵卅千用费，亦奇想矣。然其事殊不必牛肉，牛肉犹过费也，但非吾职耳。写对子五幅。

九日　晴。稍得凉风，大要热数日必纾一日，张弛之道。刘佃竟死，未能治之。

十日　阴凉，竟似秋矣。颇欲治行，而无资斧。艺渠曾孙来，欲干刘督销，告以不必，且可从我。宗兄不辞而去。郭七女来，云嘉姐病甚，天遣我还料理也，亟与二万钱了之，身心泰然，然已费三千二百轿钱矣，可致八客，今仅致二人也。郭女夕来谈，颇忆旧事，余所不忆者。

十一日　庚申，三伏。晴，风凉。看律抄，未录《游仙诗》，试抽日记竟得之。将军复来相扰，郭女亦不辞而去，雾露神稍散矣，且得静坐一刻。午剖一瓜尚佳，又吃包子五枚，早睡。

十二日　晴。作彭祖胜传稿。端、虞两倅来，欲干巡按。卜云斋亦来书求系援。刘少青为彭楷求关说。王升求知事。皆随而辟之；但诺两蔡，故剑恩也。王升亦有新剑，逡巡不去。

十三日　晴。看《五灯会元》，未知其意。清理箱笼，将复北行。

十四日　阴凉。罗正威来，正炜弟也，又有兄正声，作知事逃出被拘，与书俞寿璋言之，并问来令赎命之罪。抚台少耶披昌至此，可叹也。夜将出城而船未至，樊生船开，因坐之出涟。

十五日　阴。晨樊生与常子庚去。樊送脩金，正须用费，又腯活矣。昨夜宿救生局，今早欧阳父子均来。早饭后坐红船下湘，南风顺水，行殊不迅，申初始泊朝宗门。三孙女自衡来省，功儿先来夕去。问周妈已上湘矣，甚为失望。

十六日　阴。与书汤铸新问有事否，彼此均畏炸弹，不能通拜。汤遣秘书来迎，仲驯亦至，云已保张授馆，并遣舁来。入城，居然入抚辕与汤剧谈，伯仁亦在。夜送至浩园，宿雨珊前房，伟人已造成两房，楚寿朋为主人。

十七日　丙寅，酉正立秋。晨出待舁，出小吴门循马路行，不识方向。试上左旁山望，正在先茔旁，便舁上展视，遣看陈母墓，芳畹已附葬矣。还家一看，伯琇、葆生、子声均来，心念上船，未能留谈。胡子笏请饭，以我为知己也。往贡院看道尹，又见魏翰林、仲驯、伯仁三科员。出城船宿，周少一来，缠不休，小道亦然。

十八日　雨。冬茂还，云周妈已到。移船往迎，大雨正濡，顷之止。岳诉曾大少，周诉大少，皆不须诘问也。下水轮船皆开去，便依泊一日。唐艺曾、接脚女皆来。

甲寅六月观音出家日　戊辰。晴。昨夜雨似露，浏水暴长，移船送周还家，入浏口泊，至午出泊朝宗门，待轮船。周姊夫尹姓有千金产，邻人张姓恨之，谋夺其祖茔，成则使其族交讼之，不成则缠讼不休。观音不能救，非观音更无能救也，亦苛政之尤者矣。因便又为钟寡妇一诉司法，皆以知己情请之。夜宿红船。

廿日　晴。李、陈、周、黄来送。黄眼镜摇扇，犹有议员排调。慧孙来见，已移沙市轮船。汤颇公与将军庶务送千金来，不当收受者，云三世兄所交。张、卜、胡、马来。胡不畏死，欲求知事，告以不宜，而彼欲邀幸也。卜、张亦然，卜云将从陈梅生来北，寻曲友，差为雅矣。黄家二子来见，谋开释權宪也。胡道回信，告权限不能，尹、钟沉冤不雪矣。夜宿轮船。

廿一日　卯正开行，至廿二日寅初已到汉口，可云迅速。船中颇热，与知事考官坐楼旁杂谈。夜再起再眠，醒已泊汉口江外。

廿二日　卯初起，待明上岸寻神州馆，待快车。入门，主人白眼，有愧杨子，仆人馈浆，安砚楼房。郭葆生兄弟来候，长沙馆潭、乡两县生隙，欲余解之，谢不与也。与葆生坐小轮过江，自六马头至内栈，去银五元。至将军府借马车，访巡案吕燮甫，小坐，旋至段香岩处畅谈半日，食瓜点，夜饭。亥初始出，仍坐小轮，并车赏又七元，皆葆生所备。在段处又招吴文甫来谈，同饭。段遣吴送余车费过百元，坚辞不得。吕亦送席，已败矣，天热蒸，为今年第一日暑也。

廿三日　晴。待快车，须停一日。文甫过江来。陈特斋雨初子。来访，赠诗。待文甫、葆生同访三分里王大金玉。因彼请饭，便往摸牌，意甚殷殷，不觉已夜。急坐马车至大智门，则火车未到，吴、郭、张、易均在，张妻亦来。戌正车来，坐头等仓，热气未散，香牛床皮甚温，电灯照灼，出仓取空气，犹未适也。亥正开行，过洞时已酣眠不觉。

廿四日　晴。至午买饭一碗，须百钱，然已度日，过河桥甚稳快，亦不甚热。

廿五日　晴。辰正到京，入城余犹未觉，见墙堞乃知至矣。及前门车站，见有候者，始知已来候三次，馆中人尽至，舆儿、宜孙、完夫均来，欣然相见，即坐马车入馆。

廿六日　晴。检《诗》《礼》，送袁少耶《昏礼》，并送唐诗与袁公，告以复来。谭芝公、王慧翁、午诒、晢子均来，夏子复来。

廿七日　晴。至参政院听宣，无所闻，唯一举手。重伯夫妇与乡人斗气，几成讼狱，请张、周往解之，云当开会。

廿八日　晴。葆生送马车来，出试之，因访熊内阁、汪秘书、陈评事，因热即还。懿自青岛来。

廿九日　晴。未出坐，看西洋小说竟日。吴小榖来。

七　月

七月己卯朔　阴。王炽昌、蔡锷来，蔡欲徙民，亦一善计，较宋参政银行条程为高，可签字也。往议院听差，出访章曼仙、宋芝田、郑叔进，章留面，郑未遇，倦还。独坐隐几，偶题一诗。广场百人静，秋雨四筵清。昌言万邦义，筑室道谋成。如蜩昔嫌沸，寒蝉今愧声。构夏信无补，吹竽徒自惊。时艰信逼促，政散乃骄盈。奇计实所好，横流良未宁。聊从庶人谤，知余日暮情。

二日　晴。许、邓、仲祁招饮南河泡，曩所未至者。约完夫同车，出彰仪门，东行里许便至。有小庄三所，两可设席，先坐南轩，后移北屋。主人及宋、陈先到，夏、陈旋至，阔安甫亦来。夕驰还，甚快。

三日　晴。袁慰庭娶妇，先满请客，后又罢之，云庄总宪所尼也。正无燕尾衣，遂定不贺。先约王晋卿同往，晋卿来已罢行矣。芝昀、安甫、仲祁均来。得函信数件，皆不必复者。柯凤笙驳签魏《元史》，欧阳绪极不平，此犹承平人习气。陈、杨夜来，陈伯皆议调史科案卷，完夫云不能，余无所可否，亦书生所断断者。

四日　阴。壬午，处暑。参政院复传人，往则已散，犹在退休室。黎宋卿方在主席，就与相问。坐久之，唯闻言公债，余昨已捐二千元，心无怍也。欲问公债集后，用尽又当何如，而无人询及此，乃兴出即还。

五日　晴凉。秋虎过十七，想不再热矣。约黄侠仙一集，谢其赠马。周妪请视四少奶，约明日晚行。欧阳小道来。

六日　晴。吴小谷请史席，实无席也，不能告之，使疑推脱，乃聘为顾问，秘书以为不可，余云聘人非他人所关，不用其谏。又增派姚常熟为办事员，又派欧阳生为主事，自此有三秘书，三主事。又闻周生言胡仁舫以史馆卖差，有类李仲仙，三可怪之一，辞差而去，廉耻人也，当破格奖之。

七日　晴。佳节闲居，视己未年又一情景。本约黄、张、陈一饭在夕，侠仙来早，遂成晚饭局。黄铁臣收熊、鹿失之，又往账房取钱买以备，荒唐那，荒唐那！完夫、子复、戟传、叔文均集。潜庵、植东、程儿不请自来，程未入坐，石甫不至，以为待夕，夕亦不至。瓜果别请宋、骆、张、杨，余俱出游，子孙亦乞巧去矣。

八日　晴。周妪呻吟，为虫鸟音，入主人心，请周生买药，遇慢郎中，至午乃还。宵芳又接去，重伯夫妻移来。夜饮陕西街，戌正还。当复书者心安、杨儿，当致谢者汤、段二将。参议院又开会，去太早，坐休息室，未正入议场，不闻何语，实当辞差，为五斗米举手耳。

九日　晴。作书谢汤复杨。得丁郎忠州书。写对子六副。

十日　晴，微热。馆中十六人公请我家四人游三贝园，午出西直门，未几入坐，席散已阴云凉焱，且将夕矣。照像两片，驰还。将至时雨至雷鸣，到门大雨，几不得入，顷之雨止，已夜。张生告去，令往访段芝贵香岩，与夜谈。

十一日　晴。晨起送张生，闻其用钱欠账，诘问舆儿，乃惹起重、梅口角。梅生大胆，乃与金德生同，亦勇将也。易由甫午至来访，即留补张缺，刘宓来无及矣。骆状元正苦作门生，幸有门生来，足申其气。

十二日　晴。董生率二袁来，云四、五公子也，无所谈。闻黄侠仙被捕，欲往问讯，殊不得暇。

十三日　晴热。尝新日无新米，唯治具召亲友以应佳节，总廿八人，女客四五家，设九席，上五下四，作包子扯糍。程生来借马，宜孙不肯，正国史馆故事也。陪客至亥，复摸牌四圈，夜热。

十四日　晴。写扇四柄。张门生女来，云其大饶优贡被捕去，与昨黄侠仙弟来求救意同，然无可着力。与夏午诒讯之，又与蔡锷都督书，托之，皆无回信。梅生来，意气犹豪。卜允哉亦来，云曲会无吹笛者。曾、陈俱携婼去。

十五日　晴。懿往天津去，窅出看陈列，独居守屋。夜月食八分，可两时始复圆。摄政不救月食，遂以亡国，亦《五行志》一故事。

十六日　晴，晨夕皆雨。办事员公请，余以梅生初至，因增一席。参政院传至总府，期以申初，因改酉初。至申入新华门，先坐门房，旋同五六人坐船至宸堂待集，秉三、皙子、次山聚谈。顷之同入居仁堂，云即仪鸾殿，赛金花旧寓也。列三排，前二桌两总统对谈，后侍坐十人，谈不可闻，凡数百句乃退，分水陆各出。即至下斜街畿辅会馆会饮。

十七日　晴。易由甫去三日，今来告辞，云送从子南还。拔来报往，不节之咎也。夏、陈来。

十八日　丙申，秋分。遣约卜允斋来，辞以异日。窅芳亦去。罗佣又疾发，非医门而多疾，恼人也。

十九日　晴。刘仲鲁、王慧堂、宁乡人来。饶氏来求救，急甚，云埋炸弹，毒饮水，皆与知之，奇想奇谈，真乱说也。

廿日　晴。梅生、芝畇均来，约夜饮韩塘看樱花。如期而往，则粗人三两，杂花四五，陈、谭对饮甚欢，亥初始散。

廿一日　晴。黄侠仙弟来，求书与袁宫保解其事。又饶妻求书与顺天知事释其桎梏，均依而与之。

廿二日　晴。午诒来，言黄事已交法院讯办，饶案甚大，已脱梏矣。晳子借名电湘巡，请禁银出口，亦依与之。完夫来，言黄姓系买得，共值千金，余信又长价矣。樱花送菜。

廿三日　晴。与书夏午诒，问纳贿卖信事，复云无影响。遣刘婿质问重伯，颟顸而已。得尹巴螺告急书，电复不能干涉，令求郭葆生。曾泳舟来，不见十余年，有须矣。夜雨。

廿四日　晴凉。外国小说一箱看完，无所取处，尚不及黄淳耀看《残唐》也。过秋分，犹有时行雨雷，其来无端，未测其理气。小道来。

廿五日　晴。连日研究谣言我受贿事，未知其用意。泳舟来寓，看其诔铭文句，摹湘绮楼甚似。

廿六日　晴。昨夜雨电，有不觉者。因泳舟晏起，余起甚晏，盖居家以早起为本，作客宜以晏起为本，早饭则仍宜早，今日乃极晏，学江南也。王霞轩、王初田两家孙曾均欲干粤李巡按，李亦纨绔，然高自位置，未必知二王也。

廿七日　晴。晨起诣总府拜生，挡驾。未下车，旋往塔僧孙处答拜，未起。又至西河沿，答拜李彬士穆，篁仙族孙也。昨来访，先又与黄、陈通问，言干脩事，又请序篁仙诗。回拜不遇，还即作序。

廿八日　晴。刘健之来运动，得川东道，将之任也。陈完夫夕来。

廿九日　晴凉。写对子横幅。欧阳伯元父子来，谋都转也。议院开会，往听差，坐休息室久之，乃入会，匆匆散。

晦日　晴。清史馆送《凡例》来，请教修史，而先起例，宜汗青之无日矣。派两协修往参之。

八 月

八月己酉朔 晴。蔡内侄来，名遂南，更有女婿彭姓，未曾
相见，亦未同来见。午后出答刘、欧两道，便至东华门内清史馆
听讲。史馆而设讲堂，所谓善学外国者。严又陵言修史要精神，
盖外国有无精神之事。精神与机器相对，他日文明，当有机器史
也，讲堂亦精神之所存矣。酉初散。与泳舟同车过完夫，寻旧寓，
篱边有新花，七八人方摸牌，入坐摸一牌而还。

二日 晴。芝昀来，报饶生枪毙。林次煌来，请写扇，为写
三把，并写对子。七相公来，云云孙亦将至矣。族人无业，闻风
驰骛，可闵。

三日 晴。李瑶琴来。黎寿承无钱出京，令舆儿以卅元假之。

四日 壬子，秋分。晴。饶生果枪毙，盐案之报也。云家有
十四女口，以百元赎之，并遣陈熊叔为治丧。盼女①来，旋去。看
唐乾一纪乱书，不及其姊，为阙典也。唐璆来，周生云非好人。

五日 晴。治具约健之、伯元一饭，兼请黎寿承、曾泳舟，
适刘艾唐来，便留之，更约硕甫同集。瑶琴迟来，唐璆不至，客
散后，余待李、唐，至亥乃饭。

六日 晴。芝昀招饮酒楼，云罗景湘作东，又有樱花，真被
迷矣。因约瑶琴，至戌始至。亥散。

七日 晴。参政七十人公吊秘书林长民，约午集，往则仅二

---

① 按"盼女"已死，当为"宛女"或"宧女"之讹。其第二女名宛，小字
宧芳，时在京。

三人至，三鞠躬，礼成而还。便访刘艾唐、戴鎏庵、任寿国，皆不遇。宋敦甫夜来。

八日　阴。芝昀需钱甚急，为破例发文书索月费，仍不可得。黎宋卿荐左绍第协修，昨属宋告以遵依，宋乃不肯，秘书之怀密如此，自书复之。完夫、刘次源、袁伯揆、叔进来，袁云其父甚病，欲与书劝归，未皇作札也。

九日　丁巳。晴。秋丁祭孔，今年始正式行礼，冕服十二章，又一景象也。盖自汉、明以来，弟二次服章，所谓谬种流传者。仙童约不脱冕来，旋有信至，云明日往上海矣。

十日　晴。曾重伯生日，馆中俱往听戏。余往议院听差，还守屋未出。龚冰如道台来。

十一日　娥芳、六云生日，例有一诗。百花生假坐请施买办，施来相访，辞不赴席，去。请曾、陈、龚、骆、夏、余父子同饭，又不专坐，时起围棋、写字，盖会食未有如此草草者，以无真主人也。本曾送余，余转送欧，以至无主，客又不到，乃罢席摸牌。又为客扰，以刘何生自湘来，偕完夫夜至，赌局亦不成也。初更俱散。新月甚明，乃作一诗补之。故园丛桂定馨山，新月依然绣户间。白发朱颜仍玩世，红闺绮语久从删。早知梦影终成幻，谁道悲欢总不关。犹有①竟床长簟在，廿年清泪点痕②班。

十二日　晴。昨出答访长尾领事侗王孙，还早饭。昨牌局草草，再留王惠堂、梅生、重伯成一局，梅、曾逃去，请卜、陈代之。程肃政禁赌，不如我之开赌为禁也。

十三日　晴。百花生又来拉访施买办，坐待半日，参政开会不往，至酉同出。误至张勋门，幸未投刺，即还。寻陇海路，施

---

① "有"，据《湘绮楼说诗》补。
② "点痕"，据《湘绮楼说诗》补。

出不遇，同伯元至东单牌楼日本俱乐部，长尾甲招饮。姜颖生车先入，余步入，伯元车去，至则蔡金台砚生先来，忠文、宝熙旋至，更有辜康生、早崎稉吉同坐，戌散。还途夜景甚丽。

十四日　阴，午后雨。史馆分金，芝公甚皇皇，未能如愿，余已倾囊矣，会计处甚热闹。宝子观亦来百日，仅四见也。作书辞馆，秘书云当俟哀生日后，盖犹万寿不递遗折之例也。新赏二等嘉禾章，泳舟云即轻车都尉之例。章亦有等，勋则有位，惜未读"民官"耳。颇公送席，即约百花来过节。哈王送花。

十五日　雨。中秋不便出游，殊令人闷，写对幅三纸。午设三席，而内外须四桌。汤颇公母寿，昨公送一席不受，即分大小碗为二席，并自备为四，集同馆廿五人于正厅，意欲轰饮，客殊匆匆，未醉而散。外来者龚如冰、欧阳父子。程、夏、杨不坐而去，余亦未饭。闻东安场有烟火，往看乃果市耳，废然而返。还又饭一盂，无月乃寝。儿孙均不拜节，尤可笑也。

十六日　阴。晨出答访袁印长，知其未起也，即还。周仲元来，言垦田事。又云孙姓饥饿，报馆责我。马通伯来，未得坐谈，以余将食，匆匆去。程康、穆庵送顾印愚相片求题。顾乃后辈中最小者，众皆"翁"之，盖又小于顾，此亦革命也。为作二诗。五尺童今化老翁，嗟予潦倒未途穷。诗人不尽沧桑感，先死应知是善终。　少年万里轻行屧，来往津门似里门。当日摩柯同看雪，正如鸡犬在桃源。夜大雨雷电。

十七日　阴。晨起题马通伯所藏文徵明八十九岁诗册："西苑即在禁城内，非离宫也，朝臣皆得游览。衡山十诗，叙述宸游，实纪自游。余自己未从内臣得入一览，至甲寅重入，遂五十年矣。怀昔烟波钓徒之句，何啻《麦秀》之感。既得频入，乃不欲留赏。视衡山梦玉堂于天上，感何如乎？然余年尚不及之六岁，或至八十九时重睹威仪，未可知也。辄题楷字记之。甲寅中秋节后二日。"夜集陈白皆宅。

十八日　晴。祖母生日，设汤饼。胡婿来迎窅芳去。得茇女书，尚未出蜀。看刘幼丹摹片，颇能贯通金刻字画，成一家言。吴光耀许以识字，则未也。

十九日　晴。看刘金文。欧阳父子来，酉初同伯元集皙子宅，午诒、邃庵、菱堂同集。待梅生，至亥始来。还已子夜。

廿日　戊辰，寒露。晴。惠堂来，云求黎副总统荐鄂巡，为作一书干之。惠堂最难安插，此计甚妙。伯元来，守看题顾生遗墨词，不知其趣也。亦待酉，与同至东安门陇海路施省之处晚饭，请二张、一朱俱不至。张会办出陪客，戌初入坐，周子廙、沈雨人尚书同席。鄂巡按段书云后至，杏农女婿也。

廿一日　晴。伺候周妪出游。至东安市场，见内操兵散归，人不甚多，停场门可半时，复至廊房胡同李莲英故宅打金钗。余步穿劝业场，至西河沿，访王惠堂不遇。过丁三、四郎同升寓，小坐，待车即还，已过午矣。惠堂在座，梅生旋来。前托宋卿递名条，无回信，欲面问之，即至参政院听差，至即三点头而散，未见黎也。还馆，惠堂已去。窅芳来打牌，夜复携金妪看灯，余假寐守门，忽忽睡去。醒已子正，人还未觉，起呼问乃来见，促令还寝，电灯已息。

廿二日　晴。晏起。郭春榆。生日，已送对，不去。黄叔容亦送对，不去。癸科琐院忆同门，相见何迟，沦落粗官非得意；甲族玉堂推盛事，流光易驶，耆英高会恨无缘。段翠喜妻丧，亦姓王，其克琴姊耶？送一联，其翁日陛受吊，古礼也。洁膳佐南陔，对入馈鱼羹，远道应悲中馈辍；成功数东伐，想亲逢犀甲，三军犹感内堂恩。

廿三日　晴。守屋一日。二王来，皆困苦不能去，因亟见之，遂见客半日。许、邓、林、骆皆愿往曲阜，办文送去，并遣畴孙同往观孔陵，或得登岱也。主计局金事来。

廿四日　晴。周妪言侠仙母思子发狂，与书袁公再请之，重伯云已将结案。今日又逢袁生日，不便扰之，乃持信去，又可得千元矣，宜令完夫知之。作二跋皆有典故，另抄稿。

廿五日　晴。岳生来，为丹子请粟，告以廪竭，云可代借也，许发百金。请许仲祁、汤颇公、骆状元去，并令宜孙同往观祭，约以夜寅初去。

廿六日　微雨。窊女暂还宁家。宋生还。

廿七日　晴。彻凉棚。考孔子生日，前作一诗，已忘之矣。《史记》记襄廿二年孔子生，与《春秋传》差一年。《史记》不容误，《传》亦不能误，盖所据各异也。记生为张三世，孔广森知之。《公羊》用殷历，则说者不知。其差一年，则断不可合，盖《史记》用《左传》，故与二《传》异耳。十一月无庚子，则不容误。孔《诂》遂删去"十有一月"四字，云从《释文》本，盖说经者见《穀梁》在十月，因加"十有一月"四字。故当定孔子为夏正十月廿一日生，为合经史。曾文正所谓臆说家也。苏书霖来。

廿八日　阴晴。颜小夏从子来。黄侠禅来，云前书曾重伯未出相示，又可怪也。王惠堂请书与段芝桂，张百祉请书与刘幼丹，皆依而与之。王初田曾孙求派调查差。午诒来，言夫马费当移与朱生，以报救命之恩。

廿九日　晴。完夫、戢传来，公请保送刘、何，四人皆可笑。午后访徐花农于米市，云到孔社去矣，即还小坐。泳舟欲看诗钟会，周生从行，驷乘而往。会者毕集，待郭春榆为客，酉正郭至，后无来者，三唱罢会，设三席。大雨忽至，夜风甚凉，曾伯厚、郭春榆、关颖人俱送我于门，还已子初。

九 月

九月戊寅朔　晴。牧村儿书来，荐其弟为办事员。庭树为藤缠，呼童去之，明日想无藤矣。夜书论诗法七页。与杨潜厂往车栈夜游。

二日　晴。丁巡卿今日开吊，今日分赴，欲不去，嫌同寅、同章二谊有妨，作一联挽之。抱叶等寒蝉，愧我仍居参政院；嘉禾拟文虎，输君曾上大观楼。此本拟俞荫甫而作，以其近戏，改书一联。回雁昔停船，共说方州恢远略；弘羊非计利，要凭徐核挽颓网。书成即出。未逾一巷，马惊，败绩而还。众奔慰问，亦不知何因致倾覆也，平地翻车奇之奇矣。袁珏生分赴，亦书一联。旌旗满眼更相逢，取别匆匆，方期同看琼花，官阁开尊重赠簋；湘皖讴思争述德，横流浩浩，纵有一床牙笏，版舆还第怆居庐。幼安妻乃曾彦姊，本其内亲，故语必及其妻，而讣云其母为左氏，则未之闻矣。王同彝坐候一日，得移文去。懿云周儿得贿，误之甚也。流言往往无根，不及报馆有影响。

三日　晴。写字崇朝，安坐一日。许仲祁、汤颐公自曲阜还，云衍圣公并不与祭，无主人也，乃以康圣人之弟主祭。宜孙留天津未归，已登泰山。

四日　晴。问王初田曾孙领札事，云众不肯发，可谓至怪，天下奇事多，指鹿为马，犹有指也。参政院开会，议森林，亦劳口舌，语久不能辨，问李湛阳先生乃知之。会散，又论日本事，外交二长来谢过，初不问计，亦坐至一时许，亦奇事也。滋女移去，为避修造。与书三妇，交佃户自修。外孙彦华廿岁，设汤饼。

五日　晴。鄂生孙积诚，字少明，取萧小虞女，来请客，书一联送之，自往答其父礼。林次煌知宾，云徐寿蘅故宅，分花园出租。新人未至，不欲久待，便至十刹海，主人未至。访张君立不遇，裴回汉堤，日落时仍至会贤堂塔云樵处，烧羊宴同僚，来者仅孙、顾。孙似相识，顾云蜀人，今为局长，纵谈时事。万公雨今早来，亦论时事，皆空谈也，实则待尽而已。宜孙从天津夜还。

六日　晴。颜栩来看帖，误以为顾栩，疑印伯儿也，问亏空事，乃云不知。又言在鄂曾相见，心知认误颜也。复询其父叔，云皆在蜀。宋生又引张勋幕府来见，姓万，字公雨，江西省城，倜傥可谈。陈甥庶弟夜来，未见。云梅生家娖来。

七日　晴。朝食后至长椿寺吊袁珏生，其兄弟十人，似未尽来，亦未遑问之。陈卓斋知宾，将设席，辞出。东行至长郡馆，误至上湖南馆，唐、贺生延入，云何、刘均在此，未得相见。便至对门访长郡馆，已迷向矣，贺少亮弼见谈。今晨暴下，不欲久坐，乃还。孝达长子权来，答昨往访礼也，殊为客气。问莲生、伯熙后人，云莲生儿在江南，忆曾一见。收藏多散，唯午桥家皆存耳。张家亦无多藏，故不得言散失。将夕去。胡氏外孙来京。夜见初月甚丽，欲为一诗，未成而罢。

八日　晴。孺人生日，为设汤饼，年正八十一矣，逝已廿二年，可谓迅速。赵小扱求字甚急，黄侠仙妻适来探问，对客写字数纸。常氏外孙女携女来，云其母急欲售田妥债，许为助之。盖其父欲骗，其母不肯，致参差也。

九日　雨。午诇约同乡京机十七人大议浚湖，戴邃庵先生所发起，为筑圩者反对，亦周仲元之反对也。昨问周，云皆金钱主义。倭人以财为经济，中国则以经济为金钱，此之谓通东西洋之学。未午客来，来三四人，参政院急追乃去，至则静坐，顷之熊、杨踵至，亦会客也。被追而来，来则坐待，半时无一言，及宣布又不知何事。严又陵继上台演说精神，四钟会散，与皙子同车还，客已去矣。饿甚，食面、饭各一碗。完夫犹未去，与杨同去。周妪侄女来，并一李姓送来，欲修史。

十日　晴。秘书议送徐相国寿对，请泳舟撰二联，嫌不切题，自作之，不可移一字，奇作也。多士师为百僚长；廿年相及杖朝时。但不对耳。徐乃不受，此非我瞎巴结，亦袁世兄骂张凤翙之过。得庄米汤书，即复一函。

十一日　晴。昨日不能登高，今乃得佳日，所谓"残花澜漫开何益"也。北中菊乃能应重阳，南中必不能，戏作一诗。长安菊有应时花，尽入王侯将相家。紫艳黄英好颜色，不甘冷淡过生涯。

十二日　晴。参政院又传往，坐二时而出，不知议何事，颇有里手，非余所能也。融观索书，为书一页。

十三日　晴。王采臣与李劲风参政同来，李即天顺祥火计也。王示三诗，大有志于吟咏。

十四日　阴。午出答访吴绹斋，便出前门，至天顺祥，入陋巷，不见店面，云已至矣。还作一诗以赏秋景，微雨湿地，颇似冷露。

十五日　雨。晨起送诗采丞，午为塔云樵书徐寿联，便消一日。

十六日　雨，连夜至午未止。不出户庭，坐房中看菊花，亦无归思矣。董冰谷夜来，言馆事。卜女送菌油。

十七日　窆女去。两秘书均来，云董生问馆事意见何如。余云但令人理发钱事以省烦扰。盖本意欲调剂翰林，今乃以为当然应得，故思裁去，又未便狐埋狐搰，故反为难也。孔子以女子、小人为难养，何今女、小之多。

十八日　晴。风已一日，成冰，众议生火，又当大费，姑缓之。仙童来，言上海事。因邀往章曼仙家听曲，宋伯鲁亦在，对本宣科，共吹四套，饭罢又吹一套。夜还已亥，正月明寒轻，尚不似冬。

十九日　晴。黎宋卿生日，晨往门贺而还。道中作一联，又作二诗，记曲会。

廿日　晴。晨阴，云有雪片，未见也。先孺人生日，未设汤饼。思南中两家亦有离散之象矣，余则方欲尊周攘夷，亦可谓妄想。

廿一日　戊戌，立冬。夜卧甚暖，外有大风。曼仙来，诵所作，甚有格韵。黄侠禅与其嫂同来求救，无以应之。宵芳夕来。

廿二日　晴。外云青岛已破，又夸张德国火器，云英夷欲迁都避之，又言俄军能战。孺人忌日，子女素食。余则出应翰林公招，亦未合礼。大集江西馆，有卅余人，杨悍吾亦在焉，酉往亥散。夜闻外喧语，未知何事。

廿三日　晴。晨闻方僮言刘婿昨发疾甚危，夜扰扰者为疾也。今日懿儿生日，卅九岁矣，殊不觉久。

廿四日　晴。窊女生日，昨夜其子迎去，今遣妪往，作汤饼客，以鲟鲊与之，制尚未熟，仅饴以枣糕耳。萧少玉来。午前纂、协修俱来。林先辈立逼写对子五副去。

廿五日　晴。懿回天津，去未面辞也，本未留之，与张孝达回任不同，亦为朱士焕索书一幅而去。杨儿频寄食物，求信荐，前复一书，似未达，再书谕之。日本使来生事，又是一折。

廿六日　晴。作章价人墓铭，欲简之而不得，及作韵语，仍宛转如意，是吾生平长技也。"劦"字忆在《洽韵》，寻之不得，又一奇也。重伯兄弟并有新诗，词藻均丽。令作锅渣再进，浑不似，误以南厨为北厨，后乃悟焉。

廿七日　晴，大风。遣鲁瞻儿送文稿与章，章示联姻世谊也。未至参政院，人来甚多，今年第一会，所论只强奸事，殊不称此大会，待散而出。胡婿来，和诗亦自妥善。黄丙焜道台来，子寿从弟也。

廿八日　晴。风息反觉寒。酉初出城，至椿树巷答访黄道，前熟游，寻李聋处也，今迷门巷矣。又至铁门安庆馆，大会翰林，亦以余为首，实乃最后辈也，无晚于我者，亥散。宋生犹未还，云众人指目为保皇党。又有肃政使建议保皇，不知为分谤分功也。

廿九日　晴。送书袁世兄，请交印章，已三诣光苑门矣。写对子数幅，日光已匿而罢。

晦日　晴。欲出，待命未去。刘君曼来。颜达庄枌来，云其祖母遗候。尹昌衡自备资斧，可谓有姻谊也。尹于妇家虽厚，性情不足称之，盖近日伟人均无人理矣，于此知风俗之薄。所谓夷狄之行，浸淫中国，甚于洪水猛兽也。

十 月

十月戊申朔　晴。黄芸轩来，曾在蜀逢乱定乱，云卅年未还乡。父号子琳，子寿从子也。夜闻外扰扰，不知何事。

二日　晴。宋芸子一夜未还，云已被捕，皆言前半月已有风声，云系宗社党。社稷臣而为党，党名所未有也。孙少侯请饭，岳生云不可去。夜间警察兵来搜宋行李，谭芝公皇皇如临大敌。四妇又从天津来，当遣车迎，故未赴席。

三日　晴。夏午诒来，言外论方喧，不可即去，当待数日。陈子声自湘来。得曾岳松书。

四日　晴。参政院发会，以复辟为邪说，亦骇闻也。乃系我署名，未能驳之，坐一时许而还。

五日　晴。饭后出答来客，便过礼士胡同答孙道仁。入海岱门，久未至矣。又过锡拉胡同王莲孙旧居，未能往看。亟过子声处，亦未暇谈，因饥而还。鸿甥辞往浙。

六日　晴。写册页，录高丽人文，因论儒术。请泳舟作诗，未得如意。今日癸丑，小雪。

七日　晴。作王欣甫诗，应陈孙婿请。即遣四妇往看接脚孙女，彼处太少往来，殊嫌疏简。

八日　晴。陈瑜无故送礼，却之，又因芝畇送来，未知何意，殆所谓未同而言者也。或云系小石文案，与舆儿有旧，曾为实缺道员。刘艮生来，改号蔚庐。

九日　晴。写字半日。庄问韵书，因《尤韵》最杂，欲为分出，草稿未就。又思写一《全韵学》，吴彩鸾复取《东韵》抄之，亦无头绪。淑官自天津来见。

十日　晴。纂、协修诸先辈来。夏、陈兄弟、杨生父女均来看，竟日谈话，至晚觉倦，初更即睡。

十一日　晴。章曼仙昨送润笔，久思请客，以芸子在禁未可。芸子谋专馆事，致此披昌，亦可惜也。纂、协修又来生事，云谭芝畇所倡。芝畇责我不当把持，不知当属谁主，此又在芸子之下，皆我所用人，我又在其下。曹孟德当复笑人，诸葛孔明得以自解，皆从孔子言宰予起。

十二日　晴。饭后答访艮生，因访王铁珊，又诣夏子复、赵春廷。还，发知单。议湖南存款宜作公用。

十三日　晴。买照帖数种。晚赴羊肉馆会饮，赵为主人，刘、王为客，王先来已去。又一军官，不知其姓，似是周家树。宋芸子儿来检行李，云明日当递解。

十四日　晴。欲送芸子月费，账房无钱而止。遣舆儿往车站送之，又私送廿元，遣周妪送去。

十五日　晴。作张雨珊词序。正式公文辞职书，招岳生来示之，岳云与谭有碍，谭自在外宣言也，岂有是耶？理当辞别，亦不能顾谭，实非为谭辞，亦无为谭留之理也。

十六日　晴。写字数幅。廉万卿示其妻书画，不惜资本，皆付石印，或云弄钱一法也。夜赴赵春廷酒楼小集。

十七日　晴。先府君生日。适湖南开会议事，因招艮生、刘君曼一饭，并及赵春廷。会者十余人，茶罢自去，留饭者七人，刘亦辞去，君曼往天津未还，惟黄丙昆、谢涤泉、陈子申兄弟、颜栩同集，肃政使自来。赵至夜来辞，云总府有召，归已晚矣。

十八日　晴。昨公议请存公款，推仙童主稿，今送来稿不对马觜，为另作一稿，送熊总理定之。熊又不取，即推熊作之。观察招饮东城，张君立招饮西涯，飞车来往。便答访廉泉，因为题姚广孝画，以示君立，宋芝山、沈子封、姜颖之均在，皆云照片也，君立又出姚书《石涧》诗卷相示。设馔皆蔬笋，甚精。

十九日　晴。廉取画卷去。午送呈稿，请熊另作，便留夜饮。袁伯葵亦来，为主，客皆同乡，艮生、夏、杨、陈、程均至。高丽人金醉堂为客，此集为盛矣。

廿日　晴。史馆人索钱，作公文与财政部，请停发薪水以抵制之。写字一日。张仲卣来，言公款当分析存之，是一计也。冯公度来，履初亲家也。访段香岩不遇。

廿一日　戊辰，大雪。晴。今日当附车南旋，因无钱不果。看《楞严》一日，殊不知其用意，但文思不穷耳，若此何名为经。

廿二日　晴。为陈白皆题十八景，因及隐而达者。又为冯题《北学图》。张仲友来，请写词序，因及公款掌管事。

廿三日　晴。看《楞严》，又买韵书，价贵不要。段香岩夕来。杨桂秋及方、李建筑员同来。

廿四日　晴。欲出送桂秋，云已去矣。车正修轮，亦不能出。丁星五来看脉，舆儿病已数日。

廿五日　晴。舆儿生日，亲友俱入贺，设汤饼三席，或云九月小尽，今廿六日也。

廿六日　阴。纂、协修送席，即邀一集。谭芝畇觐见来，始知史馆为我专政，彼亦自谓衙门中人，不外调也。门生不闻不问，又欲索荐。宠女还视婿病。懿妇归，迎母车站，夜携孙女来，已长成半大人，二年未见也。

廿七日　晴。曾观察送一品锅，意在二品官，无风吹上青天，但学王凤姐，落得吃喝而已。张蟹庐肃政使来，求父铭志，先送水礼。夏午诒来，写遗属托之。孙女夜来。

廿八日　阴。作张墓志。完夫来。王正雅按察来。

廿九日　晴。张志成。出，答访张、王、陈宝书，至参政院辞职，缴还徽章，黎院长不收，乃自取回。

晦日　晴。郑探花请作墓志，并代陈兰浦孙请写"孱守斋"，云陈有兄弟与同年，故来往。

十一月

十一月戊寅朔　晴。懿妇往母家未回，孙女亦同去。作郑墓志。曾泳舟移去，饶宓生来代黎殷勤。

二日　晴。董冰谷来，请书宫绢。宧芳来。

三日　晴。看小说，写《圆明词》，作二幅。周肇祥请题图，已作一诗交袁公子，又来相寻，许再录与之，幸周生有抄稿，不然全忘之矣。曾泳舟又来辞行。

四日 晴。晨起写绢条毕，又抄郑志稿与之。召程季约问撞钱来由，程云不知，罗卅竟荒唐耶？

五日 晴。得电报，看事员丁母忧，赙以廿元，衡城无东道主矣。夜起，见庭中似月光，讶其落迟，陵晨视之，乃积雪耳。袁四公子来学诗。

六日 晨起看雪，犹有搓绵，喜冬至郊得瑞雪，天亦三年不食矣，岂喜于得礼耶？作诗志之。夜寒忽微和，时雪曜祥霙。良辰接至日，晏处共斋明。郊坛旷高寒，懔栗俱宵升。圣相总隆礼，□□①肃精诚。练候岂无感，神哉沛先灵。九衢既平直，四海庆丰盈。麦苗信有孚，荔挺仁微馨。余昔赋龙衣，徂年复自惊。幸无缁尘污，归与闭柴荆。以示袁四公子，为发蒙学诗也。梅生来留行。

忌日 甲申，冬至。素食。左笏卿给事来。梅生又来，即请作陪。杨、程、陈、夏俱来。便坐半日，忌节俱冲破矣。得珰报起程日，欲往迎之。夜寒。

八日 晴。稍煊，始有日气。完夫招饮酒楼，便答左给事，夕往杏花村，韩塘旧不雅会，今歌台游妓均散矣。杨、夏、杨、陈、稈俱在，亥散。

九日 晴寒。写字半日。夜赴西华门杨家饯席，午诒亦为主人，客增一丁，亥散。还作一诗。闻云门来，遣探未得。

十日 晴。写字了笔债。梅生来，言印不出衙门，乃以尚家为公署也，可谓画地为狱矣，亦宜从之。昨闻杨母病，遣其女往视，乃云宜孙乘车出，命雇一车，索价二元，长沙避兵夫价也。未及雇定，杨车来迎，乃命懿妇去。探云门实未来，云今夜可到。

---

①《大中华杂志》第一卷第十期此二字作"翙翙"，其他字间有异。

十一日　晴。纂、协修公饯，设席隆福寺，先往打磨厂看云门，寓居门外，以示不久留也。劳问来意，云就干馆。尚未朝食，乃辞出，到寓小坐，仍至东城寻隆福饯，乃在饭馆，共十一人，重伯不至，未夕散。

十二日　晴。料理归装，作诗一篇。众云宜夜上车，免早起霜寒，乃定夜发。戌初至车站，送者数十人。亥初车来，乃上行李，亥正开车。洋人必欲用公被，余必不肯，亦可笑也。

十三日　晴。车中甚热，过河桥，出山洞，皆睡未觉，醒时已过矣。宋敦甫来谈。

十四日　晴。过武胜关，又寐未觉。辰刻到汉口，寻神州馆暂住待周妪，已改牌天心，不知何意。作书与袁慰庭。前上启事，未承钧谕。缘设立史馆，本意收集馆员，以备咨访，乃承赐以月俸，遂成利途。按时支领，又不时得，纷纷问索，遂至以印领抵借券，不胜其辱。是以陈情辞职，非畏寒避事也。到馆后，日食加于家食，身体日健。方颂鸿施，故欲停止两月经费，得万余金，买广厦一区，率诸员共听教令，方为廉雅。若此市道开自鲰生，曾叔孙通之不如，岂不为天下笑乎？前拟将颁印暂存夏内史处，又嫌以外干内，因暂送存敝门人杨度家，恭候询问，必能代陈委曲。□□①于小寒前由汉口还湘，待终牖下。奉启申谢，无任愧悚，敬颂福安。□□②谨启。附启者，觐见礼服，夏热冬寒，众皆不便，宜饬改用中制。隆福寺饯席。东门帐饮地，知足在明时。兹来值文坠，适馆慕雍熙。群公喜簪盍，翔凤复成仪。虽惭览辉德，庶无巢幕讥。朔风送南辕，暮岁告将辞。亲知惜欢会，论别始伤离。无田亦何归，旅泛信非宜。本无行藏计，会合安所期。春华有时荣，崇德或可师。□□③。易、张两年世侄来，易仍留饭。未夕，后车已至，饶家二人、卜云斋、国安同来。夜看报，又写对子二幅。

---

① 缺字为"闿运"自名。
② 缺字为"闿运"自名。
③ 缺字为"闿运"自名。

十五日　雨。易、张照料未去，云有浅水轮船往湘潭，可附以行，省拖船费，亦足相当。乃定附载，计一行十七人，均坐官仓，所费亦不过百元，皆大欢喜。旅店送晚饭，大风上船，饭菜俱冷。

十六日　午正开行，辰见日，已而阴寒。至夜泊芦林潭，云水浅不便夜行。有雨。

十七日　午至长沙，正欲上岸，汤铸心遣轿来迎，径舁至又一村晤谈，便坐轿还家晚饭。仲驯及陈白皆子均来照料。夕至贡院，看刘幼丹前辈，已上灯矣。从行者各还其所。

十八日　阴。来客甚多，幼丹谈最久，言作五千字文，囊括世事无重字，甚得意也。卜云哉来。

十九日　阴。昨寒，今稍暖。来客仍众。彭石如幸相见，并率其从子芝承来。程子大、易由甫来。

廿日　晴。汤铸新来。将军久不出，今骑马市行，盖以巡按不深居也。梁和甫来，写挽联，便交之带上。程初、王启湘均来。邓婿时来窥阃，多言无忌，禁之不可，殊羞恼人。

廿一日　晴，晨大雾。三、九女自衡来，先遣申孙来报，罗佣亦还，云恐无住处，妇女未敢来城中。机关陶子泉、潘子臣、雷以动来。雷，松滋人，云丁忧不从政，行心所安，不从夷俗也。此皆陈仲恂所招致。包塘叔来，诉雅南佃田事，云戴明德知之。即遣戴往一看。

廿二日　晴。问城中人，云是廿三日，纣不知日，今无微子矣，姑依而推班，故不书事。

廿四日　雨。昨待桂娃出城，乃一日不还，云看公馆，绅而作官，亦可笑也，遂不果出。

廿五日　大风。舁出保周女婿，特至张竹樵处，云已定罪，须回巡按。俦张为幻，乃至此耶？遂出城看先茔，神道石已复立，尚少内阑耳。八十四年忽被盗侵，思不得其理。往问萧佃，云费力办贼。有杨姬为子求事，云斯文人也，亦当诺之。唁胡道，答陶厅。叶家催客，往则已集，一谢家钰，同县诗人，一陈姓，未问其名字，叶子出见。周印昆亦在，葆生后至。写"寿"字两个，单条一张，初更还。似酿雪。

廿六日　晴。周门生来，云史馆派杨度护理。又见长沙报，已放副长，谭芝畇得所冯依矣。张竹樵来，云预备楠木厅，故相府，亦史馆长居也，喜而谢之。马先生书来告病。看谢诗，为作一叙，未成，有客遂辍。

廿七日　晴。三妇、外孙妇、小孙男女均自乡来，云六女不能来，亦可伤也。王氏三代来，家中铺张四灯蕤，须钱三十万，亦从来所未闻。

廿八日　阴。衡州门生来三人，常婿亦同来。将、巡为我开会，设坐作生日，今日馈祝，当往应酬，家中留吃面去。酉正往，招妓女，四十二人皆屠沽，无一个贤人，而蔡虔侄、周小门心醉焉，殊不知其所乐，真有一见甘心之癖。诸人推葆生提调，将、巡各派一人办理公事，而有女乐，此孔子所谓猱杂者，乃悟学室作戏场，即斩侏儒之报也。欣然坐视，不发一语。至宵分，问四十二人到齐，乃敢辞归。夜雪。

廿九日　雪。众以为瑞，余亦欣然。晨拜庙受贺，乃往会场对客。幼公自来，铸心在城外不至，客无新异人，惟交通银行一粤人，入谈颇久。携周姬遍至空房，皆如闹市，出坐听戏，至亥乃辞还。周桂娃娑索，周绍一命送警察惩责，乃云不受小事。民国纵容，正人甚怪。若自责，警兵又来干涉，是纵奸也。

十二月

十二月丁未朔　雪。设戏席酬客。武学报馆送序文对联，皆酬以馔具，凡十六筵。午往听事，至亥乃还。厉责周子，殊无悛容。蔡佺亦不知愧，教育之不讲，亦时会为之，无如何也。袁海观弟二子亦来帮忙，忘问其字，大要为女戏来，或亦葆生所招。

二日　晴。朝甚冷。收拾借馆，顷刻而毕。儿女均出游，房妪亦去，留余一人守舍。尧衢书来，送土仪，即作答谢之。

三日　晴。待饭不来，云米多，釜不能胜也。赵婿、卜女来，留之，均云有事去。湘船、衡生均去，留人待行，功儿又留我在城，云省往还。周亦有怏怏之色，因此又不往衡矣。

四日　阴。常婿来告穷，告以今无所谓才不才，皆未知命尽何日，盖乱世本为挫抑贤知，示造物之权也，不肖者宜皆得意，正公等扬眉时矣。

五日　晴。写对子三幅。理安妻来，不识之矣。云欲干何寿林，告以何夫人今在此执役，不足求也。得二杨书。隽丞小女魏漱娟来见，留饭而去。

六日　晴。蔡厨亦欲资助，令周妪借廿元与之。惜罗僮还乡，未能大助之也。一夫不获，时予之辜，若己推之，我亦任公耳。

七日　晴。静坐观世，亦有可乐。昨晨邹师、张尉、林统俱来，谈笑方哗，内容各别，于诚有之，巧亦徒劳，于此乃知佛言善哉，诚有意味。纯孙自浏卡还。萧文昭、张起英均来。夏子鼎亦来，求为护官。今日癸丑，大寒节。

八日　晴。作粥不成，殊为可笑。刘督销生日，遣孙往送礼。周翼云来，言刷书事。

九日　晴煊。得京书，言冻死三百余人。陈子声来，以误传未见，夜往寻之，并过邬师看诗。

十日　晴。写字数幅。梁辟园来。宁乡周翁来交条，及去，失之。二彭来谈。

十一日　晴。门生不闻不问，求诗稿不得，言能作语录者妄也。周翼云复来，已至湘潭一往返矣。

十二日　阴。陈仲驯每日必来一二次，常婿亦日必晨至，邓婿则日求一千而去，皆日课也。常事不书，故或略之。汤、刘并有书问，则皆报人干请。萧文昭求数十元，云可得之。张松本燕烤请客，不知其意，客半不来，惟叶焕彬畅谈往事，云曾奉诏逮，初未闻也。程子大晚至，已出头菜矣。

十三日　阴，有雨。两女看船，将还其家。幼丹请客，未去，客已半集矣。有白须翁不相识，云是黄宅安，乃老至此，又肥短不似前见时。魏、贺、吴、胡皆府寮，吴则新山长也。未夕散，还，问女仍未去。

十四日　阴。真妹婿生日，往贺，携女同去。出答督销，颇有骄色，为言谭进士，云是风子，余云风子不妨当盐差。出至臬署，张竹樵招饮，更有谢、陈二武员及龙郎、葆生、颂年。

十五日　阴。纫、真率子女俱去。珰留度岁，助以千元，使还各姻家会本，以其婿将骗账，珰义不可，犹有信用也。潘学海请明日集饮，陈毓华列名，亦当一往。今日曾祖忌日，素食。

十六日　阴。彭石如为从子求银行，转托陈仲驯交银行总理，未知效否。夕至船山校饮，即浩园门房所改，又割水阁之半，设便坐，同集者皆不相识，尽科员也。有次青、定安两家公子，是曾相见者。

十七日　阴。汤铸心送信来，为张尉求差。财政厅又送庸松扎委来，告以庸松荒唐，不可经理银钱。送张信往湘潭，将以卜代张，故交卜去。

十八日　梦雨如尘。宗兄昨来，盖将从我过年。七相公子来，则索债也。接脚女亦索债。卜女告去，先以十元资之。计零碎开销尚当二万钱，牛郎债也，尚须弄活。

十九日　有雪霏见白，大风。报馆诬周妈受贿，遣问根由，轿夫均出，遂不得出城，亦借以避风也。周妈屡致人言，理亦宜如王赓虞之请去，惜无御史弹之，朝廷则无以飞语去人之礼，故遂不问。

廿日　雪仍未成，风又稍息。萧叔衡求信与蔡松坡，进士失路，乃求学生，斯为下矣。令作一稿，甚妥，及手写，乃尽易之。

廿一日　阴。欲待仲驯查办周妈事，彼日日来，今日乃不来。预备迎春，作煎饼至夜，功儿父子遂不睡，待鸡鸣，四屋爆竹声，余亦欲起，逡巡不果。

廿二日　戊辰，立春节。阴寒。尹和白、徐甥来。看杨哲生诗。王惠堂告归鄂，劝以当奔妻丧，不听，乃求书与段上将，依而与之。信中论不要钱，以箴其短。

廿三日　阴，有雨甚寒。雨结树叶成冰，胜于刻楮，所谓树介也。严生雁峰专人来送书，行五十日始至。周润民子求作志。至夜待送灶乃寝。

廿四日　阴。佣工过小年。卜女又来，求片与朱儿，论李氏捐田事，云周震麟能逼人交契，今朱铁夫便卡不还，皆情理外事，可广异闻。

廿五日　阴。胡师耶来，谈杨玉科家已赤贫，其次子恃典屋过年，其三妇欲分典价，皆来请托，为告财厅。又与书幼丹，令释散系，并告铸心请之。七相公妻来，携小女，啼声甚壮。

廿六日　阴。七妇去，与以十二元，未厌其望。接脚女来索钱，则与以廿元。长妇则助以卅元，分三等以示义扬休，以为当分润。满老耶来索钱，则一无所应，于做主体制不合，于土财主例亦不合，斟酌古今，庶几温公书仪之义。

廿七日　阴，有风。试作周生墓志，未满一纸，杂事相扰而罢。看严刻《戴震集》，段玉藏①乃非外孙，岂王伯申之误耶？

廿八日　阴。陈生来邀出城，云铸心待我。朝食毕而往，至校场前，已作大屋，小坐便设食，饱未能食，亦终席而出。同坐者五人，除陈生外皆不相识，云是参谋类也。入城又吃团子二枚，旋晚饭一碗，夜又吃包子二枚。

廿九日　晴。晨访和白，殷殷相留，恐扰之，未久谈，还已巳初，尚不得饭。复帅功诣刘漱琴、黄瑾瑜，皆未起，仍还。待饭，作糯团。送幼丹滕一绝句。料无清水饮清官，近市传餐尚有盘。好与东坡祝长健，今年馈岁有吴团。

除日　晴光甚丽，俄而阴沉。携周孙步出，看李道士祠，已改学堂，门外徘回，不能入看。还行数步，功率曾孙女来迎，至本街，两孙及孙女亦来迎，同至王园探梅，皮鞋累重，一步一拖，急返愒息。申正年饭，亥初辞年，行礼毕，受拜，遂至客堂祭诗，彻馔，饮屠苏，已交子正，稍倦遂睡。

2437

---

① "藏"，应为"裁"之讹。段玉裁，清代文字学家。

民国四年乙卯

正 月

乙卯正月丁丑朔　阴。将辰正始起，盥毕拜三庙，受贺。科举既停，状元筹亦未随来，坐房中摸雀。酒徒、邻女来相搅，甚不静，便出坐前庭。黎生、卜云斋、马太来，黎、马久坐，遣迎陈子声不至。又入打拖，打地炮，至子乃散。

二日　阴。朝食时子声、邬师、黎寿承入谈，葆生、胡师、易郎旋来，至未初乃散。

三日　晴。今日忌辰，例不拜年。凡来者皆新人也，一概不见。作周道洽志名成，命宜孙誊写，且喜幼孙亦能书矣。

四日　雨。写近诗寄严生，又作书复之，并命功与妹书。

五日　阴。蜀使由陆行，未能提挈，仅答空函耳。云轮船上水须廿四元，为航路至贵之处。五中日号为佳节，未知所由，云工商结账日，故有肴馔，吾家向无办，孺人始令犒顾工，今遂有八碗之设。红船来拜年，任、陈代表。

六日　晴。请任、陈一饭，子声适来，因并留午餐。

人日　晴。携房媪过市，看省城隍祠，头门已起墙矣。左伯侯威灵不及定湘王，亦可知神鬼犹有资望。作酪煎饼，检阅旧诗。刘南生来。

八日　晴。余子和母妻来求情，遣桂童往问警厅。蔡虔侄来，云已取消册元矣，大快人意。林次煌书来求救，云谭已逐出，彼更冤也。

九日　阴。夜雨雷电。雨水，在惊蛰后，古历是也。看旧作竟日，又看《仪礼笺》二篇。周门生来。谭进士与宝臣同来。滋送菜饵，遣五相公致之。相公又率一人来，未住宿而去。

十日　阴，有晴色。写对数副。与书杨生，荐谭拔贡入史馆。一姑娘来，不甚识之矣。

十一日　晴煊。早饭后出城，过葆生小坐，循火车路上冢，过碧湘梁家，未遇。刘南生云有干馆，待人荐，故欲我荐彼也。入城过臬署，视门牌已改警察厅矣，入问余子和，云已定案。还摸牌。午饭复庐，周伟斋请新亲家，二舒、任师、李七、陈八、程初、陈可亭、江西万生同集，八十以上人遂有三人，真朋寿也。

十二日　阴。片荐刘生去。和甫旋来问干馆，云全无影响。夜饬房妪，不听话，甚怒，叱之。不意老年犹有此怒，心头火未减也。夜雨雷雹。

十三日　阴风。胡瑞霖昨送席，正欲留徐甥一饭，因并约允斋、和伯、黄仲容、杨仲子、徐甥、易味愚同集。东洋人来，和伯入，见之，逡巡告去，云午后再来。午后客陆续来，未夕散。

十四日　阴。卜女、胡师、张金旸来。值风子闯入，语无伦次，乃避入内。彭鼎珊石如来，约其明日来过节。刘生必欲去，不能留也。龙灯颇盛，犹似太平时。日本二人来谈，云不取中国矣，真太平也，惜王赓虞不待耳。滋携妇、孙来。

上元节日　晴。作两书，一与大同干赵将军，一为胡师求刘幼丹。日本野田昨送卧单，以腊肉、汤圆报之，还云已去矣。夜受贺，看花爆。

十六日　阴。湘潭船来，请发书版，以省城不便刷印，令载还，索钱未与，适局船来迎，遂得移装。钱仲青居在它[1]后，易萧

---

[1] "它"，应为"宅"之讹。

请饭，步过钱门，未入，旋至易饭，余父子、徐翁孙，又有报、学两界三人。写字数纸，入席，散复写字，则手战不成画矣。未醉而如醉，可怪也。

十七日　阴。三女、三妇均去，余为钱所留，程子大又约廿一日一集，故留船，待五日后乃行。仲仙送册图请题。舒湜生来谈，适仲驯在坐，因约明日赴幼丹公会。

十八日　阴。舒议员来，云巡按会系舒与何生发起，当往一议，遂与仲驯同去。要人皆不至，唯老朽数人与新学数人、机关数人。舒言甚详，而意在影射，与巡按同，均无着之款有着之用，余略言其早计，遂起而出，并无莲子，又一大会也。至郭园，钱与行主唐设席，郭炎生、周印昆、郭印生、米捐局同坐，二更散。

十九日　阴。梁和甫得陈沧洲像，上有何蝯叟诗，极其恭维，余为题记，证其前题人皆沧洲师友，不可去取。沧洲恶湘潭人，然湘潭人不能恶之，亦人杰也。

廿日　阴。料理行装，谢客不见，摸牌亦无人。

廿一日　丙申，惊蛰。程子大约曾、傅、吴、黄、麓泉。报馆公请。约午刻，未午来催，云在郭家，往则诸客毕集，皆机关上人，不见一主人，疑其错误，郭云不误，乃改早也，因留同集。酉初至议局后街程宅会饮，二更散。大风。

廿二日　阴。本约今日行，因余欲酬客，定今日，客请改明日，不能不从，因留二日。遣房妪押行装上船。

廿三日　阴。舒湜生设宴烈士祠，即曾文正祠俱乐部，因大风不便游览，客又怕炸弹，饭罢即散。诸客又约还席，再留二日，亦不能不从也。写字数十纸而散。

廿四日　阴。徐甥自湘来见。陶思澄求差，云无好事，又不敢相烦，徒劳请托。

廿五日　阴。上船看景。慧孙从来，曾孙女亦来，小坐仍入城。至养云山房，诸厅设宴还席，舒议员不至矣。夜仍还家宿。

廿六日　阴。未饭上船，已将午时。行久之乃至靳口，北风将起，惧暴发，命舣枯石望。风号舟簸，竟夜未解衣，仅一食，亦不觉饥。

廿七日　北风仍壮，然不甚顺，半帆行，至申乃泊九如马头。岸上来迎，辞未上。傅、陈、戴、徐诸人来。

廿八日　阴。写字无桌案，因上岸至局写半日。局中送菜。保安局、育婴堂又公请，万娘子为代表，可怪也。晚席甚晏，待久之，甚饿。上船见女轿，云板石杨家，以为瑞生儿妇也。已而还局，见罗知事后又一女人，则梅生次妇罗氏，请我居其家，辞以异日，乃去。至夜乃得食，八人为主人，皆不记谁某。夜还船，置办米、盐已了。

廿九日　阴。待买菜，雨已至。巳初陈开云派船护送，辞不可却，又送去两千，并红船过万钱矣。午后乃入涟口，觉身心俱泰，将作一诗未暇。酉初到湖口，入门则杏花、木瓜花、樱花均开，春色烂然。夜摸牌。

晦节　阴寒。雨杂作，夜有雷。刘婿弟自省追来，林竞西亦自省城来，皆求信荐。与书罗知事、郭葆生。

二　月

二月丙午朔　金、周大闹，不减王三姐。邹姨侄来。

二日　晴。杂客来，竟日相继，远者樊生致余联书。又周生一书，云程生不可为首士，不知其意，盖己欲得之也。今日丁未，社日。

三日　晴。女妇出踏青，独留守屋。树森新妇来见。看木瓜花深红，欲夺海棠之艳，昔少称之者。黄生来竟日。

四日　晴。许外孙来，三妇误以为小敷儿，余遣寻王儿乃知之。题木瓜花一首。唐宫最重深红色，十赋倾家卖牡丹。谁识珊瑚高一丈，诗人解道报琼难。书复余琢如，遣樊生去。小门生刘人倬来，所谓冤魂不散赶上焰摩者也。

五日　阴。堂壁粉落，召匠补圬。房妪云石潭灰不可用，不如雷打石灰，此又闻所未闻也。桃花欲开，李、杏已残。

六日　晴。看报，作书谢报馆，谢其依期邮寄，不取钱也。国安来，余召之来坐读，以其有坐性，卯金来则饬绝之，而蛮不去。张四先生来看病。

七日　壬子，春分。晴。风吹花未落，知风姨妒花之说非也。宇清来，自叹无财，如有所失。程子大专人来送百金，请为陈老十作生圹铭。胡翔卿送其祖母墓志来，余为作文，已忘之矣。求信干财厅，并复书遣去。

八日　阴，夕有雨。刘二嫂携子女来，请堂屋拜年，无以酬之，留饭而去。小雨，旋止。

九日　晴。看《华山碑》，因看《龙藏寺碑》，错落不可理，检《上古文》校之。

十日　晴。看报，摸牌。省送食物，云滋日服药。

十一日　晴。千叶桃开甚迟，红桃已零落矣。十三族孙女及宗兄来，云其婿自福建还，不能自存，欲吾谋之。黄孙来。周生来。

十二日　晴。召周生来，食粟外堂，可成一席矣。粘贴《龙藏碑》竟日。杨参将子来看，龙璋已流落矣，杨固无恙也。

十三日　晴。省城送京书来，有雷姓不相识，其词污蔑，似以我为诈赃者，此不止横逆，不须自返，要亦禽兽所应有之理想，与书杨生查办之。宜孙乃欲干预，又疑宜孙知情也。四张来，言讼事。始作梁朱氏墓志。

十四日　晴。千叶桃开。夜梦有无数红花满院，似芍药而疏粗，非贵种也。频梦见此种花，今问其名有"薛"字，不知何因想也。

十五日　晴。作梁朱志成。刷工来刷书，因理架篚，又得残阅数十部。

十六日　阴。忌日废事，又得十发书，催陈圹志，寻事略，久之乃得，手续杂乱甚矣。夜雷电。

十七日　雨。摸牌。作陈志，一笔滔滔，不古不今，亦消得百金也。

十八日　晴阴。作陈志，看桃花，摸牌。毛桃逃学去。夜梦食点心，兆有口舌。又梦丁稺公将兵，将仍抚山东，余颇涉朝政也。韦孟所云梦争王室者矣，亦得为忠臣乎？

十九日　雨。观音生日。房妪大闹，汹汹似有拚命意，急出避之，不知整家规之法也。宜孙云宜遣一人往云峰烧香，自不争矣。余谓不如唐六少耶跪庭中之法，惜顺天报馆不知此趣史，聊书于此，以诒好事。

廿日　晴。踯躅盛开，牡丹亦放。湘乡曾卜师来，字毓贤，相余能化凶为吉，颇有所验，云自彭楚汉来。彭弟莲生曾识余南昌，今已还家，且欲干巡将，留住外斋。五十族曾孙来。

廿一日　晴煊。曾师将去，周生愿从至彭家瞻仰，彭子亦徒步去。夜雷雨。华一来，旋去。

廿二日　雨，大风，寒。今日丁卯，清明，祠祭。吾不欲观，王族已无一人，有同帝族也，听其嚣陵而已，诚意料所不及。作《五橘堂记》，又书墓志记，亦就纸起草。至夜风止。

廿三日　晴。曾、周回，请写对子。又书与汤铸心，荐相师。庶长欲改所长，亦为请之。张门生儿来，请干欧阳述，云已得督销，用六千金得之。王心培送红卵，以五两贺之。相师夕去。周逸自京来。

廿四日　晴。族孙婿杨来，又一陈姓，国培尧庚。云与恒子来往，皆欲干欧阳。周生亦怦怦欲动，令从其子买之，大要一百干馆不能了，惜不从李少荃之言自据之也。

廿五日　晴。周生去。曾泳舟来，言史馆俯张，皆我办理不善，不如杨生也，留住半日。祠内值年、经管均来诉枉，云宝老耶再七难缠，竹林亦无耻，要求有同日本。周妪亲家又求信，亦横蛮无理，皆可一笑。

廿六日　晴。芍药忽萎，自出看灌水，遇二农人来，云族人也，母死不能葬，求赙谷，宝老耶不发，欲我给之。昨适发晓单，妇女不发，既闻其言，又不知是族人否，令子姓识之，赙以一千。曾泳舟去，亦犒随人一千。还内假寐，见辛夷叶飐风似有雨者，俄而雷电大雨，睡起已夕。

廿七日　晴。看吴华甫笔记，痛恨于李、张，知天下有心人固不如我之凉血也，但不知其真恨否，毋亦能知不能行耶。

廿八日　晴。张雨珊儿家穗自陈舫仙家来，致寿嵩片。曾泳舟书求干欧阳生，不知已成仇也。说不明白，故与书令去。留点心，久不办，已行乃来，知饮啄有前定，不虚耳。凡来求欧阳者皆必求我，皆不知为仇家，殊为可趣，所谓"趣园"亦验矣。金妪留其侄，周妪亦欲留其侄婿，亦趣之一，为作书与幼丹，善遣之。懿儿寄馆金千元，而自云财利分明，与书海之，此项宜充公。令国安作中，买杉塘余租。

廿九日　晴，大风。牡丹、芍药均摇摇欲折，盖风姨能虐名花，又前此所未知。彭石如遣其从子来征宿诺，始忆荒唐，留住，补书与钱宝青托之。黎竹云儿信来，亦欲干心①欧阳，与书告之。彭留居客房。

三　月

三月乙亥朔　晨雨。腌菜争缸，宜孙与周妪相持，各有其理，以宜孙不宜管家事，其理为曲。自有生以来未受此梗也，推原其由，咎在黄孙。凡事必有因，故不可生事，遣佣买缸，因送彭去。

二日　雨雷。杜鹃盛开，因登楼小坐，偶忆伯元诗，寻看一过。与书完夫，求鹿肉。

三日　去上巳二日。阴雨。易年侄来，心知其求盐馆也，幸己不在位，而求者空劳矣。

四日　阴。与书周生为易谋生计，并诲以事无不可言之说。凡求富贵皆不可言者，与外淫同。孟子以钻穴逾墙为仕不由道，盖知此矣。此义亦久不明，可慨也。遣人送之去。

五日　己卯，上巳节日。阴。周生及其妻侄田笃生来，曾祝林子来，求父诗序，即作一纸与之，均未饭去。又召见廖门生，问其来历。春寒殊甚。

六日　雨。余子和出狱来见，乃见之，油滑人也，不可充佃户，骂而去之。罗敬则来求信。留陈培心。与书幼丹。

七日　雨。周儿冒雨去，罗使亦去，黄孙去而复还。

八日　壬午，谷雨。春尽雨声中，笋多折损，作杏酪送春。夜雷。刷书人去，以一千酬之。

九日　雨。连日并看修书，限点十页，功多于课也。宋版错

①"心"字疑衍。

落颠倒甚多，非善本。

十日　雨。农人有求作文禳病者，云见一大蟒来饮供酒，盖蛇感酒香而来。

十一日　雨。看修书毕，因检宜阳地，寻《水经注》及地图，开书箱，并霉湿矣。两年未理文籍，似多年荒废者，因题记以塞。《施注苏诗》，亦值千金也。

十二日　阴。晨睡颇疲，未知其由，盖春困也。午卧外斋，看边贡诗一本。睡半时许，更无人来，乃入摸牌。黄孙迎母，与片遣船去。四侄女携子来求财，留居待时。

十三日　晴，复雨。看《尔雅》《水经注》，并考祝州木为今核桃，盖日有所获，学无穷也。惟闻纺车，颇令人思睡，不可并读书声。邓八嫂厌读书声，与我正同，盖彼必喜闻纺车耳。

十四日　雨。蔡外孙去，云在警兵队，不可久失伍。看《尔雅》，又得两阒鼠，亦所忽略也。比日颇有温故知新之益。

十五日　晴。德孙来，已不识记。金凤大娘来。南风送湿，木器俱流水，北屋波离流水，南则墙壁流水，盖地气使然。

十六日　阴。北风，稍寒。看报，孙慕韩复出京去，盖避五洋也。日、俄、英、德、法大闹中华，中华殊不闹，惟报馆闹耳。检书，诗集已失去，亦奇事也。

十七日　阴。看明七子诗，殊不成语，大似驴鸣犬吠，胆大如此，比清人尤可笑也。

十八日　阴，有雨。自作豆乳，无大利，不知贫叟何以度日。姜家送豚蹄只鸡。见蟒者病得小愈，亦有谢礼。文吃病重，遣送人参、沉香少许，以报其父频馈食物之意。

十九日　晴。红药开三朵，晨看亦佳。史佣送盐卵，乃胜家制，想系王宝川手制也。

廿日　晴。郭七女、张子年来，均留居，遣轿夫去。女床无多，与四侄同住。子年不能上床，以睡椅置内厢待之。黄生来，取修书去，坐竟日，留午饭。看报，袁儿开缺，恐海观逝矣。

廿一日　晴。为子年写对额十余纸，贞节牌坊，恐伤神矣。顷之谭家栋来，不识其名，出见乃芝公子也，贵人之子降临蓬户。询芝公踪迹，云已自山西还京，贫过去年。又有女客戴氏，云是亲戚，携子来，所谓"富在深山有远亲"，于传有之，留居内房。子年去，谭郎来，正相遇也。

廿二日　晴。红药盛开，亦有风香。得周生书，即复，为谭公子运动，饭后送之去。复有朱姓来，云王惠堂有信，以为还钱也。出见乃一聋人，云送午桥被炸震聋，欲干百花公主，领入书房，看告白，嗒然若丧。让我入偈，适倦假寐，外报船到，滋母子还，云大水盛涨，系拖来者。七女告去，云有人来接，近年所罕见，犹有古风也。

廿三日　丁酉，立夏。晴。女客均去。家制熊掌不能香。常家送椿，留待神仙。

廿四日　晴。写字数幅。看报，又开方略馆，记述圣武，云须招到十余人。朱聋告去，取衣装。

廿五日　阴。周妪亲家母之妹来，蔡人龙来，所谓"深山远亲"亦有可乐，俱留客房。蔡先在外，亦令移来。夜雨。神仙假还，亦来投到。

廿六日　大雨。神仙冒雨去。与书两儿，寄十万钱与干女，以志陈母之托。

廿七日　阴晴。议往衡州，忆沙窝船，忽忘其名。蔡生、宜孙均欲分两船，不知山长到馆，不能如此热闹也。舆请写诗，提笔即误。

廿八日　晴。写屏四幅。蔡生告去。看《隶释》三本。

廿九日　晴。邓外孙及翼之子子祥来，大要为欧阳述，无暇与言，留居外斋。周生来，诉欧阳求事陶澄。文吃死三日，其父子于我殷勤廿年，宜有以酬之。夜大雨。张生来，诉贺云，与书罗令。

卅日　晨雨，旋止。二邓告去。衡州专船来迎，欲寻周生，已不知方向。罗小敷来，要其同游东洲，匆匆辞去。梁莘畲儿来，求书干巡按，复书问讯。

四　月

四月乙巳朔　晴。始换绵鞋。月生、七相公儿来，贸贸入见，竟忘之矣，云欲从我吃饭。自归检装。

二日　晴。写对子。盈生来。贺子云来，云张已发冢置茔外，云受我指，宜如我处置。余不能教其自迁，云听官断而已。初说不信，事已无可转圜，只有吾末如何而已。

三日　阴。张金荣来，云刘姓已释出，来谢，未之见也。有如许官事，便有如许探官事人，可为三叹息。

四日　阴。舆儿来，乡中有主，可以暂出。红船因雨不来，雨止乃发，其夜亦至，余已睡矣。

五日　雨。待霁乃发行李，初欲尽室行，三儿既来，乃留其妻女与黄孙夫妇同居，余率两女一孙同行。得宋育仁书及段香岩书。

六日　晴。饭后上船，留金携周与女各一船，夜泊洛口内。

七日　晴。晨买米，米已长价，仅带石米，价八千矣，又有焚抚署之势。巳初开行，夜热，宿株洲。

八日　阴凉。电雷小雨。帆行四十五里，泊山门。

九日　癸丑，小满。阴雨。行百五里，泊黄石望。

十日　晴凉。看《诗补笺》。行百五里，夜泊霞林站。过雷石，榷税已易鄂人，一朝天子一朝臣，易仙童言不虚也。夜行与红船相失，殊为劳望。

十一日　晴。行一日至何家套，船人俱不肯行，周姬又畏大水，即泊杨泗庙，望城不至，所未有也。有二人先行，至书院，恐诸生夜待，亦遣二人陆行报之。昨夜为蚊所啮，今年已惯，不觉扰矣。

十二日　晓行，晴。从东岸上，到时已将巳初，入门乃饭。首士、监学并来。遣报城中，真女及三孙女旋来。贺彝仲孙派庶务为主人，诸生在者皆入见。杨、任、萧伯康坐最久，三孙婿从之，将夕乃去。托程仲旭请医。

十三日　晴。因待医生未出。李选青及屈生、程九来。方令李看病，俞琢吾来，江瀚亦至，陪客甚冗，未夜即酣睡。喻味皆、周崖船均呈所业，皆巨制也，周历学多袭西书耳。珰女及三孙同入城去。

十四日　晴。入城拜客，邹智深来，请说官事。周儿索小费，而忘其冤单，无由关说。谒镇守使，卫兵令坐官厅，遂不禀见。从潇湘门渡，遵陆还洲。在杨家摘杏两枚，大于北产。彭家吃馒头三枚。还已夕食，程家送菜。

十五日　晴。忌辰，昨属素食，厨人忘之，乃独食，又具多品，告以素食不可致饱。客来皆谢未见。

十六日　晴。今日始开学，约巳正，俞琢吾早来，江瀚亦至，首事反后，监院最后到。释奠，以庶务行礼，余后出堂，见诸生。杨伯琇来，旋去。俞①、江待饭，至申乃设，日照灼极热，乃移内

———————

① "俞"，原误为"余"，据上文改。

斋，酒罢惫矣。

十七日　晴热。真女率子女均来，云毓震将入京，完夫意也。因作书问完夫病，兼谢袁世兄。

十八日　晴热。似伏日，汗出如浆，所谓病于夏畦者与？下湘，问伯琇母病，兼访夏彝恂，不遇。周妪迎宜萱，至夜始至，已吃过点心矣。真子女均来，珰庶子、亲女亦来四人。敦竹晏至。院生送礼，杨、常女客亦来贺。珰夜放烟合，火爆甚盛。仆从并出，无人使令。

十九日　晴热。设十席，为珰夫妇作五十生日，今日珰生日也。城内外世交均来，午设三席，已无坐处。

廿日　仍晴热。午至衡永道署，俞琢吾设席，请商霖、伯琇兄弟，廖、萧、萧笛坞同坐，笛坞盖其同年。酒半，登亭坐纳凉，未夕散。岳孙往京，轮船已发，宜孙送之。还城同渡湘，见城中火起，欲还难渡，遂还东洲。

廿一日　晴，稍凉。欲寻庶务商量，云已还城。午间首事均来，云我随丁骂庶务，想未有此，而持之甚坚，理当查办。真仍来洲宿。

廿二日　晴。尹和伯来，云为尹伯纯账务求信，与书葆生谋之。问其何以仆仆，云常与通财，故报之也，财之能驱遣人如此。庶务既坐实我仆无礼，当并其母子遣之，令即日去。

廿三日　阴。周船已来，院生又留之，云不可去。是仍为社鼠，益证难养之说。周生少子来求书，则无可与。程通判母丧，不以其兄主丧，而云师说不称继妣，继则三子无母，其谬如此。幸吾不生嘉靖时，否则必为璁、萼所诬矣。滋女疾，似可医，请李进士来说病，仍主一方。

廿四日　雨。看《隶释》。滋女请作程二嫂挽联，为作一联云。淑慎早传徽，忆佩环来自仙源，湘东共识名家韵；蘋繁能率礼，惜筐筥初终妇职，堂北俄倾寸草晖。

廿五日　己巳，芒种。湘潭张起英少林来，云掘坟已葬，当服徒刑。求书与陈培心谋警务馆，与书即去。送刷书二篓来。

廿六日　雨。李复先生请看《论语训释》，多推之于朝政，又一家也。滋女服李方，畏寒作呕，未知是瞑眩抑是反覆。李云彼有抑郁，则其命也。邓婿来，言带债主同来，寻曾泗源去。

廿七日　晴。出城访选青问病，见其暮子。还船待周姁，遇梁笃亲，云自桂阳还安化，来求写字。

廿八日　晴。作程赵墓铭。李薛青荐程九照料制药，云就便约束。不可不许，因令来居外斋。与书茙女，问其行止。

廿九日　晴。接脚女求金，留待邓婿问之乃可复信。扬休亦来吃饭，冗食者不可查究，只得听之。永侄来，为梁家送润笔，旋去，不知所往。

卅日　晴。学堂教员因夏钦来见，凡五人，皆未接谈，亦不能识面，犹未见也，彼盖已识我矣。俞琢吾昨来请出题，久不措意，颇窘于应。

五 月

五月乙亥朔　晴。陈仲驯奉将军命来求寿序，送礼六色，云有差官同来，留居外斋。周厘员来。

二日　晴热。下湘寻医，还船待周姁及选青。日炙颇热，到院已困，又陪李、程点心，客去便睡。魏允济来，以其名似世交，因出见，果槃仲子也。

三日　阴，夜雨。饭后为梁笃亲作书，因写对子数幅。诸生人者满房，乃罢不书。出知单召收支算账。绤衣犹汗，设榻楼桥。

四日　大雨顿凉，易夹衣三重。作汤寿序，殊不及吴窗帅序，人不对也。并复铸心书，谢其拳拳。陈仲驯得文价去，云往杨家，出看已卷单矣。程亦琐门。宜孙昨夜未回，想与周桂儿同遁也。

五日　雨凉。午出堂，诸生贺节，分班拜，殊困于答，设粽、卵。宜孙以划船竞渡，五六人荡桨，不能溯流，聊存其意而已。洲旧有三竞渡船，今年亦不赛，盖年歉使然。王季堂遣儿来。

六日　晴。诸生醵请，设坐彭祠。未午出答王父子并验契员蒋，均不遇。见厘卅周、魏，小坐。便至彭祠，官绅不会，惟有师生会饮，亦嫌其侈。邀魏克威作客，初更还，行几一时许乃到。

七日　晴。看课卷，写对子。李馥先生告去。

八日　晴。周妹专人来，求书与审判说官事；余佐卿儿来，求书与巡按要饭吃，均立应之。

九日　晴。余使方去，余侄又来求书与将军，曾劫刚真害人也。书院是非丛生，未知其理。余绳武字卓生，学堂人也，告以我最恨学堂。渠若有失，似知其无望，因许作书，令其早去。

十日　滋生日。甲申，夏至。设三席，女客二席，有完夫妻、妹、兄妾，真子女与珰母女，便满十六人，外则李、程。在里早面午饭，余皆未饱，以有女客，亦未入内。夜见书房有灯，询知国安来，问其来意，亦欲觅食。

十一日　阴热。写字数纸，墨不可用而罢。诸生公请，力不能供，本当还公送火食，乃以五万钱助之。阁道纳凉，偶题八韵。

十二日　阴，有风，甚炎。偶思曾侯，夜饭时检旧诗看之，至今六十年，如眼前也。

十三日　忌日素食。常婿来，得汤铸心、陈完夫荐曹生书。舆儿告困，书云欲入京，不知何所投也。八女来书，云有一信未到，丁婿又求得盗泉，不可喻矣。今日稍凉，夜雨。

十四日 雨阴。看报，无新闻。王季棠招饮，陪锰廿局、交通行朱德臣儿，颇有旧瓷。水阁不凉，未昏散。

十五日 晴。玱出省杨嫂，何教夫来，云已逝。顷之昇夫还，云今早事也。玱、真皆其干女，携真往唁。伯寿从水去，陆还，已敛矣。

十六日 晴热，有风。暗诵《西征赋》，半忘之，复检一看，并看《北征赋》。周妪出游。

十七日 晴。纵兄公来，言讼事，告以今非讼时，又钱债不可讼。乃云廖六爹已关说矣，意欲胜廖以为豪，非为钱也。乡人之愚如此，所谓夸者死权者耶，余亦愿为烈士矣，遣陈八助之。伯康来，云杨家请题名旌。忆《儒林外史》荀姓事，不觉哑然。

十八日 阴。晨闻功语，乃恍然于遣船迎已忘之矣，光阴迅速，不觉差一日也。因起见之，则慧孙亦来矣。饭后携功同至杨家，坐客厅待事，廖崖樵知宾，神似仲楠，陈卜臣、伯康均在，题旌后设八楪相款。功自去诣亲友，余独昇还。

十九日 阴。邓沅复来，云为功馈祝，具倡戏，必欲吾夜宴，告以八十不留餐，彼殊坚持，盖以用钱为快，亦新派也，许为一往。程生与廖、萧来清斋，正无如傅颠何，且看其手段。比日专看日本报，又闻财政兴大狱，而湘巡卖十万元，不知谁撞木钟也，要亦可惊可喜，令人有弹冠之想。夜设鱼粉，不得尝。诸生送功花爆，繁火可观。戌正乃坐船，携功赴邓宴，廖、谢、陈、夏诸生皆在，客有王、萧及赣商数人，至子乃还。殊饿，思食不可得，瀹鸡子一瓯，犹未得饱。常婿来，已睡矣，夜深亦寝。在船遇大雨，衣衫皆湿。戏子张伞往来，亦一奇景。檐溜如瀑，数十百人皆雨，世界犹可观也。今夜有二奇观。

廿日　雨。昨夜寝殊不迟，但未闻雨，起乃见积水，雨已过矣。今日功六十生日，为设汤饼。亲友多来者，早面后留来客便饭，逡巡来者十人，坐只容八人，乃令功陪二常于内，余陪俞琢吾、彭、夏、廖、程、萧、何教夫，宜萱外孙女之祖翁。设八俎，殊不烂，然已惫矣。

廿一日　晴。诸女入城，功出谢客，并诣杨家，余留守屋。扬休夜来，云黄孙明日可到。

廿二日　晴。刘家请帮讼，为告廖雋三居间，俾纵得复命，因令归家。滋欲送之，而道甚远，乃俱至真家话别，因留一宿。

廿三日　晴热。午后起风，始得解愠，计纵行必困也。待黄孙久不来，过午乃与滋、真携妇子同至。余率功坐船至魏克威局中一饭。程生本约同集，至日乃知为忌日，余亦间有此事，然荒唐甚矣。俞、廖、彭、夏、萧同集。夜明镫牵缆还。

廿四日　晴凉。写屏对。为刘亲家家索债，与片廖议和，未知和否。乡间□干至兴讼，两家均须费百千，一不肯让，一不肯还，人心真不可测，亦不能以礼穷之，反足穷礼也。

廿五日　晴。晨坐阶前，见一人取眼镜，已而入揖，甚似陈熊叔，讶其何自来，乃黄婿也。告以其家人俱在此，殊无感情，乃送寿对，邓婿笔也，学《聊斋》细柳联，而不知大嫂姓，可谓两奇。廖、萧公请，席设萧宅，有道尹、知事、魏令。

廿六日　庚子，小暑。阴雨。宜孙生日，十七年矣，未尝同堂，今乃随侍，为设汤饼，放爆竹。长郡馆屡约集会，三辞三改期，今云陈禄康欲来谢师，昨正来信送罗，因许一往，与功俱去，功复邀黄婿、永侄。未设酒时，忽报朱菊尊来，已至书院矣，因其居丧，不便召之。甫上菜，便辞还，到院云已去。湘水暴涨，夜雨。作书寄啥心盦，并赙卌元。

廿七日　晴。晨未起，云菊尊来，出见之。张少林踵至，求帮讼，告以既掘人墓，当静待罪，不可再言理矣。贺云我主使，即请照律定案为是。午赴衡阳，乃至衡府，入五马门，已改题矣。朱、魏并上轮船，欲往送，云船窄不便，乃止。程生作客，与我对坐，忆与其父游宴，今乃成群纪也。周屏侯已不相识，萧、廖、吕同坐，未上镫散。还至太史马头，卅局船复来迎，仍牵缆还，几不得拢岸。

廿八日　晴。湘涨平堤，势复成浸，令觅船下湘，云俱畏水。具二舫备移行李，复因惜墨作书，未毕二联，水入院墙，亟收拾器具，写字亦未三行，仓皇登舫，水果大至。儿女登楼，余在舟，相距无一丈，地下已不可行，滋、珰携妇女均从楼槛下船，遂已昏黑，船楼灯相映，各自酣寝至晓。

廿九日　晴。水势仍激，真遣人来问，顷之自来迎，余答不去，乃迎滋去，妇孙均从。黄婿告归，亦从楼上话别。廖、程均言宜入城，余意欲遂去，未从也，院中水已浮案矣。欲和余尧衢诗，甫得三韵，遽失其稿。

六　月

六月甲辰朔　晴。船人不敢下，乃从百塔桥登岸，移城外旧院，新改学堂，众方觊觎，余来乃移去。学生二人、廖、程、谢、彭、樊均来照料，早饭城馆。江、俞均来慰问，诸生来者多不识，一一接谈，惫矣。儿女俱不来，宜孙来一转即去，常婿独留相伴。夜有猫跳窗，窗纸尽破。

二日　晴。真女来看。将夕，功、珰乃来，将遣人迎滋姑妇，会暮，恐隔城乃止。

三日　有雨。书院人来，云水已退尽，地皆漐可行矣。告船丁，当往看之。报纸言有《清季野史》，多载轶事，遣程七觅之未得，得旧小说十余本，聊以消日。外孙女宜萱还何家。

四日　晴。到东洲一看，将寻余尧衢诗稿，已不可觅矣。周孙云不如城中去，此处无可留也，乃惘然而还。问功何以勾留，云将往水口山看卝。

五日　晴。黄、唐来约功行，备兜子三顶去。每日看小说，亦足消日。

六日　晴。庚戌，初伏。慧孙误看历日，云已伏。真送瓜三枚，未足除渴，聊同凫茈耳，殊可笑也。黄孙仍独还东洲。

七日　初伏日也。晴，无暑气。功还，未得抵岸，盖水退行迟也。家中数人待其处分，殊为淹滞。

八日　晴。始浴。功还甚早，晨起乃知之。有王姓妇来通谒，辞以书院不宜见女客。七相公儿告去，期申正行，未至，午正船已开去，遂止。

九日　晴热。生徒数人来，谈看小说，言朝事者漫言诋毁，全非事理，可为一笑。

十日　晴。闲住无聊，将移还洲。馆中后阶尚凉，每日摸牌消夏。孔子取博弈用心，今则取不用心，又一义也。

十一日　晴。晨起见完夫所书旧扇，已而滋女来，云完夫逝矣，为之憪然。余儿女夭逝未尝如此惘惘者，伤其多一官，不便写铭旌也。既不能教，而反助之，诚余无操持之过，乃遣儿孙往视之。珰女亦往唁，则自以妹婿之谊，还云霖生妻亦病笃矣。功还家去。

十二日　晴。为李生妾书扇，复为彭理安书扇，程墨庵书扇。

十三日　晴。邓子溪送瓜，并求书与王静轩，关说官事。俞琢吾来，言考课事。

十四日　晴。闻吴仰煦曾来，正欲见之，至道署访吴，因过俞小坐，云乡民求雨，复禁屠矣。至夜遂骤雨，但不多耳。

十五日　阴。写陈郎挽联，又以银折与真，令办成服事。夜复得雨。

十六日　晨起往陈家，卓胖已先在，选青亦至。大雨颇畅。陈客女多男少，坐半时未陪一客，乃还。甫至馆，仰煦来。夕萧伯康来，云魏克威未至上海而还，亦当来谈。坐久之，魏来，云请电孙慕韩、盛杏生，依而与之。又云欧阳述随人以百金窃关防辞职，已换人矣。欧家起灭均出意外，疑周亩庄所为也。

十七日　阴凉。看宋小说，有未见者。陈九郎遣妾至弟妇家争继，其妾亦伟人也。遣迎真来避乱。完夫妻不肯来，且留观变。隽臣子乃至此，可为伤心。午后大雨。今日庚申，中伏。

十八日　晴。吴仰煦久不见，约来便饭，因请魏、萧、廖、李同会。未午程九与李先来，欲并留程，俄已去矣。尚早，因邀吴、李、魏摸牌四圈，未戌散。今日无雨，颇有暑气。功寄书来，甚似程生口气，断断于劣侄，亦可怪也。

十九日　晴。得莰书，并寄花椒，即欲复书，以热未作字。午后大雨。北兵捉金德生去。

廿日　晴。仰煦还席，即携馔来，客皆昨人，魏、廖、李、萧外增入程九，半酒，刘婿自京还，便邀同坐，未夕散。

廿一日　晨复莰书，遣寻刘婿，已去。看课卷，殊无佳者。

廿二日　晴。李薛青送酒，请珆、真作客。李被盗，不能来，真来旋去。

廿三日　晴。写程赵墓志，看课卷毕。夏生来久谈，云早见欧西战事，与完夫预言之。又云周妪当有贵子。亦幻境所见也，而未知欧阳述之显达。

廿四日　晴热。写女扇一柄，送卷去。张子年无依，将特设一差位置之。邓生来求书与汤。

廿五日　晴。魏克威招饮，过午来催客，因将遣房妪看孙女，并送《精忠柏诗》去，遂渡湘，而妪忽不去。余渡，则俞琢如已辞，惟夏道先至，吴、廖、萧继至，江知事最后到。散已上镫，乘风归，颇凉。警兵巡津口，云已来乱党五十余名，正稽查水陆也。

廿六日　晴。误以为伏日，遣求羊肉不得。魏郎送瓜二担，今年足消暑矣。细三归觐，真亦来看。

廿七日　晴。庚午，三伏。宜孙始讲《春秋》，茫茫非有根柢之人，聊读未见书耳。夜热，猛雨。

廿八日　雨。饭后将出未果，午后乃至西禅寺，转弯似换方向，至则魏、程先到，廖隽三为主人，并招张尉、蒋令。今日辛未，立秋。

廿九日　晴。张尉来，意似不乐，吃空饭，无事可位置，又无饭吃，知首阳不易居也，正使饿死亦不能胜齐景公，不知圣人又何以诲之。

晦日　晴热。得功儿书，正欲唤船，陈四毓章来，言已派船来接，姑待一日。书院后墙外棚被焚，烧及梅、竹，内外孙女往看。夜雷，微雨。

七 月

七月甲戌朔　阴。晨出写字。贺朔客来六七人，一汤姓，初未相见，云叔昆弟兄，欲求权局，告以非钱不行，非我所及也。

令人思欧阳述、夏时济。尽墨一碗而罢，纸犹未半。看王曾氏《经子浅疏》。

二日　大雨，顿凉。程七郎送菜，遣迎真女不至，珰亦往彭家去未归，菜俱败矣。滋病又发，殊为恼人。萧子夕来，云魏已去。

三日　凉，有雨。酉至道署会饮，夏生先在，王伯约后至，未与款詥。仰煦言消夏往事，有"薇"字韵诗，不忆之矣。将夕阴云，甚欲澍雨，已而雨散，坐待甚久，还已将亥。庶长早来。

四日　阴。写字数十幅，犹未全毕。夏生次子来，云欲下省。

五日　有雨。觅船下湘，云须送租。滋先顾一永州纸船，令泊马头，珰亦觅一吹火筒往洪落庙。留行者纷纷，装已办矣。申至衡阳会饮，程生自乡来送，便约同饭。夏生、周屏侯、廖典均在，散犹未夜。萧约未至，二更来，留行请饭，不能应也。

六日　晴。静待上船，殊无行意，余乃先上。俞道尹来留，萧、程并来，诸生亦皆来送，竟日对客，不论开船事。至夜，滋船先发，珰上岸去。

七日　晴。晨移柴步，迎珰来上小船同发。滋船人在岸未待，云新来，恐无归，当往寻之，又舣塔下，遣二人往，则已顾船来追矣。行至萱洲，见云色有异，恐有大风，又舣一时许。夜泊老油仓。今日出伏。

八日　晴。颇有秋意，晨行至夜未舣。

九日　晨醒已入涟口，缆帆并进，人亦踊跃。晡泊三塘，稍上，至谷家小坐，待舁还家。滋姑妇均来，慧孙亦来，三妇及孙男女出迎，待饭已夕。

十日　晴。晨起至前堂，见三儿，始知昨夜已至。方办新谷，专人至城，未遑他事。

十一日　昨夜雨。今晨遣聂佣往城宅。周童及乔耶均来。周姑耶又来求帮讼。

十二日　晴。水复暴涨，至城路断，待省力不来，书梁墓铭毕，又当送袁挽联，无纸可书，但磨墨以俟。刘、胡来求退差，夕去。

十三日　晴。周生率王儿来，亦为差事也。黄生持功书来，并送果饼，告以初归未遑他事也。作朱八少母墓志，叙述颇有声色。

十四日　晴。朱、余特属记事，检已失之，遣罗儿下省问之，并送梁志去。卜太耶来，云郭葆生已免官夺权，牵及汪颂年，可怪矣。湘绅劣必三，亦故事也，当作诗张之。今日丁亥，处暑。杨笃吾来。

十五日　晴。日光甚烈，而秋风已凉。乡人烧包不及往时认真，当潜为耶稣所移也。夜月极佳，惜无人共赏。

十六日　己丑，晴。看董鸿勋《四书》一过，与朱晦庵戥上秤过者无异，不如博弈之有新意也。国安来，乃误以为镇南，恍忽可笑。

十七日　阴。罗童空还，惟得白绫写字，便写三大幅及挽联。向晚甚倦，陈尧根及王惕堂来，均不欲见，大睡至戌方起，客俱去矣。

十八日　晴。晨作书复尧衢，应卜尉之请，知其无益而为之。唤船，遣舆吊袁丧，并送卜去。王儿复来，卫兵佃户簇拥，似皇帝也。

十九日　晴炎。唤船入涓，遣舆吊袁海观，并送卜去。萧儿夕来，云大考书院，欲求荐书。余云特荐女一人耶？云可荐四人，且云罗知事先试乃送，如县考也。令探听明白乃来求信。王儿已去矣。

廿日　晴炎。萧去，客始暂断，拂拭床席，以待后来。作书与神州报馆，谢其送报不取钱。看报记杨度事，颇有风潮，不愧为学生。罗金夜游，晚归已过子矣，舆亦舁还，均睡未闻也。

廿一日　晴炎。想又如甲午年十日炙毛发也。舆云袁二子已北归，家中犹有三子，又一子已往江南，未吃席也。

廿二日　晴。畴孙眼痛，未讲书，为乡人作求神疏。与书吴雁舟，荐萧生。得衡州转电。

廿三日　晴。周童办面四十斤，作母生日，其豪气可想，宜乎与陈漳州抗行。刘二嫂、陈二哥均来，并拜生客亦有矣。与书报馆，投稿。

廿四日　阴凉。陈生亦请书意见，为作八条。周庶长来，意欲我飞书百函，为谋一事。谋事之难，求信之易，皆可骇也，而周若固有之，人情伪之难知，晋文未必尽此。郭佩珍来，言月塘讼事，且送火腿，辞之谢之。夜凉。陈去。

廿五日　凉。待周、萧接信，一日未至，所谓相需殷，相遇疏。

廿六日　阴晴。周来，拟信稿遂至一日，自云被撤，尤为虚诬。得衡寄蜀书，三千里展转至四千里，半月而至，计日行三百里，排单八百里不过如此。

廿七日　袁世兄生日，只得遥祝万寿，纪文达不知纪述否。昨日懿同周去，萧亦偕周先去，为荐入高等学堂。复茇书。

廿八日　晴。周再晚来，云礼房人物也，欲争墓地，请帮讼。告以是翼云专政而去，纯乎乡人。

廿九日　晴。张起英来，亦求帮讼，告以已掘人坟，但当领罪，无可帮之理。偶理残书，取《直斋书目》看之。长沙侯延庆、王以宁、钟将之，并不知名，以宁曾为作传，似是湘潭人。长沙又刻《百家词》，今皆未见。

八 月

八月癸卯朔　晴。张成自粤来书，求关说，田、张、周又为成关说，坐谈未问来人姓字。至夕又来一女人，携子同来，疑为四女之女，询知戴李氏，李萼子也，来往五年，未为一援手，已费去水礼将万钱矣，其不知节用如此，比之一豚蹄求篝车者，孰为工拙乎？

二日　祖考生辰，未设面，作牢丸见意。晴凉。

三日　晴。寻小塘《刲羊诗》未得，因欲刻近诗，试写册页二页。

四日　晴凉。夹衣，晨起写册页四页。

五日　晴。写册页。得省信，方桂送来，云将随纯孙往辰州。

六日　晴。方童早去，余亦早起，作朱陈墓铭成。遣人下省买办。钰丰馆送茭笋。韩石泉来，云初病起，已惫矣。附书功儿。写册页已得十八开。

七日　晴。谢涤泉专马来，为朱进士求书，云浙江参政，写浙江词应之。写朱志成，将附便去，因行者急，未能附也。

八日　阴。罗童还，功书来，言劝进事。陈秋生来，云有事，恐不能应十一日祭期，故先来。殊为多礼，留饭不吃而去。

九日　阴。奴童颇多来者，盖亦知半山有祭，来混饭者。劝进又作罢论矣，杨生徒挨一顿骂。

十日　晴。得真书，告不能来，而推九姐，可谓谬也。母生日祭本可不来，而言来不来则不可。摺生来。舆行两日不至，殊不可解。

十一日　晴。昨夜待烧金银甚急。常、陈婿来，设汤饼款之，夜竟不办，今早设面，又未饱。葆耶来午饭，亦未饱。夜乃饭，又吃粥。

十二日　阴，有微雨。日本三学生自衡山来，各长谈，无甚相关。夕乃酣睡，比醒，客已眠矣。常婿求信说官事，与之即去。

十三日　晴，复热。杨贤子自北归来看，致李梅庵书，送火腿八匣，及茶点，云告假还。留住一夜。

十四日　晴。刘二女来。贤子午饭后乃去，晨已为题画写横条。宗兄来过节，宝耶亦来。

十五日　秋节。晴。夕忽阴雷，至夜遂无月。晨起为黄生看所抄《史赞》。午前黄来。

十六日　阴。得窊、茷二女书。宗兄言祠租事，余不能问。今日戊午，秋分，社日。刘女去。

十七日　阴。写李幅，论作文法。功书来报陈程初死，当吊赙之。城中无老于我者矣，非佳问也。

十八日　晴。祖母生日，依例设面。宗兄吃三大碗，犹能食肉。

十九日　晴，气寒。写李幅，论文法。外孙妇生母来，留居女客房。夜蚊扰人，仍张纱幮。

廿日　晴。写李幅词穷，尚余一纸，不能满也。黄孙求书归宗，依而与之。复胡婿书。

廿一日　晴。复茷书。衡州遣船来迎。舆往祠堂问租未还。萧媪告去，女从往。携巽种豆。黄孙下船，遇浅复还。周生夜来。

廿二日　晴。舆率两子俱去，顿去七人。周请写寿对，召之不来，余亦将去矣。

　　廿三日　晨约周早上船，继又改早饭后行，复遣觅周，遂误以为招之饭，辞不肯至，乃不携仆姬，独身上船。已发，酉至九总，移宿局中，舆、赣均在，宜孙又回乡寻我去矣。

　　廿四日　罗知事、刘明钦来访，陈、欧不至。滋觅洋虫，云可明目。李蕚来，字韵仙，为姊请饭。

　　廿五日　晴热。晨写寿对，遣周生送去。饭后出答罗，寻戴女，有数江西商相陪同饭，徐孙亦在，饭罢还局。萧小泉来访，傅兰生请秦子和、匡策吾、曹福生陪我午饭，万艺圃云亦主人。罗又来请，则不能去，请秦、匡代辞。至夕下船。周生约来不来，想为将军门客矣。

　　廿六日　晴热。复纫衣。辰发，看己诗过日。夜泊白石港。

　　廿七日　晴，愈热。挂帆行，亦时缆行。夜至晚洲，余已睡矣。

　　廿八日　阴。北风顿寒，小疾不欲食，心颇不乐，频起频睡，才一食。夜泊萱洲，风摇柁甚壮。

　　廿九日　阴。无风送舟，多恃缆行。询杜浦，正在霞林之下，余覆舟霞林，杜中风杜浦，此路不利诗人也。夕至东洲，到院即睡。

　　晦日　晴。庶务、首士、二程、选青、俞道尹并来。真在房未得细谈，孙婿更未一谈，已日斜矣。写册页数开。杨拔贡、周历生同来，常婿亦自省城来。

九　月

　　九月癸酉朔　院中昨夜办祭，今早早起待客，坐外斋。未久廖生来，二杨、冯生旋至，云首士已来，贺生父亦至。久之始行事。余未出苙，但在内坐至朝食后。魏克威来，示功儿书，已欲干世事矣，因约与魏同下湘。设酒内堂，魏、杨、冯、廖同坐，谢、贺在外，未与也。饭罢客去，卜女与兄同来，并携孤子，遣船送去。大睡，起已日夕，饭半碗，上镫矣，又睡久之。看周生历书。得刘生京书，中夹长沙一书，不知何自入也。杨宗稷时伯求题其父画册，为书一纸，交任公寄去。今日寒露。

二日　阴。朝食后往湘东看萧伯康，遇江知事、夏进士畅谈。因真女在院久候，从陆还。程通判亦相待，俱坐内斋，将夕，留真晚饭去。

三日　晴。彭理安来久谈，云胡定臣京卿尚未去，已亦将往长沙。刘亲家来，昌澧。忘其名矣。真女又携完夫继子来见，甚似其姊，其长姊亦同来。杨孙婿又来，留饭去。萧伯康专船接周妈，余不与书，真与书，遣陈八去，又动天下之兵也。

四日　晴。刘、陈两婿均来。子年、两程、李进士来，余方看报，未暇接谈。

五日　阴。昨夜有雨。锰卝局长来访，周儿辞以睡，慢客之至。因出答拜，坐萧轿，便入城答俞、廖、李、魏，惟俞得见。又见仰煦。还见卜子，并送其父书，云欲径干王国铎，奇想有如此者，无怪欲世袭总统也。伯康来，送炒栗。

六日　晨起大雨，不雨二日矣。陈婿与常次谷来，留饭去。伯康日日送菜，殊不敢当。

七日　雨势未止。周庶长来，云后一日发，后四日到。得将军请帖，可以辟邪。夜便梦衣冠往抚辕，觅轿未得，即欲步去，又家中似有喜事，人甚喧闹，余戴毡边冬冠，是新制者，仍未出门而醒。

八日　雨。孺人生日，无面，作诗一首。

九日　雨。西禅请六钟，辞以太早，及晨起正六钟时，因出登高。泛湘入城，大雨，正见一村翁呼我未闻，舁人云程商霖也，将上湘见我，可谓更有早行人矣。街灯犹未息，至西禅寺早斋已过，坐待客来，并招程生来，至午俱集，共九人，俞琢吾复招客八人，遂尽一日。午晴。夜到院已亥初，有月。闻常霖生妻丧。

十日　晴。当往常寓唁霖生子，因于午前下湘，至其寓处，在一狭巷，喻生讹索所筑也。一小儿当门，称余外公，疑是陈女，未便问。入临殡，哭声大作，未便久留，遂问所费而出，然常氏已设燕窝点心，似有余矣。一人知宾，未便问姓。便至陈家，则陈婿、二杨已先到，更有周屏侯、廖隽三、陈四少耶，伯康亦到，菜毕已上镫，还亦亥刻。

十一日　晴。陈八还，云妇女不能即来，正合机宜。作书与黎宋卿，为齐七干说，又作完夫序言，悔不当为干说，此所谓失其本心，非我也，二三子也。夏彝恂来，言熊放廿长。令分三考取士，有俊选上三等，斟酌古今，其最善乎？刘婿来，同饭去。黄孙送蟹廿螯，仅得二活蟹，与八月所食无异，非但不知味，亦不闻气也。唤陈八来问家事，云月半后有船来迎，令陈婿催其早来。北风骤起，真明日恐不能发。

十二日　晨起颇寒，午后密雨，不能出。遣送常九嫂奠金，写黎宋卿寿对，上楼闲看，颇觉寂寞。与书四妇，劝其还乡。诗卷破烂，装褙完好，自看一过。

十三日　雨寒。始衣襦。昨买寿对未至，陈婿送一副已送黎宋卿，周生又送一副，书与郭葆生。称觞喜重理池台花木；教子能增光将相门楣。郭父为母寿作屋城中，未几焚典败坏，几不能保，去年借我名驱占兵出，乃费万金重修，故为喜事。郭先在江南娶于氏，及还，父母已为聘杨氏，乃以于氏为次妻，生葆生，有文武才，除说谎外皆可取，亦可传也，惜不得何贞翁记之。待积墨不溅，强卷而去，亦何书所无也。

十四日　雨。昨饮北极寺，萧云其母必欲接周妪来，又遣人去，告以不必，不得我信，亦必空往，乃与书告以真所言又变。今红船不必来，红人必须来，又正应送郭寿对，因遣名静去，就荐与郭卅厂作工。二程来。作《北极殿诗》与萧伯康。待周生不来，此人荒唐无心，想不可用矣。未下湘，至杨家，三孙未出，俞、吴、萧、张、程生同集，魏克威不来，招夏生来同集。

十五日　阴晴。张味鲈来访，其兄弟皆取水族为字，亦可异也。示我所作灯谜，竟成巨册，余为序之。程通判、周生前后均来。冯絜翁孙来诉穷，云已断炊，以四元赠之，絜翁所必不料也。周买碗一席，未问其价，买毡一床，则不合用，令换羊烛，所谓以羊易牛，又一好谜料也。买铅茶船，令换锡茶船，价贵一倍。看报无新闻。

十六日　戊子，霜降。雨。刘婿来，亦将北上，未能止之。竟日看张谜书，几十万言，亦奇书也。待廿日出，当度日如年，方知山中甲子之长。三湖町王生来，言讼事。

十七日　阴。陈四郎来送螃蟹、水果。樊非之零陵来。写条幅四张。道署送卷，云二杨、廖、萧均去矣。

十八日　阴。日本医来谈国事。作杨志成，誊稿殊不成行，且姑置之，写息焚之者三数矣。翻课卷，殊无佳者，尤奇在不知雁峰多高。

十九日　阴。写对幅，看《湘军志》。

廿日　阴。先孺人生日。昨烹羊肉太清，不能作汤饼，作饺应节而已。

廿一日　晴。看课卷。出城答张味鲈、陈仲叔。

廿二日　晴。孺人忌日，不出游。看卷毕送去，辞馆。看报，已备办登极，可谓荒唐。

廿三日　晴。昨出城答山本、味鲈，送还字条。今日又送来楄纸三处，何求书之多。味鲈送《鼓子诗稿》。诸生夕入者四人，周生亦来，曹永兴来求馆。夜欲作书，灯下不能成字，遂睡。

廿四日　雨。晨起颇早，写诗与张，又与俞，写大字亦不成章。罗姓入再拜，似有痴疾，亦云移入。周生亦移入。终日闷睡，大有林黛玉意思。

廿五日　晨起复雨。山中无历日，竟不知何日霜降，或云昨日，或云前日，此二日已渐寒，盖气至也。询之王生，云十六日，已十日矣。看唐诗"蛾眉鹤发"云云，不觉有感。女宠而论年，是不知宠嬖者也。唐玄之于杨妃，庶几非好少者。武氏之控鹤，亦庶几自忘其年者。余有句云"安得长见垂髫，如君百岁不祧"，亦庶几知论老少者。欲作一诗，发明其意，嫌于太亵，要之此千古之大惑也，登徒子其贤于宋玉乎？为之一笑。已而看昨日日记，八十老翁自比林黛玉，殆亦善言情者。长爪生云"天若有情天亦老"，彼不知情老不相干也。情自是血气中生发，无血气自无情，无情何处见性？宋人意以为性善情恶，彼不知善恶皆是情，道亦是情，血气乃是性，食色是情，故鱼见嫱、施而深潜，嫱、施见鱼而欲网钓，各用其情也。墙窥不许与疥痔七子皆与情无关，正是事理当然，文人戏言，又足论乎！武氏控鹤，与登徒差似，但控鹤非其配耳，此则武氏之不幸，彼直任性，不用情也。说来说去，乃知荀子性恶贤于孟子性善，孟子只说得习。

廿六日　晴。前占金、周当于今日来，留待十许日不至，将治装还山。写字数幅，并书楄额。选青、九长来。夜梦看课卷，一赋一诗，诗题为"困兽犹斗"，援笔为改作一首，得起三联，了了可记，比醒忽然忘之，未知何祥也。

廿七日　雨。遣送书日本人，因留书一箱与书院，有多《尚书》，送青山。古文家也。子年及西禅僧来，云弥勒已装金矣，检四十元先与之，尚须五十元。写滋女名年施装，并索我生年而去，不知何用。卜女及兄来，为父索信，与书云哉责之。为周生看诗。夜与喻、周闲话，乃闻杨槊儿荣棍责事，甚可书，为作二诗。此事可兴大狱，暗消甚好。小惩大诚意何深，礼教先须辨兽禽。赤棒无情同地痞，乌台有例责街心。休言错认扬雄宅，且莫轻挑卓氏琴。多谢汪伦相送意，桃源今作放牛林。　天台访艳叩仙岩，立地看风翠鬟鬏。应念使君消髀肉，那容观察借头衔。三更鼍鼓重催客，一席豚肩未解馋。近日山城传韵事，女闾新遣火牌监。凡职官在妓寮被获，言姓名即奏革，受笞则释，此《识小录》所宜载者。

廿八日　阴雨。杨八耶来。七郎来一日，午饭后去。俞琢吾来留行。山本秋水及妻来。

廿九日　雨。子年又来，请弛万人缘之禁，盖团保有利，来说者皆有利，唯说者无利耳。厨人亦有辞工意，知包火食无利。

十　月

十月壬寅朔　料理字债将归，琢吾留行甚挚，未知于彼何利，已诺其一饭，因往城，便寻魏克威，云亦诣俞，往则四客已集。俞荐金溪秉恂子，拔贡，能诗，应先访之，亦于俞坐次同坐，更有程八、九。夜还甚暗。

二日　癸卯，立冬。雨。船尚未来，碗当先去，定遣人送银信。长生不敢携银，改派文柄，又不去，乃复遣陈八，告以遇船即还，午初果还，船亦至矣。亲人来者宜孙，并不落屋，纷纷至夜。

三日　阴霁。仍遣来船送银、碗去。卜惕之来求书与王银行，云可救命，依而与之，亦如周恩之救命也。

四日　晴。令周生检卷，将作《书院记》，卷残破不可理，犹未毁耳。

五日　晴。作记未毕，当清学产，寻贺庶务不得。张味鲈频以诗来，未暇答也。杨宗稷送琴谱，亦自可观。

六日　晴。看琴谱。宜孙讲《春秋》毕，想未能知其卓尔。斡石泉来，言烟酒事，告以不管而去。

七日　阴。马先生来，饱饭。人云马太耶，误以为马太生，见之，乃求包烟税云云，可岁获三百金。汤姓又来求信，令送钱三千，乃不能得，又居客寓不去，可怪也。

八日　晴。午课毕，下湘看邢侯，舣舟申门半日，云衡令请早午饭，亟移舟往，乃云号房误一日。仍返东岸，舣联合甲种工业学门，待周婆来即还。饥甚，吃油炒饭，周孙恶其名，辞不食。夜雨。和八耶侄子来，送饼粑，亦言王文锦。

九日　雨。丛菊繁花可观，移入内堂。饭后又入城，至府署，江知事请饭，有陈伯屏侄、李价人、后太耶、王某、视学某。李云卅八年不见，陈、王皆言曾见，不忆之矣。归犹未上镫。得茂女九日书。宋佃来诉坟地被夺。

十日　大风。复茂书。入城渡湘，几不能抵岸。汤、余来求书，不避风雨，何其勇也。午至西禅看弥勒，已移韦驮来矣。上海镇守使被戕，此间镇守使不敢出。县、道均来，已设水陆道场，陈设颇整，饬宜孙代上香，净馔亦颇旨。

十一日　阴。作《书院记》。查田产无确数，问修建费亦与所闻不符，余所闻六万金，喻生云三万缗，程生云一万余。

十二日　阴。周妪出看陈家，余留守屋，携周孙看渡，见张尉与李道士同来，又一人则何镜湖也。道士亦争祠地，与宋佃同。

十三日　阴。与书舆儿，令问审判。萧伯康寄蟹二对，今年始得一尝，可笑也。三寄蟹，费万钱，犹无下箸物，况持螯乎！

十四日　雨。写对数幅。作《记》成，只欲叙述本末，不遑发议论。

十五日　雨。夜卧甚冷。李道士送礼。

十六日　阴。出城答张尉，并遇二李送礼者，告以官事今无曲直，可以不讼。何教夫送鼓子。

十七日　戊午，小雪。教夫及程九长来，亦言王文映，告以官意与民意正反，不知谁为是也，总非我所宜问，留点而去。气寒可火，有炭无盆。

十八日　晴。遣人觅径尺五铁盆，乃得一旧铜盆，正似此架上者，秤之得十一斤，正百七十六两，疑是盗去而复买回者。究架所由来，必自程家，然无以证也，姑不深问，去钱八千八百，亦太侈矣。

十九日　晴。周妪看程四妇还，云甚困窘，与冯氏颇同，亦宜拯之。霖生妻将葬，后日开吊，已送廿元，再以一联挽之。

廿日　晴。乔耶来。卜女来。道尹来，言将往省城谒巡按，托为张觅沫卡，令卜女告张面求之。

廿一日　晴。得黎宋卿书，功儿书，即复一纸。写挽联，并与书汤芗铭。

廿二日　晴。王生请作谱序，为书一纸，言船山学派刘、王之谬。杨七耶来，言麓山蟒蛇复见。

廿三日　晴。吴仰煦来，云蟒事无闻。段孙来，遣送冯孙干脩四元。看报。惜郑汝成以生命觅封侯，而袁慰庭报之亦甚厚。又见杨生继踵而往，亦可危也。喻生欲占文昌祠，陈姓不让，来诉于我。

廿四日　晴。遣周姬看孙女，以其新有从姑之丧，又惜杨生不取常女，而再克妻，似有因也。

廿五日　晴。往常家写主，欲为陪客，乃无客至。便出答仰煦，遇江知事，小坐，江去。约科员二人共摸雀，于拔贡后来入局，四川毕，负一底。午饭设四盘一锅，洋手甚佳，为饭半碗，席散还。

廿六日　晴。课毕小愒。景副将妻率子来求卖屋，云衡人欺孤，其夫曾为长沙协，身后仅一屋契，又被骗去。令周生往访事，事牵彭姓，添派冶青查之。喻生武世家，自应出力，亦请同往，夕去遂不还，不知何故。

廿七日　阴。舁人铁炉门，至火神巷常寓写主。午出至道署一科寻仰煦，遇江知事，小坐。江去，遂邀吴友摸牌四圈，设食有蟹、鱼，散未夕。

廿八日　晴。旧友母亲来。贺伯笏送其父书来，看一过，亦平安，杨秘书云欲刻之。

廿九日　阴。橘叔来，言雅南盗卖地，又生枝节，今有路人欲呲之，请写信与甲团，依而与之。夜雨。

晦日　阴。橘叔去。看课卷。夜燠。

十一月

十一月壬申朔　阴。看课卷毕。得财政厅书，云我属托王姓，未知何人也。夜风。

二日　癸酉，大雪节。有风，似欲酿雪。写屏对。作《寻古斋集序》，常宁李抱雄所作也，文诗俱雅洁，无土气，雍正时人，七试不第，以县令终。其玄孙李果来求序。电灯公司三人来，云将开电灯，江知事索贿，尼之。

三日　阴。昨梦雨不成雪矣。不闻不问，人去数日不见，走失无限机缘。

四日　晴。将出看大醮，闻庶务预备而止。曹祁阳来求书，完夫遗属所托也，无以应之。方十四来从学，告以今冬将散学，非鼓箧之时。其兄送之来，盖其母意也。

五日　晴。杨孙婿来取李集序去，云其叔校中人也。

六日　晴。出城看万人缘，果有万人，舁不便行，子年、贺年侄俱在，九长亦来迎，小立。从西门入，亦从来未到之地，入城亦仿佛矣。九长特设，不知何意，云已居丧，请薛青为主人，更有杨、吴、许、张，夕散，归已亥初。

七日　晴。晨雾，生火御瘴。厨娘往看花鼓，宜孙亦往，云院生多往，学规不立如此，余老矣，不能问也。皙子仁弟筹席：谤议发生，知贤者不惧，然不必也。无故自疑，毫无益处。欲改专制，而仍循民意，此何理哉？尝论"弑"字，字书所无，宋人避居而改之，不知不可试也。将而诛焉，试则败矣。既不便民国，何民意之足贵？杨叔文尝引梁卓如之言，云："民可则使由之，不可亦使知之。"自谓圆到，适成一专制而已。自古未闻以民主国者，一君二民。小人之道，否象也，尚何筹安之有？今日将错就错，不问安危，且申己意，乃为阴阳。怕懵懂即位，以后各长官皆有贺表，国史馆由弟以我领衔可也。如须亲身递职名，我系奉命遥领者，应由本籍请代奏，不必列名也。若先劝进，则不可也。何也？总统系民立公仆，不可使仆为帝也。弟足疾未发否？可以功成身退，奉母南归，使五妹亦一免北棺之苦乎？抑仍游羿彀耶？相见有缘，先此致复。

大总统钧座：前上一笺，知荷鉴察。筹安参议，礼宜躬与，缘天气向寒，当俟春暖。三殿扫饰事，已通知外间。传云四国忠告，殊出情理之外，想鸿谟专断，不为所惑也。但有其实，不必其名，四海乐推，曾何加于毫末。前已过虑，后不宜循。既任天下之重，亦不必广询民意，转生异论也。若必欲筹安，自在措施之宜，不在国体。且国亦无体，禅征同揆。唐、宋篡弑，未尝不治。群言淆乱，何足问乎！□□①在远，未知近议所由发生，及明意之所左右，然闻群议，当掳一得，辄因湘派与议员陈毓华赍函上闻。毓华桂阳名家，文笔可观，于例派员中加以赏问，并以附陈。

八日　阴晴。朝食后李进士催客，往则程九已在，仰煦、杨贞臣旋来。看电灯公司，步往舁还，公司数人，未遑通问，夕散。还，闻陈仲驯来，云杨晢子遣通问，故作二书报之。又闻四妇吐血，不能还，与书慰之。

九日　阴。仲驯与其四弟闻余同入城去，余独在家筹安一日。绿牡丹来。考息机园来历。

十日　阴。仲驯赍奏去，云尚须一往。写《息园篇》。厘局赵芝年来，剑秋族弟也；衡知事朱奏裳来，竹石从子也，均胜江、俞人。

十一日　晴。午闻喜爆声，知三孙家报生子，出询果然，赏来使四元，即遣房妪往视。

十二日　晴。入城看琢如、仰煦，遇朱知事，便约陪钱江之局。旋至金银巷，李、杨先在，仰煦后来，皆主人也。与九长及余而五，江、朱为客，戌散亥还。发电报告儿妇，留衡做生。

十三日　晴。杨家送喜蛋。得袁电报，书名一“导”字，岂天子更名耶？程生来书，谏止北行。复书谢其厚意。得肃政送书，未遑细读。

十四日　晴。炖肺送细三，乃仅半肺，令再觅之，并作包子同送。又待一日。

十五日　晴。作书与胡婿，并送题与道尹。写字数幅。

---

① 缺字为“闿运”自名。

十六日　晴。遣金姬看细三，因同船下湘，答访厘局赵芝年，便入城送江知事，答访朱知事，坐朱房，负曝甚热，还已夕矣。

十七日　戊子，冬至。平姑子送菜饵，感其应节，菜则乡派。欲作一诗，未得。

十八日　晴。罗汉厂开期，大会城官，招余往陪，未午携周孙往，镇守使已至，齐，散已夕。

十九日　晴。李价人来，云卅年前相见于李竹屋处，并言坐上客今惟存两人矣。

廿日　晴。周庶长欲以戴醇士画质钱，令张之知不足斋，以滋篆屏，并长其价，因与书功儿带来。信发后计日，功已上船，想不及也。

廿一日　晴。忽感寒疾，想系夜睡太暖。和余诗押"戈"字韵，竟无良法。此月课赋限"碍"字韵，亦无法生新也。

廿二日　晴。李世楷价人招饮瑞远钱店，二知事、保管局马、丁次山。后来一陈姓，云其父乃余门生，未知谁也，又不便问其父名，亦不敢问其姓，但从坐席知为陈老耶而已。戌散。夜望湘川似甚宽阔，散灯远映，亦助感情。

廿三日　晴。李馥先生极辨此号之诬，未知何意，云治具酬同年。李薛青请余为客，设坐旧船山书院，何镜湖、程九长均早到。未初下湘，酉正始还。

廿四日　晴。在家无事。

廿五日　阴。廖翰林学堂试验，招集外客，午往，道尹已去，小坐吃便饭还。从陆还，到院已昏。遣陈八待珰，乃先我还。功儿暮到，正我在石鼓对岸时，到不相遇，云谢、蒋收支已相见矣。

廿六日　晴。功出看女，便入城访客，闻滇事萌芽，云蔡松坡寻安歇矣。又遣孙婿探删电，云陈仲驯为我作符命。证成莽大夫也，幸不遇朱紫阳，不至争稻桶耳，然妖诗已验矣。无名白头帖云："此去真成莽大夫。"四年前谶也。

廿七日　晴。院中预备作生日，劳民伤财，粗有头绪。程、李必欲看女班，力言不可。非我不可，定公不可也，然不能止，亦如定公浩叹而已。薛青又挟何教夫势，要十二人，唱戏一人。

廿八日　晴。道尹、知事、榷局、绅商及诸大弟子唱戏两天，今日起头，设十六席，局面大于去年，而用费反省一半，以无陈仲驯中饱也。周妪三子均来，珰、纨亦到，又有陈家外孙、卜女、李妾、湛嫂、金妇诸女客。亦于子初先寝，不问客事。

廿九日　正生朝也。阴，稍寒。昨午未饭，觉饿，吃海参面一碗，颇佳。借雀摸四川。唱戏至子散。

十二月

十二月辛丑朔　掇拾铺陈，当出谢客，天忽风寒，怯出，因迟一日。黄婿夜来，云自湘来，故迟。

二日　阴。小寒。官历已过年，去岁止于廿五，不记此节，渊明甲子亦无从问。功出谢客。刘婿昨入城未归。纨轿夫畏掳，不敢至城，云城中行人多被牵去。

三日　阴。闻军书甚急，出城探之，入道署小坐，云无紧要，但民吡耳。萧送木瓜、时蔬。

四日　阴。纨去，送至铁炉门，入城，云已晏，不可行，居真家。珰临叔姑丧，亦自去。留饭，余不能待，乃还，并约客一饭。

五日　阴。周生以戴醇士山水屏八幅求售，价二百元，张之木壁，殊无可取。杨孙婿请题文信国手卷，书唐诗二律，有误字。

余题云状元误书，不足怪也。

六日　阴。寒梅已花，登楼玩赏，但有花无香，尚未若袁州道上时有暗香也。

七日　阴。请客九人，两婿皆去，招孙婿补之。未午陆续来，未正入坐。俞、程、二李、夏、贺、廖隽三、杨锦生，客多谈杂，不及正话，未夕散。坐外斋，更说书院事，乃入寝。

八日　晴。作粥甚晏，食时已过午矣，粥又未糜，聊应节物。午后至道署赴钱席，吴、程、李、程、张同集，散亦尚早。

九日　晴。将发，因待孙女出窝，未便唤船。船价甚贵，云兵差掳船夫，水陆俱避不行。珰还乡，幸已过兵，尚得逸去。

十日　晴。蒋生自京还，送馆员公分寿屏，曾文陈书，似新天子开端，则不止圣相可诃也。幸文不登选，孙、何必不见耳。张之后堂，以耀出寞。肃政使来，言立分教，留功任之。

十一日　晴。孙女来，不携月毛，从来未有也，亦煮鸡待之，留半日。

十二日　晴。功儿往岣嵝看定公，晨去。余亦唤船治归装，书院送船费，辞之。云功儿代收矣。遣周姬先上船，取银来赎，过午取得十三元。喻生云马质安求棺材，令庶务以诒之。将行，不见宜孙，乃云不去，其举动自专，不可教诲，真不才子也。新天子欲去四凶，此其一矣。至暮遂行，泊铁炉门。

十三日　晨遣周姬看外孙，并送压祟钱。外孙男女来者四人。卜女亦辞去，与之八元，冯筠则无，以其往攸，得小资助也。分二船，一往长沙，一还山塘。至夜移泊章寺，时正三更，遣寻功，云已睡。

十四日　晴。功及唐仲铭晏来，买油送鱼，朝食后发。小门生刘仁倬伥伥相随，亦令同行。乘月夜泊斗米洲。

十五日　晨过雷石，遂行一夜，过空灵滩。

十六日　晴。买米漉口，米甚精洁，欲多带，云无贮处，遂行。夜至河口，亦三更矣。

十七日　晴。朝食后分船各行，功待送我乃开。南风甚暖，夕至南北塘，昏不辨道。船人甚恐，告以不远，犹谓謷言，既开，岸上来迎，乃知入港。乘月夜还，临湘婆与舆妇候门，未见滋出，甚悬悬也，已出见，则容色更腴。小坐各睡，未寐，黄孙云三舅还。顷之赣孙来见，询舆近事，云尚安静。

十八日　大风。起行李，周不能待，先还。舆、担均不稳便，至夕乃毕。夜风愈壮，遂雪。

十九日　起视竹树，皆如帽絮，风尚未止。宜孙午归，云陈八船送，亦费万钱。

廿日　晴。昨夜甚寒，想尚有雪，乃竟见日，但未冰耳。国安避捉来依，忽然又去。

廿一日　阴。书复笙畦，本欲自去，因寒故止。召荣儿温年书。元妇来告贷，故借此为犒。遣人入城办年货。

廿二日　晴。将军来，老矣，无复壮情，不饭去，反送去糕二封。

廿三日　阴。作糕祀灶，欲作一词，未得旧谱。夜深犹未闻爆竹，亦未遑问。

廿四日　阴。朱八少耶送润笔，受水礼，辞千金，作书复之。工人过小年，亦为上设五碗。余未午饭，夜乃点心。

廿五日　阴。作刘幼丹挽联。一见定深交，知专家钩考群书，七十金文通古籀；再起绥南服，更散字包罗万有，五千编类胜奇觚。遣人觅绸，云当到县，正欲买花。因熊佃妇家漏税事求解，与书秋生问之。

廿六日　阴。熊妇夜来，云送书人已被拘押矣。正欲谢绝请托，难遇此阎罗包老也。又遣聂佣往县。罗佣去已四日，亦无消息。

廿七日　阴。晨起乃见罗佣，云昨夜还。得笙畡复书，又得上海日本学生书，即复谢之。

廿八日　阴。方桂自省城来，未知何意，以旧友，亦留之过年。欲刲羊，嫌费，与文吃家分一边。

廿九日　小尽，即除日也。计内外冗食共卅余人，设五席待之。夜祭诗已，阅《易卦》全数，意倦未亲，肴馔不备，欲罢又不可，亦如民国厌倦共和，犹存议院立宪之名而已。夜待埽洒，众亦欲睡，乃还寝，犹再起。

民国五年丙辰

正　月

　　丙辰正月庚午朔　元旦。大雨，遂雨一日。晏起，犹有两妇送莲子汤，待滋出已将巳初，受贺延宾皆不如故事，盖三妇初当家，尚是生手，又无姑教也。

　　二日　雨小止。宝老耶来，言庸松欲卖田公家，价在四五十两一亩，自来无如此贵田，然已成例矣，未饭旋去。

　　三日　阴。宗兄来。龙灯二百余人欲来相扰，出告白辞之。今日壬申，立春，已不迎春。忆州县差役紫羔马褂，持鞭马前，大县数百人，今皆不可见矣。岳林宗云穷凶极恶不欲观者，今亦愿见而不可得，为作一诗。

　　四日　阴。完夫门生曹生来，讶其能早到，云到湘潭过年，今从潭陆行来。轿夫钱每名千余，可伤也，留住而已，作春糕待之。看报半日。

　　五日　阴，稍寒。龙灯必欲来，于公所待之。

　　六日　雨，似欲雪，乃旋开霁。国庵、许虹桥来，旋去。

　　七日　作包子应人节。摸牌无人，先打四川中、伐、北而已。

　　八日　阴。检书，看所遗忘，亦劳于检阅，不如终年书堆，反不劳也。

　　九日　阴，见日。不得蜀信，书往问之。吾八婿，两在北，两在蜀，两在乡，一死一流，流者差胜。

　　十日　晴。将军、通公均来。黄生来，坐半日去。团总来，言讼事。秋生、任子来，致沈子书，书言酒税，即复一片，言不与闻。陈、任旋去。设二席犒水手，兼及来客。

十一日　晴。得功儿书，言袁、蔡事，不甚的实。

十二日　阴。张金荣来诊长生，云甚危险，令还家养病，并为求神。昨夜遗溺，盖亦老衰。

十三日　阴，有雨。兵丁过境，龙灯避不敢出。得廖荪畡书，并送灰汤鸭。回思辛亥飞轿还家，犹是太平景象也，即作书复之。周三子皆去。

十四日　阴。龙灯来。刘二嫂来拜年。得林次璜书。

十五日　阴雨。龙灯来，有一龙阻雨不至。夜倦免贺，未出堂餐。

十六日　阴。刘女去。杉塘族孙女来二人，其一宝哥女，一则秀生女，久无家食，寄养无所，宝为收恤，故令其来看，因留养之。

十七日　阴。蟆学发声。金妪告假，请支六十元，无以应之，许而不与。曹祁阳请信。

十八日　风寒。船不能去，告假者均留不发。得杨贤子京书，寄鹿肉未到。

十九日　阴，犹寒。看唐诗遣日。有一赤电。

廿日　阴，风稍止。金妪去，始自关门。夜雷殷殷，电光甚微，大雨。

廿一日　阴。曹生不辞而去，盖欲办装。

廿二日　阴。张金荣继子来见，年廿七，已非少年矣，云曾从在江宁。夜大雨。

廿三日　阴。比日闲居，一无所事，惟夜梦行役，且为远游，过扬州，感赋一首，未及作成而醒。"万里闲游忆往年，重来惟见旧山川”，余不甚记，似无结句，亦未遑补成之也。

廿四日　晴。今年第二次见日。出书房收字画。

廿五日　大雨至两日，风寒阴晦，门无来客。北军过境者亦无兴淫掠矣。惟坐房中，并摸牌亦无人，可谓至闲。

廿六日　寒。

廿七日　晴。有日景。水仙一花，大似蜡梅。蔡姓来，未悉其人，令舆见之，云似工人也。周儿病，来迎母，殆将死矣。宗兄去。

廿八日　晴。偶忆《唐诗合解》内选一诗，有"辛夷花尽杏花飞"之句，忘其人及起句，翻唐诗未得。

廿九日　阴。周姬告归，朝食后去，未能送也。去顷之，张金荣来，云其弟署沁县，欲去依之，求一护照。与书罗知事，并及酒贩事。顷之俱去。

晦节　晴。作和宋韵诗一首，寄史馆。遣陈秋生问鹿肉。

二　月

二月庚子朔　阴。周僮来，云省城惊疑，功妇将迁来居，并云孙妇归，未入城，已还母家矣。

二日　雨。看受庵诗赋，有感美才，惜未与晨夕，今无其人矣。

三日　雨。信局送鹿肉来。作一诗，夜书之，周孙旁侍不去，遂至三更。

四日　癸卯，惊蛰。雨。写诗寄京谢鹿肉，及煮鹿，乃全无香味，又当嘲之矣。

五日　晴。看《礼记》。

六日　阴。看少作文赋，亦自有感，欲更作赋一篇，懒未能也。少时急自见，故文思甚勇。

七日　阴。周妪夜归，自出迎之，未至，还内乃见月。其夜盗驱三猪去。

八日　阴。佣人皆出，追放豚，得之七里外，旋皆入苙矣。云许外孙主谋，盗鱼翅者也。

九日　雨。卯金子妇来求申冤，即抢谷坐拼之故智也，敌强故不得逞，喻以卅厂人无理可言，当自安分。夜大风寒。

十日　阴。看董鸿勋《孟子说柱》，意一丝不乱，然文不足取。写数语喻卯金，遣其媳妇去。

十一日　阴，风寒。寂坐无悰，看《华山碑》题跋，殊无可取，但喜珂罗印，足传古迹耳。

十二日　雨。杉塘诸孙来写契，杉塘田半归公矣。张二哥来，已艰于行，犹望其弟寄钱，告以非佳事，乃云其四弟已去矣。黄孙云母病重，遣人入城问医。

十三日　阴。与书黄婿问医，因及功儿。写对联堂条。

十四日　阴。王名静来，言开煤卅。王名兆作假票，并为团总所吓，均来求解。所谓彼此是非，樊然淆乱，皆不置可否。

十五日　雨。樱桃盛开，芍药、牡丹并芽，雨不能妨春也。莲弟父子来求金，三年未见矣，留住数日。

十六日　雨兼雪子似霰。忌日素食。团总来，求免捕许玉生，张家出费开差，真可叹也。得梅生诗函，未及半月，京信已复，从来无此快便，此亦万里庭户之盛，治情于乱世得之。

十七日　雨仍似霰，有雷。始开窗。将夕城使还，接到张季衡先生，即为学产牺牲者。卜四毛复从吉林还，送大鸭，方以为头鹅，又一异味，未遑见之。比开点心，客已睡矣。夜雷微动。

十八日　阴，似欲晴。周武德来，云已朝食矣。今日丁巳，春分，犹寒似腊月。水仙五花，亦甚精神。

十九日　观音生日。晴。得茷书，云中坝已放火，其寓未烧，仍还旧馆。余前书尚未到。

廿日　晴。复蜀书，得京书，并寄到磨姑、杏仁。周印昆附书来，报汤将丁内艰。夜复小雨。

廿一日　阴。周生云日月皆地球影子，其说甚新，亦甚可取。盖西人欲天地日月皆成实质，中人欲天地日月皆是虚空，其理一也。欲省事莫如从周，知天了无质，则日月无质不足怪矣，惟留一地球自旋转变幻，其说近理。水仙已衰，剪作瓶供。碧桃尽蕊，不日开矣。夕食后忽发风疟，其势甚猛。作周历草序。

廿二日　晴。季衡告去，恒子送之，并携两孙同去。周儿病发来告，遣周妪归。樊非之、金绣娘来。

廿三日　晴。周、金俱告去。得京、省家书，云广西起兵，袁世兄甚皇惧，恐日本乘之，亦将辞职矣。

廿四日　晴阴。周、金去。午后两孙还，云湘潭将为战场，广西兵乘水直下，想虚声也。取消猴元，则成笑柄。将军闯入，延之外坐。

廿五日　晴。杏花盛开，樱桃叶尽黄，惟碧桃花似不欲开。黄生来问字。樊生告归。

廿六日　晴。夜雷雨，复风寒，春已过矣，五日妍华，殊为太少。

廿七日　阴风。与书杨生论馆事。杏花落尽，尚不及桃之禁雨也。外孙妇还所居，颇欲留之，以船发未便迟延，又其拜年太迟，故听其去。已而雨至，遂不果行。夜雷雨。

廿八日　雨。早起风寒，复加一衣。石潭船犹未得去。省信来，广西兵起，物情甚皇遽，此报纸之故，从来无此民吪也。狗妇来避兵。

廿九日 欲晴。桃花犹未开，杏已半落。周佃从城来，报康、汤书。时衰鬼弄，乃有大文，畅所欲言，亦自可听。

卅日 阴。黄孙往庄屋去。看《礼经》《春秋》，写字数幅。与书甘思禽，论煤卅。

三 月

三月庚午朔 阴。将往横坤，意由仙女山，取径不远，久不至浮塘，因往一看。午后舁行廿余里，过杨家，遣问瑞生妻行安稳否，云已到京。申至司马塘叔止家，轿夫饭，余未饭，即至浮塘拜年。内侄男妇子女已增多数十人。前七日长孙娶妇，客已散矣。又闻叔夷病甚，端侄小女亦病甚，皆恐不起，此来未乐也。其房室亦大改作，余居上房，旁小房亦新辟者，王氏姨亦出相见。

二日 阴。诸侄孙、女环请作字，遂如应考。又出前外姑曾夫人画四幅请题，各书四句。端固留饭，云已杀鸡鸭，乃待午餐后始出。探问横坤路，云仍须过潭坳，则不如从家中去，因令还辕。已过申初，急行，至酉正始至，计每刻行一里，实廿五里也，但去似远，还似近，则人心使然。

三日 壬申，清明。陈八自衡来迎，正当出游，且留之令候省信。遣龙青去，买杂物。

四日 晴。午后至祠算账，人犹未散，一切不问，自无烦恼。借宿一夜，狗孙相伴。

五日 晨行至三星坳，一饭人百卅钱，恰用四百钱。又廿五里至猪石桥，越一高山便到横田。廖氏父子庭迎，遣知会梅氏、童氏，均欲邀我至县城，辞不欲往，故来会也。

六日　晴。待梅、童，童午后来，云在陕西曾望见永寿令与程生俱囚者。梅妻病甚，不能来。

七日　阴。笙畎要至对山庄屋早饭，已而又改饭后去。舁行可三里许，过珠泉，已淤壅，小有珠涌耳。至梅壑楼，在山凹，傍有庄屋。须臾大风起，飞雨横吹，浩如惊涛，几不得还。欲去仍留，雨小乃行，已泥深一尺，轿屡倾危，幸不吹倒。至乃大宴，饭后告假稍息，遂睡至戌方起。每夜待子乃散，几成例也。

八日　阴。风小可行，乃告辞。廖遣一夫送我，踏泥亦窘步，可五里许始得飞行。饭于猪桥，路人有相识者，留坐饭店，主人设茶点，问战事。舁夫饭毕催去，过炭圫小憩，见移家具者，云王桂生移家。桂生来见，云设屠案于此。问淑媛，始知即被妻弃者也，先瘦后肥，全不忆识矣。未夕到家。碧桃、海棠、杜鹃均盛开。

九日　晴。留廖力一日。作书先遣陈、蔡去。周庶长来，有二要求，皆不可行，惘惘而去。为廖郎看诗三卷，写对子四付。作书致苏畎。

十日　晴。周生告去，无以慰之，且遣廖力去。看旧日记消日。

十一日　晴。看日记，亦似异书，颇足遣日。胡子靖来，为钱店求寿文。余云吾文有价，胡言已得彼万金，可作十文也。笑而许焉，不知比方望溪如何。蔡六弟专人来送菜，未遑见使，已匆匆去，使乎使乎！

十二日　阴。夕大风雨。长妇率孙女船到，仅得迎来，已昏黑矣。得诸儿女书。禄孙出洋，以为不贻羞，不知耻人不可教化如此。

十三日　阴。周妪书告子丧，甚有文理，乡人亦大有通者。

十四日　晴。周凤枝来，请看牡丹，约以十六往，已而忘之，又遣问将军，乃得约日。正对客时，蔡六弟片来，未遑作答。

十五日　晴。斫菜得千斤，今年始咬得菜根。神仙已为讼累，不事圃工矣。看日记销日。

十六日　晴。昪至鸭家溜，因过石潭，要将军同往，又约二周及一军官相陪。军官与懿儿同事，甚习，忘其姓名矣。花不及前而粉红者一千百朵，颇似朱家繁盛。饭后急行，至石潭已昏，更呼船下，顷刻而至湖口，还始上灯耳。一日未食。

十七日　晴。得京电，宬女于十六日病故。其病信前已经外孙详报，昨胡子靖来，又云可望复元，今竟不起，年已五十五，又见孙，亦可无恨。余昨忽闷饱不思食，盖感兆也。即作书复胡，并报茇知。

十八日　晴。丁丑，谷雨。踯躅繁花，殆过千朵。闲欲作李明惠传，日书三四行，犹患不了。为宬女停三日，欲为位成服，嫌无故事。

十九日　晴。清坐持丧，无所事。

廿日　晴。亦持丧。

廿一日　晴。遣聂四入城买药，因吊周妪。

廿二日　阴。作李传。夜雨。

廿三日　雨。王升来报兵警，宋佃亦来，求荐郭葆生，真又用葆生矣，恐谭人凤不喜也。湖南招兵亦甚怪，盖葆生不得于赌，而为此耳。

廿四日　阴。作李传，看地图，少一罗坊，便使兵势不明。

廿五日　阴。曹祁阳昪来，亦欲干葆生，辞谢去。亦不复住①，此女子大鹘突。夜雨有雷。

————————————

① 此句上疑有缺文。

民国五年丙辰　三月

2487

廿六日　雨晴。看《素问》，伪书中最劣者，乃有似刘伯温与洪武问答。

廿七日　雨阴。出门望周，因送罗童往洞坤取杂物，滋使也。作李传已及千字。夜雨。

廿八日　晨雨便霁。金佺又来，云兵警甚慌。聂四还，云周船已到。

廿九日　阴，大风。自出迎周，顷之已至，亦不甚有戚容，未甚慰问。今日春尽日，与书茷女，误书晦日。

四　月

四月己亥朔　雨。作李家传。

二日　雨风，颇寒。看鱼玄机诗，不似能杀人者，但以其被人杀而众怜之耳，不如李易安。

三日　阴。看报。作李传，可毕矣，殊无可叙，故反难着笔。吃饭人告假，可省饭二日。

四日　阴。乡人言宝庆已乱，恐即有战事，即败兵声言耳，迁移者纷纷。

五日　癸卯，立夏。阴。晨作李传成，并成黄氏寿文一篇。周凤池送芍药，作诗二首谢之。记向丰台访艳春，如今委尾负芳辰。君家自有留春槛，不染扬州十斛尘。　数朵红香似驲来，料知蜂蝶不相猜。遥怜郑女能为谑，故背东风独自开。

六日　晴。看报，责总统退位者词严义正，非武力不可解决，但为国史增几篇佳文耳。湘乡称兵，遣人送防军北还，又战局所无，喜多新样。遣罗童入城送传序，并询纯孙归否。

七日　阴。连得衡信，三孙女欲来避兵，云家人半去矣。又云万云亭举兵永州镇，遏军也，亦所未闻。

八日　昨夜有雨，今乃得晴。看旧日记，聊当温书。

九日　晴。罗童还，云城中不靖，但无定见。

十日　阴。李长生来，言欲得二百金取一妾，告以不可自累，意似不以为然。

十一日　阴。李去。得杨贤子书，并忘"贤人"名字矣，由日记专以"贤人"目杨也。

十二日　晴。始看分秩。检唐诗、小词。

十三日　阴。看唐诗。设纱幮，门拗不可闭，姑听之。

十四日　阴。周孙读书，未自听，便不能成诵。

十五日　阴。祖妣忌日，素食清居，未作他事。

十六日　阴。端侄来求书，写诗二首与之。岫生儿病，无死处，令移来，借公屋与之。

十七日　阴。作廖荪畡妻墓铭。寻庚戌日记未得。

十八日　晴。畴孙扰及种菜人，园丁辞工。舆妇来诉，诘责之，便匿不相见。不意此儿蠢强如此，殆民国人耶？且宜听之。

十九日　阴。扬休病亟，家人均往茔护。适遣罗童送廖志去，便令迎宗兄来诊之，至夜不能待，遂死矣。此等人何必生，亦令人不测。

廿日　晴。宗兄来，与苏书霖姨姐同来。张金华来。正扰攘间，畴孙忽告去，云当往山西，亦未诘之。顷之功儿忽入，言汤、郭械斗。杨笃吾书来报，并发议论，有筹安说之风。其兄弟并下笔千言，倚马可待，奇才也。即复书谕之。廖荪畡复书，奖使十元，似乎太厚。

廿一日　晴。看报，所谓诸侯放恣，处士横议，亦可乐也。洞坤送枇杷，酸不可尝。衡山已屯护国军，衡州响应，永州当不虚矣，令人思谭芝公。

廿二日　晴。庸松来，颜色敷腴，不似背时人，看抄汉碑。今日庚申，小满。

廿三日　阴。玉兰开一朵。殷雷作雨。扬休妹许告去。得胡、陈婿书，即复各二纸。

廿四日　雷雨俱微，至夜雨不止。写字数纸，看汉碑。梦为塾师所窘，方欲走出，俄而忽醒。

廿五日　晴。寻《贡禹传》，求当时钱价未得，大约岁用万钱，如今百千。至月得万钱，即为富家，则太觳矣。

廿六日　晴。淑止弟来，留不肯住，午饭而去。

廿七日　晴。家人供张，为三妇生日，因及四妇四十生日，当有赏赉。转及三妇四十无办，又增两事矣。家政荒疏，无妇故也。

廿八日　晴。三妇生辰，设汤饼，发鱼翅，以异于吴香云，即十六叔母之意也。衡州遣船来迎，为退军掳去，至夜乃还。

廿九日　晴。看报，得南北两京书。

五　月

五月戊辰朔　阴。还军于道杀劫，遣召团总禁戢之。团总来，请示告以集团丁。

二日　晴。写字数纸。

三日　晴。遣人往城办节货，云一人不敢去，乃遣二人往。

四日　晴。李长生复来，为蔡家取对屏去，且请书扇。

五日　阴。端午，仍常预备。男客来者将军，女客来者刘二嫂，均留饭而去。常例无鱼翅，因煮鱼皮代之，但无昌歜为阙。

午似欲雨，而云忽散。

六日　甲戌，芒种。阴。功夫妇携女去，从者十余人。

七日　晴凉。看旧作状志，颇能动人。吾文定在"起衰"公之上，以其不敢起衰，故反不衰。

八日　晴凉。神仙来报总统丧。周儿亦来拜节。

九日　晴。得功书，言省城依然无恙，岳州已失守矣。文明时代固应匕鬯不惊，乃知前此之徒劳也。

十日　晴。与书史馆，属其自行解散。

十一日　晴。城中人来，云黎元洪已代总统，尚无乱信。岫生来，但言卝局多停。

十二日　晴。看旧作文，未午饭。

十三日　晴热。忌日素食。看报，云国史馆并入清史馆，恐非事实。昨已有信去，当可行矣。今日颇热，写字二纸。得神仙求救书。

十四日　晴热。闷坐，思出，又因来者纷纷，出乃绝之，因令觅船，云夕发，待至夜不来乃寝。有风无雨。

十五日　阴。午后船来，即发。夕至袁河，云南北军开枪，不能出涟口，舟人请示，余云至彼再回，及至无事，遂至九总，入局。一日不欲食，恐办饭纷纭，遂早睡。

十六日　阴。晨闻欧阳述已去，遣问之，乃云即来。傅兰生亦来。周所员来陪，同饭。谭进士、宝老耶均来，约明日移尊。今日龙璋兵奄至，欲取饷湘潭，遣遏之。

十七日　晴。谭尊过午未至，诸客先集，甚疲于接对。因时鱼不易得，故至午时始早饭。胡龚公请晚饭，亦有陈培心，云龙军无军火，已退散矣。欲请陆荣廷为都督，以桂军入境，亦须供饷也。许生少弟来。

十八日　晴。欧阳生请饭求信，云知事已逃，将委代者，代者亦上省，城中无官守，故须与书汤铸心问计。为书与汤，论练兵即用本县钱粮，众皆以为不可，但议派亩捐，可笑也，不足与言，遂不复言。谢主事请书扇，云其弟扇也。翁述唐亦来会。舟园请午饭，与百花同至保安局，见会议诸人，有会无议，一哄而散。遂至舟园，有徐松圃、陈恭吉。陈昨来访，云银行司事，秋嵩云陈汶园弟也。未夕散，还局。

十九日　阴。今日翁约饭未去，不能再赴人会。彭钱店来，请留一日。萧小泉约午饭，与百花同往，翁亦在坐。夜至趣园，余、罗、张先后三知事均在。

廿日　阴。百花来早饭，与陈开云同舁过厘局，看贵署知事，云印已送来，将迎都督去矣。汤芗铭学刘璋，陆荣廷不劳而得，皆天意也。小坐，至彭自①昌荣午饭，云地名韩家仓，今无仓矣。厘局即其宅所分小厅，新起尚精敞，住宅不及也。有雨，即就近至杉弯上船。

廿一日　雨竟日，亦卧竟日，水米不沾，听舟人行止。夕至湖口，从南北塘树森觅轿，树森更遣子送到家。黄孙言子殇已葬矣，了了非福，葬之太厚。

廿二日　阴。安卧一日，腰腹涨肿，殊不适。

廿三日　阴。得茇书。看报，无新事。

廿四日　晴。写字数纸。欧阳述求书与总统，约今日来，而昨日至，又还取履历，晨始得去。

廿五日　晴。曹元弼来，皇皇欲有求，所谓不知世事，余亦乐得吃洞庭枇杷、山东杏子耳，匆匆去。

---

① 此处疑有脱误。

廿六日　阴。土匪移营对门，且听所为。

廿七日　雨。

廿八日　阴。舆儿来，言遇清乡员，云已解散，书计、司事亦已至姜畲矣。

廿九日　雨。作包子待张司事，未来。

六　月

六月丁酉朔　萧家被劫，遣黄孙往视，轿夫不愿往，督之乃行。

二日　阴。纯孙来。午后功儿与张季衡来，云因我疾，故来视诊。

三日　晴。外孙妇萧自家来，言被劫事，云湘乡不靖。前令诉潭知事，云携银遣散，人与二金，可谓谬举也。蜀王生亦来视疾，舆所招也。

四日　晴。三医诊脉，皆未得其病源，但分遣人索肉桂于秦、朱，亦殊不得佳者。

五日　晴。偶思薪簟诗①，选本未录用，取韩诗看，亦欲作一篇。邓幼弥来，云来省觐，非求铜角。

六日　阴，有雨。天凉殊甚，不似夏时。服肉桂似相合。使人被劫钱去。萧子求书，勉作应之。

七日　晴。仍不热。腹涨用药，晕亦不觉，功云恐其上行，宜先防之，然亦无法。服药甚苦，以应酬侍疾者，实生平未有之苦矣。

---

① 按指韩愈《郑群赠簟》诗。

八日　晴。纯孙送王生去。得省报，汤芗铭已逃去，龙璋将复作使矣。皋臣有此子，殊为可怪。邓子亦去，未入辞也。

九日　乙亥，小暑。晴。與妇作饼，无羊肉，乡中不便学官派也。

十日　晴。连日殊苦于药，医亦苦于方，欲已之而不得，遂苦于病。

十一日　晴。凉阴殊甚，幸有南风。

十二日　晴。纯孙还。看报，黎宋卿处分颇合法，汤往广东矣。丁五郎来，孙妇弟也。

十三日　晴。看历日，干支不相合，亦无从辨之，姑以日记为正，明日初伏也，院历是今日庚戌。

十四日　庚辰，初伏。仍遣纯孙送医还，丁郎同去，定明日行，午小饯之，自病不能出。

十五日　晴阴。将夕客去，自至中堂候送，欲开中门纳凉，候久不能开。

十六日　晴。看报。懿儿已出京，寄信先来，而人未至。至晡，懿夫妇率女来，乍见甚喜。

十七日　阴。得郭葆生书，并送食物。又得杨、夏书，皆送人参，即各复之。

十八日　晴。自此后十日皆因腰腹肿不能坐，诸事尽废。周生、珣女、长妇均来省视，送终人皆至矣。宇清亦来看，然未能死，但病困耳。黎宋卿送纱未至，因思杜子美宫衣有名诗，忘其结句，取视之，奴隶性质，云"终身荷圣情"，有此事耶？瞿子玖必不言此。

廿九日　阴。田禾待雨，昨始得透雨，不忧旱矣。前得迁居会府街书，即复一函，径寄成都，想发第二封信时尚未到也。我自五月廿日到街，筹办乡勇，县人均不赞成，遂即还山。忽患腰腹肿病，一无痛苦，但两月不消，于是大哥、三哥、大嫂、四嫂凡送终者皆到，城中亦多有客来看，医生来者亦四五人，天天吃药，为生平未有之苦。余廿岁即有诗，云"思欲置妻子，偃卧松柏邻"，以为一人独死，其乐无极。今八十五岁受此苦境，想亦宿业所招，无可避也。女闻又可耽心数日，亦愈望家信，不知凶信到得最快，不到即是好事，杜诗云"反畏消息来"，是真能耽心人也。长沙日日可破，亦不知何日到信。此时三姊已来，真妹将至，闻儿妹亦将来矣。女则陷于兵中，坐听蔡、陈、周摆布，亦可乐也。今年伏天极凉，西瓜不佳，已近七夕，全无暑气，为从来所未有。我眠食如常，一无病状，但怕进药，想逃至女处，女亦必进药。惟恨不得到北一游，坐听杨、夏定罪，议员吃花酒也。康侯可从陈二安到湘，到处横流，官兴想更高，湘安于蜀，道尹可望也。此间堂上以下均好。七月二日书。[1]

七　月

　　七月丙辰朔　卧病消闲，遂及七夕。遣觅瓜，两使均空返，云健孙自送，及来亦空手，城中方乱，瓜不能上市也。《七夕喜遇彭畯五》：山中伏日无炎气，天上佳期有别离。满地干戈起荆棘，故人交谊契兰芝。来逢银汉无波候，坐到针楼月落时。从此清秋忆良会，为君长咏碧云诗。

---

[1]　此系寄其第六女茷书，时茷正在成都。

附　录

湘潭王壬秋先生，为一代儒宗，所著诗文书牍，行世已久。湘乡彭君次英，藏有先生《湘绮楼日记》遗稿，都数十巨册。先生生道光初年，登咸丰癸丑贤书。此稿起同治八年己巳，迄民国五年丙辰。凡所记载，有关学术掌故者甚多。先生刻苦励学，寒暑无间，经史百家，靡不诵习，笺注抄校，日有定课，遇有心得，随笔记述，阐明奥义，中多前贤未发之覆。讲学湘、蜀，得士称盛。自课子女，并能通经，传其家学。其学而不厌、诲人不倦之勤劬，日记中皆纤悉靡遗。同、光之世，数参大幕，洎乎民国，总领史馆，负朝野重望，数十年如一日。其间人物消长，政治得失，先生身经目击，事实议论，厘然咸在，多有世人未知者。他若集外词章杂俎，散见日记中者尤不胜偻指。敝馆商诸彭君，今将全稿付印，以饷当世。读是书者，作日记观可，作野史观可，作讲学记观亦无不可。原稿少有间断，别叙存目于卷端。

中华民国十六年十月上海商务印书馆识

图书在版编目（CIP）数据

湘绮楼日记/（清）王闿运著；王勇点校．—长沙：岳麓书社，2023.4
ISBN 978-7-5538-1734-7

Ⅰ．①湘…　Ⅱ．①王…②王…　Ⅲ．①日记—作品集—中国—清代
Ⅳ．①I264.9

中国版本图书馆 CIP 数据核字（2022）第 172112 号

XIANGQILOU RIJI

湘绮楼日记

著　　者：[清]王闿运
点　　校：王　勇
出 版 人：崔　灿
出版统筹：马美著
责任编辑：李业鹏　许　静　孙世杰　胡宝亮　潘素雅
责任校对：舒　舍
封面设计：谢　颖

岳麓书社出版发行
地址：湖南省长沙市爱民路 47 号
直销电话：0731-88804152　0731-88885616
邮编：410006

版次：2023 年 4 月第 1 版
印次：2023 年 4 月第 1 次印刷
开本：640mm×960mm　1/16
印张：158
字数：2000 千字
书号：ISBN 978-7-5538-1734-7
定价：698.00 元（全五册）

承印：长沙鸿发印务实业有限公司
如有印装质量问题，请与本社印务部联系
电话：0731-88884129